葛亮

著

謹以此書

獻給 我的祖父

葛康俞 教授

葛康俞繪〈懶聽穀雨催啼鳥〉

# 目錄

# 自序　時間煮海

葛亮

　　這本小説關乎民國，收束於上世紀中葉。

　　祖父在遺著《據几曾看》中評郭熙的〈早春圖〉，曰「動靜一源，往復無際」。引自《華嚴經》。如今看來，多半也是自喻。那個時代的空闊與豐盛，有很大的包容。於個人的動靜之辯，則如飛鳥擊空，斷水無痕。

　　大約太早參透「用大」之道，深知人於世間的微渺，祖父一生與時代不即不離。由杭州國立藝專時期至中央大學教授任上，確乎「往復無際」。其最為重要的著作於一九四零年代撰成，始自少年時舅父陳獨秀的濡染，「予自北平舅氏歸，乃知書畫有益，可以樂吾生也。」這幾乎為他此後的人生定下了基調。然而，舅父前半生的開闊，卻也讓他深對這世界抱有謹慎。晚年的陳獨秀，隱居四川江津鶴山坪。雖至遲暮，依稀仍有氣盛之意，書贈小詩予祖父：「何處鄉關感亂離，蜀江如几好棲遲。相逢鬚髮垂垂老，且喜疏狂性未移。」不久後，這位舅父溘然去世，為生前的不甘，畫上了一個悽愴的句點。同時間，也從此造就了一個青年「獨善其身」的性情。江津時期，祖父「終日習書，殆廢寢食」，「略記平生清賞。遑言著錄」。祖父一生，無涉政治。修齊治平，為深沉的君子之道。對他而言，可無愧於其一，已為至善。祖父的家國之念，入微於為兒女取名，我大伯乳名「雙七」，記「七七事變」國殤之日。而父親則暱稱「拾子」，誕生時值一九四五年，取〈滿江紅〉「待從頭，收拾舊山河」之意。這些時間的節點，成為他與世代間的聯絡，最清晰而簡潔的註腳。

　　及至多年後，祖父的編輯，寄了陳寅恪女兒所著《也同歡樂也同

愁》等作品給我，希望我從家人的角度，寫一本書，關於爺爺的過往
與時代。我終於躊躇。細想想，作為一個小說的作者，或許有許多的
理由。一則祖父是面目謹嚴的學者，生平跌宕，卻一步一跬、中規中
矩；二則他同時代的友好或同窗，如王世襄、李可染等，皆已故去，
考證工夫變得相對龐雜，落筆維艱。但我其實十分清楚，真正的原
因，來自我面前的一幀小像。年輕時的祖父，瘦高的身形將長衫穿出
了一派蕭條。背景是北海，周遭的風物也是日常的。然而，他的眉宇
間，有一種我所無法讀懂的神情，清冷而自足，猶如內心的壁壘。

　　以血緣論，相較對祖父的敬畏，母系於我的感知與記憶，則要
親近得多。外公，曾是他所在的城市最年輕的資本家。這一身份，並
未為他帶來榮耀與成就，而成為他一生的背負。但是，與祖父不同的
是，他天性中，隱含與人生和解的能力。簡而言之，便是「認命」。
這使得他，得以開放的姿態善待他的周遭。包括拜時代所賜，將他性
格中「出世」的一面，拋進「入世」的漩渦，橫加歷練。然而，自始
至終，他不願也終未成為一個長袖善舞的人。卻也如水滴石穿，以他
與生俱來的柔韌，洞貫了時世的外殼。且行且進，收穫了常人未見的
風景，也經歷了許多的故事。這其間，包括了與我外婆的聯姻。守舊
的士紳家族，樹欲靜而風不止，於大時代中的跌宕，是必然。若存了
降尊紆貴的心，在矜持與無奈間粉墨登場，是遠不及放開來演一齣戲
痛快。我便寫了一個真正唱大戲的人，與這家族中的牽連。繁花盛
景，姹紫嫣紅，賞心樂事誰家院。倏忽間，她便唱完了，雖只唱了個
囫圇。謝幕之時，也正是這時代落幕之日。

　　本無意鉤沉史海，但躬身返照，因「家」與「國」之間千絲萬
縷的聯絡，還是做了許多的考據工作。中國近代史風雲迭轉。人的起
落，卻是朝夕間事。這其中，有許多的枝蔓，藏在歲月的肌理之中，
裂痕一般。陽光下似乎觸目驚心，但在晦暗之處，便了無痕跡。這是
有關歷史的藏匿。

　　寫了一群叫做「寓公」的人。這些人的存在，若說起來，或代表
時代轉折間，輝煌之後的頹唐。小說中是我外祖的父輩。外公幼時住

在天津的姨丈家中。這姨丈時任直隸省長兼軍務督辦，是直魯聯軍的統領之一，亦是頗具爭議的人物。於他，民間有許多傳說，多與風月相關。一九三零年代，鴛蝴派作家秦瘦鷗，曾寫過一部《秋海棠》，其中的軍閥袁寶藩，以其為原型。此人身後甚為慘澹，橫死於非命。整個家族的命運自然也隨之由潮頭遽落，瓜果飄零。少年外公隨母親就此寓居於天津意租界，做起了「寓公」。「租界」僅五大道地區，已有海納百川之狀，前清的王公貴族，下野的軍閥官僚，甚至失勢的國外公使。對這偏安的生活，有服氣的，有不服氣的。其間有許多的砥礪，文化上的，階層與國族之間的。只是同為天涯淪落人，一來二去，便都安於了現狀。

這段生活，事關上世紀二三十年代的中國。北地禮俗與市井的風貌，大至政經地理、人文節慶，小至民間的穿衣飲食，無不需要落實。案頭工夫便不可缺少。一時一事，皆具精神。在外公家見過一張面目陳舊的紙幣，問起來，說是沙俄在中國東北發行的盧布，叫做「羌帖」。我輕輕摩挲，質感堅硬而厚實，知道背後亦有一段故事。復原的工作，史實為散落的碎片，虛構則為黏合劑，砌圖的工作雖耗去時間與精力，亦富含趣味。

與以往的寫作不同，此時亦更為在意文字所勾勒的場景。那個時代，於人於世，有大開大闔的推動，但我所寫，已然是大浪淘沙後的沉澱。政客、軍閥、文人、商人、伶人，皆在時光的罅隙中漸漸認清自己。所謂「獨樂」，是一個象徵。鏡花水月之後，「兼濟天下」的宏遠終難得償，「獨善其身」或許也是奢侈。

再說「動靜一源」，小說中的兩個主人公，一靜一動，皆自根本。「無我原非你」。在這瀚邈時代的背景中，他們或不過是工筆點墨，因對彼此的守望，成就故事中不離不棄的綿延。時世，於他們的成長同登，或許彼時是聽不清，也看不清的。但因為有一點寄盼，此番經年，終水落石出。記得祖父談畫意畫品，「當求一敗牆，張絹素迄，朝夕觀之。觀之既久，隔素見敗牆之上，高平曲折皆成山水之象。」於時代的觀望，何嘗不若此，需要的是耐心。歷久之後，洞若觀火，

柳暗花明。

　　小說題為《北鳶》，出自曹霑《廢藝齋集稿》中《南鷂北鳶考工志》一冊。曹公之明達，在深諳「授人以魚不如授人以漁」之道。字裏行間，坐言起行。雖是殘本，散佚有時，終得見天日。管窺之下，是久藏的民間真精神。

　　這就是大時代，總有一方可容納華美而落拓的碎裂。現時的人，總應該感恩，對這包容，對這包容中鏗鏘之後的默然。

　　成稿之際，此間種種，容不贅述。筆喻七載，塵埃落定，於第三個本命年。

（甲午年，冬，香港）

# 楔子

說起來，四聲坊裏，這手藝怕是只留下你們一家了吧。

是，到我又是單傳。

生意可好？

託您老的福，還好，昨天還簽了一單。只是現今自己人少了，訂貨的淨是外國人。

哦。

照老例兒，今年庚寅，寫個大草的「虎」吧。

行。

今年不收錢。您忘了，是您老的屬相，不收，爺爺交代的。

呵，可不！

您走好。

好，好。

文笙走出門，見仁楨低了頭，已經打起了瞌睡。文笙怕驚了她，將毛毯掖了掖。打開輪椅上的小馬扎，也袖了手坐下，不會兒，也睡著了。

過了半晌，仁楨倒是醒了。

文笙迷糊了一陣兒，睜開眼，見老伴望著自己，問，醒了？

嗯。

文笙就將風箏放在她手裏，讓她摸了摸。見她唇動了動，是笑的意思，就說，太太，今年是個什麼色兒？

仁楨說，黃的。

他們到了夏場的時候，已經是黃昏了。

仁楨問，人多麼？

文笙説，多著呢。

仁楨便笑，又該你威風了。

文笙也不説話，也笑，一邊軸線。

仁楨問，上去了？行的是東南風。

文笙説，東南平起不易落呢。

又過了半晌，仁楨問，可該行了？

文笙便從懷裏掏出一把小刀，截斷了線，風箏飄搖了一下，沒了主心骨似的，忽又提了神，往高處穩穩地走了。


文笙輕輕地説，娘，風遂人願，萬事皆好。

説罷又袖了手。那風箏像是得了令，超過其他的，在雲端裏穿梭，漸漸消失不見。

文笙便説，太太，回吧。

仁楨説，再坐會兒吧，難得響晴的天，耳朵都聽得見亮敞。

文笙説，好，再坐會兒。

第一章

# 孩子

民國十五年，十月。黃昏，文亭街口圍了一圈子人。

昭如恰就在這時候推開了門。遠望見許多的人影，她嘆了一口氣，這世道，哪裏就有這麼多熱鬧可看。

聽說西廠新到了一批蘇州來的香燭，質地上乘。昭如親自走一趟，這些日子，市面上多了些東洋蠟。燒起來，有一股皂角味，聞不慣。太太們就都有些懷念起國貨。老闆奇貨可居。不過「德生長」的一份，是一早就留好了的。

昭如遙遙看一眼，想等街面上清靜些再出去。西廠的夥計便說，在門口圍了整個下晌午，説是個逃荒的。昭如低下頭，就回轉身。這時候，卻聽見了孩子的哭聲。

這哭聲，椎了她的心。鬼使神差地，她竟挪動了步子，循著哭聲走過去。人群見是樣貌體面的婦人到來，也不説話，自動分開了兩邊。昭如看清楚了裏面的景象。

是個跪坐的女人。身前一個缽，是空的。女人身上穿了件青黑的麻布衣服，並不見襤褸，但在這深秋天，是很單薄了。昭如一眼認出，是件男式的長衫改的，過份的寬大，隨女人佝僂的身體空落落地堆疊在地上，口袋似的。女人一逕垂著頭，沉默著。旁邊就有人説，前半個時辰還在哭，這會兒興許是哭累了。哭黃河發大水，哭男人死在半路上，也沒個新鮮勁兒。就又有人説，是男人死了麼？要不是家裏有個厲害腳色，我倒不缺她一口飯吃。先前説話的人就訕笑，你就想！人家不賣自己，賣的是兒女。

這話讓昭如心裏一凛。同時，見女人抬起了頭來。神色漠然，卻有一雙青黑的瞳，在滿是塵土的臉上浮出來。昭如想，這其實是個好看的人。想著，那眼睛竟就撞上了她的目光。女人看著她，嗚咽了

一下，斷續地發出了哭聲。聲音並不大，像游絲，竟十分婉轉。哭腔裏，摻著斷續的外鄉話，抑揚頓挫，也是唱一樣。聽得昭如有些發呆。這時候，猛然地，有另一個哭聲響起，嘹亮得震了人的耳朵。昭如才醒過來，這是她剛才聽到的聲音。嬰孩的哭聲。

女人撩開了大襟，昭如看到了一隻白慘慘的乳房。旁邊是一顆頭，覆蓋著青藍色的胎毛。女人將乳頭塞進孩子嘴裏。嬰兒吮吸了一下，似乎沒吮出什麼，吐出來，更大聲地啼哭。女人便絕望地將臉貼在孩子的頭上，自己不再哭了。話沒有斷，清晰了許多。說各位心明眼亮的慈悲人，看見孩子餓得連口奶都吃不上。不是賣小子，這麼著，大小都活不下去了。多少給一點兒，打發了我，算是給孩子討個活路。

她這麼絮絮地說著，孩子竟也安靜下來。身體拱一拱，掙扎了一下，將頭轉過來。昭如看清楚，原來是個很俊的孩子，長著和母親一樣的黑亮眼睛，無辜地眨一下，看得讓人心疼。跟身的丫頭，這時候在旁邊悄聲說，太太，天晚了。昭如沒聽見，動不了，像是定了原地。

周圍人卻聽見了，開始竊竊私語。女人散掉的目光，突然聚攏。她跪在地上，挪了幾步，直到了昭如跟前，抱著孩子就磕下了頭去。太太，好心的太太。女菩薩，給孩子條活路吧。

昭如想扶起她，她卻跪得愈發堅定。躬身的一瞬間，那孩子剛才還在吮吸的手指，卻無緣由地伸開，觸碰到了昭如的手背。極綿軟的一下，昭如覺得有什麼東西，突然融化了。

接下來，她幾乎沒有猶豫地，從女人懷裏接過了孩子。前襟裏掏出五塊現大洋，塞到她手裏。所有的人，屏住了呼吸。這位沉默的太太，將一切做得行雲流水，來不及讓他們反應。

待昭如自己從恍惚中回過神來，人們已經散去了。她叫丫頭小荷將斗篷解下來，裹住了孩子。起風了，已經是寒涼的時節。昭如將孩子抱得緊一些，胸口漾起一陣暖。

這時候，她看見那女人已站起身來，並沒有走遠。昭如對她笑一

笑，將要轉身，卻看見了女人眼中倏然閃出的依戀。

昭如一醒，低聲對小荷說，你先回家去，跟老爺說，我今天去舅老爺家住，明天回來。

沒等小荷接話，昭如已經叫了一輛人力車，放大了聲量，說，火車站。

昭如坐上了去往蚌埠的列車。這一路上，她總覺得背後有雙眼睛，一切就要做得格外的堂皇與明朗。她有些興奮，也有些不安。因為她並不是個會演戲的人，現在，已經演了一個開頭，卻不知要演多久，演給誰看。

這樣想著，她心中有些莫名的湧動，不由自主地，將臉貼一貼孩子的臉。

一路上，孩子竟很安靜，闔著眼睛，看得到寬闊的重瞼的褶痕。

外面暮色暗沉，影影綽綽有一些塔似的形狀，在田地裏燃燒著。那是農民在燒麥秸垛，已是秋收後的景象。對於節令，城裏人知的是寒暖，在他們則是勞作和收穫。

昭如並沒有坐到蚌埠。火車走了兩站，她在清縣下了車。

昭如在城南找了間小旅店。

旅店老闆看著一個華服婦人走進來，沒有任何行李，懷裏卻抱著個面色骯髒的孩子。他袖著手，抬起眼皮，臉上不忘堆了慇懃的笑。

說起來，這些年的來來去去，他早已經見怪不怪。開門就是做生意，其他是管不了許多的。家事國是，都是他人瓦上霜。打十幾年前五族共和，說是永遠推翻了皇帝佬。可四年後，就又出了個姓袁的皇帝。短命歸短命，可的確又出了不是。他就覺得時勢不可靠，做本份生意，是哪朝哪代都靠得住的。

他也看出這太太形容的嚴肅，似乎有心事。為了表達自己的周

到，不免話多了些。昭如聽見，只是點點頭，這時她已經很疲倦。

安排了一間上房。掌櫃請她好生歇著，就退出去。昭如卻叫住他，問他能不能弄到奶粉，美國的那種。掌櫃就有些為難，說自己是偏僻小店，弄不到這種高級貨。昭如想想說，那，煩勞幫我調些米湯，要稠一些。另外給我燒一盆熱水，我給孩子洗個澡。

夜很深了，昭如在昏黃的燈底下，看著孩子。乾淨的孩子，臉色白得鮮亮。還是很瘦，卻不是「三根筋挑個頭」的窮肚餓嗦相，而有些落難公子的樣貌。她便看出來，是因這孩子的眉宇間十分平和。闊額頭，寬人中，圓潤的下巴。這眉目是不與人爭的，可好東西都會等著他。這樣想著想著，她就笑了，心裏生出一些溫柔。

她是個未做過母親的人，卻覺得自己已經熟透了母親的姿態。她想做母親，想了十二年。過門兒一年沒懷上，她就年年想，日日想。念佛吃素，遍求偏方，都是為了這個念想。

這是怪不得盧家睦的，人家在老家有一個閨女，快到了婚嫁的年紀。她是續弦，被善待和敬重，已是個造化。這麼蹉跎下去，沒有一男半女，到底是難過的。有一天她發起狠，到書房裏，磨蹭了半天，終於說起給家睦納妾的事。家睦正端坐著，臨〈玄祕塔碑〉。聽到了，就放下筆，說，我不要。她卻流了淚，好像受委屈的是自己。說，老盧家不能無後。家睦一愣，卻正色道：孟昭如，你真不愧是孟先賢的嫡親孫，知道無後是絕先祖祀。可不孝有三，「不為祿仕」一樁，也是大的罪過，你是要指斥為夫老來無心功名嗎？

昭如以為他是真的動怒，有些畏懼，囁嚅道，我，是真的想要個孩子。

家睦卻笑了。我們不是還有秀娥嗎？到時候討個上門女婿好了。含飴弄孫，說不定比我們自己生還快些。

昭如便明白，家睦是惜她心性簡單，卻也是真的開通。

她看著孩子，心裏沒有底，卻又有些期盼。就這麼著左右思想

間，終於沉沉地睡過去了。

昭如回到家的時候，是第二日的正午。

廳裏已備好了飯菜，一說太太回來了，都急急趕過來。卻不見盧家睦。走在前面的，是郁掌櫃，後面跟著老六家逸夫婦兩個。

昭如便有些打鼓。這郁掌櫃，是店裏得力的人。自從生意上了路，平日裏上下的事務由他一手打理，從未有一些閃失。家睦也便樂得放手，偷得浮生半日閒。除了大事，他輕易也便不會驚擾東家。印象裏他到家中來，似乎只有兩次。一回是來吃老六頭生閨女的滿日酒。一回是因要在青島開分店，與家睦秉燭夜談了一個通宵。

昭如看出郁掌櫃的臉色，不大好看。沒待她問，老六先開了口，嫂嫂回來便好了。他媳婦卻輕輕跟著一句，這是誰家的孩子。

眾人的目光便都牽引到小荷懷裏正抱著的嬰孩。昭如一愣神，眼光卻停在郁掌櫃身上，問他，老爺呢？

郁掌櫃本來是個欲言又止的模樣，一問之下卻答得蠻快，老爺出去辦事去了。

昭如慢慢坐下來，也漸沒了笑容，說，是辦什麼事，還要勞動郁掌櫃來走一趟。

眾人半晌沒言語。老六媳婦榮芝就說，嫂嫂，咱們家是要給人告官了。

老六輕輕用肘觸一下女人。她攛一下身，聲音倒利了些，你們個個不說，倒好像我不是老盧家的人。不說給嫂嫂聽，誰請舅老爺去衙門裏想辦法，難道還真賠進泰半的家產不成。

郁掌櫃便躬一躬身，開了口，太太，其實這回的事情，倒不見得算是官非。只是說到個「錢」字，任誰都有些吞嚥不下去。您記得夏天說起要從老家裏運一批煤和生鐵。訂銀是一早過去了，貨卻發得遲。此次黃河奪淮入海，殃及了一批貨船，咱們的也在其中。

昭如說，這事上衙門，理也在我們這邊，如何又會給人告了去。

郁掌櫃道，太太只知其一。這一回，船上不止是咱們的貨。您知

道城東「榮佑堂」的熊老闆跟老爺一向交好。這次發貨，他便託咱們的船給他順帶些舖面上的所需，有七箱，其中五箱，說是青海玉樹的上等蟲草。此外，還有他家老太太九十大壽，專為女眷們打造了一批金器，說是都在裏頭。單一支如意上鑲嵌的祖母綠，有半只核桃大小。

榮芝冷笑一聲，怎麼不說他們舉家的棺材本兒都在裏頭。這麼多值錢的，該去押鏢才是正經。

郁掌櫃接著說，太太知道我們老爺的脾性，向有孟嘗風，古道熱腸慣了。因為是老交情，這回帶貨，沒立協議，也沒做下擔保。熊家管事的二奶奶認起了真，就有些攪纏不清了。

昭如說，這二奶奶我知道，是個吃虧不得的人。她要我們賠多少，是要將交情一起賠進去麼？

郁掌櫃袖一下手，走到她跟前，輕輕說了個數。昭如呼啦一下站起來。她這平日不管流水帳的人，也知道，這回家睦把胸脯拍大了。

昭如讓眾人退下去，開始盤算，要不要到哥哥那去走一趟。如果熊家真是個說起錢來油鹽不進的人，那是有場硬仗要打了。

想著，她難免也有些坐立難安。這時候，卻聽見外面報，說老爺回來了。

她便迎上去，家睦只看她一眼，就沉默地坐下。昭如使了個眼色，丫頭端上一壺碧螺春。昭如沏一杯給家睦，說，老爺，天大的事情落下來，自然有人扛著。先寬下心來想辦法。

家睦聽見，倒抬起頭，聲音有些發沉，家中的事是要人扛著。有個出息的哥哥，這家你是想回就回，想走就走了。

昭如張一張嘴，又闔上，心知他有些遷怒。這原不是個色形諸於外的人，此時計較不得。她望著家睦，又有些心疼。暗影子裏頭，灰飛的雙鬢，分外打眼。這幾年，這做丈夫的，漸漸有了老態。

到底是知天命的年紀。依他的性情，不喜的是樹欲靜而風未止。她是少妻，縱有體恤，於他的心事，仍有許多的不可測與不可解。

　　她便也坐下，不再説話。太靜，廳堂裏的自鳴鐘每走一下，便響得如同心跳，跳得她腦仁有些發痛。這時候，卻有些香氣漾過來。先是輕淺淺的，越來越濃厚，終於甜得有些發膩了，混著隱隱的腐味。是院子裏的遲桂花。老花工七月裏回了鄉下，無人接手，園藝就有些荒疏。平日裏是沒人管的，它倒不忘兀自又開上一季。一年四時，總有些東西，是規矩般雷打不動的。昭如這樣想著，不由得嘆了一口氣。

　　這當兒，卻聽見另一個人也重重嘆了一氣，將她嚇了一跳。就見男人手撐著桌子，緩緩站起來，眼睛卻有些失神。我盧家睦，許多年就認一個「情」字。在商言商，引以為憾。如今未逢亂世，情已如紙薄。

　　聽到這裏，昭如有些不是滋味，這男人果真有些迂的。可是，她也知道，她是歡喜這幾分迂。這「迂」是旁人沒有的。這世上的人，都太精靈了。

　　夫妻兩個，相對無語。一個悵然，一個怨自己口拙，想説安慰的話，卻找不到一句合適的。

　　這時候，東廂房裏，卻傳來孩子的啼哭聲，一陣緊似一陣。昭如這才猛然想起，這孩子是餓了，早晨餵了碗米湯，現在又是下晌午了。

　　小荷抱著孩子，疾走出來，看著老爺矗在廳裏，愣一下，竟然回轉了身去。昭如看到家睦站在原地，一動未動，眉頭卻漸漸皺了起來。

　　這時候，卻聽見外面嘈雜的聲音。不一忽兒，只見郁掌櫃進來，腳下竟有些踉蹌，嘴裏説著，老爺，大喜。

　　家睦的眉頭還沒打開，有些木然地應道：喜從何來？

　　年輕人喘了口氣，説，咱們的貨，到了。

　　家睦有些瞠目，説，什麼，你肯定是咱們的貨？

　　掌櫃便説，的確是，我親自去火車站驗過。連同熊老爺那七箱藥材，都在裏頭。

　　家睦默然，慢慢説，這倒是真奇了。

掌櫃擦一下頭上的汗，説，説奇也並不奇，是我們「德生長」行事慈濟，造化好。

家睦這才醒過神來，説，你剛才説，火車站，怎麼到了火車站去。

掌櫃便答，我們的貨物，這次並沒有全走水路。船到了杭錦旗，泥沙淤塞，河道淺窄。咱的船吃水太深，實在過不去了。那邊的夥計就臨時租了幾節車皮，改了陸路。沒成想，卻躲過了一劫。這是天意。

家睦頓一頓，問，熊家的人可知道了？

掌櫃説，這不説著先報老爺一聲，給您個心安。那邊也命人去了。

掌櫃又對昭如行了個禮，瞥一下小荷，低下頭，退去了。

這孩子一時的安靜，似乎令人遺忘了他。家睦走過去。小荷抱緊了孩子，無知覺後退了一下。家睦卻見那孩子睜開了眼睛。烏黑的瞳，看著他，嘴角一揚，笑了。這一笑，讓這男人的心和臉，都瞬間鬆弛下來。

他於是問，這是誰家的孩子？

昭如走到跟前，大了膽子説，是你兒子。

家睦抬起頭，與昭如對視。她看得出他眼裏並沒有許多疑慮，卻有些鼓勵的神色，那是等著她説原委。她想一想，便一五一十地照實説了。

家睦聽了後，又看了看孩子。沉吟一下，朗聲大笑，説，這就是所謂「天降麟兒」了。他方才這一聲哭，算是諸事化吉。

昭如輕輕説，老爺，你就不怕這孩子不明底細。

家睦説，這世上，誰又全知誰的底細。他來到了盧家，就是我盧家的底細。説起來，我日後倒要給火車站立座功德牌坊。這一日內兩件喜事，皆與它有輾轉，合該車馬流年之運了。

他便俯下身來，也看那孩子。孩子卻伸出了手，猝不及防，揪住他的鬍子。還真有一把氣力，不放手。家睦一邊笑，一邊卻直不起腰來。昭如看在眼裏，也忍不住笑了。

# 抓週

　　孩子在盧家長到了一歲，已十分的壯大，全無初來時的瘦弱樣子。

　　奶媽雲嫂是臨沂人，口音濃重，依家鄉的例俗叫小孩子「哥兒」，透著股寵溺勁兒。大家便都跟著叫，開始是逗趣的，一來二去久了，也叫慣了。府中並無其他的男童，「哥兒」便成了孩子的小名。

　　哥兒是受眾人愛的。這愛裏，自然有深淺。久了，人們漸漸發現哥兒的性情，並不會因這深淺而有所依恃。他的脾性溫和，能夠體會人們的善意並有回應。回應的方式，就是微笑。一個嬰兒的微笑，是很動人的。這微笑的原因與成人的不同，必是出自由衷。然而又無一般嬰童的乖張與放縱。這讓人很歡喜，因為他笑得十分好看。臉上有淺淺的靨，鼻子也跟著翕動，欣然成趣。然而，人們又發現，他的微笑另含有種意味，那就是一視同仁。並不因為誰對他特別好而多給一分，也不會因為對方只是偶示愛意就稍有冷淡。將他捧在手心裏的雲嫂和顏色肅穆的郁掌櫃，他毫無厚此薄彼，真是無偏無倚。如果是個大人這樣，人們就會覺得他世故了。但這樣小的孩子，做娘的，就有另一層擔心，就是怕他其實有些癡。

　　哥兒對於寒暖飢飽，其實很敏感。但又是一樁不同。一般嬰兒多是用啼哭來表現不滿與困境，哥兒到來的第四個月，似乎已不太哭了。他有需要的時候，會有他獨特的表達。比如，將鼻子皺起來；比如，發出「嗯嗯」的急促的聲音，這多半就是要吃或者要拉。這孩子，並無給這家裏帶來很多初生兒的感受。因為他很少有一些激烈的聲音與行為，太安靜了。

　　在他來到這家裏一年的時候，雲嫂便說，是時候給少爺擺桌「週歲酒」了。家睦夫婦二人對望一眼，並沒有接話。因為他們是將哥兒

的來日作了生日，具體的生辰是有些含混的。雲嫂又說，近乎自言自語，擺酒，再就是要「抓週」了。看看哥兒將來到底是個什麼人物。說到這裏，昭如心裏卻是一動，然後轉向家睦，老爺，該要請些什麼人，咱們擬個單子出來吧。

擺酒那天，十分熱鬧，稱得上賓客盈門。一來是因為家睦在城中的好人緣。山東人重鄉情，所以一家事成了百家事；再一來，也是人們對新生的盧家少爺，多少有些好奇。這時節也算市井太平，一個「週歲酒」也可擺成盛事。在旁人看來，是借題發揮，於盧家卻是喜由心生。

哥兒生平第一次成了輿論的中心。盛裝包裹，虎頭帽，滾邊的緞子襖，元寶鞋，將他製成只花紅柳綠的粽子。這代表著雲嫂的審美。沉甸甸的長命鎖令他有些拘束，時而揚起脖子，擰動一下，但臉上仍然是微笑的。他微笑地看著半熟和陌生的人，聽著他聽不懂的或真或假的讚美。一兩個雅士，也會站定了，在他面前吟哦一番。大家就都跟著盡了興。

家睦夫婦也微笑著，這無論排場與氛圍，都令人滿意。接了帖子的，悉數到齊，也表明家道還說得過去。

當晚的高潮自然是抓週。床前設了長案，上面擺了各色物事。一冊《論語》，一只官星印，一把桃木製的青龍偃月刀，另有筆、墨、紙、硯，算盤，錢幣，帳冊，釵環，酒令籌筒，可謂面面俱到，滿當當一桌。雲嫂將哥兒抱過來，讓他伏在案前，邊說，除了做皇帝，我們哥兒是什麼都挑得揀得。

這一說，孩子竟收住了笑，臉上一時有肅穆的表情，目不轉睛地盯著一案子的琳琅。眾人便笑，說些鼓勵的話。他身子傾一下，左右看看，手抬一抬，似乎要落在《論語》上。旁人就說，好，腹有經綸，要做錦繡文章。誰知他卻眼神一轉，胳膊挪一下，又去碰了碰青龍偃月刀。眾人又說，好，文治武功，將來是個將才。他卻依然沒有

撿起來，望一望雲嫂，又望一眼昭如，竟然坐定了，不再動作。只是眼裏含笑，心平氣和地看這一圈大人，像是在看風景。過了半晌，人們終於有些焦急。雲嫂索性將一只算盤，在他面前撥拉。按說這很不合規矩，但大家都瞭解她的心意。他抓一下算盤，起碼是個圓場，說明有意陶朱事業，家睦這爿店後繼有人。哥兒眼珠子跟著算盤珠子走，但並未伸出手去，反而將個大拇指放在嘴裏吮。吮夠了，取出來，仍然是穩穩地坐著。臉上的笑容更為事不關己，左右顧盼，好像是個旁觀的人。

人們失望之餘，都有些小心翼翼。對待難堪的方法似乎只剩下沉默。雲嫂也收起了熱鬧勁兒，望著男女東家臉色漸有些發木。

這時候，席間卻有一位老者，緩緩站起身來。雖未圍觀，遠遠地他也看了個周詳。人們便聽見他說，這一番上下，見得公子是無欲則剛，目無俗物，日後定有乾坤定奪之量。

聲音不溫不火，卻擲地有聲。人們便紛紛附和。爹娘也舒了口氣，心中感激老者的解圍。

家睦舉了杯酒，到了老者面前，道一聲「吳先生」。老者捋了捋鬍鬚，笑著擋了去，說，盧老爺，客套便罷了。是我與小公子有緣份，竟比你們做父母的更懂得他的心志。

這吳先生，大名吳清舫，是城中一個畫師。認識他的，看到他坐在這裏，都有些詫異。一來他實在是個深居簡出的人；二來，此人近年來名頭頗大，卻心性淡泊，漸有了神龍藏首之姿。人們只知其與杭天壽、于書樵、江寒汀等人齊名，至於其本尊，卻目者寥寥。今晚他坐在這裏，人來人往，竟也十分的清靜。

說起來，這畫師如何成為家睦的座上賓，有一段淵源。吳先生的前半生，稱得上一波三折。生於清光緒十五年。幼承庭訓，早年入私塾、讀經史。後值洋務運動，世中學堂卒業。功名求取告一段落，方齊一心之志，投身繪事，習《芥子園畫譜》，視為初學之津梁。其間

筆喻耕耘，遍訪名山，胸藏丘壑，精工花卉、翎毛、走獸、人物，無不涉獵，所謂「畫得山窮水盡」。匠心銳意，終自成一家，創寫意富麗花鳥畫一派，為時人所重。其近年聲名大噪，又是一樁佳話。機緣巧合，五六年前，其畫作被國民政府選送巴拿馬萬國博覽會，竟一舉獲得金獎。於是成為國際上獲金質獎的第一個國人。此舉似乎有些空前絕後。他年中國在博覽會上獲獎的，是大名鼎鼎的貴州茅臺，再與人無涉。

這一來，一眾政要、名流士紳，求畫若渴。潤筆之貲，水漲船高，時稱「官宦人家大腹商，中堂字畫吳清舫」。這吳先生的畫，便不是凡俗之輩賞玩的物件了。以家睦的處境，實在算不得「大腹商」。好奇的人，便與他問起彼此的交往。他答得十分簡單，只兩個字：朋友。

吳先生哈哈一笑，說，我還真是個找上門來的朋友。


家睦與吳先生，相識有十年了。那時候，也是盧家睦來到襄城的第五個年頭。在老家居喪三年，才接手父親一手創立的「德生長」。

起初是十分艱辛的。因他並不是個做生意的人。早年在老家開了一間私學，既無心仕途，授教孔孟一為了生計，給養家小之餘，成了無可無不可的樂趣。他也就自比南陽的諸葛，躬耕習讀。外面是大世界的紛擾，心中卻自有一番小天地的謙薄自守。往來的也都是些相像的人，沒什麼野心，青梅煮酒流年去，菊黃蟹肥正當時。那個在外創業的父親，於他更是遙遠。久了，竟也沒什麼牽念。

直到父親去世有時，他才第一次走入襄城。這一爿家業，讓他意外之餘，更添幾分戚然。郁掌櫃將一枚商印交與他手中時，竟有些誠惶誠恐。

此後的日子，似乎比他想像得順利。一來盧老太爺，兢兢業業，日積月累，客源與貨源已十分充分。一切似乎是水到渠成。再一來，便是家睦自己溫厚的性格，與商界朋友的相處，待見有餘。加之同鄉會的撥舵引領，漸漸水乳交融。兩年多，鐵貨生意順風順水，竟比老太爺在世的時候，更進了一步。家睦是有遠見的人，看得見這城裏外來人的土

木興築，愈發繁盛。便想在道平路又開了間分店，叫「宏茂昌」。

民國十一年，逢上豫魯大旱，是百年不遇的「賤年」。山東各地，便有大批的災民東進南下。又因投靠鄉黨，流入襄城的尤多。同鄉會將他們分別安置在下洪、齊燕會館兩處。

魯籍的富庶商賈，便有心設棚賑災。硬食多是花生餅、豆餅施以稀飯。尋常人家上不得桌面的東西，於難民是救命之物。「德生長」的粥棚前人頭湧湧，卻不同，發放的主食是一道「爐麵」，讓同鄉大為罕異。

原來這「爐麵」，是魯地鄉食，做法卻甚為講究。五花肉裁切成丁，紅燒至八分爛，以豇豆、芸豆與生豆芽燒熟拌勻。將水麵蒸熟，與爐料拌在一起，放鐵鍋裏在爐上轉烤，直到肉汁滲入至麵條盡數吸收。如此出爐，味美令人食之不禁。

粥棚以「爐麵」發送，本為善舉，在旁人看來是卻有奢侈之嫌。家睦並不在意，見難民食鄉味至涕零，甚感安慰。

這一日施粥，卻見一位老者，施施然在桌前坐下，要一碗爐麵。他操的是本地口音，顯見不是難民。夥計便皺了眉頭，厲聲道，沒聽説，打秋風打到粥棚來了。這麵再好吃，是你這種人吃的麼？

家睦聽見了，眼光也跟了過來。老者並不惱，拈一下鬍鬚，微笑説，既是善舉，豈有一時一地之規。我腹中飢餒，也是一難，怎麼就不是難民了？

夥計就有些惱，説，我們「德生長」，不招待無理閒人，你請吧。

老者坐定，闔上了眼睛。

家睦就走過來，作了一揖，説，老人家，我們這爐麵，確為流離鄉民所備。原不是什麼好東西，因是魯產，倒可解離鄉背井之苦。您若不嫌粗鄙，盧某即奉上與您品嘗。

老者並不客氣，説，那就來上一碗。

好麵。老人吃罷，起身從袖籠掏出一個卷軸，説，既吃了你的麵，也不能白吃，聊作啖食之貲。

家睦展開一看，是一幅工筆花鳥，畫風謹致，再一看落款，是

「吳清舫」三個字，心下大驚。原來這老者便是這襄城盛傳的清隱畫家。此番出現，實在出人意表。

家睦連忙拱手，說，吳先生，家睦怠慢，還望恕罪。老者還禮笑道，盧老爺之盛情，心知肚明。今日到來，一為吃麵，二有要事相商。可否借一步說話。

原來這吳先生，為人清澹，內裏自有熱忱。近年也苦於襄城畫派式微，後繼無人，就想著開辦一間私學，招收生徒。卻礙於聲名，很怕城中顯貴商賈，都將自己的孩子送了來。二來又確需資助，才可遂他不拘一格降人才之願。

他在城中多方查考。肯出錢的不少，多為沽名釣譽之輩，令他大感失望。心氣涼了，便將這事擱下了。後來有一日，聽人談起城東「德生長」五金店的盧老爺，是個淳厚之人，早年在山東鄉裏耕讀，並非俗庸之輩。吳先生便心裏一動，想要登門造訪。

卻見盧府當日搭棚施粥，吳先生便有心要試他一試，於是便要了一碗「爐麵」。

吳先生笑得十分爽氣，說，我也是老夫聊發少年狂，唐突了。

家睦也笑，說，莫以善小而不為，尊承古訓是本份。能與吳先生結緣，卻是造化了。

這私學便辦起來。設帳教授繪事。因吳先生致力，後又有陳蘭圃、郁龍士，路食之等城中丹青高手加入。家睦則出貲襄助，名任督學。因不囿門第，學生中的寒素子弟，勤苦愈甚。其中有一年幼學生，名李永順，出身城南赤貧之家，天資過人，尤得吳先生喜愛賞識，頻稱「孺子可教，素質可染」，於是給他起了新學名「可染」。時過經年，這李可染果成為畫壇巨匠，仍念念師恩，這都是後話了。

因這襄辦私學的機緣，吳先生與家睦成為忘年之交。開時談文論藝，頗有幾分伯牙子期之快。家睦在旁人眼中是個凡俗商人，吳先生

卻當他是知己。因他經濟往來，身染煙火，縱論時事，也就少了些文人的迂腐氣。這是吳先生與同仁間的酬唱往來，所少見的，也就覺得格外新鮮。一來二去，更是相見恨晚。

家睦得子之樂，吳先生有心賀上一賀。這一日，原本預備看這孩子抓週。抓到什麼，就即興作畫一幅，算作應景的賀禮。可滿目琳琅，這哥兒卻是橫豎都沒看得上，也是樁奇事。他那一語解圍，倒有大半是真心話。

酒宴尾聲，家睦又留住吳先生致謝。吳先生擺擺手。家睦便說，見先生與小兒心氣相融，另有不情之請。

吳先生笑道：請講。

家睦便說，犬子雖已週歲，卻還未有大名，想借先生金口賜教。

吳先生讓道：豈敢，不過盧老爺抬舉，我就造次了。

吳先生端詳這嬰孩，眉目和泰，天真純明，也真的從心下喜歡，便說，公子形貌和諧淳正，有乃父之風。《小雅・鼓鐘》裏有「鼓瑟鼓琴，笙磬同音」之句，正當其是，大名可取「文笙」。字謂同義，就叫「永和」吧。

家睦謝過。從此，盧府上下，便喚這孩子「笙哥兒」。

# 天津

　　笙哥兒週歲的時候，舅父並未到場。半個月後，盛潯從天津回到襄城，將一串瑪瑙串掛在這孩子頸上，使勁摸摸他的頭，說道：外甥像舅，我可就等著你長大了。

　　孩童伸出手去，捻一捻這壯大男子蓬亂的髯，扭一扭脖梗子，笑了。

　　民國十六年秋，笙哥兒隨母親住進了直隸軍務督辦衙門的官邸。

　　昭如姊妹，因為機緣，竟然也算多年後有了團聚。

　　原本，昭如並不打算離家太久。然而來了天津，一月未竟，大姊就染了風寒。她便也就走不掉了。

　　這一年情勢顛簸，姊夫又是風口浪尖上的人。昭如知道，大姊是心勞成疾。她有一些心疼，卻又不知該怎麼幫，唯有陪伴左右。

　　京津秋寒來得早，十月未過，房裏已生起了爐火。昭德在床上躺起身，覺得好了些，就叫底下人取了些栗子在火上烤。姊妹兩個，沾著蜜糖吃。

　　栗子劈啪作響，沒有人說話，倒也不覺得冷清。昭如看著姐姐，雖是病容，仍是剛毅淨朗的樣子。闔了眼，手裏是一枝羊脂玉的菸筒。有些菸膏的熟香，裊裊在空氣中，鬆鬆弛弛地散開了。

　　許久，聽到姐姐開了口，說，我扣了你這麼久，家睦不會要怨我了吧。

　　昭如笑一笑，將剛剝好的一顆栗子放在昭德的手心裏，說，我不在，他卻樂得舒爽，和一班文人廝混。櫃上的事情，有人幫他打理，我也插不上手。

昭德嘆一口氣，說，凡事你還要上心些。這做女人的，家裏的事情，不要什麼都知道，也不要什麼都不知道。

昭如輕輕應一聲，說，二哥這一陣，似乎是忙得很。

昭德睜開眼睛，說道，男人忙些是好事，他還是要多歷練些。公辦局那邊，我著了旁人幫他，百廢待興，頭緒是夠繁的。另一邊，他倒是早就上了手。我說多了，他還一百個不高興。

這另外一邊，是長蘆鹽運使這個差事。瞧著威風八面，昭如卻聽家睦說起，原本不是個容易的差使。打前清康熙年，長蘆鹽區兩大鹽務監管機構 —— 長蘆巡鹽御史衙署和長蘆都轉鹽運使司衙署，相繼移駐天津，看重天津衛是「南北要衝、河海總匯」。權重自然位高，鹽運使自來秩從三品。然而，眼下到了民國，這位子似乎是誰都坐不穩。升遷，下野，人事更迭得厲害。二哥盛潯在任上已有兩年，卻做得不錯。最有建樹的一樁大約便是開辦了長蘆興利局，請將津武引案改歸官辦；又曾呈請寬免欠運鹽引商人罪名，便於當地鹽業得了人心，陣腳漸漸穩固。之前背後稱他是「石小舅子」的一夥人，也漸漸息聲斂氣。

可昭德仍然不放心得很，總怕他行差走錯。按理，昭如是很服氣這個大姐的。她是一輩子為人做主，先做自己的，嫁給了石玉璞。那可真是相逢於微時，雖是年少失怙，到底是孟夫子的後代，竟嫁給了梁山縣的一個武夫。當時是沒人看好的，全憑她自己的氣性。長姐如母。弟弟妹妹的主，她更是要做的。這一樁樁下來，大半輩子也過去了。

昭如看著大姊，眉頭緊蹙，忽而舒展開。昭德說，我總疑心你姐夫，這一向與英國人走得太近了些。

昭如想一想，說，倒是有一陣子沒見著姐夫了。

昭德將腿上的狐皮褥子，使勁裹一裹，說道，這不新娶了房姨太太，新鮮勁兒還沒過去。也好，男人在女人身上多下些工夫，省得他在旁的事上瞎鬧騰。

昭如見她輕描淡寫，好像在說別人的男人。

昭德便笑，聽說這個窯姐兒，和張宗昌也有些瓜葛。兩兄弟倒真

真好得穿了一條褲子。

這時候，聽見門簾響動，便見一個年輕人抱了笙哥兒進來。笙哥兒掙著下了地，向昭如的方向跑了過來。雖說是到了北方，這小子卻沒有水土不服，一個月來，反是更壯實了些。眼見著被奶媽雲嫂又裹得像玉玲瓏似的，著實可喜。

昭德便也笑了，瞧他手裏拎著個巴掌大的竹籠子，便問說，尹副官，你這是給我們哥兒買了個什麼？

年輕人便行個禮說，夫人，我們在「李福興」門口，看見賣蟈蟈的，就買了一籠。

昭如便也有些驚奇，說，這大深秋的，竟然還有蟈蟈，養得活嗎？

尹副官便說，這回是吃飽了，將將叫得敞亮著呢。

笙哥兒便拍打了籠子。籠裏的蟈蟈識趣得很，一振翅膀，倒真的叫了起來。果真是嘹亮得緊，且聲音急促，不依不饒的。

昭德用手指按了按太陽穴，說，好嘛，這麼個叫法，吵得腦仁都痛了。

尹副官拎了蟈蟈籠走出去。笙哥兒也沒言語，老實偎著昭如坐著，吃雲嫂給調的栗子羹。雲嫂惜他的乳牙，就將栗子蒸熟磨成粉，用蜂蜜和杏仁露拌了給他吃。這會兒正吃得起勁。

昭德便逗他，說，哥兒，大姨頭疼得很，要吃栗子羹才得好，這可怎麼辦。

笙哥兒聽了，眼神迷惑了一下，就捧起碗，挪了步子，放在昭德手中。昭德輕輕嘆一聲，撫了撫這孩子的頭，說，妹子你有福了。這小人兒安安靜靜，卻仁義得很。

說著就要抱，笙哥兒便讓她抱。她抱起來，卻又放下，有些氣喘。她說，真想不到這麼沉。又沉默了一下，說，孩子大了，也是我老了。

昭如在旁邊聽了，想起姐姐膝下無子，多半是勾起了傷心事，便說，姐你好生歇著，後晌我再來。

說著，便牽起笙哥兒的手。

昭德倒在後面追了一句，我叫廚房老魏做了一籠蓮蓉糕，叫孩子趁熱吃。

昭如抱著孩子，從寬闊的階梯上走下來，走到大廳裏。陽光從身後的琺瑯窗上篩過，被斑駁的藍色與紫色濾淨了溫度，照在身上，並覺不出有一點暖。

琺瑯窗上拼接著一些陌生的人與事。這督辦府的淵源，是一個洋買辦的宅子。原主人是個虔誠的基督徒，所以裏外上下，佈置得總有些帶著異國情調的肅穆。聽說，石玉璞曾想要改造，是昭德留了下來。

一個女僕經過，垂首向她問候，恭恭敬敬。她聽出這恭敬裏，其實也是肅穆的，甚至帶著一點躲閃與驚恐。這讓她不太習慣。大約更不習慣的是雲嫂，在這裏一個多月，她竟沒交下半個朋友。這於她熱烈的性格，是很大的打擊。而石夫人不止一次地暗示昭如，不要太慣縱自己的僕從，要讓他們舉止變得尊重規矩些。她便覺得十分的委屈，一次又一次地和昭如說，要回襄城，不然就辭工回鄉下去。

昭如看到懷裏的笙哥兒，眼神突然定定地不動。循他目光望過去，是掛在牆上的一個巨大的鹿頭。她想起，聽說這是石玉璞某次打獵的戰利品。是多年的死物，毛色已經晦暗，崢嶸的頭角，上面落了灰塵。牠的眼睛是兩顆琥珀色的玻璃珠子，同樣是一件死物。然而，不知為什麼，昭如卻也在這眼睛裏，看到了驚恐。

昭如心裏升起一陣寒意。她覺出兒子的小手，捉實了她的肩膀。她很想離開這裏，卻沒有挪動步子。

這大廳裏，一個多月前，曾經是很熱鬧的。

石玉璞的五十壽辰。也因為此，昭如赴津，以石夫人胞妹的身份前來拜賀。

回想起來，那一日來了許多人，派頭又都大過了天。禮數是少不得的。

外頭報一個，石玉璞便起身相迎。因石夫人託病未出席，昭如便隨著要行禮。按理也見過許多的世面，可這中間的繁瑣，竟至讓她有些侷促。

她看著姐夫，原本是個陌生的男子，這時十分自得。鰵黑的面龐，還未入席，竟已有了三分醉意。擁著他的，是四房姨太太，依紅偎翠。一份自在和得意，是要給眾人看的。

門口站著樂隊，不管是誰來了，先吹上一段嗩吶。〈龍鳳呈祥〉，本是應景的曲子。但畢竟鄉俗，來的人，先是愣上一愣。再看見石玉璞的臉，便忙著堆起了笑，說這曲兒喜慶，若不是司令別出心裁，何來如此熱鬧。

石玉璞便作了個「迎」的手勢，也笑。可在這笑裏面，昭如卻看出了譏諷。他下垂的眼角，因了笑，格外地深刻了些，與太陽穴上的一道傷疤連在了一起。那傷疤在笑容裏不動聲色地抽動了一下。

人們要讚的，當然還是前廳懸掛的「百壽圖」。草行隸楷，小金魏碑，兩人多高。豔紅的底子，金線為經絡，氣勢非凡。三姨太嬌嗲一聲，著眾人猜是誰的賀禮。人們看清楚圖上款識是「毅庵」二字，眾皆瞠目。石玉璞擺擺手，輕描淡寫，說難為張少帥，命南京十個雲錦織工，趕製了年餘。昨晚總算送了來，石某得之有幸。

司令過謙了。聽說今日壽宴，一「張」之後，更有一「張」。效坤公的那幅壽聯，何不也拿出來，讓我們開開眼界。

大家聽到張宗昌的名號，不禁都有些無措。話到了嘴邊，也並不說出來。方才講話的是天津的名律師張子駿，人們知道他與石玉璞的淵源，是拜了碼頭的徒弟，也就頓然明白。這一唱一和，是石玉璞要坐實了「奉系三英」的交情。於是，有人先在心裏有了忌憚。

石玉璞便命人捧了只錦盒，打開來，是絲絹裱好的兩支卷軸。施施然展示，便有了上下聯：

「大炮一聲響，蘊山四季春。」

剛才還惶恐的人，看在這裏，無不忍俊。這字倒還規整，可粗眉

粗眼，正是「狗肉將軍」的手墨。張宗昌人是魯莽，卻好風雅。這是人人知道的事。這聯中的意境趣味，便不會是有人代筆。有人琢磨這「四季春」心裏竊笑，便也有些形諸於眉目。

石玉璞看在眼裏，冷笑一下，説，我這老大哥人是粗些，道理卻不錯。

説罷，將身後一個女人擁了出來，索性抱到自己大腿上。眾人一看，正是他新娶的五姨太太小湘琴。他將手伸進這女人旗袍中去，揉捏了一把。女人羞紅了臉，卻不敢動彈，眼光飄移了一下，卻正撞上昭如的眼睛，忙不迭地低下頭去。石玉璞的手用了一把力氣，對張子駿説，迎駒，你讀的書多，且解一解，這聯中的「四季春」，究竟説的是什麼？

張子駿猶豫一下，一拱手，説，以我造次之見，司令壽辰，佳人在側，自然四季含春。

石玉璞笑著走過來，卻一個巴掌扇了過去。這一巴掌扇得狠，張子駿跟蹌了一下，捂著臉，看對面人仍是張堆笑的臉。

石玉璞環視周圍，説，這一巴掌正是四季春。丈夫偉業，對人對事，四季如春。

局面有些尷尬，皆是經過了世面有頭臉的人，卻都被這一巴掌扇得有些暈乎。

昭如張一張口，看到石玉璞背後的小湘琴，輕輕動了一下嘴角，臉上的表情，平靜如水。


石玉璞朗聲大笑，拍拍張子駿的肩膀。轉過身去，揚一揚手説，女人是好東西，但要獨享。有一樣好東西，一個人卻少了滋味。去，把我二十年的女兒紅端出來。來者一醉方休。

酒是個好東西，三巡之後，熱鬧點，眾人都有些忘記方才的事。昭如攙扶著昭德出來，算是與來賓打了個照面。這時候，外面有些喧嚷的聲音。突然，昭如覺得姐姐的手心捏緊了。

只見門打開，進來一個年輕的軍官。這人身量十分高大，步履生

風，邊走著，邊解下了身上的斗篷，口中說，我倒是來遲了。

他逕自走到石玉璞跟前，作了個長揖，說，這一遲便是半個時辰，該怎麼罰酒，全憑兄長發落。

石玉璞人已微醺，見了來人，卻一個警醒，說，我道是誰？原是個不請自來的。

昭如因聽到河北口音，禁不住打量。卻見來人並非北方人的面相，鵝蛋臉，生就一雙丹鳳眼。若是女人，便是有些媚。但見他一字橫眉，漆墨一般，眼鋒倒格外凜冽。短短的髭髭，修剪出了一個清朗的輪廓。

漢子面向右首，又對昭德行了禮，口中說：柳珍年見過嫂嫂。

這一刻，席間便安靜下去。昭如心下也是一驚，便為這「柳珍年」三個字。見過的，心下早已經打起了鼓。沒見過的，為這名號先震上一震，待看清楚是個書生的樣貌，更是有些瞠目。即若遠在襄城，「膠東王」的聲名便是閨閣中人，也略知一二。傳他在煙臺擁兵自重，卻治軍嚴明，雖年輕，頗有後來居上之勢。昭如是知曉些內情的，包括與石玉璞的過往，見他此來，不免有些隱隱的擔心。

昭德輕輕一笑，吩咐底下人在身邊加上一張椅子，說道：坐吧，不過一杯酒的事。

柳珍年坐定，先斟上酒，口中道：我先自罰三杯。一仰脖，幾杯下肚，青白面皮竟已經泛起了微紅。他說，這下一杯，我是要先敬嫂嫂。

昭德聽了，施施然起身，與眾人說，都別望著了，難得有興致，大家好吃好喝著，也讓我與自家人說說話。

這才坐定，也執起一杯酒，回道：兄弟，這麼多年沒見，酒量是見長了。嫂嫂先受你這一敬，卻不知是什麼名目。

柳珍年道：這一敬，是為當年那一百軍棍。若不是嫂嫂慈濟，手下留情，儒席怕已是黃土一杯。

昭德默默將酒喝下，用絲帕拭了拭嘴角，說，我是沒做什麼，這杯酒是替你大哥領受的。

石玉璞將長袍的扣子解開兩粒，笑一笑。席上的人，都看出這笑有些僵。

柳珍年便又斟滿一杯，這一杯酒是拜賀大哥的。

石玉璞也便叫人斟上，執起杯子，卻一回身，捏住身邊的小湘琴的脖子，一氣灌進她的嘴裏去。五姨太咳嗽著，又有些乾嘔。石玉璞倒不動聲色，將筷子在桌上點一點，揀起一塊海參，慢慢地咀嚼，道：除了這個女人，我是沒有什麼好賀。倒是你可喜可賀，這效坤的一盤散沙，給你收拾得有模有樣。

柳珍年輕笑，小弟不才。張司令的舊部，只是託管而已。永昌兄不要的，不值錢的，小弟我當成了寶，東拼西湊了五個師，也是見笑。

石玉璞臉色就有些暗沉下去，知道他說的是張宗昌的第四軍軍長方永昌棄軍夜遁之事。

昭德便賠了笑臉，親自站起身，也夾了塊遼參到柳珍年碗裏。柳珍年謝過，笑道，我在山東，難得吃到這上好的「灰刺參」。聽說大哥最近去大連跑得頗為勤快，怕是吃得不少。不過吃多了，難免脹氣，倒不如吃不到了。

這時候，席間的人都聽到「喀吧」一聲。一定睛，竟是石玉璞手中的筷子，被生生捏斷了。昭如看得清楚，昭德在桌子底下，死死按住石玉璞的膝蓋頭。

柳珍年一仰頭，又喝下一杯，說，大哥年年有今日，這賀也賀了，小弟就此別過。說罷一拱手，一雙丹鳳眼，竟在醉意中柔和了許多，有了萬種的風情。

後會有期，留步。說完披了斗篷上身，一揚手，隨行已至，在眾人目光裏翩然而去。


席散了。

石玉璞仰在太師椅上，手指掐著印堂。昭德走近一步，便聽見他說，昭如，你姐姐也乏了，扶她上房歇息去。

昭德回轉了身，說，我看這柳珍年，是來者不善。

石玉璞乾笑一聲，這倒沒什麼，這督辦府的衙門，從來是善者不來。

昭德說，他倒是還記得那一百軍棍。可單憑是張司令的面子，也不至於在這壽宴上尋舊帳。

石玉璞嘆一口氣，眼裏沒了神采，喃喃說，他怕是已經知道了。

昭德急問，知道什麼？

他這才回過神，擺一擺手。抬起頭，眼睛裏卻流露出一絲虛弱與驚懼，是屬於一個孩子的。

昭如記住了這個眼神。一個月後，在這一刻，竟與這牆上的鹿的眼睛疊合，讓她倏然心驚。她將笙哥兒抱得更緊了些。

當她挪動了步子，要往西廂房去時，聽見一個聲音說：盧夫人留步。

她回頭一看，是尹副官，便行了禮。

尹副官手中舉著一沓紙，說，上回因夫人病著，梅老闆到天津來演出，竟也耽誤了您去聽戲。我們夫人一直記掛，這不，「漢陞」將將送了戲報來，夫人就命我訂了最好的位置。

昭如心裏想著，能聽上一齣梅蘭芳的《貴妃醉酒》，也不枉來天津一趟。自己算不得票友，其他的，便更有些意興闌珊。話到嘴上，便淡了些，說有勞姐姐記掛，可眼下新出的角兒，能及梅老闆的十一的，怕是沒有幾人。

尹副官便遞了一份戲報給她，說，您且看一看，這一個。他指點著紙上的一幅劇照。

這徐漢臣，是上海新舞臺挑班的譚派老生。「漢陞」的經理趙廣順，花了許多力氣才請了來。月中有他一齣《火燒大悲樓》，聽說十分好看。

昭如見照片雖則模糊，卻也辨得出上面的人，面目可喜，便想帶笙哥兒去看看熱鬧。

這「漢陞」坐落在南門外河西街吳家橋西塊，還是老戲院的作派。到底已開了四十多年，只是那掛在廊檐下的牌匾，上面就積了銅錢厚的塵土。字究竟也有些斑駁，是讓年月給蝕的。這一番上下，比起近在咫尺的「儷和」，就顯出了些破落相來。

可穿過門廳，走了進去，才知道這所謂破落，其實是一份氣定神閒。這滿堂的賓客，與周遭的環境間恰如其分。人們的神情，一律是怡然的。幾個面目拘謹的，一看便知是新客。遠遠地，一個士紳模樣的老者一揮手，便有一個熱毛巾把旋轉著飛過來。老者手伸在半空，一把擒住。拋得利落，接得也漂亮。堂倌，穿梭在人群裏，是忙而不亂。幾個茶博士，間或其間，掂著一把龍嘴大銅壺，手背在身後，微微點動。沸水傾瀉而下，於碗中點滴不漏，一碗茶湯頃刻間便製成。茶博士一躬身，口中道「擎好兒嘞您哪！」姿勢優雅，一氣呵成。

督辦府的包座是在最前排的右首。因都是些女眷，尹副官陪側，中間設了一道紗屏，與場上隔開。

鬧場的鑼鼓響起，這新來的戲班子，按例兒加演一齣「跳加官」。幾個人戴著面具、官帽，紫袍高靴，手裏執著「天官賜福」、「招財進寶」和「黃金萬兩」等條幅，頗為吉慶。笙哥兒十分歡喜，竟跟著有些手舞足蹈。昭如倒是意外，繼而也高興起來，想著他平日太安靜，這時候才是男孩子的本相。

前面的幾齣文戲，未免期期艾艾。昭如將手中的十八街老麻花掰碎了，一點點地餵孩子。這時候，一個不知規矩的觀眾，突然喝了一聲彩，將她嚇了一跳。這才知是《火燒大悲樓》開了場。

這扮濟公的，便是徐漢臣。雖不是很懂戲，可那日聽尹副官說了一回，便也知道這個角色是老生，丑角並演，很考究功夫。只見這徐漢臣，扮相十分滑稽，眉目舉止間卻有一種從容，便知有末行的融入。一番唱作，行雲流水，也漸漸令人入境。酒肉伴狂，雖也演得放曠，卻是謔而不浮。昭如心裏便暗暗有些讚嘆。正這時，卻聽見有笑聲。她側過臉，看笑的正是五姨太小湘琴，原是為場上的一個扣子，未免笑得有些忘情。昭如便想，到底是個孩子，難以處處收斂。這

想著，小湘琴卻也發現了有人看她，便收拾了笑容，用絲帕拭一拭嘴角，一臉正色起來。

待戲散了場，昭如與眾女眷等著司機將車開過來。談笑間，尹副官說，看，徐漢臣出來了。就見從戲院邊門前後走出兩個青年。一個穿著舉止都十分倜儻，是新式的作派；另一個生得清俊，著長衫，穩重很多。尹副官就說，穿西裝的叫韓奎三，與徐是師兄弟。幾個人便就知道長衫青年，正是徐漢臣，都有些瞠目。原來這唱老生的，是如此年輕的人。這兩個人叫了架人力車。車經過他們，徐將禮帽慢慢戴上，消失在夜幕裏頭了。

立夏後，督辦府裏原不太好過，悶熱得很。昭德便著人到南城門買了些冰塊來。溫度是下來了，可冷颼颼的，到底是不舒服。

昭如聽說年初法租界剛剛開了勸業場，竟還沒去過。便抱了笙哥兒，叫上二姨太一道，說去看一看。這一看，還真見了世面，心想，到底是西洋人的手筆，倒似到了一個花花世界。五層的大樓，外頭建得像個洋人的宮殿一般，裏面卻是個大市集。眼花繚亂間，她便也買了許多東西，歡天喜地地回了來。

臨進門，卻聽見雲嫂的大嗓門，說，太太，你可估摸不著。有人來看您了。她正納悶，雲嫂接過她手中的東西，到底憋不住笑，說，在廳裏呢，咱家老爺來了。

她一聽，步子疾了許多。一進門，見沙發上，正好端端地坐著一個家睦，心裏也笑了出來。昭德上前，執了她的手，說，來得正正巧，我這妹夫身子還沒坐熱。我正捨不得你，這會兒便到娘家要人來了。

家睦忙起身，說，大姐笑話了。昭如在這兒，也不知添了多少麻煩。

昭德佯怒道：我這一回，是不放人的。你媳婦兒在這，姊妹大過天。

家睦就有些慌，説，大姐哪裏話，我這回來，原是因為在天津開了間分號，叫「麗昌」。這不，才將將開張，少不了要奔波打點些。

昭德説，呦，原來不是想我妹子了，枉我費了這番心機要留人。

昭如見形容蕭穆的大姐，難得活潑成這個樣子。家睦被調侃得束手束腳，她心裏也好笑。家睦這幾個月，似乎樣子又蒼青了些，想是店裏的事也不輕省，昭如就有些心疼。

雲嫂將笙哥兒抱了來。多時不見，這孩子竟有些認生，偷眼看看家睦，躲到昭德身後去。昭德説，好小子，爹都不認識了，我豈不是罪過。你們這一家三口算是團圓了。雲嫂，快吩咐底下人，替姑老爺收拾安頓下。

晚上，昭如與家睦在燈下相對而笑，一時間竟不知説什麼。

家睦説，在家我還想著一句話，何當共剪西窗燭。這不，説來便也來了。

昭如便説，貧嘴。怕是想的不是和我共剪。

家睦微笑執了她的手，只道，聽説，上海都有了洋燈，怕是將來想要剪，都沒有了機會。

昭如便説，家裏可好？

家睦輕輕應了一聲：倒有一件事，還要你拿主意。我想著，等秀娥再大些，後年便接她到襄城來讀書，到底好照顧些，你説呢？

昭如想一想，説，我能説什麼？做後娘的，動輒得咎。

家睦説，孟夫子説，仁者愛人。這可是你們家的祖訓。

昭如便也笑了，我這個「孟」字，真真是姓錯了，動不動就給你拿來教訓。行了，你將來怎麼對笙哥兒，我就怎麼對秀娥。這總是成了。

家睦便將她的手，執得更緊了些，説，我前些天，讀的《浮生六記》。這沈三白鐫了兩方圖章給陳芸，「願生生世世為夫婦」。我便照樣刻了兩枚，拿給你看。

話說著，聽見門外雲嫂的聲音，太太，這會兒哥兒在前廳不願意回來了。舅老爺來了，他便好說歹說不肯走了，我抱都抱不動。

家睦正色道，二哥來了，我去請個安。

昭如說，今兒夜了，明日也不遲。若論長幼，倒是他該來才是。

家睦便有些不快似的，也罷，你又在取笑我老了。

到了前廳，昭如見笙哥兒正纏在盛潯膝上，一面去扯這壯大男人的鬍鬚。

可她卻看出，二哥的臉色不是很好看。也難為他，明明是有心事的，一邊還要哄孩子。

昭如便將笙哥兒抱過來。

昭德本是正襟危坐，這會兒開了口，說，如，你來得正好。你這個哥哥，愈發騰達了。如今我這當姐姐的，還能說上話嗎？

昭如便使了個眼色，叫雲嫂將孩子先抱走。

這不，將將跟他姐夫鬧了一大架，我勸都勸不轉。昭德將一串檀木念珠，砰地一聲扣在了桌上。昭如知她是動了真氣，便說，親姊熱弟，有什麼話說不開。二哥，姐到底是經過了這許多人事，左右還不是為了你好。

盛潯一直沉默著，這時也忍不住，說，姐，我是敬重您。可道理在，是清楚的很。自打前清巡鹽御史衙署遷津，咱長蘆的鹽務，數舉不興，何故？便是這官私間的交纏不清。我這次緝私，是要給直隸的貴人們一個教訓。這硝戶的營生，平日也給搜刮慘了，我預備興工藝、闢地利，讓他們做人也活得舒爽些。

昭德輕輕拍起了巴掌，繼而冷笑：好個剛直不阿的孟大人。我是長了見識，這「南來載穀北載齏」，製私販私，打大明起便是屢禁不止，倒是要在您這兒改了風水。我且不論這夥子「貴人」將來怎麼怨你，如今我擔了用人唯親的名聲，你做得再好，也還是石玉璞的舅子。

盛潯青白的面龐，立時間泛起一道紅，脫口而出：我雖不才，也並未污過姐夫的威名。沒有規矩，不成方圓。當年姐夫與柳珍年的梁

子，是如何結下的？依我看，這柳某人也並未有十分錯處。

昭德愣了一愣，手扶著案子，慢慢站起來，嘴唇有些發顫。

房間裏的幾個人，都靜止了。昭如見一道燈光，斜斜地落在大姐的臉上。飛舞的微塵，將她堅硬的輪廓，勾勒得更為分明。周身華服，沒有血色，仿彿一尊蠟像。這時候，只聽到座鐘「噹」地一聲響，打破了寧靜。人一時還靜止著，心都活動了起來。

終於，盛溥側過身子，也不言語，就這麼走了出去。

昭如緊跟了幾步。昭德説，別攔他，讓他走。依你姐夫的脾氣，換成旁人，早斃了一萬回了。


昭如心裏打著鼓，知道二哥話趕話，這回實在是説錯了。「一百軍棍」的緣故，平日裏，是斷乎無人敢提的。話得説回當年直魯聯軍成立，張石二人都在風頭上，各路好漢，投奔相往。彼時柳珍年，正在東北軍第一師李景林旗下，將將在直奉大戰裏嶄露頭角。石玉璞早就聽聞了這少年才俊的種種，見他來投，自然求之不得。即叫他做了聯軍模範團第二營的營長，次年便升作十六旅的旅長。

石玉璞便是這份脾性，用誰不用誰，全在一念之間。只要他喜歡，無人可奈何。按説這柳珍年宏圖可期。然而他早年畢業自保定中央陸軍軍官學校，並非因循守舊之輩，用兵帶兵，都頗帶些新派的作風。後來竟至在所轄部隊裏設了「四不」條規，所謂「不賭錢，不嫖妓，不愛錢，不怕死」，違者重罰，以儆效尤。這漸漸便激起了軍中眾怒。石玉璞原看他年少氣盛，並不當一回事。直到有次聽説他放出話來，説要改一改這直魯聯軍中的「匪氣」。這是大大惹惱了石玉璞。任誰都知道，他當年正是佔山為王起的家，投奔張宗昌，也是靠那一同落草的二三百個弟兄。這「匪氣」一説，便好似羞辱他的老底。一時間心火熾烈，再加之旁人的添油加醋，即刻就要槍決柳珍年。還是昭德安撫了他，最後是革了旅長的職，又以「煽動赤化」的罪名杖笞一百軍棍了事。

後來張宗昌打了個圓場，將柳珍年招至自己麾下，著實讓石玉璞

有些鬱結。而今柳東山再起，並後來居上，於他便是百感交集了。

昭如第二日醒來，天已然大亮。人卻乏得很，昨夜為了勸慰昭德，熬到了半宿。她慢慢地起身穿衣，落了地，還是有些頭重腳輕。

再又踱到了東廂，見窗口一個消瘦的長大背影，躬著身，手裏執著一枝筆，正動作得小心翼翼。

昭如便喚他。家睦回過頭，笑吟吟地看她，說，起來了？

男人臉上的神情竟是有些天真。她便走過去，見他在案上鋪張了各色粉彩。手底下的，竟是一隻紙鳶，給塗抹得一片明黃。家睦正濃墨重筆地，描畫一個大大的「王」字。

家睦笑說，如，你且看，這是個什麼？

昭如瞇下眼睛，十二萬分地認真答他，我看著，像隻貓。

家睦皺一皺眉頭，說，你又取笑我。為夫雖不擅繪事，可這頭頂天大的「王」字，威武這般，豈是貓犬之輩能有的。

昭如憋不住笑，念起了戲白：妾身眼拙，相公莫怪。可這大清早的，相貓畫虎，倒唱的是哪一齣啊。

家睦沉吟了一下，說道：你可還記得咱笙兒的屬相？

昭如心裏一顫，繼而有暖熱的東西流淌開來。

家睦柔聲道，這孩子漸漸大了，我這當爹的卻未做過什麼。興安門四聲坊裏，有一家風箏店。前日裏，神差似的，便走進去。我說，我要訂一隻虎頭的風箏。第二日去取，說是剛剛紮好了，只是還未上色。我說，不妨事。就這麼著，我就將它帶了來。

昭如再看，便也覺得稚氣可喜。她執起風箏，倚著家睦說，趕明兒笙哥兒每年過生日，便給他製上一隻，要不重樣的。

第二日，人們便看見一個瘦長的中年人，在督辦府前的廣場上奔跑，身後跟著個三四歲的男娃娃。

這盛夏的黃昏，氣溫還有些灼人。廣場上沒什麼人，這一大一小，便分外惹眼。他們在放風箏。是個模樣稚拙的虎頭，在天空

裏跌跌撞撞。原本並不是放風箏的季節，為了讓那虎頭飛起來，中年人便跑得分外賣力。不遠處站著一位形容樸素的婦人，身後是個英挺的軍官。

就這樣跑著，追著，風箏究竟沒有放到天空中去。婦人臉上是淡淡的微笑。夕陽的光映上她的面龐，將這微笑鍍上了一層金。軍人看看天色，倒有些焦急，說要去幫幫他們。

昭如止住他，尹副官，待你當了爹就知道了。讓他們爺倆兒再玩一會兒。

晚上，昭如就著燈給家睦擦藥酒。勁使得大了些，家睦嘴裏發出「嚦」的一聲。昭如便抱怨，當自己是二十郎當歲的小夥子麼，跑得沒個分寸，現在知道厲害了吧。

家睦便笑，我這可真是「老夫聊發少年狂」，到底是年紀不濟事了。

停一停又說，後天我便回襄城去。我瞧大姐的意思，是想你多留些日子。

昭如沉默了一下，說，大姐近來是心緒不爽淨，我再陪陪她也好。

兩個人便不再說話，望著酣然入眠的笙哥兒。昭如給孩子披了披被角，忽地想起了什麼，站起身說，我著廚房給你燉了一盅紅棗淮山，一個多時辰了，我去看看。

她出門去。雖是盛夏，外面起了夜風，就有些涼。

她將領子裹緊些，走到院子裏。天空裏墨藍的一片，月亮穿過了雲，微微亮了一亮，便又黯淡下去。一兩點流螢，見人來了，便飛舞起來。飛得遠了，高了，也就看不見了。

她穿過迴廊，快到盡頭的時候，看見一個人，倚著欄杆，似乎也有點出神。她辨出是姐夫的二姨太蕙玉。走過去，沒待打招呼，蕙玉先看到她，忙不迭地行禮。只是聲音極清細，一邊仍有些餘光掃過。她看過去，迴廊後的園子裏，隱約還有一個人。再看一看，是五姨太小湘琴。這女孩將自己藏在月影子裏頭，手裏比畫著，口中一開一闔。

蕙玉喃喃，瞧這作科，大概是一齣《甘露寺》。聽說她最近總往戲園子裏跑，看來是沒有錯了。

昭如看著蕙玉，臉上的神情十分平靜，眉目間也不見起伏。這女人出身梨園，卻是幾個姨太太中作派最平樸的一個。一段時日下來，兩個人倒是也有了一些話可說。蕙玉便說，盧夫人，我想央你件事情。

昭如沒說話，等她講。蕙玉便說，太太吩咐開桌打牌，少了一隻腳，原本要我找五姨太。我現時，只是想請你過去，不知能允了我？

昭如想一想，終究點了點頭，目光卻落到了院子裏去。

蕙玉嘆一口氣，輕輕說，她在這僻靜地方，就是不想人看到，也不想人知道。我便成全她就是了。

# 立秋

轉眼到了九月，天還是分外的熱。天津的地界上，算得四季分明。可立了秋快一個月，還是有幾天拖拖拉拉，熱得變本加厲，當地人稱「秋老虎」。

這一熱起來，人也就覺得不爽利，難免還有些氣血失和。督辦府上的幾個孩子，接連病了。昭如也有些擔心笙哥兒。可這小子，並無什麼異樣，胃口也分外的好。雲嫂給煮的薏米綠豆湯，一碗接一碗地喝，不聲不響。昭如見了，也就大為放心。

只是前陣子濕熱得很，孩子身上便落下些痱子。因為笙哥兒向來不哭鬧，待發現了，頸子和背上都長滿了。雲嫂大呼小叫，嘴裏阿彌陀佛，急忙去外院的荷花池去採了新鮮的蓮葉，和了薄荷、冰片、黃苓煮在一起。煮好了，整日給笙哥兒擦身。後來索性加足了份量，讓這孩子泡在木桶裏。三四天下來，痱子並未退下去，反倒更嚴重了。昭如摸了孩子的額頭，隱約有些燙手。

當娘的自然心焦，便要帶笙哥兒去看醫生。昭德便著尹副官陪著去。

汽車七拐八繞，到了紫竹林一帶。景觀漸漸不同，待上了維多利亞道，見著洋行和洋人都多起來。又過了黃家花園，昭如才看出進了租界區，便問，我們是要去哪家醫院。尹副官說，維城醫院。昭如便說，那不是洋人的醫院嗎？尹副官說，是夫人吩咐的。

昭如又再想問什麼，究竟沒有問。待到了地方，看到的是個高大的建築矗在面前。尖頂拔到了雲裏去，不像個醫院，倒似個教堂。走進去，裏面又分外的闊大。到處都是白的，牆是白的，門是白的，樓梯的扶手是白的，連過往的人穿的衣服，也是雪白的，晃得人有些眼暈。昭如從未見過如此多的外國人，一色的金髮碧眼，眉目間都是友

善的，可還是讓她覺得侷促了。笙哥兒倒好奇地扭著頸子，嘴裏發出咿呀的聲音。

尹副官是熟門熟路，不多會兒便坐在了診室裏。接待他們的是個大鬍子的醫生，看得出年紀，有些敗頂。臉上的酒刺，蓬勃地發著紅。

他一見到尹副官，便熱烈地握手，打招呼，用生硬和響亮的中文。尹副官跟昭如說，這是羅賓遜醫生。昭如微笑。醫生說，您好，尊貴的夫人。一面也對她伸出了手去。昭如愣一愣，到跟前，手卻縮了一下，只是向他躬一躬身子。尹副官便將孩子抱過來。羅賓遜醫生彎下了腰，讓昭如看見他領口裏隱隱露出濃密的毛。笙哥兒環顧四周，這時候，發現有人看著他，立刻表現出對這大鬍子男人的興趣。他抬起胳膊，撥弄了一下醫生胸前的聽診器。

接下來的診病過程十分順利，雖然昭如並未參與其中，因為餘下的時間裏，羅賓遜都在說英文。昭如也沒想到尹副官可以將洋文說得像自己的家鄉話，一時間連這個人，都感到有些陌生。她做的，只是協助他們將笙哥兒的衣服脫了下來。羅賓遜哈一哈手，胳肢了他一下。笙哥兒立刻喜悅地笑起來。醫生便做了一個誇張的鬼臉，對笙哥兒豎一豎大拇指。

昭如皺皺眉頭，覺得這病看得有些兒戲。羅賓遜又嘰哩咕嚕一陣，尹副官便安慰她，說原無什麼大礙，笙哥兒只是過敏的反應。醫生開了些藥就好了。

昭如謝過。告辭的時候，醫生眨一眨眼睛，追了一句，依然用蹩腳的中文。他說，記得給小夥子多喝水。你們中國人有句老話，吃辣蘿蔔喝熱茶，氣得大夫滿街爬。

回來的路上，經過利華藥房。昭如著尹副官停下來，進去買了一盒拜耳新出的嬰兒爽身粉。

出了門，街面上一陣喧囂。遠遠地，昭如看見一隊穿軍裝的人在奔跑，好像在追趕什麼人。越跑越遠，拐過了街口，消失在利順德大

飯店黑黢黢的暗影裏頭。在她上車的時候，傳來一聲槍響。她身子凜了一下。

回到家，穿過門廊，就看著幾個人魚貫地走出來。走在最後面的是石玉璞和兩個身量分外高大的男人。雖然穿著長袍，昭如還是認出來，是兩個洋人。

堂屋裏頭，昭德正叫人收拾桌上的茶盞。見昭如回來了，忙問看得怎麼樣。

聽說了緣由，也就放下一顆心。笙哥兒嘻嘻笑著，就朝她走過去。她一把抱起，說這個小祖宗，叫我這當大姨的膽戰心驚，自己倒像個沒事人兒。

昭如便說，本也沒什麼事，姐姐倒要去看洋醫生。

昭德嘆一口氣，說，這也是不服不行，我多年的老風濕，就是叫這個洋鬼子看好的。

尹副官便說，羅賓遜醫生，叫我代跟您請安呢。

昭德用帕子揮一揮身上，說，跟我請安，他架子倒比我大，看病不興上門的。也不知是什麼洋規矩，只這一點，就不如那些日本大夫。

昭如說，這不是，也有洋鬼子上了門來。

昭德一時間愣了愣，說，瞧我這記性。便從桌上取下一個銀色的錫紙包，放在昭如手裏，說，這夥子英國人，送東西是個死腦筋，每回都是一樣的。大吉嶺紅茶，擱在家裏都發了霉。這次好歹有了個稀罕吃物，不興分給娘姨們的小東西，我是全都給咱們笙哥兒留下來。

昭如打開，裏面是黑紅色的一方，掰下一塊，放在笙哥兒嘴裏。這小子一時咧了嘴，樂得昭德不行。這是外國的糖塊兒，叫朱古力，先苦後甜，是教咱笙哥兒做人的道理。

到底下人忙完了，昭如便叫雲嫂將笙哥兒抱了去小睡。自己留下來，陪著姐姐。

昭德究竟也有些乏，半闔著眼睛，倚在短榻上。昭如看著她，病

癒不久，臉色還青黃著。眼角因為浮腫，便有些垂掛下來。一縷鬢髮斜在頰上，也是灰白的。嘴唇倒是比以前更薄了一些，年輕時候，有算命的說，這是命硬的相。昭如便想，姐姐究竟是老了。可再硬再剛的脾氣，始終抵不過年紀。說起來是書香世家，出了一個女丈夫，也是異數，也是命。長姐如母的那幾年，全靠這命給撐起。如今一身富貴，人卻漸漸塌落下來，想到這裏，她便有些心疼，輕輕執起姐姐的手，握在自己的手心裏。這一握，昭德卻睜開了眼睛，望著她。

昭德坐起來，沒頭沒腦來一句，這些英國人，也有些人心不足。

昭如便知道她剛才是在慮事，就等她往下說。

昭德停一停，上回是要菸酒公辦的專賣權，這次又是旁的事。無非是幫你姐夫在租界捉了幾個人，至於這麼現世嗎？

一時間，昭如頭腦裏閃過在街面上遇見的一幕，便問，捉的是什麼人。

昭德聽了，便輕描淡寫地說，幾個赤化分子。去年在南開廣場槍斃了幾個，近來便又有幾個帶著學生鬧事，也真是前赴後繼。


兩個人正說著話，就見了石玉璞走進來，臉是陰沉的。見昭如在，勉強笑一下，抿一抿嘴。坐下，從木匣子裏抽出一支雪茄，打起火，卻點不著。

昭德走過去，幫他點上，一面說，心浮氣躁的，有什麼事說吧，小妹也不是外人。

石玉璞深深抽了一口，竟嗆住了，咳嗽了幾聲，將雪茄狠狠地碾熄在茶杯裏，說，這個柳珍年，還真不是個凡人，當初真該斃了他。到頭來走在我前面了。

昭德冷笑一聲，你造出了時勢，就莫怪時勢造出他這個英雄。

石玉璞呼啦一下站起來，他竟然投了蔣。當年我嘴裏銜了大刀片子，攻下山海關的時候，他不過是個團副。如今竟斷了我的後路。

昭德也變了臉色，問，你是怎麼知道的。

石玉璞苦笑一聲，那幾個英國人，是怕我丟了直隸軍務督辦的名

號，來跟我探聽虛實的。沒成想，這中國人的事情，倒讓這幫洋鬼子截了胡。看來跟老蔣的仗，是有的打了。

　　以昭如的性子，未感覺到此時的山雨欲來。石玉璞匆匆離家而去，其中的緣故，她也並沒有問。

　　天漸漸涼了，督辦府上下有些蕭瑟之意。她這才恍然，在天津客居，已經有了一年。昭德的身體時好時壞，反覆無定，她於是有些去留兩難。每每委婉說起襄城的風物，昭德便說，再住些日子。我是半截身子入土的人，你和家睦且有些年歲要熬。咱姐倆兒有多久沒在一起過年了，遲些便到大連的公館越冬去。

　　她倒實在有一樁心事，就是笙哥兒已經三歲了，生得壯健可人，卻還沒有開口說話。這孩子的沉默是一貫的，加之舉止的伶俐，眾人只道他稟性靜和，是疏於言語。昭德摸一摸外甥的頭，說，不說話也好。跟娘姨孩子們，學了一口衛嘴子，倒難收拾了。

　　可到底是這麼大了，不叫一聲爺娘，究竟是不成話。昭如便每天後晌午，在偏院的檐廊下，對著他說話。說自己，也說他爹，說自己家的「德生長」，還有記得的襄城的林林總總。說完了，便又讀書給他聽。讀《唐詩三百首》、《千字文》，後來便是《朱子家訓》、《淮南子》。這孩子坐在她膝上，望著她，安安靜靜，眼睛也不眨一下。她就當他聽進去了。說是讀給笙哥兒聽，倒像是自己溫故知新。

　　這一日，讀著讀著，便覺得有些乏。耳邊遠遠的，有秋蟬嘶啞著嗓子叫了兩聲，紫藤蘿的清香氣隱隱約約，都是讓人安適的。就這麼著，不知覺地睡著了。

　　待醒了過來，太陽已經西沉。朦朧間，書本掉到了地上，才一個激靈。不知笙哥兒跑到哪裏去了。

　　她這才有些著急，沿著來路尋過去。一直尋到了「鳳梧閣」跟前，見假山邊上有個小人兒，蹲在地上，正是笙哥兒。

　　她便過去牽起他的手，卻見這孩子手裏有一片紙掉落。她撿起來，是一張照片。依稀辨認出是《趙氏孤兒》的劇照。這扮程嬰的老

生，白鬍豐茂，眉眼十分相熟，不知是在哪裏見過。她將照片翻轉過來，心下一驚。因為背面有一個筆走龍蛇的簽名：徐漢臣。

昭如警醒間，望一望左右，四下無人，便問笙哥兒，這照片是在哪裏撿的。笙哥兒引著她，穿過一道月門，慢慢往「鳳梧閣」裏走。

昭如手心裏出了密密的汗。她略一思忖，將照片塞到自己的大襟裏，抱起了笙哥兒。轉過身，她又回望了一眼。

鳳梧閣的一株合歡，花已經敗盡，葉子倒還生得層層疊疊。聽聞是五姨太小湘琴喜歡，石玉璞特命人移栽過來了的。

晚上，待笙哥兒睡下，昭如一個人出了門。一路上，只覺得夜裏格外的靜，白天裏的假山，這會兒成了些奇形怪狀。遠處潺潺的流水，和著她踩在落葉上的聲音。不多久，又停到了鳳梧閣跟前。

燈還亮著。她抬起了手，猶豫了一下，還是敲了門。

門開了。

小湘琴顯見是有些吃驚，微微低了頭，讓進了她。坐定下，給她斟了一杯茶，嘴裏道，這麼晚了，盧夫人賞面到這兒來，可真是我的造化。

話說得熱烈，語氣卻清寒得很。

昭如這才覺出她聲音的好聽，是軟糯的吳音。在這督辦府上，挨著住了這些時日，兩人並未有過一言半句。

昭如問：你老家哪裏？

蘇州崑山。小湘琴拿起挑子，撥弄了一下燈火。火光忽地在女孩的瞳仁裏亮了一下。

昭如說，離天津不近呀。

小湘琴應了一聲，輕輕說，若是好人家的女兒，便算是遠嫁了。

昭如一時接不上話，抬起頭，打量了她。比來時豐腴了不少，眉目雖不十分柔和，但因為體態的圓潤，也真是個好看的婦人了。

她執起桌上一顆枇杷，剝了皮，遞給昭如。昭如讓過，她便送進自己的嘴裏。昭如見她雙唇翕動，一忽兒吐出了一粒核，用掌心接

住。這時飛過一隻蚊蚋，她便隨手揚了一揚。這一瞬間的曼妙，竟讓昭如有些散了神。

這房間不大，處處是佈置過的痕跡。昭如想，這小湘琴，骨頭裏是個過日子的裏手。到底未脫孩子氣，羅帳上掛著一頭披紅戴綠的布老虎。還有一只巴掌大的葫蘆，昭如也給笙哥兒買過，上面燙著王常月的小像，是為辟邪用的。

見她牆上懸著一把月琴，昭如便問，你會彈琴？真好，人如其名。

小湘琴用手帕拭一下嘴角，聲音冷下去，盧夫人這會兒來，該不是想要聽曲兒吧。

昭如沉默了一下，終於問，你有沒有丟什麼東西？

小湘琴愣一愣，眼鋒竟變得十分銳利，說道：我的東西，都是老爺給的。丟不丟，可是我能說的算的？

昭如嘆了一口氣，拿出了那張照片。

她看著這女孩的臉色，猛然紅了一下，又慢慢變得青白。昭如心裏有了數，將照片推到了她面前：自己的東西，要記得收好。

女孩拿起照片，愣愣地看。眼神裏的空洞，好像要將照片中的人吸進去。突然，她將照片迅速攔在燈火上。

昭如沒有攔她。卻見她的手，無力地垂下來。整個人也現出了頹然的形容，喃喃道，燒了也無用，落到了你手裏，想必大太太也知道了。

她扶著桌子，默默地站起來，走到梳妝臺前，打開了抽屜，將照片鄭重地攔好。再看昭如，眼神裏又有了一種堅硬。

昭如搖一搖頭，用平靜的聲音說，說到底，我是一個外人。你好自為之。

轉眼到了中秋，菊黃蟹肥。因為石玉璞人在冀東前線，督辦府便不如往年熱鬧。節還是要過，一大家子，便在中庭擺宴賞月。還未開席，原本好好的天，影影綽綽飄過來一塊陰霾，月亮不一忽便被裹了

進去，漸漸連個光影也看不到。昭德抬起頭，呆呆地望一望，放下了筷子。娘姨們一逕說著應景的話。昭德說，老爺不在，吃得差不多就散了吧。

昭如便扶她回房。昭德回身，望著院子裏通明的燈火，還聽得見孩子們的嬉鬧聲，苦苦地笑了一下，說：好個「良辰美景奈何天」。

昭如便說，大姐，月有陰晴，朝朝歲歲各不同。現時是清靜些，明年便是要分外地熱鬧。

昭德便拉她坐下，說，如，你是個明白人，可在這院子裏，哪知道今夕何夕。這個家，已大不如往。自打夏天張大帥歿了後，奉軍的情勢便急轉直下。這天津，如今已經是蔣中正的天下。張宗昌手下的人，大半投了革命軍。傅作義逼得緊，孫傳芳逃去了關外。而今這直魯聯軍，便只有你姐夫還在死守著。日本人和英國人，這會兒都裝聾作啞起來。這津東，怕也已然是個空殼了。

這時吹過一陣涼風，頭頂的樹葉便都簌簌地響。昭如便將身上的斗篷揭下來，給昭德披上，說，我一個女人家，雖不懂得修齊治平，但總信船到橋頭。人往大處活不了，小處還有一方天地。大姐，你直管將身體將息好。

昭德便握緊她的手，說，有你在我身邊，便寬心了許多。姐要你答應我一件事。

昭如沒言語，等著她。

昭德有些失神，道，他日再說吧。


第二日一大清早，就聽見雲嫂的咋呼。昭如急忙起身，披了衣服開門去。看見她氣喘吁吁，手中比畫著，昭如也著了急，問她，出事了？

雲嫂搖頭，撫著胸口叫阿彌陀佛。昭如瞧著外頭，半個人影子都沒有。前後都是一片靜寂，遠遠地還聽見打早更的人，敲打了一下。聲音便在巷弄裏頭迴盪不去。她人也醒了，心裏怪雲嫂一驚一乍。

雲嫂有些平靜下來，說，哥兒，哥兒他……

昭如剛落下去的心，又吊起來，急聲問，笙兒怎麼了？

雲嫂捉住她，太太，大喜了，咱哥兒說話了！

昭如眼角一熱，霎時間渾身冒出了細密的汗。她頓了一頓，問雲嫂，他說了什麼？

雲嫂熱烈地說，我也聽不懂。可是，聽得出說的是咱們山東話，不是天津腔。

昭如靜靜地站在欄杆後面，看著笙哥兒。她感覺得到雲嫂還捉著她的衣袖，大氣也不敢喘。這小小的男孩，站在落滿了梧桐葉子的院落裏。四周還都灰黯著，卻有一些曙光聚在他身上。他就成了一個金燦燦的兒童。她沒有聽到任何聲音，卻已經有些驚奇。因為笙哥兒揚起了頭，在他的臉龐上，她看到了一種端穆的神情。不屬於這個年紀的小童，甚至與她和家睦都無關。那是一種空洞的、略帶憂傷的眼神，通常是經歷了人生的起伏，無所掛礙之後才會有的。這一瞬間，她覺出了這孩子的陌生，心裏有一絲隱隱的怕。

她慢慢走向他。這時候笙哥兒蹲下來，撿起一片枯黃的葉子。她停下了腳步。這孩子用清晰的童音說，一葉知秋。

笙哥兒回轉了身，望著她。這時候天漸漸亮了起來，眼前的景物也變得輪廓真實。昭如盯著男孩手中的樹葉，在枯敗的皺褶裏，是一柄黃綠相間的經絡。

笙哥兒扔掉了樹葉，抬起頭，對她喚，娘。

這聲音在她心頭擊打了一下。無知覺間，她竟後退了一步。短暫的遲疑之後，她張開了臂膀，將這男孩摟在了懷裏。

她讓自己的臉緊緊貼著他。他的睫毛閃動了一下，潮濕而溫潤。她聽到兩個心跳，在衝突間漸漸平穩合一，啐啄同時。

# 寓公

民國十七年深秋，直魯聯軍兵敗灤河。石玉璞部徐源泉、何紹南投北伐革命軍。張宗昌所部潰散，由朱各莊往灤河東岸下游，為奉軍所俘。

是年冬十二月，張學良東北改旗易幟。

昭德將自己戴了多年的玄狐圍頸扔進爐火裏，口中道：妖孽。

石府一家大小，立時間便要離開督辦府，遷往位於河北區的意租界去。

女眷們連夜收拾細軟，滿車滿載。昭德被人攙扶著，檢視行李，隨手抽出一只不知誰的首飾盒，在地上摔得粉碎。一些珍珠倉促地蹦了起來，晃了人的眼，瞬間滾落得不見蹤跡。

昭德說，八國聯軍來，慈禧「西狩」，那便是「逃」。難不成她要帶上整個紫禁城去？

昭如知道，若這個時候回襄城，多年的姐妹情份，便就此了斷。

她一個人，站在空蕩蕩的督辦府前廳。幽暗中有些光亮的，依然是那些顏色豔異的琺瑯彩窗。在其中一扇上，她看到一張形容悽苦的男人的臉。男人側著頭，被捆縛成十字形。她知道他叫做耶穌，是來自西方的神。

外面仍舊是蒼黑的一片，有很大的風聲，然後是雨。不間斷的雨，無端地下了幾天。雨打在琺瑯彩窗上，發出堅實密集的聲響。窗戶上映出一棵柳樹的影子，被風颳得左右搖擺，像被掐住了脖子的人，無望間的掙扎。

這時候門響動了一下，昭如心裏一凜，看到一個身影閃了進來。

是個女人，急忙地跑了幾步，用手撩了一下頭髮。這個動作讓昭如看清楚，是小湘琴。雨水正順著她茂密的頭髮滴下來。荷藕色的旗袍也濕透了，緊緊裹住了她的身體。在微弱的光線裏，看得清楚，是隨著她的喘息律動的曲線。昭如在這一刻，突然覺得她很美。即使如自己是個女人，也會覺得她的美。

小湘琴輕輕按了按自己的胸脯，是個想要平靜下來的姿勢。接著，她撩起了旗袍下襬，很仔細地擰。就在這個時候，她看見了昭如。

她的動作凝固了，手抖動了一下，才神經質地將旗袍，使勁地將捋平整。昭如看著她眼裏些許的興奮，一點點地黯淡下去，變成死灰一樣的顏色。她的頭越來越低，讓自己以盡量平穩的步伐往前走。忽然，她轉過頭，昭如看見她努力地牽動嘴角，想要對自己笑一笑。同時間，她在這女孩的眼睛裏，看到了哀求。

她在茫然間，也張了張嘴巴，終究沒有發出聲音。


昭如穿過前廳，來到昭德房裏。看昭德正靜默地躺在床上，闔著眼，手中捻動著一串念珠，念念有詞。

聽見昭如來了，她便起身，命人將燈點亮些。光暈將昭德的影拉到了牆上去，是瘦長的一道。

昭如坐下，聞見這房間裏的印度香，胸口隱隱發悶。

昭德開了口，姐姐深夜叫你過來，無論是去是留，是想交代給你一樣東西。

說著，她便起了身，動作顯見有些艱難。昭如便攙扶了她，走到偏廂鑲著「喜鵲鬧梅」的櫃子跟前。昭德摸索了一下，掏出了一把鑰匙，打開了櫃子。

迎面撲來一陣油墨味兒，還有經年的濕霉氣。櫃子裏面整整齊齊地碼著書。昭德讓昭如將中間格子裏的一只布函取下來。紙籤上寫著《水經注》，昭德打開，函套裏竟是一只紅木匣子。她取出來，放在昭如手裏，並不特別沉。但是由於她手勢的鄭重，昭如還是覺出了份量。

　　昭德用柔軟而肯定的聲音說，我不在了，你再打開它。

　　就在昭如想要問她一句，她們都聽到了不遠處響起的槍聲。昭如在與姐姐的對視間，不自覺地辨認了一下，是不是外面在打雷。這時候，一個女僕已經慌慌張張地跑了進來。

　　小湘琴的房間，大約從未這樣充盈過。因為昭德姊妹的到來，人們迅速地閃開了一個缺口。

　　於是昭如便看到躺在地板上的女孩。胸前是一塊殷紫，正一點點地洇開來。另一槍打了她的大腿上，鮮血如同一條鮮紅的蚯蚓，還在她雪白的皮膚上游動。游到了地板上，就成了污穢的黑色。

　　昭如並未覺得十分地驚恐。儘管她確信，她面對的是一具新鮮的屍體。女孩的臉色溫柔祥和，緊緊閉著眼睛，甚至比生前更為靜美，似乎與身體所遭受到的暴力毫無關聯。

　　然而，當她看到坐在桌邊的石玉璞，卻倏然心悸了一下。這男人陰沉的臉，腮邊的肌肉還有輕微的抽動。在這張活人的臉上，昭如觸到了死亡的氣息。他抬起頭，環顧了一下眾人，眼裏是一種雄性的野獸挑釁的光芒。他神經質地伸出手，撣了一下身上的便服。上面還有一些血點。其中一塊大概是濺得太猛烈，凝成了梅花的形狀。

　　眾人屏息間，他將手中的槍狠狠地拍在了桌面上。昭如這才看見，桌上有一張揉皺了又展開的照片。上面是程嬰，或者，是老生演員徐漢臣。徐漢臣的面部因為褶皺的擠壓與扭曲，也變得猙獰起來。

　　昭德一言不發。這時候，以響亮而堅定的聲音說，混帳。

　　石夫人孟昭德，以最簡潔的方式，一手將這件倉促發生的血案平息了下去。直至傳來徐漢臣被暗殺的消息，三緘其口的小報，才開始以義憤的姿態蠢蠢欲動。張學良的斡旋，梅蘭芳、楊小樓的居中調停，趙廣順與李景林的裙帶關係，都使得人們對這樁桃色新聞的探究變得煞有介事。有人扼腕，有人訕笑。一向視女人為衣服的石玉璞，

在大勢將去之時，以一頂可有可無的綠帽子結束了自己的倥傯生涯。

即使回到了襄城，雲嫂間或談起這件事，往往以見證者的口吻。雖然她會以謙虛而踰矩的口氣，問上這麼一句，太太，我說得可對？

這時候，昭如有些失神，然後點一點頭。因為她又想起了那個雨夜，一個女孩濕著頭髮，使勁地擰著自己的旗袍。還有哀求的眼神，裏面的內容。

那一夜，躊躇滿志的名伶徐漢臣，離津開始了去北京各地巡迴公演的旅程。一個陌生的年輕婦人，遠遠地站在月臺的另一端，因淋雨瑟瑟地發著抖。看著他在眾人的簇擁下，踏上西去的火車。

回想起在意租界做「寓公」的日子，昭如總覺得有些似是而非。

站在二樓的陽臺上，能清楚地眺望海河，聽得見渡輪或高或低的汽笛聲。清晨，碼頭上有一份遠遠的熱鬧，讓人心裏有些踏實。然而又因為毗鄰俄奧兩國的租界，便有一些視線，被闊大厚重的斯拉夫式建築牢牢地遮住。甚至陽光進入室內，也因此變得曲折，最後落在地板上，竟是慘白的星星點點。這就讓人有了與世隔絕之感。

剛搬來的一段日子，家裏經常出現一些外國人，以日本人居多。看得多了，昭如也覺出他們與中國人相類的面目之下，有一種堅硬與陰柔共生的表情，時時浮現出來。儘管他們十分禮貌，但仿彿是一種本能，內裏藏著些令人難以捉摸的東西。他們的女人，除了鞠躬之外，還很擅長對孩子表達善意。笙哥兒似乎不太領情，他盯著她們被脂粉遮蓋的臉孔，一面躲到昭如的身後去。

讓笙哥兒感到親近的，是個留著絡腮鬍的男人，一位下野的俄國公使。他是這家裏的常客。他總是像拎一隻小貓一樣，將笙哥兒拎到自己的膝蓋上，然後用厚實而溫存的聲音唱歌給他聽。雖然唱的是什麼，所有人都不懂得。但笙哥兒總能從他顫動的小舌音裏找到樂趣。名義上，這位庫達謝夫子爵是盛潯的朋友，然而他似乎與昭德保持著更好的友誼。在被北洋政府取消了公使待遇後，他仍然選擇留在了中國。具體說，留在了天津。當問起他為什麼不回國，他總是有些令人

啼笑皆非的理由。比如，他捨不得狗不理包子；又比如，意國飯店的
紅酒燴牛尾，比他在聖彼德堡的家庭廚師，做得更為地道。

當然，還有中國的姑娘。他眨了眨眼睛說。

這時候，女眷們就笑起來。放肆些的，便隨手擲了一顆核桃過
去，恰擊中了他。子爵也並不惱，將核桃撿起來，深情地放在嘴邊一
吻。昭德便皺一下眉頭，卻並不做任何阻止。在她看來，他的平易是
招致輕慢的源頭，當然也與他的處境相關。在這個家裏，有這個人的
陪伴，讓所有人都寬慰了一些。

當然，浮華的性情並不影響子爵擔任一個好父親的角色。有時
候，他會帶著兒子來。這個九歲的少年，已經長得十分高大，這讓他
的衣服顯得有些不合身。昭如便看出是缺乏母親照顧的結果。事後得
知，的確如此，他的母親因為難產去世，是子爵一個人在撫養他。

他繼承了父親五官的優點，臉龐白皙而輪廓分明，鼻翼上卻綴
著淺淺的雀斑，露出了孩子氣。這少年的話很少，因在中國長大，一
張口，卻是地道的天津口音。這便使他的形象也變得滑稽。令昭如意
外的是，這個乳名叫拉蓋的男孩，會和笙哥兒迅速成為朋友。只因為
這俄國男孩自帶的玩具，這是一種用硬紙疊成的角子。男孩將他放在
地板上拍打，角子便隨著震動跳躍起來，如果翻了個個兒，便算是贏
了。規則簡單，有點類似中國北方的方寶。笙哥兒站在邊上，很快看
懂了。拉蓋便邀請他一塊玩兒。

這一大一小兩個孩子，使得大人們也增添了許多興味。待玩累
了，拉蓋便提出要教笙哥兒疊這些角子。這時候，昭如看見，他從口
袋裏掏出一沓嶄新的紙幣。

這是一種昭如沒有見過的紙幣。她看著拉蓋抽出一張，對摺，
然後很嫻熟地疊成了一個角子的形狀。他舉起來，有些得意。昭如看
見了角子上，有一架火車的圖案，十分逼真。這紙幣摸起來質地堅
韌，印著昭如不認識的文字。但是她仍然看到了上面有阿拉伯數字
「100」，是它的面值。

待兩父子離開，昭如終於有些看不過，忍不住對昭德說，這個庫

達謝夫就算再有錢，也真是太不會過日子。好端端的鈔票，用來讓孩子糟蹋。

昭德撿起角子，迎著光看一看，嘴角露出一絲不屑，說，這也算是物盡其用了。

看著昭如迷惑的眼神，她笑笑說，這個俄國佬，丟人丟到我們家裏來。這是俄羅斯「羌帖」，是他們沙皇發的錢，當年流到東北禍害中國人。後來他們皇帝倒了臺，這錢就成了廢紙。我前些年去哈爾濱，見老百姓都用它糊牆呢。

昭如便恍然道：我說怎麼沒見過，他們倒還留著。

昭德道：恐怕還屯了許多，徒讓你長了見識。這一對兒，是沙俄的遺老遺少，恐怕日子也不太好過了。

笙哥兒並不感興趣大姨和母親的對話。他小心翼翼地將幾只角子，放進了母親在端午為他縫製的荷包裏去。那是他的戰利品。

有一日，家裏來了幾個中國人。客人走了後，昭德忽然說，這租界裏頭，倒是還有這門兒親戚，多時沒有走動過。

昭如知道些來歷，便笑道，姐姐這回又不嫌人家銅臭逼人了。

昭德便說，中國人少的地方，彼此總是牽念些。他們這次來請咱們，說是擇日同去祭拜家廟。

這親戚叫孟養輝，章丘舊軍孟氏。其叔父便是大名鼎鼎的孟雒川，從亞聖第六十九代。要論起族中排序，便與昭德昭如同輩。但這舊軍孟氏，上承聖賢，卻實在是其中的一個異數。打從孟傳熙開始，無意文章，毅然投身商賈。到了這孟雒川，漸漸做出了名堂。主營綢布與茶葉生意，商號漸遍布魯豫、冀東、蘇浙，僅以進修堂創辦的「祥」字為號，便有瑞蚨祥、益和祥、慶祥、瑞生祥數十家之眾。聲名漸居當世陶朱之首，民間便有一說，「山西康百萬，山東袁子蘭，兩個財神爺，抵不上孟雒川。」

這天津的產業，由孟養輝經營，號「謙祥益」，有保記、辰記兩

家大綢緞莊。估衣街「保記」開業之時，孟養輝親自上門，奉上了帖子，恭請昭德夫婦。帖子收下了，昭德卻並未去。後來提起，心頭仍是放不下，說，好端端的孟家人，書讀不進，官做不成，便去與銀錢打交道。我不是袁世凱，這門親，高攀不起。

昭如自然知道，這是她心氣兒高的時候說的話，此時便也玩笑給她臺階下，說，姐姐那也是一時間想不開，要不也不會將我嫁給家睦了。

昭德沉默一下，硬生生地說，盧家睦若不是為了承就家業，如今倒還在享耕讀之樂。我們孟家人，可嫁作商人婦，自個兒卻得有個詩禮的主心骨。


就這麼著，在天津這許多年，昭德並未踏足孟養輝修設的孟氏家廟半步。待到真去了，才知是咫尺之遙，就在桑朱利亞諾侯爵道上。下了車，便見一個西裝筆挺的中年男人走過來，恭恭敬敬地作了個長揖，說是迎候兩位姑母多時。

這孟養輝年屆不惑，身量又很壯大，口中稱自己「姑母」。昭如臉一紅，就有些不自在。昭德便說，看你這小姑，沒見過許多世面，不知自己長在輩份上。這個大侄兒，我倒是認下了。

男人客客氣氣將她們迎進去。昭如看這家廟，倒真真不像個祠堂。打外面看，是個地道的三層洋房，和這街面上的建築，並無兩樣。可走進去，豁然開朗，是一個四合院。天井、正房、廂房，坡屋頂，青磚黑瓦。昭德看得也有些發呆，說，你這房子造的，是洋人皮兒，中國裏兒。

孟養輝就好脾氣地一笑，說，是中國心。

拜過了祖先，二人就跟著他，將這祠堂裏外走了一遍。一席談下來，昭如便覺得這做生意的孟養輝，是個溫潤如玉的謙謙君子，又頗能道出些時事經緯。昭德嘆一口氣說，你還是個讀書人，行事卻又不像個讀書人。許是我老了，看不懂了。

孟養輝便道：姑母，顧寧人說，「博學於文，行己有恥。」而今

的時世，可說不好，也可說好。侄兒走實業之路，近可獨善，遠可兼濟。雖不似姑父縱橫捭闔，卻也圖個「一身以致天下」。

昭德便輕輕笑一笑，你姑父一介武夫，怕是除了打仗，便是打家劫舍了。

二人出來，孟養輝叫了自己的車送他們回去。車開動了許久，昭如一回頭，見他還站在門口目送。昭德說，別看了，我原想在他身上找一條退路，如今斷了念頭。要說做人，是我們遠遠地不如人家。

石玉璞是在一個清晨離開的。那是一個很平常的早晨。飯桌上，這男人並沒有多說些什麼，他只是抱怨了煎餅果子的味道大不如前。

昭德說，天津衛居然還能找得到地道的煎餅果子，已經是造化了。

他看見笙哥兒抓著蘸了黃油的土司，伸進他面前大醬碗裏，就使勁摸了摸外甥的頭，以激賞的口吻說，好小子，知道大醬是個好東西，長大了是個漢兒。

上汽車的時候，昭德叫住了他，將他的衣服領子捋捋平，第一顆扣子扣扣好。

昭德說，大連不比這兒，日本人沒個管頭。和他們打交道，少說多聽。

石玉璞哈哈一樂，大聲道，管天管地。你不如把家裏幾個婆娘給我看好了，我不在，別讓她們蹬鼻子上臉。

這一年秋冬之交，天津格外的冷，空氣又乾燥。人是不出去，可到底是老房子，炭火燒得再旺，外面的寒氣卻時時地滲進來。小孩子嬌嫩，笙哥兒的手上，就發了皴。庫達謝夫子爵帶了一支俄羅斯的馬油來。昭如就一遍遍地給他塗，然後握在自己手心裏焐著。

昭德靠著床上看著，忽然說，一個男孩家，打小你就這麼護著，將來可怎麼辦！

昭如想說句，當娘的誰不疼孩子。可一想起姐姐的情形，就把這話給嚥了下去。

天寒涼，昭德的身體又不大見好。吃多了高麗參，天又燥，心火就旺了些。說起話來，比往日失了輕重。上下對她的怕，就又增了幾分。人又思慮得多了，或許也是牽掛，睡得便不踏實。

這天後半夜，昭如起夜，卻看見有個人站在房門外頭，看著自己。黑漆漆裏頭，只看得見一雙眼睛，倒將昭如嚇得不輕。待仔細看了，卻是昭德。沒待昭如問她，昭德慢悠悠地說，我夢見爹了。

昭如心下一動，趕緊哄她回房去。剛躺下，她卻又坐了起來。昭如便先打發了丫頭出去。昭德喃喃道，我有十幾年沒夢見爹了。昭如在腦裏頭過了一下，竟然也拼湊不出爹的模樣。只記得一副圓形的黑框玳瑁眼鏡，上頭墜了條長長的赤金鏈子。昭德捉過她的手，你猜，爹跟我說了些什麼。

聽她這麼問，昭如便索性在床沿上坐下來。

爹說，嫁漢嫁漢，穿衣吃飯。

昭如便噗哧一聲笑了，說，姐，這倒像是娘說的話。

昭德便一皺眉頭，你且聽我說完。我就問爹，這穿衣吃飯，有錦衣玉食，有粗裳淡飯，您老人家倒是想我怎麼個嫁法？你猜爹又怎麼說。

昭如想一想，說，爹定是想我們嫁得好些了。

昭德嘆一口氣，搖搖頭，說，爹只說了六個字：一簞食，一瓢飲。

姐妹兩個便執了手，誰也沒說話。這時候，外面的天漸漸泛了白。有一兩聲鳥鳴傳過來，分外的清亮。昭如聽見昭德氣息均勻了些，便以為她睡著了。她輕輕放開手，站起了身。這時候卻聽見姐姐的聲音，咱們兩個嫁人，爹是一個都沒見著。

往後的日子，昭德的夢便沒有斷過。夢見的，又多是故人，有些是入了土的，有些是多年未見過面的。說起夢的情形，又都分外的真，一五一十，每日都能與她說上半晌。有次說是夢見了姐妹倆小時候，在曲阜外頭遇見的一個道士。那道士見她們便攔住，卜上了一卦。近四十年前的事，昭德說起來，竟然將那卦辭誦念出了八九不離十。人卻漸漸神色怔忡。昭如有些擔心，便請了中醫來。看過後，也

無非説是「心腎不交，脾失健運」，沒有什麼大礙。這天半夜裏，便有僕人來報，説是太太突然驚醒了。昭如趕緊過去，看見房間裏大亮，昭德一頭一臉的虛汗，丫頭正一下下地撫著胸口。昭德用虛弱的眼神看她一眼，説，我看見小湘琴了。

昭如當晚便留下陪著她。兩個人卻都再也睡不著。黑暗裏頭，呼吸堆疊了兩個起伏的輪廓。昭德説，我真看見她了，她走過來，胸前那個洞，還往外頭流著血。

昭如一陣心悸，只感到渾身有些發僵。她讓自己平靜下來，輕聲對昭德説，姐，你是這些日子乏了，亂了心神。

昭德説，這個石玉璞，幾十年了，從未在家裏放過一槍。

昭如沒言語，卻覺得昭德在黑暗中凜凜地望著她。

昭德説，你可知道，當年我嫁給這男人，便是為了他這一手槍法。那時候張宗昌的隊伍，剛剛被陳光遠解了散。他去投馮國璋，又吃了閉門羹，是頂不得志的一個人。可那天跟舅公去打獵，卻讓我看見，他一把駁殼隨手撂一槍，天上生生就掉下了兩隻鷳鵒。我便想，這人將來，不是個英雄，便是個梟雄，是尋常不得的。

昭如説，你為自己做了一回主，卻讓族裏的叔伯們説了多少年。

昭德便不再言語，半晌過去，突然説，現在想來，他這一槍，倒害了一對比翼鳥。


昭德身子不好，盛潯便來得多了些。如今下了野，棄了鹽運使的差事，他整個人倒輕省了許多。可因為前兒的事，昭德對他始終還是不冷不熱。

他便坐下來，與昭如説話，我聽説姐夫的隊伍已經在煙臺登陸，這柳珍年的五個步兵師，倒有三個倒戈，重投到張、石的門下，而今已經快打到牟平了。

昭如便説，是啊，照這情勢，不到過年姐夫就該回到天津來了。

這話是説給昭德聽的。兩個人説完了，對視了一下。昭德倚在窗邊，倒像是沒聽見他們説話，遠遠地，不知看向哪裏。昭如便也走過

來，見她目光正落在燈火通明的地方。那是馬可波羅廣場。

這廣場中央高聳著一支石柱，上面是個女神的塑像。聽說也是從意大利國運來，為紀念他們歐戰的勝利。女神手中高舉著一把劍，劍鋒所向，正對著這窗口。昭德的眼睛有些失神。

盛潯道，你們這樣總窩在家裏，究竟不是辦法。尋個天好些的日子，出去走走。不如遠一些，去獨樂寺。大姐也有日子未去進香禮佛了。

這一日，一行人便去了薊縣。話說薊縣這地方，屬河北境內，卻緊挨著天津北面兒。一路上，來往絡繹的也都是鄉人。

到底是比城裏開闊了許多，人便也覺得爽淨。昭德一路默然，臉色卻紅潤了些。只是路實在是不太好，顛顛簸簸，到了縣城裏，已是午後。

一行人到了山門前，便見有兩個小沙彌在門口垂首迎接。昭如見山門樑柱粗壯，斗拱雄碩，也算是氣勢宏闊非常。抬首便可瞻南面檐下正中，懸有「獨樂寺」匾額，她便脫口而出：「民欲與之偕亡，雖有臺池鳥獸，豈能獨樂哉？」偌大的一間寺廟，以「獨樂」為名，卻真是不解其意。

盛潯便道：這寺得名，甚為傳奇，說是是安祿山在此起兵叛唐，思獨樂而不與民同樂之故。不過話說回來，究竟沒落得一個好下場。匾上的字也有些來頭，話說是嚴嵩題的。

昭德瞇一瞇眼睛，說，勉庵的字精謹得宜，無一筆無來處。司馬光說，才勝於德，在他身上極準。《禮記》中「獨樂其志，不厭其道」。雖是清詞宰相，因人廢字大可不必。

這時候，笙哥兒卻嗯嗯咿咿推昭如往前走。眾人才看到，山道兩廂分的兩尊塑像。昭德便說，是這哼、哈二將嚇著孩子了，也不知什麼人的手筆，偏要將面目繪得這樣惡。

便直上觀音閣去。待站在這十一面觀音面前，昭如也暗暗讚嘆。

觀音立在須彌座之上，高大絕非她半生所見之佛像所及。眉目雍容，神情端穆，偉而不驕，真真讓人心生信仰。昭德敬了香，默跪像前良久。昭如便也隨她跪下，漸漸心下一片澄淨。卻有種種景象，如同過電一般，歷歷在目。她一驚，睜開了眼睛，又對觀世音拜了三拜，這才起了身。

這時便見有一中年僧人在旁候著，兩廂行了禮。僧人便說，知有貴客叩臨山門，住持清嚴法師相邀共用齋膳。

盛潯便說，此來倉促，未有知稟，便是不想驚擾法師清修。貴剎也真是有心了。

中年僧人道，師父交代，京津貴冑來訪有時。唯施主數次雁過，襄貲香火，卻未曾留聲。便是齋堂薄茶一杯，聊表心意。

到了舉善堂。見住持遠遠迎了來，是個胖大的身形，魁梧得很，並非想像中的仙風道骨。面目間也是有些魯直的。黝黑，方口闊鼻，一字眉。待開了聲，又是洪鐘一般，爽朗的唐山口音。這清嚴法師，便立時間有些喜感。

他摸一摸笙哥兒的頭，說，小施主長得好。說罷，便掏出了一塊糕餅，說是寺廟裏自製的。青麩裏用新竹的汁水，釀成，叫「竹葉香」。笙哥兒剛要接過來。卻見法師的袈裟波動了一下，忽地伸出一隻毛茸茸的小手，將這青團搶了去。

笙哥兒愣一愣，並未受驚嚇，竟然要掀開了袈裟。這時，便見清嚴法師哈哈一笑，略略在胸前做了手勢。袈裟裏便探出一個小小的腦袋，眼睛精靈逼人。一隻小猴，便是一縱，跳到了法師的手掌心。口裏正還銜著那只青團，兩腮聳動，吞嚥得有些艱難。目光所及，卻並未有一絲畏懼，倒是像在檢閱眾人。

清嚴道：小施主有佛緣，倒引出了一個孫行者。眾人便都笑了。昭如到底有些驚魂未定，便說，大師，這猴兒可是寺中飼養的？

小猴似乎聽出是在議論自己，便又是一縱，索性跳到清嚴的肩

頭，撥拉一下大師的耳垂。清嚴並不見惱，只說，原本是山中的野物，也是一段因緣。去年大雪封山。寺中的僧人，看見一頭碩大母猴臥在柴房門口，已經凍僵了。懷裏卻有隻剛出生的幼猴，還在吸吮乳汁，好不可憐。我就著他們留下來，以米湯灌養，竟然也就活了。不過身形倒與來時相差無幾。

小猴已經吃完了青團，這時闔了闔眼睛，似乎有些困倦，在大師的頸窩裏靠了一靠，竟就打起了盹。清嚴聳一聳肩膀，像是怕牠掉下來，做了一個相讓的姿勢。一開口，聲音竟也輕了不少。

齋堂地處半山，眾人依窗而坐。一低頭，才知已壁立十仞之上。雖無一覽眾山小之勢，可放眼鬱鬱蔥蔥，已入寒季，仍感燕趙青未了。遠處又有火紅的一片，層層疊疊，風景獨好。盛潯道，大師這窗裏，倒裱下了一幅「遠楓流丹」。清嚴微微一笑，說，施主此言差矣，紅的不是楓樹。這山中的紅櫨，原是極盛，其勢不輸楓樹。施主這般，便是世人以色障目了。

盛潯便笑了，雙手合十道，到底是檻內人眼拙，大師教誨。

齋菜便擺上來，昭如看去，並不似想見的清樸，碗盞間頗見精緻。有一道「玉佛手」，以茭白與筍尖製成，栩栩如真，竟令人不忍動箸。昭如終於夾起一塊，嚼一嚼，讚道，這筍的鮮嫩，竟好像臘月後的冬筍一般。可這季節，原不該是時令的。

清嚴便道：施主說的是。就是去年的冬筍，本寺窖藏下來的。只是至今色味還未變過半分。

眾人皆驚，便問他如何可藏至如此。卻見大師只是笑而不語。

又有一道「水煮豆皮」。一端上來，便是異香滿室。觀者皆是稱奇。清嚴說，這一道，若在民間，便稱為「素鵝」。在我修行之人，卻稱「華嚴經」。

盛潯便開口，敢問如何說？

清嚴道：「華嚴經」講「五十三參」。善財發阿耨多羅三藐三菩提心後，從莊嚴幢沙羅林出發次第南遊參訪。好似五十三位善知識，這

豆皮重疊，一層便是一參。吃完了這一道，修行便可圓滿。

這時候，卻見清嚴肩頭的小猴兒醒來。試探了一下，便慢條斯理，走到了桌上，將爪伸進了一盤齋餃中去。

見牠有些放肆，清嚴終於正色道：亦莊，不得無禮。小猴聽懂了，縮了一下身子，蹦到窗臺上。

昭如便說，大師，這「亦莊」是猴兒的名？

清嚴便笑了，說起這名兒，也算有個來歷。我少年時，終日暮鼓晨鐘，也覺好不沉悶。漸漸有些散漫懈怠，我師父便給我改了這個法號。與其說是心志，不如說是心意。這猴兒太頑愚諧謔，我給牠個「亦莊」，便希望牠能清靜些。

眾人笑過之後，卻聽昭德說，我倒有一事不明，請大師點撥。佛家講慈航濟苦，普度眾生，可這寺廟卻以「獨樂」為名，終是說不過去。

清嚴便道，大概施主也都聽了許多的說法，但可知這「獨樂」是什麼？

一片默然。清嚴對中年僧人使了一個眼色。僧人便下去，不一會兒拿來一個物件。仔細一看，卻是街巷小兒常玩的陀螺。清嚴說，眾位且看好，這就是獨樂。賈思勰《齊民要術》本有一說，「梜者，鏇作獨樂及盞。」說的便是這玩意兒。五道輪迴，人生之變，終究便是自己的一件玩意兒罷了，又何必當真。

待送出山門時，已經暮色沉沉。一行人坐在車裏，都沒有說話。笙哥兒躺在昭如身邊，睡著了。夜涼如水，車窗上竟起了一層薄薄的霧氣。看出去，一星半點的，不知是哪家的燈火。車走得快了些，那燈火便匯成了一道橙黃的線，從眼前劃過去，消失不見了。

昭如正看得出神，一隻手輕輕伸過來，是昭德的。放在昭如的手心裏，冰涼的。昭如緊緊握住，這手中的涼，便也沿著她的手，慢慢地滲透。她看著姐姐，臉上並沒有什麼表情。因為光線暗沉，遮住了她的皺紋與老態，恍惚間，又回到了二十年前的樣子。這還是那個昭

德，讓弟妹想去依偎的人。然而這手中的手，分明已經有些乾枯，觸得分明的經絡，和涼透的骨節。

這路途，似乎比來時遙遠了許多。待到了城門口，昭如也已經有些睡眼惺忪。卻在朦朧間，看見車停下來，又看見外面有個軍官。盛潯下了車，與軍官交談了幾句，便關上了車門，隨他上了另一輛車。那姿態十分突然。昭如醒過神來，車已經開進了城。她回頭，看著盛潯隨那車往相反的方向開走了，便問司機，發生了什麼事。

司機沉默了一下，說，老爺只是交代開回公館去，他晚些便回來。

回到家裏，昭如將笙哥兒照顧睡下，覺得事有緣由，終究是有些不放心，便又走到姐姐的房間裏。見昭德裹著毯子，正倚靠在窗臺上，愣愣地。目光正對著馬可波羅廣場，和那女神像。

她聽見昭如的聲音，也並沒有回頭。昭如便坐下，撿起一個柚子，用竹刀栽進去，劃開一道。淡淡的汁水流出，便有一些苦澀甘香的味道，在房間裏漫溢開。她又使了一把力氣，這時候聽到昭德極細隱的聲音。昭德說，你說我這輩子，算不算是獨樂？

昭如沒言語，停下手，看一看她，終於說，今日那大師的話，我倒覺得，便是「假作真時真亦假」的意思，姐姐太認真了。

這時便聽見急促的腳步聲，盛潯走進來，昭如立即看見他滿頭的汗水。他看一眼昭德，眼睛裏的光，卻都落到昭如身上，虛虛的一道。他立起了身板，輕描淡寫地說，這都是什麼事，我卸了任，鹽務上的七葷八素，還要找了來。昭如，快去著廚房給我做些吃的，跑得肚子都空了。

一面逕自往外面走。昭如起了身，隨他就要出去。

兩個人走到門口，卻看到昭德轉過頭來。月色籠在她身上，面龐泛著淡淡的青藍。盛潯的聲音變得很乾澀，今天走得乏了，姐早些睡吧。

昭德的眼睛，卻望向他們的身後，很清晰地說，他是不是死了。

昭如感到盛潯輕微地顫抖了一下。

昭德説，我再老眼昏花也認得出，剛才等著我們的，是跟了他十年的葉團副。

許久，盛潯的腳尖，在地板上輕輕摩擦了一下，好像下了一個決心。他説，姐夫在柳珍年的手裏。

昭德閉了下眼睛。再睜開來，目光裏有了一點狠。

盛潯便説，怎麼也是姐夫的老部下，不會輕舉妄動。現在人在牟平。

昭如聽見念珠落在地板上的聲音，一聲鈍響。

昭德努力撐持著自己，站起來，説，不是在牟平圍了柳珍年麼？張宗昌呢，張宗昌也被擒住了嗎？

盛潯猶豫了一下，終於説，姐姐，切莫心焦，我已經電報了張少帥。偌大的華北，他一個柳珍年，倒能反了天不成。

昭如看著盛潯，知道他心裏也沒有底。盛潯自然不敢説石玉璞這回兵敗的狼狽。原本是石玉璞軍中一個營長叛變，柳珍年才得以突圍。形勢便急轉直下，張石聯軍往煙臺撤的時候，張宗昌便經龍口逃到大連去了。石玉璞便一個人固守在福山。城內糧彈俱缺，自知孤城難守，整整對峙了十八天，這才組了一支敢死隊，想要衝出城去。立時便被柳珍年的人拿住了，押回了牟平軟禁起來。

昭德身子一軟，終於又坐了下去。嘴巴喃喃地説著什麼，昭如和盛潯都沒有聽見。

第二天黃昏，盛潯回來。昭如便心急火燎地迎上去。這一上午下來，真真是體會到了什麼叫做度日如年。盛潯坐下來，嘆一氣，喝下一口茶去，卻猛然將茶葉末啐了出來。茶碗在桌上一頓，説，欺人太甚。

昭如心知不好，輕輕説，姐姐還在睡著。

盛潯言語便和緩了些，張學良那兒回了話來，柳珍年並沒有要放人的意思。説但凡要見一面，先給他二百萬銀元添助軍餉，後經人説合，降至九十萬元。

什麼添置軍餉，就是個贖金。姐夫出身草莽，到如今自己虎落平陽，竟無半分辦法。

昭如說，九十萬不是個小數字，可有個日子？

盛滏擰了眉頭，七日。過後恐怕危在旦夕。

昭如心中也是咯噔一下，籌得出來嗎？

盛滏沉吟，有些艱難，我這裏，上下籌得出將近三十萬來，還差得遠。雖是切膚之舉，少不得要和姐姐商議一番。

昭如遠遠地望一望，說，這事但凡能想辦法，切莫驚動姐姐。我只怕她撐不住。

盛滏說，大連日本人的銀行裏，我們還有二十幾萬。蝕些錢，這兩日也能取得出來。

昭如想想，一咬牙道，我來和家睦說，先將「麗昌」盤出去。

盛滏搖一搖頭，說，我也想著將手上的股份放出去，這麼短的時間，怕是都來不及了。家睦那邊，遠水難解近渴。我打算先帶了這些錢去趟牟平。餘下的，咱們再想法子。柳珍年雖非善類，與我也算有過交道。見面三分情，只要他留著人，怎麼都好說。大姐這邊，你且仔細看著，等我的消息罷。

昭德醒過來，望著床邊的昭如，眼睛裏是空的。昭如便對她說，二哥來過了，姐夫沒事。只是柳珍年少不了要將姐夫多留幾天，當年那一百軍棍，硬是要讓他多絮叨些日子。

說到這裏，昭如極勉強地笑了，怕昭德看出什麼，就略轉過臉去。再看昭德，只是愣愣地盯著窗口的方向，沒一句話。花窗上鑴著八仙過海的圖案。外頭的月光雪亮，流瀉了一地。將八仙的身形又映到了地板上，影影綽綽，竟如同在舞動一般。只是，形狀都分外的長大，看上去並不喜慶。排成了陰颯颯的一片，是齊整的魅影。

昭如在凌晨驚醒。

她心裏一動，想起一個人。第二日，趁昭德還睡著，她出了門。

　　孟養輝的家並不難找，在這意租界的華人區裏，先聲奪人的洋派。接待她的女子，看上去很本份，是孟養輝的太太。問起來，説是孟養輝去了上海，要晌午才回來。昭如便想告辭。孟太太卻道，聽韶光説起過小姑母。這外國人的地界兒，難得見著回親戚。如今見著了，也想多説説話，説著韶光也就來了。昭如心裏盛著事，聽她這樣講，很想説明來意，又不知深淺，心裏焦灼得很。孟太太是個聰明人，看出端倪，便問，姑母來，可是有什麼事？昭如終於道，是有些事。事情不小，我便等韶光回來，一塊兒商量。

　　兩個時辰後，孟養輝回來了。臉帶倦容，是有心事的樣子。看見昭如，面色舒展開了。昭如不等他寒暄，呼啦站了起來，即刻説，親戚，如今等你救命了。

　　孟養輝聽她説完原委，只道，小姑母，你且安心。柳珍年聲名在外，雖不好惹，可他要的是錢，倒好辦了。侄兒別的幫不上，此事願效犬馬。請隨我來。

　　昭如走出門，手中執著支票，舒了一口氣。她迅速叫了一輛黃包車，往家裏趕。一路上想著昭德醒過來見不著她，真不知如何是好。車到了街口，卻見到雲嫂正東張西望。看見了她，跑了過來，大聲喊道，太太，舅老爺回來了。家裏出事了。


　　昭如跟蹌著走進前廳，看見昭德端坐著，如同一座鐘。身旁的盛潯，臉色蒼白。桌上打開的包袱皮，裏面擱著一件衣服。疊得整齊，卻骯髒得很。

　　昭如立刻認出來，是石玉璞的軍裝。他最愛的一件，合體，穿上威風八面。

　　軍裝是盛潯從牟平帶來的。就在與他把酒言歡的那個夜晚，柳珍年悄悄交代部下趙振起，將石玉璞帶到郊外活埋了。

　　盛潯在石玉璞的房間裏，看到床上擺著一副骨牌，是大凶之卦。


　　昭德終於扶住桌子，站起身來。

在眾人的注視之下，她捧起那件衣服。

抖開來，軍裝上有些烏紫的斑點。是血，與黃土膩在一起，斑駁了許多。

昭德摸一摸，將那軍裝緊緊攏住，又鬆開。

昭德的手指，便順著扣子，領章，肩章一路觸摸上去。最後停在領子上，她伸手，將領子捋捋平，說，總是不記得領子翻翻好。

所有的人，看著夫人說完了這句話，身子顫抖一下，便倒了下去。

這倒下去，便沒有醒來。

幾個城裏有名的醫生來看過了，都搖搖頭，說，只是一口氣了，準備後事吧。

昭如心裏也已是一潭死水，但終究有些不甘，日夜守著姐姐。

她自作主張，打發了幾個姨太太。二姨太蕙玉卻不走，她說，我也是半截身子入土的人，可以走到哪裏去，無非是回鄉下。盧夫人不嫌棄，就讓我送了太太這程再走。

昭如看著姐姐，這時候昏睡著，臉色卻分外停勻，似比以往還舒展了些。心裏便想，夫走婦隨，也是造化。可苦了生人。

想一想，便流下淚來，對蕙玉說，你也是個有主張的人，幫我挑一身好看些的壽衣。姐姐一向是穿得太素了些。

這當兒，卻有大悲院的玄安法師著人上門，說，此時講雖不得宜，但石施主數年前，曾在寺內寄了一對金絲楠的棺槨，備百年之用。盧夫人既為妻妹，便有一驗之責。

昭如便去看了。看了才知道石玉璞一介武夫，生前竟有如此用心。這壽材，本已名貴，每年皆以上好的桐油漆上一道，如今已似琥珀般通透。兩具壽材上的圖案，各有一個男子，衣衫樸素。昭如仔細看去，浮雕上的字句，竟是「漁樵問對」。她便想，無論是否有人指點，在石玉璞心中，姐姐便也是一個鬚眉丈夫，是可以平起平坐論天下的。這樣想著，多少也有些安慰。

這天晚上，她坐在床邊，將這些講給昭德聽。說著說著，有些

心酸，便對笙哥兒說，兒呀，大姨這輩子無兒女。大舅家也都是丫頭子。到時候，就要指望你打幡摔盆了。

笙哥兒依著她坐著，卻直愣愣地看著昭德，半晌，突然開聲說，娘，大姨哭了。

昭如苦笑，說，你倒也糊塗了。

笙哥兒站起來，將臉貼在昭德跟前，說，大姨哭了。

昭如也看清楚了。昭德紋絲未動，卻有一滴淚，從她眼睛中滲出，沿著面頰，流下來了。

昭如心裏過電一般。她使勁讓自己平靜下來，整理一下紛亂的思緒。這時候，想到一個人。

羅賓遜醫生，終於破例上門。石家發生的事情，他自然也聽說了一些，來時是懷了弔唁的心。但是他看見床上的昭德，仔細查驗了一番，說了兩個字：有救。

昭德醒過來，是在一個陽光清澈的午後。昭如正靠著病床打瞌睡，看著她慢慢地張開眼睛，喜得大叫醫生。

昭德先看見的卻是盛潯。盛潯笑著用輕柔的聲音喚她，大姐。她看著他，眼睛裏卻是畏懼的光，戰慄著將身體偏到一邊去。牙齒間發出尖利而細微的摩擦聲。臉部的表情也扭曲起來。

昭如趕忙坐下，昭德掙扎了一下，頭晃了晃，虛弱地停靠在昭如的懷裏。昭如看見她給自己一個無邪的眼神，然後用一種陌生的如同女童般甜美的聲音說，娘，我想喝粥。

一個星期後，昭如與盛潯一家人道別，離開了天津。

她將昭德帶回了襄城。

# 家變

關於昭如回來這件事，盧家人並未表現出十足的熱情。就如同她的離開，也並未有人過多地牽念。

這些人裏，自然並不包含家睦。這男人對於昭如，有一種對少妻的疼愛和縱容，卻也有幾分敬與重。昭如先天的顢頇，使得她少了許多女子的計算與瑣碎。這種少女般的乾淨，會讓他覺得自己也明朗年輕起來。然而，他終於覺得自己，還是衰老了，而且老得很快。在天津開了「麗昌」後，因為往返勞頓，他病了一場，並沒有告訴昭如。可這場病讓他看清楚人生苦短，夫妻緣長。他便將櫃上的生意，一步步地交給了自己的兄弟。

昭如將昭德帶回了襄城。家睦也並沒如其他人般驚奇，只是心中有些感嘆，人如蜉蝣。一面在心裏對妻子的敬重，又添了幾分。昭德對他而言，只是妻姐，然而他卻無法因此抑制其他人的好奇。甚至老六家逸夫婦也有過許多隱約的表達。表達中，隱藏了一些畏懼與忌憚。這忌憚是他們對於昭如的態度的源頭。如今，昭德來了。一時權傾華北的石玉璞，有關他所有的想像，似乎都可以在他的遺孀身上落到實處。

昭如與家睦商量，給昭德安排了一個恰如其分的出場，是在這一年的冬至。他們家鄉的傳統裏，冬至是個重要的節慶。這天亂而復治。民間便要吃餃子、蒸餑餑，「蒸冬」取的便是一個闔家團圓。所謂「冬至大如年」是不錯的，該有的熱鬧便都有了，卻又不會過份的隆重。吃上這一頓飯，昭德便成了這家中的一員。

甚至對於昭德這天的衣著，她也動了腦筋。以往的華服，雖圖

案與顏色都十分簡素，但因為質地太好，不經意間，是有些咄咄逼人的。她便找來裁縫，給昭德用青綢做了身齊膝的長襖。穿上很利落，人也持重，符合一個大姨的身份。

席間，她便讓昭德坐在自己的右首。眾人看昭德，安靜地坐著，雖一言不語，但形容間端莊得體，似有重量。心下都有些嘆服，想起不怒而威這個詞。但細細端詳，卻見她眼睛裏，沒有一絲的活泛，神情有些失焦。昭如給她夾的菜，也始終沒有動過筷子。這嘆服漸漸就變成了憐憫，聯想她的身世，這便是河東河西三十年。只是如此一個人物，走不出來罷了。

這時候，卻有隻家養的貍貓走了來，施施然在眾人腿間穿梭。及至到了昭德腳底下，縱身一躍，跳到了昭德的膝頭上。昭德愣愣地看著，牠慢慢地臥下來。昭如正要驅趕牠，卻看到昭德側過臉，作了一個噤聲的姿勢。她伸出手，試探了一下，撫摸了那隻貓。所有的人都看到，她的手指顫抖了一下。貓團起身子，喉嚨裏發出舒服的聲響。昭德將牠抱起來，小心翼翼。人們注意到，她抱起牠的動作，猶如懷抱一個嬰兒。昭如看見姐姐，開始緩慢地搖晃雙臂，同時聽到她輕聲吟唱。貓扭動了一下。昭德眼神變得更為溫柔，將牠抱得更緊了些，說，曦兒，別動。

昭如心裏抽搐了一下，因為她回憶起來，「曦兒」正是姐姐在十七年前夭亡的兒子。此後，昭德因為再次懷孕而流產永遠失去了生育能力。因此，這個名字成為所有人口中的禁忌。

此時，聽到這名字，昭如不禁打了冷戰。

昭德將貓抱得更緊一些，她說，曦兒，不哭，你是餓了。她在眾人的注視下，解開了自己的前襟，甚至嫻熟地打開了褻衣。人們躲避不及，都看見了孟昭德的半隻乳房暴露了出來。同時間她將貓的頭倚靠過來，乖，吃飽了就不哭了。

在燈光下，這半隻乳房慘白而枯瘦，然而乳頭卻如少女的乳尖嫩紅。昭德將一個母親哺乳的姿態準備得恰如其分。然而，那隻貓掙

扎，喉管裏發出壓抑的聲響，突然伸出爪，使勁地在這乳房上抓撓了一下。昭德頓時手一鬆，貓跳到了飯桌上，跑開去。然而，人們都看清楚了。慘白上出現了四道觸目的血痕。一切發生得太快，這時昭如才終於回過了神。她拿過一條披肩，將失魂落魄的昭德遮擋住。

幾天之後，襄城上下，都知道盧家睦從天津衛接來的大姨子，是個不折不扣的瘋子。

日後，昭如憶起有關心智的鍛鍊，似乎便是從這件事情開始。在此之前，她從未品嘗過屈辱的滋味。她也從未有過如此強烈的欲望要去保護一個人。

這個人曾經如此強大，而如今卻連自己亦無法掌握。昭如有一種急迫，想要自己強悍，甚至凶悍起來，變成這個人曾經的樣子。然而，她始終不是。她走進陰濕的閣樓，看見昭德站在暗影子裏，肩頭棲著一隻不知何處飛來的野鴿。鴿子發出咕嚕咕嚕的叫聲，一邊用喙啄著昭德的髮髻。這髮髻，是昭如清早親自為她梳理的。她用去了許多的桂花油，十分的緊實。然而，禁不起再三折騰，終於鬆開、散亂。昭德的頭髮被午後的風吹起來。鴿子飛走了。她回過頭，用膽怯的眼神看了昭如一眼，輕輕地說，娘，我餓了。

昭如心裏漾起一陣疼。她走過去，把昭德的頭攬過來，將她的鬢髮撩上去。這頭髮已經有些花白，有幾根泛著污濁的灰。她撫摸了這頭髮，禁不住又撫摸了一下，又一下。

不久，盛潯下野的消息也傳了來。舉家上下，便更為清楚，昭德已然是個無所依持的老婦。

這天夜裏，昭如端坐在家睦面前，以克制而清晰的聲音說，我知道，我在這家裏不是說得上話的人。但是，我這一回打定了主意，要給姐姐養老送終。

家睦正坐在書桌前軋帳。他放下了手中的筆，用驚奇的眼神，打

量了昭如一下。煤油燈的光線，將昭如的身影投射到了牆上，筆直硬朗，頂天立地。家睦笑了。

昭如便有些著急相。她問，你笑什麼？

家睦忍住笑，走過來，執起了她的手，說，我笑什麼，笑我們家裏一時之間，出了一個巾幗英雄。這主意，原該我們一起打。當年，是大姐成全了我們。長姐如母。人非草木，我盧家睦看她百年，原是分內事。

昭如覺出握住自己的手，更緊了一些。她胸口有一些洶湧，就這樣愣愣地與家睦對視了許久，這才脫口而出，我們把秀娥趕快接來吧。

家睦聽了，便又覺出她心性的單純，知道她心裏藏著這話，因是他的一椿心事。原是為了說服他留下昭德，但此時，卻是出於真心，是有要報答的意思了。

家睦在心裏嘆了一口氣，然後說，這事再議吧。

昭如有些意外，便追著說，為何要再議，秀娥也是大姑娘了。我這幾年也暗暗為她備了一份嫁妝。縱然不是親娘，這些年，也實在虧欠了她。

家睦便說，難得你慮得周詳，我倒也想了，過些天，是該回趟老家看看。

家睦這樣說，心裏自然也不暢快。他心裏又何嘗不記掛著秀娥。按說自打她娘去世後，寄養在了姥姥家已有了幾年。姥姥捨不得。這孩子又有幾分烈，原本不是個柔順的性子，他便擔心會委屈了昭如。待下了決心，卻逢上了店裏的多事之秋。

自打將天津的一家鐵貨行盤下來，開了「麗昌」，又在青島開了間「福聚祥」。「德生長」的生意，看起來是比以往大了許多。可收的是人家的老店，一切百廢待興，總需要個能撐持的人。家睦左思右想，便將郁掌櫃調到了天津去，要他統籌新店的局面。一來是跟了東

家多年的老臣子，是信得過的；二來年資豐富，也頗能鎮得住當地的夥計。

　　家睦安排好了這些，又請了新掌櫃，便將店裏的事情，漸漸交給了弟弟家逸。激流而退是為勇。家睦又何嘗不懷念「采菊東籬下」的時光。然而，情況並未如他想的順遂。家逸原是個沒太大主張的人，跟了他這些年，又很為自己的媳婦榮芝所左右。商界的規矩與韜略，雖都聽過看過，但臨到自己，卻舒展不開。與客戶的交往，又不是很知變通，夥計們也束手束腳。家睦便漸漸聽到一些抱怨，知道弟弟不是個能夠獨當一面的人，便有些倚重新來的掌櫃。

　　這徐掌櫃是家睦重金所聘，原本並不認識，是一個同行的介紹。不苟言笑，但當真做起事來，才看出為人的圓通。不出一個月，櫃上的生意往來，已給他收拾得井井有條。夥計們也十分服氣，家睦自然因此放下了心來。但半年後盤點，竟發現，營業額下降了兩成。再一查帳上，並無異樣。只是幾個老客戶，訂貨比以往少了。問起來，都說是錢銀周轉不開。家睦便暗暗地留心，這才發現，幾個跟了自己多年的年長的夥計，紛紛帶上了「小夥」，且銀碼都不小。這「帶小夥」，原本不是了不得的事。幫東家做事賣貨，自己也跟著賣上三五分，也是個幫補。像家睦這樣的東家，往往睜隻眼閉隻眼，從不為難他們。但這有個度，若「小夥」帶出了動靜，在業內鬧出了聲響。甭管幾十年的交情，這東家都得讓夥計出號。這是個規矩，千里之堤，毀於蟻穴。多少百年老店，就生生給這「小夥」給吃垮了。

　　家睦心一硬，便先讓二掌櫃老牛出了號。老牛沒言聲，一抱拳走了。一起打下的江山，毫無戀棧之意。家睦雖覺得涼薄，也沒多說什麼。可一個月後入了秋，一間「廣裕隆」卻在石虎街開了張，掌櫃的正是老牛。又沒幾天，幾個滿師的夥計，紛紛辭號走了人。原本家睦並沒有太當一回事，所謂「鐵打的商號流水的夥計」。可後來有人來知會，說這些夥計，現在都去了「廣裕隆」。及至後來，「廣裕隆」公然與「德生長」打起了擂臺，一較短長。家睦才心知不妙。這間新舖裏賣的貨，竟是與自己店裏一模一樣。負責收帳的夥計回來說，幾個

長有往來的老主顧，都說明年的貨先不訂了。往深裏一打聽，這幾位前後在「廣裕隆」下了單。每樣貨，也就比家睦給的價錢便宜了一分幾釐，也真是見利思遷。家睦感嘆世態炎涼之餘，也覺得這姓牛的過於神通，跟了自己多年，究竟是一個夥計。他這才想起，店裏就這一份大客的名單，是在掌櫃的手中。

盧家睦終於差了一個靠得住的夥計，假意出號，投去「廣裕隆」的櫃上。前後跟了一個月，事情漸漸水落石出。原來徐掌櫃與「廣裕隆」暗通款曲，不是一兩天的事，甚至在成為徐掌櫃之前，已經與老牛過從甚密。而之前的所謂介紹人，正是這個新舖東家的堂兄弟。

這事情出來了，徐掌櫃便主動請辭。家睦給他結算了滿月的工錢，因為訂約時原是頂了身股的，就又多算了一些。姓徐的拿著銀錢，有些開不了口。家睦便說，兄弟，你這麼做，自然有你的道理。可是自己的道理，總比不上這世間的大道理。自古以來，商賈不為人所重，何故？便是總覺得咱們為人做事不正路。我們自己個兒，心術要格外端正。要不，便是看不起自己了。

姓徐的仍然沒有言語，深深地作了一揖，轉身走了。從此，便沒有在襄城再出現過。

許久之後，老六媳婦的娘家人打聽出來，這人原先是個跑單幫的襄樊人。榮芝便說，大哥，天上九頭鳥，地下湖北佬。我們這識人的眼睛，要說還得放得精靈些。這泰半的家產，若是都給外人這麼折騰，老爺子泉下有知，也不會心安啊。

家睦心裏也的確有些愧疚，盧老東家一路辛苦在襄城幾十年，才攢下的這一爿家業，是不該在自己手上散掉，敗掉。要說起誠實可靠，他便念起家鄉莒縣人。這一次店裏的變故，留下來的夥計，都是家鄉帶過來的弟兄。而今要請一位新掌櫃，他就憶起家鄉裏，有一個一起開蒙的髮小。年紀雖然比自己小了很多，多年不見，聽來人說很有了一番出息。這一日，經昭如說起秀娥的事，他便也想，該回去看一看了。

　　正月初十這天，家睦離開了襄城。原本未出了農曆年，心裏多少不捨。但秀娥的姥姥央人來了信，説開春便帶了秀娥走，好歹娘仨一起過上一個元宵。圑圑團圓了一回，便可永別。姥姥是個通情理的人，當年她閨女染了傷寒去世。家睦鰥居七年，著他再娶的不是別人，正是這個老岳母。他對她的感恩，便非三言兩語道得明白。如今老人家發了話來，他自是一口應允。走時千叮萬囑。昭如便笑説，不過一個來月便回來了，倒好像交代下往後十幾年的事情。家睦也笑，笑了心裏也就暖了一些。

　　十五這天夜裏，竟然下起了大雪。襄城多少年來，都沒有這樣的大雪。鵝毛一樣，紛紛揚揚，連成一片，天地間沒有了界線。笙哥兒從未見過下雪，先是目瞪口呆的樣子，再下來便要出門去。昭如怕他受了寒涼，卻又一想，男孩子不應該太嬌慣。便趁雪小了些，帶了他出去。母子兩個走到院子裏。笙哥兒踩在雪上，陷下去，便是「吱呀」一聲。他便有些心驚，腳步也緩了，生怕將雪踩碎了似的。走了幾步，又回頭看自己的腳印。看一看，又遠遠望一望昭如，眼睛裏頭有些光芒。昭如心裏突然有了一些快樂，誠心誠意的。自打離開了天津，這快樂幾乎被她忘記。這時候拾起來，因為兒子小小的滿足。她便撿起花圃旁的小鏟子，也蹲下來，就著石檻，鏟起腳邊的雪，一點一點地碼起來，漸漸也碼成了一個形狀。笙哥兒便也被她吸引了來，目不轉睛地看。她也便顧不上凍了，用手將那形狀修整與雕琢，心裏頭似乎也慢慢地熱起來。待要完成了，手背已泛起微紅，額上卻滲出細密的汗。笙哥兒便抬起胳膊，用一雙小手裏住她的手。這小手的溫熱順著她的手指傳上來，她便有了一些安慰，説，兒啊，知道娘做了個什麼？這是你的屬相。這時候，雪住了。居然放了晴，便有一些陽光從雲層中透射出來，照在這小小的老虎身上。她便也伸出了手，用指甲在虎的額頭上一筆一畫地寫下了一個「王」字。老六家的兩個女孩子笑鬧著，走過來，手裏各執了一枝臘梅。大些的見著一對母子，便也停下來，喚住那個小的説，妹妹，你快來，大伯娘堆了一隻貓呢。這一忽，昭如想起曾和家睦在天津的對話，心下一片悵然。

因為家睦不在，正月十五究竟也過得有些潦草。與老六一家吃了一席。到了夜半的時候，昭如著廚房煮了一碗元宵，端到了西廂。卻看見昭德一個人坐在臺階上。青石板的臺階上還落著殘雪，昭德穿著單衣裳，就這麼坐著。看見她，頭抬一抬，用手指在雪上畫了一個圈，然後說，娘。

昭如忙扶起她，推開門，看伺候昭德的丫頭正依著炭火爐子打盹。昭如從來不呵斥下人，這回卻忍不住。丫頭委屈，淚撲嗒嗒地落下來，說，太太，我一個人，也不能五時三刻都跟著大姨奶奶。這一天十二個時辰，盯得我也乏得緊了。見她睡下，我才不知怎麼睡過去了。昭如嘆一口氣，說，也難為你了。

兩人說話的當口，沒留神，再看見昭德，正將一顆元宵用手指揉捏。元宵破了，黑芝麻餡便被擠了出來，落在碗裏，漆黑的一片。她就又撈起一顆元宵，如法炮製，周而復始。昭如和丫頭都看愣了神。她的神情專注非常，臉色恬靜，手法入微，如同進行某種儀式。

昭如終於問，姐，你在做什麼？

昭德警惕地望一望她，然後神祕一笑，一副不足與外人道的樣子，輕輕說，製墨。

待將所有的湯圓都捏碎了，昭德捏起桌上一撮松子殼，勻勻地撒在碗裏，口中喃喃：松煙一斤，用珍珠三兩，玉屑龍腦各一兩。

將墨譜記得牢靠，卻認不出了眼前的妹妹。

昭如心裏一陣銳痛。丫頭猶豫了一下，走過去，便要收拾桌上的碗盞。昭如攔住她，說，由她去吧，待她乏了再說。


這一年的開春，天還寒涼，卻也算有了萬象更新的意思。街上的人事，仿佛都清爽了許多。

昭如帶著笙哥兒，望城南的「天祥」照相館去。若說照相館，自打從廣州傳了來，在襄城也不算是個稀罕玩意兒。可這「天祥」卻有些來歷，開舖面的原是天津的「梁時泰」照相館的一個攝影師。追溯起來便了不得，前清洋務大臣李鴻章和美國總統的一張照相，便是出

自梁時泰之手。襄城人，內裏對京津總有些心嚮往之。何況昭如過去
這一年，原本也見過許多的世面。知道了什麼是個「好」，便越覺得
本地攝影師的笨拙。這一回去「天祥」，卻也因美國的一個奶粉公司
叫「貝恩寧」的，舉辦了一個比賽，為中國五歲下的孩子。愛兒當如
母，昭如見報紙上這個叫「健康吾兒」的比賽，辦得是如火如荼，又
附上了每期週冠軍的照片。可那些小孩子，鮮嫩肥胖，卻沒有一個神
采入眼的。昭如終於有些不服氣，便給笙哥兒報了名。要交一張報名
照，便想起了「天祥」來。

　　黃包車剛剛停穩，人還沒下來，便有個年輕人奔過來塞給他們一
張傳單。仔細一看，是一張戲報。印得不甚好，上面的人倒是逐一都
認得出。其中一個沒見過，是叫「賽慧貞」的青衣，昭如卻覺得眼熟
得緊。昭如想起，在天津的一樁憾事，就是終於沒聽上梅老闆的一齣
戲。報上說他已然去了美利堅合眾國，演了《刺虎》與《劍舞》，博了
洋人的滿堂彩，還給大學授了博士。美國人說是「五萬萬人歡迎的藝
術家」。昭如思忖，這五萬萬人裏終究有自己一個，就又有些高興了。

　　推開相館的門，裏面倒分外清淨。昭如正奇怪著，就見掌櫃的疾
步出來，說，盧夫人光臨，有失遠迎。我著人到府上去，誰知還是慢
了一步，抱歉得很。

　　昭如便道，這倒沒什麼，約好的日子，我們自己來不打緊。

　　掌櫃的便一陣躊躇，終於說，夫人說的是。只是今天攝影師給文
亭街馮家的三老爺請去，兩個時辰了，還沒回來呢。

　　昭如嘆一口氣，說，馮家的排場自然一向是很大的，上門去，莫
不是要拍一張全家福。

　　掌櫃的說，去年四老爺新添了一位小姐，這不剛滿了百日，要照
了相紀念。

　　昭如微微皺一下眉頭，說，如此用得了兩個時辰嗎？

　　一個小夥計，正用雞毛撣子撣一只景泰藍花瓶。聽見了，手沒閒
著，跟上了一句嘴，說，夫人說的是，不過是生了個丫頭，哪怕是個
千金又如何。多幾個馮家，我們照相館的生意也不用做了。

掌櫃的狠狠瞪他一眼，喝止住他，對昭如賠上笑臉。這時候自鳴鐘「噹」地響了一聲，昭如便起身對掌櫃的說，不如我改日再來吧。

掌櫃的忙說，夫人若不嫌棄館內寒素，便多候片刻，我估摸著也快回來了。這過了年，我新添置了些背景。都是著人在上海製的，前兩天將將到。夫人也移駕隨我揀選一二，看有沒有襯得上咱小公子的。

昭如便踩著樓梯，跟他上樓去。笙哥兒一聲不響，緊緊抓著她的手。她就將孩子抱起來。掌櫃的回頭看一看，說，小公子生得真好。昭如便說，就是不太說話。掌櫃說，水靜流深。我們家那小子，說話跟鼓點子一樣，敲得我腦仁兒都疼。昭如聽了便笑了，不過做起生意來，能多說幾句總歸是好的。

上了樓來，先是陰黑的，因為蒙著厚厚的絲絨窗簾。沒拉緊，一縷很細的光柱落在地板上，跳躍了一下。光柱裏看得見稀薄的塵在飛舞。掌櫃的走到角落裏，拉開了燈。這下豁然開朗了。

三面牆上，各自一個佈景。迎臉兒是很大的一面青天白日滿地紅的旗幟，旗幟下掛著先總理孫文先生的畫像，還有一張「三民主義」的橫幅。底下是大理石面兒的辦公桌和椅子，桌上擺著毛筆，公事架和電話，卻都是小了一號的。掌櫃引笙哥兒過去坐下，將將好。笙哥兒倒有些發怯，手放在桌子上，摸一摸玻璃鎮紙，又拿下來。掌櫃就捧來一套衣服，先將一頂大蓋帽卡到他頭上。帽子有些大，遮住了半隻眼睛。又繫上了一領麻綠色的斗篷，昭如看見是上好的呢絨質地，兩邊綴著黃色的金屬肩章。笙哥兒看上去，就有些威風起來。掌櫃的將斗篷給他繫一繫，說，小公子，待會兒打起些精神來，咱們要拍一張「將軍相」。

昭如便輕聲說，我兒子的脾性，恐怕是當不了將軍的。掌櫃就笑了，往後的事誰又知道，商場如沙場，令郎恐怕也少不了一番馳騁。

另一面牆上的房屋又繽紛些，遠處繪著一片荒黃，是遼遠的沙漠。近處則立著硬紙塑成高大的仙人掌。掌櫃的走過去，從仙人掌後牽出一隻駱駝來。原來仙人掌下面有一道鐵軌。這駱駝步出來，模樣

十分逼真，頸上覆著細細的鬃毛，頭可上下點動。掌櫃就將笙哥兒抱起來，讓他在兩個駝峰之間坐著。笙哥兒執起韁繩，坐得很穩，神情是自如怡然的，頗有高瞻遠矚的樣子。掌櫃便道，我就說，小公子的膽識在後面。

他們說話間，沒留神笙哥兒已經落下來。待回過神，才看見這孩子正對著第三面佈景，已經看了良久。昭如見佈景上是鱗次櫛比的大廈，有一道大橋，又有一個舉著火炬的洋女人，知道是外國的風景。昭如便問，這是哪裏？掌櫃的說，美國，紐約。昭如心裏便一陣怵動，脫口道，便是梅老闆去的地方了，看來真是富麗的很。掌櫃的便說，其實這兩年國運有些不景氣，不過餓死的駱駝比馬大，氣勢還是足的。

笙哥兒抬頭仰望了一處紙板的建築，看上去像一枝筆，在樓宇中鶴立雞群，接天入雲。掌櫃便彎下身子，在他耳邊說，小公子，這就是世界第一高樓，叫帝國大廈。要說還沒建成，咱先把它搬了來，照一張相。趕明兒你自個兒站在這一百多層的樓頂，再拍上一張。拿回來給咱瞅一眼，到時候，怕我老得腿腳都不利索了。

昭如便在旁邊笑，有些讚嘆，說，人家的照相館都是梅蘭竹菊、龍鳳呈祥。你們店裏倒真是自有一番氣象。掌櫃的就擺擺手，謙虛道，夫人言重。現在都講究個與國際接軌，我們「天祥」是不落人後罷了。

就這麼聊著，大半個時辰過去了，外頭還沒有什麼動靜。掌櫃的便說，耽誤了夫人這許多工夫，怕是攝影師困住了手腳。昭如心情已然鬆快，說，這倒沒什麼，和掌櫃的說說話，我婦人家見了世面，周遊了世界一番。時候的確不早了，不如我帶著笙哥兒先回去。往後日子長，再來也不遲，只是這孩子長得太快了。

掌櫃的總是舒一口氣，嘴裏不停賠著罪。就這樣謙讓著，昭如母子也就走出了照相館。

昭如叫了一輛人力車。正準備上車，有個女人的聲音喚住她。太

太，買一方豆腐吧。人力車夫正要驅趕，昭如止住他。從大襟裏掏出幾個銅板，便要塞給女人。女人接過來，手卻停下了。昭如這才覺出異樣，她見女人將頭巾扯了下來，定定地望著自己。

小荷。昭如睜大了眼睛。這可不就是往年跟在自己身邊的丫頭小荷，只是聲音沙啞得竟連自己都認不出了。模樣也變了，原先是個團團臉，現在瘦得竟些許發尖。

太太。小荷的眼裏頭，有些激盪，眼角旁已有了隱隱的褶子。

她放下了豆腐擔子，揉一揉肩膀。昭如見豆腐盒子上蒙著的水布，已經有些乾了，斑斑駁駁的痕跡，淺淺地發著污。

小荷，你眼下可好嗎？昭如一時間，也不知道從何說起。但見這女孩子，熟練地舀起一勺水，一層一層地淋在豆腐上。

聽她這樣問，小荷戚然一笑，只說，都說世上有三苦，撐船打鐵賣豆腐。如今曉得了。

她回身看見昭如身邊的笙哥兒，唇邊露出一角溫柔的笑，這是小少爺吧，都長這麼大了。

昭如將笙哥兒推到她面前。說，是啊。若不是你當年執意要走，是要看著他長大的。實在的，我真捨不得你。

小荷嘴角抖動一下，說，我也捨不得太太。

昭如便嗔道，捨不得還要走？我若是個惡主子，便偏偏不放你。到底是什麼緣故，當真為了嫁給這麼個人？

小荷輕輕說，他倒也沒什麼不好，只是好個「賭」罷了。

正春寒，昭如見小荷身上，雖未襤褸，可也薄得可憐。手是紅腫著，上面滿布著凍瘡。一些好了，便覆了層血紫的痂。心頭一疼，便說，你跟我的時候，雖也是粗衣淡飯，可我何曾讓你凍著過。你這孩子，是何苦？

她心裏一陣熱，卻見小荷眼睛一紅，回轉了身去。昭如說，你倒是講講，到底是個什麼緣故。

小荷低下頭，神情黯然得很，說，太太，我是留不住的。

昭如愈發覺得蹊蹺，說，這個家裏，我這個主還是作得。除非你

要走，我怎麼就留不住？

　　小荷咬咬嘴唇，像下了一個決心，她湊近了一些，說，太太，您可知道，您帶小少爺回來的那個晚上，六爺的太太便到我房裏來，追問小少爺的來歷。我左右不肯說，她不知從哪裏打聽到我爹吃了別人的「爪子」，還不起，攛掇了那人要我爹吃官司。我嫁的這個人，千不好萬不好，是幫我爹還下債的。我不是個禍害，可我留在這盧家，早晚都是個禍。

　　昭如一陣恍然，又有些暈眩，說，你倒是現在才告訴我。

　　小荷淡淡笑了，說，太太，這一大家子裏頭，您是心性最單純的一個。我告訴了您，您偏要留我，小少爺的因由便遲早要鬧出故事來。我一個下人，橫豎是一條賤命。您和小少爺的日子，還長著呢。

　　昭如攥住了她的手，說，小荷，你要過不下去，還回來。不差你一口飯。要是生意缺本錢，跟我說。

　　小荷搖搖頭，說，太太，當年我要走，您發送我的銀錢，都夠小戶人家嫁一個女兒了。這裏城裏的太太少奶奶，沒見過這樣的。我說句該死的話，在我心裏頭，您就是我的娘。可您讀的書雖多，對這世事不大明白。我這做閨女的卻明白，您待我不薄，我得感您的恩。

　　小荷將頭巾紮上，慢慢蹲下，使一口氣，將那扁擔擔起來。她躬一躬身，說，太太我走了。世道不濟，今天賣得少，得趕著賣些去。擱在明兒酸了，再不好賣了。

　　昭如愣著神，只看著她動作。小荷這時別過頭，說，太太，店裏的事情，您也多留個心。六太太是個精明人。


　　過天就到了驚蟄。這一天的正晌午，太陽發白，虛虛地透著光。襄城內外，並不見許多的和暖。陽光帶了一絲涼意，掛在樹梢上，覆在屋瓦上，又穿過窗櫺，將些交雜的紋路投在地面上。這些紋路時斷時續，看著也有些涼薄。

　　昭如正坐在窗子邊上，錄〈毛詩序〉。家睦有七天沒有書信來了，她心裏有些焦躁，已經著人去打聽。她定一定神，正錄到「先王以是

經夫婦，成孝敬，厚人倫，美教化，移風俗」一句。突然間，不知怎地，手下猛然一抖，「俗」字還未收筆，打開了一個很大的缺口。她不禁慌了一下。

這時候，看見雲嫂的男人曲大均快步走了進來，見了她就急忙要跪下來。雲嫂跟在後面，眼神裏也是發硬。

昭如眼底漾起笑意，說，老爺回來了嗎，倒還要你先來報信。

這大均，正是家睦此行帶在身邊的人。

大均沒言語，張一張口，終於腿下一軟，跪了下來：太太，老爺他，老了。

昭如沒回過神，笑還凝固在嘴角上。她疑心著自己，輕輕問，你說什麼？

雲嫂哇地一聲哭出來，也跪了。

昭如慢慢地坐到了椅子上，說，你們說什麼。

大均說，我們月初就離開了莒縣。老爺著我交書信給天津「麗昌」的郁掌櫃。自己便帶著秀娥小姐去了平遙，說要尋一個故舊，說過五日在河北邢臺的火車站會合。五日後，我左右等了都不見老爺，便尋到山西去，才曉得祁縣至平遙一帶在鬧時疫。

大均說到這裏，聲音有些發乾，但終究說了下去，待我趕到地方，老爺已經不行了。

昭如又站了起來，她撐持著自己，問道，小姐呢？

大均再也不敢抬頭，秀娥小姐，也歿了。


外面有些兒童的嬉鬧聲，時起時伏，漸漸微弱下去，成為像蚊嚶一樣的聲音。昭如什麼也聽不見了。


家睦的喪禮，辦得並不鋪張。盛潯竟與昭如動了氣。盛潯說，這偌大的襄城，都知道我是盧家的大舅子，你這樣倒是給我難堪。昭如並不言語，只是按部就班地辦了。

吃上豆腐飯的，都是「永慶府會館」同鄉會的人。生意上的往

來，弔唁過的，放下了帛金，說上幾句安慰的話，便也走了。

家睦的墳，設在青山圩。秀娥與他葬在一起，沒有立碑。上下的人就議論昭如，平日裏覺得她敦厚，後娘的涼薄，卻是改不掉的。

家睦「五七」這天，她帶著笙哥兒去上墳。幾層春雨，家睦的墳頭上長出了細細的草，嫩嫩地閃著綠。昭如呆呆地看，看了許久。她看自己的名字，被刻在冰冷的石碑上，一刀一痕，只覺得這名字陌生得很。

她便拿出紙來燒給家睦，燒完了又燒元寶，燒完了元寶又燒金條。火旺了，她便投了文房四寶進去。筆是真的，滴血羊毫；紙是真的，澄心羅紋；墨也是真的，雲開青桐。墨投進去，松煙的氣味，裊裊地散溢開來。開始是淡的，煙濃了，忽而鋒利，擊打著她的鼻腔，眼底也一陣酸澀。

昭如揉一揉眼睛，看見笙哥兒捧著那只虎頭風箏。昭如說，兒呀，你捨得燒給爹？笙哥兒點點頭。昭如便幫他將風箏投進了火裏去。竹篾發出劈劈叭叭的響聲。虎頭被火炙得扭曲了一下，原本似貓的面目，一時間變得凶猛。然而，也只是瞬間，就被火焰吞噬了。

一星餘燼被熱浪熏烤得升騰起來，又落在笙哥兒的頭頂上，像是棲著一只灰白的碟。

娘。昭如聽見喚她。她只是定神看著兒子，沒留神自己臉上已淚水滿布。

她將笙哥兒摟進懷裏。四周圍靜寂一片，她闔上眼睛，許久才睜開，對笙哥兒說，走了。


昭如揉揉痠脹的腿，要站起來。這時聽到另一個聲音，盧夫人。

一清癯老者站在面前，待她辨認出來，也有些意外。

吳先生，倒是這樣巧。

來者正是襄城裏的名畫師吳清舫。

吳先生作了個長揖，說，老夫在此恭候夫人多時了。

昭如悽然道：逝者已矣，先生有心。

吳先生說，尊夫駕鶴，生者當節哀順變。夫人不知，家睦兄生前與在下金蘭之盟。如今，老夫於小公子便有半父之責。在下設帳於襄城，小公子既當學齡，便可一盡綿薄。

昭如便道，先生想得周到。猶記當年於小兒賜名之恩，昭如謝過。

吳先生便拿出一個卷軸：這是尊夫生前的墨跡，相贈老夫開館之時，如今完璧交與夫人。

便遞到昭如手上。

說罷，他便拱一拱手，轉身告辭。昭如突然想起什麼，先生留步，昭如有一事相求。

待說完了，吳先生也有些唏噓道，難為夫人。老夫允命，佳音有期。

回去的路上，昭如將那卷軸打開。上書十字，正是家睦的手跡：行到水窮處，坐看雲起時。

這年秋涼，吳先生上門。

昭如問，託付先生之事，可有了眉目？

吳先生拿出一張紙，與昭如細細看了。

昭如看過，又想一想，終於說，一如先生所言，八字極為相合。可戊子年生人，距今不惑有餘，怕是不很合適。

吳先生說，夫人明鑒。生戊子，卒辛亥，二十有三，正當少年。

卒辛亥。昭如口中輕輕重複。

不錯。正是山東煙臺同盟會的一位義士，從欒鍾堯、宮錫德等「十八豪傑」。後海防營一戰，就義於道臺徐世光之手。其叔父為老夫知交。可憐父母膝下只得一子，如今耄耋，香嗣無繼。

昭如說，敢問先生，這秦氏可有意我商賈人家。

吳先生說，男家本出於泰安的仕宦之門，聞說夫人是山東亞聖後人，求之不得。

昭如輕輕舒一口氣，說，如此便好了，只待三年喪期之後。

民國二十一年的初春，人們見識了襄城當地最有排場的冥婚。

男方秦家照例給女方送去了「鵝籠」、「酒海」、龍鳳喜餅以及肘子喜果。衣服、首飾是紙糊的冥器。

然而女方盧家陪送的嫁妝，從金絲的龍鳳被到滿箱的綢緞尺頭；檀木錦匣到黃花梨的梳妝臺，居然都是真的。

人們不禁咂舌，問起這東西的去處。接送婆子「哼」了一聲，說，這些生人用不得，自然是照規矩，燒掉。

這哪裏是結鬼親，陽世的女子出嫁，也未必有這樣的氣派。人們傳說紛紜，盧家並非襄城一等一的富戶，這喜太太怕是瘋了。就又有人陰晦地笑，你是不知道，這喜太太原本就養了一個瘋姐姐。

男方花轎到了後，見昭如一襲青衫，正靜靜地坐在廳堂裏，對著一張照片。照片上的少女是今天的嫁娘。昭如用一方絲帕，將照片擦了又擦，喃喃地對她說著話。

她在眾人的注視中，並未依例將照片和牌位放在白髮蒼蒼的親家手中，而是揭開了花轎，自己將它們端端正正地擺在座位上。她也並未如人們意想中號啕，追去迎親的隊伍。確切地說，她甚至在整個過程中，一言未發。

起靈那天。時辰一到，昭如看著陰陽先生叫人將秀娥的棺槨起出，向墓穴裏潑了一桶清水，與此同時，高高揚撒起花紅紙錢。

併骨儀式結束後，人們次第離開。昭如又悄悄地回來了。墓穴還未封上。清水已緩慢地滲進泥土裏去，散發出新鮮濕潤的氣息。紙錢的顏色一點一點暗沉下去，變成了紫色、黑色。

她又向墓穴裏拋了一把土。然後坐下來，許久後，才對著眼前的石碑說，家睦，咱閨女嫁了。最後一樁心願，我幫你了結了。你放心去罷。

這個時候，她胸口裏突然有了些洶湧的東西，讓自己也出其不意。此刻噴薄而出，如決堤。她開始無聲地流淚，然後喉頭一緊，放聲大哭起來。哭得喘不過氣，撕心裂膽。然而她並沒有停止，這樣撫著墓碑，長久無歇地哭下去了。

這天深夜，當盧家人找過來的時候，見昭如靠著墓碑，已經睡著了。

〔第二章〕

# 新年

甲戌，馮府歲除。

仁楨遠遠聽見外頭裏有人說話，說得響亮，笑得也十分爽氣。連忙放下筆，跑出去。

雪下得正大，踩上一步咯吱作響，寒氣一陣陣地隨風迎上來。身上一件夾襖，她倒是沒顧上披上件衣服，走到院當中，已經連著打上了幾個噴嚏。

這當兒，有雙手蒙住了她的眼睛。脖子也暖了，毛茸茸地將她裹了個嚴實。她將那手撥開，看到一雙笑盈盈的月牙眼。一條大紅圍巾正繞在她頸上。

「二姐。」眼前的年輕姑娘，讓她朝思暮想。什麼都沒有變，齊耳朵的短髮，只用個卡子別上去，露出了寬闊秀美的額。笑起來，頰上兩個酒窩，藏不住的喜悅。

讓我看看，二姐抱住她的胳膊，左右打量，嗯，好像又長高了。也秀氣了，沒人再說我妹是個假小子了。

仁楨就有些惱，作勢要打她。二姐卻順勢將她抱起來，在雪地上轉了一個圈。姐妹兩個就笑成一片。

這時候，卻聽見咳嗽聲。她們才立定了。仁楨看見了來人，有些發怵，斂住了笑容，手腳也不自在起來。

這婦人從袖籠裏伸出手，叫人遞上了一件斗篷，披在了仁楨身上，說，做小姐的，沒個做小姐的樣子。這冰天凍地的，四房的姑娘，倒要叫我們三房的關照。

仁珏也笑了，依三娘看，做小姐該是個什麼樣子。大門不出，二

門不入，等著嫁個沒見過的人。

婦人一愣，倒也笑了，我們馮家的門，你是出出進進。誰你沒有見過。

説完轉身便走了。

仁珏撢撢身上的雪，説，走，看娘去。

佛堂裏頭，黑黢黢的，跪著一個人，喃喃有聲。姐妹兩個，便站到一邊。堂上供的是紫檀木的菩薩，面容祥和，和這堂裏的冷寂似乎有些不襯。等了不知多久，待到那人深深跪拜，又上了一炷香，站起身來。仁珏才輕輕喚，娘。

慧容一驚，借著微弱的光打量。念叨了半日，為這二閨女。到見閨女來了，倒不知道該説什麼了。她伸出手，只是一下一下地撫弄，從頭髮到臉。心裏一陣熱，泛到眼裏，水浸浸地就滾落下來。

蠻蠻，蠻蠻。這小名叫得仁珏心頭也是一顫。到了外頭，一晃幾年，沒人這麼叫她。眼前的娘，還是幾年前的那個娘，只是更老了些，看上去精氣神有些渙散。鬢角也發了白。娘年輕時候，是雙丹鳳眼，眼角入鬢。鋒利裏頭藏著媚。如今眼角也耷拉下來了，臉相是和順了許多。但較之以往，是有些頹唐了。

你看我，歡喜糊塗了。你爹在東廂，晌午就等，這也有好幾個時辰了。他那坐不住的。

東廂房裏，暖融融的，有人在撥弄炭火。這人回過頭來，眼裏也是一喜，説，二小姐回來啦。

是個粗眉大眼的男孩子。仁珏正辨認著，仁楨喊起來，小順，我爹呢。

小順。你是鄒叔的兒子？仁珏也在心裏感嘆，這憨小子，都成了大人了。

慧容便説，可不是？鄒叔伺候了老太爺一輩子。這老太爺歿了，

他也就告老回了鄉下。如今留了小兒子在我們家，彼此也是個念想。對了，老爺呢？

小順搔了搔頭，吸一下鼻子說，言秋凰晚上在孟爺家裏唱堂會，才將老爺請了去。這走還沒半個時辰。

慧容便嘆一口氣，年二十九了，還這麼不落家。閨女回來一趟可容易？唱唱唱，遲早要唱出故事來。

仁玨撫一下母親的肩，目光卻在這房間裏游動。還都是那些陳設，黃花梨的案子上頭擺著本工尺譜。她走過去，撿起來，翻一翻。很舊了，每一頁泛著黃，發出稀疏的脆響。

房間裏頭隱隱的樟木味，和著暖氣，越漸濃烈了。也不知道這幾年，又添置了多少行頭。添是添了，這做兒女的多少年，也沒見過。關起門來，他就不是做爹的了。做的是誰人，又有誰知道。

仁玨掌了燈，看屏風前還是那兩幅字：大千秋色在眉頭，看遍翠暖珠香，重遊瞻部；五萬春花如夢裏，記得丁歌甲舞，曾睡崑崙。

這對子據說是崇禎年的進士龔鼎孳，興之所致，題在北京的一座戲樓上的。真跡是沒見過，對子卻讓明煥愛上，就找了城中的郁龍士照錄了來。這一掛倒也有了十餘年。

仁玨便說，也不知是爹懂這龔先生的心意，還是龔先生一早明白爹的心意，先了幾百年寫下來留著。

慧容沒聲音，隔了好一會兒，說，比這龔先生，他也就缺個顧橫波了。

仁玨才覺出自己失言，看母親的眼光，已經黯了下去。

除夕這天，雪停了。陽光薄薄地鋪下來，映在對面的屋瓦上卻分外的晃眼。

仁玨打開窗子，一股乾冷的空氣鋪面而來。她深深吸一口，頓時神清氣爽。

這時候慧容走進來，嘴裏忙喊，快關上，你這孩子，從小就說「化雪三分凍」，這大年下的著了涼，可怎麼辦。

仁玨看丫頭手裏捧著一摞衣裳。

快換上。慧容抖開一件銀狐裏的緞子襖，比著仁玨的肩膀說，上個月我找了「老泰興」的張師傅，估摸著你的尺寸做的，你別說，還將將正合適。

仁玨推一下，說，娘，我不要這些。穿慣了學生裝，這些怪不自在的。

慧容用手捋一捋紫紅色夾裙的褶皺，說，蠻蠻，這回可不能犟了。你三大爺最看不得滿大街女學生的衣久藍。說到底，咱們怎麼著，還不是要過給三房看。這過年，哪次不是過給旁人看。等你大姐回來了，又是過給葉家看。娘歲數大了，才悟出這點道理。

仁玨嘆一口氣。


這時候，她聽見外面傳來游絲一樣的聲音，是一個人在吊嗓子。忽而又是一段旋律。聽不清詞，但調子卻是哀艾的。

她推開門，看見一個頎長的人影在雪地裏。黛青的袍子，被雪色映得有些陰明不定。

她走過去，走到那人背後，喚道：爹。

那人並未回頭，也沒有應她。只將袖上的晨霜撣了撣，重又開了嗓。

她卻聽真切了，是《文姬歸漢》。她熟這一段，卻是因為小時候聽得太多。做父親的，興致來了，就將這段散板當了童謠，唱給她們聽。她站在一旁，聽著聽著，竟就跟著和上去，「惺惺惺相憐同病，她在那九泉下應解傷心。我只得含悲淚兼程前進，還望她向天南月夜歸魂。」

眼前的人慢慢轉過頭，她看到了父親青白的臉。大概是毛髮少了，整個人看起來又疏淡了些。父親眯著眼睛，打量了她一下，說，你倒是都還記得。

仁玨說，嗯。

明煥嘴角動了動，好像是要笑的意思，但究竟是沒有笑。他說，

那你説説，這齣戲究竟説的是什麼？

仁玨説，蔡文姬唱給王昭君，奠酒祭明妃。哭的是人家，悼的是自己。

父親説，既不是人家，也不是自己。是命。

仁玨便笑了，爹，這是以前人的命。現在是民國了，女人的命就是自己的。倒是她捨了一對孩子歸了漢，是要被人罵的。

父親沒説話，過了好一會兒，嘴裏過了一個門兒，唱起了另一段兒。

黃昏，馮家老少聚在「錫昶園」的祠堂口。各族淨庭院、易門神、換桃符。這會兒算是告一段落。

陰暗靜謐的祠堂前，空前的熱鬧。男人們忙著擺神主牌，將祖宗的影像掛在中堂正壁牆上。兩幅像的顏色都是晦暗的。男的有些屢弱的面相，與繁盛的頂戴花翎多少不稱；女人則目光凌厲，因為瘦削，嘴角上的法令紋分外的清晰。兩個人都不是寬厚的樣子。在仁玨看來，似乎是冷眼看著這一大家子忙活。這眼光真就叫做恍若隔世。上五供。香爐、香筒、燭臺是早已備好了；饌盒、胙肉要新鮮的，也由女眷們捧到祠堂門口。人卻進不得。

主祭的自然還是馮家的三老爺。這一天照例穿了簇新的黑綢祭服，領子漿得挺硬，人也就隨著端了起來。程式也是照例，先上香、讀祝文、列祖列宗前獻上一杯酒，然後由禮生送至焚帛爐，將酒酹上一圈。男丁們在祠堂裏叩頭。女眷們跪在祠堂外靜默。

這樣一程子下來，竟也花去了一個時辰。

三老爺看得出也有些乏，給人攙了坐到雞翅木的太師椅上。他闔一闔眼睛，突然一聲喝，我叫你站起來了嗎？

人們一抬臉，就看見了鼠灰襖的女孩子，直直地立在祠堂門口。

三大，實在是跪得痠，我站起來喘口氣。仁玨揉揉膝蓋。慧容拉一拉她的衣角，她倒站得更直。

三老爺有些吃驚地看她，似乎在辨認，忽然冷笑一聲，我説是

誰這麼沒規矩，原來是老四家的。學到的一點規矩，也都給洋學堂
毀掉了。

三大，我確是在洋學堂久了，不慣跪著做人。

大膽，這馮家還沒輪到一個女子弟站著說話。

我是個女人，不配站著，只好跪在祠堂外頭。倒是旁觀者清，
看我的哥哥侄兒，一個個三叩六拜，拜祭完了祖先，還要拜您這個
活人。

仁玨。明煥實在是聽不下去，也是一聲喝。

三大爺倒是笑了，說，老四，我看這馮家，倒真出了個人物。
侄女兒，你哥哥們學的是孔孟之道，君君臣臣，父父子子，這就是規
矩。沒有規矩，不成方圓。這是我華夏的立國之本。你學了點子洋
文，祖宗的規矩倒是不要了。

仁玨看了他的眼睛，說，孔孟是幾千年前的規矩。如今的規矩也
是兩個先生，一個姓德，一個姓賽，要不要也祭一祭。與其在這祭祖
宗，不如先祭快丟了一半的國家。

仁玨轉了身，當了一大家子馮姓上下，疾步走了出去。

三大爺半撐著太師椅的扶手，看著她的背影，被燈火拉得很長。
他嘆一口氣，終於又坐下去，竟有些頹然，對明煥說，老四，我們馮
家出錢，教出了一個妖女。我看，夜長夢多，早些將她嫁了吧。

年初三的時候，忽然喧囂起來，連底下的管家僕婦都興高采烈。

仁楨飛似地進了門，一把牽住仁玨的手，就要往外拉。仁玨手上
是一本海涅的詩集。其中一句是，「葉落憶花凋。明春卿何在。」口
中喃喃，正有些傷感。

仁玨就裝著有些惱，剛說你長大了，怎麼還是孩子脾氣。是什麼
客來，要衝鋒打仗嗎？

仁楨便急急說，是大姐回來了，要見你呢。一大家子人圍著，說
是分不開身，不然就過來看你了。

仁玨愣一愣，説，我有什麼好看的呢，葉家的少奶奶，要看老姑娘的熱鬧麼？

仁楨不説話，半晌才來一句，她手裏可扣著許給我的一只香柚抖甕。你要是不去，就不給我了。

仁玨噗哧笑了，説，倒是這麼容易就給買通了，真是天下熙熙，皆為利來。

仁楨茫然地看她。她捏捏妹妹的臉，説，好了，我去。

兩個人到了廳裏，看一大家子人盡數到齊。似乎氣氛亮敞的很，底下人臉上竟然也看得出喜色。

仁涓偎著慧容坐著説話。仁玨與她幾年未見，竟是現出了一些富態了。周身的鮮亮顏色，也是超過了這堂上所有的人。織錦緞的短襖，鑲了紫貂的滾邊，上面是金絲的游龍戲鳳。下身著一條凡立丁的長裙，是靜中奪人。身邊的孩子，也是一團錦簇。看見仁玨，仁涓先讓孩子叫二姨。自己也起了身，走到跟前，拉了仁玨的手，説，這舉家還是二妹的派頭最大。可我這當姐姐的，還是要去請，誰叫我心裏想得不行呢。

仁玨淡淡一笑，説，是我失禮，該我給姐姐請安。

仁涓手裏便使了使勁，唉，快別説這些。沒出閣前，我最佩服的就是妹妹。大哥三哥，你們都是知道的。當年在私學裏跟駱先生，偏我是榆木腦袋，連《千字文》、《百家姓》都記不齊全。二妹總是過目不忘。合該妹妹做女秀才，還得是洋的。將來就是個女狀元，要給我們馮家光耀門庭的。我這沒出息的只好嫁個人，養養孩子，打打麻將。

大嫂便插了一句話去，説大妹這一嫁，倒是馮家上下都有了光。這一回來，好比是元春歸寧。整條文亭街誰不曉得輕重。大妹在我們馮家是金枝，到了葉家自然就是玉葉。

慧容臉上笑得愈發的開，好了好了，説來説去倒是全家都客套了起來。涓兒這一回來，更多是葉家的禮數。我姐姐那裏，我們也要還足了情才好。

又對管家説，阿嶽，將這封銀開了，大家辛苦了一年，每人兩塊大洋，是大小姐的心意。我的到十五另算。

阿嶽謝過，接了去。底下人便歡天喜地地散了。

仁玨挽著仁楨，也便跟著出去了。

沒走上幾步，卻見仁涓急急趕了過來，手裏是一個錦匣，説，剛才説話説得高興，我倒糊塗忘了。年前青島一個買辦來家裏，送了塊徽墨，説是五石漆煙的上品。我背著若鶴藏了起來，只因為我有個妹妹寫得一手好字。

仁玨並沒有接，只是説，姐姐的好意我心領。只是現在學堂裏都用自來水筆了，怕是辜負了這塊好墨。

仁涓嘆一口氣，説，多少年，我都不過意。蠻蠻，你的脾氣我知道，可這麼小的東西都不收，你讓我……

仁玨停一停，就説，好，我收著，難為你念想。

仁涓的眉頭就舒展了一些，又説，其實，我是有些事想和二妹商量。這幾年，我總覺得自己能做點什麼，就是不知道該怎麼做。人笨心拙。

仁玨抬頭，凜凜看著她的眼睛，笑一笑説，若是大姐還稱得上笨，這馮家簡直就無望了。

這時候，小順疾步走了來，説太太要仁涓回去有話。仁涓便牽一牽仁玨的手，説，也罷。二妹，我們遲些説話。

仁楨在燈底下擺弄那塊墨，一面説，大姐好像變了。

看仁玨沒應，就自顧自説，以前大姐可真潑辣。現在不知道是不是做娘了，脾氣好像好了些。

仁玨説，近朱者赤。

仁楨看看她，這我懂，你是説大姨全家都是好人。只是大表哥現在也不常來了，也沒有酥糖和麻果兒吃了。

仁珏走著神，眼前映出一張臉。

這臉也是陌生的了。她搖一搖頭，這張臉似乎也在頃刻間便碎了。三年，畢竟已經三年了。如若沒有這三年，會怎麼樣，誰知道呢。

這整一個襄城，誰都說仁涓嫁得好。怎麼個好法，自然是各有一說。論家世，葉七爺是修縣第一大的財主，自嘉慶年家裏就掛著御賜的千頃牌。出過兩個翰林編修，一任從三品的道臺，算是簪纓世家。門前的旗杆夾子、上馬石，就有數十座。論親緣，葉家的大太太，就是慧容的親姐姐。所以說是「姨作婆」，是親上加親的事。

和慧容不同，左慧月是個在葉家說得上話、拿得了主意的人。且人人服氣，稱得上是不怒而威。眾人也都看出來，仁涓收斂了氣性，多少和這個婆婆有關。她的這番做派，是天生，也是家傳。左家長房沒兒子，就兩個女兒。慧月從小的教養，便走向了颯爽一脈。整個魯地有門第的家族，女子會騎射的，恐怕只有這左家。於是也有人不以為然，說左姓，可稱得上是旁門左道的「左」。

關於微山左家的發跡，大面上，都知道是靠漁業的壟斷。但是對現時的風光，自然會有三不五時拆臺的人。好在左家人自己倒不諱言，甚至經常說，數典不可忘祖。

說起來，都是前清的事兒。左家的祖上，曾是微山湖上有名的湖匪。卻不是普通的匪類，據說是太平天國的殘部，隨著天朝大將英王遠征天津時候被清軍打散了，便流落到了微山縣境，佔湖為匪。當時的勢力相當強大，人數有上千之眾。他們的首領，叫佐逸軒，是天朝中的一位王爺。雖則這時，太平天國封爵成冗，王爺已不算得地位如何尊崇。可淪落為寇後，威信是服眾頂重要的一條。

這位王爺是個熟知兵法的人，從軍之前，還是個秀才功名，只因為被「髮逆」裹脅，才入了夥。兵敗之後，便選在竹節島落草，以軍法治理，建設水寨，極有章法，勢力蒸蒸日上。因長年隱匿湖中，偶爾劫舍，終日以捕魚種田為生，便談不上有什麼惡行。地方上的官

員，時有耳聞，也不想背上地方不靖的考評，便都睜一隻眼閉一隻眼了。饒是如此，後來平定了太平天國，進入同光中興，全國各地算得上是欣欣向榮，從賊的人也少了。沒有了新鮮血液的輸入，這座水寨便漸漸地沒落了下去。後來王爺也病死了，於是水寨便是雲流霧散，屬下紛紛隱姓埋名，重新幹起了正當營生。

這王爺的後代，便是這微山的左家。王爺自覺氣數將盡，便將幼子託孤給老僕。說這半生倥傯，只敗給了人而無信。自己這姓氏，就砍了「人」字邊去，也圖個身後安靜。

老僕連夜帶著少主離開水寨，暗中集結了舊部，在縣城落腳，將王爺積蓄金貲，盡數投入，和當地一個水產大戶合了夥，做起了漁業的買賣。

誰知這少主人天生聰穎，對生意是觸類旁通，又見得氣魄。十八歲，已經將這魯南四湖的漁產過往，握於掌股。又自己作了主張，娶了知縣的妹妹。這左家，便一躍成為微山有名的「官商」，算是從此洗了底。只是奇的是，左家的男丁一直都不興旺，往往一代一支香火。就有好事的說，這「人」字旁去掉是大大不智，砍得如今人丁單薄。但這左家，從來思想劍走偏鋒。既然命中弄瓦，就在這女兒的教養上下足了工夫。甚至比尋常人家對男孩還要用上心力。文治且不說，熟讀經史，女兒便已脫了一半的閨閣氣。卻還要武功，左家的女子弟從小習武，不是花拳繡腿，亦不是男兒粗魯勁猛的拳法。專從佛山請了一個女師傅，教授詠春，講的是剛中帶柔，以柔克剛。這竟就是男女間的辯證了。左姓女兒出來，便都有幾分英氣。不厚道的人，就說是祖宗的匪氣未脫。左家也不計較，眼光是要看長遠的計量。這些女兒出閣，教養便有了潛移默化之勢。本來微山的水色養人，相貌已十分出眾。但在夫家的釵鬟之輩中脫穎而出，看的是她們的性情。左家的閨女風度先贏了人三分，講禮數，識大體，懂度勢。拿得起，放得下。腹有詩書，遇到大事，見解獨具，竟比男子還另有一份擔當。加之女人的心思縝密，在家族的明潮暗湧中游刃，時至力挽狂瀾之境。久了，竟形成了口碑，遠近媒妁，絡繹而來。等不及的，

男未弱冠，女未及笄，便先與左家定下了娃娃親。漸漸的，這左家的姻親，就遍及了魯蘇浙的達官顯貴。左老爺子便說，一兩個兒子算什麼。我這半子半孫加起來，也算勢可敵國了。終於，為了讓家中的男人昌盛些，就又招贅了些女婿。家世可能差些，但都是品貌一流的年輕人。說起來，竟又成了廣納賢才的手段。到了左慧月這一代，終於進入鼎盛的時日。

左慧月嫁到了葉家，很快便得人敬重。葉府也是世家，家道還更殷實些。上下不免都有幾分傲氣，可兩年之內，竟全都被左慧月給收服了。後來竟然凡事都有些離不開她。左慧月也叫不負重望，家中的大小事端，收拾得井井有條。她常說的一句話，家裏太平了，才好讓男人修齊治平，天下才得太平。

這迎娶馮仁涓的事，自然是她拿的主意。但待到過了門，多少有些後悔。這兩個外甥女，她其實不是沒思量過。這大的是鈍和拙些，但也未必是壞事。笨人是不易調教，但一旦調教出來，便分外上心使力。這好有一比，年前家裏來了個洋買辦，帶來一只美國產的鐵皮鴨子。這上足了發條，它便不管不顧地走個不停，勞碌得喜人。但仁涓不是如此，在慧月看來，她還佔了一個「懶」字。

大婚頭天清早，竟忘了給公婆請安。失敬還在其次，女子耽於床第，在慧月看來是大的罪過。便私下與她說了幾句，仁涓喏喏稱是，慧月也有些心安。但她終於發現，這孩子嘴上答應著，其實並沒有上心。來了半年，對葉家的事情，無半點關心，不過問，也不想學。身為長房媳婦，並無要為她分擔的意思。倒是很快和家中的姨太太打成了一片，學會了打麻將，在西廂房裏昏天黑地地打。到了後來，第一個孩子出生了，是個男孩。她多少有些居功，月子裏，竟又要起身熬著夜上牌桌。夜裏頭餓了，說要食補。便開了個方子，要夥計熬些當歸、黨參和淮山來吃。這本沒什麼，可這方子上寫了，要用十八吊的老母雞湯來熬。工序極為複雜，六隻老母雞，先在籠屜裏蒸熟蒸透，然後再放到高鍋裏煮。開了撤沫，要撤上七次，撤一次便用紗布濾一次渣，直到雞湯純淨如水，才下了藥包進去。再用小火慢燉，五個時

辰下來，燉到最後，六隻雞只有一盅湯。雞架雞肉則分給下人去吃。下人們並不領情，因為給折騰得夠嗆，但多少有些敢怒不敢言。畢竟這新過門的大奶奶為葉家新誕了少爺，又是大太太嫡親的外甥女，誰人不忌憚幾分。

　　但到底給慧月知道了，她這回實在有些惱。但細想想，這孩子的做法，實在不像是出自慧容的教養，便將仁涓叫到房裏查問。問了才明白，這方子，是馮家的姨奶奶給的，囑咐她在月子裏不得含糊。姨奶奶是馮家老太爺娶的小姨太太。原是城東豐裕里王家裁縫的老閨女，有一次到馮府送訂好的衣服，竟給老太爺看上了，強娶了過來。過了門才四年，老太爺就歿了。她的身份就有些上不是下，人是要強的，也不過是秋後的葦子，一陣風就折斷了的。馮家念她少寡孤苦，也有些憐恤，便想在小輩裏挑個人時常陪她。她卻點名要初生的四房大小姐。沒成想，四爺竟然就也答應了。仁涓就跟著姨奶奶長到了六歲。平心而論，這女人對她是很疼的，當親閨女一般。可究竟是小戶出身，做人處的不講究和計較，也是有目共睹。仁涓大了些，慧容就不太樂意讓她多到姨奶奶那去了。慧月心裏已經明白了一半，但還是正色問，姨奶奶是怎麼跟你說的。

　　仁涓猶豫了一下，終於開了口，姨奶奶說，這方子就是個排場。《紅樓夢》裏的茄鯗原也沒那麼好吃，只是排場足。有了排場，葉家就不敢看輕了咱們。

　　慧月聽了，有些哭笑不得，說，姨奶奶倒有些學問，將葉家當了劉姥姥。這樣說著，嘴角就冒出一絲冷意，心裏也有些涼了。

　　這時候，慧月終於覺出了自己對兒子的辜負。她總覺得若鶴是通情理的，雖然受的是新式教育，但婚姻大事，還是惟父母之命。但這結了婚，生了孩子，竟然不怎麼回家了。去年在中央大學畢業，就在南京謀了個中學老師的差事。趁著去辦貨的當兒，慧月讓管家去看了看他。回來管家說，大少爺什麼都好。住得寒素些倒沒什麼，只是身邊沒個人，到底不知冷熱。再過了些日子，南京傳了話過來，說不得了，大少爺和一個女教師同居了。慧月才知麻煩了，連夜趕到了南

京去，帶了錢，要打發了那女的。那女的倒不要錢，說是和若鶴真心相愛。慧月便對若鶴說，你身邊缺個人，等孩子長大些，我就讓仁涓過來陪你。家裏的事，倒有你二弟撐著。

若鶴便冷冷地說，她來？我還得另外找齊三個人陪她打麻將。

慧月便知道，兒子厭棄這媳婦不是一兩天了。

她沒有說話，因為心裏其實是理虧的。可當著兒子的面，自然是不認。然而卻已有了另一番尋思，她又想起了仁玨。

這個小外甥女，她一向不怎麼看好。人是聰穎的，但脾氣不算柔和，待人接物上總有些生硬，像極她的小名「蠻蠻」。但奇的是，她和若鶴自打見了一面，便很投契。若鶴也並不是八面玲瓏的性子，與他好的，他也就一味地好，將旁人晾在了一邊。打圓場的就說，這表兄妹，真就叫做青梅竹馬。連慧容都說，這將來省得換庚帖了。可慧月卻另有一番盤算。她發覺這女孩兒和兒子待得久了，兒子就和眾人更不同些。兩個小孩子，倒像是有一個小世界。說的話，做的事，她這做大人的都仿佛有些不明白。長大了些，串門少了，可是若鶴卻學會了自己坐火車去二姨家，只是為見一見玨表妹。待他去了南京讀書，放了假回來，就將自己關在屋裏抄抄寫寫。有一日，慧月便趁空去看了。抄的是一個叫做蘇曼殊的人寫的詩歌，「春雨樓頭尺八簫，何時歸看浙江潮。芒鞋破鉢無人識，踏過櫻花第幾橋？」又看到桌上有封信，展開看，是仁玨的。這信中，除了頭一段，兩個人並無太多卿卿我我的言語，餘下卻在說一些慧月看不懂的話。說的是一本書，叫《關於費爾巴哈的提綱》。信裏夾了一張畫片，背面是些蝌蚪文，畫片上是個大鬍子的外國男人。不知怎麼，慧月看了又看，心裏就有些不安。對於不懂的東西，她是怕的，總是有很多的疑慮。而這些不懂，竟是來自自己的兒子和外甥女。這讓她的怕，又增加了幾成。

也是這件事，讓她早早將兒子的婚事定了下來。若鶴自然是反對的。她便用了一些手段，心裏倒並不愧疚，想長遠看，她還是為了兒子好。

而今面對南京這爿難收拾的事，她嘆一口氣，又想起了這個外甥

女。想起造化弄人這個詞，自己是人意弄天，就實在是不得好。一時間，突然有了個想彌補的心思。修縣這邊，婚結了，孩子也生下了。這老葉家的香火，算是沒有辜負。可若鶴那邊，身邊真要有個人，哪裏還有比仁玨更合適的。

她就將這一層，和仁涓說了，說若鶴還年輕，若是沒有個自己人看管著他，由他去胡鬧，她真不放心。

仁涓聽了，並沒有多言，半晌說，我那妹妹心氣這樣高，能願意做小？

慧月便說，旁人也就罷了。可是若鶴自小和她好，也真說不定。只是你娘那兒，指不定要費了許多口舌去。

又過了許久，仁涓說，當初生生拆散了這兩人，我雖未做什麼，倒也好像虧欠了他們一輩子。我知道若鶴不待見我。既然婆婆開了口，就算我成全了他們。我在修縣教子，讓仁玨在南京相夫，總比討個不知底細的小老婆強。

慧月聽了有些吃驚，一邊稱好，一邊想著仁涓其實心裏是清明的很。

兩個人就想借著新年，將這事辦了。


年初四，母女三人坐在燈下，各有心事。

到底還是慧容先開了口，蠻蠻，過了夏天，學堂那邊，也該畢業了？

仁玨「嗯」了一下。

慧容說，杭州那邊的事，過去也就過去了。誰一輩子沒個行差走錯，何況這新式的教育，都要個自由戀愛。

仁玨低了頭，然後說，是女兒不孝，娘何苦說這些。

慧容沉吟一下，終於說，女人一輩子，就是要跟對個男人。你的事，這裏城裏多少知道一些。閨女，你也要想好將來的打算。

仁玨沒說話，忽然間站了起來，娘是擔心我壞了門楣，再也嫁不出去了？

慧容垂目良久，低聲道，按說這大年下，不該戳了痛處。娘知道你當年是為了和若鶴的事情賭氣。今天也正是想和你說說這事。

仁玨聽了原委後，冷笑道，大姨精明，是要借我趕走別人，然後再將我趕走麼。

仁涓指間絞著絲帕，聽到這裏手下一緊，便道，二妹，姨這次是的確為了你著想。我終日在修縣。你到了南京，那若鶴還不就是你一個人的。再說，我與你親姊熱妹，就好比娥皇和女英，也便無須分什麼大小彼此。

仁玨心口一陣發堵，她將手擱在椅背上，看看母親，又看看姐姐，緩緩地說，娥皇女英？他葉若鶴以為自己是誰，前朝的虞舜麼。

兩個人走了後，仁玨眼眶一熱，淚終於止不住地流。她知道自己後來跟了同學端木康，是有些自暴自棄。可她忍不住，只為這男人除去眉眼間的紈綺氣，很有幾分像那和自己一塊長大的人。久了，她也看得出，也聽得出所謂舶來的言語，於端木的生活只是時髦的點綴。骨子裏並非如此，可她，就是對自己禁而不止。被這公子哥兒拋棄，是意料中事，遲早的。她本不覺有什麼追悔之處，如今卻成了自己的罪過。

她擦一擦眼睛，從櫥裏掏出一只匣子。一沓信疊得整整齊齊。拆開一封，看到「玨妹」兩個字，她便不想再看下去。揣進懷裏，出了門去。

外面黑黢黢的天，乾冷。雪化得成了泥濘。地上還滿是鞭炮的碎屑，被雪水融了顏色，有些發紫，像是骯髒的血。

仁玨尋了個僻靜的角落，將那沓信疊成了小小的紙塔，點燃了火柴。看那紙塔燃起來，火光驟然亮了。不知為什麼，她心裏竟然有那麼一絲歡樂的意思。

但那火也忽然黯淡了下去，她來不及看明白，便成了些灰色的碎片。她呆呆地蹲在原處，想用手將那些還有餘溫的碎片聚攏。可這時候有了一點風吹過來，紙碎又滾動著散開了。

她站起來，撣一撣裙子，往屋裏走。

聽到隱隱地從書房裏傳來了胡琴的聲音。她跟上了自己的步子，走了過去。見父親坐在門口，閉著眼睛，喃喃有聲。

她聽出這是一段四平調，唱到「孤忙將木馬一聲震，喚出提壺送酒的人」。是沉鬱的老生唱腔。突然來了一句嬌俏的「來了」。簡直石破天驚。

仁珏便聽明白，父親一人分飾兩角，在擺一齣《梅龍鎮》。

原是十足的喜劇，插科打諢。正德皇帝和李鳳姐，勾心鬥角得好不熱鬧。父親臉上卻無表情，嘴唇開闔，調全都在琴音上。可似乎又全不在，竟唱出清冷來了。

故事裏的皇帝，被耍得團團轉。是真癡，也是裝傻。仁珏站著看了許久。父親穿得單薄，她本想叫他一聲。可這戲文太長，全是念白。她一開口，竟好像是要打斷一個人的自言自語。她又聽了半晌，終於走了。

第二天清早，四房的二小姐馮仁珏，沒和人言語，離開了馮家。

# 僑民

仁楨發現，也不知道什麼時候起，街面上的東洋人多了起來。

打小，她對日本人並不算陌生。瑞和街東邊有個夏目醫生，就是日本人。頭疼腦熱了，馮家都去他那裏看。說在他那裏看，好得快。說起來，夏目本來的生意並不好，因為襄城人，骨子裏還是保守，篤信中醫。用三大爺的話來說，到底幾千年下來，打神農嘗百草開始，什麼毛病看不得？這西醫是什麼時候才有的，連給中醫做孫子都不配。

可有一次，老太爺突然中了風。瞧了幾個中醫沒法子，這才想起了夏目，央人去請。打了一針，開了幾副藥，竟然慢慢調理過來，嘴不歪，眼不斜了。馮家從此對西醫的印象大為改觀，逢人便誇這東洋醫生。其他的大戶本來將信將疑，可見這麼著，也就跟了風似的去瞧了。夏目自然知道老馮家的底細，是很有些受寵若驚的。再給馮家的子弟瞧病，便格外盡心，大約就相當一個家庭醫生。

仁楨其實有些喜歡這個老日本人。因為他跟家裏那些男長輩不大一樣，沒有一張正經八百的臉，也沒有長長的山羊鬍。常年穿著白大褂，沒有股子陳年的中藥味。挺爽利的一個人，見了人，不分大小，先是九十度的一個躬。臉上成年都是笑，笑起來，灰白的眉毛跟著抖動。他一見了仁楨，就大呼小叫，說是「卡哇伊」。仁楨以為是罵她，就使勁哭。他就忙不迭地拿出一個日本的絹人，穿著和服，美得不行的，說這就是「卡哇伊」。

仁楨是整個文亭街第一個種了牛痘疫苗的中國小姑娘。原本她是怕得要死。但是受不了那花花綠綠的奶糖的誘惑。一邊打針，夏目醫生居然用半生不熟的中國話給她講花木蘭的故事。講到一半，打完了。仁楨自己將袖子擼下來，說，你講錯了，我二姐說花木蘭才不稀

罕嫁人呢。

夏目醫生就好脾氣地笑一笑説，將來誰會有福氣娶上槙小姐呢。

可是，年初的時候，小順發了高燒。馮家請夏目醫生給他瞧。夏目前腳來，看都沒看一眼，居然後腳就走了。

三大爺很生氣，説這個小日本，想怎麼的。我一個指頭，就能把他趕出文亭街去。他在襄城還想吃口飯？

慧容問起來，夏目又是個九十度的躬，説，馮夫人，真是對不住，最近接到帝國的示令。我現在已是在編的軍醫，只能給我國的軍人和上等的支那人看病。我隨時都願意為您效勞，至於府上的僕從，恕難照顧了。

一大清早仁楨跟著小順去上學。路過平四街口，看到一群孩子，冰天雪地的，就穿個小短褲，光腳踩著木屐，凍得哇哇直叫。然後排了隊，一個牽著一個，去上學。一個頂小的男孩子腳下一滑，摔倒在了地上，竟然也沒人管，自己慢慢地爬起來。一抬頭，恰和仁楨的眼睛對上了。孩子圓頭圓腦的，臉上看得見新生的凍瘡，已有些裂開了。不知道怎麼的，仁楨心裏有點疼。那孩子也仔細看了看她，眼神倒是冷得很，好像看到的是個物件。前頭就有個大孩子轉過頭來，切切呀呀地對他嚷，聲音很不耐煩。小男孩一步一拐，蹣蹣跚跚地跑著跟上去了。

小順便説，這東洋人，自己的孩子不當孩子呀。

仁楨也想，日本的僑民，在這文亭街上住了十幾年，甭管中國話説得多麼利索，骨子裏是不會變的。要説他們不愛孩子，倒也不是。每年農曆五月五，過端午。中國人吃粽子，他們也吃。可是，他們還要在家裏頭豎起旗杆，掛上幾面鯉魚旗，説是為家裏的男孩祈福。黑一面，紅一面，白一面，熱鬧得很。仁楨就問夏目醫生，女孩兒家有沒有節日呀。夏目就説，一樣有，在三月三，叫「桃花節」。仁楨就重複了一下，覺得這節日的名字實在是很美。夏目便説，上回送給槙

小姐的偶人，就是女兒節父母的禮物呢。仁楨就遺憾地說，在中國沒有女兒節。夏目就對她眨眨眼睛，楨小姐若嫁到日本，楨小姐的女兒就有女兒節過了。仁楨便說，我才不要嫁給你們日本人，日本男人打老婆打得凶。夏目聽了就哈哈大笑。

這文亭街上的日本女人，也和男人們一樣，見了認識不認識的，先鞠上一躬。寒暄幾句，分開了，又鞠一躬。然後站在原地，看著你走遠了，才邁著小碎步離去。至於打老婆的事情，仁楨是聽奶媽徐嬸說的。徐嬸在濟南的時候，說是在一個日本商人家裏幫過傭。那商人看著斯文，其實一喝醉了酒，就打老婆。做老婆的，跪在地板上給他踢打，邊挨打還得邊叫好。打的時候，木屐給踢得飛了出去。她還給撿回來，撿回來繼續打。徐嬸就說，那家工錢不錯，可我真做不下去。我們泰安，男人也打老婆；可是，老婆也跟男人對著打。這就是洋學生說的「男女平等」嘛。

仁楨就有些佩服這個奶媽，覺得她是個有見識的人。二姐自然更有見識，可是二姐講的那些道理，她聽不大懂。但徐嬸三言兩語，她立時三刻就明白了。

這天徐嬸上了街，回來便慌慌張張的，說不得了了。真是今時不同往日，如今連高麗棒子都神氣起來，見人直嚷嚷。大臉盤，大嗓門，那叫一個橫。昨兒個聽任家的底下人說，他們家二姑爺，和棒子在「奇仙樓」為了一個姑娘槓上，給揍得只剩半條命。

慧容囑咐夥計將大門關嚴實，邊就說，老爺，這朝鮮不是亡了國了嗎。

四爺便說，棒子不過是仗勢欺人。打日本人進了山海關，國民政府就一個一個地和他們簽協定。現在說什麼華北自治，實在是欺人太甚。

徐嬸便說，天殺的。那滿洲國，不是又要大上一大圈。

四爺便嘆一口氣，說，我們以往的皇帝，現在是他們的兒皇帝了。想想又說，徐嬸，你只管看好小姐，不該說的別說，不該動的別

動。在外面頭一條，莫論國是。

仁楨就問，爹，什麼是國是？

明煥看她一眼，說，就是小孩子不該管的事。我前兒聽小順說，你下了學不肯回家，纏著他要去看學生遊行。這個熱鬧，是你該去湊的嗎？

仁楨就扁一扁嘴，說，這個熱鬧我是不該湊，趕明兒我還是跟爹去戲園子湊熱鬧去。

明煥聽了，使勁皺一下眉頭。慧容倒是深深看他一眼，沒說什麼。

隔天的晌午，三大爺來了，說是有要緊的事商議。慧容連忙迎出來，說，三哥，明煥帶了阿嶽送涓兒去車站了。葉家那邊的二舅爺親自過來接，我們這邊還是盡足了禮數好。

明耀臉沉了沉，說，也罷，家中的大小事，他也沒怎麼管過。叫老大老三出來。

待他說出來，幾個人也才感到的確非同小可。日本人上門來了。

來的人一個穿著西裝，叫和田潤一。還有個是平常的和服打扮，是個布商，姓北羽。這兩個人來，是要和馮家商量租借四民街臨街的三間大屋，說是要開舖面做生意。

慧容便說，四民街的房子，是分租給謝家和袁家的。他們兩家又做了二房東。裏面住了有幾十戶，這一時間怎麼收得回來。收回來了，讓他們遷到哪裏去。

明耀說，我也這麼跟他們說。可他們說，生意做起來了，就算是北羽和馮家的合作，背後是日本帝國，互惠共榮。時勢動盪，誰是帝國的朋友，將來就是支那的光榮。

慧容想一想，說，三哥，我看這日本人，我們不能沾。我聽我姐說，葉家就是來者不拒。當年土匪要糧食，他們給。中央軍要軍需，他們也捐。再大的家，也格不住這麼個要法。再說了，日本人現在在中國，鬧得很不像話，將來我看落不下好。

明耀捋一下鬍子，說，他們是多行不義，我們是燃眉之急。我能

怎麼説，只有一拱手，説，先生是高看了我們馮家，也就是空有個虛名，做了幾世的土財主，不擅實業。更沒有和外國人做過生意，怕是辜負了和帝國的合作。

慧容連忙稱是，説，到底是三哥，硬話還得軟説。

明耀擺擺手，可那個叫北羽的，將咱們家的底細，瞭解得一清二楚。説沒有外國人，哪來的馮家的今天。這「景盛公」現在是賣給別人改了名字。但凡是襄城人，這「大烈」的威名，怕是沒人不知道。老先生的牌位擺在面前，他這日本的生意人都要鞠上一躬。

明耀這時候壓低了聲音，對慧容説，他連太老爺咸豐年間「通捻」的事，都知道。

屋裏的人，都沉默了，沒一個人再説話。仁楨在外頭聽見了「大烈」兩個字，也斂聲屏息，覺出家裏怕是要出大事了。

# 祖先

　　關於馮家的發跡史，在襄城有許多版本。有虛有實，但總是脫不了傳奇的軌跡。

　　往上數，要從仁楨的曾祖講起。大名景武，表字大烈。聽起來十分威風，當年卻是個目不識丁的窮小子。早年就靠一架獨輪車過活，在山東，安徽一帶買賣小商品，大概也曾經到東海販過鹽。有關他的故事，便似乎總與這輛獨輪車榮辱與共。最離奇的一樁，要說在襄城裏流傳很廣的一則諺語「馮大烈推小車，絆倒拾個金娃娃」。這倒並非說不勞而獲，而有天道酬勤的意思。是說他最難的時候，無所經營，只好去後山挖黏土，沿街叫賣。給城南的貧困人家打製簡易的灶臺，當時人稱鍋燈子。有天推著車，給一塊土坷垃絆倒，一抬頭，看到路上躺著個閃閃發亮的黃金娃娃。從此就有了本錢，買房置地，終於發達了。

　　這故事在民間算是頗為驚豔，但仁楨總覺得牽強得很。家中的老輩人就說，喜歡也好，不喜歡也罷，人總是想在一朝一夕改了命數。她就聽說了另一個故事，倒是日積月累的。

　　說這太爺爺，曾為城東的一個布莊跑腳。這布莊是個南洋的商人開的。那時候，「洋布」剛剛進了中國，行情一直不怎麼好。甲午戰爭前，還沒有傾銷這回事，外商是想和本地的同行平等競爭的。中國人念舊，這土布又到底厚實了許多，也耐穿。外來貨一直打不開局面。這商人便有些灰心，家裏這時候又出了些事故，便對中國的這爿生意意興闌珊，想回國去。一時又盤不出舖面，便物色了一個人，幫著打理。這個人，便是馮大烈。他看上的，是這年輕人的老實本份，能力又不錯。便指望著，讓他暫且保住家業，從長計議。

　　十年後，他回到襄城，卻吃了一驚。原來，他的布莊，已多開

了兩家分號，生意是紅紅火火。他找到大烈，當年的年輕人，已然中年。拿出一部帳本，明細清清楚楚。他便知道，沒有託錯了人。

毋庸置疑，馮大烈是打開本地洋布市場的第一人。要說方法，並未有什麼取巧之處，但要的卻是魄力。其實也簡單，就是送布。他親自帶上夥計，去城裏的富足人家，精挑了數種花色送上。可是英雄無出處，便被婉拒。他也不灰心，便又花了錢，找到本地有名的裁縫。問到了城中名媛女眷的喜好，送了花色相類的上好布料，叫裁縫按他們訂做的衣物再做上一套，擇日贈上。因了裁縫的推薦，對方則不便拒絕，便有些試穿的，也漸看出這洋布的好來。因是機織平紋，質地緊密，上身則輕薄如綢緞，十分舒適。女人之間的口耳相傳，原本如此，好就是好上加好，壞是雪上加霜。一來二去，這布莊的聲名竟就起來了。因為行內的規矩，降價不合適。大烈便叫夥計，給顧客每尺都讓出三寸。讓出去的是布，得到的是口碑。

這商人便也十分嘆服，說窩在襄城，是委屈了人才，問大烈要不要跟他去南洋。大烈說，這中國人，大概還是在中國的地界上，才知寒暖。商人便嘆了口氣，說，也對，安土重遷是本份。我這次回去，大概就不回來了。你若不走，我想你能將這店接下來。大烈說，那自然很好，但只怕我的本錢不夠盤下來。商人便道，我是說，送給你。你這些年為我賺了不少錢，我將這些舖面都留給你，將來經營成怎樣，就是本事和造化了。

又過了幾年，西門路東開了一家「景盛公」。這是襄城第一家洋貨行，馮大烈算是又開了一個先河。因為先前的經驗和口碑，又講誠信，這生意便如虎添翼。外商都願意請他做商保，一來二去，和他的合作也漸成為賒銷。他再轉手魯西南、豫東等地的商販賒銷，賣貨點由江浙往南一路拓展到上海。因為經營有方，供求有致，獲利頗豐。到了光緒二十六年，他將一部分資金投向金融業，開辦數家錢莊。同時又在風化街、藝波巷、襄陽路、文亭街一帶大置房產。

富了，他就將那獨輪車用紅緞子布封起來，懸在堂樓上，提醒自己莫忘微時。又經常周濟窮困，因此在襄城八縣威望日隆。

有關他的善行，確有兼濟天下的意思。光緒二十四年，襄淮一帶遭水災，出萬金救濟災民。他出鉅資買米、豆餅、雜糧救濟民眾。修築黃河大堤時，他又承擔修建了最長的地段，且獨資重修了鼓樓。

這在襄城裏傳得最多的，是關於金山橋的一段兒。襄城裏原有條大河，臨近荊山，不通黃淮，卻極寬，有二里多路，過河便依賴船渡。這河上有個船把式，大名不詳，人稱「姚老黑」。也不知是用了什麼手段，漸將這荊河的擺渡生意壟斷。見人下菜碟。這黑是說心黑，行事無良，經常坐地起價。這一天，大烈到荊山北給閨女打聽媒事，坐了姚老黑的船。船到河當中，船家問他要五十兩紋銀，説少了不行，不然就一篙把他打到河裏餵老黿。張大烈説，我給你五十兩。不過今兒咱倆把話講明，從今以後你就不要在這裏擺渡了，你還要坑害多少人？我準備破十萬兩銀在這裏修個橋！」

姚老黑一聽，心説這人真會吹牛，問道，你修個啥橋？大烈回，「荊山橋。」

「多少孔？」馮大烈伸出一個大拇指。

「一孔？現世。」姚老黑訕笑。大烈又伸出大拇指和食指。

「咋？八孔？到頭還差得遠。」姚老黑説完一撇嘴。

大烈笑笑説，「我修它一百單八孔，一孔一個好漢。」

姚老黑便説，今生今世能修起這個橋，我姚老黑洗手不幹這行，把船翻個底朝天，一個人拉到荊山頂上曬太陽！兩個人又擊掌為憑。

大烈修荊山橋的事嚷開了，八縣的石匠、民夫都來到荊山採石幹工，好不熱鬧。

有一日，便來了個一身襤褸的老石匠，要工頭留下他掙碗飯。石工頭看看老石匠的錘沒有了棱，鑽子沒有了尖，便要打發他走。大烈經過，看到説，添雙筷子的事，留下。

這位老石工從開工待了三年有餘，見天用墨斗子彈線，拐尺比畫。前前後後對著一塊石頭忙活。有了大烈的交代，也沒人管他。其他石工對他連一眼也不睬。幹累了，他就到賣茶老漢的棚底下去喝茶，沒錢付。他對賣茶的說，我倒是不白喝你的。我雕的這塊石頭是你的，以後有人問你買，你要紋銀五百兩，少了不賣。賣茶的一聽笑了，沒吱聲。

荊山橋快修好了，到了合龍門的時候，卻差了一塊石料。滿工地都找遍了，一塊合適的也找不到。這賣茶的想起了老石匠的話。便跟包工頭說他那裏有一塊石頭，但要五百兩銀子。

石工頭對這塊石頭轉圈一看，心裏暗暗吃驚。遂叫人抬去一試，不大不小，不高不矮，厚薄正好，連灰縫留的都極其合適。這些石匠仔細一瞧，看人家打的尺寸、稜角、鑽花，是全工地上沒有的手藝。再找這老石匠卻不見了。這時全體石工一齊跪在地上磕頭禱告，口稱不知是祖師爺魯班到此，弟子有眼不識泰山。

荊山橋修好後，討個好口彩，改叫了「金山橋」。姚老黑只好把船翻過來，一直拉到荊山頂上曬太陽，從此不擺渡了，據說現在荊山腳下到山頂，還有當時姚老黑拉的一道船印子，仍不長草。就是長草從山底到山頂順著茬一邊兒倒，一直到山頂。

這是仁楨最喜聽的一個故事，有禮賢下士，有善報怨念。對這個不可謀面的曾祖父，她總有些莫名的親近與憂傷。她一個人，偷偷去祠堂看懸在堂樓的獨輪車，車上的緞子早就破敗污穢了，黯淡地發著紅。她就坐在門檻上，想那不知是多少年前的煙火氣燻的。這個曾祖父，富甲半城，據說到老自奉儉約，獨善其身。衣服還是補丁摞補丁。莫說是他自己賣過的洋菸，連土菸都稀罕。她就嗅一嗅鼻子，想他抽過的芝麻葉，該是什麼樣的味道。這老人的事跡，和她讀過的四書五經，總有些壁壘分明。每每她不想讀這些咿咿呀呀，先生便拿出戒尺，說，小姐，你莫說為了自己，可怎麼對得起這馮家的祖宗。

先生便告訴她，這太爺爺是斗大的字不識幾個，只好隨身揣著一

枚印章。於是發狠要讓後代讀書考取功名，女子弟也要識文斷字。他捐資兩千金設義塾兩所，當時兩江總督劉坤一以大烈「樂施不倦」，專摺上奏，被朝廷獎給一品封典。也是善有所償，後來次子果然中了舉人。

她也知道，這舉人兒子便是分家出去的二爺爺。本來是這佳話的主角，偏偏是最不成器的一個。吸大菸，一房接一房地娶姨太太。兒子自然是不少，但養不教，父之過。這過錯若是應到了自己身上，便就成了現世報。這也是馮家一樁當年的醜聞。二爺爺作了古，幾個兒子為了喪葬費，糾纏不清，居然就將這老爺子的遺體「丘」在了東郊的萬年寺裏。這「丘」原本不犯忌，是大戶人家的老人去世，要等夫婦合葬，或是等遠人歸來的。可這二爺爺，一丘二十年。族裏族外，明裏暗裏地笑話。到頭來，還是他弟弟，仁楨的爺爺出錢給埋了。說起來也真是淒涼。

因為幾次分家，馮家其實是有些傷筋動骨。家中的子弟又缺陶朱之才，無心將太老爺苦心經營的實業發揚。到了明耀明煥這一代，洋貨行和錢莊竟都慢慢地盤出去了。換成了現錢，自然是大置房產，或是在襄城八縣到處買地。由此得見，馮家家大業大，逐漸也轉為守勢。

但若論起外貿的生意，馮家的威信猶在。這襄城四街多少商舖，追溯起來，當初都是昔日馮氏的產業。日本人也是看上了這一點，在這襄城打開局面，要的是提綱挈領，綱舉才能目張。對他們而言，馮家既是一面旗，又是一顆棋，是志在必得。

三大爺明耀，隱約覺出了日本人的企圖。但他更擔心的，倒是日本人言而無信。到時這四民街上的三間大屋，怕是有去無回。再一則，謝家與袁家，都是有些黑道背景的。這一動遷，先切了他們的財路。雖說馮明耀並不怕這個，但明處樹敵，暗箭難擋，總歸不是好事。這一來，他倒是躊躇得很。

想來想去，他就使了一個緩兵之計，對和田說，他們還有個五

弟在外國。老太爺生前有交代，家中產業大宗的買賣租賃，要兄弟幾個合計了才能決定。他一個說的不算，他會去封信，等弟弟有個回音兒，也算是無違父命。和田倒是笑一笑，說馮老爺還真是孝子。沒錯，中國人說，兄弟同心，其利斷金。那我就靜候佳音。

# 先生

　　轉眼就是四月。仁楨坐在課堂裏，黃昏的陽光照進來，叫樹影子篩過，忽明忽暗。春睏秋乏夏打盹，仁楨就有些瞌睡。她在心裏數下課的時間，想著和小順去東和巷買新出爐的油果兒。

　　按理這國文科是她喜歡的。可是教這科的李老師是個長髯的中年人，言行風度和她開蒙的私學先生並無分別。明明是新式的語文，他卻有本事將「卷束兩袖，勿令沾濕，櫛髮必使光整，勿令散亂」搖頭晃腦地念成八股，也無怪乎讓人昏昏欲睡。

　　這天快下課的時候，先生說，同學們，家遇變故，我明日即要暫別諸位。國文科授課一事，將由范先生代責。

　　大家還未反應過來，就見門外走進一個人。是個年輕女子。孩子們都有些驚詫，因為這女子的裝束。頭髮剪成齊耳，穿著件線條簡潔的魚白棉布襯衫，可下身卻著了條格子呢的男人褲子。在這襄城，青年女孩頂時髦的裝束，還是女大學生的黑裙子衣久藍，這一身卻是沒見過的。大家開始竊竊私語。李老師則是一臉非禮勿視的模樣，說，請范先生作個自我介紹吧。

　　女子便先綻開一個笑容，露出兩排雪白的牙，說，各位同學，我叫范逸美。將擔任二年級國文科的教師。大家可以叫我范老師，也可直呼其名。師生之儀在心即可，不必拘禮。

　　「范逸美。」話音剛落，班上就有個調皮的男孩子喊了出來。

　　女子微微笑，爽爽快快地答應一聲。孩子們就都笑起來。

　　李老師皺一下眉頭，可沒忘對女子拱一拱手，說，范先生，從此這一科的教務，就拜託給您了。

　　女子微笑點頭，當作回禮。

　　這瞬間，仁楨已是精神百倍。她仔細地看這女子的眉目，覺得她

真是美。可是她的美，卻和她見過的女人的美，都不一樣。和娘，和
她的姐姐們，和那個叫言秋凰的名旦，都不一樣。既不柔美，也無關
風情，這是讓她很吃驚的。

她回到家，吃飯的時候，將這事說了。慧容聽了，放下筷子，
說，我怎麼覺得有點不合適，女人家穿褲子到學堂上去。這新式教育
的先進，還不至於不顧男女綱常。

仁楨就說，娘，你那時候和大姨跟師傅練詠春，不是也要穿褲子。

慧容說，那怎麼能一樣，習武自有習武的做派。

說完了，心覺不妥，口氣就更嚴厲了些，說，你這個孩子，讀了
幾天洋書，愈發沒大沒小了。

仁楨就吐吐舌頭，心裏還是有些不服氣。


第二日，仁楨就很盼著上那國文課。

到了鐘點，范老師進來，依舊是昨天的裝束，可肩膀上卻扛著一
口箱子。孩子們都好奇的很。

范老師望一望大家，微笑一下，竟然將那箱子緩緩拉開了。再闔
上，便有魔一樣的聲音流瀉出來。這旋律與音色，都不是他們熟悉的。

范老師坐下來，說，同學們，這是手風琴，是一種西洋樂器。我
看咱們學校各科都有，就是沒有音樂課。文同曲理，文字和音樂都是
表達內心的方式。今天我們就來好好感受一下。

她的手指，很靈巧地在手風琴上按下了幾個音，然後問，同學們
都學過什麼歌。

小孩子們先是不說話，看出她眼睛中的鼓勵。有膽子大的就說，
「兩隻老虎！」「一擔穀！」「車軲轆！」

范老師朗聲笑起來，然後說，這些都是小時候的童謠。現在你們
長大了，要學些不一樣的歌。

她想一想，便拉起了一段旋律。旋律高亢，歡快，很亮敞。這時
候，孩子們聽到同樣高亢的女聲，由范老師唱了出來。他們真的有些
吃驚，一個女子會發出這樣中氣十足的聲音。那是一種什麼樣的聲音

呢，是一個人，看到了想要的東西，對未來有希望的聲音吧。

唱完了。孩子們似乎還屏著呼吸，好像一張口，就要放走了這些希望。

范老師淺淺地笑，說，這是美國的海軍軍歌，叫〈起錨歌〉，說的是畢了業的年輕人參軍的心情。來，老師教給你們。我唱一句，你們唱一句。

「夥伴們起錨了，起上大鐵錨，學校的生活已過，啟航在破曉，在破曉，昨夜晚在岸上，快樂又逍遙，再會吧，夥伴祝你，早日歸來快樂又逍遙。」

以後的日子，范老師總在課堂上，先教給他們一支歌。這些歌琅琅上口，加上仁楨又聰明，幾乎下了學，就哼得出整首的旋律。

慧容便有些奇怪，說，你爹曲不離口，你這倒天天唱的是哪齣戲文。好了，爺倆兒嘴巴可都不閒著。不過，還真是怪好聽的。

仁楨得意得很，說是范老師教的。

慧容愣一愣，說，這范老師，還真和以往那些先生不一樣。

是不一樣。仁楨想。以往的老師，在堂上都是提問學生。唯獨范老師，要學生和她互相提問。她說，學問學問，邊學邊問，才稱得上學問。

這一天的課文，題目叫〈禦侮〉，卻是講了一則成語，叫「鳩佔鵲巢」。「鳩乘鵲出，佔居巢中，鵲歸不得入，招其群至，共逐鳩去。」

到了快下課的時候，仁楨就舉手，說要問個問題。

仁楨問，老師，若是這斑鳩不強佔，想找喜鵲借窩住？這喜鵲是借給牠呢，還是不借給牠呢？

范老師想一想，正色道：那要看斑鳩是誠求襄助，還是另有所圖。聰明的喜鵲是看得出來的。

「答得好。」外面響起一個聲音。同學們正茫然，仁楨卻對這個聲音再熟悉不過。她倒也顧不上課堂的紀律，大聲喚道：二姐！

可不正是仁玨，站在門口，笑盈盈地看她。

仁玨一邊笑著，一邊又抱歉，說，老師，打擾您上課了。

范老師擺擺手，說，沒關係，也該放學了。就闔上課本，宣布下課。

仁楨便牽了二姐的手，跟老師道別。

范逸美笑說，你這個妹妹，鬼精靈的，將來很可造就。

仁楨便說，人小鬼大。聽老師口音，不是本地人。

范逸美便說，嗯，我是山東青島人。

仁楨就搶著說，我們老家也在山東。

仁玨也笑了，說，既然是老鄉，得空老師到家裏來坐坐。

兩人坐了人力車。仁楨依在仁玨懷裏，說，二姐，你說走就走，沒言語聲，你都不知我心裏多難過。

仁玨就撫了下她的頭髮，要說家裏，我放心不下的也就是你了。二姐這回不走了。

仁楨猛然抬起頭，說，說話要算數，我們拉個勾。

仁玨就笑著伸出了小指頭。說，不走了。小順給三大打發去了均縣收帳，往後姐天天都來接你。

仁楨歡呼一聲，姐倆兒就樂得抱成一團。

一會兒，仁玨輕輕說，這個范老師，倒真是個有意思的人。

仁楨使勁地點頭，說，可不，我們全班都稀罕她呢。

對於仁玨這次回來，慧容其實有她的擔心。日本人佔了華北，全國的大學都在罷課罷學，也不知道幾時能復課。蠻蠻又不是個肯講心事的孩子，她便不知如何為這女兒鋪排未來。與若鶴的事，她這做娘的，心裏已有了半個不肯。閨女不願，她自也有一番說法應她姐姐。慧月比她精明她是知道的，可自己的兩個閨女都要受擺布，即使是親姐姐的擺布，心裏也還是有些膈應。

仁玨這次回來，倒是很安靜。自己一個人，貓在書房裏練歐陽詢。自小練書法，她便與人不同。其他子弟寫顏柳，一為清俊，一為停勻。她練歐陽詢，則取其險絕，卻險歸平正。〈九成宮醴泉銘〉、〈化度寺塔銘〉漸寫的熟透，十三歲臨歐陽公八旬所書〈虞恭公碑〉，風姿虯然，幾可亂真。歐體本非女子所擅，馮家上下便都有些驚異。然十五歲，仁玨卻改弦易張，練起了趙孟頫。趙書與歐體大相徑庭。且自明起，趙書便多被批評其「妍媚纖柔，殊乏大節不奪之氣」。先生勸她放棄，說其字「骨氣乃弱」。仁玨便說，字如其人不假，但因人廢字未免小氣。趙書〈膽巴碑〉，並不見其學右軍飄逸而流於甜熟之氣，姿媚婀娜為其表，用筆之剛勁，在乎其中。正合當世女子應有的性情。

這次回來，重新臨歐陽詢，怕是心性又有所改變。

每天，她倒是照例去學校接仁楨下學。遇到了范逸美，就聊上幾句。仁楨在旁邊看著，聽著，二人仿彿十分投契。內容不過是大學裏的過往，又或者是最近在讀的一兩本新書，只是沒有女兒家常見的話題。

快入夏的時候，仁楨突然受了風寒。第二天燒得厲害，上不了學。仁玨就寫了張假條，讓小順送到學校去。

到了黃昏的時候，燒已經退下來，嚷著要吃東西。這時候有人敲門，應門的報，是楨小姐的老師。

馮家是一貫的尊師重道。慧容一聽，忙親自迎了出去。一個模樣爽利的女子正在廳裏等著。她一看就知道是仁楨常掛在嘴邊的范老師。這女孩與仁玨看上去年齡仿彿，毫無閨閣氣。一條花呢的長褲愈發襯得她體態英朗，卻並無造次之感。若不是還有雙含笑的杏核眼，幾乎是個惹人愛的小夥子。

慧容想，這倒真像我們左家教養出的孩子，是走大氣一脈的。這樣想著，雖還未言語，竟已經有些喜歡了。

逸美先行了禮，開口叫她馮太太。說今天收到假條，知道仁楨病了。想自己這麼長時間還未來府上家訪過，就在學籍卡上抄了地址，

冒昧自己尋了來。

慧容笑説，范老師真是客氣，説什麼冒昧的話。只是太勞動，讓人過意不去。

逸美便説，不勞動，我住得也不遠。馮太太，您剛才説，您知我姓范？

慧容便又笑，説，楨兒三不五時念叨你，説你是學校最好的老師。雖未見過面，倒好像已經是半個自家人。也別叫我太太了，生分得很。我看你和我二閨女年紀也差不離，就叫姨吧。

逸美爽爽快快地叫聲姨。

慧容便執了她的手，説，帶你看看楨兒，她已經好了大半了。要是見了你，還不知能樂成什麼樣。

仁楨看到逸美，自然是喜出望外。只是剛剛鬧騰了一陣，才又吃了一劑中藥，嘴裏還含著顆蜜棗，見到逸美，「噗」地一聲將棗核吐了出來。臉上卻還掛著苦相。

仁珏從床沿兒上坐起來，説，你看，成日説自己天不怕地不怕。范老師來了，原形畢露。

這時候徐嬤進來，手裏端著一只碗，嘴裏急急地説，小祖宗，緊趕慢趕，打了這一碗。快趁熱吃了，肚裏一天沒食兒，可餓慘了。

逸美嗅一下鼻子，説，真香。是麵疙瘩湯吧。

徐嬤呵呵樂了。可不是哪，我們楨兒就好這個。打小就要吃我打的疙瘩湯。這是我們鄉野的吃食，老師一個文化人，也知道？

逸美説，山東人，誰沒吃過疙瘩湯呢。只是離了家，吃不上了，這才念得慌。

慧容説，那敢情好。今天范老師就留下吃飯，徐嬤做幾個地道的家鄉菜，再多打些疙瘩湯。

逸美沒客氣，高興地應允了。

慧容就説，好了，我們老的先去忙，不妨著年輕人説話。飯做好了叫你們。

慧容和奶媽走了後，屋裏的人倒沉默起來，只聽見仁楨小聲地啜著疙瘩湯。她怕燙，就用勺先舀碗裏的蛋花吃。

這時候，仁玨聽見逸美說，那假條，是你寫的吧。

仁玨抬頭看她一眼，「嗯」了一聲。

逸美便說，練歐體的女子，不多見，看得出是童子功。

仁玨說，一個假條看出這麼多，也是明眼人。

逸美便笑說，我小時候，也曾冬懸腕，夏轉筆。我爹身上雖都是些文人的舊雜碎，但傳給我的幾本帖子，還是很好的。

兩個人又突然沒了話。

逸美便問，你不問我爹是做什麼的？

仁玨應道，我不問，你要想說，自然會說。除非你是等著我問，我問出來，那又沒趣了。

逸美就哈哈大笑，對仁楨說，你這個姐姐，是一等的聰明。

仁楨一片茫然，心裏想著這兩個人，在家裏卻好像打起了啞謎。


晚飯果然是一桌子的山東菜。徐嬤還特地做了些家常的吃食，除了疙瘩湯，還有韭菜盒子、豆腐卷和油燴餅。

逸美竟露出喜不自勝的表情，說隔了這麼久，都忘了這些東西是什麼味兒了。

慧容說，那就要多吃。徐嬤也是難得做，我們是沾了你的光，今兒個一起來回回味兒。

逸美就夾起了一只韭菜盒子，咬得脆響。嚼了幾下，不住地點頭，說徐嬤的手藝地道。

徐嬤就有些自得，說，我做飯這麼久，還沒有被學堂裏的先生誇過，還是個女先生。

仁玨就笑說，徐嬤，現在新式學堂裏都叫老師。

徐嬤就說，對，老師老師，老師比先生好。那些先生，只會手裏拿著戒尺搖頭晃腦，哪裏有我們這個老師爽氣。我們楨兒只說老師好，從沒說在學堂裏挨過打。

一桌子人，便都笑了。

逸美說，我娘做這油熗餅，是最拿手的。她有一只小鏊，也是從娘家帶來的嫁妝，專門用來烙餅。小時候，我就守在她身邊兒。她烙一張，我就吃一張。

徐嬸就說，女人要會做飯，才能嫁個好人家。就算是大戶的小姐，也得做得幾道拿得出手的菜。逢年過節，不好輸給妯娌們。

慧容就說，看來你娘也是個持家過日子的人。你一個人出來，她該不放心了。兒行千里母擔憂。

逸美沉默了一下，說，我娘不在了。

慧容放下筷子，心裏倏地有些疼。她突然覺得眼前這女子，其實還是個孩子。她看著逸美木呆呆的眼神，問道：家裏還有誰？

逸美的眼神還散著，這會兒收回來，答說，還有一個爹。

她埋下頭，喝了一口疙瘩湯，悶聲說，我既出來了，就再也不想見他了。

過了半晌，逸美說，我娘死，是讓這個人累的。

逸美說，時勢變了沒什麼，但人要甘心。

幾個人就聽她講她家裏。她說，他爹是個讀書人，讀得不錯，中過前清的舉人。光緒二十八年廢了科舉，這般人便沒了用處。時勢變了沒什麼，但人要甘心。可她這個爹是這樣的人，治世亂世，總想著要成就一番事業。范老先生最佩服的一個人，是直隸總督李鴻章。洋務派自甲午戰爭後一蹶不振，是前車之鑒，也畢竟離他遙遠，生不逢時。後來，竟打算躋身行伍。先是聽說了馮玉祥在灤州成立「武學研究會」；民國翌年，又知道了袁世凱命陸建章在北京組建左路備補軍，要用馮玉祥，他便覺得機會來了。可逢到這時，恰值馮邀集舊部，陰錯陽差，他竟投到韓復榘的麾下。本來倒也算順遂。韓因北京政變算是立下一功，天津一役，又被提升為第一師師長，並兼任天津

警備司令。范先生也由當初一個幕僚位至團級。然而四年之後，韓復榘卻叛馮投蔣，次年即任討逆軍第一軍總指揮，在山東倒戈於晉軍。這樣幾番下來，范先生便覺得這人其實很投機，並不似他外表這麼粗疏。離開自己的抱負似更遠了，心裏直有明珠暗投之感，就有了去意。然而，韓察覺到了，就先下了手，將其軟禁。一為不忿其似有貳心，一也是怕他重歸馮部，將軍事機要泄露。其實范先生想的是要歸隱，已是入世的人，再想要出世，恐怕就不由得自己了。范家的人，突然就沒了他的消息。久了，人心也灰了。范太太積鬱成疾，終於歿了。待他兩年後終於回來，家裏已是空蕩蕩的一片。

逸美說，凡事爭不得，我爹拐了一大圈，還是繞了回來。我長這麼大，就沒怎麼見過他。後來一個人在北京讀書，他來看過我一次，人老得讓我也不忍看。可我想起我娘，心又硬下來。


他那次來，倒是給我講了個笑話，說的是韓復榘的附庸風雅。韓到齊魯大學演講，站在臺上說，今天弟只和大家訓一訓。你們有文化，都是大學生、中學生、留洋生，你們這些烏合之眾是科學科的、化學化的，都懂七八國英文，兄弟我大老粗，連中國英文也不懂。你們是從筆筒裏爬出來的，兄弟我是從炮筒裏鑽出來的，因此對你們講話就像對牛彈琴……接著，韓復榘又說，今天先講兩個綱目，蔣委員長的新生活運動，兄弟我雙手贊成，就是一條，行人靠右，實在不妥，大家想一想，行人都靠右，那左邊留給誰呢？第二個綱目：剛才看到學校的籃球賽事，十來個人穿著褲衩搶一個球，多難看。叫總務長明天到我公館再領一些錢，多買幾個球，每人發一個，省得再你爭我搶。第三個綱目……完了。

大家聽了，都笑岔了氣。慧容說，他倒是樂善好施得很。可堂堂一個政府主席，怎麼也沒個祕書幫他寫上幾句。


說完這個笑話，逸美哭了。哭哭又笑笑。
慧容嘆一口氣，說，也真是個疼人的閨女。趕明兒要常來，你隻

身在外，這也算是個家。

以後，逸美便常來了。因為性情的爽利大方，很快便與馮家的老小都熟識了。漸漸的，也不將自己當成了客。有些活兒竟也會搭把手幹，下人一開始十分惶恐，說范老師，您這樣，老爺太太都要罵我們。她便挽起袖子，說，我小時候，這些活兒也幹得不少。馮姨若是罵你們，我倒要和她說說道理，都是一樣人，活兒還真的分誰幹誰不幹了？

徐嬤就笑說，范老師和我們二小姐好得像一個人，倒真是兩般性情。理兒是這樣，可你那教書的活兒，我們還真幹不了。

逸美便說，只恨我是個女子，若來世做了男人，能幹的事還多著呢。

可她這般，還是有人不待見，便是三大爺明耀。一個受了新式教育的侄女，已經讓他頭疼，又加上這麼個假小子。他想馮家的閨秀規矩，遲早要出些亂子。

# 青衣

　　仁楨第一次見到言秋凰，是民國二十五年。她記得清楚，因為同一年，范逸美在馮家失了蹤。

　　她是在十條巷的巷口看到言秋凰的。她先看到的是父親馮明煥。父親清臞瘦高的背影，還有顏色有些發舊的墨藍綢長衫，都很易辨認。

　　按理，她下學很少走過這條巷子。這一天，是因為突然很想吃「永祿記」的糖耳糕，便纏著二姐拐到了這裏。這時候，她覺出仁玨的手心裏，滲出了細密的汗。幾步之遙，她本能一樣，喚了一聲，「爹」。

　　仁玨原本僵在原地，聽到這聲卻手裏一緊，牽著她就要轉身。但一切已經來不及。也是本能一樣，明煥聽到熟悉的聲音，回過頭。

　　仁楨看到父親面無表情，眼神空洞無內容。目光停留在自己身上，竟然挪動不開。卻見對面的陌生女人，遲疑了一下，臉上泛起柔和的笑。女人款款地走過來，躬下了身子，對她說，我沒猜錯，這就是楨兒。老聽你爹說起你。

　　仁楨聞到一陣不知名的香氣，從這女人身上瀰漫過來。這香味十分豐熟溫暖，竟讓她不覺間嗅了一下鼻子。

　　沒有等她回答，女人直起身，輕輕說，這位是二小姐吧。仁楨看見姐姐卻昂一下頭，將眼光偏到一邊去。

　　仁楨覺得二姐的神情，未免有些不太禮貌。她便和事佬一般地開了口說，請問，你是誰？

　　女人笑了，露出整齊的牙齒。牙很美，細密如同白色的貝殼。她執過仁楨的手，打開，在她掌心一筆一畫地寫下一個字。仁楨也笑了，因為手心很癢。

　　她說，這是我的姓。

你姓「言」啊。仁楨辨認出了這個字，很興奮，原來這還是個姓。「桃李不言，下自成蹊。」他們都叫我言小姐。

言小姐。仁楨重複了一遍，覺得這聲音的綿糯，是很符合她對「小姐」這個詞的想像的。這稱呼應該是有些柔和嬌，帶有著被呵護的成分。她覺得自己和一眾姐妹，性格裏都有些鏗鏘，便似乎當不起。這女人，其實穿戴是很樸素的，甚至臉上並沒有妝。但看著你的時候，眼睛裏卻有跌宕。一層層的，最裏面一層，是種懶懶的睏意，卻有要討好的意思。當仁楨看出了這層意思，就突然在心底生出好感來。

她就從身邊的袋裏，取出一塊糖耳糕，放在言小姐還攤開著的手心裏，說，請你吃。

女人說，是「永祿記」的吧，我最愛吃，就不客氣了。說完又笑了。這一回，仁楨因看得仔細，發現這自稱小姐的人，眼角已有了淺淺的紋路。

女人回過身，仁楨看見她松綠色的旗袍，簌簌響了一下，隨著身體的扭動泛起波瀾。女人說，馮先生好福氣。令愛年幼，已是知書達理。

又說，不知道我後天的大戲，楨小姐賞不賞面來呢？

這時候，仁楨突然驚覺，這女人便是活在家人口中的「戲子」言秋凰。這實在是有些意外。跟著父親，看過她演的一齣《思凡》。臺上那個人的光彩，身段與唱腔，美得不可方物。雖則長輩們提起這個名字，口吻都十分微妙。但在她心裏，卻好像是仙界下來的一個人。然而此時，立在眼前，卻讓她意外了。這意外是因為，這女人的家常與普通。仁楨甚至注意到，她手袋上的一粒水鑽，已經剝落，拖拉下一個很長的線頭。於是整個人，似乎也有些黯淡了。

也在這一剎那，她發現，在她與言秋凰對話的過程中，父親與姐姐，保持了始終的沉默。

多年以後，仁楨想起她與這女人的初遇，仍然覺得是美好的。哪怕此後，她的記憶受到歷史與他人的改寫。但對這個場景的重現，

她會在心底蕩漾起一點暖。女人的面目日漸模糊，令她對曾發生的事情，有些不自信。她會尋找一些隻字片語，讓那個下午重又清晰與豐滿起來。

她在一張發黃的報紙上，看到了女人的照片。報紙有些發脆，她將它小心地鋪展開。因為老花，她不得不彎下腰，讓自己與報紙保持了適當的距離。在那個時代，這張照片算是拍得十分好。言秋凰燙著波浪的捲髮，顧盼生姿。雖然是一貫的明星的樣態，幾乎有些刻板，但並不見一絲造作。笑得也好，並且在這含笑的眼睛裏，她又看見了當年的那一點「討好」。這讓她心裏動了一下。

報紙說的是言秋凰來到襄城前的一樁往事。大約在當時甚囂塵上，仁楨也曾聽家裏的大人提及，可是總有些不自覺的誇張與游離。比如，說起言由北京一番輾轉，至此地，總是用「流落」一詞。這報上的文字，雖多少也有些小報口吻，但事情的脈絡，總歸還算是清楚的。


說起來，作為梨園中人，言秋凰早年算是頗為順遂的。雖則當時女旦並不被看好，但言秋凰入行，卻是個機遇。原是有些家世的孩子，祖上是鑲藍旗的漢籍旗人，聽說和鄂爾泰一支還有過姻親。早年失怙，但有一個叔父，官至三等輕車都尉，駐在御河西岸的淳親王府。家境原是頗不錯的。可洋人打了來，一場「義和拳」，家業毀了一個乾淨。叔父先是無罪失官，兩年後鬱鬱而終，生活便難以支撐。她嬸子就打通關節，將她送進親王府做了女侍。

淳親王府上的老福晉，原是個難伺候的人。但這孩子做事十分伶俐，因為家中變故，形於神色，眉目間又惹人哀憐，竟很得上下人的歡心。老福晉好戲，家中大小堂會，便是不斷。這小女孩子也頗學會了幾齣。一次親王在園中，見這丫頭躲在僻靜處，口中咿呀，聽了竟是一折《坐宮》，正唱到：「我這裏走向前再把禮見，尊一聲駙馬爺細聽咱言。」這一段西皮流水，唱得雍容自如。再聽下去，念科都有式有樣。親王便很感慨，這孩子平時安靜訥言，此時卻煥發出了十二萬

分的神采，或者真是祖師爺要賞飯吃。如此，便將她的嫲嫲找來，說
是免了典價，送到戲班去好好栽培。

這戲班，便是當年京城稱首的「和雲社」。拜了師傅，是大名鼎
鼎的劉老闆劉頌英。劉老闆本是抱定不收女徒弟的，因為淳王爺所
薦，就見了一見。這丫頭謙恭有禮，帶些男兒氣度。穩健中卻有些哀
艾，再一聽聲音，竟真是唱青衣的好材料。也是爽快人，當時就拍板
收下了。原本那日桌上擺著本《苕溪漁隱叢話》。要聽這孩子音色，
便讓她隨意念了一段。書上錄了蘇軾的句「秋風搣搣鳴枯蓼」。大約
也是緊張，這孩子竟將「風」念作「凰」。做師傅的心裏一動，倒覺
得這錯是個吉兆，就乾脆賜了個藝名「秋凰」。

做嫲嫲的，是個知恩承情的人。以後言秋凰紅了，念著老太太的
話，從未忘本，將淳王爺與老福晉的壽誕銘記心中。到了時候，就去
王府裏唱一個晚上的堂會。三不五時有新排未公演的戲，又在王府先
演上一場。老福晉八十壽辰，壓軸就是言秋凰新排的《五家坡》。如
此，言秋凰是分文不收，說是孝敬。這樣，王府上下，對她便愈發愛
了。周邊的人，也都力捧。到了十九歲上，已經是京城數一數二的青
衣。風頭甚至蓋過了師傅。

按說劉老闆也是個很有心胸的人。愛才也惜才，對這個女徒弟的
培養不遺餘力。言秋凰紅了，他最初也是喜在心裏。旁人多少有些閒
話過耳，他也不當回事。

直至言秋凰有了自己的戲班「雨前社」。首演《碧玉簪》，那真
個叫盛況空前。每晚的花籃幾十個堆疊得擁擁簇簇。場場爆滿，戲院
門口，汽車一字排開二百多輛。茶會，堂會，言秋凰更無一絲之暇。
相比之下，當師傅的這邊，倒顯出了寂寥來。

報紙上說的，是這年秋天的事情。也是梨園界著名的「劉言之
爭」。後來好事的人，說這「流言」不祥，注定是一語成讖。《鐘業晚
報》投票評選八大名伶。言秋凰與師傅排在了首十六位。說起來入圍
的都卯足了勁頭。而唱青衣的，偏就是這師徒旗鼓相當，針尖麥芒。

這年年底的遊堂會，兩大劇院，一個在「銀興」，一個在「玉蟾」，真格地擺起了擂臺。捧劉與捧言的兩派脣槍舌戰，在各大報章上對上了火。一是久積薄發，一是銳氣當前。勢均力敵，難分伯仲。劇場夜夜高滿，觀眾是聽得如癡如醉。兩人是越唱越勇。這夜裏散了場，劇場的經理帶了張字條來，說是劉老闆託人捎來。言秋凰展開看了：「凰兒吾徒，明暫休一夜。念念。」恰言秋凰在「銀興」連唱六場新編的《法門寺》，廣告早就貼了出去。想不能對觀眾食言，便又上了臺。到下傍晚，「玉蟾」也上了廣告，是劉老闆的箱底劇目《玉堂春》。坊間便說，這一夜是有決戰的意味了。這六場唱下來，叫好不絕。然而下了臺，言秋凰便看出眾人神色不對。追問之下，師父壓大軸倒在了臺上，咳出了一口血。

這張舊報紙的標題：「望鵑啼血花落去，新凰清音換新天」。這大約是言秋凰最後一次出現在新聞的頭版。後來，據說是她自願退出了「八大名伶」的選舉。在眾人的不解與期待中，半年未再登臺。這年的年底，積鬱成疾的師父歿了。她一身素裹，守了半年的喪。臨了給師父的遺像磕了一個頭，立下誓言，從此離開京津伶界。

後來，又有人說她在滬上停留。無奈一個女人，又少人扶持，竟分外艱難。洋場上的規矩，正邪難循，一來二去，得罪了黑道上的人。好不容易脫了身，輾轉一番，才來到了襄城。

襄城這地方，比起京津，民風大約又淳樸容納些，言秋凰便安置下來，棲身在一個叫「榮和祥」的戲班。這裏的票友知道來了個女伶，叫「賽慧貞」，也覺得稀罕，口耳相傳。開始的幾場，挨在幾個角兒當中唱上一段，便不覺得惹眼。後來一齣《鴛鴦塚》，有段西皮慢板，是極難把握的，卻被新來的女旦唱得行雲流水。聽者驟然發現了這青衣的不同凡響。沒過多久，便有見過世面的票友辨認出，原來就是名震一時的名伶言秋凰。

襄城原本不大，這事便很快在票友間傳開了。關於這一層，對於

言秋鳳與父親的相識，仁楨有許多的想像。直至長大以後，她仍然覺得，這想像的諸多版本，並未有一個是真正可説服自己的。

她每每想起八歲的自己，當初與父親踐約去聽言秋鳳的大戲，實際便是這想像的開始。

那是她第一次踏進重新整修後的「容聲」大舞臺。在襄城的地界上，出現這麼一處地方，多少堂皇得有些不真實。門裏懸著半人高的燈籠，一字排下來，上書「玉樓天半笙歌起，蓬島閒班笑語和」。迎臉兒的花崗岩影壁，鑲滿了各色臉譜，生旦淨末丑，一應俱全。並不繚亂，恍若色系。因間中自有秩序，便頓然氣勢非凡起來。進了去，才知別有洞天。橢形的舞臺已擴建到了十餘尺寬。臺前蒙了重重的疊帳，紫天鵝絨製，光影在燈底下熠熠地波動。座位排了兩百來個。前排照老例兒自然是酸枝的太師椅、八仙桌，卻依牆又擺了幾張鑲了軟墊的貴妃短榻，佈局一時之間中西合璧起來。仁楨看著新鮮，並不知道，這是為城中幾位軍界要人的姨太太特設的，只嚷著要去坐。父親明煥沒理會她，嘴裏輕聲説，這角兒還沒幾個，倒先把京城裏的派頭學來了。

說著便牽了她的手，上樓去。巴洛克式的轉角樓梯，通往樓上的包廂。這包廂是幾個有名姓的大戶留下的。多是為攜了家眷，免得拋頭露面，圖個清淨。馮家是長期包了一個。可是這一日，偌大的地方，卻只有他們父女倆。仁楨便站到了椅子上，手扶著欄杆往下面張望，看著底下人頭攢動。見過的沒見過的人，來來往往，作揖打招呼，寒暄。真真假假，假假真真，倒也十分熱鬧。她正看得真切，明煥卻將她抱下來，説，小心栽了跟頭下去。你不是孫猴兒，到時爹可沒有筋斗雲來救你。

說著鼓點便響起來。開場的是一齣武戲《挑滑車》。角兒剛上來，亮了一個相，便跟著有喝彩的聲音。這折戲用來熱場，是極好的。說的雖是個魯莽的英雄，倒也十分的有作為，觀眾便會投入。扮高寵的葉惠荃，據說是「金陵大武生」趙世麟的弟子。趙雖是長靠優於短

打，行家云其拙於翻撲，但仍有許多看家功夫，像是大靠夾鞭、飛腳三越，都是旁人不會的。一一傳給了這弟子，便十分的有看頭。而這葉惠荃因為後生，英武逼人，眉宇間又有些富貴氣。肩上四支藍色令旗，上下翻飛，倒真將個少年氣盛的王爺將軍演得很像一回事。仁楨對這一折戲並不陌生。小時候聽父親講《說岳全傳》，內容是熟透了的。說起來，她總是對這高寵有些同情，怪岳武穆不近人情，將個少年人逼急了，終於有些頭腦發熱。可又真是有本事的，替岳飛解了圍，卻不得善終。為了打外面的人，死自己人是可以，可這樣死，終究有些無謂。所以，仁楨看這齣就十分入戲，每次高寵一得意，仰天而大笑，她便心裏捏一把汗，想著他離死期不遠了。當挑了第十二輛滑車，見他直挺挺地倒下。仁楨就如釋重負，然後又惆悵得很。她再惆悵，底下叫好的聲音不絕於耳。那角兒禁不住央求，又活生生地出來謝了一個幕。這下倒真顯出了她自己的傻來。

可終究是分了神，為了這個死而復生的英雄，下面就有些看不下去。不知為什麼，演到中央，插了一折崑曲《風箏誤》。明煥嘆了口氣，說，「花」、「雅」合流，也真是沒有規矩。崑曲的唱腔持重靡綺，對一個小孩子來說，便是有些悶。所以，當一個面相很老的小生在臺上咿咿呀呀，仁楨險些坐在椅子上瞌睡起來。好在他身邊還有個書僮，倒是很活潑可喜。只看著他手執著一只風箏，在那裏長篇累牘地對書生講著大道理。可是仁楨聽不懂他在說什麼，精神終於渙散了下去。

就在這時，她看見對面的包廂裏，坐著幾個人。因為光線昏暗，衣著形容，並看不清晰。大約很有些排場，只見得一團錦簇。錦簇中卻坐了一個少年。這少年筆直地坐著，凝神屏氣，是個端穆的表情。他身旁的女眷，交頭接耳。他卻似乎不為所動，只是遠遠地望著舞臺。眼神也是靜止的，雖然和泰，卻看不出喜樂。倏然間，他轉動了一下頸子，解開了藍綢夾襖上的一粒扣子。旁邊便有個僕從躬下身，和他說了一句話。他便抬起手，只輕輕擺了一擺。再靜下來，仍然是個端坐的姿態。仁楨便有了一些興趣，覺得這人的做派，像是這戲外的另一齣戲。雖然眉宇已見了些成人的輪廓，可以俊朗來形容。那微

微垂掛的嘴角，分明還是稚嫩的。這份老成與克制，便有一些可笑。

接下來的一折《三岔口》，本是仁楨十分愛的。加之扮了任堂惠的小雲昌，在當地也算是一個角兒，臺下便很起了一些反應。明明是大亮的一片，戲中的兩個人卻要裝著在烏漆抹黑間，不明就裏，摸摸索索地打鬥。卻是摸也摸不到，碰也碰不得。每看這一齣，仁楨就在心裏惡作劇，盼著兩個人，不由己地撞到一處去。只是她今天有些分心了。打到最緊張的時候，劉利華一個鷂子翻身，穩穩落在地上。她便又向對面望過去。少年人神情凝滯，眼裏依然沒什麼內容。仁楨便想，真是一個木頭人。這樣想著，就打了一個很大的呵欠。

任堂惠與劉利華還未和解，仁楨卻聽到些騷動的聲音。忽然卻又靜下來。她引了引脖子，朝底下看過去。什麼也沒瞧見。人們卻一水兒地往後場望。再接著，望的人都陸續低了頭。她就看見，是一群人走了進來。打頭的男人披著斗篷，個頭兒不高，只看得見清瘦的背影。走路垮著一邊的肩膀，也並不挺拔。他信步走到臺前，臺上臺下，一時之間，都停止了動作，鴉雀無聲。舞臺的馬老闆趕了來，給這人鞠了一躬，表情很是惶恐，只連連說：和田君蒞臨，有失遠迎。

男人站定，作揖回禮，只見他將手慢慢放下來，說道，老闆，客氣話就不用說了。上次在天津，到底錯過了梅博士，深以為憾。今天言小姐的演出，是不得不來捧場了。

他的國語十分地道，北方腔兒，帶著些喉音。然而字間仍有生硬，暴露出了他是個異族人。仁楨只覺得這聲音耳熟。正恍惚，待他側過臉，便立時間認出來，是幾次三番到家裏來的和田潤一。甚至有次她下學回來，竟和他打上了一個照面。這男人的臉相，和她印象中的日本人，並不十分相符。青白臉色，眉目疏淡，卻長了茂盛的捲髮。那回他看見她，從口袋裏掏出幾塊糖，放在手心裏，衝她笑一笑。這些花花綠綠的東洋糖塊，讓仁楨遲疑了一下。但是，慧容走過來，牽著她的手，把她帶進房間去了。

這時候，和田將身上的斗篷緩緩解下來，裏面卻是一襲青布的長衫。斗篷落下的一剎那，簡直像變戲法一般，迅速蛻變成了一個普通

的中國男人。

　　他衝馬老闆一拱手，馬老闆立即會意。並不等有什麼交代。坐在前排的幾位當地的所謂貴人紛紛起身來，虛弱地笑一笑，被夥計引到後面一排坐去了。和田與他的手下，便要落座。貴妃榻自然也空了出來。女眷們看著男人們站起來，都有些緊張，亦步亦趨。然而有一個很年輕的，是聯合準備銀行秦行長新娶的續弦。大約是平日裏給寵慣了，有些不知厲害，彆扭著，就是不願意走。男人作勢不管他。眼見和田的手下走過來，她才慌亂著站起來。旗袍竟掛到了扶手，拉扯不開。那浪人模樣的年輕人嬉笑著，將手按在女人不慎露出的大腿上。女人驚叫了一下，躲開去。這青年正嘟嚕了一句什麼。和田走過來，看了青年一眼，一個耳光打在他臉上，十分響亮。青年被打懵了，捂著臉。這一巴掌太突然，倒好像打了在場所有人的臉，熱辣辣的。

　　仁楨被這巴掌打得有些驚怕。他回頭看一眼自己的父親。明煥袖著手，低下頭也正看著她。她再抬起頭，卻看見對面的包廂裏，那少年的臉色。他仍是端坐著，眉頭卻微微地蹙著，眼睛裏有波動。

　　場上寂靜得怕人。和田卻走到馬老闆跟前，短促有力地鞠了一躬，說，叨擾了。

　　他整了整長衫，慢慢坐下來。目光移向臺上。臺上的兩個演員，正不知所措。手與腳，都擺得很不是地方。

　　和田重又站起身。他衝著演員的方向，緩緩地拍起了巴掌。這掌聲，並沒有人應和，在高闊的大廳裏，顯得格外的寂寥。

　　馬老闆頭上滲出了一層密密的虛汗。他對著幕後的鑼鼓班子揚了揚手。半晌，先是稀稀落落的幾個鼓點，試探似的。然後，頻密起來。演員愣一愣神，跟著鼓點亮了一個相，接續上了情緒。臺上臺下，終於又熱鬧起來了。

　　和田滿意地坐下來。


　　仁楨一抬頭，看見對面的包廂，已空無一人。

一折《坐宮》，兩個演員做念是中規中矩，全然無精彩之處。到了鐵鏡公主的一段西皮流水，快得好像是要趕場子。不是楊延輝急著出關去，倒像公主要逐他走。楊四郎在快板又唱錯了詞，竟也沒有人計較喝倒彩。都知道，壓軸的言秋凰，就要出場了。

戲單上寫的是《宇宙鋒》，恰是「修本裝瘋」一折。仁楨暗地裏歡喜，因為這一折戲，是她最愛的。正旦行裏頭，她愛的並不多，卻獨喜歡這個趙豔容。依她一個小孩子的眼光，也看得出這青衣其實是美在了一個「苦」字。《武家坡》裏王寶釧八年的寒窯，苦得癡心；《十望江亭》裏的譚記兒先是孤寡，後情事輾轉，又苦得無謂。前前後後，竟沒一個人可自主命運的。獨這個趙豔容，攤上一個機關算盡的奸相做爹，已然不幸。後夫家又幾近滅門。她本也是悲戚的，但終究是給逼急了，到最後竟也破釜沉舟，裝瘋賣傻起來。要上天，要入地，哪裏有一個女人可有此等氣魄，將一群男人，上到皇帝老倌，下至滿朝的文武，給耍得團團轉。然而仁楨終究是有些心疼她。她本也並沒什麼主意，先是說什麼「先嫁由父母，再嫁自己身」，這樣討價還價，到底是有些蒼白的。不知怎麼的，仁楨就想起了二姐。二姐乳名「蠻蠻」，是個自由慣了的人，如今也沒嫁上個好人家，仁楨竟比她自己還著急。這以後的事，不知要到什麼時候了。

開場鑼鼓響起，趙高踱著方步走出來。形態沉鬱，倒是頗有氣勢。家丁念白：「二堂傳話，有請小姐出堂。」眾人屏息，望向臺側。啞奴速行立於臺中。只見言秋凰一身黑帔，蓮步輕移，慢慢進入視線。站定，垂首。待她抬起頭來，幽幽念道：「杜鵑枝頭泣，血淚暗背啼。」同時向臺下張了一眼，仁楨心下遽然一驚。她並未意識到，瞬間，這一眼會影響了她之後數十年的審美。她只是驚奇，一個女人的哀戚，竟可以在眼神流轉間，被表達得如此美麗，如此內容豐富。是哀而不傷，卻也是穆然成習。

大約這個亮相，也擊打了眾人。先是頓然沒有了聲音，突然有人

回過神來，禁不住叫上一聲「好」。臺下便紛紛鼓起掌來。突然間，前排有人用日本話嚷了一句什麼，然後也劈哩啪啦地拍起了巴掌。其他人聽了，倒噤住了聲，沒言語了。

接著的情節，是趙豔容哀求父親修書奏免匡家之罪。一段西皮原板。京胡繞梁，言秋凰便開了嗓，「老爹爹發恩德，將本修上……」聲音凝膩和婉。然而唱到了「上」字的尾音上，聲音卻突然間斷裂，劈了開來。幾近刺耳，令人猝不及防。這時候，仁楨看見言秋凰捂住了自己的喉頭，急促喘息，開始劇烈地咳。咳得掏心掏肺，身體都禁不住抖動起來。待她終於鎮定，便向臺下屈身行禮，向後臺匆匆走去了。

這一幕實在是出人意表。

半晌，馬老闆才走上來，臉色緊張，一面賠不是，一面解釋說，言小姐積勞成弊，今日的得罪，馬某甘願承擔。演出票款，全數退還。人們啞然，繼而竊竊私語。就有人冷笑，揭這馬老闆的老底，說原是山東青州的一個戲霸。這次跑到襄城來混，到底水土不服，是敗走麥城了。然後就有人開始起鬨，亂嚷嚷，說要砸場子。

在這聲浪中，和田緩緩地站起來，從手下人腰間，抽出一把武士刀。並未多作猶豫，便走到臺上，眼睛也沒在馬老闆的身上停留。他環視眾人，臉頰似乎抽動了一下，然後將刀高舉，狠狠地插在了舞臺中央。

在眾人瞠目中，武士刀還在孤獨地晃動。和田披上斗篷，施施然離開。馬老闆要跟上去，卻被隨行的幾個浪人狠狠擋在了胸口上，險些就是一個趔趄。

仁楨張著口。當她確信眼前的事情，已經停止，才回頭看了一眼自己的父親。她看到明煥，在昏暗中，點起了一支巴西雪茄，同時臉上泛起了淡淡的笑意。臺下響起了更劇烈的聲音，令仁楨來不及消化父親的笑。甚至，來不及作任何驚異的反應。她只記得那雪茄的味道，濃烈而辛辣，揮之不去。

　　然而，半個世紀後，她再想起這不合時宜的笑容。總覺得其中有些安慰的成分。這或許是一種本能。仁楨並不知曉，因為前一天風聞日本人的到場，言秋凰曾經計劃連夜離開襄城。父親阻止了她，同時將隨身的雪茄剝開，把碎末泡在一杯茶水裏，讓她喝下去。

　　你會暫時變成一個啞巴，即使你自己想唱，也唱不出來。父親說。

　　也因為這笑容，仁楨打消了當夜去探訪言秋凰的念頭。是的，她寧可這麼想，父親與這個女人之間，存在著某種盟約。這盟約中有一些不足為外人道的內容。

　　這樣想著，她心平氣和。將老花鏡取下來，摺好。然後小心地將那張報紙輕輕地放進抽屜中。在這剎那，她看見報紙上的女人，微微揚起了嘴角，表情依然，是對她的一點討好。

# 風箏

這一陣子，逸美來得頻密了些，待的時間也長些。上下也都不再拘禮，慧容早將她當了自家的女兒。這孩子，性情豁朗，愛說愛笑。又近些了，慧容就和她說些體己話，關乎家中、鄰里，又或者是出閣前的交遊。甚至那麼一次，狠一狠心，和她談起了言秋凰。她聽著，應著，卻並沒有什麼觀點。久了，慧容便覺出了其中有一些敷衍。可是，有一兩回，談到了目下的時勢，逸美卻驟然來了精神，滔滔不絕。從八年前的改旗易幟，說到華北事變。這恰又是慧容不大懂的，都是報紙上的東西。東北與華北，大都遠得很。談到張少帥，逸美就不免有些憂慮。慧容覺得她是替古人擔憂，但又覺得她的表達與評述，都十分可喜。因為有些話說得粗礪與鏗鏘，並不太像個女孩子，慧容就覺得她又像是半個兒了。又一想，到底是自己老了，眼界又淺。現在的年輕人，特別是這些女學生，受的教育到底不同些。

說起來，左家的教育向來是有些鬚眉氣概的，何況十餘歲的時候，慧容還和姐姐學過騎射。但那始終都是面上的東西。到頭來，「國」是男人的事，「家」是女人的事，沒人改變得了。可如今，這一代人卻合併成了「家國」。這麼著，女人似乎也要兼管起男人的事情來了。

這年秋深，稻子熟得晚些。男丁多派到八縣鄉裏去收租，家裏的氣氛又無聊了些。就有人提議，不如找些女紅來做，打發時光。這馮家的針線活計，向來大多是出於自己人之手。當然一來是因為家教，二來也是為了娛樂。繡品裏風雅些的，自然就是小姐們的陪嫁。說起來，馮家的刺繡，的確是不俗的。由老姨奶奶帶起，根底就不一般。後來呢，慧容一代算是後續有人。因為男人們和城中一些名士如郁龍

士、路食之等人往來酬唱，便有不少字畫真跡，掛在家中。慧容最喜的是八大山人與倪鴻寶。論丹青筆意，前者孤冷，後者虯然無矩。她便以此為本，以針作筆，臨為繡品。一時間，家中女眷，也曾興致勃勃。說是臨摹，多少是要有些創造力的。如何配色，如何取線，如何渲漫背景，說到底都是挑戰與學問。這一來，由馮家流傳至城中閨閣，且是興盛了一陣。甚至男人們，也開始攀比衣裳的襟繡紋飾，多半也是炫耀內人技藝。只是這幾年，世道亂了，心也都淡了下去。沒人提，也沒人做了。慧容見又提起來，一家大小，就都找出了針線笸籮，五色絲線。

看這陣勢，逸美有些興奮，說真是沒見過。慧容笑說，這些都是要娘教的。逸美當下就有些黯然。慧容知道說錯了話，立即接上去，說，所以呢，丫頭你的活兒，就只好我來教了。

逸美聽著，一陣感動。這一下，也看得出，逸美是毫無經驗的。紉一紉針，都成了頭等的難事。一頭的大汗，也穿不進針眼兒。然而，她很快發現了自己的另一用處。就是幫女眷們描圖樣，花鳥蟲魚，草行楷隸，竟是分毫不差。這又證明她到底是聰慧的，慧容就有些希望。然而再教，拿起針的手，又還是分外笨拙。這教與學之間，關係竟又融洽親密了許多。

晚上在飯桌上，慧容開玩笑說，要不要幫逸美尋個婆家。這裏城雖不大，卻也是有些出色的人才。逸美若不嫌棄，認下一個乾娘。這一份嫁妝，馮家是出得起的。

逸美方才還說在興頭上，聽她這句話，卻突然間沉默了。過了好一會兒，才迸出了一句話，「天下未定，何以家為。」到底是女孩子，聲音裏又帶著稚嫩。這話由她說出來，就十分突兀，甚至於沒頭沒腦。本是句玩笑，一桌子的人，卻都有些尷尬，沒了聲響。這時候，仁玨卻突然間開了聲，說，天下的事，是蔣委員長的事，和你有什麼關係。你我的命數，還是趕緊尋個人，嫁了去吧。

仁玨笑著說這話，這一房的人，卻誰都聽到聲音裏的冷。她擱下碗，站起身，慢慢地走開了。誰也都知道，二小姐的性情，是有些偏

僻的。眾人也都不以為意。逸美卻再也沒了話。

　　轉眼天又涼了些。漸漸的，仁楨也發現，范老師的話近來少了很多。她颯爽的樣子，因此變得深沉。原先是有些孩子氣的，這孩子氣裏，是激昂與理想的成分。而這時候，人卻在安靜中有些黯淡了。課也就上得循規蹈矩。孩子們便説，許久沒有聽到范老師的歌聲了。仍然還是會到家裏來，似乎比以往更多了些。吃飯，拉家常，卻也不再是高談闊論的意思。人也禮貌得似乎有些生分。慧容便問她是不是有什麼心事。她笑一笑，搖搖頭。吃完飯，仁珏離開，她也便跟著去了。

　　這天夜裏，仁楨因為不會功課，就去後廂房找二姐。這後廂平日裏是很少有人去的。一來是因背陽，到了梅雨後，就格外陰潮；二來，原先是老姨奶奶住的地方。這老姨奶奶，向來身體尚可。可三年前中秋後，突然一場暴病，歿了。家中就説，她是常年有怨艾之氣鬱結著。這後廂房，在眾人眼中，便也不怎麼吉利。就這麼空了下來。一直到仁珏回來，自己要搬去住，説是那裏最安靜。大家知道，二小姐打定主意的事，沒商量，便就都由她去了。
　　仁楨朝後廂走過去，也覺得陰冷。遠處傳來一聲尖利的鳴叫，接著卻戛然而止。她打了個寒戰，辨識不知名的鳥，或許是秋蟬。抬了頭，月亮也不怎麼看得見，隱到深深的霾裏去。只有些墨藍色的光，微弱地游出來，很快又被一塊雲給遮了去。
　　二姐房裏還亮著燈。仁楨走近了，聽見有人在説話。門虛掩著，她抬起手，想要敲門，卻突然聽見有啜泣的聲音。仁楨透過門正往裏看，看見二姐立在桌前，臉色木著，卻有兩行淚正從眼裏流出來。范老師正坐著，也是蒼白的臉色。這時候站起來，將手抬起，停頓了一下，終於落在二姐的臉上，慢慢地擦拭。二姐一把推開她。她愣在原地，突然走過去，將仁珏攬過來。仁珏抬起頭看她，忽而低下，將頭靠在逸美的胸口。手緊緊地捉住逸美的肩頭，捉得那樣緊，那樣狠。仁楨看見她的手指，深深陷進了衣服的紋理，幾乎要掐進那衣服下的

皮膚中去。

逸美仍然愣著，由她去動作，身體卻也隨著這動作在顫慄，下巴安靜地揚起。仁楨看見，范老師的眼角，有一滴水珠，慢慢地滲出來，沿著臉頰，無聲地淌下來。

眼前的一切，有如默劇。卻讓仁楨一時之間，失去了感覺。她竭力地想挪動一下，將自己頭腦中的空白驅逐出去。這時候，她的功課簿子掉落在了地上，一聲響。逸美轉過身，和仁玨一樣，眼睛裏都是絕望的神色。逸美向門的方向走過來。仁楨飛快地撿起簿子，跑了一步，躲去院裏的假山石後邊。

仁玨也走了出來。仁楨看見，在黑暗中，她執起了逸美的手，沒有再鬆開。

第二個星期，范逸美向小學遞了辭呈，甚至沒有向她的學生們道別。而在馮家，也從此失蹤。

仁楨沒有向任何人說起那天夜裏的事情。儘管她拿不準這與范老師的離去有沒有關係。久了，馮府上下，都開始關心起二小姐的好友的去向。就連慧容，也忍不住打聽。儘管她知道，這打聽是不會有結果的。一如這個女孩在家中的出現，是突然的，也未有緣由。

在慧容心情悵然的時候，大女兒仁涓卻回了家。按理，這並無什麼意外，因為陪嫁去的五百畝地正在襄城近郊。每年這時候，仁涓便回來收租。仁涓收了租，似乎並不見要回去的意思。非年非節，卻在家裏擺開了牌局，叫上了幾房的姨娘，連黑帶夜打起了麻將。這樣過去了三日，就很讓慧容不快了。

這一天，見仁涓連晚飯都不過來吃，慧容就去了她房裏。話裏終於沒有了輕重，說我養出的都是什麼女兒，嫁不出的嫁不出，嫁出去的又不著家。家裏有孩子，有男人，就這麼著在娘家算是怎麼一回事。

仁涓手裏執著一張八萬，正準備做一道清一色。眼見成了，聽到

自家的娘這麼一句，呼啦就將手上的牌推倒了。

姨娘們見四房的大小姐，青白著臉色，顫巍巍地站起來，說，但凡是有男人，誰要來到這個地方，和你兩個未出閣的寶貝閨女，在一個屋檐下。

慧容聽了，心知道不妙，嘴上卻仍是硬的，相夫教子，哪朝哪代都是女人的本份。我做娘的，還說錯了不成。

仁涓冷笑了一聲，那許是我錯了，我以為嫁了個如意郎君。如今小老婆死了，還要我這個做大老婆的去收拾殘局。

說完，她眼裏呆呆地望一下自己的娘，沒有再講下去。然而，眾人卻一個個屏息不言，有的眼裏，已看得出饒有興味的顏色。慧容心裏「咯噔」一下，咬一下牙，強鎮靜了下去，對著幾個姨娘的丫頭說，這幾日，勞你們主人家費心陪我們大姑娘。也該累了，都回去將息吧。

這是逐客令，想看好戲的，自然都不好留。然而，這一幕在他們看來，多少是少不了的談資，便都有些戀戀不捨。


慧容關上門，問道，怎麼回事。

仁涓不說話，只是捧起一把麻將牌。手一放，上好的象牙黃，落下來。聲音清脆嘈切，好聽得很。

慧容走過去，將成桌的麻將狠狠一拂，雨點一般落在地上。麻將彈跳起來，有幾顆恰恰撞到她的手背上，一陣涼。

怎麼回事？她再一次問，聲音有些發啞。

仁涓身體晃一下，扶著桌子，終於頹然坐下來，說，娘，我是實在過不下去了。

慧容聽著仁涓混著嗚咽，將事情的原委說出來，心裏一陣一陣地發緊。

原來這葉若鶴，荒唐得確是太不像話了。那個同居的女學生，後來打聽下來，竟還是個遠房的侄女。女孩兒的娘，終於知道了，找到了南京來。為要那女孩回去，是尋死覓活。女孩自然是不肯，結果當

娘的説，要這男人休了鄉下的婆娘，娶了她。葉若鶴便回道，漫説是娶，即便是做小，也得家裏人答應。這新時代不婚不嫁，男女平等戀愛，倒是沒這些約束了。

這話説出來，沒等那做娘的發作，女孩先吞鴉片尋了短見。事情終於鬧到了修縣來，慧月覺得丟人，是斷不肯出面的。家裏本就是多事之秋。有個在城裏教書的兒子，看過幾本自己不懂的書，是夠叫人擔心的了。現在又弄出這風月案子來。她心一橫，對仁涓説，這夫有難，婦相隨。你在這家裏，大小事沒管過。這一回，人人都看著，我這當姨的不能再偏袒你。往後我老了死了，這家還是要交給你管，若是連個丈夫都拾掇不了，誰還能服氣了你去。

仁涓説，我如何能管得了他。這世上能管得了他的，大約只有一個二妹。婆婆您點錯了媳婦，可讓我一個笨人，怎麼收拾。

硬著頭皮，仁涓還是去了南京。雖説也是大家的姑娘，但並未見過什麼世面，一路上都發著怵，氣勢上先輸掉了一半。見了死去女人的娘，原來是個頗伶俐的人，説出話來，三分曉理，五分動情。到最後，仁涓竟也覺得她是天大的冤屈，是葉若鶴將好好的一個閨女毀了。她便一面安撫，一面立了誓，説這女人的後半生，由葉家來贍養。説完將隨身的銀票全都拿出來，給了那婦人。又簽了個字據，叫她每年秋後去葉家在南京的銀號，領錢去。

仁涓本覺得這事情辦得很爽淨，可回了修縣，説給了慧月聽。婆婆卻先是苦笑，又是冷笑，説你真當葉家是金山銀山，一養一輩子，我還真不知道家裏娶進了一個活菩薩。這錢葉家出可以，但要在你大少奶奶的用項裏扣。

仁涓十二萬分委屈，想自己的男人和婆婆，如今竟都將自己嫌棄成這樣。一氣之下，乾脆回了娘家。

慧容聽到這，開始也氣。自己這大閨女向來不討喜，人笨些，又有些小滑頭。可這件事情卻並沒有做錯，是往大氣一路的。便有些怪自己的姐姐為難。可再多想一層，突然知道了慧月的用意，是想給仁涓上個套，將大手大腳的脾性戒掉。她便心中有數了。

慧容説，你婆婆是嚴厲些，我可知道她是個説話板上打釘的人。這葉家將來不都是你的？只是現在倒真要仔細些從了她。我看你這幾日，將收來的錢又孝敬了老少娘姨，將來左不了要吃我給你的嫁妝。

仁涓聽娘這麼説，並沒有給自己出氣的意思，便説，大不了不打牌了。打了這麼多年，少不了輸掉了一處房子，樂子倒都忘乾淨了。

慧容就在心裏笑，這丫頭人蠢笨，説出的話不開竅。可意思卻對了，大概這一輩子都要歪打正著。

仁涓沉默了好一會兒，突然説出一句，能救我這個做姐姐的，大概只有二妹了。可那個男人，恐怕也不是她想要的了。

接下來的一年，仁玨深居簡出。仁楨原本很喜歡去上學。學校裏頭，讓她感覺更親熱溫暖些。范老師的離去，使得她對上學的興味也減去了許多。見仁玨也不大想出門，慧容便派了小順接送仁楨。

小順已然長成了一個大人，先前孩子的呆氣早沒有了。對這個三小姐，以往一味慣著，現在卻也知道管她，讓仁楨覺得無趣的很。

這天放學，照例經過平四街。仁楨突然站定不走了，因為她看著不遠處，城頭上悠悠地飄起一只風箏。

那風箏飛得並不順暢，升起了一會兒，便又遽然落下。然後，又慢慢地升起。一頓一頓的，是有人在拉扯。風箏的圖案，也並不鮮豔可喜，是一隻墨藍色的、不知名的鳥。眼倒是畫得頗大，幾乎帶著些凌人的氣勢。仁楨不覺得害怕，反倒有些好奇：這時秋深日暮，並不是放風箏的好時節，是誰這樣有興致呢？

身後的小順看她抬頭看了半晌，終於有些不耐，説，小姐，該回了。太太交代説，今天要早點回去，都等著。

仁楨好像並沒有聽見他的話，一逕往城牆的方向走。又沿著階梯，走到了城牆上頭，恰看見那風箏在空中打了一個旋，憑藉了風力，向著西南的方向飛起來。越飛越高，超過了近旁的樹木，又飛得更遠些，掠過鐘鼓樓的瓦檐。映著霞光，變成了深紫的顏色，好看起

來。那對碩大的眼睛，也在風中急速地，咕嚕嚕地轉動。

放風箏的人，是個少年，只穿著件青布衫子，在這蕭瑟的風裏，看起來有些冷。仁楨看他是全神貫注，身體紋絲不動，只是手在輕輕地，有節奏地扯拽，操縱著風箏的飛翔。頭是半昂著，能看見在金黃色的光線裏，他側面的剪影。他臉上並無表情，沒有哀樂似的。

這時候，風向突然變了。風箏在空中突然翻了一個身，快速地墜落下來，眼看著就要掉到城牆那邊去。放風箏的人，這時將手猛然一提，接著右手抖動了幾下。並無更多動作，卻眼見著風箏仿佛得了令，又悠然升起了。先是一點一點地，借了風力，爬行一樣，又穩穩飛起來了。

因方才太險，仁楨看得有些瞠目，情不自禁地拍起了巴掌。那少年聽到，慢慢側過臉，和她對視了一下，又回過頭去。這一下，仁楨卻停了手愣住。半晌，她張一張口，終於開了聲，說，我認得你。

少年沒應她，開始緩緩地收線。風箏在夕陽裏浮動，好似一隻墨色大鳥。周邊的雲，顏色紅得重重疊疊，像是打翻的胭脂，氤氳開來。仁楨有些恍惚，覺得它在光的籠罩中，漸漸消失於血紅的太陽裏了。

我認得你。仁楨說，那天在戲院裏頭，我見過你。

放風箏的人，嘴角揚了一下，又收斂住。這一下，到底還是有些稚氣。風箏越來越近了。原來這隻鳥，體型是很碩大的。

少年突然慢慢地說，我也認得你。

仁楨有些驚慌，不知道為什麼。她攥住自己的書包帶子，回頭看小順。小順卻不見了。

你就是那個小丫頭。少年轉過頭，眉毛蹙著，卻沒藏住一點笑。仁楨看見他的鼻翼輕輕翕動。

他說，這滿堂的富貴，獨你一個三心二意，東張西望。

他的聲音清冷，是個大人的口氣。這時候，風箏已落在他的手裏。半人高的風箏，鋪展著，顯得他的身形有點單薄。他回過身，將

袖子放下來，又撣一撣長衫，向城牆的另一頭走下去了。

仁楨看著他的背影，越來越小，慢慢地變成了一個藍色的點。

天的確是暗了下來。一陣風吹過，仁楨縮了縮脖子，覺出了涼。這時候，小順變戲法似的出現了，拿一條大氅裹住了她。仁楨恨恨地問，你跑到哪去啦？小順一個呵欠，說，城頭上風大得緊，我到近處尋了地方，打了個小盹。仁楨便嗔道，我要告訴娘。你也不怕我給壞人拐了去。小順先一愣，即刻嘻皮笑臉地說，小姐口下留情，小順今後定效犬馬。仁楨噗哧笑了，說，真不該帶你看戲去，看得你心也懶了，嘴也油了。小順想一想說，話分兩頭說，依小姐的這份兒精靈，漫說被人拐了去，不拐人就不錯了。再說，那盧家的少爺，也不是壞人，就是性情訥些。

盧家少爺？仁楨口中念了一下。

可不是？城東思賢街「德生長」的獨苗，家裏寵著呢。

〔第三章〕

# 少年

對這個小姑娘的出現，文笙並不覺得意外。

就如同放風箏這件事，於他自然而然，形同本能。他已經習慣了獨來獨往，面對天空俯仰間，被他人賞鑒。

這女孩兒一句「我認得你」，多少還是攪擾了他的心緒。記憶中，女孩兒東張西望的情形，於他總有些揮之不去。這卻又讓他意外。

他覺出了他身後的目光，輕微地笑，人們總是對自己看不透的東西抱有好奇的態度。

兒時家中接連的變故，與其說鍛鍊了他的心智，不如說以水到渠成的方式，縱容了他性情的發展。他的訥言，與疏於人際。

父親去世以後，六叔順理成章接過了家中的生意。三年喪期滿後，六叔六嬸便提出將生意分開打理。母親也沒有什麼言語，分就分了。分成了東店與西店，自然也就分了家。舅舅在襄城的大宅叫「西山園」，空著一半，叫他們住過去。母親不願，說孤兒寡母，已經夠人咀嚼，便更沒有道理依靠了娘家去。他與母親，還有大姨，便住去了思賢街口的院落裏。比以往小，但是清靜。

東店從此只是經營「厚生」鍋廠，沒有再設門面。不需收帳盤點，也就沒有夥計等人上門來。母親昭如請來打點鍋廠的，說起也是家裏的一門親戚。當年和大姐秀娥結下冥親的秦中英，有一個遠房的侄子。大約因為族中的排行，這侄子竟然也是四十歲的人了。秦世雄從河北來投奔昭如，便沒有不收留的道理。這秦世雄在鍋廠裏，做得很好。與昭如母子也相處得融洽，對文笙這個小舅舅的好，竟然漸漸有些溺愛。

這天文笙回家，遠遠就見到秦世雄。這中年人是天生的大嗓門，

一口唐山腔，卯足了氣力喊，祖宗，姥姥滿世界地尋你。

　　文笙便衝這胖大漢子笑。他終日身上都是油膩和鐵鏽味，見了文笙，就從圍裙口袋裏掏出一個荷葉包，有時是馬蹄糕，有時是一把糖炒栗子。到這小舅舅大了，齊他肩高了，他還是如此。文笙照將這些收了，分給丫頭們吃去。

　　他這一嗓子，將昭如也喊了出來，雲嫂跟在後面。奶媽雲嫂，此時眉頭舒展開，像極了一個彌勒。她的身形是臃腫得很了，走得慢了許多，時不時，又喘息了一下。母親昭如便停了，側過身子等她。文笙快步過去，攙了她一下。雲嫂就拍拍他的手背，說，哥兒，你且是等得我們娘幾個心焦。

　　昭如張一張口，眼睛一睜，看到他掛在書包帶子上的風箏，嘆一口氣，說，這樣冷的天，還去放什麼紙鳶。

　　文笙沒有抬頭，見母親皺了皺眉頭，便輕輕說，天冷，風頭倒是更足些。


　　進了前廳，文笙一愣，也笑了。他方知道何以人人都說尋他等他。舅父盛潯正瞇著眼睛，靠著八仙桌打瞌睡。手裏滾著兩顆核桃，倒是響得脆生生的。文笙走到他跟前，畢恭畢敬地喚道，舅舅。

　　盛潯一愣神，手裏的聲響停了，睜開了眼睛。他將兩隻大手伸到文笙腋下，要抱起來，可是卻險些閃了腰。他就又坐下來，輕嘆一聲說，這小小子，可是長大了，抱不動了。昭如就笑說，哥，你真是，倒好像一年半載沒見過似的。立秋那會兒，不是剛回來，還帶笙兒去看了大戲。

　　盛潯便笑說，我與我這外甥，是一日不見，如隔三秋。

　　文笙打量他，倒覺得舅父是老了一層，眼神又濁了些。自從下野以來，盛潯事事都有些意興闌珊，漸漸就現出了遺老相。留起了滿口灰白的大鬍，金絲眼鏡換成了夾鼻的。拇指上是一枚羊脂玉的扳指，想起來了，就在臉頰上摩擦幾下。

　　昭如便問，哥哥這次回來，倒是能停多久？

盛潯執起面前的杯子，聞上一聞，說，這「鐵羅漢」的香氣，比以往淡了許多。待不了許多天，我想著，將「西山園」的宅子賣了。你幾個嫂子，都想搬出租界去。

昭如沉默了一下，說，這賣了房子，將來如何呢？

盛潯便說，我老也老了，跑不動了。我是勸不轉你，你們娘兒倆跟我們在天津，又如何會差了。

昭如也坐下，將文笙攬過來，說，這兒有家睦的生意。

盛潯停了半晌，說，「麗昌」也是家睦的生意，何況還有大姐，也是在天津住慣了的。

昭如不再說話。

盛潯說，如今的時局，並不如前些年清平。我聽說了些風聲，日本人的胃口，是越來越大了。笙哥兒去天津讀書的事，你也好好想想。

昭如摸一摸文笙的頭，說，從長計議吧。這孩子，這麼大了，心還不在讀書上，三天兩頭手裏拎著風箏跑。

盛潯一拍腦袋，說，看我，只顧得上說大人的話，竟忘了我們的小壽星佬。說完，便叫僕從取來一只錦匣。打開了，裏面是一排巴掌大的風箏，都是細絹製成。從沙燕、蛺蝶、飛蟬到紅錦鯉，無不五臟俱全。

我在濰坊找人製的。據說哈氏的後人，現在漸漸都改了行。這「瘦沙燕」，能製的人也不多了。

文笙將小風箏捧在手裏，眼睛裏有一些光芒。

昭如便說，你就慣著他吧。這爿生意，將來也不靠這風箏撐著。我們孟家人，可別教出了玩物喪志的子弟。學問到底還是在書裏頭。

文笙便不再言語，卻見舅舅哈哈一笑說，書裏的黃金屋是俗物，我外甥一表人才，將來還怕沒有顏如玉。前清的科舉廢了，我看我們做老的，也得改改腦筋。學問可是能學出來的？我近來看了一些西人的書，他們的學問得都是看出來，玩出來的。

文笙回到自己房裏，尋了光亮些的地方，把錦匣裏的風箏擺好。

牆上是滿目琳琅。掛在中間的是八只虎頭風箏。這八個虎頭神態各異，有的頭角崢嶸，有的憨態可掬。在虎尾處卻都有「余生記」的鈐印。有的久遠些了，便是暗紅的顏色。文笙靜靜地坐了一會兒，將手上那只「鳳頭鴉」的接頭刃斷了，軸好了線，也掛了上去。

牆上雖然已有些擁促，還留了一方空白，在左上首的位置。繽紛之間，那空白卻是最醒目。

文笙定定地看，有些失神。

這天過了晌午，雲嫂便來報，說有個半大小子尋上了門來，指明要找「笙少爺」。文笙便急忙忙地跑出去，來人正是「余生記」龍師傅的兒子龍寶。昭如見龍寶和文笙一般的年紀，脖子上還掛著一把長命鎖。虎頭虎腦，眼神卻不魯鈍，說話間也十分周到，頗為伶俐。她便感嘆，龍師傅一個手藝人，養活三個孩子已經不易，教得如此有禮，也是難為了。便多封了些賞銀，交代說，讓笙哥兒早些回來，一家子人等他吃長壽麵。

文笙第一次走進「四聲坊」。在襄城住了這麼多年，卻不知道有這麼個所在。他心裏新奇得很。藝波巷本不起眼，可走進去，遠遠看見一個老舊的牌坊，灰撲撲的。上面已是字跡斑駁，辨不清楚筆畫。他自然不知道，這牌坊上題的，是乾隆爺的御賜。

說起來，那時的襄城，盛產著一種織錦，有個頗為風雅的名字，叫「馥絲」。「馥絲」的來歷，據說是出自一個黃姓的婦人。一說傳聞她是黃道婆之後，這著實有些附會。然而這織錦是在她手上漸漸興盛，並名聞齊魯，是的而且確。這「馥絲」的作坊，便設在這「四聲坊」。其名得於它的工序，在「煮繭」一節，放入各類香料。繰絲陰乾後，織出的錦緞，經年馥馥不散。乾隆十三年南巡，隨駕的是容妃和卓氏。這容妃來自回部，臺吉和札賚女。據說皇帝對其極為寵幸，南下數月，由膳食至衣物，無微不至。民間說這維吾爾女子身有異香，其衣物便御命「四聲坊」織造。六宮之內，皆以著此織錦為風

尚，一時間大盛。然而乾隆五十三年，容妃病逝。皇帝深以為慟，上下妃嬪，便以「馥絲」為忌。再加上黃氏無後，薪火難繼，竟然漸漸式微。

四聲坊由此衰落，絲廠工坊的舊址，不知何時，漸成為各類手藝人的集散之處。一時三教九流匯聚。到了民國二十三年，因「新生活運動」，四聲坊裏也有了一番灑掃。不像話的人事，都被趕了出去。看上去是整飭了些，多了新鮮的氣象。但骨子裏頭的敗落相，卻是去不掉了。

這時候，文笙有些小心翼翼，儘管有龍寶作陪，但這地方畢竟於他是陌生的。他的眼睛又禁不住左右顧盼。一個老婦正坐在門口，就著光編竹蓆。頭頂上掛著一排蒲扇，由大至小，井然有序。微風吹過來，那扇子就呼啦啦的前後翕動，碰撞間像是不規矩的士兵。文笙看著，沒留神，一腳踩進一灘污水，褲腳也濕了。老婦看見了，朗聲大笑，說了句什麼，文笙沒有聽清楚。斜對面的一個大漢聽見了，似是而非地笑，對老婦拋了一句粗話。老婦慍怒間放下了活計，轉身走回店裏去了。漢子覺得無趣，重又坐下來，叮叮噹噹地敲他的石碑。文笙看那石碑上的字，無非是「先考」、「懿德」之類。龍寶催他快走，說這裏的生意忙得很，哪朝哪代，死人的生意，永遠有的做。

大約穿過了半條街，龍寶才引他停下。此時文笙身後，已跟了大大小小八九個孩童，是來看熱鬧的。文笙是個外人，在他們眼裏便是一團熱鬧。龍寶揚揚手將他們轟走，對店裏喊，爹，笙少爺來了。

文笙抬頭便看見「余生記」三個字。這店舖的齊整與闊落，在這巷弄裏簡直鶴立雞群。門口貼了楹聯：「以天為紙，書畫琳琅於青箋；將雲擬水，魚蟹游行在碧波。」手筆很好，早春時貼的，顏色褪了不少。一個人應聲出來，是個中年人。一身布衣，但看上去潔淨利落。他手裏執著菸袋鍋，在門檻上磕一磕，頷首道，笙少爺來了？文笙便也肅然回禮，叫他：龍師傅。

龍師傅便笑了。一笑，臉上的皺褶都深了些。他從衣袋裏掏出幾個銅元，放在龍寶手裏，說，去後街祥叔那買些果子。記著⋯⋯

不待他說完，龍寶就接上去，記著跟他說有貴客，要買最好的果子。

龍師傅便摸摸他的頭，說，去罷。

龍寶便一溜煙地跑走了。


龍師傅便引文笙在店裏坐下。文笙倒是先被舖子裏的景象吸引。自然四處都是風箏，上了色的，還未上色的，有些是紮好的骨架。牆角裏整齊地擺著二尺多長的竹篾。凌空的幾道麻繩，則掛著已漿好的棉紙。然而，吸引了文笙的，倒不是這些。而是迎臉的牆上，密密地寫著字，還有一些圖案。看得出來，都是風箏的樣式。字有些潦草，依稀辨得。

龍師傅看他望得出神，便說，今天請少爺來，是為了少爺的生辰。文笙回過頭，看著他，眼睛裏有些閃爍。娘說，明年是我的本命年，師傅對我有話說。

這中年人站起來，腰有些佝僂，看得出是終年勞作的痕跡。但他此時讓自己挺得直一些。他說，小等片刻。說罷，便掀開了門簾子去裏屋。裏面傳出來一些聲音，聽得出刀斧劈在竹上崩開，又有一些細碎的如同裂帛的聲響。龍師傅出來的時候，手裏已經舉著一把漂亮的竹篾。他坐下，將竹片平擺在桌面上，執起一把很小的刨刀，在竹條上細細地推刨。同時間，開了口。

九年前，我從灤陽到了貴地，為的是營生。在四聲坊裏租下了這間舖面，可生意一直都不見好。那年夏末，我快要收舖的時候，來了一個人，問，你會不會紮虎頭風箏。我其實並沒有紮過，但想到生意要開張，就應了下來。平日裏做慣了沙燕、百蝠，都是細巧的樣式。這虎頭是要用大毛竹做骨，劈出篾子，放在爐火上烤。到了天發白，才勉強紮出了一個形狀，覆上了棉紙。那人卻來了，說要去天津，這風箏是給兒子的。我便說，這色還沒有上，可怎麼是好呢。他說，不妨事，就將風箏取走了。

龍師傅說到這裏，將竹條舉起來，迎著光看一看，又低下頭左

右銼了一下。竹片用手指比過，放在小刀上，盪了一下，穩穩地停住了。他用雙手壓一壓竹片，好像一道滿弓似的圓弧，輕輕地說，成了。

這就拎出牆角裏一只鐵爐，黝黑的，看得出經了年月。他將爐火點起來，待旺了些，有些蔚藍的火苗，才將竹條放在火焰上慢慢地烤。邊烤，便用手指用力彎一彎。文笙走過來，挨著他坐下來。他說，「汗不去透形必還」，得把竹油烤出來，骨架就穩當了。我剛才講到哪裏了？龍師傅沉吟了一下，說，對，那風箏就被取走了。可是一個月後，那中年人卻又來了。他說，龍師傅，以後你每年都幫我紮一只虎頭風箏可好？我便說，這位客，如今生意做不下去。舖租也漲了。正想要關門，回家鄉去。

這時候，文笙聞見一縷好聞的焦香。竹條上有些細密的水珠滲透出來，真的如淌汗一樣。龍師傅又執起一根竹條，放在火上，跟著說，那人便又走了。到了第二日，房東家的卻找到我說，思賢街的盧老爺，將你這舖子盤下來了。我說，不用趕，什麼爐老爺，灶老爺，我也要回去了。房東說，你這生意且有的做呢，盧老爺將這舖子送給你了。

我正納悶，便又見那前日裏來的中年人，對我一拱手，說，龍師傅。盧某往後的虎頭就仰仗你了。我不安的很。他便說，在這裏城，你我都是外鄉人，盧某先行了一步，也先嘗了甘苦。龍師傅繪在牆上的這筆字，看得出幼學的底子。這風箏活兒，怕是半路出家。盧某當年讀過幾年書，投身陶朱，也是既來則安。

說的人和聽的人，此時都上了心。沒留神龍寶回來了。他擱下了手裏的東西，看見爹嫻熟的在竹條上刷了白膠，正拈起一根棉線，要給竹條打上個十字。龍寶便走過來，幫他按實了。龍師傅將線纏上一道，碼緊了，又纏上一道，笑笑說，這小子，如今也能幫上我，當半個人用了。少爺你將來有你的大事業，我們這些人家的小日子，也想著能過好些。我就尋思著將來給他娶上房媳婦，也就甘心閉眼了。

龍師傅長嘆一聲，可那時候，是灰心得很。我對盧老爺說，廢了科舉，我們這些人，沒了去路，兀兀窮年又奈何。他便拿出一冊卷

本，遞給我說，一併贈與你。我接過來，也吃了驚，這冊上分明寫著《南鷂北鳶考工志》。我便說，曹霑的《廢藝齋集稿》，坊間俱說已經失傳。先生何以藏有一卷。他哈哈一笑，說，我果真未看錯，你是懂行的。原是安徽的舊書肆得見，另有一冊《蔽芾館鑒印章金石集》，皆殘破不堪。錄了這一冊給你，便是物得其所。

文笙默默地轉過頭，看著繪在牆上的文字。龍師傅手上沒有停，接著說，這一冊在我手中已有九年，爛熟於心。如今的手藝琢磨，泰半得益於此。曹雪芹通曉「授人以魚，不如授人以漁」。而盧老爺對我有「魚漁俱授」之恩，報之不盡。當年我問他何以為報。他便說，待到笙少爺你第一個本命前年，當面為你製上一只虎頭風箏。

這踐約等了九年。如今見到少爺，也算一遂心願。

文笙有些發呆，像是在聽關於一個很遙遠的人的故事。然而這時，他心上一動，湧上一種很濃烈的東西。他問，師傅，爹可曾對你說起過我？

龍師傅搖搖頭，盧老爺怕是沒來得及說。這風箏一歲一只，話都在裏頭了。


好了，紮成這樣，算是有了一個「中正平直」。龍師傅滿意地剪斷牽在膀梢的線頭，將糊上了棉紙的風箏骨架舉起來。

龍寶帶回了許多點心，打開，有一些文笙沒有見過的名目。文笙心中黯淡，還是揀起一個慢慢咀嚼。龍師傅說，少爺先吃著。便又掀起了簾子進了裏屋去。

許久沒有出來。文笙便問，龍師傅在裏面做什麼呢？龍寶便說，自然是上色，我爹繪紙鳶的時候，是不與人看的。我也看不得，要到我再大些他才教我。不過一些門道我是懂得的，像什麼「繁而不煩，豔而不厭」。文笙說，教這些，是「紙上談兵」。龍寶說，我是不懂談什麼兵，可這些牆上都寫著。我識的字都從這些得來，我爹一個字一個字教我認的。

文笙沉默了一會兒，說，我都記不清我爹的模樣了。

龍寶也不知該說什麼，便說，你別看我有個爹，我娘是早沒有了。他很不容易。

這話並沒有安慰文笙。他笑一笑，說，龍寶，你知道麼。我娘跟我說，我爹給我的第一只虎頭風箏，是他自己上的色。我娘說，不像老虎，倒像一隻貓。

龍寶想想說，其實又有什麼分別。老虎若是不吃人，只顧上睡覺，便也是一隻貓；貓要是急了，厲形厲色，毛豎起來，凶得也像隻老虎。只是大小不同罷了。

傍晚的時候，人們看見一個少年拎著紙鳶，從四聲坊走出來。那虎頭紙鳶栩栩如生，斑斕得將這晦暗的秋景染出了一道明黃。

龍師傅製好的風箏，因為及了文笙身長的一半，拎得有點吃力。秋風起，聞得見粉彩和白膠新鮮的味道。風鼓蕩風箏的翅膀，呼呼作響。虎頭碩大的眼睛，也隨之轉動起來。文笙覺得自己的手，已經有些把持不住，是這風箏將要掙脫，飛出去了。或者，是自己也要跟著風箏，飛出去了。

這時候，他輕輕眯起了眼睛，似乎看到了記憶裏久遠前的景象。一個瘦長而依稀的身影，牽著一只風箏，在前面跑。而他在後面急急追著。身影便停下來，看著他蹣跚地跑過來，便又向前面跑過去。

他全記起來了。那也是一個黃昏。他記得那天的陽光很好，照在身上，是一陣一陣的暖。

# 本命

　　這一年的年末，日軍攻佔了南京。民國二十七年的春天，日本人的大部隊要入城的消息，時起時伏。襄城人前所未有地感受到了外面的世界，開始與自己休戚相關。報紙上用很大的篇幅報道了「臨沂大捷」。委員長親自致電嘉勉，李宗仁通電全國告捷。這讓人們鬆下了一口氣。然而，四月底，日軍集中火力，臨沂終於城陷。

　　多年後，文笙再次看到「屠城」二字的時候，腦海中閃現的，是雲嫂哭得死去活來的身影。她在臨沂的十三口老家人，死於日本人的槍口之下。其中包括他剛剛成年的大兒子。

　　這件事讓盧家人緊張起來。雲嫂的哭聲，令一種與死亡相關的鈍痛，變得切身而切膚。

　　出了門去，周遭的人，似乎更平添了一分驚恐。然而這驚恐中又含有迷茫。他們看到了街面上的日本街坊，依然如前。禮節周到，似與他們之間並無間隙。但是，他們還是在內心退後了一步。因為，這時彼此各自的同胞，正在不遠處的臺兒莊血戰。

　　終於有一日，在文笙第一個本命年的記憶中，響起了空襲警報的聲音。這聲音來自一個叫做「玉仔坊」的地方，尖利而悠長，響徹全城。人們開始沒命地奔跑，拖家帶口。他們知道，政府軍先前建造的防空洞終於派上了用場。開始，他們抱著惶惶不安的心情，躲在漆黑的洞穴裏，屏息等待。但是，這種警報變得越來越頻繁，成為日常生活的一部分。所有人呈現出了麻木，警報響起，他們有條不紊地帶上了蠟燭和食物，將防空洞進行了適當的佈置。在微弱的光線中，女人做起了針線活，男人則百無聊賴間，開始了爭論。關於這場戰爭會打多久，關於未來會否有新的總統，甚至所謂「共和」，會不會為中國

帶來一個新的皇帝。孩子們在大人之間穿梭，吵鬧，哭泣，口中唱著一支童謠：「玉仔坊，拉警報，日本飛機要來到。先炸般若山，後炸津浦道。」

就在這怠惰的童音中，人們突然感受到地面震顫了一下，同時聽到遠處的巨響。

這巨響，一點點地擴散開來，氤氳迴盪。

許多人暫時失去了聽覺，昭如是他們中的一個。她的耳鼓疼痛了一下，同時，感受到大地再次的顫抖。她沒有聽見任何聲音。周圍的人，有的站起來，開始驚慌地向出口奔跑，卻踩到了躺在地上的人。情勢變得有些混亂。她看見人們激烈的動作、表情，然而，在雙唇開合間，卻沒有任何的聲音。她看見，自己的兒子文笙，向她身邊靠一靠，開口對她說了一句話，神態嚴肅。她努力地辨認，然而，什麼也沒有聽見。

日軍的炸彈，終於降落襄城。在這一天，牛奶廠、鼓樓與火車南站成為了廢墟。

從防空洞裏出來時，已經是傍晚。西天的雲霞，出乎意料的美，紅得滴血一樣。昭如牽著笙哥兒的手，揉一揉痠脹的雙膝，這時才看見，這紅色是來自於遠方的大火。火光如此的旺盛，映紅了周遭每個人的臉龐。他們不知道，就在這觀望的須臾，襄城最大的百貨店「錦福」和它的倉庫，被燒了一個乾淨。

以後，每當太陽落山的時候，天色朦朧間，文笙會看見黑色的飛機在天際出現。他與其他的孩童一起往家裏跑。他的同伴叫著「紅月姥娘」來了，大人們就匆促地牽著他們跑向防空洞。他們看著飛機一栽頭，撂下一顆炸彈，在巨響間平飛向遠方。

「紅月姥娘」是指日本國旗上的紅日。長大以後，文笙遇見當年的夥伴，說起為何在驚懼間，將這優美而溫柔的稱呼送給血腥的紅。彼此都搖搖頭，或許，只是出於孩童一瞬間的良善。

空襲頻仍。人們驚奇地發現，襄城裏的人並沒有減少，反而多了起來。有一些是山東與河南逃荒而來的難民。在城隍廟，文笙看見一對父女，他們趴在地上，將柳條上新生的嫩芽擼下來，和著地上的泥土，一口口地往嘴裏搋。那個小姑娘抬起頭，木然地看他一眼，擦了一下嘴上的血跡。文笙從書包裏掏出一個饅頭，遞向她，迅即間被一隻黑瘦的大手奪去。

許多外地口音的年輕人，據說是北方的流亡學生，他們帶來了令人不安的消息。政府軍即將棄城而退，在日本的大部隊到來的時候，城中將只有手無寸鐵的平民。

而又有了一些謠言，說襄城已經出現了日軍板垣、磯谷兩師團的中低級將領，便衣混跡於僑民當中。破城是指日之事。甚囂塵上。

眾心異動中，襄城中人開始外逃。所謂「跑反」，如同倒下的骨牌，彈指間瞬息成潮。開始是往近處跑，清修垣偖四縣，興河，柳新兩鄉。當北地來的外鄉人多起來，也傳來了更多令人惶恐的消息。襄城人便也跟隨著，向更南的方向遠逃。開著工廠的，撤到了西南皖、湘、贛、川等地。有的行業股東把工廠、商店關閉後，攜款西去鄭州、西安、四川。職員為了謀生也只好拋家跟隨而去。「亂離人不及太平犬。」更多的百姓隨著跑反人群，長途跋涉，無目的地逃亡。

齊魯商會的同仁，起初眾志成城，要留在襄城。然而信心終於瓦解於五月初的一次集會。會長李樊川說，家大業大如馮家，都不曾有動靜，我們又何須一驚一乍。就有人冷笑一聲回他，會長是真不知道嗎，馮明耀文亭街有一半的房子租給了日僑。近來一個叫北羽的布商正忙著要租他四民街的舖面做生意。馮家可走得掉，又何須走？

老六家逸從集會上回來，對昭如說，嫂嫂，我們也走吧。他媳婦榮芝搶過話去，走？走到哪裏去？這兩個店，一個廠，還有三個倉庫的貨。就這麼丟下了？

留得青山在，不怕沒柴燒。家逸的口氣，難得如此堅定。

躊躇間，昭如收到了天津「麗昌」郁掌櫃的一封快信。寥寥數

字：太太大安，速棄店西走成都。忌北上，倭人來。


昭如一家在西去的火車上。

車廂裏擁促不堪，間或傳來嬰兒的啼哭聲。一陣隱隱的腥臭味漫溢開。昭如打開車窗，初夏的陽光猛然湧了進來，帶著淨澈的熱力。

文笙將胳膊支撐在窗戶上，風將這少年的頭髮吹動。昭如看見光線將兒子臉部的影投射在壁板上，已依稀有了成人的輪廓，硬朗了一些。

姐姐昭德安靜地坐在文笙的近旁，手裏執著一個蘋果，輕輕咬一口。一時間，不再有動作。她用孩童一樣的眼神，盯著對面女孩。女孩正將一支麻花咀嚼得脆響，並發出滿足的吞嚥聲。昭德對女孩伸出手去，然後看著昭如，説，娘。女孩愣住。昭如抱歉地對女孩的母親笑，將手在昭德的手背上，做了一個噤聲的手勢。然後用食指，將昭德一縷花白的鬢髮撩到耳後。昭德恢復了沉默，仍然緊緊捧著那個蘋果。蘋果上的牙印，暴露在空氣中，漸漸顯出了不新鮮的鐵鏽色。

車靠近修縣的時候，人們都看見了大片的麥田。青黃的麥田隨風起伏，浪一樣，十分的好看。田間看不到勞作的景象。小麥已灌漿多日，有些已經脱粒，卻無人收割。

遠遠的城門入眼。出城的道路上，是絡繹的人群，扶老攜幼，肩挑背扛著大小包裹，匆匆奔走。揚起的塵土，遮沒了他們的步伐。昭如嘆了一口氣，將車窗又關上了。


火車無分晝夜，一天一夜後，進入了河南境內。人們已經疲憊。許多人徹夜地站著，這時唯有依靠在陌生人的身上。人們聽著彼此的呼吸，漸漸融入了各種氣味的蒸騰。

因為疲憊與無聊，情緒也隨之鬆懈。當夜色低垂，鄰座的婦人，在哄女孩睡著之後，對昭如開了口：您這一家子，是往哪裏去？

她的聲音很輕，但還是讓昭如有些意外。她忙先回了一個禮，説，成都。

婦人笑笑，說，那路上便有個照應了，我們往重慶去。

她說的是襄城話，但夾雜著濃重的西南口音。昭如看她氣度與言談不俗，便問，您府上是？

女人說，我是自貢人。

昭如便說，自貢是個好地方，小時候過年總要買一盞自貢的花燈，才算盡興。

女人謙虛道，比起襄城來，始終是個小地方。

昭如想一想，幫她辯白似的說，千年鹽都，並不是隨口說的。

婦人的臉色就亮了一下，夫人倒是很瞭解。

昭如說，我有個哥哥，曾經在天津辦過鹽務。耳濡目染，略知一二。那這一回，您算是返鄉了。

女人愣了一下，低聲說，家是回不去了，投奔男人才是真的。

昭如聽見，有些無措。婦人的話，為他們的客套打開了一道缺口，是要交心的開始。她一時間不知如何回應，只是說，一家團聚就好了。

女人垂下了頭，忽而抬起面龐，對著窗外密集遼遠的黑暗，以更低沉的聲音說，團聚？到了那邊，還不是一樣寄人籬下。

昭如看著她。在昏暗的燈光下，她原本清秀的剪影變得堅硬。這其實是個很年輕的女子。雖已梳起了頭，昭如看見她的頸窩裏，還有淺淺的毛髮。更多的年紀在她的聲音裏。那是有了經過的人，才會有的聲音。

她看一看熟睡的女兒，將這女孩的領口披披實。然後說，這孩子，自打生下來，只見過當爹的兩面。軍中的人，自己是個泥菩薩。若是作了孽，就更沒有了盼頭。這回如果去得了重慶，便是亂世成全了我們娘兒倆。我死也甘心了。

聽到這句話，昭如腦中突然出現了「小湘琴」這個名字。然而，眼前的人，口氣雖烈了一下，眼神卻還是一脈溫柔，讓人分外地疼。

昭如便說，這時節，按說誰又能顧得上誰。他肯讓你去，便是心裏有你，是一個大的指望。旁的都別想，這一路上，我就是你的大

姐。你叫什麼名字?

小蝶。婦人回她。

昭如心想,又是個紙般薄的名字。便說,小蝶,將來到了四川,成都與重慶,走動的日子還多著呢。我們有一大家子,你便當我這是娘家。

小蝶感激地看她一眼。兩個人便又近了些。

車廂裏的燈,忽然滅了。然而兩個人卻都沒有睡意,雖然誰都看不見誰。但有彼此的聲音,反覺得更近了些。兩個人就絮絮地說著話。多半是一個人說,一個人聽。然後換了另一個人說。久了,也都像是自言自語。聽小蝶說一段,昭如便在心中嘆一口氣,想自己估得不錯,是個苦命的孩子。前半輩子是一連串的錯,終於遇到一個對的人,卻又碰上錯的時世。終究還是個錯。

他說要效忠黨國,不能帶著兩個女人顛沛流離。我又有什麼辦法。小蝶說,聽說他家裏的那個,是個通情理的人。我不怕見她,將心比心,兩下就有了餘地。以前他在南京,見不到。如今撤去了重慶,說不定倒能見上了。

在這憧憬中,小蝶又說了許多話,漸漸乏了,聲音越來越弱,睡去了。這時候,天已經有些發白。昭如向窗外望去,望見了一顆啟明星,閃了一下,便隱入灰色的雲層裏了。

正在朦朧間,火車突然停了。一車子人都醒了過來。有人就問,到了哪裏了。有人答,快到鄭州了吧。又有人說,鄭州還早著呢,看樣子是到了蘭封縣境。車怎麼沒到站就停了。

昭如看外面,沿著鐵道坐臥著許多的人。偶有一兩個抬起頭來,都是漠然的臉色。

這樣停了半個時辰,人們開始抱怨,有人乾脆罵罵咧咧。說都是逃命,靠這破這火車,還不如一雙腿。他對面的人就冷笑地說,那你就下去,靠你這兩條腿吧。騰了個空出來,也讓別人將息些。

這時候,有個列車員慌慌張張地進來,說,下車,都下車。

人們終於炸開了鍋，問怎麼了，火車真的壞了嗎？

列車員擦一把汗，説，趕緊下車，再不下可不曉得往後的情形。日本人把前面的鐵路給掐了，火車過不去了。

一車人都沉默了，誰也沒有動。

列車員臉色黑下來，説，祖宗們……沒待他説完，一個沉悶的男聲響起來，我日他奶奶的，都還愣著幹什麼，等小日本打過來嗎？

人們才醒過了神，開始匆促地收拾行李，然後擠擠挨挨地擁向了車門。車門很快被堵上了，罵娘聲，哭泣聲響成了一片。有的人沒站穩，跌落到了車下。還沒爬起來，便被後面的人潮踩在了腳底下。更多的人打開了車窗，跳了出去。

秦世雄有一把蠻氣力，一個人拎起兩只大皮箱，沿著通風窗攀上了火車頂。一躍而下，卻崴了腳。他艱難地爬起來，一瘸一拐地拍打著車窗，衝昭如喊著什麼。昭如正不知所措。小蝶擠過身子，説，讓孩子們先出去。説著將車窗呼啦一下打開了。秦世雄剛抬起胳膊，就見左右許多隻黑漆漆的手，伸進了車窗，將昭如面前桌上的食物搶了個乾淨。

文笙，家逸的一雙閨女，還有小蝶的孩子一個個地抱了出去。小蝶將旗袍撩起來，打上了一個結，就跨出了車窗。秦世雄接住她的手，鑽出了車去。昭如看見她的大腿在眼前晃了一下，心裏一顫。到了自己，卻捏住了裙子，死活不肯動了。秦世雄説，姥姥，快點吧。等會人多起來，更挪不動了。小蝶也急得一跺腳，大姐，命都懸在頸子上了，還講什麼授受不親。昭如心一橫，眼睛一閉，也跨出了車窗去。

待他們都站到了車下，才發覺身前身後，是望不到頭的人群。剛從車上下來的，還在惶惶不安著。更多的，則是以一種機械的步伐慢慢行進。他們的臉上已經沒有表情，也沒有動作與對話，只是木然地望著前方。一個很小的孩子，光著身體，扯著大人襤褸的衣襟。他抬起頭和昭如對視了一下，便低下頭去，將骯髒的手指放進嘴裏。

人群的力量，也推擁著昭如一家向前走。也有一些人坐在路

邊，多半是年邁的，或者身上看得見傷勢。一個年輕人小聲地呻吟著。他小腿上的癰疽已經潰爛，發著紫污的顏色。一些蒼蠅圍著他嗚嗚地飛。他的身體戰慄了一下，任由牠們叮在傷口上。在某一處，人群停下來。他們看見一個婦人躺在地面上，面色灰黃，已經死去。然而，一個很小的嬰孩卻還趴在她的胸前，吮吸著已乾癟的乳房，或許已經吮吸不到任何汁水。人們只是搖頭，互相耳語唏噓。就在這時，屍體的近旁，走過來兩隻野狗，牠們試探著舔了一下那嬰兒。嬰兒動了一動。其中一隻一口咬了上去，將嬰兒拖走了，迅速消失在眾人的視線中。

這一幕太突然，昭如心裏咯噔一下。她下意識拉過身旁的笙哥兒，遮住他的眼睛。小蝶擋住她的手，用顫抖的聲音說，男孩子，就讓他看，知道自己活在一個什麼樣的世道。

再往前走，小蝶問身邊的人，是從哪裏來。那人說，我們是從牟縣。前面是鄭縣的，死的人比我們還多。這沿著賈魯河，一路上，人越走越少。

小蝶轉過臉看一眼昭如，低下頭，好像自言自語說，看來是真的了。

昭如茫然看她。她便輕聲說，聽說中央下了命令，要在花園口炸黃河，擋住日本人。這些逃荒的，都是那一片來的。

昭如聽了，捉住了小蝶的胳膊，有些激動。黃河決了口，老百姓怎麼辦，那還得死多少人。

小蝶似乎沒有聽見她說話，她想一想，終於停下了腳步，說，不能再往西去了。我們得回頭。


沒待小蝶解釋，突然身後的人群擁了上來。他們被人群猛然挾裹著，往前跟蹌地走。原來前面是有一個賑濟的粥棚，鄉民們爭先恐後地擁擠過去。

昭如聞著令人窒息的汗味，覺得身體像被席捲一樣。她微微弓著腰，盡力保護著身旁的笙哥兒，在推搡間無力地掙扎了許久，總算擠

出了人群。她撩了一下額角紛亂的頭髮。這時候，看見小蝶也擠了出來，臉色煞白。她引長了頸子，向人潮中望去，目光焦灼。她大聲喊著，芽子，芽子……那是她女兒的名字。然而沒有人應。她回頭看了昭如一眼，眼神是無望的驚恐。

昭如張了張嘴巴，正要說什麼。小蝶已經奮力地撥開人群，將自己重又擠了進去。昭如看銀色的旗袍閃動了一下，被灰撲撲的背景湮沒了。她愣一愣神，感覺兒子的手，緊緊捉住了自己。家人三三兩兩地匯聚到了身邊。同車的人，抱怨與咒罵的聲音，漸漸稀薄，變得蚊嚶一樣。她一動不動，看著那銀色旗袍消失的地方。

待人群散去。她走向那個地方，左右張望。但是，什麼也沒有看到。沒有看到小蝶，也沒有看到小蝶的女兒。她頹然地退後一步，坐在了身邊的一口皮箱上。

老六家的小閨女，突然無緣由地哭起來。榮芝不耐煩地拍打孩子，說，你娘老子都還沒死，哭什麼。哭盧家的列祖列宗，可輪到你這個丫頭子。

她用胳膊碰一下家逸，對昭如努努嘴，說，當家的，現時只有你來想個辦法。西邊被鬼子截了，我們總要找個地方去。

家逸走到昭如跟前，說，嫂嫂，此地不宜久留。要不然，我們往南去，我們鹿縣倒還算有門親戚。大舅爺家，鬼子一時半會兒還打不過去。若是能快些，三四天便也到了。到了那邊，我們再從長計議。

昭如看著他，眼裏空得很。她說，我們現在走了，那娘兒倆天可憐見，真不知怎麼辦了。這才一忽兒就都不知去處了。

榮芝乾笑，嫂嫂，現在不是太平盛世。我們一個個的泥菩薩，自己尚不知道過不過得江去。萍水相逢一場，怕是得收收您的慈悲心。

這時候，遠遠過來一架牛車。秦世雄從車上下來，說將將拿糧食跟老鄉換了這架車。如今現大洋是換不到東西了。老鄉說，這自家養的老牛，不忍宰，不然也不會留到現在。秦世雄對昭如說，姥姥，眼下要緊的是一家大小平安。行李多，有了輛車，路上就穩當些。

昭如仍然沒有動。一隻田鼠，不知從哪裏竄出來，冒冒失失地跑到腳邊上。昭如將腳收一收，站起身說，人總講個仁義。

秦世雄嘆口氣，說，姥姥說的是。我跟老鄉打聽了，前面的五里地有個大興莊，看這天色，少不了要在那過夜了。要不六爺先帶著姥姥走。世雄在這再等上一個時辰，回頭追上你們便是。

牛車在路上顛顛簸簸地走。這頭牛是很老了，走起路來，聽得見粗重的喘息聲音。又瘦，背脊上凸起了尖利的骨頭。兩片皮肉在肋間垂掛著，隨著走動一搖一晃。

漸漸行到了人少的地方。一條土坷垃路，兩邊都是麥田。風吹過來，簌簌地響。滿心滿眼的波動，聞得見豐熟的麥香。因為地勢的坎坷，牛走著，腿別楞一些，漸漸走偏了。

雲嫂手裏執著鞭子，在牛背上輕輕打一下。不忍用力似的，一點一點，將牛趕上了正途。

家逸便說，雲嫂，看不出，你還是趕車的裏手。

雲嫂低垂了頭，輕輕說，六爺笑話了。我隨太太在城裏住得久，到底還是莊戶人家，哪有不會趕車的理兒。這牛是俺們鄉下人的衣食父母，馱物犁田，操勞一輩子，最後剩下一副骨架子。

昭如在後面，看她的身形比以往單薄了不少。許久也不聽見雲嫂說話了。原本是熱火火的性子，家裏忽然沒了十三口人，按說鐵打的人都塌了。雲嫂哭了三天，病了一場，滴米不進。可一天夜裏，顫巍巍地起來，給自己打了一碗疙瘩湯喝了下去。第二天，就又見她爽利利地在家裏忙活。昭如讓她多歇著些。她不聽，不說話，只管連軸轉地幹活。昭如心裏佩服，又心疼，也沒有個辦法。

這時候，黃昏的陽光，漸漸鋪灑了過來。籠在每個人的身上，都是一層金，好看得有些不真實。昭如便叫雲嫂停下車，讓牛也歇一歇。

雲嫂就下了麥田，坐在田埂上。手裏拔起兩根麥秸，捋一捋，默默地動作著。漸漸，嘴裏就唱起了一支旋律。風又吹過來，吹得麥浪

起伏，也將雲嫂的歌聲吹過來。昭如聽了，心裏也動一動。這首〈繡荷包〉是魯地的姑娘們唱的歌，雲嫂的聲音，也還是甜美得很。

初一到十五，十五月兒高，那春風擺動楊呀楊柳梢。……一繡一只船，船上張著帆，裏面的意思情郎你去猜。二繡鴛鴦鳥，棲息在河邊，你依依我靠靠永遠不分開。三繡南來雁，飛過千重山，你與我那情郎哥把呀把信傳。郎是年輕漢，妹是花初開，收到這荷包袋郎你要早回來。

文笙聽她唱著，就走到她跟前，偎著她。雲嫂將那麥秸，編成了一頂皇帝帽，戴在文笙的頭上。她愣愣地看著文笙，喃喃地說，眼下我活著，還盼個啥，還圖個啥？就想著咱笙哥兒快點兒長起來，往後能有個大出息。

說著說著，就將文笙摟在懷裏頭，臉緊緊貼著這孩子的臉。文笙感到有一道滾熱的水，從雲嫂的眼角裏流出來，又順著他的臉頰，慢慢淌到下巴上了。

到了大興莊的時候，已經是傍晚。可進了村子，到處是黑黢黢的。敲了幾家的門，只是聽到狗吠的聲音，也沒有人應。一家子人就趕著車，在村子裏轉悠。眼見著黑得要瞧不見道了，才看見一個人家有隱隱的燈火瀉出來。

昭如去敲了門，來開門的是個老人，將他們迎進來。進了屋子，才看老人鬚髮皆白，身體卻挺得筆直，是個硬朗朗的樣子。家逸便作一作揖，說，老人家，叨擾了。老人說，哪裏，要說我一個人也悶得慌。說完便大笑，笑聲如同洪鐘，中氣十足。

老人說，看各位的模樣，都是貴客。我這裏只有粗茶淡飯。說完拿出一籮山芋，稍稍淘洗一下，放在蒸籠裏。又在牆角裏拎出一隻斑斕的大鳥，說，你們算有口福，今兒清早打了一隻山雞，等會兒一併燉了下酒。

昭如看這屋裏的陳設，十分簡樸，倒也歸置得乾乾淨淨。老人的短衫，綴著補丁，也洗得發白了。牆上掛著一把獵槍，幾張獸皮，還有些不知名的工具。空氣中有淡淡的腥羶味，卻並不難聞。老人麻利利地起火，就著鍋灶收拾那隻山雞，雲嫂便幫他打下手。

昭如問，老人家，這家裏只您一個人？

老人沒抬頭，又笑一笑，說，可不，漫說是家裏，這整個村子，怕現時也只我一個人住。

家逸說，這其他人，都去了哪裏。我們在村裏兜了這大半天，確也沒有見上一個。也真是奇了。

老人說，哪裏去了？都跑了。說小日本快來了，都來不及地躲。有錢的，便躲得遠些，出了縣城去。沒錢的，就往後山上跑。山坳裏頭，搭上個堰屋，十天半個月不回來。三不五時露一臉，看鬼子來沒來。

榮芝就有些發慌，說，這地方，也不穩當啊。他們都跑了，你怎麼不走。

老人就哈哈一笑說，我走了，你們這一來，倒是找誰去。前年老伴兒死了，我得看著這個家。我兩個兒子，一個閨女。閨女嫁到山西去了。倆小子幾年沒見著了，一個入了國民黨，一個投了共產黨。我是個粗人，不管這黨那黨，就知道都是打鬼子的。兒子去打鬼子，我做老子的，倒躲起鬼子來，像個什麼話。

聽他這麼說，其他人臉上都有些發燙。家逸就打著哈哈說，老人家的精神頭這麼好，今年高壽啊。

老人說，七十六咯。都說七十三，閻王不請自己去。我這條老命硬得很。一人吃飽全家不餓，我躲什麼，逃什麼。小日本要是真來了，我一槍撂一個夠本兒，撂兩個賺一個。

他舉起飯勺，對著笙哥兒，做了個瞄準的姿勢，嘴裏發出「啪」的一聲響。一屋子的人，心裏都覺得鬆快了許多。

燉野雞的香味從鍋裏穿出來，絲線似的，在每個人身邊纏繞。大

大小小，都才發現已經飢得發慌。

這時候，卻聽門又響了。進來的是秦世雄，說好不容易找到這個地方。看村裏一片漆黑，心裏想著可壞了。瞧見這光亮，才鬆下口氣。

昭如看他一臉的灰暗，知道小蝶母女到底沒尋著，眼光也黯然下來。老人聽了來歷，便說，這世道，處處都是亂離人。一家子還在一起，已經是造化了。可喜可賀才對。

說完，就走到了床跟前，弓下腰，一使力，抱出一個黑陶罈子，說，兄弟，看你樣子是個爽氣人。這是我自家釀的酒，老高粱底子，後勁兒可大。今兒你得陪我喝上一杯。一醉千坎過。

他倒滿了兩大碗。正要舉起來，卻看見笙哥兒低下頭，呼啦就著碗喝了一口，辣得直吐舌頭。昭如一見不好，趕緊上前制止。老人卻攔住她，說，太太，這位小兄弟喝上這一口，是個漢兒。哪有男人不喝酒的道理。我們家倆小子，不喝我還要逼他們喝。我再去拿上一只碗，這屋裏的爺們兒，不論老少，一醉方休。

天快亮的時候，盧家人向老人道別。文笙的酒勁還未醒過來。秦世雄將他扛在肩膀上，對老人抱一抱拳，說，後會有期。老人回禮，好，我備好了酒水等著你。臨走的時候，家逸在鍋灶上放了三塊現大洋。

還沒到村口，聽見後面「達達」的馬蹄聲，一陣緊似一陣。回過頭，正看見老人翻身下馬。老人從懷裏掏出大洋，塞到家逸手中，厲聲說，這位兄弟。事這麼做，你有你的對，是為了兩不拖欠。可眼下這錢，是最不值錢的東西。一晚上的緣份，就值這麼多？你合該是在寒磣我。

不等家逸說些歉疚的話，他早已上馬，一蹬馬肚子，飛奔而去。眾人愣愣地看他的身影，一點點地小了，消失在了灰撲撲的樹林子裏頭。這才醒過來，繼續趕路。

# 熙靖

接下來這一路上，算是風塵僕僕。路上見的聽的，多半也不是好的消息。每到一處，不等他們開口，當地人倒都向他們探問外面的時事。便知一片人心惶惶。因為地形不熟悉，只是一逕向南走。走不通了，又時時要走回頭路。再加上天氣炎熱，也消磨人的心志與體力。奔波間吃得潦草。家逸的兩個女孩子，小的中了暑氣，嘔了不停。大些的那個，這時竟來了初潮，無疑是雪上加霜。

這一日到了蘇魯邊界的長清縣。榮芝便說，這趕得也緊了，不知何時能到鹿縣。怕是到了地方，半條命也沒了。不如先停一停，將息一兩日。

昭如說，也好。

半日後，進入了一個村落，看得出是個富庶的地方。一道青山，三面環抱。村口的荷塘，荷花開得正豔。蓮葉也是擠擠挨挨，接天連碧，頗有江南風致。家逸便說，走了這許多天，總算來到了一個好地方。這時候見一個老鄉過來，忙與他打聽。才曉得當地有個盧姓的士紳。

家逸說，這可總是苦盡甘來。此地居然還有個本家。

他便對老鄉說，寶地看上去，有龍脈之象，風水不同凡響啊。

老鄉也笑道，皇帝雖沒一個，出過的宰相卻數不清楚，你倒說好不好？以前還要好，現時不同往日咯。

說完搖搖頭，扛著鋤頭把，慢慢地走了。

經人指引，一行人到了盧家門口。深宅大院，便知道是當地的大戶。可圍牆四角卻各起了一座圓形的碉樓，像是城堡。有些突兀，與這院落的堂皇多少不稱。

應門的僕從，是個爽淨的小夥子。進門，即有一個高大的中年男子迎了出來。問起來歷，對方聽了有些喜出望外似的，一拱手道，在下盧清泉，有失遠迎。

前廳裏頭，端坐著一個老太太。眾人見她一身華服，頭頂上戴著織錦的束髮，上面鑲著一塊通透的祖母綠。走近了，才看清楚滿面的皺紋，已是很老了。或許因為老，身形就顯得格外的小。一隻眼睛裏，是雪白的障翳。另一隻眼睛，打量著他們，目光卻鷹隼似的。

盧清泉便攙扶著她下來，一邊說，娘，這是從襄城來的本家。

盧老太太一步一顫地走到他們跟前，說，襄城？距長清有二百多里。是本家，也是遠客，老身恐照顧不周。

昭如聽她鄉音濃重，吐字卻擲地有聲，便知是這大宅裏的當家人。她抬頭，看中堂是一幅「麻姑獻壽」，色彩十分的喜慶豔麗。兩旁的聯對，卻筆路清新，是鋒稜超逸的行草。待細細端詳，脫口而出，倪鴻寶。

老太太便微笑，說，這位夫人，認得舍下的好東西，必是有家學的。

昭如便欠一欠身，晚輩造次了。我一介婦人，翰墨筆意粗通一二。「刺菱翻筋斗」的落款，最是仿不得。

老太太很欣喜，說，我盧家的媳婦兒，理應如此。好玩意兒擱在這鄉野的地方，便是酒香巷深，得有明眼人來識。

經這一層，兩下自然融洽親近了許多。問起淵源，更是讓人瞠目。原來這家人，祖上是范陽盧氏。東漢末年平定黃巾起家。南北朝已是一流氏族。再至於唐，門第鼎盛，有所謂「七姓十家」之說，入相者多至八人。昭如便想起村口那老鄉的話，原以為是海口，此時才知並非虛妄之辭。

家逸便又說起了風水，家道興旺，必有堪輿之功。

盧清泉說，這五峰山，雖不及五嶽，但自有一脈靈秀。也是一方水土養一方人。只是如今，唉。

見他欲言又止，便也不好繼續問什麼。

當晚，這家人是拿出了款待的派頭。都是魯地的菜肴，不論精疏，皆是大碗大盞。觥籌交錯間，都覺得好不盡興。家逸微醺，端著一碗酒敬盧清泉，說，大哥，在外頭奔波了這許多日，嘴裏淡出了鳥來。最喜歡的，便是這大開大闔的「水滸」吃法。

聽到他這樣說，盧清泉的眼神木了一下，但很快收斂了神情，盡力招呼他們。

夜裏頭，睡得很熟。昭如一覺醒來，看見有個身影，依窗坐著。是姐姐昭德，眼睛遠遠地向外頭張望。昭如嘆一口氣，拿起衣服給姐姐披上。正要哄她去床上睡覺，眼光一掃，卻看見外面的碉樓上，燈火通明。樓上各有一個人，筆直地站著，好像在站崗守夜。這情形，以往在督辦府住著的時候，並不陌生。可如今在這村落裏，看著煞有介事，卻有些不明所以。

第二天清早，朦朧間，外頭傳來尖利的口哨聲。昭如一陣心悸，恍惚以為自己還在襄城，拉起了空襲警報。好歹回過神，聽見有個魯直的男聲在報口令。望出去，才看見是一隊士兵在操練。仔細看清楚，又不是士兵，都穿著家常的布衣。那喊口令的，正是昨天為他們應門的小夥子。聲音響亮嚴正，風姿並不輸於軍人。她收拾停當，出了門。看見盧老太太正拄著拐杖，望著這些人。旁邊是盧清泉陪著。這時候屋檐上滴下一滴夜露，恰打到她的臉上，一個激靈，人也醒過來了。

她走過去，跟老太太問了安。猶豫了一下，終於問，老夫人，我想斗膽問一句，府上訓練家僕，可是為防日本人。

老太太嘆一口氣，說，日本人若真來了，可是這幾個人能防得住的。我這是為了防土匪。

昭如聽了一驚，說，這村落裏看上去景象昌平，怎麼竟然還有土匪。

盧老太太目光落在遠處，輕輕說，大世道亂了，一個小地方，自然是樹欲靜而風不止。再好再昌平，畢竟不是世外桃源。

昭如也望向那煙霧繚繞的五峰山，聽老太太細細地講起來。原來這熙靖村，鬧土匪不是一日兩日了。大約一年前，也不知哪裏來的部隊，一個營在這五峰山上落了草。因為山勢險峻，形匿自如。這夥子人又善於游擊，一時間見首不見尾。地方上剿了幾次，都無果而終。開始只是偶爾打家劫舍，後來勢力大起來了，竟然明目張膽地搶起了大戶來。甚至村裏有兩戶殷實人家被劫了「肉票」，一家交火時死了不少人；一家的閨女，生生給劫到山上糟蹋了。待贖了回來，已經不成人形，第二日就投了井。這盧家受覷覦也很有一段日子。經常見了土匪的探子在附近轉悠，等著時機乘虛而入。

老太太說，我是沒辦法，打嘉慶年起了這幢宅子，誰願意在祖宗的宅基上動土。你瞅瞅這屋後，今年初，深挖了地窖。將糧倉裏的糧食，都搬了進去。到時鬧得厲害了，少不得將人也躲進去。

昭如說，您老也寬心。我看您訓練的這些青年人，是很可抵擋的。

盧老太太便拍拍她的手，指著喊口令的小夥子說，李玄是我從蒙陰縣請來的武師，別看著年輕，可是個練家子。我就指望這孩子了。說罷又嘆息一聲，喃喃道：你說這是什麼時世，鬼子還沒有來，中國人倒先要防起了中國人。

也是本家的緣故，這一天下來，昭如一家與盧家人彼此都熟識了。小孩子更是打成了一片。盧清泉的兒子盧真，十五歲，隨了李玄在前院裏習武。這是個胖大的少年，一招一式，便都做得頗為吃力。笙哥兒在旁邊，先是看著，看著看著便自己比畫起來。一套拳法教下來，李玄叫盧真跟他打一遍。盧真便跟著打，姿勢動作，無不中規中矩。打了下來，氣喘吁吁，連連說，師傅，練了這一個晌午，也該要歇歇了。說完一屁股就在青石臺階上坐下來。李玄便搖搖頭。

秦世雄在旁瞧了，將菸鍋在鞋底上磕上一磕，大笑道：盧家少爺，這套螳螂拳，我雖不會打，卻在旁邊瞧出了個究竟。這拳剛柔相濟，動作引而不發，是贏在了一個氣勢上。你想想，螳臂何以當車，這是個明知不可為，卻偏偏要拿出十分勇氣。對手的膽子，先

就泄了一半。

李玄聽了，卻不服氣，説，大哥，照你這麼説，我教的倒是個嚇唬人的拳法。

秦世雄剛要説話，卻看李玄的目光游到一邊去。文笙在牆角邊上，正將剛才那套拳打了下來。小小的身子，移步騰挪，竟行雲流水一般。李玄愣愣地看著，口中喃喃，順步倩長……搖步入手、纏封雙掌……翻身疾入、韓通通背。一番下來，不差分毫。

待他收勢，李玄禁不住叫上一聲「好」。他有些興奮地對秦世雄説，你們家這哥兒，可有武學底子？怎會靈到這個地步。教了我家少爺兩個時辰。他只看了兩遍，招式倒好像黏到了身上。

昭如在一旁瞅見了，心裏也大為驚異，嘴裏卻淡淡道，我這兒子，照虎畫貓罷了。要説放起風箏，就是個裏手，旁的恐怕難成氣候。

這時候，卻見一個家僕上前耳語。盧清泉聽後，臉色一變，急招了李玄過來，交代了一番。李玄便也匆忙下去了。

盧清泉將昭如讓到一邊，説，夫人，雖是情難，舍下恐再留不得諸位了。將將收到了消息，五峰山上土匪今夜裏要下山來，怕是少不得要戰上一場。無謂連累了你們，跟著提心吊膽。我就叫李玄速速護送了你們出去。

聽他説著，就聽到遠處傳來槍響的聲音。盧清泉急忙催促了他們收拾東西，讓底下人備馬去。待與盧老太太道別，老太太拍拍昭如的手，又使勁按一下。一隻眼睛看著她，目光如炬，説，媳婦兒，來日方長，後會有期。

臨走，盧清泉拿出一支火槍，遞給秦世雄，説，大兄弟，我本家人就託付給你了。秦世雄使勁一點頭，將火槍背上了身。

盧清泉想一想，又從身邊人腰間拔出一柄駁殼槍，也掖在秦世雄身上，説，保重。

一家人便從後門出去，上了車。李玄在後面策馬護送，足足走了

十里，這才停下來。

李玄一抱拳説，各位，再往前五里，便是榮興縣境。路上著緊些，天黑前趕得及進城。恕不遠送，就此別過。

説完，縱身上馬，絕塵而去。

眾人愣愣看著。榮芝嘟囔説，這把咱們丟在了半道上，算是怎麼回事。

昭如聽了，嘆一口氣，那家裏的情形，也是火燒火燎，等著他呢。這家人的厚道，咱們得一直記著。

車往前走著，天暗沉下來，滿布了蒼黑的雲。沒一會兒工夫，竟然落起了雨。

雨越下越大，雨點鴿子蛋似的，劈哩啪啦打在車上。漸漸像簾幕一樣，遮蔽了天地。路也泥濘起來。馬一走一滑，任鞭子落下去，也不肯挪步了。

秦世雄往外頭看去，不遠處影影綽綽有了房屋的輪廓。他就下了車，冒雨牽著馬往前走。這好不容易走到了跟前，原來是一座破廟。門也塌掉了半邊，應該是好久沒有香火了。秦世雄就説，這雨一時半會兒怕是停不了了，我們索性進去躲一躲吧。

一行人就進了廟，尋了個乾爽些的地方坐下。秦世雄使勁地擰著濕漉漉的衣裳，忍不住打了一個噴嚏。昭如從包袱裏找出一條毛巾給他。這時候，天上一道閃電，將廟裏照了個亮堂。接著是轟隆隆的雷聲，家逸的兩個閨女，嚇得直往娘懷裏偎。榮芝安撫著她們，一邊嘴裏念著阿彌陀佛，説好在這廟裏有個觀音大士看護著，總讓人心定了些。昭如便回過神，想對那觀音拜上一拜。只見那水月觀音，衣袂翩然。再一抬頭，面容卻已經給風蝕得斑斑駁駁，看不清了。

秦世雄左右找了半天，竟搜羅到了一些劈柴，就蹲下身子，生起了火。火點起來，人都亮堂了些。他把濕衣服在火上慢慢地烤，嘴裏念叨，這時節，什麼如來觀音，都不如這一把火來得實惠。

文笙靠著昭如，神情肅然，手中比畫著。秦世雄就笑道，笙舅

舅，還惦記著螳螂拳呢。我說姥姥，待回了襄城，咱們也給哥兒正經請個師傅。這要練出來，定比那盧家的真少爺有出息。

昭如聽了，握住了笙哥兒的手，不讓他比畫了。她說，我倒是不想他迷上這個。按說也是一技之長。可我看來，習武的人，心中總有些戾氣，是不能服輸的。你看這歷史上會拳腳的人，多投身戎馬，數下來，又有幾個有好下場的。

她說到這裏，想起什麼，轉過頭去看姐姐。昭德嚼著一塊餅，眼光呆呆地盯著近旁的韋馱像。這韋馱瞪著眼睛，凶神惡煞。一隻胳膊斷了。裏面便露出黏土的芯子，白慘慘的。昭如輕嘆，小聲說，我就想他安安生生的一輩子。

這坐得久了，就都有些磕睡。昭如正昏昏沉沉間，卻被秦世雄叫醒了。外面黑成一片，卻聽見雨已經停了。家逸說，好了，收拾東西趕路。秦世雄卻作了個噤聲的手勢，三兩下把火給滅了。

就在這時，他們都聽到一聲馬嘶，淒厲響亮。接著是許多人踏在泥濘上的聲音。有一些星星點點的火光，漸漸近了。

秦世雄貓著腰，走到窗櫺前，將那支火槍慢慢從窗格伸出去。昭如緊緊攥住笙哥兒的手。那隻小手是冰涼的，她自己的手心卻滲出薄薄的汗來。

家逸的小女兒端端爬到她跟前，將頭埋到她的膝上，顫抖著聲音說，大伯娘。突然間，她看到這孩子的眼神，有一絲恐懼，隨著瞳仁放大了。昭如順著她的目光看過去，在微弱的光線裏，一條青灰色的蛇，吐著信子，正迅速地游向他們。孩子張一張嘴，終於不管不顧地哭叫起來。秦世雄慌亂地抖動一下，調轉了槍口，迅速地向蛇的方向開了槍。

並沒有打中。那蛇昂了一下脖子，無措地扭動，向另一個方向游走了。然而，就在同時，外面的聲音變得嘈雜。皮靴於泥水間起落，黏膩而沉重，混合著粗魯混亂的男聲。瞬間近在咫尺。

他們先看到的，是個矮小的身影。頃刻間，在他身後築成一道火把的叢林。舉著火把的人，擁入進來，如同屏障。廟門被牢牢地封上了。光芒漸漸聚攏在這個人的身上。他們才看清楚。這是一張十分端正的臉，眼角低垂，看上去有些鬆懈。然而，在鼻梁上，卻有一道很深的疤痕，一直貫穿到嘴邊。這張臉便因此而扭曲。

這人輕輕撫弄了下巴上的鬍茬，笑了。笑容牽扯了臉上的肌肉。那道傷疤跟著翕動，露出烏紫的底裏。他眯了眯眼睛，環顧了一圈，最後目光落在秦世雄的身上。

剛才那槍，是你開的？

他的聲音出人意料的柔和。昭如聽出，這不是本地的口音，帶著膠東腔。

秦世雄愣一愣，對他一抱拳，說，秦某得罪，方才驚擾了各位。出門在外，還望好漢們行個方便。

這男人並未接他的話，只是將身上的蓑衣解開，揚手扔給了身旁的人。他舒展了一下頸子。身上的絲綢短衫，因褶皺間的摩擦，發出簌簌的聲響。同時間，腰間兩把鋥亮漆黑的盒子槍也暴露出來。

他再次仔細地看了一下這些陌生人，笑一笑說，你們，就是盧清泉的親戚，襄城來的？

沉默了一下，秦世雄用很鎮靜的聲音說，我們只是些過路人。兵荒馬亂，逃鬼子路過貴地，不認識您說的朋友。

男人走近他，哈哈大笑，說，那怎麼有人告訴我，盧家的富貴親戚走得快，是不想會一會我呢？

秦世雄說，素不相識，如何談得上想不想。怕是弄錯了。

弄錯？男人的嘴角牽動了一下。他招招手，對底下的人使了個眼色。便有人呈了個包袱過來。

他微笑著，將包袱遞到秦世雄手上，說，區區見面禮，你且看有沒有錯。

秦世雄猶豫了一下，打開了包袱。一瞬間，眾人見他臉色發青，手一抖，包袱便掉落到了地上。

包袱裏的東西滾了出來。是一顆人頭。

在場的人都僵硬在了原地。這沾著泥濘的人頭，一隻眼睛半闔著，另一隻驚恐地睜開。嘴角上，還殘留著黑色的淤血。榮芝終於驚叫起來。她認出這顆人頭，是盧家的武師李玄的。

男人拎起李玄的頭，猝不及防，舉到了笙哥兒的面前。昭如已來不及擋住兒子的眼睛。笙哥兒愣愣地盯著這顆頭顱，沒有說話。他看到李玄露出了一星尖利的虎牙。

男人輕描淡寫地說，好歹在半道上截住了這小子，要不跟諸位失了緣份，豈不可惜。嘴還硬得很，直到切了他的子孫根⋯⋯

昭如心一橫，打斷了他，說，你說了這些，無非是求財。給你便是。

男人將人頭丟到一邊，拍起了巴掌，說，好，夫人爽快。我正想著這家裏得有個當家的人。

昭如說，世雄⋯⋯去拿來。

秦世雄立在原地，沒有動作。昭如沒有看他，只閉了一下眼睛，聲音重了些，拿來。

秦世雄走過去，在行李中翻找，突然一轉身，嘴裏大喊一聲，奶奶的！從腰間拔出駁殼槍。就在這時，人們看見他痛苦地彎下腰，跪在了地上。一支飛鏢，正深深地插在他的大腿上。幾個土匪快步走過去。其中一個，用手中的槍托對準他的後腦勺，狠狠地砸了下去。這壯大的漢子，立時間便栽倒在地。

男人皺了一下眉頭，臉色頓時變得青黑。笑意在臉上，一掃而空。他舔了一下嘴唇，狠狠地說，看來山大王扮不得秀才。

他一揮手，手下的人便將盧家人捆綁起來。可是，這個當口，有一個人卻突然掙脫了，她趴到了秦世雄的身體上，大聲地哭泣。昭如動彈不得，卻看見姐姐昭德撲在了秦世雄身上，哭喊著她夭折的兒子的名字。昭德再次將自己的前襟撩起來，暴露出了自己的乳房，扶起了秦世雄的頭，放到自己的胸前。土匪們也呆住了。眼前

的景象，對他們造成了打擊。這個頭髮花白的老婦，她衰朽的胸乳，讓他們正在捆綁的手不自主地停了下來。這時候，昭德卻靜下來，神態變得安詳，悠悠哼起了一首小調：一根紫竹直苗苗，送給寶寶做管簫，簫兒對準口，口兒對準簫，簫中吹出新時調，小寶寶……咿底咿底學會了。

她蒼老的聲音，將這首小調唱得歡快，旁若無人。訕笑的聲音出現。土匪們恍然大悟，這是個瘋子。他們對視，並且會意：這樣的富貴之家，自有它的不堪與無奈。

在周而復始的歌聲中，人們的精神開始鬆懈。昭如卻在這旋律中，聽到了肅穆和悲壯。這讓她心中有了某種異樣的感覺。她望向姐姐，昭德卻將頭偏向了一邊去。

男人這才意識到，這個瘋子的出現，影響了士氣。他決定不再理會這個老婦。而是挑了一下眉毛，眼光陰陰地睒了一轉，走到家逸的大女兒小茹的跟前。他將這個還在瑟瑟發抖的少女拖了出來。

雖然在這夥人進來之前，母親迅速地將地上的泥土塗抹在了女兒的臉上。然而，當土匪的手指在女孩滑膩的面龐上掠過，頓時心中有數。他沒有怎麼猶豫，蹲下來，將手伸進了小茹的旗袍裏去，一邊撫弄著，一邊粗暴地順著她的身體，侵入女孩的兩腿之間。但此時他的臉色一變，迅速地抽出手來。他看著自己的手指上鮮紅的血跡，愣了神。小茹停止了顫抖，她以為初潮拯救了自己。然而，還未成年的她，並不知道在這些人看來，女人的月事是出征者的忌諱。

真晦氣！男人被激怒了。他大喝一聲，將女孩的旗袍猛力地撕開，然後將她的褻褲一把扯了下來。女孩的下體，就這樣暴露在了所有人的面前。一道鮮紅的血，蚯蚓似的，順著她的大腿根蜿蜒流動。榮芝掙扎，動彈不得，她大聲地罵道，畜生！旁邊的人，給了她一個耳光，叫她老實。母親的聲音驚醒了小茹，她這個時候，才哭喊起來，不知是因為羞愧還是驚懼。她試圖用雙手掩住自己的身體。然而，男人將她摁倒在了地上，將她的腿分開。他撿起腳邊一支火槍，唇角抖動了一下，一使勁，將槍管塞進了女孩的陰戶。

女孩慘叫一聲，昏厥過去。更多的血，被槍管擠壓，噴濺了出來。在火光中一閃。

人們不再發出聲音。而此時，他們沒有留神，一個身影閃電一般，出現在了男人的後面，卡住了他的脖子。

是昭德，她用秦世雄的盒子槍，指住了男人的太陽穴。

讓他們走。土匪們聽見，這個瘋瘋的老婦人，此時用冷靜的聲音命令。

土匪們看到她將統領的脖子，卡得更緊了一些。她看上去很瘦弱的身體裏，似乎正迸發著驚人的力量。男人額頭上的青筋暴露了出來。

男人喘息著，聲音有些嘶啞：都他媽的……把他們，給我宰了。

他的手下在原地，沒有動作。昭德警醒地望了一下四周，將盒子槍更為用力地抵住男人的腦袋。同時間，另一隻手從男人腰間，摘下了一個手雷。

人們往後退了一步。她靠近了男人，微笑著對他耳語，我男人打家劫舍的時候，恐怕你還沒有斷奶。

男人驚慌地悚動了一下，想要回頭，但他動不了。而手下開始為盧家人鬆綁。

昭德將食指嫻熟地伸進了手雷的拉環。她說，讓他們走，我要看著他們上馬車。

當繩子鬆開的那一剎那，昭如渾身感到一陣痠疼，同時清醒了過來。

她顫抖著聲音，說，姐姐。

昭德望向她，渾濁的眼睛裏，閃過了一線光亮。但她立即惡狠狠地對家逸喊道，還愣著幹什麼，快扶你嫂子出去。

盧家人開始往外面走。昭德要求兩個土匪，抬著昏死過去的秦世雄，向外走。突然，文笙放開了母親的手，向昭德跑過去。他嘴裏喊著，大姨。

在他快要接近的時候，昭德猛然抬起腿，一腳將他蹬開，以嚴厲的聲音對他喊道：滾。

她看著這個少年，目光仇恨冰冷。少年安靜下去，被人拉扯著，離開了她。她已漸漸看不見他了。

突然間，她又聽見了遠處傳來聲嘶力竭的童音，大姨……

她挨近了身旁的男人，幾乎是倚靠著他，為了讓自己站得更穩些。

外面漆黑著。一陣冷風吹過，昭德覺得自己的眼睛裏，似乎被風吹進了什麼東西，澀得發痛。她努力地睜大雙眼，看見外面的火把在風中暗了一下，幾乎成了兩星火苗。慢慢又旺了些，那火把遠遠地停住了。她放心地嘆了一口氣，將手指伸進了手雷的拉環。

哥兒，好好地活，你的好日子在後頭呢。她聽見自己說。


昭如踏上馬車，頭腦中發著懵。當遠處傳來巨響，殘破的廟宇，瞬間一片火光。她還未意識到發生了什麼事情。恐懼之中，她習慣性地伸出了手，想要拉住身旁姐姐的手。然而，卻捉了一個空。

更大的火在燃燒著。火焰舔舐著夜，將天空照得如同白晝。頃刻之間，灼傷了昭如的眼睛。

# 醫院

聖保羅醫院，坐落在東郊的青晏山下。由於地處偏僻，四周聚集著許多的野貓。即使到了夜半，也仍然聽得見牠們的嬉戲與撕咬聲。

這天午後，文笙望著牆頭上，一隻出生不久的虎斑貓正跟著牠的母親學步。小貓始終還有些怯懦，在一塊殘缺的磚石上抬了抬腳，又縮回去。母貓將牠叼起來，向前走了幾步，將牠放在較為平穩的地方。並用鼻子拱一拱牠，表示鼓勵。然而，牠卻被一隻路過的蜻蜓所吸引，伸出爪子，撲打了一下。母貓對牠的貪玩表示不滿，喉頭發出咕嚕的聲音，尾巴也焦躁地擺動。

笙哥兒，告訴師娘，你在看什麼？文笙聽見一個溫柔而渾厚的女聲，在身後響起。

他回過頭，恰撞上葉師娘碧藍色的眼睛，於是朝牆頭上伸手指一指。當他們都看過去，兩隻貓已經不見了蹤影。

盧家人在這個醫院裏，已經度過了大半個月。距離他們輾轉回到襄城，並沒有太久，然而昭如卻恍若隔世。趁著天黑，秦世雄偷偷回了一趟思賢街。回來說，老街坊們都不知去了哪裏。家裏的大門洞開，值錢的東西都沒有了。好在貨還都在。萬幸我們做的是鐵貨生意，街口的陳老闆的陶瓷店，裏外給砸了一個乾淨。

表面上，一切塵埃落定。日本人進城後，這城市經歷了破壞，卻表現出一種虛浮而異樣的平靜，令跑反歸來的盧家人感到不安。家逸說，我看得再過些日子，看看情形再回去。昭如在病床上，這時撐持了一下自己，想要坐起來。然而終於放棄了。她安靜地躺著，不再說話。自從昭德的事情發生後，她就沒有說過更多的話。家裏的人，都以為那是因她還在傷痛中。事實上，她已經對大部分事情，沒有了言

語的欲望。

她躺在病床上。文笙走過來，將自己的手放在了母親的手中。昭如心裏一陣悸動，卻沒有任何動作。文笙看見母親眼角有一滴淚水，順著臉龐，緩慢地流了下來，流進了耳廓。

母子二人都從窗戶看了出去。天上是一枚下弦月。

外面響起了管風琴的聲音。每當這個時候，葉師娘會彈奏 *Jesus saved the world*。她的女兒葉伊莎，會用細弱卻清澈的聲音，將這首歌唱過三遍。在昭如看來，這漸漸成為日夜交替的刻度。她聞著空氣中淡淡的來蘇水的氣味，覺出自己對這個地方的依賴。

在此之前，她從未來過這間教會醫院，大約因為它西人的背景。雖則「聖保羅」這個名字，她並不陌生。許多年前，它的建立，得到過哥哥盛潯襄助。然而，她從未想過，這裏要順理成章地接受她，以及她的家人，作為一個似是而非的避風港。

葉伊莎出現的時候，昭如已經快要睡著了。她被輕柔的聲音喚醒。葉小姐說，盧太太，該吃藥了。

這個女子，在這醫院裏擔當護士的職責。昭如在她的協助下吃了藥，對她道謝。她站起身來，微笑間眼角有了淺淺的褶皺。她的身形，不及她的母親高大，在西方女子中算是嬌弱的，因此不太能看得出年紀。事實上，自她出生在中國，也已經度過了四十多年的歲月。因為支持父母親在中國的事業，她甚至至今沒有結婚。教會內外的人，都稱她作葉小姐。

葉小姐摸一摸文笙的頭，說，笙，媽媽要休息了。我們先出去吧。

文笙默默地跟著她走出去。兩人走到了月光底下。她突然嘆了口氣，因為她感覺到了這個安靜的少年，正在這秋天迅猛地成長。看得出，他身上的衣服質地很好，但已經舊了，並且短了一截，露出了腳踝來。葉小姐想，我應該做一點什麼。

於是她對文笙說，笙，跟我來。

　　她引領著文笙，到了後院一座兩層的樓房。那是醫院的工作人員住的地方。她帶他上了樓，走進一個房間。文笙看出，她和她的家人居住在這裏。

　　她笑一笑説，説實在的，還沒有請你來作過客。

　　她對著屋子裏輕輕地喊了一聲。

　　文笙看到葉師娘走了出來。老太太取下了花鏡，看見是他，露出驚喜的神色。滿臉的皺紋都舒展開了。她説，孩子，你終於克服了中國人的害羞。歡迎你。

　　她俯下身子，熱烈地擁抱了小小的少年，然後説，師娘真的是老糊塗了。我得弄點你愛吃的東西去。等著，廚房裏好像還有些鬆餅。

　　文笙聽她流利地説著洋腔調的襄城話，一邊要往樓下走。葉伊莎攔住她，説，媽媽，你要幫我一個忙。

　　葉師娘聽她説了一番，很高興地回到裏面的房間去了。

　　文笙其實心裏有些侷促。因為他覺得所有的禮節，似乎在這裏都用不上。他抬起頭，打量了一下周圍。陳設和中國人的家庭並沒有太大不同，甚至還要更為樸素些。只是牆上掛著一個耶穌像。在他記事的時候，在天津，這個頭像是鑲在彩色的琺瑯窗上的。她記得母親對他説，這面相苦難的人，是外國的神。在耶穌像旁邊的窗臺上，擺著白瓷的小天使，長著和葉伊莎一樣金黃的頭髮，和藍色的眼睛。

　　式樣簡約的書架上，排列了不少書。硬殼書脊上燙印著他不認得的文字。還有一個黑色的相框。相框裏有個戴眼鏡的男人，茂盛的眉毛，神情嚴肅而專注。文笙覺得男人的臉似曾相識。

　　這時葉伊莎走出來，站在他身後，對他説，這是我爸爸。他已經去世了。

　　聽了她的話，文笙感覺好像做錯了事情，低下頭去。再抬起來，看見葉伊莎並沒有許多悲傷的表情。她和父親一樣，鼻梁挺拔。她看著這個男人，嘴角有淡淡的笑意。

　　她説，他叫葉邁可。他是第一個來到襄城的傳教士。

　　文笙鼓起了勇氣，問她説，你們外國人，為什麼姓中國人的姓？

葉伊莎呵呵地笑起來，説，其實，我的姓是 Yeats。我父親來到中國，入鄉隨俗，就改成了中國的「葉」字。我可不是個外國人，我在這裏長大，我和你一樣，也是個襄城人。

Yeats？文笙在口中重複了一下。

葉伊莎説，知道麼？這是個愛爾蘭詩人的姓，中國人叫他葉芝。

葉伊莎從書架裏抽出一本書，翻到一頁，讀起來。這是一種文笙所不熟悉的語言。他雖聽不懂，但覺得很美。眼前這個女人，剛才還在説著地道而魯直的襄城話。而這時，從她的唇邊流出的音節，有一種柔軟的鏗鏘，如同音樂。

這時，葉伊莎的臉上煥發出了一種光彩，也是令他陌生的。在這一刻，他覺出了這個女人，並非一個日常勞碌的護士，而是一個他説不清也看不透的人。她讀得很慢，他能體會其中的起承轉合。

她闔上書，長舒了一口氣，説，很美，是嗎？這是葉芝的詩歌。

文笙問，我們中國的詩，大多四平八穩。這首詩在説什麼？

葉伊莎望著這個少年，再一次笑了。她説，這首詩説的是一個人老了以後，在想念另一個人。你年紀還小，以後就懂了。她頓一頓，又説，其實，人的感情都是一樣的，中國的詩和外國的詩，講的都是同一回事。

葉師娘走了進來，手裏捧著一疊衣服，對女兒説，雅各小時候，也是長得飛快。你看，這些衣服，上身半年就穿不下了。

葉伊莎將衣服放在文笙手裏，笑盈盈地説，笙，這些衣服都是我弟弟當年穿的，送給你。一個小紳士，要有合體的衣服。

文笙往後退一步，因為他記得母親的家教之一，是不要隨意接受饋贈。葉伊莎抱歉地説，有些舊了，希望你不要介意。

文笙接過了衣服，向她道謝。

忽然間，葉師娘一拍腦門説，瞧，我忘得一乾二淨，爐子上還烤著鬆餅。

她匆匆地走去了廚房，過了一會兒，端上來一盤烤得焦黑的鬆餅。她說，上帝得原諒我這個老太婆。說完，她從裏面挑出兩塊看上去齊整的，放在小碟子裏，說，笙，你幫我拿給你母親嘗一嘗。下次我要做個像樣的藍莓蛋糕給你們。

文笙穿著格子呢長褲和西式的立領襯衫，出現在昭如面前。昭如剛剛醒來。雲嫂坐在床沿上，給她梳頭。看見文笙，雲嫂一拍巴掌，有些大驚小怪地說，哎呀，來了一個小洋人，這是俺們笙哥兒嗎？

文笙就說了緣由。雲嫂便說，到了這會兒，對咱們家也算是雪中送炭了。雖說是洋醫生，可見也都是有兒女心的人。我們將來要好好謝謝人家。

昭如沒有說話，心裏卻有些歉疚。這歉疚一半是對笙哥兒。自己的孩子，如今卻要別人家來照料。她就伸出了手，文笙走過去，挨著母親坐下。

雲嫂掰了一塊鬆餅，嚼一嚼，說，洋點心，到底不及咱山東的烙餅好吃。可也是人家一片心。

文笙說，娘，咱家裏有人會洋文麼？昭如終於開口道，你舅舅就略通些，要和洋人做生意。

雲嫂說，這些洋人到中國來，也夠不容易，光是吃食就夠不慣的。我聽說葉師娘，打有皇帝那會兒就來了。醫院裏的人都說，她閒下來，就跟人說她年輕時候的事。說是得了一種病，記得遠的事，不記得近的。一時糊塗，一時又精靈得很。可要說看病開方子，沒人比她記得更牢靠了。

昭如便嘆口氣說，但願這病不要緊。葉師娘是個好人。

雲嫂便說，所謂日久見人心。剛來那會兒，誰又知道是個好人呢。我聽這裏的老輩人說，葉師娘才到襄城的時候，被人丟過石頭塊子，都躲在房裏不敢出來。就因為身量太高大，外頭謠傳她是個男人扮的，專來到中國拐帶小孩兒。她呢，也是個有主意的人。那時候的葉伊莎還是個娃，她就叫給孩子穿上中國衣服，領著上街。人到底沒

見過，就圍著看。這孩子又出趟子，不認生，見人就笑。一頭金毛，長眼子毛，跟小仙女似的，看得人都呆了。有的老鄉膽子大的，就說想要抱。葉師娘人也大方，就交給他。人們就爭著要抱。有人就問，這孩子你哪弄來的。她說，這是我的孩子，我生的。旁人就說，你哄人呢。街上的告示都說你是個男的，哪來的孩子。你要是孩子的娘，就餵孩子吃奶看看。話音一落，當著人堆兒，葉師娘大襟一撩，就奶起孩子來。眼見為憑，大家就知道這個洋女人沒有騙他們。後來又看到了她的好，就都來找她看病。

昭如點點頭，說，夫子說將心比心，推己及人。說到底，人就是個以心換心。面相髮膚，終歸是個皮囊。

可不。雲嫂說，到了義和拳那會兒，整個襄城人都保葉師娘一家人。聽說被官府抓了老些呢。


這麼著，文笙一家與葉師娘又熟識了不少。見醫院的上下人忙，雲嫂照顧妥了昭如，得空了，就去病房區幫手。

醫院這時節，看病的人其實並不多。醫院卻人滿為患，大多都是前些日子，日本人沒日沒夜地空襲，傷了許多的人。光是教會往返送來的，就不知道有多少。

雲嫂回來了，說，阿彌陀佛，襄城裏何曾見過這麼多缺胳膊斷腿的人。說昨個兒剛剛送來一個小丫頭子。好好地跟爺娘出門，一不小心碰上了栽到地下的啞彈。一忽間，整隻手都炸沒了。醒過來，疼得直叫娘，是個人聽得都不落忍。到現在都瞞著她，她娘當場就給炸死了。

殺千刀的小日本。雲嫂眼裏閃淚，咬牙切齒地說。昭如聽了，心裏也十分煎熬。即使雲嫂堅強得像個漢子，可滅門的恨，又是誰能夠抗得過的。

此後，她便去得更勤了些。原本雲嫂就是個活泛的人，喜與人打交道。久了，醫院上下就都熟悉了她。送到醫院的人，一撥又一撥。都知道洋醫院裏有個中國大嫂，吃苦耐勞，知冷暖，做起事情賣力，

又沒有什麼忌諱。活的人，她給端屎把尿。人歿了，她一撸袖子，就跟仵工一道，搬了屍體上擔架，然後利落落地將床上的血污清理乾淨。誰要有個什麼事，就找雲嫂。她就大起嗓門一喊，大老遠隔了半個醫院，護士也得趕過來。

做完了，再回來服侍昭如。昭如便讓她歇歇。她便說，太太，這小半年，我倒如今才覺得活得像個人。亂年月，醫院裏來來去去的都是命。我救不上，卻也能跟著送一程，死了送上路，好了送回家。好歹我雲嫂也幫過他們一把。

昭如看著她，這時眼神是比以往清亮了許多，紅光滿面。前些日子是硬抗著要活，這陣子卻看得出心性裏的奔頭。

畢竟她是盧家的家僕，葉師娘心裏便不過意。帶著點心來向昭如道謝。昭如便說，師娘肯收留我們一家子，已經是恩情。這點子忙，何足掛齒。

葉師娘就站定了身體，跟雲嫂鞠了一躬。老太太胸前的金十字架閃動了。雲嫂的臉一下子脹得通紅，竟手足無措起來。她嘴裏說，阿彌陀佛，師娘這可使不得。我一個下人，你是要折殺我了。

師娘聽了，很慢地說，在這裏沒有什麼下人，都是主的兒女。我們都是來贖罪的。

這個高大的老太太，身體已經有些佝僂。她伸出手，將雲嫂的手放在自己的手心裏。這雙手有粗大的骨節，因為皮肉的稀薄，虯枝一樣鼓突著。淺褐的老年斑密布，在白色的皮膚上分外惹眼。她已經是個很老的人，可是她卻努力地讓自己站得更直些。她說，我們都是主的兒女。

臨走的時候，葉伊莎含笑對昭如說，看笙的年紀，該要讀中學了吧。

昭如便道，文笙未讀過新式的小學，我們是老派的商賈人家。他父親在世時有個故舊，設帳授教。文笙五歲開蒙，跟他學畫，也習經史。我平日也教他讀些古文，大約是《東萊博議》、《古文觀止》之類。

伊莎便説，我自小在這裏長大，知道中國文化的好，博大精深。如今是民國了，不忘本，也是難能可貴。就如我自小，《聖經》之外，我父母也時時教我讀荷馬、莎士比亞與喬叟。美利堅也不過二百年的歷史，有了這些，就能摸著自己的根了。

她又問文笙，笙，你最喜歡看什麼書？

文笙想一想，説，《世説新語》。

昭如便淺淺一笑，説，這個年紀，也就是看熱鬧。他這輩子，能學到「雅量」的皮毛，我也就放心了。

伊莎説，這本書我小時候恰是讀過。有個中國的傳教士一句句給我解釋，到現在都記得很牢。我倒覺得，如今的中國人缺的不是「雅量」，卻是「任誕」。這一點，在西方美國人做得倒不錯。人要跟著時世走，也要跟著自己走。

她説，我們幾個，在城西辦了一間教會小學，給日本人炸了。前陣子，我在咱們醫院復了課，我開一門「英國文學與歐洲歷史」。得空了，也讓笙來聽一聽。聽不聽得懂在其次，讓他知道外面世界的大，也是好的。


文笙坐在醫院的地下室裏，聞得見濃烈的福爾馬林水味。地下室原本有個窗子，可是被藤蘿盤纏，遮住了一半。從玻璃透過去，看得見地面重疊堆積著經年衰朽的枯葉。因為光線不足夠，葉伊莎就點了幾盞煤油燈。油燈的光暈將人影投射到牆上，長短不很整齊。

這個臨時教室裏，竟然坐下了不少學生。有的是和文笙年紀相仿的，也有小些或者大些的。甚至有兩三個黃色棕色頭髮的洋人孩子，都是住在附近的傳教士的子女。令人驚異的是，在牆角裏還坐著大人，是個年輕的婦人。手裏還抱著個很小的嬰孩。突然間，嬰孩震天響地哭起來。婦人有些慌張，抱歉而侷促地笑，一邊側過身子，解開衣服給孩子餵奶。學生們的眼光，便都被吸引了過去。

葉伊莎並沒有因此而被打斷，她依然上她的課。文笙發現，今天的葉小姐，有些不一樣。她穿了一條灰色的齊膝裙，打了褶皺的白色

綢衫。頭髮也沒有緊緊地束起來，而是盤了個鬆鬆的髻。油燈的光線打在她瓷白的臉上，將她有些硬朗的輪廓柔和了，甚至鼻梁兩旁淺淺的雀斑，也不見了。

儘管訥於言語，文笙心中出現了一種異樣的感覺。這種感覺溫暖而明淨，讓他覺得輕盈。她的聲音，一如那天，有綿軟的力。因為要讓更多人聽到，她刻意放大了聲量。她在讀一首詩。她說這首詩來自一位英國的詩人，叫做威廉・布萊克，是個很老的詩人。文笙想，這些外國人都在寫詩。他聽出了這首詩裏的韻律，比那天聽到的更為沉鬱。音節間的往復，清晰地在教室中迴環。

葉伊莎讀完，用中文解釋，這首詩叫做〈老虎〉。Tiger, tiger，她輕輕重複，同時微笑地看了看文笙。

他聽著她的學生，跟著她，用他所陌生的音節，念著這首詩歌。這聲音漸成為浪潮，包裹住了他。他覺出，這語言與他並不遙遠，甚至很近。他張了張口，試探了一下，慢慢地，想要跟上這詩歌的音節。

立秋之後，陰雨連綿。這天雨停了，出其不意地涼爽。一個叫約翰遜的牧師出現在醫院。他說，城裏的情況開始不太平。日本人不知從哪裏得來的消息，說臺兒莊會戰中受傷的軍人，很多被轉移到襄城，至今留在城裏。現在到處在搜查，人心惶惶。他叫大家不要隨意出入，尤其是孩子們。

此後，每個晚上，葉師娘就會將醫院裏的孩子聚集到自己的房間。她總是能將孩子們湊得很齊，當然一半要歸功於熱騰騰的鬆餅和貓耳糕。她為孩子們講《聖經》裏的典故。當孩子們聽得悶了，她就會亮出手上一本童話書。這本書上有許多繽紛的插畫。她總是會即興地翻到一頁，為孩子們講起故事。雖然大家都很清楚，這是一本外國的童話書。但是葉師娘會因地制宜，做一些善意的改動。比如，一個美貌的明朝公主，如何被壞心腸的後母用桂花糕毒死，後來又被英俊的蒙古國王子救活了。又比如，城西「裕隆押」門口總坐著一個賣火柴的小女孩，她每點起一根火柴就會看見「永祿記」的一樣點心。而

青晏山底下的清水湖，在沒有被填平的時候，曾經有一隻鴨子變成了天鵝。當她說到，清水湖裏的龍王有一個寵愛的女兒，是一條人魚，和凡人相愛而受罰的故事。一個小姑娘不耐煩地打斷了她，說，師娘，這個故事我們中國本來就有，叫《追魚》啊。

　　葉師娘就好脾氣地笑了，說，我的孩子們，這個世界上，每個國家的王子和公主，都在發生著同樣的故事。因為我們都是上帝的兒女。

# 雅各

　　外面是黛青色的秋夜，還有流螢飛過。星星點點，忽明忽暗，在天空中慢慢地劃過軌跡。遠處間歇著傳來蛙鳴。因為漸漸夜深，這聲響也仿彿有些倦怠。孩子們覺出這時的靜好，不再說話。葉師娘輕輕地哼起一支歌曲。孩子們都抬起頭。此前，並沒有人聽過她歌唱，不知道她的聲音，有著年輕人一般的清澈。甚至比她女兒的嗓音，更為甜美。這不知名的旋律，緩緩流淌，在孩子們的心中形成微小的震顫。他們猜想，這和師娘年輕時的某個時刻相關。這個時刻也許久遠，但是在她的記憶裏，從未褪色。一曲終了，葉師娘羞澀地笑了，如同少女。她說，這是她的家鄉英格蘭南部的一支民謠。也是她去美國前，為數不多會唱的一首歌曲。

　　孩子們就有些熱鬧，起閧讓她再唱另一首。葉師娘被他們纏不過，就說好，同時間清了清嗓子。

　　這時候，門突然被推開了。一股夜風灌了進來。孩子們回過頭，看見兩個人站在門口。葉師娘辨認了一下，撐持著自己起身，說，我的上帝。

　　一個捲髮的少年對著屋裏喊，伊莎貝爾，快點出來幫把手。他的神色並沒有很焦灼。儘管被他攙扶著的另一個人，正虛弱地靠在他肩上。額頭上纏繞的繃帶，已經被血染透了。更多的血滲透出來，在臉頰上凝固成了黑色的血污。這個人的臉瘀腫著，已經辨認不清面目。他抬起頭，吃力地睜開一隻灰色的眼睛。但很快地又垂了下去，整個人也沉重地下沉。少年一個趔趄，為了努力扶住身邊這個高大的男人，他臉部的肌肉繃緊了，現出了一些成人的輪廓。

　　葉伊莎匆忙地走了出來，還穿著睡衣。看見渾身是血的男人，她摀住了嘴巴，然後立即走上前，與少年合力將他攙扶著向裏屋走。男

人已經昏厥過去，這讓他們十分吃力。葉師娘跟在後面，卻插不上手。

當裏面稍稍平靜，孩子們看著少年走了出來。他的腳步在地板上發出沉重的聲響。他一把脫掉了沾滿了血的襯衫，擦著自己光裸的上身。汗水沿著他的脊梁仍然不斷地流下來。文笙看著他微微起伏的胸膛上，墜著一枚銀色的小十字架。

雅各，快把衣服穿上。葉伊莎走出來，對他說。媽媽你瞧他，沒看到這兒還有女孩兒嗎，成什麼樣子。

可憐的神父，究竟發生了什麼。葉師娘喃喃地說，眼睛有些發呆，似乎還未回過神。

少年並沒有穿上衣服，他使勁抖動著胳膊，說，日本人今晚從福愛堂帶走了六個中國士兵。米歇爾神父為了攔住他們，被打成了這樣。

葉伊莎說，這些日本人，太無法無天了。我們應該向國際安全委員會表示抗議。

少年說，神父已經表達了抗議，但還是沒有保住那些人。六個士兵被帶走的時候，一個突然逃脫。日本人一槍把他打死了。

媽媽，我得趕緊把孩子們送回去。他們都被嚇壞了。葉伊莎開始招呼孩子們，然後她回過頭，口氣重了許多，雅各，你怎麼還沒把衣服穿好。

少年並不理她，打了一個悠長的呵欠。他說，媽媽，快給我弄些吃的。我餓極了。


在路上，葉伊莎對文笙說，剛才那個，是我弟弟葉雅各，他一直都在神父那邊幫忙。一個月不見，他好像又長大了。


第二日襄城的天灰濛濛的，到了中午太陽才出來。文笙幫雲嫂將衣服晾在繩上。雲嫂說，早就過了夏，天還這麼濕漉漉的。要經常拿出來曬一曬，去去霉氣。

這樣的天氣，植物卻依然生長得格外茂盛。住院區的牆上爬滿了爬山虎。藤葉纏繞往復，濃綠一層又一層地重疊起來。文笙覺得遠遠

看過去，好像一張人臉，神情嚴肅，正憂心忡忡地看著他。他於是走近了些，想看得真切。然而走近了，無非是一些藤葉，上面還綴著昨夜凝聚的水珠。葉子底下，是一隊正在搬家的螞蟻，浩浩蕩蕩地勞碌。

嗨。這時候，文笙聽到一個聲音。他於是左右地看，沒有人。

我在這兒。他循著聲音望過去，發現牆頭上坐著一個人。是昨晚的那個少年，正似笑非笑地看著他。

你穿著我的衣服。少年指了指他。

文笙愣一愣，終於說，謝謝你。

少年哈哈大笑起來。他的綠眼睛，也隨著他的笑聲抖動起來。

文笙被他笑得有些不知所措。他結巴著說，你是葉雅各？

少年搔一搔蓬亂的頭髮，皺了一下眉頭，對他道，說實在的，我真不喜歡這個名字。並不因為我不想做個猶太人。而是我覺得那個雅各對他哥哥做的事情，不怎麼厚道。那麼，你叫什麼。

盧文笙。文笙很認真地說。

盧文笙。這個名字有什麼意思嗎？你們中國人的名字總是有很深的意義。每個名字都是個故事。少年好像饒有興味，但很快就換了一副心不在焉的表情。哦，還是別跟我說了，說了我也聽不懂。你多大了？

十二歲。文笙想，這個人的性格無常。

哈哈，我十五歲。少年從牆頭上跳下來，馬靴在地上發出一聲鈍響。文笙看見他的白襯衣上，已經印上了牆頭紅磚上的泥水。他站在文笙面前，比文笙高了半頭。臉上有鮮明的輪廓，嘴唇上長了淺淺的髭鬚。這已經是個半大的小夥子了。高鼻深目的小夥子，和文笙聊家常，操著地道的襄城話。這情形有些滑稽。

可他還是一個外國人。文笙想。文笙並未有許多和外國孩子相處的經驗。他想起了他幼年時的玩伴，那個俄國子爵的兒子。蒼白而寡言的貴族少年拉蓋，斷斷續續地說著天津話，和他蹲在地上拍角子。

想什麼呐？葉雅各用力拍了一下文笙的肩膀，動作十分粗魯。

哦，文笙回過神來。他說，神父，神父醒過來了嗎？

雅各説，早醒過來了，現在能吃能喝。那些日本下流胚，跟美國人動粗，到底不敢玩兒真格的。走，我帶你去看看他。

他們站在病房區的閣樓裏，這裏十分安靜。但是有淡淡的霉味。從頭頂的氣窗投射了一束陽光，落在了地板上。

顯而易見，米歇爾神父的狀況，並不如雅各説得那樣好。他蒼白著臉，沒有血色，眉骨上還有一塊瘀青沒有散去。為了方便清洗，葉伊莎將他的連鬢鬍子也刮掉了。現在眉清目楚，原來也是個青年人。他看到兩個少年，有些艱難地坐起身，笑一笑説，你們來了，我的小朋友。

他的中國話不是很好懂，帶著南京官話的口音。説完這句話，他的臉頰扭曲了一下，因為牽動了嘴角上的傷口。

雅各説，神父，媽媽讓我又給你拿了些雲南白藥來。

神父謝謝他。然後説，還是留著吧，醫院裏的藥也不多。我不礙事。伊莎貝爾早上給我打了一針盤尼西林，很快就會好起來。

現在是什麼時候。神父看了看窗外。

雅各説，傍晚了。

竟然又睡了這麼久。米歇爾神父的口氣有些自責。他看了看文笙説，你們中國人講究聞雞起舞，我這樣簡直是罪惡。

雅各笑笑説，神父，現在外面烏煙瘴氣，早起也沒有蟲子吃。你好久都沒睡過安穩覺了。

這個年輕的男人嘆一口氣，靠在床背上。他十分的瘦，文笙看見他在呼吸的時候，覆蓋在鎖骨上皮膚鼓突著，有些怕人。

他在床頭櫃上摸索了一番，摸到了他的十字架。他闔上眼睛，將十字架鄭重地貼在胸前，又輕輕吻了一下，然後問雅各，教堂裏現在怎麼樣了。

雅各説，他們叫人將鐵門重新加固了，又搬了一架鋼琴放在門口。如果日本人再來，興許可以派上用場。

神父伸出了胳膊，握住了文笙的手。他説，你們的士兵，非常的

勇敢。對不起，我救不了他們。

文笙聽到神父的胸腔裏，發出粗重的聲音。握住他的手，也變得用力。灰色的眼睛，一點點地黯然下去。一顆淚沿著他瘦削的面龐，無聲滑落。

雅各咬一咬嘴唇，終於說，神父，你保護不了所有的人。在這個世界上，只有自己足夠強壯，才能不受人欺負。

雅各說這些話時，捏了捏拳頭。他有些浮誇的神氣因此而收斂，變得肅穆。

米歇爾神父坐起身，說道，我聽說，汪派的人，最近要去重慶和日本人談判。中國人打了一仗又一仗，難道將來要斷送在自己人手裏嗎？雅各，幫我拿紙筆，我要寫一封信給貝查神父。

不，你什麼都不要做。神父，你現在唯一能做的，是乖乖地睡覺。葉師娘走過來，讓這男人躺下，然後幫他把被子掖掖好。一面說，孩子們，你們該跟我去吃飯了。


因為米歇爾神父留醫，雅各更多的時間待在了醫院裏。

過了些日子，人們才意識到，他為這個安靜的地方造就了變化。在這樣一個灰撲撲的秋天，醫院裏極少有人像他那樣朗聲大笑，或者帶著小孩子們，用彈弓射得醫院後院裏養的雞滿地亂跑。事實上，他的高大與粗野與這地方格格不入。葉伊莎談起他，總是擰起眉頭，說，我總覺得，他已經是個大人了。

然而，在某些時候，他也的確像個大人。比如抬擔架等粗重的話，他幾乎可以當成兩個人用。當他使力的時候，胳膊上鼓起一塊腱子肉，嘴角上是似笑非笑的表情。擔架不小心傾斜了一下，他便對躺在上面的人，吐一下舌頭。

有一個人，十分歡喜他，稱他為「小洋鬼子」。這個人是雲嫂。雲嫂是個喜熱鬧的性格。這孩子的沒心沒肺，點燃了她心裏的某些東西。對文笙，她是疼惜。然而對雅各，她有一種由衷的欣賞與喜愛。她表達喜歡的方式，也很直接。在廚房裏幫忙，她會用麵包粉蒸出很白的饅

頭，每次總是蒸一個最大的，留給雅各。她喜歡看雅各狼吞虎嚥地吃。有時因此想到自己的兒子，她心裏會灰一下。但很快，又會被雅各一個不鹹不淡的笑話逗樂。她看著他亞麻色的頭髮，輕輕嘆一口氣，說，只瞅這股子吃飯的氣力，像足俺們山東的孩子。她對昭如談起雅各，用很篤定的口氣，你們都不懂這小子。他是皮一些，可你們都沒看出來，他將來會是個漢兒。越是天下亂糟糟的時候，越是不當一回事。該吃的吃，該玩的玩。那個誰，趙王李元霸可不就是這樣嗎？

雲嫂最近開口閉口都是她野路子的《隋唐演義》。昭如在心裏想，她說的是舉重若輕的意思。這時候的昭如，身體也好了很多，會到前院裏去走走，曬一曬。她就看見秦世雄在太陽地裏玩石鎖。一卯勁，扔了老高，然後一反身，穩穩地接住。旁人就有叫好的。雅各不服氣，也去拎石鎖。拎起來，臉已經脹得通紅。身體再健碩，到底是個孩子，中氣總是差了一股。手一沉，石鎖落在了地上。秦世雄哈哈一樂，拍拍他的肩膀，說，小夥子，得多吃，還是瘦。他不耐煩地撥開這只粗重的手，口裏嘟囔，瘦歸瘦，筋骨肉。

他看到昭如，走過去對她說，我知道，你是盧文笙的娘。他鞠了一個躬，態度很恭敬。這倒讓昭如意外起來。

他說，我聽雲嫂說，你的祖宗是個了不起的讀書人。

昭如說，你喜歡讀書嗎？

雅各嘿嘿一樂，說，我最討厭讀書。不過我很服氣讀書人，米歇爾神父也是個讀書人。

他指指自己的腦袋，可是我這裏，什麼都裝得進，就是裝不進字。

昭如覺得他的聲音已經很厚實。她望著這張稚氣尚存的臉，心裏想，這些西人，都是早早地有了大人的相，心卻還是孩子的。


這天下午，昭如靠在床上看著文笙練字，臨〈鄭文公碑〉。在她看來，這個年紀臨北碑，寫得好不好在其次，筆由心走，只望他性格能因此雄強些。文笙老老實實的，一坐便是一個時辰。

正寫著，「噹」地一聲，是什麼打在窗櫺上了。往外看過去，雅

各對他招一下手。文笙回身望母親。昭如半闔了眼睛,對他說,也寫累了,玩會兒去吧。別跟他爬高上低。

文笙便走出去。雅各對他擠擠眼睛,從背後抽出手。

他手裏拎著一只風箏,是只「藍鍋蓋底」。文笙看了看,手工很糙,繪得也是粗枝大葉。

聽你娘說,你很會放風箏。我倒正要個師傅。雅各眼裏閃一閃。

文笙接過來,迎著風抖幾下,又捏起拳頭,將風箏的大骨在手背上停一停。然後搖搖頭說,你這一只,次得很。

雅各倒不惱,歡快地說,看來,你還真是個行家。這陣子,能弄來這麼個東西不錯了。你先將就著吧。

文笙說,嗯,在哪兒放。


來了醫院這麼久,文笙第一次站在青晏山上。

耳畔的風聲,有些凜冽起來。

他登上了一塊岩石,嵐氣襲衣,忽然間覺得蕭穆。站在如此高的地方,襄城盡收眼底。他想,他在這個灰撲撲的城裏生活了許多年,還要再繼續生活下去。他辨認著他走過的街道,尋找著思賢街,和四聲坊的位置。可是,這些地方,此時都變得太小,成了這個方正的城中的點和線。他努力地望,希望能找到一兩個標誌性的建築,然後去確定位置。他終於望見了鐘鼓樓。六角形的尖頂,連同暗綠色的琉璃瓦。它佔據了這個城市的中心,即使看不見,一朝一暮,那聲響遠遠地散發開去。襄城人的晨昏,便有了一個刻度。然而此時,一晃眼,它也被灰色的背景吞沒了。

看什麼呢?雅各問他。

他說,我想找到我的家。

雅各說,你許久沒有去城裏了吧?


文笙拈起風箏。他在風中舉起食指,知道了風向,便將風箏的頂線揚一下,輕輕地提拉。那風箏先是在風中翻轉,浮起來,又沉下

去。文笙只管耐心重複著動作，手指間時而緊一緊線。倏然，仿佛一個抖擻，「藍鍋蓋底」有了精神，正了身子飄揚起來。山裏風大，轉眼，越飛越高。文笙不緊不慢地放線，待那風箏穩穩地停在空中了，才撒了線軸。一時沒有了束縛，趁著猛烈的風勢，風箏一忽悠衝上了雲端。一隻老鷹斜刺過來，圍著風箏繞了一圈，又一圈。文笙抬起胳膊，手腕子稍稍一抖，那風箏也似活了過來，與那大鳥上下翻飛。老鷹終究振翅飛走了，慢慢成了一個黑點。線放得差不多了，文笙將線軸用一塊大石頭壓在地上，由風箏自己隨風勢飄盪。

真有你的。這只風箏我死活放不上去。雅各躺在坡地上，看著天空，對他翹一下大拇指。

文笙也坐下來，説，放風箏，其實就是順勢而為，總不能擰著它的性子。

雅各笑一笑説，可你到底還是用條線牽住了它。説順著它，卻又跑不得。

文笙被他説得一愣，輕聲道，沒有規矩，不成方圓。這線就是風箏的規矩。

雅各便拉他一併躺下。兩個少年看空中萬般流雲變化。那風箏時而盤旋，時而上下，看上去倒是自在得很。雅各嘴裏銜著一根枯草，不清不楚地説，我生平最怕規矩。

文笙感覺坡地上有些濕冷的氣息，正穿過了衣服，滲透過來。他挪動了一下身體，説，教堂裏一定有很多的規矩。

雅各側過臉看一下他，説，他們管不著我。我吊兒郎當慣了，他們想管又管不了，就不管了。

又過了一會兒，文笙問，你見過你爹嗎？

雅各瞇起眼睛，輕輕地嚼了嚼嘴裏的草，説，見過。但時間太久，我都記不清他的模樣了。他和我媽媽一起死了。

文笙神色一動，不由露出些意外來。雅各哈哈一樂説，葉師娘不是我的親生母親。她的年紀夠做我嬤嬤了。我也是記事後才知道，我的父母是英國來的傳教士。他們在中國生下了我，然後去了加爾各

答，在孟買染上了瘟疫。兩個人都死了。

所以，我是個孤兒。雅各說這些時，臉上並沒有哀傷的痕跡，好像在說別人的事情。

葉師娘說，我的爸媽都是黑頭髮。我爸爸可不是個書呆子，他是個探險家。他一個人去過東非大峽谷，亞馬遜雨林，還有西藏，見過達賴喇嘛。他是在西雙版納認識了我媽媽。我聽說，他的食量很大。天曉得，看來我骨子裏，就是個老粗。我並不喜歡待在教堂裏，對我來說，那裏太悶了。

這時候，突然變了風向。風箏在天空中急速地迴旋。文笙趕緊站起來，開始收線。山風猛烈起來，繃緊的線拉扯著他，軸線的動作有些艱難。文笙被風吹得眼睛發痛，不禁閉了一下。忽然，覺得指間一鬆。

線斷了。雅各手中正拿著隨身的小刀。他們對視了一下，然後遙遙地向天上望去。斷了線的風箏，漸漸成了一個小小的點，不見了。


黃昏的時候，昭如聽見有人敲門，以為是文笙回來了，便輕輕應了一聲。

人進來了，卻是秦世雄的聲音，姥姥，找到了。

昭如心裏一動，忙睜開了眼睛。

秦世雄手中，捧著一只紅木匣子。通體雕花，寶蓮祥雲。匣子上沾了新鮮的泥土。

離開襄城的時候，昭如叫他將這匣子藏到鍋廠裏。後院有一個廢棄的花廳，秦世雄想，這破落的地方該沒人走動。就在青磚牆裏掏了一個洞，密密地封好了。誰知道日本人的一顆炸彈，正落在鍋廠。花廳的整堵牆便都塌了。他昨夜裏頭摸黑回去，在斷瓦殘垣裏頭翻找。如今黃昏才回來，可見是費了許多工夫。

昭如拭去匣子上的泥土。

她想起姐姐的話，我不在了，你再打開它。

她的眼底激盪了一下，忍住。心裏卻陣陣發堵。終於克服了這一

切，打開了匣子。匣子裏覆蓋了一層紫色的絲絨。她感到自己的手輕微地抖動，掀起了這織物的一角。絲絨底下，整齊地碼了一排金條。五兩的「大黃魚」，在這黯淡的室內，壓抑地發著光。

其中一只黃魚，裹著一張短箋。上面是昭德的字跡。字裏行間，瘦骨錚錚。那紙上寫著：一身零丁，入土為安。

她沒留神淚水次第落下來，將那短箋打濕。字跡循著宣紙的紋路洇開來，輪廓忽然柔軟了許多。

昭如想起姐姐將匣子交付自己時的神情。彼時彼境，昭德已了然於心，開始安排自己的後事。

昭如的記憶，再次被那火的烈焰灼燒了一下。她想起在羅熙山下，葬了姐姐的衣服。其中一件青緞的長衫。那衫子的袖口，磨得有些發毛。在天津時，她為姐姐繡上了一株墨梅。姐姐說，繡得好。香自苦寒。往後看到了，活著也有了氣力。

想到這裏，她心裏便椎心地痛。不禁撫住胸口，將那匣子闔上了。

這時候，文笙回來了，見母親眼神間，竟沒有一絲生氣。昭如望著他，只是倚著床坐下，再無言語。

# 故人

襄城冬至後濕寒。這一年又多雨水，所謂「一層雨來一層涼」。冷得猛了些，室內竟須向火。昭如住得偏僻，朝向西北，一時間又沒有火爐。葉師娘就專程過來，邀他們母子到自己的房間取暖。

外面陰沉沉的，幾個人圍坐著，心情所至，就有了一點家庭的感覺。葉師娘說蓋這房子時，畫了個圖樣，讓人給她砌了個壁爐。這爐子上用石膏條鑲了聖經的圖案，雖然手工不甚細緻，但依稀還辨得出「施洗約翰」的故事。然而在圖案中間，卻也鑲著中國的「福」、「祿」、「壽」三個字。爐臺的四角是淺淺的飛檐。這顯然是個本地師傅的創意，不過卻並不顯得突兀，反而為這歐式的物件增添了一些未知的富足與圓潤。

葉師娘用撥火棒將爐膛裏的炭火撥弄一下，火便更為熊熊地燃燒起來。細小的炭屑飛揚，又沉落下去。周圍的空氣又暖了一些。昭如在對面的立鏡裏看到自己的臉，因烘烤有些泛紅，也有了好看的意思。葉師娘坐下來，將羊毛毯子裹在膝蓋上，說，來了襄城幾十年，每到秋冬偎著壁爐，便覺得離開了故鄉，也沒有這麼遠。這時候，火裏「啪」的一聲，是炭上烤的栗子裂開了。雅各就拿一柄火鉗，將栗子夾出來，給文笙吃。殼剝開來，一股子發焦的甜香味，在室內彌散開來。葉師娘一邊囑咐他們小心別燙著，一邊說，這中國的栗子小些，烤出來，味兒卻厚得多。昭如想想便說，在北方，向火可烤的東西，還有很多。若說起味道，大約沒有可敵得過紅薯的。我的家鄉產一種紅心的，磨成粉麵味道平平。可是烤出來，那瓤化得如同蜜汁一般，稀甜地流出來，也是奇了。我們南邊的親戚，到了秋天，就拿老菱角來烤，要將外面烤得焦黑，掰開來，裏面是雪白糯香。

葉師娘聽了道，這便是你們唐人說的，一方水土養一方人吧。中

國人對吃的研究，太精也太刁。

昭如說，老子講「治大國若烹小鮮」。中國人的那點子道理，都在這吃裏頭了。

可有一些，我們西人，是想都不敢想。葉師娘說，我聽約翰遜牧師的，他在安徽傳教時，吃過一種毛豆腐。是將豆腐養到發霉，直至上面長出長長的白毛來。然後下鍋煎炸了吃。這豆腐在我們看來，已是奇物，還要特地擱到了變質來吃。我就問約翰遜味道如何，他說，很好吃。若是拿不出膽量來嘗一嘗，真是可惜了。

昭如說，豈止是毛豆腐。徽州還有一道名菜，叫臭鱖魚。是將上好的鱖魚，碼上大鹽，擱到甕裏，六七天後放至發臭。才用濃油赤醬烹製。聞起來是臭的，吃起來卻異常鮮美。且骨肉分離，入口即化。

葉伊莎在旁聽了，搖搖頭說，當年的中國人，也真是捨得。這樣名貴的魚，拿來做實驗。

昭如便道，也不盡然，大約也是無意為之。傳說當年有個徽商，在江南做生意。後來發達了，便買了江上名產鱖魚回鄉歸謝父老。可水路遙遠，還沒到家，魚已發臭了。這徽商的妻子是個持家的人，不忍丟棄。見那魚鰓紅潤依舊，鱗未脫，就取了一尾，下了味重的調料烹製，沒料到一嘗竟出奇豐美。所以說，這道臭鱖魚的造就，實出於意外。杭州的臭莧菜，豆腐乳，益陽的松花蛋，鎮江的肴肉，情同此理。這其中的潛移默化，皆在意表之外。

葉師娘就說，雖說是意外，於物於人，卻也都是造化，我是聽出了一個道理。活了這許多年，夫人方才一番話，內裏的見識讓我佩服。對於飲食，我們西人的心性，總有些非此即彼。不過，這吃談得多了，才知道，現時是什麼也吃不上了。


因為談得夜了，第二天昭如便起得晚了些。正在梳洗，雲嫂卻急急忙忙地進來了，說，太太，你猜我將將看到了誰？

昭如想她一大早就了病房幫手，莫不是遇見了城中故舊。

不等她應，雲嫂便道，太太，你可記得我們坐火車西去，有個女

人帶著個小丫頭，後來走散了的。

昭如心一緊，手中的毛巾把，落在了臉盆裏，自語道：小蝶？

雲嫂說，可不是嘛！估摸著是昨天夜裏頭，躺在醫院大門的門廊底下。清早才給人發現，送到了病房。謝天謝地，總算醒來。唉，不知怎麼過來的，昨兒夜裏頭，風跟刀子似的。

昭如捉住她的手，說，快帶我去看看。


真的是小蝶。

躺在床上的婦人，面色青白。雙眼睜得很大，凹進了眼眶裏去。眼神是直勾勾的。她不乾淨的臉龐上，有幾處淤紫。突出的顴骨，凍得發了皺。而破皮的地方，已長成了凍瘡，向外滲著黃水。

人雖已脫了形，卻辨得出清秀的輪廓，正是小蝶的。

葉伊莎嘆一口氣，說，醒過來，我們要給她清洗，她就拚命地掙扎。只是嘴裏反覆念叨幾個詞。仔細聽，卻全都是日本話。打了一針，這才好不容易安靜下來了。

昭如在旁邊坐了一會兒，終於輕輕喚一聲，小蝶。

這婦人猛然轉過頭，身體同時往後畏縮了一下，眼裏充滿了恐懼。她看著昭如，用直愣愣的目光。

昭如挨近了她一些，說，小蝶，還記得我嗎？

她看到小蝶的嘴角抽動了一下，漸漸地，眼睛裏有了細微的光芒。她張一張口，模糊地，吐出了兩個字：大姐。

聽得出，是西南口音濃重的襄城話。

昭如忍住心裏的疼，對她笑了一笑。小蝶艱難地撐起身子，向昭如的方向挪一挪。昭如忙坐到了床沿上，同時將自己的胳膊環住她。小蝶無力地靠在了她的身上，偏過頭，看著她。眼淚奪眶而出。小蝶這次用清晰的聲音說，大姐。

這一聲用去了她許多氣力，啞得破了音。昭如聽出了撕心裂肺。

小蝶劇烈地咳嗽。昭如緊緊抱著她，用手輕輕撫著她的背。看她平伏下來，只是無聲地抽泣。在抽泣間，她眼角與額頭的紋路，

愈發深刻。只半年未見，這個年少的婦人，瞧上去已經老了一輪。昭如看她頸窩裏的一縷毛髮，在陽光的照射下，發出了淺黃的半透明的光澤。

中午的時候，葉師娘完成對小蝶的檢查。她將昭如叫到了一邊。不待昭如問起，她便說，這孩子的情形，不太好。

她身上有很多處被毆打的痕跡，不知道是受了什麼樣的虐待。有嚴重的婦女病，下身給撕裂，已經潰爛了。葉師娘停了停，說，而且，我發現，她已經患上了淋病。

昭如感覺自己顫抖了一下。她垂下頭，對葉師娘鞠了一躬說，師娘，請您一定治好她。

小蝶是從日本人的慰安所裏跑出來的。

儘管她自己不願意說。但是，當葉伊莎給她換下了衣服，發現貼身的白布束胸上，有一個血紅色的編號。這裏來過另一個姑娘，曾經衣物上也有這樣一個編號。那個姑娘被日本人用鐵鍬柄捅穿了子宮，送來的當天夜裏，就死了。

米歇爾神父說，這個慰安所在城南永樂街的金谷里，叫「日乃牙館」。金谷里一帶原本是徐萬順紙坊和咸陽酒場。襄城落到了日本人的手裏，這裏的業主便被逼遷。日本人就著附近的平房，建了這麼個腌臢地方。最初只有日本和朝鮮的女人，幾個月後也有了中國人。有次日軍一個小分隊以維安為由，從教會帶走了一批中國婦女。後來知道被帶去了那裏，他就和其他在襄的神職人員一起去交涉和抗議，最終卻沒有結果。

米歇爾神父說，有了這個編號，就是在編的軍妓，錄入了日本軍方的檔案。

此後，昭如與小蝶，達成了某種默契。

她們彼此都不會談論這幾個月發生的事情。當小蝶的身體慢慢恢

復，她便加入到了醫院的日常勞作中。雲嫂説，看不出，生得這樣俊的一個人，做事也很利落。太太，我聽你的，從不與她多説話。她竟然也就一句不説，只是默默地做。

小蝶與昭如一家一起吃飯。一開始，她會做上一兩個日常的川菜。儘管她少放辣椒，但還是辣得旁人難以動筷。她便不做了。開飯前，便去廚房裏，給自己炒上一小碗紅彤彤的油潑辣子，用來下飯。

雲嫂就説，來了襄城這麼多年，小蝶姑娘還是個川妹子。

她就笑一笑，將更多的辣子舀到碗裏頭。

久了，大家就漸當她是個尋常人。只是有時候，醫院裏來了半大的小姑娘。病的傷的，她都會跑到人家旁邊，癡癡地看。眼睛先有些發直，然後發濕。

只是一天後晌，一個生了肺癆的女孩死掉了。她看著那死去的孩子，忽然就哭起來，哭得難以自已。

昭如回到房間，小蝶已經平靜下來，呆呆地望著窗子外頭。

小蝶抬一下頭，輕輕説，大姐。

昭如被她叫得心中一凜。

兩個人對坐著，無聲了半晌。昭如問，小蝶，你是怎麼回來的。

這年輕的婦人舔一舔嘴唇，用乾澀的聲音説，我只想找到芽子。

小蝶説，那日走散後，我一個人走到了鄭州火車站。遇見了幾個人，我説我閨女丟了。他們説能幫忙找。我就將積蓄都給了他們。到了武陟縣境內，他們就把我賣了，賣給了一個癱子。

我想跑，但跑不了。癱子他娘看著。可是沒多久河南大水，都逃難去。那當娘的，便説留不住我，要發賣我換糧食。召了人販子來。我説，大娘，我也是爺娘的女兒。你要有一分心疼我，就央他們賣到好活些的地界，往山東江蘇賣吧。那當娘的真的就跟販子説了。

販子把我賣到了清縣，給一戶人家做小。那家男人有兩個女人，都生不了，就想我給他生。我竟也就懷上了。摸著良心説，他們對我

不差。那個大婆自己啃窩頭，給我烙白麵餅子吃。可我記掛著芽子，狠狠心，就逃出來了。走了五天五夜，總算回到了襄城來。我就覺得，這孩子能回到襄城。大姐，你説説，要是人家問起她從哪兒來，她還能説出其他地方嗎？

我趁著夜，摸黑找到了襄城裏的遠親。家裏男的，我叫姨丈，這時候已經在維持會裏幫日本人做事。他説，若是真在了城裏，他幫忙想一想辦法。只是我要聽他的安排。當晚，我就給帶到了日本人的窯子裏。

昭如靜靜地將手放了在小蝶的手背上。小蝶看一眼她，並沒有悲戚的顏色。她説，想穿了，一個女人，碰見了男人，還能幹什麼？只是有的甘心，有的不甘心。原本不甘心，久了，疲了，也就甘心了。

小蝶將袖子捋起來，給昭如看自己的手腕子。那腕子上，有兩排細密的肉紅色的血點。小蝶説，你看，長好了，還是留下了。那時候，我天天躺在床上，就想，這些男人，就是些畜生。我一個活人，總對付得了狼和狗。可是有天，來了個小兵。那小兵比笙哥兒大不了多少。還沒長開，樣子抖抖怯怯的。他説的是中國話。我一驚，坐起來。他説，他是臺灣兵。他不動。後面有人用日文罵，我知道是在催他。我眼睛一閉説，你做事吧。他搖搖頭，他説，他只想多看看我。他想他的阿媽。我説，我也想我的閨女。他偎過來，靠著我。他就哭了，一邊哭，一邊抱緊了我。哭夠了，他説，我走了。突然一回頭，狠狠在我手腕子咬了一口，咬出了血來。他説，要我記住他。那一刻，我只覺得疼，疼得想死。這個孩子，比那些畜生讓我疼得是千倍百倍。

昭如看見小蝶死灰一樣的眼睛裏，倏然亮了一下。她説，大姐，我要找到芽子。你知道麼，我還想著，把那懷上的孩子也生下來。任是哪個男人作的孽，説到底，都是我的孩子。

那孩子呢。昭如的心木著，卻脱口而出。

小蝶慘然一笑，説，給日本人這麼折騰，一早流掉了。

此時，她的臉上是認命的神情。眼眉低垂，像是沉甸甸的簾幕。

昭如望著面前這張年輕而蒼老的臉，忽然間覺得陌生。她知道令她陌生的，是這女人深處的強大。這強大不同於姐姐昭德於這人世間的砥礪。而是，以承受為底。她感到自己心底的憐憫，被一點點碾碎。

小蝶看著她，目光灼灼。她說，那孩子，已經三個月了。這麼大。她伸出一隻手指。我知道，日本人，把他吃了。有個女人來的時候，肚子已經很大了。他們將女人的肚子剖開，取出一個死胎，然後就著芥末生吃掉。

昭如發出作嘔的聲音。小蝶出其不意地微笑了。黃昏的陽光穿過窗欞的格子，將影子打在她的臉上。她的笑，變得有些猙獰。

小蝶不告而別。她在床上留下了一只虎頭荷包和一封信。荷包說是給笙哥兒的。用廢棄的窗簾布做成，但是很精心地鉤織出了黃色的流蘇。信上的字不算好看，十分工整，如同粗眉大眼的方塊。昭如想，纖瘦的小蝶，原來字是這樣敦實的。

醫院裏的人們猜測她的去向。達成了共識，她去找她的女兒芽子了。

然而，半個月後，日本軍方在《支那要聞》上發表了一條消息。他們處決了一個中國的女人，是襄城金谷里慰安所的一名軍妓。報紙配了一張照片，拍攝在行刑之前。照片上的女人衣裳單薄，很瘦小。眼睛卻十分大，茫然地望著鏡頭。嘴角間，卻有隱隱的笑意。

這個女人，是小蝶。

離開醫院後，小蝶並沒有去找她的女兒。她回到了永樂街，並在四周徘徊，很快便被捉住，送到了「日乃牙館」。遭受了儀式性的毒打，她恢復了慰安婦的身份。度過了平靜的一個星期，在某天夜裏，她殺了駐防分隊的一名中隊長。在短暫的泄欲之後，那個男人甚至來不及說上任何話，便被小蝶用軍裝帶勒死在了床上。他被發現時，下身正汩汩地流著血。嘴裏被塞入了東西，是他自己的陽具。驗屍官在中隊長喝過的茶裏，發現了過量的安眠藥。

對於日本人的到來，葉師娘並沒有表現出一絲驚奇。相反，她其實很早就在等著這一天。雖則，她並不知道，他們的初訪會和小蝶有關。

葉師娘用藍眼睛打量著這個下級軍官。這男人使勁繃了一下自己的蘿蔔腿，讓自己站得更筆直些。在他看來，高大的白人老太太，已經老到了應該頤養天年的年紀。但她的存在，可能會給自己的工作帶來麻煩。所以，他不自主地流露出不耐與輕蔑。

他用磕巴的英語想和老太太打上一個招呼。他想表現一下西方人所崇尚的紳士風度，一邊為他的先禮後兵埋下伏筆。

當他艱難地完成了這段話，葉師娘用純熟的日文問他「有何貴幹」。

軍官似乎被將了一軍。他的口氣開始變得強硬，匆忙地說明來意。他說，城中發生了駭人聽聞的謀殺案，關於一個出逃的軍妓。她作案的工具包括一種英國產的安眠藥。據可靠的消息，這家醫院是她最後的棲身之處。

所以，你想要做什麼？葉師娘問。

軍官說，我要做一些例行的搜查。

葉師娘回頭望了一下，說，搜查，你有搜查令嗎？這是國際安全委員會的直轄醫院。沒有令人信服的理由，任何軍方無權介入。

軍官冷笑了一下，說，如果我說，這家醫院和謀殺案相關呢？對於可疑分子，大日本帝國的軍人不會坐視不理。

葉師娘皺一下眉頭，說道，這裏只有我的病人。如果服用過這家醫院的藥物，就有可能成為謀殺者。那麼你先將我帶走吧。

葉師娘凜然的神氣，有些讓軍官發憷。他聽聞過這個老太太的聲名，很清楚她不好對付。

這時候，一個士兵走到他跟前，與他耳語。他的眉毛揚了一下，看著葉師娘，用一種怪異的表情。他說，我們後會有期。

大門關上。葉師娘輕輕舒一口氣，在心裏說，我的上帝。

這交鋒過於簡短，以至於不可信任，令人心有餘悸。

葉師娘對米歇爾神父說，我相信，他們很快還會回來。那些士兵，我們需要盡快轉移到城外去。

她指的是上週約翰遜牧師送來的十五個國軍的傷兵。葉師娘將他們藏在了地下室裏治療。雖然還未完全復原。但是她知道，這時任何的拖延都可能造成後果。

葉師娘展開一張地圖，沉吟了一下，說，我希望，明天中午之前，能讓他們從西涼門出城。那個城門的監管是最鬆懈的。當務之急是，你要安排一輛像樣的車。那個做了截肢手術的孩子，我好不容易給他止了血。我想他已經再禁不起任何的折騰了。

米歇爾神父點一點頭，說，車可以在十點鐘之前開過來。但有一個問題。

他的手指在地圖上劃過，如果從西涼門出去，勢必要翻過整座青晏山。而進出的山路只有一條。在中午的時候出去，很容易和日本人狹路相逢。我們必須保證在日本上山之前，也就是還未接近十鶴堡的時候出發。

葉師娘說，可是，我們怎麼能知道明天日本人的行程。

米歇爾神父說，青晏山頂，青晏山頂可以看到整個襄城。只要我們獲得及時的通知，一切就都來得及。我的意思是，比如，鳴槍示意。

葉師娘說，鳴槍，我很怕會打草驚蛇。

在場的人，都沉默了。

雅各在旁邊，抱著膀子，聽了很久。這時候，他走上前說，媽媽，我想，我有個辦法。

第二天上午，太陽是白煞煞的。天空十分清爽，沒有一絲雲霾。青晏山上高高地飄起了一只蒼鷹風箏。文笙昂著頭，手中把線，時而右手輕輕一蕩。那風箏「颯」地立起，而後一個滑行，上下翻飛起來。乍一看，倒像一隻活生生的鷹隼。

葉師娘仰面看一看，嘴角掠過一抹微笑。

雅各站在文笙身旁，看著一輛國際安全委員會的小卡車，沿著山道安靜地行駛。同時間向襄城的方向望過去。此時的禹河，在陽光底下，閃著粼粼的光澤，將死灰一樣的城市，曲折地劃為兩半。這條河流，由東北進入這城市。由於地勢的緣故，黃河的磅礴在此地收斂，變得溫存和緩。順勢流淌，不疾不徐，漸漸也走過了襄城的高低起伏。千百年間，為這城市孕育了許多長溪暗湧。一如襄城人的性情，於這時世間的進退，不知不覺，漸成一統。這一番走下來，禹河原本水中的泥沙，緩衝沉澱，出城的時候，已是一脈清流。出城處挨著一道古城門，正是西涼門。

當卡車駛向西涼門的時候，雅各放心地嘆了一口氣。他坐在一塊大石頭上，咬了一口雲嫂給他蒸的玉米麵餑餑。但一瞬間，他卻突然緊張起來。他看到幾架黃綠色的摩托車已漸漸挨近了十鶴堡，這是日本人的軍車。傷員已安全撤離，但他想起了中國老話中「來者不善」這個詞。他咬了一下嘴唇，對文笙說，收線。

他們迅速地下山，但當走上山道的時候，聽見背後傳來「突突」的聲音。雅各知道，他們與那隊日本人撞了正著。冬天樹木凋零，路旁已沒有任何遮擋。雅各心裏輕微地一動，對文笙說，往前走，別回頭。

摩托車越過，在他們面前停下。

一個清瘦的男人從車上下來，略略打量他們，問道：你們在幹什麼？

雅各瞇一下眼睛，似乎沒聽懂他的話。於是他清了一下喉嚨，很耐心地用音節鏗鏘的英文，又問了一遍。

這次雅各興奮地舉起了手中的風箏，口氣天真地說，放風箏。

文笙注意到，雅各的中國話，忽然變得半生不熟起來。

冬天放風箏，這是中國的習俗？還是為了迎接聖誕節？男人微微一笑說。他將白手套脫下來，饒有興味地看著兩個少年。雅各對他的來頭有了一點判斷，這是一個軍官。他雖不及昨天那位的身形孔武，但語氣果斷有力，軍階自然也更高一些。

我們美國人，喜歡玩兒是不分季節的。雅各用手指整理一下風箏的鼠線，輕描淡寫地說，他將重心放在了「美國人」三個字上。

男人慢慢收斂了笑容，他說，最近城裏出現了一些可疑分子。對於不明身份的支那人，我們的做法只有一個。他的目光越過了雅各，落到了文笙身上。他用中文說，請問這位是？

雅各猶豫了一下，冷靜地說，他是美國人，是我弟弟。

男人走上前一步，說，小夥子，你有一位黑頭髮黃皮膚的弟弟。

雅各迎上他的目光，嗯，先生，您應該知道美國的大熔爐精神，我們的血緣總是複雜些。如果髮色說明問題，你們日本人和中國人就應該是一家人了。

男人皺了一皺眉頭，直起了身體，是的，但據我所知，你們的語言只有一種，我有興趣聽聽你弟弟的家鄉話。

雅各沉默了。他張了張口，剛要說什麼。卻聽到了文笙的聲音。

雅各聽見，這個中國少年，用流利的英文，說著話。他的臉上沒有一絲表情，只是在些微的停頓之處，他會闔一下眼睛。雅各看著同伴，一邊極力地掩飾著自己的驚奇。文笙的發音精準而好聽，細節上卻比美式英語更為鄭重。雅各的語言閱歷有限，他並不清楚，這是地道的牛津音。

「To see a world in a grain of sand / And a heaven in a wild flower / Hold infinite in the palm of your hand and eternity in an hour.」

文笙念完了這一句，用篤定的眼光看著男人。

男人愣一愣，忽然間，默默地脫去了軍帽。他對文笙點了一下頭。他說，威廉·布萊克，我從未聽到一個孩子，可以將布萊克的詩句念得這樣美。大學畢業後，我再也未聽到過。看來，我應該對華裔美國人表示敬意。

雅各說，你早該知道，我弟弟是個天才。

男人笑一笑，很有風度地打開車門。他說，兩位小先生，如果回家的話，不介意搭我的順風車吧。他作了個請的姿勢。

雅各説，不，我們還要再玩一陣兒呢。

當摩托車遠去，雅各捉住文笙的肩膀，急切地問他，夥計，你知道你剛才在説什麼嗎？

文笙搖搖頭。

此時，他眼前浮現出葉伊莎的臉龐。在雅各出現的晚上，她送他回去，突然即興地吟誦這個段落，一遍又一遍。在夜色中，那些辭句敲打著他，旋律一般，深深印刻在他的腦海裏。那天的路程短暫，她甚至沒有時間向他解釋這些辭句的意義。

葉師娘，我們是「百聞不如一見」。面對銀髮碧眼的老太太，和田潤一的開場白是這樣的。

我看，是「見面不如聞名」。葉師娘微笑，用同樣地道的漢語回敬。

和田的大名，多和他中國通的身份相關。因為他的擅長，日本軍方已習慣於派他處理各種有關支那人的事務。劍橋大學英語系的出身，精於歐亞各國語言，成為他報效帝國最合適的手段。這些，使得他在軍中的地位漸不可取代。而襄城人提起這個名字，總在心底生出一絲寒意。

師娘説笑了。和田讓自己的口氣輕鬆些，他説，我來到貴院，一則是拜訪您，也是來看看我的一位老相識。聽説，米歇爾神父近來經常在醫院裏。

他並不在這兒。葉師娘理直氣壯地説。

上午的時候，米歇爾神父跟車護送傷員出城，此時還沒有回來。

是嗎？那有些事情，可能就要請師娘代勞了。和田陰鷙的眼神，終於流瀉出底裏。

他從隨身的文件夾中抽出了一張照片，遞給葉師娘。

照片上是個神情嚴肅的青年人。葉師娘立即認出，這是東區教堂的中國牧師，寧志遠。他是米歇爾神父的學生，襄城人。就在半年前，從金陵神學院畢業回來。

我想，您一定認識他。和田說。就在葉師娘瞬間地猶豫，要不要否認這一點時，和田合上了文件夾，看著葉師娘的眼睛，說，他在我們那兒。

葉師娘緊一緊披肩。她努力克制著自己的聲音，迎上了和田的目光，你們，憑什麼抓他。他只是個神職人員。

和田瞇了一下眼，似乎沒聽清葉師娘的話，是嗎，他只是個神職人員。那麼，基督教會內部怎麼會出現一個叫做「抗日救國會」的組織，而且對皇軍如此不友好。

我相信，他與你說的這一切沒有任何關係。以國安會的名義，我要求你釋放他。葉師娘一字一頓地說。

放了他？和田笑了笑，他將軍帽的帽檐往下壓一壓，說，皇軍不是基督徒。我們日本人的文化，不包括愛我們的敵人。但是，尊敬的葉師娘，也許您可以救他，如果您幫他回憶起一些事情。

當置身幽暗的房間，葉師娘意識到這是日軍看守所的審訊室。空氣中有經年的濕霉氣，還有某種藥水濃烈的氣味。當她辨別出這氣味的混合中含有若隱若現的血腥與酸腐，還是不禁打了一個寒噤。

她的眼睛已經適應了房間中的光線，依舊只看到一些輪廓。這時候她聽到和田沉厚的聲音，在她的耳邊，葉師娘，我們先看一場表演。

燈忽然亮了，強烈的光照在了對面的人身上。男人半裸著身體，他低著頭，胳膊被拉伸開來，捆縛在鐵鏈上。這人如同被半吊在空中。胸腹上看得見明顯的鞭痕，已經凝結的血污已呈現出黯然的黑褐色。

這一刹那，葉師娘出現了幻覺，以為自己，正面對受難的基督。然而，一桶水被澆在了他頭上。男人顫抖了一下，慢慢抬起了頭。葉師娘心中猛然一緊，是寧志遠。

寧志遠微微睜開瘀腫的眼睛，看到了葉師娘，眼裏閃過一絲不易察覺的光。和田走過去，用鞭梢支起了他的下巴，輕輕說，寧先生，有人看望你來了。你應該認識吧。

寧志遠將頭偏到一邊去。

和田說，葉師娘，少安毋躁，或許您應該做的不是抗議，而是祈禱。演出就要開始了。

葉師娘看見和田招了一下手。一個士兵很熟練地將電極，夾在了寧志遠的身體與四肢上。而導線的另一端，連接在一臺機器上。

士兵按下了一個鍵。機器的燈，倏然亮了。觸目的紅光，灼了一下葉師娘的眼睛。

她看見寧志遠嘴角的肌肉，抽搐了一下。繼而是不可抑制的全身的抖動。這張年輕的臉，顯出了痛苦萬狀的表情。青年人咬緊了牙關，汗如雨下。他的指尖，在電流的擊打下猝然繃緊。

站在身後的士兵，強行架起了葉師娘，支起了這年老婦人的頭顱，讓她看得更清楚些。

這青年的身體像被巨大的力量推動著，彈了起來。他原本瘦弱的身形卻在電擊下膨脹。頸項上的靜脈鼓突，青藍色的血管，隨著肌肉高頻的抖動，在原本白皙的身體上迸張，似乎要隨時炸裂。這時，和田猛然關上了機器。

汗濕了的衣服，緊緊地貼在葉師娘的身上，讓她感到一陣脊背發涼。她在暈眩中慢慢地甦醒。她看著面前的青年男子，已經昏死了過去。他的口涎，卻還在不斷地流下來。而襠部此時已經濡濕。地上是一灘尿液。

空氣中瀰漫著未知的焦糊的氣味。

寧志遠在多次涼水的刺激中醒了過來。

葉師娘看到他終於開口。然而，她卻聽不到他說什麼。她也看到和田眼神中突然迸出了暴戾的光，卻也聽不到他的任何聲音。她竭力地想要聽到，她不信任自己，用手使勁捶打自己的耳朵。但是，周遭卻異樣而令人恐懼地安靜下來。她只看到，士兵再次按下了按鈕。在這一瞬間，她似乎聽到了電流流動的滋滋聲。她聽到了電流竄進了寧

志遠的血管，暴虐地游動。她看著這個年輕人再次昏死，又在冰冷的刺激中醒來。又再次在電擊的苦痛中抽搐與顫抖。還有和田的微笑，那無聲的笑。這一切，在她面前重疊為了畫面，擊打著她的眼睛。

在這畫面中，她踉蹌了一下，跪了下來。她對著和田跪了下來，求他看在上帝的面上，放了這個孩子。她甚至聽不到自己的聲音。她感到自己臉上有火熱的液體流下。那流動的感覺如此陌生，她的面龐，已經麻木了。

畫面突然靜止了。所有的人，都沒有了動作。而跪下的葉師娘，這個老邁的白髮婦人，成為這靜止的畫面中的一部分。

在這時，她聞到了死亡的氣息。

她面前的青年人，再沒有抬起頭來。而這時，她恢復了聽覺。她看著這具年輕的身體，一動不動地懸掛在鐵鐐上。她看不到他的臉。她聽見了冰涼的水滴從他的頭髮上落下來，穿過寂靜，在她的耳廓裏無端地放大，最終擊碎了她。


葉師娘睜開眼睛，第一個動作是緊緊拉住米歇爾神父的袖子，口中喃喃，救救他。

神父低下頭，輕輕在胸前畫了一個十字。

師娘神色瞬間黯然，手無力地垂了下來。她轉過臉，看著窗外的一株銀杏，樹葉已經快要落盡。蕭瑟的風吹過，樹枝搖擺。又一片葉子掉下來，打著旋，在空氣中游動了一下。像是飛舞，說不出的靜美，最後氣定神閒地落到了地上，融進一片枯敗的顏色。

她摸了摸酸澀的眼角，覺得心裏的某個地方，已經乾涸。

神父說，他們逮捕了十二個人。寧志遠在昨夜就義。我們要將剩下的十一個人救出來。

葉師娘咬了一下嘴唇，說，和那些魔鬼講條件？

神父說，我打算去一趟神戶，同修縣聖約瑟堂的普寧神父。他和日本外務大臣有田建一在年輕時就認識，算是有些交情。

葉師娘想一想，問，有把握嗎？

神父搖搖頭，時間太緊迫。前後的疏通，我正在籌錢。

師娘嘆一口氣，我聽説，教會的資產已經凍結了。

神父説，我在想辦法。上海的法租界，有一個買辦朋友，我已經寫信去。

葉師娘説，但是，他們恐怕挨不了一個星期了。


昭如是在第二天知道了消息。

這時，盧家人已準備離開醫院，搬回思賢街去住。臨走之前，昭如留下了那只紅木匣子，和裏面的東西。

葉師娘坐在燈光底下，闔上了木匣。她對米歇爾神父説，那些孩子，或許有救了。

匣子上還有殘留的泥土。葉師娘認出，這做工精細的物件，質地是上好的印度紫檀。盒蓋上的圖案，是盛放中的蓮花，有層疊繁複的花瓣。捲曲的祥雲在其間纏繞。她輕輕撫摸，觸手的涼。然而，在這手指的游走間，她心裏一動。重又將那雲的紋理描摹了一遍。許久之後，恍然，這圖案的輪廓是一句梵文。

她在記憶深處尋找，年輕時的所學已然稀薄。終於，還是認出了隻字片語。意思是，歸命。

〔第四章〕

# 祕密

這時候的仁玨，在家裏，能說上話的人，更加少了。倒是仁楨，每天還是去房裏看她。

以前她多是挑了一盞燈，讀書，或是習寫趙孟頫。這時候，手裏多了一樣東西，卻是和才女的形象不大相稱的。仁玨手裏多了幾支竹針，膝蓋上是一本針織的圖譜。仁楨看拿慣了筆墨的二姐，將這竹針與大紅色的毛線，比比畫畫，繞來繞去。繞了半天，拆了，「咪咪」地線都散開了去。又從頭開始。一來二往，自己先要放棄了。仁玨嘆了一口氣，說，真是行行出狀元，平時只覺得那些娘姨，嗑著瓜子拉著家常，飛針走線。也不當一回事，現在可真知道艱難了。

仁楨閃了閃眼睛，就問，姐，你怎麼想起要打毛線。

仁玨想想就說，閒著也是閒著。

仁楨便又問，這是要打給誰呢。

仁玨沒答她。而是站起身，從椅背上又取下一綹毛線，招呼了仁楨過來，讓她幫著纏線團。

兩個人一邊纏，一邊就有一搭沒一搭地說話。問起仁楨的功課。仁楨就說，悶得很。昨天教務主任到了班上來，說下學期要開一門日語課。我在平四街聽到那些日本孩子說他們的話，像是老鴉叫一樣，一點都不好聽。

仁玨笑了，停了手中的活兒，聽她講。

仁楨就說，上國文課的，現在是個老先生，一口寧波腔。

她便站起來，搖頭晃腦地念，「滋滋為滋滋，不滋為不滋，斯滋也。」

仁玨狠狠愣了一愣，也聽明白，她在學先生念《論語·為政》。不禁笑得前仰後合。

　　仁楨看了她老半天，直到這笑聲停下來。仁玨點一點她腦門，說，小丫頭，這學堂裏的先生，都給你敗壞光了。

　　仁楨小心地張了張嘴，說，二姐，好久沒見你笑過了。

　　接著又說，范老師走了後，我們連音樂課都沒有了。

　　聽到「范老師」這三個字，仁玨臉上的笑容收斂了。仁楨看見她手上的紅線團滾落了下來，慢慢地，滾到自己的腳邊，又繼續滾過去。

　　仁楨就放下手裏的線，去追那線團。這時候，影影綽綽的歌聲，卻響起。怯生生地，「長亭外，古道邊，芳草碧連天……」

　　仁玨的聲音輕細，又有些五音不全。這麼多年，仁楨都不曾聽過她的歌聲。而這時候，她唱著這首〈送別〉。以一種連她自己都訝異的堅持，將這首好聽的歌曲，唱得支離破碎。仁楨記得，那天，仁玨和她一同去參加高班生的畢業禮。正是范老師，帶著大家在唱這首歌。高亢明亮的歌聲，當時在禮堂裏迴響，並沒有離愁，更多是憧憬中的未來。

　　此時，仁楨看著昏暗中的二姐，以一種蕭穆的神情，在唱這首歌。一縷光線，照在她的臉上。青白的臉，浮現出雕塑般的明暗與色澤。不知為什麼，仁楨有些害怕，又有些痛楚。而這些感覺，對她而言，都並未有來處。

　　她慢慢地和上去。她的清晰的、有些柔軟的童音，將仁玨的旋律中那些破碎的間隙，慢慢地填補，充滿。竟是姐妹兩個都覺得有些悅耳。她們似乎受到了某種誘惑，一遍又一遍地，將這支歌曲唱下去，再唱下去。

　　直至多年後，仁楨也並不知曉。在這歌聲裏，仁玨對自己的小妹妹，產生了前所未有的依賴。

　　仁玨也沒有想到，他們彼此之間的信任，是由妹妹對她的跟蹤開始。

這一天下學，仁楨在校門口等小順。這時候，同班的鍾斯綺卻走過來，小聲說，馮仁楨，你們家沒出什麼事吧。

仁楨將書包在懷裏緊一緊，沒理會她。對這個同學，城北琉璃廠鍾老闆的女兒，她總有一些冷淡。儘管她很清楚這孩子對自己的追隨。鍾斯綺其實十分漂亮，稱得上天生麗質。但是，仁楨認為，她並沒有善待她的美，包括將劉海用火鉗燙成了捲髮，也包括將一手的指甲染成了滴血的顏色。都讓仁楨覺得，她並沒有資格成為自己的朋友。然而，鍾斯綺似乎沒有意識到這一點。她嘆了一口氣，然後說，看來你們家真的是窮了，要靠當東西了。

這句話，讓仁楨無法無動於衷。她猛回過頭，定定地看著這個同學，然後說，你在說什麼？

鍾斯綺被她有些嚴厲的眼神嚇得吞吐，但終於還是說，就在，就在我們家門口的「裕隆押」。我看見你二姐，去當東西。好幾次了。

仁楨心裏「咯噔」一下，但是她還是讓自己鎮靜下來，說，我二姐根本就不出門，你看錯人了吧。

鍾斯綺咬咬嘴唇，很肯定地說，就是你二姐，她圍著圍巾，可是我認識她的眼睛。


一個星期後，仁楨親眼看到二姐仁玨走進了這間門面有些破落的典當行。仁玨穿了一件式樣老舊的棉袍，圍著很厚的圍巾，刻意將頭髮盤了一個髻。看上去只是個家境貧寒的婦人。她手裏的藍花包袱，鼓突著，黯淡地發著灰，也是不乾淨的顏色。與她的裝束卻很相宜。

仁楨立刻明白二姐這一切的用心，不過是為了讓別人不至於認出自己。包括她不辭勞苦，走過了半個城，到了這麼個邊遠的地方來典當。

仁玨掀開當舖的布簾，很警惕地回一下頭，向四周望了一望。她並沒有看見自己的妹妹，但卻讓仁楨捉住了她的眼睛。那眼睛裏是懈怠的，卻又有例行公事的警惕。這眼神是一種動物的，是那種在飢餓中覓食，卻即將淪為獵物的小動物的眼神。當再次確認，這的確是自

己的二姐時，仁楨的心裏揪了一下。

她沒有走遠。十分鐘後，仁玨走出了當舖。儘管近在咫尺，姐姐並沒有發現她，因為仁玨正專注地點著手中的一沓鈔票。點完了，仁玨小心地放進貼身的口袋裏。仁楨跟著仁玨，走到了十字路口。看著自己的姐姐，將圍巾一圈圈地鬆開，然後取下來，長舒了一口氣。

仁玨打開了棉袍的盤扣，活動了一下脖子。同時招一招手，準備叫一輛人力車。一輛車應聲而至。這時候，仁玨看見車上已坐著一個人，是自己的妹妹。

在那個夜晚，仁楨第一次覺得姐姐如此陌生。燈焰如豆，光線一五一十地映著彼此的面龐。她這才發現，歲月在姐姐的臉上，已小有痕跡。她們對面坐著。仁玨並沒有解釋什麼，而是與她面對面坐著，看著她。眼神鄭重，如同面對一個成人。

仁楨打量著姐姐的房間，她知道自己，無非是不自主地在尋找一些東西。一些已經因為姐姐的手，消失的東西。但姐姐的房間，無非如同往常一樣簡素。竟讓她覺得，已經沒有什麼東西，可以再減少。她在心裏出現了一種擔心，但連自己也並不知道是為什麼。

這時候，自鳴鐘倏然響起來。「噹」的一聲，好像打破了一個僵局。

仁玨站起來，打開衣櫥，弓下腰，艱難地掏出一樣東西。她走過來，擺在桌子上，是一只黑木匣子。

打開來，裏面整齊地擺放著一些鈔票與銀洋。

再儲一個星期，大概就夠了。仁玨從身上掏出今天的收穫，一張張展平。仁楨想，這些紙幣，恐怕還帶著姐姐的體溫。

在這個夜裏，姐妹兩個間斷地說著話。仁楨知道，這些話，關乎一些承諾。對祕密的保守，以及有關祕密的延續。雖則，除了自己看

到的，仁楨並未向姐姐詢問更多的東西。但是，她知道，姐姐在進行一樁事業。而且，她將成為這事業的一部分，成為這個祕密的同盟。

半年後，慧容回想家裏的事情，心裏有些莫名的鈍痛。於是她不再去想，重又將一只樟木箱子闔上了。

家裏的孩子都長大了，仁楨的性情亦有些變化。其一是體現在吃上。從去年冬天開始，她卻如同許多這年紀的女孩子，開始頻頻向母親伸手要錢，去買一些城中老字號的吃食。慧容由著她去。在慧容心裏，比起同齡的孩子，她似乎是物欲淡薄的，淡薄得令她有些擔心。這樣倒是好了。她不過是個孩子，有著孩子的欲望與偏執。這卻讓做母親的放心。

直到入夏準備晾曬衣物。慧容才發現，自己的一件銀狐皮的夾襖和一只紫貂的袖籠，都不見了蹤影。這是她的陪嫁。她怔怔地坐著，聞著箱子裏隱隱逸出的濕霉氣，說不出話來。

慧容看不見自己的小女兒，在一個寒冷的冬夜，曾瑟縮地打開這只箱子。然後將手伸進去，胡亂地摸到一件毛茸茸的東西。同時間，有一些細微的塵，隨著她的動作飄進了鼻腔。她用盡氣力忍住，讓自己不要打出一個噴嚏，然後將那件毛皮緊緊地貼近自己。出乎意料的，竟有一些暖意，讓她鎮定了一些。於是，她再次伸進手，拿出了另一件。這時候，她回過頭，臉正迎上房間角落裏的一面穿衣鏡。月光流淌進來，她看到鏡子裏，有一張蒼白的人臉，用一種緊張而畏縮的眼神，打量著她。她知道那是她自己，但是仍然抑制不住地恐懼和興奮。她匆促地闔上箱子，奪門而出。

她將這兩件皮貨，連同她積攢下的一卷現鈔，放在仁玨面前。她看見姐姐用難以置信的目光看著她。這目光由驚異至嚴厲，然後卻慢慢黯淡，變成了她讀得懂的悲涼。

　　仁玨將那些東西疊好，收起，然後說，答應姐姐，以後不要再這樣了。

　　在這時，她瞥見姐姐的床頭上，擺著那團大紅色的毛線，和一件織物。仁楨認出來，那是一條沒有打完的毛褲。她走過去，捧起它。這條毛褲上，看得出不嫻熟與摸索的痕跡。許多地方，似乎都曾拆過，又返了工。所以針腳也並不緊緻，甚至有些扭曲。這是一條不漂亮的毛褲。

　　仁玨說，太難了，手都打出繭子了。說著，她抬起手。在光線裏面，仁楨看得到姐姐指間的凹凸。她將這隻手拿過來，輕輕地撫摸了一下姐姐的中指。有一塊堅硬、粗礪的凸起，是冰冷的。

　　仁楨說，姐姐，我走了。

　　仁玨說，楨兒。

　　仁楨回過頭。

　　仁玨說，楨兒，明兒上午，你陪我到夏目醫生那去一趟，好不好？

　　仁楨點點頭。她張一張口，想問什麼。但仁玨已埋下頭去。她這才注意到，姐姐的桌上擺著琳琅的藥瓶。都是些西藥。還有一本攤開的藥典，上面寫著英文與中文，配了一些結構複雜的圖表。姐姐正在將一些中文的字條，貼到西文的標籤上去，專心致志。

　　那些藥瓶子在燈底下，閃爍著豔異的光彩，像一些五顏六色的精靈。

　　妹妹走以後，仁玨關上門，從抽屜裏拿出一把短刀。她走到房間當中，在取暖的爐子前坐下，然後用刀將浮面上的幾塊炭撥開。爐火倏然旺了一下。她將刀放在火上，慢慢地烤。有些木炭在灼熱中崩裂、粉碎，成了一些灰白色的粉。這些粉隨著溫度的熱烈，裊裊地升起。在仁玨的眼睛裏，化作微小的蝶，燃燒著，舞動著，在火紅中劈啪地亮一下，然後冷卻，寂寞地在空氣中飄落下來了。

刀刃漸漸現出赤紅的顏色。仁玨執起它來，並沒有太多猶豫，將袖子捲起，猛地將刀刃印在了虎口上。沒有預計中「哧啦」的一聲。她皺一皺眉頭，使了一下力，將刀更深地割下去。血流出來了，紅得有些發紫，伴著一些燒焦的味道，刺激了她的嗅覺。這淡淡的腐臭，讓她醒覺，突然鬆開了手。刀落在地上。清脆的，一聲響。

她抬起右手，在燈光下端詳。這是一個完美的傷口，因為伴隨了燒灼，邊緣粗糙醜陋，皮膚外翻，便掩藏了刀口的刻意。一些血液已經凝固，而另一些正汩汩地混合著黃白色的組織液，向外滲透。黑紅色的肉，像經年的壞疽。她將手放在水中，這時候才感到了隱隱的痛。當這痛越來越劇烈的時候，她在心裏產生了一些快感，同時呼吸急促。她將手抽出來，匆促地擦乾淨。咬緊了牙齒，沒有作任何的處理。她知道，冬天並不是一個容易感染傷口的季節。但是這一夜的時間，加上合適的溫度。以她虛弱的體質，並不是一件難事。

第二天中午，仁楨看見二姐應聲推開了房門。仁玨右手上纏著繃帶，臉色虛白，頰上卻泛出一抹桃紅色。她微笑著執起仁楨的手，說，走，我們去見夏目醫生。仁楨在心裏抖動了一下，沒有說出話來。她緊緊握住了姐姐的手，那手心裏是滾燙的。

因為天陰，診所裏光線暗沉。夏目醫生瞇了瞇眼，望著馮家四房的二小姐仁玨，禁不住去辨認。在馮家的女眷中，這二小姐是他的稀客。所以他記得很清楚，他唯一一次為這女孩診病，是因為她初次來潮。他不知道在這個女孩的成長中，那次沒有經驗的痛，還留有多少記憶。他只是記得，在診病的過程中，這女孩沒有和他說過一句話。只是頭上不斷滲出細密的汗珠。偶爾與他對視一下，眼睛便垂了下去。

現在，二小姐就坐在自己眼前，已經長大了。若非仁楨在場，他應該認不出她來。因為她與家中任何一個女人，都不相似。並非指眉目，而是神情。她仍然是年輕的，但是眼神中卻沒有這個年紀的人，該有的憧憬或茫然。作為一個病人，她顯得十分鎮定。

他看著仁玨將手上的繃帶一層層地解開，立即聽見了仁楨的驚叫。他在心裏也吃了一驚。僅僅目測，這姑娘手上的傷口，是十分嚴重的燒傷。他心裏判斷，三小姐仁楨也是第一次看到這個傷口。而這個更小的女孩子，卻也立即安靜下來，同時憂心忡忡地看一下姐姐，又望了望自己。

沒有等他詢問，仁玨已經開口。她說，醫生。昨天不小心碰到了火鉗。你知道，我們的傭人真是不濟事。燒得通紅的火鉗，就擺在地上。我又一向不仔細。本來覺得沒什麼，直到今天發起燒來。

夏目醫生看著她，很清楚她在撒謊。因為他在這傷口的燒灼的表皮深處，清楚地看到了銳利的刀口，並且相當整齊。他聽著這女孩，用略帶抱怨甚至絮煩的聲音，在為這個不平常的傷口掩飾。但她的眼神，仍然是鎮靜的，內裏沒有任何起伏，哪怕是流動。

他很仔細地為她消毒，將壞死的皮膚剝除，同時體會著這傷口的蓄意。他不禁在心中揣測。或許這是一次半途而廢的輕生，為何卻切在了虎口上，靜脈近在咫尺。或許是一種威脅。中國的每個大家族，總是有著各種令人解釋不透的雞零狗碎。他這樣想著，不由自主地搖了頭。

醫生，嚴重麼？仁楨問。夏目看得出，三小姐的關切是真實的。她並非一個完全的知情者。他一面包紮，一面故作輕鬆地說，不嚴重，可能醫生要給你姐姐螫上一針。

他做了一個打針的動作，然後對仁玨說，二小姐，傷口有些感染，為免意外，我會給你打一些盤尼西林。

夏目醫生回過身，打開藥櫃。用隨身的鑰匙，打開了一只保險箱。他隱隱覺得身後有一雙眼睛，盯緊了他。他回轉了神，兩個女孩兒卻都是心不在焉的表情。他從藍色的小盒裏，拿出一支針劑，稀釋，然後對仁玨說，這是新藥，見效很快。

當這些液體注射進仁玨的皮膚。夏目注意到二小姐青白的嘴角，抖動了一下。同時眼裏泛出了一些光芒。

當他完成了這些，對仁玨說，恐怕，接下來的幾天，小姐還要再

打幾針。

她看見仁玨皺一下眉頭，然後説，醫生。這盒盤⋯⋯我是説這盒藥，能不能交給我。

夏目醫生並沒有來得及作反應。仁玨撫了一下胸口，然後説，我真的太怕到診所來。我聞了這裏的味道，胃裏就直泛惡心。你知道，我們家的盧叔，因為老太爺中風的事，已經被你訓練成了半個護士。打針什麼的，不在話下。

夏目醫生將目光移向這個姑娘，深深地看她一眼。微笑了一下，然後將這盒管制的處方針劑放到了她手裏，説，好，盧叔我信得過。一天一針，別忘了。

臨走的時候，他對仁玨姐妹鞠了一躬，輕輕説，二小姐，聽説你前些年在杭州讀大學，應該快畢業了吧。

仁玨點點頭。

看，你姐姐是馮家的第一個大學生，真是有出息。槙小姐要加油啊。夏目醫生溫存地笑了，然後撫摸了一下仁槙的頭，好像一位慈愛的長輩。


晚上，仁玨將那些西藥，一瓶一瓶地用油紙包好，然後放進一只「永祿記」的點心匣子裏，連同那盒盤尼西林。當她做完了這些，聽到不知是哪房的孩子，在外面呼喊起來。然後是更多的孩子的聲音。

她站起身，推開了窗子。原來，外面下起了雪。

她將手伸出去。雪花飄散下來，一陣緊似一陣。落在手心裏，一陣涼，卻又很快地融化了。沒化的，是落在了緊緊纏繞的繃帶上，彼此便凝結起來。她出神地看著它們，慢慢地透明、堅硬，融為一體。

又一年過去了。她嘆一口氣，想起許久前回家的那個晚上，分明也是這樣大的雪。她笑吟吟地站在妹妹的身後，蒙住了她的眼睛。

如果不回家，會是什麼樣子呢。她使勁地搖了搖頭，將這些念頭從頭腦中驅逐出去。這時候，一陣風颳過來，帶著乾淨的寒冷，打在她臉上，讓她清醒了一些。她愣愣地在風中待了一會兒，將窗子關上了。

　　黃昏，仁楨手裏捧著點心匣子，站在「永祿記」的門口。人們行色匆匆，並沒有留意這個剛剛放學的小姑娘。但她自己到底有些緊張，手心裏滲出薄薄的汗，眼睛卻遙遙地望著遠處的鐘樓。她在等待五點鐘。

　　還有十分鐘。大鐘上的指針，慢條斯理，似乎看不出任何的行動。長了這麼大，她第一次體會到什麼叫做度日如年。她將自己的手緊了緊，仿佛這樣就可以將這匣子保護得更好。她甚至有些想打開匣子，查看一下裏面的東西還在不在。那些錢，貼著自己的心臟，或許會更安全些。

　　她索性讓自己放鬆下來，將目光移向路上的行人。她很確信的一點是，在這些行人中，必然有一個也在觀察著她。也在等待著五點鐘。然而，她不知道那是誰。有些人偶爾放慢了腳步，眼睛掃到了她的身上，但很快也就離開。對這女孩兒的有些焦灼的神情，不以為意。他們想，大概等父母等得有些不耐煩了吧。仁楨在他們的臉上，也看不出任何的期待與被期待。於是她感到了一陣鬆懈，神情因之茫然。

　　她望著這條熟悉不過的街面。即使是作為一個小姑娘，也看得出一些變遷的痕跡。五年前的石板路，澆築了水門汀，變得平整灰黯。對面的「老祥記」布莊，門臉兒粉刷成了亞麻色，門口是一張招貼畫，上面是個穿旗袍的妖精一樣的女人。賣的多是青島和上海過來的洋布，豔麗挺括。隔壁的「鳳泰」茶館，早已經沒有了。改成了一間咖啡店，是個德國人開的，現在也易主東洋人。女招待們，卻都是中國人，聽說一些是女學生在做兼職。放著怪裏怪氣的音樂。不過裏面的雲石蛋糕，是頂好吃的。就連「永祿記」，也在包裝盒上加了洋文。她低下頭，慢慢地念，Good Eating, Good Life。

　　這時候，街上出現了騷動。人們有些避閃。仁楨看見，一些穿著黃色軍裝的士兵，踏步而來，面容嚴肅。他們肩上背著刺刀，在夕陽的光線中，閃著紅亮凜冽的光。他們的身後，卻是兩個女人，踏著小碎步，緊隨其後。女人的臉上塗著慘白的粉，一直塗到頸項，因此

辨不清面目。然而唇卻是血一樣的顏色。她們穿著華麗的和服，佩戴著繁複的裝飾，猶如夏目醫生送給她的女兒節玩偶。與這灰撲撲的街景，多少有些不襯。仁楨禁不住將目光留駐在她們身上。其中一個女人注意到這孩子的神情，竟笑了一下，然後用一把精緻的摺扇掩住了口，與旁邊的女人耳語。兩個人，就都嘈嘈切切地輕笑起來。然而，她們並未因此而放慢腳步，木屐細碎地踩在水門汀路面上，發出遲鈍清晰的聲響。

仁楨遠遠望著她們的背影，耳畔忽地敲起了鐘聲，裊裊迴盪。她愣一愣。又響了一聲，她這才反應過來，警覺地張望了一下。然後快步走到「永祿記」的門口靠左的石獅子旁邊，擱下了那只點心匣子。

「放下後，轉身往前走。不要回頭看。」她記得姐姐的話，快速地將自己湮沒在了人群中，向街的盡頭走過去。然而，她還是忍不住，回了一下頭。

石獅子旁邊，什麼也沒有。點心匣子消失了。

她揚起脖子，使勁張望了一下。街面上的人群，似乎突然間寥落了許多。

過了好一會兒，她才慢慢地挪動步子，走到獅子跟前，將手伸進了獅子的肚腹間，掏出了一個白色的信封，塞進書包裏。

以後的一個月裏，仁楨陸續地完成幾次同樣的「任務」。她已經相當地得心應手。甚至於，她不忘在等待的時候，先走進「永祿記」，買上一塊桃酥，放在嘴裏慢慢地嚼。這使得她手裏的點心匣子，變得更為恰如其分、有模有樣了。

冬至快要到來的時候，仁涓終於決定了主意，離開娘家回修縣去。

她強打著精神收拾行囊細碎，一錯眼，卻看見一個人站在門口。

是仁玨。

二妹，你坐。她想笑一下，卻不自覺地將這笑容在心裏碾碎了，吞嚥下去。手裏也並沒有停。

一只皮箱填滿了，她蓋上，發狠似地壓了壓，卻扣不上。她有些喪氣地低下了頭。仁珏不禁問，這些活兒，怎麼不讓底下人做？

仁涓說，都打發出去買東西了。快過年了，婆家始終還是要應付。我在那裏，有什麼意思，還不就是活個馮家的面子。

仁珏走過去，將箱子打開，零碎拿出來，重新擺放了一下，然後扣上了。

呵呵，你倒是什麼都比我強。仁涓坐定了，聲音有些氣喘。

仁珏看著大姐，這兩年其實是現出些老態了。渾圓的面龐，原先是富貴相的，現在卻有些浮腫。眼袋也鬆弛了。鬢角間閃爍過一絲白髮，她突然間有些不忍。她讓自己定一定神，問道：姐姐近來好麼？

好，怎地不好。我現在是心寬體胖。仁涓拎起手中一件黑色的絲絨旗袍，說，生了孩子，都穿不上了。你看這做工，「瑞蚨祥」就是不一樣。二妹，留給你吧。

她放在仁珏身上，比一比，笑得似是而非。仁珏知道，對於自己的出現，她自然百感交集，連敷衍的情緒也沒有了。

當姐妹兩個，都漸漸沒話可說。仁珏咬咬唇，說出一句，聽說姐姐最近有些為難的地方。

瞬間安靜下來。仁涓警醒地抬起了眼睛，直勾勾地盯著仁珏，蠻蠻，你不是來看我笑話的吧。

仁珏略略偏一下頭，說，這話說的。無非是娘姨們亂說罷了，姐姐也不要往心裏去。

仁涓有些頹喪地扯住自己的衣角，苦笑道：真是好事不出門。

兩個人都沉默了，卻突然對視一下，眼睛裏有內容，彼此好像都有話要說。終於還是仁珏先開了口，姐姐，只是，往深裏想一層，總要有個法子才是長遠的。

仁涓就有些失神，苦笑一下，說，我一個笨人，能有什麼辦法。擺平了下去，落了滿世界的抱怨。我現在是姥姥不親，舅舅不愛。

仁珏便說，姐姐這話差了。人一輩子長得很，現在說什麼都太早

了。要我看，姐姐算是個有福的人。

仁涓將一件披風摺一摺，摺亂了，卻又抖了開，說，人的福分是注定的，多一分都不是你的。當年我嫁進了葉家，人人都說我好福氣。可這本不是我的，合該現在成了眾人的笑話。蠻蠻，說起來這件事，因為累了你，我其實沒有一天安心過。

仁玨本是笑的，這時候笑容便僵在了臉上。掛下來也不是，她覺得嘴角上，有些牽扯的酸痛。

仁涓卻繼續說，二妹，其實我想你也來葉家，掏心窩子說，一半兒是為我自己，一半兒真是想你進來後，能讓我這做姐姐的盡一點本份，也算是個彌補。可是，如今這個人，不要也真就罷了。

說到這兒，仁涓就嗚咽了，紅了眼窩兒。仁玨一咬牙，慢慢地說，姐姐又知道我不肯。

仁涓卻冷冷地一笑，當這是風涼話。這男人，現在我都不愛了。何況妹妹一個潔淨慣了的人。我是真看錯了，誰知是個不成器的東西。

仁玨沉吟了一下，說，玉不琢，不成器。若是放任了他，將來卻真的難以收拾了。

仁涓嘆息，不是我放任，是他放任自己。

仁玨咬咬唇，脫口道，也和姐姐說句私己的話。這幾年過來，我的年紀也明擺著。與其這樣在娘家不知去處，倒不如索性守著個知根底的人，這一輩子便也罷了。

仁涓心下一驚，倏然抬起頭，打量仁玨，好像在看一個陌生人。她看了又看，到底開了口，蠻蠻，你的意思……我這裏是盼星星盼月亮，可是現時，我倒真怕委屈了妹妹。

仁玨抬起手，撩一下額上的劉海，似要讓仁涓看清楚了她。她含笑，慢慢地說，姐，你是明白我的。我既開了口……

仁涓一把握住她的手，妹妹快別說了，我是歡喜還來不及。讓做姐姐的，將來也有了個盼頭。你若過了門，誰敢不高看我們馮家一眼。他們葉家再家大業大，何嘗出過一個女大學生。姐姐是笨，但道理是明擺著的。這左革命右革命，日本人再來鬧上一鬧。時代都是新

的了，這家裏也自然要是新的人當家。你説可對？

仁玨的手被她攥得生疼，她也看到仁涓的笑，笑得眼角的褶子愈發的深了。一瞬間，這疼就有些椎心，險些讓她動搖。然而，她眼前出現了另一張臉，讓她立時清醒了。她望一眼仁涓，眼裏的哀愁此時此刻，恰如其分。她説，姐姐説得都對，只是⋯⋯

仁涓的手握得更加的緊，只是什麼，妹妹有什麼難處，姐就豁出命去⋯⋯

仁玨將手輕輕抽出來，眼光有些恍惚。她分明看到窗戶紙上，有一隻蛾子。在這寒冬的季節，這蛾子撲閃了一下翅膀，在燈焰光暈裏掙扎了一下，終於跌落了下去。她笑一笑，説，也未至這樣嚴重，只是，那時因為端木康，背上了許多債務，這兩年還了又還，卻還有餘數。我只想清清楚楚地去葉家，省得旁人指點。

仁涓倒舒了一口氣，説，我當是什麼，這世上，凡説到個「錢」字，反倒就簡單了。

説完，便又打開箱子，取出一個錦囊，從裏面掏出一沓法幣來。仁涓塞到仁玨手裏，説，蠻蠻，這是今年的田租，姐姐盡數交給了你。只怪我不爭氣，打牌又花費了些。你數數夠不夠，不夠姐再想辦法。

仁玨一垂頭，説，姐姐，這算我借你的，將來加倍奉還。

仁涓的語氣就有些激動，説，借什麼借。難道你想説下半生也是借給了姐姐不成？你讓我如何消受得起。

姊妹兩個默然相對了許久，仁涓又道，姐明日回去，就操辦起來。過了年擇個日子，要比我當時過門還要辦得體面些。

仁玨便説，有勞姐姐了。娘那邊，我去説。

仁涓愣了一愣，終於説，也罷，畢竟是你出閣，理兒上也對些。她老人家，沒準兒現在還在負著我的氣。

仁玨捏著那沓錢，心中有些顫抖。經過前院的天井，見到暖房裏有兩個孩子。

這暖房是老太爺留下的，養了許多奇珍異卉。墨西哥的一人高的仙人掌，荷蘭的金鬱金香，甚至還有印度來的曼陀羅。原本請了一個馬來亞的園丁，專門打理。老太爺歿了，三大爺便覺得無謂養一個閒人，辭退了他。這暖房缺少人看顧，逐漸敗落了。可卻並未蕭條，花花草草自己可了勁兒地瘋長，倒長成了小小的熱帶叢林，糾糾纏纏，五光十色起來。

原本並沒什麼人進去。仁玨看到這兩個孩子，是三大的一對雙胞胎孫子。正八九歲，狗也嫌的時候。他們也看見了仁玨，突然有些驚慌，匆匆地離去。頭也沒有回。

仁玨想一想，便走進暖房，並未發現什麼異樣。卻突然聽見「撲啦」一聲。便循聲望去，見地上躺著一尾金魚，正沿著水缸撲打。她認出來，竟是老太爺生前養的黑龍晶。只是沒想到牠還活著，且長得這樣大，不知是靠了什麼生活的。仁玨蹲下身，捧起牠，將牠放回水缸去。這魚翕動了腮，似乎很努力地想鑽進水裏去。然而，動彈了一下身體，肚皮卻朝上浮了起來，兩片鰭微弱地擺一擺。仁玨看到有一些紅色的血絲正從牠的眼睛裏流動出來，將牠身邊的水，都染紅了。再一看自己的手，也是紅的，驀然有些驚懼。仔細辨一下，這魚竟然兩隻碩大的眼，都被戳開了一個洞，正汩汩地往外流著血。她覺得胃裏突如其來地痙攣，捂著嘴巴跑出來了。


仁楨坐在「永祿記」門口的臺階上，慢慢咬著一條龍鬚卷。她並不知道，這是自己最後一次為二姐幫忙。雖然對這樣傳遞東西，她已經輕車熟路。但這次究竟不同，因為要交到來人手上。這讓她有些興奮，又有些緊張。

除了點心盒子，身邊還有個包袱。她悄悄掀開包袱，看裏面透出的一角紅。她想起二姐捧了這條毛褲，拿到燈光底下給她看，像是抱著個新生的嬰兒。那神色是既驕傲又羞赧，又有些沒著沒落。問她好不好看。她說好看，可也看清楚，這毛褲針腳的粗大和扭曲。有的地方，已經脫了線。仁玨就嘆口氣，說打這一條毛褲，比讀完兩個大學

都難。那些姨娘，合該博士畢業了。

她想起姐姐的話，不禁笑了起來。

這樣笑著，沒留神面前已站了一個人。那人咳嗽了一聲，她才抬起頭。來人一身粗布短打，戴了頂舊氈帽。帽檐壓得很低，辨不清面目。仁楨警惕起來，垂下頭，將手中的盒子抱得更緊些。

「小姐要車嗎？十條巷到平四街可遠得很。」仁楨聽到這句話，倏然一驚。

再抬起頭，目光恰碰上了一雙清秀的眼睛。那眼睛含笑看她，帶著暖意。她脫口而出：「范老……」

來人做了一個噤聲的手勢。仁楨猛然壓抑住心中的欣喜。她並不知道，來和她交接的人，竟然會是逸美。她喜出望外。然而逸美並無親熱的表示，只是略略抬眼望一下四周，接過她手上的盒子。

這時候，街上傳來一些喧囂的聲音。他們都看到遠處走來了一些穿著黃色軍裝的士兵。逸美將一封信迅速塞到她的書包裏，摸摸她的頭，便轉身走向一架人力車，抬起了車把手，邁開了步子。車上是個戴眼鏡的瘦削的男人，笑著對她點了一下頭。

這一切發生的太快。她愣愣地看著范老師的背影消失在巷弄的盡頭，才突然發現，地上還有一只包袱。她拎起包袱，緊追了幾步，漸漸意識到自己的徒勞。同時，街上一些人，已經用不尋常的眼光望著她。她這才放慢了腳步，同時間心裏充滿了沮喪。

這時候天上現出瓦青的顏色，然後開始落下雨點。入冬已經很久，人們似乎都對這突如其來的豐盛雨水始料未及，開始奔跑躲避。小商販們手忙腳亂地收檔。太太小姐們將人力車指使得團團轉，間或有呵斥與抱怨聲。

仁楨也跑了一會兒。她發現雨越來越大。她將包袱摟在懷裏，還是難以阻擋雨水迅猛地撲打上來。她終於躲到一個雜貨舖的屋檐底下。

雜貨舖已經關了門。她望著雨像簾幕一樣垂掛下來，遮擋住了街面。她瑟瑟地發著抖，然後聽見有輕細的叫喚聲。低下頭，看見一隻很小的狗，挨近了她，將濕透的皮毛貼住了她的小腿。她蹲下身，撫摸了一下牠冰涼的身體。小狗發出極其微弱的呻吟，然後伸出舌頭，舔了舔她的手指，一絲暖。

當天暗透的時候，仁楨從後門溜回了家裏。她將濕透的包袱擺在了仁玨面前，看著姐姐的目光一點一點地黯淡下來。仁玨並未説什麼，只是伸出胳膊，緊緊地將她抱在懷裏。屋裏安靜得很，仁楨似乎聽到了二姐的心跳。二姐低下頭，吻了一下她的額頭。她覺出臉頰上有一股熱，將雨水的寒意覆蓋了。她抬起眼睛，看見姐姐笑著在流淚。

這場雨水，讓仁楨染上了肺炎。慧容不斷地檢討自己，説家中大小事情，使她對這小女兒疏於管理，以至於野了心。只以為她大了，不需要人接送，卻成天價地不知道到了哪裏瘋去。

她長吁短嘆，同時禁絕了仁楨與外界的來往。

仁楨躺在床上，喝著各種湯湯水水，聽著奶媽徐嬸無休止的嘮叨。漸漸的，她卻感到説不出的寂寞。徐嬸這幾年，似乎年紀也大了，很多事情翻來覆去地講。仁玨與仁楨，都是她帶大的。對這個小的，她又分外盡心，幾乎是當成了自己的孩子來養。但這孩子大了，與她的話便少了。説的很多話，她也不懂了。

這次孩子病了，於她簡直成為一個機會。變了花樣給她做各種吃食，給她講山東老家裏的各種故事。這些傳説，在仁楨小時候聽來，興味盎然。然而她並不知道，如今的仁楨，已經對她的故事有些厭倦。雖然她是個善意的孩子，未表現出一些不耐煩，但的確是厭倦的。並非因為情節裏的鄉野與鄙俗，而是，她的內心中，有更大的世界。即使這世界是模糊的，但是，這世界的接壤處，卻讓她看到了一些清晰而重疊的臉孔。

好一些的時候，她便想要徐嬸拿課本來給她。徐嬸粗聲説，功

課的事，等好利索了再說，這密密麻麻的字，看得多費腦子。仁楨便說，那徐媽媽給我念課文聽。徐嬸便一短舌頭，說，小祖宗，你讓我給你念課文，不如趕母豬去上樹。等你二姐回來，讓她念給你聽。

仁楨就使起了性兒，說我現在就要聽。徐嬸就犯了難，說你二姐和太太出去了。

仁楨聽了心裏一動，說，二姐和娘出去做什麼？

徐嬸就說，做新衣裳唄。等你好了，也給你做。

仁楨就扁扁嘴，說，你騙人，二姐才不要什麼新衣裳。

徐嬸也笑，說，你懂什麼，哪個新嫁娘不要做新衣裳？除非爺娘不愛。

仁楨一骨碌爬起來，說，什麼……新嫁娘？

徐嬸自知失言，說，快喝湯，涼了喝要鬧肚子。

仁楨一把推開碗，你不說，我就不喝。

徐嬸嘆一口氣說，明明是喜事，也不讓我多嘴。你二姐就要嫁人了。

仁楨瞪圓了眼睛，說，二姐要嫁人，我怎麼不知道，她是要嫁給誰？

徐嬸擱下碗，說，也不是外人，大小姐家的姑爺。你大表哥。

仁楨說著就要下床，徐嬸也慌了，連哄帶嚇，把她勸回去。

晚上，仁楨一覺醒過來，看到床邊坐著一個人，笑盈盈地看著她。

她一把抱住二姐，心裏卻一陣發酸。她揉揉眼睛，說，姐，你要嫁人，為什麼不跟我說。

仁玨輕輕撫摸她的頭髮，說，想等你病好了再說。二姐怕你難過啊。二姐有一天真要走遠了，不回來了，楨兒該多難過啊。

仁楨說，修縣又不遠。大姐嫁了，還不是三天兩頭地回來。

她說完，咬一咬嘴唇，終於說，二姐，你還喜歡大表哥嗎？

仁玨的手顫了一下，停住了。

　　外面起了風，颳得窗戶紙簌簌地響。一不留神，竟將一扇窗吹開了。風呼地一下鑽進來，仁楨打了一個寒戰。

　　仁玨起身，快步走過去，將窗戶關上，閂好。

　　這時候，仁楨聽到她的聲音，好像從很遠的地方飄過來。

　　楨兒，二姐這輩子，是很想要好的，偏偏好不了。你別跟二姐學。

# 姐姐

待仁楨的病完全好了，已經快到了年關。

馮家的氣氛，按說比往年是清淡了許多。這時候竟然也有些熱鬧。三大爺明耀大約是要做給外人看，也是重振家聲。今秋將祠堂又翻了新，「錫昶園」往南又擴了十畝，引了禹河的水進來。在水流交折之處，設了一道月門，借四時之景。門上有「枕溪」兩個字，兩旁則鐫了晦翁的對子，「問渠哪得清如許，為有源頭活水來。」三大爺為此很是得意。說一字得宜，滿盤皆活。上善若水。這家裏，就缺些水來沖刷沖刷，省得烏煙瘴氣。

娘姨孩子們，自然是最高興的。屋外頭，無端多了一個小蘇州。來年開春植些荷藕，入夏便可魚戲蓮葉間。明耀卻是等不及，他是個講排場的人。這園子落成，便邀了遠近友好，並城中名流一眾。美其名曰「茶會」。這便有了些新派的意思，說明自己並非老朽。來的人裏頭，郁龍士是明煥的故交，便尋他敘舊。明煥想仁楨初癒，帶了她同去散心。走進園子，卻見龍士正與一老者相對談笑。老者面目清朗，一問之下，才知是大名鼎鼎的吳清舫，頓時肅然。吳先生拱手，小老兒素不喜熱鬧，卻極好園林。這一回聽聞府上新造了竹西佳處，心癢難耐。一見之下，果真不同凡俗。見便見了，就此別過。

這時候，卻見明耀遠遠走來，對吳先生作了個長揖，說，先生既來了，可不能就這麼走了。先前馮某數次求畫而未得，這次造了園子，倒真請到了先生。先生若不留下丹青寶跡，怕是負了如此良辰美景。

吳清舫推託不過，便被迎到院落中庭。這時已近戌時，氣候寒涼。因四面燒起炭火，眾人並不覺得冷。現在更是興酣，都起了雅趣。中庭裏已擺了一條案几，紙硯筆墨俱備。吳先生立於臺前，沉吟

一下，便提筆揮毫。不多時，便見紙上現出了一個形象，十分喜人。
原來是個大肚子農夫，倚在麥秸垛旁歇息，半瞇了眼睛，看上去寫意
得很。眾人嘖嘖稱讚。吳先生舉頭一望，見半空是一輪圓月，在寒素
中格外白亮，便微微一笑，略用皴筆，將這月亮繪於紙張的空白處。
這農夫，便似在賞月了。

明耀便一拍巴掌，說，今日得見先生的功力，寥寥數筆，躍然紙
上，真高人也。又回首向郁龍士說，虯正兄，依我看，吳先生佳構，
若得你字，便是珠聯絕品了。郁龍士略皺眉道：我本不敢造次，可
在先生筆意中，看出一則畫謎等人來解。我便題一句隱字詩，算是破
題。說罷，筆走龍蛇。眾人看他題的是：「浮生半日得偷成」。

吳先生捻鬚大笑道：龍士知己也。眾人再一看，回過神來，知道
隱的是一個「閒」字，也紛紛叫好。

明耀便道，時節紛亂，若得閒情逸興，也是人生的大歡喜了。我
便是要好生裱起來，懸掛中堂。先生的潤筆，稍後定敬奉府上。

吳先生便說，且慢。這畫既成，我本用於自勉，無意鬻售。承
馮老爺看得起，饋贈無妨。只是有個條件，若不然，小老兒自是捲
軸而去。

吳清舫的怪脾氣，這城中都知道一二。但聽他這麼說，多少有些
煞風景。便也都替馮明耀捏把汗，怕他面子上下不來。

明耀臉色動一動，究竟還是堆笑道，先生但說無妨。

吳清舫便說，這畫裏的字，給龍士解了，究竟隱於詩中。府上諸
位，若可不賴言語，將這謎底釋解，此畫吳某立時拱手相呈。

眾人便覺他是刁難。也有自覺聰穎些的，便說，「閒」字是「門」
中一「月」。有了這兩樣物事，便可破解。

這園中，原就有個拱門，園中景致，盡數攝入。可偏這天上姮
娥，千仞之遙，是如何也借不來的。紛紛覺得棘手，有人就訕笑，說
這大富之家，究竟叫這窮畫師給將了一軍。

這時候，人們卻未留神一個小小的女孩子，端了一只水仙盆，走
到拱門前，小心翼翼地擱下。

然後大聲說，先生，我破了你的謎，這畫是要送給我麼？

眾人循聲望去，看見站在門裏的，正是馮家四爺的小女兒仁楨。

吳先生大笑，說，好，君子一言九鼎。我倒看是怎麼個破解法。

仁楨便輕喚他過去。吳先生只一看，便對仁楨鞠了躬，又走到明煥跟前，說，令愛聰慧過人，吳某輸得心服口服。

眾人便圍上去，看水仙盆裏，是滿滿的一汪水。那水裏，正是月亮明晃晃的一輪倒影。

一番酬唱，吳清舫告辭。卻又止步，折回對明煥夫婦道：這城中幼小，見過不少。可這讓老朽心有所動的，卻是寥寥。令愛今日讓我開了眼界。多年前倒是有個金童，怕是現在也長得很大了。

因這園中的工程，前院裏的暖房便也拆了。說老太爺留下的東西，這時候有些不倫不類。自然還是明耀拿的主意。外面的時局管不著，家裏他總是可以做得了主。有念舊的人言語了兩句，他便正色道，那暖房裏的花草，也好移栽出來，見一見光。不然這時日久了，局在這麼小個地方，還不知會育出什麼藤精樹怪。

仁楨也看著這家裏大小的變化，並不覺得有什麼興奮。人還是那些人，偶爾聽見他們談起二姐，當面一百個奉承。轉了身去，說什麼的都有，也不避小孩子。連帶著說起四房，就「咲咲」地笑著敷衍過去。

年初六那天，仁楨正在仁玨房裏玩兒。門簾子掀開，進來一個婦人。仁楨認出是三房的人，常年陪在三大娘身邊的。那婦人道了個萬福，說，我們太太請三小姐過去說話。

仁楨就笑說，年過了一半了，莫不是又要給上一份壓歲錢？三大娘手可真闊。

婦人沒言語。

仁玨看了看她，略思忖一下，牽了仁楨的手站起來，也好，我也

給三娘請個安去。

婦人的聲音就有些冷，我們太太請的是三小姐過去。二小姐快要出閣了，太太還望您好生歇著。眼下家裏人稠，也不宜多走動。

仁玨便道，三娘是不歡迎我了？

婦人便闔一下眼睛，說，二小姐識大體，不會為難我們底下人的。

仁楨就放開仁玨的手，說，姐，沒事，我看三娘也捨不得吃了我。我去去就來。


仁楨隨婦人走到三房的院落。並未進正廳，而是拐到了西廂房。

進了房，看見三大娘馮辛氏正端坐著等她。房裏另有幾個形容粗壯的女僕，眉眼都很生。房中央擺著個怪模樣的椅子，高背，椅面也搭得像空中樓閣，不知是要讓誰坐的。

仁楨正好奇。三大娘站起來，說，這一過了年，楨兒就是大姑娘了。

仁楨跟她請了安，說，我一早就不是小孩子了。

馮辛氏點點頭，說，大姑娘，就得有大姑娘的樣子。三娘今天，就來教一教你。

這話說完，她便使了個眼色。女僕一擁而上，將仁楨抱起來，擱在那椅子上。兩個架著她的胳膊，剩下的脫掉她的鞋襪。

仁楨突然間就動彈不得，聰明如她，見這陣勢，已然明白了。到底是小孩子，還是驚慌。她掙扎了一下，眼看一個女人開始使勁揉捏自己的腳，不禁大喊起來，三娘，我們老師說了，政府早發了佈告，禁止女人裹腳。你不怕給告了官去。

馮辛氏冷笑一聲，說，天下有天下的規矩，我們馮家有自己的家規。我活了這幾十年，見天下的規矩一天三變。我們馮家的祖訓何時變過分毫。待你大了，就知道三娘是為了你好。

仁楨感到一陣鑽心的疼，看到女僕正將自己的四個腳趾使勁窩進腳心裏，然後扯起一尺白布，就要裹上去。仁楨終於痛得哭喊起來。她蹬著雙腳，一下將女僕蹬倒在地上。女僕也不惱，嘴裏訕笑，三小

姐人小，腿勁兒倒挺大。將來的姑爺可要受苦了。

仁楨忍不住罵她，瞪圓了眼睛喊道，我娘不裹腳，我二姐也不裹，你們休想碰我。

馮辛氏有些動怒，一氣站起來，說，有你娘這樣的娘，才教出你二姐這樣的閨女。讀了一肚子的洋墨水，到頭來還不是給人做小！你終要嫁出去。若不是為馮家的門楣，我哪來的閒工夫管你。

一邊對女僕們大聲說，一群廢物點心，還愣著幹什麼。

仁楨眼見著自己的腳，被白布一層層地裹上了。她嘴唇發著抖，眼淚珠串似的流下來。額頭上滲出細密的汗。嗓子啞了，喊叫也漸漸成了哽咽。

馮辛氏倒舒了口氣，強擠出一個笑。

然而，當女僕捧起她的另一隻腳，要如法炮製，她卻不知哪裏來的力氣，大喊了一聲：娘。

這一聲，將所有的人，都嚇了一跳。

門「呼啦」一聲被推開了。

人們停止了手中的動作，看見老管家慌慌張張地進來，說，太太，不好了。咱們的宅子給日本人圍起來了。

馮辛氏啜了一口茶，不屑地說，多大的事，眼下全城都是日本人。左不了又是來要東要西，老爺知道了嗎？

老管家壓低了聲音，這回不一樣，他們說，咱們家有人通共。

仁楨聽到茶杯落在地上的一聲脆響。碎瓷崩裂的聲音伴著她的疼痛，被放大了。

馮辛氏站起來，似乎站得不太穩當。她撐著桌子，說，你跟老爺說，我這就過去。

仁楨看著馮辛氏的背影消失，從椅子上艱難地跳下來。著力正好在彎曲的腳趾上，她不禁倒吸了一口涼氣。

她的跟前是手足無措的女僕。她們看著這個幼小的女孩，凶狠地撕扯著腳上的纏足布。由於針腳密，她咬緊了牙關。

白布已透出隱隱的紅色。當撕下了最後一層，她看見自己的腳，已經紅腫，腳趾往外滲著膿血。她輕輕捏了一下腳趾，讓它們舒展開，便穿上了自己的鞋子。沒有任何的猶豫，開始一瘸一拐地往外走。一個女僕，似乎要攙扶她一下。仁楨撥開了她的手，推開門，午後的陽光闖進她的眼睛。

每走一步，都是入心的疼。但是，她讓自己走得快一些。

當她走到前廳，看到了自己的母親。她想越過眾人的目光到後院去，已經不可能。慧容也看見了她，嘆一口氣，走過去牽住她的手，叫她不要亂跑。

她看見三大爺明耀的對面，站著幾個日本軍人。最前面的軍官她認得。這個叫和田潤一的男人，如今一身戎裝。原本清瘦的身形，輪廓變得硬冷。此時他一言不發，面對著明耀恭謹中的慌張。

中佐閣下。明耀終於開口，此番光臨舍下，不知可有我馮某效勞之處。

和田淡淡一笑，說道，馮老爺，恭賀新禧。我們算有些交情，就不兜圈子了。

瞬間，他臉上的笑容收斂，如閃電一般。

和田掃視一下眾人說，最近皇軍在棗莊截下了一批物資，是運往甘南蘇區的。其中搜查出一批藥品，可能與府上有些關係。

他掏出一支赤褐色的玻璃瓶，舉起，說，這種盤尼西林針劑，是大日本國的軍需藥品，每支下面都有一個編號。奇妙的是，也出現在了我們截獲的物資裏。據查這些針劑是由軍醫夏目一郎開出的。不知府上，最近可有眷屬光顧過夏目醫生的診所？

廳裏一片死寂。

這時候，和田走到了仁楨面前，暗啞的聲音，突然變得和藹與溫存。他說，三小姐，這個可愛的小藥瓶子，您認不認得？

仁楨想都沒想，用很肯定的語氣説，不認得。

和田嘴角略略上揚，眼裏閃過一絲鋒利。他説，那麼，我只好問問您的姐姐了。

仁楨感到母親牽著她的手，倏然緊了一下。

和田對慧容鞠了一躬道：夫人，恕我不敬，可能要請府上配合一下，請令愛作些調查。這次運往蘇區的，除了藥品，還有幾十石糧食。巧得很，用的是二小姐仁玨的名字。

慧容十分鎮定，她説，我這個女兒，年後就要出閣了。許久都沒有出家門，如何能去做這麼多事。閣下怕是弄錯了。

和田眯一下眼睛，輕輕説，夫人説的是，我雖與二小姐緣慳一面，可聽説是杭州大學的高材生。馮家的光榮，怎會與新四軍匪類扯上關係。有人冒名也未可知，那更要查一查，還小姐一個清白。

無人留意到一個小女孩的焦灼。仁楨定定地望著前方，看到湘繡的「四君子」屏風上有一滴去夏遺下的蚊子血。晦暗的顏色，這時候卻分外觸目。

仁玨被從房裏帶出來。她與和田對視了一下，兩個人都面無表情。她清寒的目光落到仁楨臉上時，有了一點笑意。

人們望著二小姐，都覺得有些陌生。這才意識到，最近家中有關她的傳説，只是一個名字。而她本人已在眾人視線之外。像一隻隱居在岩隙中的蝙蝠，出其不意，重見天日。年輕的女孩，蒼白著臉，頰上卻有一抹不健康的紅。這並非一個待嫁新娘的形容。她裹著單薄的羊毛披肩，微微含胸，站在尚算料峭的風中。眼睛裏是事不關己的神氣。

或許是士兵們在仁玨房裏待得太久，儘管心中驚懼，人們還是忍不住張望。幾個僕從引長了頸子，撞上了明耀嚴厲的目光，忙不迭地縮回去。仁楨覺得腳下的疼痛，蔓延到了小腿上，開始劇烈地酸脹。她捏緊了母親的手，發覺母親的手心黏膩，已滲出了薄薄的汗。二姐抱緊了胳膊，遙遙地看向一個空曠的地方。那裏有一群鴿子，疾速地

掠過。仁楨隱約聽見了鴿哨的聲音。

當士兵們出來時，和田嘴角有不易察覺的微笑。他仔細地檢視部下的收穫。仁楨看到了那些藥典，還有二姐親筆寫下的中文藥名的字條。

和田舉著那些字條，搖晃了一下，以激賞的口氣說，二小姐好書法，如今寫歐體的女孩子，不多見了。

一本筆記簿也被發現。上面清楚地謄抄著這些西藥的名稱與藥理，還有向「天福」等幾個糧店購買大米與麵粉的日期與錢銀往來紀錄。

這時候，一個士兵拎出了一只包袱。他將包袱扔到了地上。他的同伴提醒他要小心。驚覺之下，他退後一步，遠遠地伸出刺刀，想要挑開那只包袱。包袱裹得太過嚴實，讓他頗費了些力氣。當被挑開的一剎那，一抹大紅色闖入了眾人的眼睛。鮮豔的顏色，在這個灰撲撲的冬天，對在場的所有人造成了視覺的擊打。

士兵將這塊紅慢慢地挑起來，像舉起了一面旗幟。然而，眾人終於辨認出，這是一條大紅色的毛線褲，針腳粗大，手工十分笨拙。士兵的眼神變得饒有興味，他甚至轉動了一下槍托，以便將這條毛褲看得更清楚些。

人們開始竊竊私語，時不時地瞥一眼。仁楨心裏感到一陣刺痛。她看著二姐，抿一抿嘴角，臉上出現了不可名狀的表情。

當和田皺起眉頭，心中抱怨部下轉移了人們的注意力時，他看見馮家的二小姐仁玨，突然衝上來，將士兵推倒在地。她從刺刀上扯下毛褲，捧起，緊緊地抱在胸前。同時間，眼睛裏放射出寒冷如冰錐的光芒。她額角的青筋，起伏的胸脯，都與方才判若兩人。她坐在地上，以令人生畏的眼神，掃視周圍。一邊將毛褲抱得更緊，貼近了臉龐。此時的仁玨，像是一頭護犢的母狼。

院落一時間鴉雀無聲。

人們在無措中，看見一隻貍貓出現，在有些溫暖的冬日陽光裏，

伸了一個懶腰。牠施施然地走過來，在仁玨的腳邊拱了一下，然後將身體蹭一蹭大紅色的毛褲。

和田終於打破了沉默，他努力地微笑，同時用清晰的聲音說，看來，二小姐要跟我們走一趟了。

他揮動了一下手指，一個士兵會意，開始拉扯仁玨。慧容放開仁楨的手，將自己攔在了士兵的面前，說，誰都不能帶她走。

仁楨聽到母親，用罕見的聲音在說話，擲地有聲。

她突然有了勇氣，想要跑過去。然而，站得已經麻木的雙腳，漾起一陣疼痛。她深吸了一口氣，忍住痛，讓自己挪動得快一些。

仁楨走到姐姐跟前，要扶起她。然而，仁玨的眼神卻躲閃了一下，與她沒有任何的交會。她愣住，明白了。在這一閃中，她看到了眼神中的內容，是恥辱。

士兵又上前，這次表現得有些粗暴，想要拉起仁玨。仁楨沒有猶豫，抱住士兵的胳膊，一口咬上去。

士兵罵著鬆開了仁楨，同時用槍對準了她。和田走過來，擋開暴怒的士兵的槍口，然後漫不經心看了一眼明耀，說，今天見識了，這就是你們馮家的教養。

在眾人的視線中，明耀終於表現出了一個家長的姿態。這對他是一種逼迫，對於眼前發生的一切，他和所有人一樣缺乏思想準備。他用嚴厲的目光看著仁楨，張一張口，卻回轉了身，強堆起笑容，對和田道：

少佐，是我家教無方。我馮家出身商賈，一向無心時政。小侄定是受了外人蠱惑，理當家法嚴懲。還請少佐網開一面，留些餘地。通融所需，馮某定盡脅力。

和田冷笑一聲，馮明耀，把我大日本帝國看成敲詐勒索的青紅幫嗎？通匪之罪，我看你是不知厲害。馮家家大業大，該知「千里之堤，毀於蟻穴」的道理。我這次就幫你防患於未然。二小姐，我是請定了。

明耀心裏一陣發虛，聲音幾近哀求：麾下入駐襄城所見，市井昇平。我馮家但無功勞，也有苦勞，萬望少佐顧念。

聽到這裏，和田的語氣倒是柔和了：天皇陛下在上，我大日本國存大東亞共榮之善，旨在與支那菁英攜手，共襄盛舉。如今，襄城人心安定，只是地方治安維持會會長一職，人選闕如。不知馮兄有何建議？

明耀的臉上抽搐了一下。

這時候，人們看到仁玨站起來，用冷靜的聲音說，我跟你們走。

慧容一把捉住女兒的胳膊，嗓子忽然發乾。她說，蠻蠻。

仁玨輕輕撥開母親的手，又放在自己的手心中，撫摸中按了一按。她又蹲下身，擦去仁楨無知覺中流下的淚水。她說，楨兒大了，不作興哭了。

仁楨哭得更厲害了。她覺得姐姐冰冷的手暖了些。這手上一處粗糙的地方，刮得她的臉頰有些痛。那是姐姐虎口上的傷口，還沒有長好。

仁玨將那條紅毛褲撿起來，撣了撣灰，很仔細地疊好，放進殘破的包袱裏，打上一個結。她將包袱挎在了手肘上，對和田說，走吧。

這一瞬間，和田在這個女孩的臉龐上，看到了一種他琢磨不透的東西。她的反應，不符之前的諸種想像。在他的經驗裏，對於女人的軟弱與堅強，他都成竹在胸。可是她，令他意外，同時感到沮喪。

這時候，人們聽見，遠遠地傳來了京胡聲。一段漫長的過門後，是高亢的念白：「孤忙將木馬一聲震，喚出提壺送酒的人。」

突然一句嬌俏的「來了」。

石破天驚。

眾人這才驚異地發現，仁楨的父親明煥，自始至終並沒出現過。

和田咳嗽了一聲，對明耀說，府上還真是藏龍臥虎。

仁玨轉過頭來，輕輕微笑。她想，爹一個人分飾兩角，又在擺他的《梅龍陣》了。

這微笑在仁楨的眼中定了格。

當天夜裏，聽聞馮家的二小姐馮仁玨，在城郊榆園的日軍看守所裏，吞下了一把縫衣針自殺。

此後，每當仁楨看到自己有些畸形扭曲的小腳趾，會喚起了關於二姐的記憶。即使經過許多年，這記憶一直伴隨著右腳輕微的痛感，揮之不去。

# 清明

馮家二小姐通共的事情，很快便傳遍了襄城。

人心惶惶間，漸有些草木皆兵。

這一日雲嫂從外面回來，嘴裏説，我的主，馮家在四民街的房子，進進出出都是日本兵。門口還有兩個小鬼子站崗。

又壓低了聲音説，我看見他們家的老三，戴了維持會的臂章，低眉順眼。淨頭淨臉一個年輕人，這造的是個什麼孽。

説完了，雲嫂就闔了雙眼，在胸前畫十字。自打在葉師娘那裏受洗，雲嫂遇到想不通的事情，就在胸前不停畫十字。

昭如嘆口氣説，這四民街的房子，原先不是説賃給日本人開店的嗎？怎麼就住上了兵。

秦世雄恰好進來，手裏拿了新的貨樣，要給昭如過目。聽了這話，便説，這開店當初也恐怕只是個幌子。依馮家的氣勢，可是容易就範的？如今把柄落在人手裏，也只有聽任擺布了。先毀了他的頭面，殺一儆百。

昭如站起來，走出去。看見兩隻燕子，正銜了泥，在屋檐底下築巢。瞅見了她，先停下來，打量一下，啾啾地叫了兩聲。便又上下翻飛，兀自忙活起來，不再理會。

這年的春天來得遲。説是「吹面不寒楊柳風」，後院的柳樹發了新芽，嫩黃裏頭已泛綠，擺動成了一片。街上的人，還都捂著灰撲撲的老棉襖，捨不得脱下來。

盧家上下，日子雖過得不輕省，但總算又有了些氣象。盛滸寫信來，説開了春，想接文笙到天津上學去。如今的教會學校辦得都不

錯，他三丫頭剛考進了津西女中去。笙哥兒也大了，男孩子的眼界，更要開闊些。

昭如便覆信說，眼看著就到了清明，算下來，是家睦的十年祭。等事情辦完了，笙兒再去不遲。她也琢磨著，要將姐姐的衣物，遷去梁蔭與石玉璞合葬，也讓兩口子團圍團聚。姐姐無兒無女，到時還是由笙兒送靈罷。

清明這日，太陽莫名地烈。昭如一家坐在馬車裏，都熱得不想言語。到了城門口，又給日本人盤查了許久。裝了金箔元寶的包袱，生生用刺刀給挑開了，散落了一地。

到了羅熙山，已經臨近中午，卻又無端地陰了下來，冷颼颼的。家逸便說，天有異象，這世道，是祖宗都看不過眼了。

說起來，這裏並無盧家人的遠祖，至多是盧老太爺和他的堂弟，因此墳地並無太大規模。魯地人安土重遷，講究落葉歸根，再如何漂泊，身後是要回原籍入祖墳的。也不知何時開始，襄城裏的山東人，立下了一個規矩。既來之，則安之，出來的子弟，百年後就此入土。是落地生根，也是為老家開枝散葉的意思。最初是由幾個開明的商賈人家發起。久了，約定俗成，這羅熙山下漸漸聚集了幾個魯籍望族的私陵。為解同鄉生老後顧之憂，齊魯會館後又在附近置辦了兩處義地。盧家因是後之來者，墳墓正在這義地附近，是有些邊遠了。

待走到家睦的墳前，卻看到一個清瘦的身影，默然立著。昭如認出是吳清舫吳先生，便輕輕喚一聲。吳先生回轉了身，對昭如拱一拱手。

昭如行了個蹲安，說道，真難為先生，年年來看望先夫。

吳先生看見昭如身邊的文笙，捻一捻鬍鬚，微笑道，笙哥兒長成大小夥子了。盧兄應安慰得很。

昭如端詳吳先生，還是以往泰然的神色。人卻見老了不少，原本花白的頭髮，如今蒙上霜雪一般。身上是件顏色不甚潔淨的舊長袍。頎長的身體，因為瘦，竟有些撐不起衣服，虛虛地搭在了肩膀上。

說起來，許久不見，這其間彼此的顛沛，盡在不言中。昭如聽
説，吳先生這段日子，也很不好過。一來為人性情澹和，自比檻內人
中的檻外人，名士氣是頗重的。世道治亂，便都不在話下。年初城中
盛傳，他為了看一個新造的園子，赴了馮府的茶會，多少令人不解。
卻不知日本人慕其名，五次三番上門索畫，吃了閉門羹。而後日人以
非法集會為由，關了他的私學。雖知何患無辭，吳先生設帳十年，心
中實在不忍。聞說馮明耀是個在城中說得上話的人，欲央他調停。然
而一見之下，便明其心志。道不同，不相言語。

家睦墳前擺著一壺「花雕」。吳先生躬下身，倒了一杯，灑在地
上。又給自己斟滿，説道：

這一年一節，我與盧兄小酌，説説話。原本是我看他，到頭來卻
成了他勸我。人如螻蟻，是説給自己聽的，終還是有些不甘心。最後
都是黃土一杯，這才是根本。

説罷舉起酒杯，一飲而盡，方作揖道，耽擱夫人了，老夫告退。

昭如為家睦擺了供，燒了紙。讓文笙跪在墳前。想起這一年的過
往，臨來以為自己會有説不完的話，可此時此境，張一張口，卻什麼
都説不出來了。只是跟文笙説，給爹磕頭。

文笙便老老實實地磕頭，一個接一個。昭如眼神木著，竟忘了讓
他停下來。半晌，雲嫂在旁拉住了文笙，説，我的主，太太，這麼磕
下去，哥兒可要磕壞了。老爺九泉底下，也要心疼。

昭如這才醒過神，一遍遍撫弄著兒子發紅的額頭，眼底酸得發痛。

待要走了，昭如站起身，看天上的烏雲已散去，暮色卻重了。她
看著秦世雄道，去看看你叔叔和嬸嬸吧。今年，也不知有沒有人給他
們燒紙了。

秦世雄眼睛一紅，對著她跪下。

秦家去年為避亂遷到了貴陽去，怕也是回不來了。昭如記掛著秀
娥兩口子。

　　秦家的墳地在西邊，又是一番奔波。據說這西麓的風水是極好的，因此墳墓便更為擁促些。

　　回來的時候，途經一處，卻豁然開朗。這家的墳塋整飭闊大，面南背北，建造成了陵園的樣式。迎面立了漢白玉牌坊，青磚甬道的兩邊，跪著石頭的馬和羊。甬道一逕通到最高大的墳塚前。後面的墳墓以扇狀排開，整整齊齊，蔚為壯觀。

　　家逸便說，這祖墳，將千秋萬代的穴位都留好了。八字隴，懷抱孫。再挑剔的堪輿，都看不出毛病來。馮家如今再不濟，這排場可是他人能有的。

　　文笙卻在一個小土堆前停住。這土堆並不在馮家眾多的墳墓中，靠邊上孤零零的。他見一個穿月白衫子的女孩跪在土堆前，正喃喃地說話。她看上去不過十來歲，臉上的悽楚，卻是他這個年紀還看不懂的。

　　女孩捧起一把土，緩緩地撒在墳頭上，站起來。

　　她看見他，愣了一愣。

　　文笙覺得她似曾相識。一股力量讓他開了口，你是馮家的人？

　　女孩點點頭，望著他。

　　文笙的眼神不禁有些躲閃，目光轉向了墳堆。女孩昂起頭，說，這是我二姐。

　　他覺出她的口氣中，有一些勇敢的東西，破碎了表情的悽楚。

　　他沉默了一下，終於問，你姐的墳為什麼不和家裏人的在一起？

　　女孩說，她沒有出嫁。按禮她應該埋在婆家的墳地裏，可她沒有婆家，只好埋在娘家邊上。

　　這時候，一個中年的男人走過來，說，楨兒，走了。

　　女孩埋著頭，走了幾步，突然回過臉，對文笙說，你還放風箏麼？

　　風馳電掣一般，他想起了她來。他在城頭上放著一只墨藍色的「鳳頭鴉」。她靜靜地看，她對他說，我認得你。

　　是那個女孩兒，那是什麼時候的事了。她長大了，蒼白的臉色，

柔美卻黯然的聲線，都是陌生的。可是，聲音裏的勇敢還是她的。

女孩回過頭去。他看見她粗黑的髮辮，在月白色的背影中跳動了一下，很快地遠去了。

多年以後，談起這次與文笙的偶遇，仁楨總是有些失神。

她說，那天家裏人都已經下山去，只有她一個，執拗地要留下來，想多陪陪她的二姐。當她看到文笙，一時間，覺得有許多的話，想說給他聽。待要說出來，卻突然發現，自己對面前的人幾乎一無所知。在此之前，她在這個家裏，已經保持了長久的沉默。

明煥牽了仁楨的手，往山下走去。他覺出女兒的手，有些涼，不禁握得緊了些。在某一個當下，父女兩個，不約而同地停下了。他們看著西方通紅的夕陽，慢慢地下墜。所經之處，將雲彩燒成火一樣的顏色。堆疊映照，浮游生姿。這景象美得炫目而不真實。他們都沒有挪動步子，斂聲屏息。似乎一點點的聲響，都會將這美在頃刻間擊碎。

仁楨終於側過臉去，靜靜看著自己的父親。她這才意識到，自己的生長，與這個男人久未有如此親密與默契。她很小聲地說，爹。

明煥也看著她，不同於平素神色的游離，目光十分專注。他看到小女兒的面龐籠罩在霞光中，清晰明澈，已脫去了孩子相。而眼睛中倏然而生的，是他所未知的東西。他心裏一陣發空，嘴巴動一動，說，走吧。

父女兩個進了城，暮色蒼茫。他們在老城牆根兒的一個豆腐腦攤子坐下來。原本是要收攤兒了。攤主是對夫婦，看這一老一少，坐定了，並未有要離開的意思。大人說，兩碗豆腐腦，蔥花，醃白菜末，多香油少辣。小的沒有說話，只是端坐著，形容是讓他們喜愛的，神色卻戚然。女的悄悄說，你看這孩子穿的衣裳，料子真好，怎麼這麼素？男的說，開門做生意，管這些幹嘛呢？女的就又問，你說，她是個有錢人家的孩子，還是城東書寓的小先生呢？男的便說，閉嘴。

豆腐腦上來，兩個人默默地吃。吃著吃著，仁楨拾起小勺，舀了

一勺辣子，攪進碗裏。吃了一口，再吃一口，終於辣得合不上嘴。汗也淌下來了。父親搖一搖頭，唉，跟這兒發什麼狠。

就跟攤主說重新上一碗。

新的上來了，仁楨卻不吃了。她說，爹，我不想回家。

明煥聽了，愣一愣，半晌才出了聲，咱不回去。


父女兩個坐著人力車。車夫是個身形長大的中年人，拉得並不快，又似乎不很熟悉路。每到一個路口，總有些猶猶豫豫的。終於在一處停下來，鞠一躬說，這位先生，實在對不住，你這地兒我真是沒去過。要不請您換輛車，這車錢我不收了。

明煥並無怨言，只是說，兄弟，幹這行不久吧。

車夫嘆口氣說，誰說不是呢！擱以前我也是個坐車的，跑反把家給跑沒了。孩子丟了，老婆瘋了。我現在拉車，就圖流個暢快汗。累飽了，晚上啥也來不及想，睡個踏實覺。

明煥塞給他一塊大洋。他推託了一番，收下了。

換了一輛車，快得多，也穩得多。仁楨偎著父親，漸漸有些發睏。高門小戶，華燈初上。在她眼裏，那繁星般的燈火，繚亂了，連綴起來，如同昏黃的曲線，在她眼前蕩漾，若隱若現。轉過一處街角，光線忽而亮了，像是鋒利的刀，將黑夜切割了開來。

昏沉中，她問，爹，我們去哪兒？明煥直視前方，輕輕說，看戲。


待車停下來了，仁楨依稀間睜開了眼睛，發覺面前並不是熟悉的「容聲」大舞臺。一股濕霉氣撲面而來。待清晰了些，看到闊大的門廊輪廓陰沉。四周籠罩在夜色裏，間或有一兩聲淒黯的鳥鳴。她突然驚醒了，並不怕，只是隱隱有些不安。看看父親，神情也被夜模糊了，不見一些究竟。父親下了車，她也跟著走下去。

她跟著父親登上臺階。腳踩到了石階上的青苔，險些滑倒。她的目力似乎漸漸適應了黑暗，打量出面前是個大而舊的建築。父親拍一拍門環。過了一會兒，有人應門。大門吱呀地開了一條縫隙，有光流

瀉出來。光恰斜斜打在了門廊前的雕像上，竟是端著金剛杵的韋馱。雙手合十，眼睛卻被蝕得只剩下了兩個空洞，非但不猙獰，竟有些狼狽。借著光，仁楨辨出頭頂的匾額上有「萬年寺」的字跡，也已經斑駁得很。

她頓時明白這是一間廟宇。且「萬年寺」三個字，覺得很耳熟。在心裏念了幾遍，突然想起了。聽老輩人講，當年二爺爺百年，無人安葬，正是將靈柩「丘」在這間寺廟裏。

父親與裏面人的說著話，用很輕細的聲音。說了一會兒，門才打開。父親牽了她的手進去。

來人舉著油燈在前面引路。剛才的光正是這盞燈發出的。這廟並不小，只是看得出已經十分破敗，院中生著半人多高的蒿草。空氣裏聞得出雨後的塵土和腐敗的木料味道，眼見是一間多年無人照拂的廢寺了。突然一道黑影刷地從面前掠過，停在牆根兒。仁楨嚇得緊緊扯住父親的長衫。引路的人，迅速將燈舉起，警惕地張望一下，然後笑笑說，小姑娘，別怕，黃大仙罷了。

走到大雄寶殿門口。來人一抬手，對父親說，馮先生，這邊請。便推開了門。一進去，仁楨不禁一驚。偌大的殿堂，裏面竟然坐滿了人。佛像的位置，是最亮的地方，四周燃起了幾只煤氣燈。中間拉起了一丈高的白布。門上糊了厚厚的報紙，從裏面竟透不出一絲光去。這白布大約是舞臺的佈景，但是並不見「出將」與「入相」的字樣。而是用很粗疏的筆畫，畫了一些家具，一個洋人用的壁爐。還有，一扇窗戶。這窗戶打開著，看得見外面的景物，墨綠線條勾畫的樹，伴著幾隻鳥。這鳥，正以飛翔的姿態，靜止在空中。

她正看得入神，卻有人引他們走到了舞臺跟前，端來一只長條板櫈，讓他們坐下來。剛剛坐定，幾只煤氣燈突然滅了。黑暗中，便聽見臺上隱約傳來了音樂聲。這聲音低沉厚實，卻在她心頭猛然擊打了一下。她認出是手風琴的聲音。她想起聽到這種樂器拉的第一支樂曲，叫〈起錨歌〉。她想起了拉琴的人。

這時候，臺上出現了一個人，穿著寬大的長衣，手裏舉著一支蠟

燭。在燭光中，辨出是個女人。她發出了聲音，聲音還算動聽，並不是襄城話，而是標準的國語。在仁楨的記憶中，只有一個人會講如此標準的國語。她這樣想著，心又黯淡下去。

這女人和一個看不見的男人，一言一語地說話。女人的話很多，而男人則言語精簡。她終於聽出，這是一對夫婦，也聽出了男人的厭倦。他們兩個，並不和睦。

音樂斷斷續續地傳來，仁楨小聲地問父親，他們為什麼還不唱戲。

明煥輕聲回答，這是外國人的戲。外國人的戲，有的唱，有的不唱。這齣是不唱的。

仁楨又問，外國人的戲，為什麼說的是中國話。

明煥說，因為是中國人演的。

臺上的女人問男人，為什麼你不說話？

男人沉悶的聲音傳來：沒什麼，我在想心思……再說也沒有什麼可說的……

仁楨想，外國人的戲，是多麼囉嗦啊。

這時候，燈卻亮了。走上來一男一女，並不是先前那個女人。這是個年輕漂亮的女子。她穿著藍色絲絨的裙子，金黃色的頭髮，眼睛卻是黑的。她的眉目裏，有一種清淡的哀愁。而男人，穿著軍裝，姿態很挺拔，卻看得出是有些年紀的。他長著修長白皙的手。或許是很年輕的人扮的，就像京戲裏的老生。仁楨想。他表達年紀的方式是在額頭上用黑墨畫出皺紋，有一道墨，沒有描好，似乎流到了眉毛上。

女人坐下來，說起了自己的丈夫，是個教員。她說起早年對他的敬意，覺得他非常有學問，聰明，了不起。但是，一切都變了。她哀愁地一笑。仁楨的心揪了一下。

她終於明白，這個女人是這齣戲的主角。她的父親死了，終日面對一個窩囊的兄弟。她與姐妹們在這個小城裏相依為命，過著平淡而消沉的生活。她們所有的信念，就是回到家鄉莫斯科去。

那個小妹妹喃喃地說，到莫斯科去，到莫斯科去。所有的人靜止

在了臺上，一幕結束了。如同一個亮相。

但是，並沒有一個人叫好與喝彩。只聽得見整齊的掌聲。

仁楨看到腳邊有一張紙，撿起來，就著燈光看。紙上有一個外國男人的相片。照片印得十分粗糙。男人穿著西裝，打著領結，戴著一副夾鼻眼鏡。鏡片後的眼睛是木訥的。眼神裏頭，有一些哀傷的東西。

仁楨問他是誰？父親看一看說，是寫戲的人。

下一幕開始的時候，有個人走過來，和父親耳語。父親輕聲對仁楨說，讓她坐好。他很快就會回來。

仁楨看著臺上的老奶媽，她白髮蒼蒼，戴著面具。面具上畫著一張慈祥而僵硬的臉。她正在呵斥中坐立不安。勢利的兄弟媳婦要將她趕回鄉下去。她用老邁的聲音說，我八十二歲了，八十二歲了，你讓我到哪裏去啊。

父親回來，無聲地坐下。上了年紀的男主角正要離開。他指著窗戶上的飛鳥對女主角說，當您自由了，就看不見這些鳥了。同樣，等您住在莫斯科，您也就不會注意它了。我們沒有幸福，也不會有，我們只是盼望它罷了。

仁楨想，他說出這些話，是多麼狠心啊。他走了，這個姑娘怎麼辦啊。她過日子唯有的盼頭，就是莫斯科啊。

但他終於還是走了。離開了這個小城，離開了這個可憐的姑娘，奔赴他的大前程了。

這齣戲在軍樂中結束。仁楨心裏一片悵然。看演員出來謝幕，每一個人都不再是戲中的角色了。

突然，有人向空中散發了一把傳單。有一張落在仁楨的肩頭，上面寫著「還我山河」。撒傳單的是那個男主角，他卸了妝，淨頭淨臉的一個年輕人。眉宇間還有許多稚氣。

人們沉默地往外面走。有些人撿起了傳單，回過身體，捏緊拳頭

高高地揮動了一下，同時口中似乎吶喊了一聲。依然是無聲的，只有口型。

仁楨也要站起來，但是聽到父親說，我們等一等再走。

她便安靜地端坐著。舞臺上的年輕人開始收拾道具，其實都是很簡陋的東西。煤氣燈也慢慢地熄滅了。仁楨才看見，背景的白布是掛在大佛的指尖上。大佛金身黯淡，面容慈濟。

她看不到，在這幕布背後，一個女人，正摘下面具，定定地望著她。當滾熱的感覺在眼底激盪的時候，女人險些發出了聲音。但很及時地回轉了身去，深吸了一口氣。

父女兩個，走在深夜的街頭。仁楨抬起眼睛，看見在濃密的雲中，散落了一兩顆極亮的星星。

她牽住父親的手，問，爹，莫斯科離他們有多遠呢？

父親想一想，說，就像北平離咱們一樣遠。

她又問，北平有多遠呢？

父親說，等你長大去了北平，就知道了。

父親突然停住，他看見自己小女兒，肩頭在不可抑制地顫抖。

仁楨抬起頭，淚流滿面。

父親蹲下身，輕輕把她摟在懷裏。你這孩子，憋了太久了，是同自己擰著勁呢。

他終於站起身，緊緊牽住女兒的手，繼續往前面走。他昂起頭。一滴清凜的淚，生生地流了回去。

突然間，仁楨聽見父親鼻音濃重的京腔念白：楨兒，記牢了，今兒個清明，跟爹看了一齣《逍遙津》。

〔第五章〕

# 遠行

文笙平生第一次一個人出了遠門。這一年他十四歲。

這一年，世界上發生了許多事情。德國佔領布魯塞爾與巴黎，日本進駐法屬印度支那，溫斯頓·邱吉爾當選英國首相，他的前任張伯倫逝世。也在這一年，功夫巨星李小龍與球王貝利出生。

這些他全不知道。但是這天，他在火車上翻看一張報紙。上面寫著南京國民政府第五十九軍軍長，張自忠將軍，殉國。

照片上的男人，未著戎裝，而是戴著禮帽，一襲長衫。濃眉下是雙溫存的眼睛。文笙看到，將軍的人中深而闊。他想起吳清舫先生教他，相學裏人中主「食祿」。長著這樣人中的人，生命寬厚，壽數綿長。

他闔上報紙，窗外正淅淅瀝瀝地下著小雨。這個季節的雨似乎太多了，永遠也下不完。「五月秧針綠。」遠處的麥田一片青黃，是要成熟的時日。一些黑色的點，農夫躬身勞作。文笙想，也是這個季節，他和娘在西去的火車上，外面也有這樣的麥田。那年的麥子長得特別好，卻無人採收。娘說，白白灌了一季的漿。

火車抵達天津，已經到了下晌午。

車站的景象，似乎並無什麼變化。他提著行李，走到了出口，看見一個年輕女人對他揮手。他辨認了一下，是大表姐溫儀。

溫儀去年結了婚，已經是個年輕婦人的樣子。著一件香雲紗的旗袍，頭髮盤得很規整。較之以往的活潑，舉手投足都溫婉了許多。她讓僕從接過行李，將文笙看了又看，笑著說，長這麼高了，還是一張孩子臉。快走吧，你姐夫正在車上等著。

文笙聽母親說起，舅舅做主，將溫儀嫁給了一個銀行家。當年在大連，狠狠吃了日本人的虧。這回總算在金融界有了個知底裏的人。

他們穿過了半個車站，才走到了另一個出口。溫儀說，仗打得，火車站是塌了前門堵後門。如今能停車的，只有這一處了。

文笙就看見一個穿了花格呢西服的青年人迎過來。他對文笙伸出手，說，前幾年密斯孟不離口的笙哥兒，如今我算是見到了。

文笙本想行個拱手禮，這下也只有伸了手去，握上一握。他知道表姐夫事業有成，沒想到這麼年輕，且是如此洋派的一個人。

溫儀便問，司機呢？

表姐夫說，人有三急，等一等他。說完從西裝夾袋裏掏出一只精緻的白金菸盒，打開，點了一支雪茄，悠長地抽上一口。又讓了一支給文笙。

溫儀便說，查理，你不要教壞小孩子。

查理左右顧盼了一番，說，小孩子？這裏除了兩位紳士，和一個淑女，還有誰？

溫儀嘆一口氣說，你這個表姐夫，別的都好，就是口甜舌滑，分外可厭。


坐在寬大的福特車裏，文笙望著外面的街景。十年前關於這個城市的記憶，似乎正一點點地浮現出來。

勸業場舊了許多，上面似乎加蓋了一些花稍的玩意兒。待他要仔細看一看，車卻拐了一個彎，什麼也看不見了。

車上了維多利亞道，他也覺出這條街的繁華，非昔日可比。溫儀便說，這麼多年，全世界的銀行，都在這條街上紮了堆兒。連你姐夫這個混世界的人，都要在這裏插上一腳。

文笙看著一幢嚴正宏大的建築，似乎十分眼熟。方想起襄城城南的「天祥」照相館裏，有所謂「平津八景」的佈景。這正是其中之一。看他望得入神，溫儀便道，這是「中南銀行」。現如今「北四行」可是不及往日威風了。前年的時候，「中南」的總經理胡筆江，去重慶的飛機生生給日本人打了下來，做了孫科的替罪羊。這一來，更是傷筋動骨。

都是個命數。查理掏出手帕，擦一擦額頭的汗，順手捋捋漂亮的唇髭。三十多家銀行，兩百多個銀號，總有個此起彼伏。逐鹿中街是趨勢。表弟可有興趣投資金融？

溫儀打斷他，你就是三句不離本行。我們自家的話還沒說完呢？

查理仍是興致勃勃，聽說姑父生前開辦實業，頗有建樹，在天津、青島都有分號。是什麼方面的生意。

文笙老實地答他，先父繼承了一爿鍋廠，算是祖業。現在我隨六叔做些鐵貨生意。

查理想一想，便說，如今五金生意倒是不好做。

文笙說，我們家在青島的「福聚祥」，兩年前已經結業了。

彼此就沉默了些。

查理終於又開了口，表弟還年輕，少不得將來要重振家威。只要看清自己的志向所在便是。

溫儀就笑說，我這個寶貝表弟，別的不說，放起風箏來，是天下第一。


盛潯正打著盹，聽說文笙到了，無知覺間，竟有些老淚縱橫。

看一個少年人進了門，忙招呼他過來。文笙卻先遠遠地站定，對他深深地鞠一躬。

盛潯不禁有慍色，嗔道：你這孩子，何時跟舅舅這樣生分了。想想看，當年整日把你抱在懷裏的是誰？連奶媽都要呷醋。

文笙便說，娘囑咐了，這回來津，頗要叨擾舅父許多時日。愧歉之意，要文笙代請。

盛潯道，我這個妹子，舊書讀得太多，讀得人迂了。我只信一句俗話，「外甥舅的狗，吃了就走。」哪來的這麼多理兒。你是個懂事的孩子，倒是要多想想你娘一個人的不易，諸般行動便有個根基。


文笙靜靜地看著盛潯，覺得舅舅已是個半老的人了。身形胖了，眼眉都有些下垂。更加的，是缺了一股精氣神兒，已不見當年長蘆鹽運

使任上的形容。五月的天，還裹著織錦緞的夾襖。靠在黃花梨的圈椅裏，手不離那兩顆文玩核桃。核桃如今已給盤得赤紅，包了清亮的漿。

這時候，外頭傳來「登登登」的腳步聲。進來一個年輕女孩，目光沒有在誰身上，只是愣著頭往前走。

可澄。盛潯將手杖在地上一頓。

女孩停下來，望著他。

盛潯道：越來越沒有規矩。快來見過你表哥。

女孩打量了文笙一番，說，笙哥兒！

文笙依稀還記得叫可澄的表妹，當初是個圓圓臉的小姑娘，身邊離不開人，只是一味地會哭。如今人下巴尖了，眼睛似乎也大了。穿著學生裝，可頭髮捲曲著，不輸襄城裏的時髦女子。

盛潯笑說，不錯，到底還認得。

即刻臉又一沉，「笙哥兒」可是你叫的？讀洋書是好的，洋為中用。可不能忘了咱祖宗立下的長幼尊卑。

可澄便說，爸爸！

盛潯說，叫「爹」。

可澄並不聽他的，嘻嘻一笑，從桌上拿起一個蘋果，一口咬下去。嘴裏說，One apple a day, keep doctor away。

盛潯哭笑不得，說，她跟她姐夫，是一丘之貉，整日在家裏說外國話，把我這個老頭子煩死了。

可澄將蘋果嚼得脆響，一面定定地看著文笙，說，好嘛，這家裏的男人，長衫不離身的可不多。爹如今可有伴兒了，一個遺老，眼下多了個遺少。

盛潯斥她，沉吟了一下，又開口道：說的也是，年輕人，應該有年輕人的氣象。澄兒，得空帶你表哥去做身西服去。

晚上吃飯，文笙見同席的只有舅父的姨太太崔氏，未見元配張氏。盛潯便道：你大舅母去冬染了肺疾，過年才從醫院接了回家，一直在後廂房靜養。聽說你來，也是歡喜得不行，吃過飯再帶你去問

安。這人一老，可真是不中用了。

夜裏，文笙躺在鬆軟的床上，翻來覆去，睡不著。就爬起來，給母親寫信。寫了幾句報平安的話，發現無甚內容，就又熄燈睡下。

遠處傳來打更的聲音，在這夜裏分外的響亮。窗外影影綽綽的是槐樹的影。正當槐花開的時節，甜絲絲的香，若有若無地滲透進來，倒是讓文笙心安了些。他總要在這裏開始他新的生活了。未來如何，無人知曉，在他有些憧憬，也是朦朧的。朦朧裏，他想起現在的襄城，還在梅雨季，並不如天津如此乾爽清涼，必然還是濕漉漉的空氣。後院的香椿樹，發了新芽，嫩綠嫩綠，晨間便綴了露珠。雲嫂踩了梯子，挎個竹籃，一芽一芽地採摘下來。用麵拕起，將小母雞的頭生蛋炒給他吃，又香又下飯。這樣想著，也就慢慢睡去了。

早上飯吃到一半，管家捧著一籠麻花，擺在桌上。盛潯夾起一根給文笙，說道：你舅母惦記你小時候，最喜吃十八街的大麻花。天沒亮，就讓老李著人去買。挺好，吃個熱乎的。你可記得，家裏最愛吃這個的，就是你和你大姨。全家的牙力，都沒有你們一老一少健壯。

說完了，也想起什麼，氣氛就有些凝滯。半晌，姨舅母勉強笑著，問文笙晚上睡得可好。沒待他答，盛潯便說，兩眼烏青的，睡得好才怪。好好的紅木床。硬給攔上個彈簧墊子，睡上去渾身沒一處踏實。姨舅母便說，是啊，起來腰骨痠得不行。說是美國的時髦貨，叫什麼「席夢思」。又是可澄的主意，你舅舅是嬌縱壞了老閨女。

吃過飯，盛潯將文笙叫到書房。文笙見盛潯一臉肅然，知道是要和自己談上學的事情。窗檻上掛著一只鳥籠。籠子裏頭的藍靛殼本來叫得正歡，見文笙進來，突然就啞了聲音，好奇地斜著腦袋望他。

盛潯讓他坐下，說，我看你娘信裏的意思，是想讓你在天津一邊讀書，一邊學生意。

文笙點點頭，「大豐五金」的東家，是爹的故舊。娘說讓我跟他先學著。

　　盛潯説，嗯。生意場上，早些歷練也是好的。只是常要到櫃上去，在教會學校裏恐有不便。我還是給你尋個可靠的華辦中學。紫竹林新設一間「耀先中學」。聽説教員有幾個是原先南開的教授，前年未曾隨學校南遷去長沙，便留了下來。教中學於他們是屈就，對本地青年倒是很大的福澤。我與他們的校長有些交情。明天就帶你去見見，將入學手續先辦了。

　　文笙站起身來，謝過舅父。

　　盛潯説，笙兒，你且替我研墨，舅舅寫幾個字。

　　一錠「元霜」，磨得滿室生香。盛潯以大號羊毫蘸飽了墨，捲起袖子，在一幅虎皮玉版宣上寫下「華胥兜率」四個字。

　　一氣呵成。寫罷問文笙如何。文笙端詳了一番，便道，聽娘説，舅舅自少年時最愛米芾，數十年未變過。

　　盛潯輕嘆一聲，少時是愛米顛的性情。老來想起這一層，只覺得慚愧。這字徒有其形，意思卻是好的，改日裱了掛到你房裏去。


　　過了幾日，底下人來報，説是笙少爺新做的西服送來了。

　　姨舅母便説，這些紅幫裁縫的手腳倒很利索。

　　上門的是「裕泰興」的榮師傅。崔氏道，小孩子家的衣服，還讓師傅自己跑來一趟，著個夥計送不就得了。

　　榮師傅説，太太這是哪裏話，「小白樓」裏都知道榮某是叫府上關照慣了的。況且這回三小姐可是上了心，從布料，顏色，樣式無不躬親。我小心翼翼做了這兩身，先給少爺試著。有個不合適的，我立即拿回去改。

　　溫儀就在一旁笑起來，説，二娘，你可看見過我這個妹妹，還有認起真來的時候。

　　一家人，就看著文笙試衣服。

　　待文笙從房裏走出來，崔氏便嘖嘖道，真是人要衣裝，我們笙哥兒，穿上西服，竟是比上海的小開還要俊俏。

　　榮師傅説，我從寧波來，看慣了滬上的青年人穿西服，多少覺得

有些浮華。笙少爺人沉靜，將這浮華壓住了。又不似京津的小夥子，身量太茁壯，與西裝總有些不稱。這個合適原不是裁剪上的，說不上來，可少爺穿得是真合適。

文笙看著鏡子裏頭，好像是個陌生的人。他並沒有過穿西服的經驗。再加上之前與洋人的相處，看他們穿得多了，更覺得這便是人種的標籤。此時穿在自己身上，只覺得無一處不是緊繃的，漿得挺硬的襯衫領子，頂得他的脖子有些難受。但他明白，天津是新奇滿布的地方。在現下的中國，所謂新的東西，也便是好的。這樣想著，也覺得鏡中的人，漸漸好看起來了。

# 耀先

　　耀先中學是一間新辦的學校。它的前身十分顯赫，是大名鼎鼎的「興華公學」。由莊樂峰先生創辦並任校董，並聘請北洋大學學監王龍光為校長。原校址位於戈登道，隸屬於天津英租界工部局。如今在禮堂裏，仍看得見書法家葉廣慧手書的四字牌匾。既謂「興華」，顧名思義，是要服務於租界的華人子弟。這間學校自成一統，體制十分完善，含有小學部、男生中學部、女生中學部。設備、師資等條件在當地更是首屈一指。十幾年間，漸樹立起口碑。政商名流趨之若鶩，袁世凱、徐世昌、張學良等人的後輩均在此就讀。

　　「七七事變」後，南開大學及中學的校舍被日軍炸毀，舉校向長沙與重慶等地南遷。部分留津學生失學。「興華公學」因坐落租界未受殃及，第三任校長駱天霖，開設「特班」收留南開師生。校舍因此擴容，並改為上午、下午的兩班制，以供「興華」與「南開」的師生交替使用。

　　天津淪陷之後，駱天霖身先士卒，抵制日佔當局推行的「親善」教育，拒絕更換指定教材及日軍武裝入校。每逢重大活動堅持唱中國國歌、懸掛中國國旗，遂引起日方不滿。民國二十七年六月一個清晨，前往學校途中，駱遭日方暗殺。「興華公學」勒令關閉。是年秋，「興華公學」全體師生及社會人士，自發組織遊行請願抗議。武漢國民黨中央政府對駱天霖追頒褒獎令。多重壓力之下，日方准予復校。民國二十八年於英租界紫竹林復校，更名「耀先中學」。並延續原校兩班制，原「興華公學」正班改為「耀部」，「南開」特班改稱「先部」。

　　文笙入學就讀於「先部」。上午去「大豐」櫃上，下午上學。每日倒也整齊有序。

　　各類科目，有一半是他感到陌生的，便從中學一年級學起。相對易些的，是國文。日本人成立了教育局，國文一科，將新文學的內容取消了大半，盡數保留了古文。因為自小隨昭如誦讀，加之與吳先生所學。如此積累，他在同班學生中，便成為翹楚。

　　國文課之外，每週還有一堂「經訓課」。依年級不同，他們學的是《左傳》。一日講〈鄭伯克段於鄢〉。老師問起他們最感懷的文句。先問到文笙，文笙想一想，便說，通篇裏，最好的還是引了《詩經》中的一句「孝子不匱，永錫爾類」。老師便點點頭，說，盧同學是心地純良之人。這時候，便有一個同學站起來說，國難當頭，還講什麼「忠孝節義」，難不成所有課程都成了「修身課」。

　　這句話亦有所指，日人的教育局將原先的「公民課」改成了所謂「修身課」，專講中古聖賢。老師便問這同學選的句。他倒是毫不猶豫，說，自然是「多行不義必自斃」。全班默然。文笙望一眼，這同學語氣沉厚，模樣卻分外的弱小。目光直愣愣地看著老師，沒什麼顧忌。

　　雖為華人中學，「耀先」的英文教學，本不輸於本地任何一間西辦教會學校。可去年起，英文課被強制改為日文課。校方亦有對策，便安排用英語教授其他課程，如「范氏大代數」與解析幾何。這卻讓文笙犯了難，課本幾乎成了天書，舉步維艱。

　　一日盛潯便與家裏人商量，想著給他請位英文補習老師。可瀅便說，請老師，也得看看學生的程度，你當真一句英文都不會說？

　　文笙略思忖一下，終於張開口。

　　可瀅突然瞪大眼睛，不相信似的。她聽著表哥正大段背誦著威廉‧布萊克的詩歌，用的是一口牛津腔。

　　到文笙沉默下來。她小心翼翼地用英文問他詩句的意思。文笙只一臉茫然地看著她。她便大了膽子，說了他幾句戲謔的話，文笙也沒有什麼反應。

　　可瀅便更為驚訝了，問文笙，這是哪裏學來的。文笙便老實答，在教會醫院裏頭，聽一個女護士念過，只覺得好聽，便記住了。

可澄便知道，表哥對於這門語言，基本上依然無知。但她看著文笙，饒有興味，像是對著剛剛出土的宋朝窯變花瓶。倒是她的母親崔氏在旁邊一拍手，代她說出了心裏話，阿彌陀佛，我是半句聽不懂，可鸚鵡學舌到這步天地，也真真是造化了。

可澄便自告奮勇，由她來教笙哥兒。待將 ABC 先清楚了大半，再請個洋人教不遲。

盛潯佯作憂心的樣子，說，我有些信不過，你這樣毛手毛腳，我很擔心會誤人子弟。

可澄便有些不服氣，說，別的科目我不敢說。可論起英文，我們學校的露易絲嬷嬷可說了，蒙上眼睛聽我背《舊約》，還以為是個土生土長的英國妞兒。

盛潯便打趣她，我看，英國妞兒是不錯，只怕是個倫敦鄉下的野姑娘。


這時候，卻看見管家進來，臉上有些喜色，說，笙少爺，有人看您來啦。

只見一位老者踱進來。文笙辨認了一下，竟是自家「麗昌」分號櫃上的郁掌櫃。

郁掌櫃對文笙躬一躬身，說，老夫罪過，早該來探望少爺。因為去河北辦貨，耽擱了許多時日。

文笙忙扶起他，這老人定定望著他，竟伸出手去，摸摸他的臉龐。忽而覺得不妥，又縮回去，有些不安似的。眼睛卻紅了。

多時不見，郁掌櫃已是一頭白髮，身形微微佝僂。文笙回想，兒時記憶頭那個神色肅然、不苟言笑的郁掌櫃，真的老了。原本蒼青的臉色，因為長出了許多老年斑，竟然有些頹唐。

他將郁掌櫃讓到了座上，端端正正地給他行了個禮，說，老掌櫃，這些年為家中的生意操勞，請受文笙一拜。

郁掌櫃有些慌似的，忙起身說，少爺哪裏話，都是老夫的分內事。只想老爺生前的心血，不要毀在郁某手上。綿薄之力，聊以撐持。

文笙説，這數年的難處，家母與我都是知道的。

郁掌櫃嘆息一聲，這兩年的生意，確非往日可比。想必少爺也知道，華北與海南的鐵礦命脈，都落到了日本人手裏。如今貨物進出，皆課以重稅。商會裏的幾個老人兒，都在商量著要將店盤出去。我但凡有一些氣力，斷不可讓咱們的「麗昌」走出這一步去。只是如今，怕是心有餘而力不足了。

文笙聽了，問道，老掌櫃此話怎講？

郁掌櫃説，將將收到六爺的信，説新請了一位掌櫃管理天津事務，囑我告老。我想著，走之前，怎麼也得到舅老爺這裏看看少爺。

文笙只感心裏一沉。

郁掌櫃接著説，這麼多年，與老爺商海沉浮與共，是緣份；老爺身後，替咱們盧家馬後鞍前，是福分。所以，我也知足。如今看少爺成了人，也心安了。年過花甲的人，也該歇歇了。

郁掌櫃説完這些，望著他，嘴角竟有了一點笑容。這麼多年，文笙從未見他笑過。郁掌櫃的笑，原來是分外慈愛的，如家中看護他多年的長輩。這個老人的笑，一點點地深入，又慢慢釋放在臉上的每一縷皺紋中。然而當這笑容突然凝滯，郁掌櫃抬起袖子，擦一擦自己的眼角，便又恢復了先前的肅穆模樣。

又説了許多的話，盛潯要留他吃飯，郁掌櫃堅辭。説主僕有別，沒這個規矩，還是有始有終。臨走，猶豫了一下，終於説，方才看少爺桌上有篇寫好的文章，可否給我留作念想。

文笙忙取了來，是昨晚閒中抄錄的〈項脊軒志〉。郁掌櫃接過來，眼神顫抖了一下，用手輕輕撫摸上面的字跡。又看到紙箋頁眉上，印著「耀先」的校訓，「尚勤尚樸，惟忠惟誠」，便説，好好，這正合我們少爺的心志。

夏至以後，天熱了許多。轉眼到七月，是學校放暑假的時候。「耀先」的「先部」因為開學晚，便設了班給學生補習。姨舅母叫廚房每日燉了銀耳綠豆湯，冰鎮過讓文笙帶到學校去。

　　這一段時間，他的英文有了長足進步，漸漸跟得上課程。可澄說，學英文的一大要義便是閱讀。多讀讀報，新聞總是比陳詞濫調有趣些。家裏訂了一份《字林西報》。他每天下了學，便去圖書館，找些其他的報刊來讀。

　　圖書館是年初新建起的，命名為「弘毅」，用了已故校長駱天霖的字以示紀念。這是一幢獨立的建築，在學校的西南，以中間的西澄湖為界，和教學區遙遙地隔開。「耀先」本坐落在英租界的繁盛地帶，但因為自成一體，格局上便鬧中取靜，很有幾分「結廬在人境」之意。而這圖書館，因為邊遠，成了更為清幽的所在。

　　遠是遠了些，文笙卻很喜歡在黃昏時分，沿著湖邊慢慢走到圖書館去。校內遍植法國梧桐，因是大樹移栽，這時長得很見了聲勢。雖非遮天蔽日，也日漸蔥蘢。枝葉間的繁茂，將陽光星星點點地篩落下來，十分喜人。西澄湖是建校前原就有的，則一色種的是垂柳，曲曲折折地沿著湖畔連成了一片。風吹過來，搖曳如綠霧。這一帶的風光，便與教學區的整飭有了分野，多了些妖嬈細膩的江南風致。湖邊立著一座太湖石，上有行草鐫著「楊柳岸」三個字，更為這風雅作了註。

　　這時湖中的荷花，開得最盛，墨綠的圓葉層疊著，幾乎稱得上是「接天連碧」。從圖書館回來的路上，文笙一面走著，一面誦背著代數課上老師教給的口訣。青石鋪成的湖徑，被太陽曬了整一日，此時還是溫熱的。踩上去，腳底生出一絲暖。

　　這時，文笙卻看到前面的背影。一個人正在湖邊寫生。觸目的先是一頭亂髮，繼而是瘦而寬的肩胛，與略有些發污的白汗衫。由於身量高，畫了幾筆，不得不屈下膝蓋，去蘸顏料。

　　文笙便走近了些。他畫的，正是這湖中的荷花，看起來，已經接近了尾聲。是未有見過的畫法，用筆似乎極清透。而眼前湖中的景致，分明是茂盛濃烈的。

　　一時間，風大了起來，水中的荷葉翻滾捲動。風將寫生的人身邊的畫紙也吹到了地上。一張恰落在文笙腳邊，他便撿起來。這人轉過

身，從文笙手裏接過紙，道了一聲謝。

原來樣貌也很年輕，不過是個二十多歲的青年。衣著雖不修邊幅，面相卻十分清淨。然而眉目又很濃重。看得出，此時眼神有幾分倦怠，白皙的臉色因此生動了。

他微笑一下，看文笙端詳自己即將完成的作品，便問，小兄弟，覺得怎麼樣？

文笙語氣恭謹，我不懂畫，說不好。

青年從褲兜裏掏出一支菸，點上，閒閒地銜在嘴角，對他說，沒關係，說說看。

文笙想一想，認真地說，畫得是很好。但我覺得像，又不像。這湖中的荷花，各有細節，生得並沒有你畫中這樣均勻通透。但這畫中的光色冷暖，近而明澈，遠而幽黯，又讓我覺得分外的真。

青年笑了，問道，你可知道「印象派」？

文笙搖一搖頭。

青年便說，是歐洲的一支畫派，創始者叫莫奈，以畫荷聞名。小兄弟，聽你方才所言，你必是習過畫的。

文笙有些不好意思，淺淺地說，我是未曾學過一筆。但為我開蒙的吳先生，是個畫家，前些年也給我看過一些。若說起荷花，他藏了一幅石濤的〈墨荷〉。華滋豐美，又有一股秀拙之氣，我是真喜歡。

青年也似乎來了興致，說道，中國畫家將荷花畫得好的，實在太多。只說〈墨荷〉一題，朱耷和徐渭，都是聖手。

朱耷。文笙喃喃道，可是畫魚畫鳥愛作青白眼的八大山人？

青年大笑，正是。要說徐渭與八大的性情，一個狂肆，一個冷誕，在畫中皆可看出。徐渭喜繪秋後殘荷，畫法卻慣用潑墨，濕氣淋漓。水墨氤氳間有許多的意外，令人絕倒。八大的荷，清淺數筆，卻往往一枝獨秀，於他是孤冷如常。而在我看來，兩者無非殊途同歸，他們都是有大寂寞之人。徐渭〈墨荷圖〉的款識，我還記得這麼一句，「拂拂紅香滿鏡湖，採蓮人靜月明孤。」算是他的心聲罷。

文笙點點頭說，吳先生早年對我說過中國人愛以畫言志，應該是

這個意思。

青年說，很對。相比之下，西人的藝術觀，就很看重技術。他們是用了科學的精神來作畫，講究的是對自然的尊重，自身倒是其次了。

文笙忽然想起了什麼，便道：我現在曉得了，你畫裏的好，正是你說的藝術的性情，然而，卻無關乎你自己的性情。於我這個中國人看來，便少了一些感動。

青年愣了一下，沉吟了許久，再看文笙，眼裏多了炯炯的光，說道，小兄弟，有道是旁觀者清。說起來，我早年習的也是國畫，半道出家學西畫，只以為是更好的，倒荒疏了童子功。現如今這幾年，中國畫家裏也出了幾個有見識的人，都在研究中西合璧的畫法。若說畫出了性情的，林風眠是其一。還有一個潘天壽，是我的師長，我畫荷花的興趣，倒有一半是受了他的影響。藝術這東西，便是將彼此的長處兩相加減。至於如何加減，以至乘除，那真是大學問了。

文笙見他說得高興，一頭亂髮籠在夕陽裏頭，金燦燦的，整個人都昂揚了幾分。自己心裏也有些喜悅了。

青年抬手看一眼錶，說，時候不早了，我再畫幾筆。你也快回去，別讓家裏等得著急。我們後會有期。

文笙便與他道了別。這時滿湖的荷花，因西天的光線濃濃地鋪陳過來，竟淹沒了高低肥瘦，像是一匹色彩勻淨的織錦，與那畫上的別無二致了。

吃晚飯時，文笙說起了「莫奈」。一桌吃飯的人，並未有知道的。姨舅母說，這個名字，莫可奈何。當爹媽的不知怎麼琢磨的，好不吉利。舅舅說，聽起來倒得幾分海上畫派的作風，有些革新的意思。不過畢竟是太新，不知將來是否成氣候。

習英文時，又跟可澄談起。可澄說，你倒真問對了人。是個法國的畫家，我們的國文老師很推崇他。聽說早期有些離經叛道。只是我不太能夠欣賞，一處蓮池，一個乾草垛可以畫上許多遍。法國是個愛好革命的地方，這樣的畫法，未免太過流連了。

可澄就到書櫃裏翻找。捧了一摞雜誌，從中間揀出厚厚的一本。是本西洋畫冊，裝幀十分精緻。書皮上是一片藍。這藍是在他經驗之外的，濃烈而幽深，是一池水。水上綴著幾朵白色的睡蓮。文笙翻開，看見一幅上畫著很巍峨的建築。筆觸所向，森嚴靜謐。這是一座教堂。

文笙想起，襄城南華街上有一間教堂。米歇爾神父正來自那裏。福愛堂沒有畫上的的堂皇雄闊，也是需人仰視的。因為它的潔淨與規整，也因為在黃昏時候飄出的聖詩班的歌聲，帶著一種與世隔絕的氣息，卻與街面上的世俗是親近的。他最後一次路過那個教堂，已經改成了難民收容所。教堂的鐘塔上，懸著綴有紅色十字的旗幟。枝葉凋零的洋槐，掛了繩子，晾曬著大人與小孩的衣物。有些蒙塵，一切如舊，只是聽不到管風琴的聲音了。

文笙又翻過一頁，仍是同一座教堂，同樣的角度。然而，不再是粗糙而黏稠的行筆。光影的變化多端，現出了用色的詭譎。牆壁是厚重的青綠，頂部卻被餘暉染成了玫瑰一般的豔異。陽光最強烈的地方，只見尖塔的輪廓，竟如同海市蜃樓。

可澄說，只一個魯昂大教堂，一日四時地畫了二十多張。我是覺得他有些癡了。

文笙看她把雜誌攤在桌上，一面翻著。她說，依我看，當今攝影的意義漸漸大於繪畫。攝影能捉住人一瞬的神采而不致失真，繪畫因為耗時的緣故，總是有些錯過。所以才有莫奈這樣的癡人，要與時間較勁兒。你看看，顧秉良拍的照片，好在稍縱即逝。文笙從她手中接過一本雜誌，封面照，是委員長夫人蔣宋美齡。的確是颯爽逼人，神色間有些鬚眉的氣概，不同於平日予人的印象。再看可澄收集的其他，從美國的《時代週刊》到市面上的《良友》，封面上大多都是蔣夫人的照片。不待文笙問起，可澄說，我長了這麼大，真佩服的，就只這麼一個女人。倒不是因她與男子平起平坐，而是，她從未認為自己是女人，所以要與男人爭取。她做的就是她自己想做的，成立「婦慰總會」，便大刀闊斧；要建立空軍，就放手放膽，裏頭是連美國人

都要佩服的見識。

文笙便說，她是很好，可離我們總是遠了些。聽說她是在美國接受的教育，自然在作風上，會更為勁健一些。

可澄嘻嘻一笑，告訴你吧，我的心願，正是畢業後要去衛斯理學院讀書。她站起身，手指在牆上的世界地圖遙遙地一劃，然後圈了一個點，說，就在這裏，波士頓，那是蔣夫人的母校。

文笙愣一下，說，舅父可知道這件事？昨兒個他還跟我說，二表姐來信，商量要送你去北平念大學。

可澄正色道，可不能讓他知道。爹要我讀西書，多半是為了趕趕時髦。其實骨子裏還是些三綱五常，改不了的。年紀一大，愈發古董了。前些天還跟我講「父母在不遠遊」的道理。我們家這代沒一個男丁，他是把我當小子養的。你看我大姐，哪裏是一個能為家裏拿主意的人。

文笙此時看著表妹，不知怎地，忽然覺得有些陌生。這時候，外頭傳來些響動。可澄咳嗽一聲，用雜誌敲一敲桌子，說，盧文笙，我怎麼跟你說的，這個句子要用被動態！

崔氏端了兩碗蓮子羹進來，抱怨道：祖宗，教書就教書，哪有你這樣的。虧得笙哥兒好脾性，打板子的先生也沒你一半兒凶！

可澄便衝她娘的背影做了個鬼臉，吐吐舌頭。究竟還是一副孩子相。

這一日櫃上無事，暑意難眠。文笙晨起，便去圖書館看書。

西澄湖經了徹夜的冷卻，這時還有些許清涼。湖邊安靜得很，間或一兩聲蛙鳴，也是已經叫啞了的。晨風吹來，荷葉翻捲如浪，傳出細碎的聲響。一隻翠鳥立在一莖未展開的葉上，忽然撲啦啦地飛起，箭一般地消失在了湖心深處。

文笙沿著湖畔走，看見一個人站在入水的石階上，躬身在一朵荷花上動作著。這荷花初放不久，花瓣還半闔著。走近了，原來正是前幾日見過的青年。青年從荷花裏一點點地將一些東西剝出來，放進一

個小布袋裏。看到他，朗聲一笑，說，小兄弟，果真是見者有緣。剛製成的好東西，有無雅興同試？

文笙好奇，便問，試什麼？

青年擰著褲腳的水，將布袋小心地放進貼身的衣兜，說，隨我來。

走了許久，經過了教員宿舍，才到了一處院子。有籬笆圍成的院牆，上面爬滿著盛開的蔦蘿與金銀花，濃綠如錦。院子裏有幾隻雞走動，樣態都十分怡然。文笙不免張望，心想這校園裏頭還有這樣的地方，竟好似遠郊的景致。正想著，一頭體型肥碩的鵝，遠遠跑過來，大聲叫喚，扇著翅膀，姿態魯蠻。一個中年人趕上前，對著大鵝呵斥。牠才悻悻地回轉身走了。

青年人哈哈大笑說，養了這頭畜生看家，竟比一條狗還頂用。中年人也笑答，可不是？惡形惡狀的。先生今天回來得早。

文笙認出中年人是學校的門房忠叔，就向他鞠了一躬。

忠叔點點頭，笑說，這學生真懂禮。如今到處講自由，學生們都像這呆頭鵝，橫衝直撞的。

文笙見院落裏頭，矗立著一幢小樓，雖然殘敗，顏色蝕得辨不清楚，但分明古色古香。門廊上立著兩根石柱。柱礎的形制樸素，圖案是龍鳳雲水。柱上各以小篆鑴著一副楹聯：大道碩猷，君子是則；執敬道簡，古賢之徒。

青年人看他呆呆地看，便說，這「萬象樓」可比學校老多了，是道光年間一個舉人的藏書樓。聽說原先用它藏善本書，後來建了新圖書館，書都搬走了，便沒了用處。邊說邊引他進去。小樓裏頭，黑漆漆的。隱約看見牆角，擺著些石膏的頭像，有的已經殘缺了，慘白著眼眶。後門裏，一個婦人正舉著把蒲扇燒爐子，見他們進來，笑一笑。青年就說，嫂子，麻煩你幫我燒一壺水來。

他們就沿著木梯上樓去。木梯也有了把年紀，踩在上面吱呀作響。青年人讓他腳下小心，一面說，現在呢，這樓就用來堆放教具。忠叔兩口子住在這，我與他們搭個伴兒。

一直上了閣樓，青年人掀開竹簾，請他進去。裏面是個房間，不大，陳設也十分簡單。一張木床，靠窗擺著書桌，一個竹製的書架。書架上倒是排滿了書，又在頂上摞得很高，沉甸甸的有些不堪重負。青年將窗子打開，光線頓時清亮了許多。他說，躲進小樓成一統，是我的一方天地。文笙走到窗前，西澄湖盡收眼底，還看得見紫竹林的一嶺小丘。湖上的晨霧還未散盡，小丘就有些遠山如黛的意思。青年人見他看得入神，便說，如何？也算是「悠然見南山」了罷。

這時門外聽到婦人的聲音，先生，水放在門口了。青年人就說，忠嫂，謝謝你。便出門將水壺拎了進來。

他將貼身的布袋取出來，說，按理是要焙乾的，如今也只有將就，用體溫焐了這一會兒，聊勝於無。說罷將布袋裏的東西倒出來，原來是一粒粒的茶葉。青年將茶葉放入一只陶壺。文笙看這壺，用的已有了年頭，紅潤包漿。禁不住伸出手撫摸了一下。

青年說，這只老朱泥算是家傳，我一直隨身帶著。沒什麼嗜好，就是茶不離口。說著，便將燒好的水，澆進了茶壺。霧氣繚繞間，忽然一股清香撲面而來。文笙未辨真切，青年已經蓋上了壺蓋。

他從書架上拿出茶盤，上有一對青瓷的茶杯，泛著剔透的光澤。先從茶壺中倒出一些水到茶杯中，說來個「韓信點兵」。旋即倒掉。剛才那股香氣，此時更為馥郁了些。這才斟了一杯，遞給文笙，說，來，喝喝看。

文笙便舉起杯子，嘗了一口，只覺舌尖激盪了一下。再喝一口，有說不明的香氣游動，軟軟地在味蕾上展開。青年也喝了一口，瞇起眼睛，說，嗯，這次的時候算是對了許多。

文笙便說，我六叔最愛喝碧螺春。這原是我熟悉不過的茶，可奇了，有一股子清苦氣，將這綠茶中的甜香濾掉了幾分。到現在我的舌頭還醒著。

青年大笑，說，這「醒」字用的很好。洞庭碧螺人稱「佛動心」，好在醇厚豔美。我卻不喜它回甘甜膩的果香氣。前幾日又讀《浮生六記》。讀到三白錄了芸娘製「蓮花茶」一節，說晚間趁荷花含苞，將

茶放至花心，早上花開再取出來，「烹天泉水泡之，香韻尤絕。」就靈機一動，想來個以香制香。其實這茶的製法，是倪元林開了先河，顧元慶在《茶譜》中也記過，只是熏製的手段太過繁複考究，令人不耐。倒是陳芸的法子日常親切了許多，就拿來一試。試出了心得，要選那花瓣質厚緊實的，才能成事。

文笙擱下茶杯，想想說，我是聽明白了。這茶中的好喝，是取荷香的清苦，延抑茶香。只是我聽師父說，茶有真香。這熏茶的道理，畢竟不是出於天然。

青年沉吟道，你師父說的對。這話原是陸羽的。《茶經》裏極鄙夷加香的法子，說那泡出來簡直是溝渠廢水。倪元林是熏香聖手，我也不贊成他往茶裏加添什麼核桃松子肉，美其名曰「清泉石上茶」。茶畢竟不是果腹之物，未免太饕餮了。說起來，這「蓮花茶」的名堂，實是以香洗香。香味間既非成全，也非相剋。只是華服之美，太過喧譁。以素紗覆之，隱約之間，倒另有一番成就。

兩個人便對著窗，靜靜地喝茶。不知不覺，喝到了第三泡。文笙說，方才說的那些，我是一知半解。我這個年紀的人，每每喝到了好茶，覺得好，究竟不知好在哪裏。

青年又給他斟上一杯，說，這事急不來。我也有許多的不懂得。我的老師也說過喝茶的道理。茶好像碑帖，要常常臨寫，才知道它的氣理和底蘊。臨到高古的帖，只覺得是好的，以為「老」便是時間的果。我看不見得，眼下這個時代，與時俱進是根本。

茶終於淡了。窗外的陽光濃烈起來，倒襯得室內更為幽暗清靜。青年人說，小兄弟，這茶喝了半日，還不知如何稱呼。

文笙忙答道：小姓盧，盧文笙。

青年口中重複一下，文笙，好名字。如見其人。我姓毛，毛克俞。

文笙起身拱手，恭敬地說，毛先生。

青年哈哈一笑，小小年紀，規矩倒很多。罷了罷了，先生不敢當。我虛長你幾歲，就叫一聲大哥吧。聽你口音，不像本地人。

文笙説，我是襄城人。

哦？青年眼睛一亮，説，襄城倒真是人傑地靈。説起來，我有個同門師弟，也是襄城人，若論才分，堪稱我輩中翹楚。不是自謙，真真在我之上。他常常談起，少年寒微，多虧恩師知遇，方得今日。如此，這位吳先生也是很欣慰了。

吳先生？文笙脱口而出，大名可是吳清舫？

正是。克俞也不禁驚奇，説，你知道他？

文笙自然興奮難抑，説，豈止知道，我前日説的開蒙老師，便是吳清舫吳先生。

難怪了。克俞説，聽你那天談畫的見識，我本該想得到。真是造化了。來來，我們以茶代酒。

因為這一層，兩個人頓時親近了許多。文笙也就知道，克俞原籍皖南，安慶人氏。前些年在杭州國立藝術院習畫，年初由四川輾轉來津。

# 克俞

　　這一年九月算得秋高氣爽。盛潯從承德移來的幾株金桂，早早地開了花。點點如繁星，整個院落裏都是甜絲絲的香。崔氏坐在門廊前，為溫儀的頭生子繡一副枕套，深深嗅了一下，說，真好聞，都擔心活不了，生得倒比在承德當地還要好些。天津這方水土，到底是養人的。

　　盛潯放下手中的茶壺，說，可不是！養了自己人，還要養外國人。先是英國人，意國人，如今又是日本人。崔氏便道：好了好了，大清早的，哪來這麼多牢騷。

　　盛潯站起身，踱了幾下步子，將一張報紙拍在桌上，說，是我的牢騷嗎？你看看，〈國民政府令〉都頒出來了。重慶的陪都地位，如今算是而且確。說什麼「還都之後」，這都能不能還，是猴年馬月事了。自己的一方土地，變著法子躲日本人。當年袁世凱再不智，老北京的根基總是動不了的。

　　崔氏嘆一口氣，將紫砂茶壺斟滿了水，攔在他手裏，說，罷了，人家蔣委員長不怵疼，你一個下了野的老頭子，操的是哪一份兒心。你瞅瞅外頭的情勢，現時還能給你個寓公做做，就謝天謝地吧。

　　盛潯啜一口茶，終究不甘心，說一句，婦人之見。

　　崔氏便好脾氣地一笑，將繡花繃子緊了緊，說道：婦人之見。沒我們這些頭髮長見識短的婦人，誰來生養你們這些做大事的人。

　　這句話一堵，盛潯要說什麼，生生憋了回去。

　　好在這時候查理進來。查理去了趟東北，給他帶了一支上好的長白山參。盛潯摘下一根參鬚，看一看，說，好參。去年託同仁堂的老徐帶的那根，還不及這支。查理說，爸爸，我昨晚見了個交通銀行的老相識。如今市面上的情形，有點吃不準。家裏的金銀硬貨，要好好

歸置一下。

　　盛潯點頭道，法幣無限制買賣一取消，日本人自然不至於太囂張。恐怕老百姓也要吃些苦頭了。

　　秋天開學後，文笙的學業算是上了正軌。小半年下來，同學熟絡了許多。先前還被笑話過他的襄城口音，這時一口天津話已經說得有式有樣。又因為人謙恭，與同學相處得很是不錯。

　　這天放學，走在路上，到了「老泰昌」附近的一處街口，聽到有人喚他。回頭一看卻沒人了，疑心是自己聽錯了，便繼續往前走。

　　「盧文笙。」這回聽得真切，他便站定了。看見一個小個子的少年追上來。

　　少年氣喘吁吁地停下來。文笙有些意外，因他與這個同學從未交談過。事實上，這個叫凌佐的同學，在班上甚少與人說話，文笙對他卻頗有印象。那回上「經訓課」，講《左傳》。他一句「多行不義必自斃」說得鏗鏘，言猶在耳。

　　文笙便問他有什麼事。凌佐說道，我聽人說起，你是很懂看古畫的，想請你幫個忙。

　　文笙說，懂不敢說，一些皮毛罷了。

　　凌佐略向四處張望了一下，說道，我們借一步說話。

　　兩個人便到了一處暗巷。凌佐從書包裏取出一個卷軸，小心地展開，說，你替我看看。

　　文笙看這畫的裝裱已經有些殘破，繪著兩枝墨梅，上題「半濃半淡影橫斜」，款識落的是「昔邪居士」。圖章是朱文的「壽門」二字。他將鼻子湊近將那印鑒聞一下，說，金農的東西，我舅父收了幾幅，其中也有項均、朱筠谷幾人的代筆。這畫倒真是他畫梅的韻，所謂「不繁不簡之間」，拙意天成。我看像是真的。你要拿不準，再找個人看看。

　　凌佐說，好好，這下好了，我只怕給人誆了去。說罷將畫捲起來，一句話也沒多說，便匆匆地走了。

過幾日，遇到管事的老校工，坐在臺階上曬太陽。見了文笙，拉他坐下來，說，學生，你倒是有本事，和這個愣頭青也說上了話。文笙就笑笑。

那人就說，這小子也是轉學來的。學沒上幾天，就跟人打上了架。若不是功課不錯，這裏哪有他的容身之地。

文笙就說，學校麼，本就是有容乃大。

那人就搖搖頭說，想必你還不知道他的事。能進這間中學，總是有些來頭的。

文笙心裏有些不耐，說道：非富即貴，與我何干。

那人頓上一頓，說，還都不是。你沒聽過他的諢號？

見文笙沒接話茬，他便繼續說，看來你是真不知道，他打架那會兒，可熱鬧著呢。你們隔壁班姓金的女學生，記得吧。

文笙想一想，印象中有這麼個女孩，叫金韞予。一起上過「經訓課」，不多話，安安靜靜的。蒼白著臉色，獨來獨往。

那人說，你道這女孩的真姓是什麼？猜不著吧，愛新覺羅。

文笙覺得他語氣可厭，便說，那又如何。皇帝都沒了，就算是王公貴族的家的孩子，還不一樣要穿衣吃飯，讀書上學。

那人有些無趣，但還是接著說，是沒什麼，只是這層意思看怎麼說。有天早操，凌佐跟金姑娘前後腳走著，遇到了嘴壞的人，說了一句，如今民國，還真是天下大同，主子和奴才都同窗了。那小子就跟他幹上了架，滿頭滿臉的血，一顆牙都打掉了。

文笙嘆一口氣，說，也是太血性。前清的朝臣多了去了，遺老遺少，也沒什麼見不得人的。

那人就不屑地笑了，說，什麼朝臣。他那寶貝爹，是宮裏出來的太監。

文笙心裏一驚，臉上到底現了出來。那人就有些得意，說，聽說這個爹，當年在宮裏，也好生了得，跟著小德張伺候過隆裕太后。又會唱幾句戲文。你想宮裏頭的老人兒好這個，小德張工武生，他唱花衫，也紅過一陣兒。民國二年隆裕一死，樹倒猢猻散。人家小德張

沒有的，他沒有；可人有的，他也沒有啊。就被發送出去伺候榮惠太妃。前些年太妃歿了，又沒了著落。還是小德張念些情份，乾脆把他招到自己跟前兒，成了個伺候太監的太監。這日子久了，眼饞小德張有老婆，也想討房媳婦。聽說南門兒有個唱大鼓的寡婦，在外頭欠了債，就動了心。跟小德張借了錢，幫這寡婦還了債，要娶了人家來。寡婦說嫁給他有個條件，就是要供自己獨生兒子讀書，還要讀最好的學校。他答應了，去央小德張。後來孩子大了，又是小德張從旁想辦法，讀了這間「耀先」。所以說，戲文裏頭都說了，這孩子是交了華蓋運了。

文笙拍了拍書包，站起來要走，說，你倒是都很清楚。那人便說，天津衛就這麼大，你當是皇城根兒。誰還不知道誰的事兒。

週五散了學，在路上，凌佐又叫住了文笙，遞給他一個紙包。打開看看，是耳朵眼兒炸糕。這炸糕得跑到北門外大街去買，可不算近。

凌佐說，前兒的事，謝謝你。估摸他們沒少嚼咕我。往後我也不找你了，省得人說你老跟個「小太監」一路。

文笙道，由他們說去。

凌佐點點頭，由他們說去。我皮也厚了，年前還在胡同口給幫渾小子扒過褲子。結果怎麼著，他們有的我也有。

兩個人就都笑了。

文笙說，你功課好，好好地學。你爹其實也不容易。

凌佐聽了，突然一咬牙說，他不是我爹。不是為我娘，我早就殺了他。

文笙看著他，眼睛一點點地黯淡下來，又說，我只有一個爹。我爹是北伐軍第四軍獨立團第三營營長。我爹打武昌城的時候就死了。他不是我爹。

新學期的美育課，文笙報了一門繪畫。

開課前，遠遠看見老師的背影，立在門廊裏同校長説話。這背影頎長，肩膀不怎麼挺拔，像是個中年人。

待上課鈴響了，人走進來。文笙定睛一看，竟是毛克俞。

也難怪認不出來，一頭亂髮，今天竟梳得十分整齊。穿了一件石青色的長衫，是有些老氣的顏色。因為人瘦，這長衫便穿出了蕭條來。

對於這個樣貌老派的年輕先生，學生們免不了竊竊私語。克俞立到了講臺上，也一眼看到了文笙，微微一笑説，同學們，鄙人姓毛，毛克俞。咱們這個班上，有舊友，也有新知。如此好了，自報家門便可免去。這門課不講大道理，只重在實踐。坐言起行，不如現在開始。

他便拿出一摞紙，發給每個學生一張。我們常説詩情畫意，今天我出一道題目。每個同學畫一個自己最熟悉的東西，然後配上一句成語，要合乎畫意，又要有點意義的昇華，我先來舉個例子。

他便轉過身，拿起粉筆，在黑板上三兩筆線條，勾出了一個茶壺，旁邊龍飛鳳舞地寫了四個字「腹有乾坤」。

學生們都有些躍躍欲試，紛紛在畫紙上動作。文笙想了想，便也埋頭畫了起來。

頭個交卷的男生，實在是有些取巧。他畫了一個悶葫蘆，簡直只用了一筆便畫完。就有同學説，這不過是對老師創意的抄襲。可他倒是氣定神閒，然後寫下四個字「有容乃大」。克俞便説，不錯，雖説同工，畢竟異曲，也算舉一而反三。

一個女生畫了一棵修竹，蔥蘢孤冷。自認畫得很好，施施然地向大家展示，上寫了句「君子之心」。旁邊一男孩子「嘿嘿」一笑，就索性畫了根爆竹，落了題是「然後君子」。女孩就惱了，説這分明是戲謔她。克俞便説，罷了罷了，老師代你略改幾個字吧。想一想，就引了《孟子》中一句「然後有耳聞」，將兩個人平息下去。

其他的人，有畫座鐘的，鐘擺畫得奇大，寫了「左右逢源」。也有人畫了個摔壞的算盤，題了「不成方圓」。繪畫的技術尚不談，意味倒是都頗具趣致。

文笙卻遲遲地才畫好。他畫了一只雛燕風箏。因是他很熟悉的，圖案上難免巨細靡遺。兩株牡丹是花開富貴，翅膀上四圍的蝙蝠與鹿角是福祿呈祥。畫好以後，卻難為該寫什麼句。想來想去，不知怎麼，寫下了「命懸一線」四個字。

克俞看一看，也未說什麼，只是拿起來給同學們傳閱。學生們先是驚嘆他畫得好。但繼而又有人說，這題詞著實不吉利，不如叫「扶搖直上」，還讓人覺得振奮些。方才畫竹子的女生卻站起來，說，我倒覺得題得極好，眼下中國的狀況，可不就是如此。華北之大，已經安放不下一張書桌。我們能坐在這裏，是不幸中的大幸。

克俞說，放風箏，與「牽一髮而動全身」同理，全賴這畫中看不見的一條線，才有後來的精彩處。不如就叫「一線生機」罷。

下課後，克俞收拾了講義，叫住文笙說，看得出，你很愛風箏。我那裏有本近人編的風箏圖譜，得空了過來借給你看。

文笙躬身謝他。克俞笑道，有了師生之誼，反倒生分了。下了課不必拘禮，仍以兄弟相稱罷。

中秋時候，崔氏說，笙哥兒，你們學堂裏頭的年輕先生，聽你老提起的。一個人在外頭，娘老子都不在身邊，也是怪疼人。不如叫上他到咱們這兒過節，反正飯菜都是現成的。文笙心裏也有些歡喜，嘴上說好，就出門去。崔氏又叫住他，叫廚房挑了幾隻大閘蟹，又拎了一壺黃酒，叫他一併帶了去。

文笙走到萬象樓，看忠叔站在院子裏，宰一隻雞。一刀在脖子上下去，雞掙扎了一下。血濺出來，忠嬸拿個碗接著。看見文笙，忠叔笑一笑，說，學生，過節好啊。今兒毛先生不在啊。

文笙心裏一陣涼，問道，可是回老家過中秋去了？

忠叔把雞按在開水裏一燙，拔起了雞毛，說，這個我也說不準呢。走得匆匆忙忙的，也沒交代一聲。

文笙嘴裏輕輕「哦」了一聲，只覺得失望。轉身要走，想起什麼，就將螃蟹簍子和黃酒，擱在了窗臺上，說，這個您留著。

忠叔也很喜悅，客客氣氣地將他送走了。

八月十九那天，中午剛進校門，忠叔從門房走出來，將文笙喚住，說，學生，毛先生回來了。看著身子不爽利，你得空瞧瞧去。下午的課，文笙上得未免有些心不在焉。終於到了放學，便收拾東西，往萬象樓去。

忠嬸正端了一盆水從樓上下來，見他搖搖頭，說，不知是去了哪裏，回來人脫了形似的。這會兒睡醒了，你上去看看吧。

文笙敲一敲門，沒人應，便推開了。看見室內光線黯淡，窗簾沒有拉開，滿屋子的菸味。克俞坐在書桌跟前，一動不動。前些天拿來的黃酒，酒喝完了，酒瓶子倒在桌上，好像要從桌角上滾落下來。

文笙喚他一聲。克俞回過頭，是很憔悴的模樣。看見是文笙，趕緊站起來。身體卻搖晃了一下，立不住似的。他還是扶住了桌子，將窗簾拉開，輕輕說，看我這兒一片狼藉。

文笙說，聽說你病了，過來看看。

克俞便說，回來那天染了風寒，不礙事。

克俞咳嗽了兩聲，文笙見他額頭上有些虛汗冒出來，眼窩蒼黑著，臉色白得有些發青。他一時又呆了似的，目光從窗口游出去，茫茫然的。兩個人坐著，都不說話。過了一會兒，文笙終於說，你早點休息，我遲些再來探你。

克俞愣一愣，醒過神兒似的，要文笙等一等。就走到書架跟前翻找，許久拿出一本布面的線裝冊子。上頭積了厚厚一層灰，他揮一揮，灰揚起來，便又禁不住咳嗽，肩膀也抖動起來。他一面深吸了一口氣，讓自己靜了靜，這才對文笙說，這是我跟你說的圖譜。裏面有宮廷的舊樣，也有些民間的花式。也算有趣，你拿回去慢慢看。

文笙接過來，翻開一頁。是一個頂戴齊全、蟒袍皂靴的官佬兒風箏，帽翅可以隨風擺動。白鼻子，奸角兒的形容。就說，這眉眼兒，大約是拿袁世凱做樣子畫的。

克俞似乎沒有聽見他的話，只是手上摸索著，點起一根菸。卻也

並沒有吸，由它燃了一截灰燼。這時間暮色重了，菸頭仿佛一星火，安靜地懸在暗黑中。有一陣微風吹進來，將書桌上的幾張紙吹到了地上。文笙便彎下腰，撿起來。看到上面有十分娟秀的字跡。另有一方印章，顏色赤鬱。

克俞從他手中拿過信紙，看一看。他將那紙鋪展到桌上，小心地用手撫平。一下，又一下，忽然停止了動作。只聽見他說，我又是何必去，明知是自討苦吃。

他打開燈，看著文笙的眼睛，說，你知道麼，我走了這麼遠。離開了杭州，江津，來到這裏。我曾自以為是天下第一拿得起的人，現在卻只有放不下。

他苦笑一聲，說，罷了，和你說這些，你年紀還輕。男兒難過相思苦，是沒出息的。

文笙想一想說，最近班上流傳一首舊詩，我記得有這麼一句，無情未必真豪傑。我雖未經過，或許也是懂得的。

克俞的目光動一動，沉吟半晌，說，好，我就和你說說這方印章的來歷。


見第一面，是五年前的事了。那時候，我還在杭州讀書。藝術院離西泠印社不遠。我們幾個好金石的師生，倒是常去走動。因為潘師引領，即使是青年人，在那裏也很受禮遇。

有一回社慶，我們去了。坐下不久，就有個年輕小姐過來，問哪位是毛先生。我向她回了禮。她說，謝謝您捐的印譜，戴本孝的這一方，我是喜歡得很。我是初學，將來要多向您請教。

這小姐是往日未見過的，身形單薄，談吐卻是颯爽的樣子。也並沒有多說話，只說是姓吳。

在路上，我就與潘師說，吳小姐是個女才子，聽她品鑒惲壽平的「問花卓」，很有見地。潘先生就對我眨一眨眼睛，聽說她是吳隱吳先生的親戚，正在中央大學讀國文，過來杭州過暑假，也在社裏幫忙打點。

後來，我們去印社就勤了些。楹聯酬唱間，漸漸也熟識了。我就覺得這個女孩，是不同以往的所見。不止是學問，是其中的見識。有一次她輕輕對我說，這一眾年輕人，你的性格未免太清冷了些。我想一想，回道，窮則獨善其身。她便說，古希臘的「犬儒」，放在當下不盡適用。「少年強則國強」，二十多歲正是要昂揚的時候。後來見面，她便帶來厚厚一沓書稿給我，我看上頭是她的手跡，實在很美。她說，我敬你，所以不怕見笑。這是我寫的小說，梁啟超說，欲新一國之民，不可不先新一國之小說。我是讀國文的，總覺得應該身體力行。只是不知道寫得好不好。

我回去細細看了。女子中將白話文寫得如此漂亮的，真是不多。在我印象中只有一個冰心。可又不同，她的文筆是有些鬚眉的氣概，時有鏗鏘之音。內容竟是續寫的《玉梨魂》。寫白梨影的兒子鵬郎長大了，追隨何夢霞去了日本。回來以後參加革命軍北伐。終感事業未竟，棄戎從商，走上了實務救國的道路。

這文字裏，已無一絲鴛蝴氣，倒很有譯文小說的味道。體式卻還是章回體，每章的入話，都是她自己作的一首舊體詩。寫得極為工整，與正文相得。章節的最後，都有她自己製的一方章子，是陽文的「思閱」二字。這是她的名字。

我心裏對她的敬愛，這時便又增加了幾分。可我的性情，總拙於言表，便想起與一個同窗友好商量。誰知這個師弟對我說，他打算追求印社的吳思閱小姐，無奈人家過完暑假就要回南京去了。我於是沒有再作聲。

這樣到了週末，吳小姐竟默默離開了。我並不知情，事後才知道是這師弟去送她的。後來，他們彼此鴻雁來往，年底便結了秦晉之好。我只是覺得十分恍惚，終於沒參加他們的婚禮。此時時局已不十分好，藝術院先是遷址去了諸暨，後來又遷去江西的貴溪。遷往長沙時，我一個人去了四川江津，將息了許久。這間中學教務長是我父親的故舊，聘我來教書。我便應允下來，只覺得，走得越遠越好。

中秋前，收到師弟的快信，說他獲公派就要去法國留學，夫婦

同往。只想在臨走前見我一面。我在南京見到了他們。吳小姐面容和泰，卻不著一言。我們與幾個同學同遊秦淮。河畔的桂花隨風灑落，紛揚成盛景，卻終於被河水挾裹了去。眾人只說可惜。吳小姐這時輕輕說，世事如此，落花有意，流水無情。遊船後，師弟支開同學，只拉我一人去喝酒。喝到微醺，他突然握住我的手，說對不起我。我問他從何說起。才知道當年吳小姐離開杭州的前晚，曾囑他交給我一封信。他在煎熬之下，打開了信，原來是告訴我，她將乘翌日下午三點的火車回寧，約我在火車站見面。師弟說，他思慮再三，終於將信藏了下來。他說，這事讓自己悔得很，但「愛」這個東西，是不容人的。他在赴法之前，將這封信交給了我，算是一個交代，只望求得原諒。

克俞站起身，目光望向窗外的西澄湖。晚風搖曳，有一些水鳥驟然飛起，遠去，消失在茫茫暮色中，終不知去處。他說，文笙，人生有許多的失之交臂。如果我當初勇敢些；又或者她回南京後，能主動寫一封信，事情也許就不同了。我只想說，若將來你有心儀的感情，我便是前車之鑑。

說完這些，克俞淡淡地笑。笑容中有些悽楚。他手中的信紙上，是十分娟秀的小楷。信末的印鑒濃重，蓋得頗為用力，滲透到了紙張的背面：「不負金陵」。

文笙回家的時候，夜色暗沉，天空清澈。月亮仍是白亮的顏色，只是不及中秋那天的圓滿了。

# 萬象

到二十六這日晚上，本非節慶，孟家卻擺了一桌宴席。文笙見盛潯臉上少見的有生氣。崔氏便笑説，快恭喜你舅舅去。全家都在討他的好呢。

盛潯面有喜色，問道，笙哥兒，可知明天是什麼日子？

文笙認真想一想，搖搖頭。

盛潯佯嗔道：咱們家的人怎可忘了本，後天是孔誕。要在文廟祭典大禮。「中堂嚴肅素王尊」，袁大頭別的不説，這點道理還是懂的。自日本人來了後，可有日子沒好好辦過了。往年的春丁秋丁，府縣兩祀，就沒有了著落。我還記得，最後那一次，府廟還是張自忠主祭的。説起來都過去四年了。

崔氏便説，怎麼沒有，日本人倒是年年祭，你年年罵不是？今年好了，恢復了鄉祭，推選了你舅舅做耆紳代表主祭，説起來咱們家也真的許久沒這樣的大事了。

盛潯便哈哈一笑，説，可不是嘛，也不枉我身為「亞聖」後代。

吃完飯，盛潯興致勃勃地將準備好的祭服穿上。簇新的對襟馬褂，對著鏡子照了又照。將主祭辭鄭重其事地念一遍，又念一遍。一家子人都陪著他演習，就差三叩六拜。崔氏便説，瞧，老小孩兒似的，這會子可知道體面了。往日要讓他把那駱駝鞍的「大雲兒」脱下來，跟要了命似的。如今也知道暖靴的好了。

第二日晚上盛潯回來，滿臉的倦容。溫儀迎上去説，我們都等著看《益世報》了，看我爹爹怎樣神氣。

盛潯將自己癱在太師椅裏，眼光裏頭，莫名黯然。半晌才説，日本人到底還是來了。

崔氏愣一愣，便説，來就來了吧。就當沒看見可不成了。

盛潯忿然道，中國人自家的事，怎麼哪裏都有他們。

停一停又説，今天我看見咱們的親戚了。幾年未見，人老了許多。真是今時不同往日。

崔氏説，哪門子親戚，還有閒心陪你去祭孔？

盛潯説，孟養輝。他還説過些天來看看咱們。


隔天的代數課，凌佐出了糗。眾目睽睽之下，一問三不知，這讓文笙很有些意外。凌佐平日裏的機靈，應付這些是綽綽有餘的。他自己倒是不在乎的神情。

散了學，他追上了文笙，説，方才課上，我讀了一篇文章，寫得太好。走了神。説罷從書包裏拿出一張報紙，印刷得不很好，字跡模糊。報題用的是斗大的隸書，三個字倒十分醒目，《新津報》。

文笙便説，哪裏出的報紙，我怎麼沒聽過。

凌佐搔了搔頭髮，説，我也不知道。我路過南市的時候，有人塞給我的。可是這篇文章寫得真的好。這個河子玉，説的盡是我心裏的話。

文笙就接過報紙翻開，凌佐點了一下。他就看到一篇文章〈再告救亡同胞書〉。他闔上了報紙，四望了一下。

凌佐説，你看一看，寫得很好的。特別是「百團大戰」那一段。依我看，如今日本人有了真正的對手。

文笙聽到，不禁心裏一動，他想起了襄城一時間甚囂塵上的，正是馮家二小姐通共的事。於是對凌佐説，我們做學生的，盡到本份就好，這些本不是我們能管的。

凌佐説，怎麼不是我們的事？

文笙想一想，説道：一屋不掃何以掃天下。

凌佐於是有些惱怒，説，盧文笙，你別和我文謅謅的。汪精衛的所為，你我都知道。事不關己，將來天津就是第二個南京。

這一夜，文笙睡得很不踏實。朦朧間，出現了母親的臉，這張臉又變成了大姨的臉，葉師娘的臉。慢慢地，這臉愈加清晰，最後是一個年輕的女孩。她坐在一座土堆前，沉默不語。那座土堆突然裂開，裏面是一具慘白的屍骨，瞬時便立在了他眼前。

他驚醒了。外頭是一枚下弦月。月亮的光線微弱，但如刀鐮般鋒利，將雲霾裁開，且隱且行。


重在課堂上出現的克俞，已不復以往的精神。青白著臉色，下巴上可見淺淺的鬍碴。但他仍是一個盡職的教師。一如他的藝術觀念，不太存在中西的界線。因此，他講課的方式，也無所偏重，甚至有些信手拈來。剛剛還在分析西洋畫的線條勾勒至散點透視，一忽間就拿出李唐的「萬壑松風」，講起了「鈎、皴、染、點」。只一塊石頭，洋洋灑灑許久，半堂課也就過去了。

到了上素描課的時候，桌上擺著伏爾泰的石膏頭像。不知為何耳垂上缺了一塊，整張面容立時有些殘敗。文笙原不認識，以為是個西洋的老嫗，笑得很不由衷，顯出了愁苦相。他們畫的時候，克俞在旁邊走動，略略指點。然後便自己坐下來，目光有些失神。長衫穿在身上，肩膀支起來，更顯尖削，竟有了嶙峋之感。

上課間隙，有時會出現一個面目可疑的人。這人並沒有十分顯著的特徵。因此，文笙也僅僅記得他穿著黑色的西裝，立在窗邊，或者門口，看一會兒，便走了。當然，這個人並不只出現在美術課上。但他似乎對克俞的課程十分感興趣。後來有一日，消息傳過來，說這個人是日本派駐在耀先的督導，負責監督老師的教學。而他曾通過校方要求克俞反省。理由很簡單，他認為克俞對日本文化抱有成見，在課上援引的畫例，從古至今，西洋到中國，甚而印度，竟完全與大日本無涉，無視中日共榮源遠流長。他說，該讓這個年輕人清醒一下，德川時代狩野探幽畫得出《中國七十聖賢圖》。如今不向日本的藝術致敬，便是中國人自己數典忘祖。

如此，克俞講版畫一堂，選了一個日本畫家。並未從祖宗講起，

督導皺一皺眉頭，也就放他過去。即使是學生，都對他在這時選擇蕗谷虹兒感到莫名。畫上淨是傷春悲秋的年輕女郎。寂寞悵然，不食人間煙火的神情。都有一雙神經易感的眼睛，嘴角間或是一抹意味情色的曖昧微笑。以往對於畫風格局的開闊，克俞是頗為注重的，但卻不作解釋。在課堂結束時，他終於說，以目下的形勢，這些畫未免不合時宜。這畫家是魯迅愛過的。那時我不愛他，如今卻愛，就愛他的不應景。想一想，不過十年的光景，他便是個被拋棄的角色。民國二十一年日本人退出國聯，二十六年這場戰爭打起來。日本人是不要他的，嫌棄他頹廢、萎靡，沒有精神。中國人也不愛，因為他是個日本人。誰都認為他多餘和礙眼，他便索性放下畫筆，歸隱到鄉下去，扛起了鋤頭把。如此一來，卻是讓人羨慕。

他說完這些，眼神裏十分落寞。但卻笑一笑說，這世上盡是多餘的人。多一個不多，少一個不少。


傍晚的時候，文笙去了藏書樓，將風箏的圖冊還給克俞。之前他描畫了一些圖樣，想著回襄城的時候，帶給龍師傅去。因為頗為費時，一來二去，也耽擱了不少時日。

到了萬象樓，卻發現忠叔和忠嬸不在了。連同滿地跑的雞和鵝，也不見了蹤影。後來才知道，因為教工宿舍多了一間房，老兩口就搬了過去，只是間或過來照顧克俞。這院子於是寥落了許多。籬笆上的絲瓜藤，已經在秋日裏發了黃。一個未曾收穫的老絲瓜，已經風乾了，孤零零地懸在藤上。

院裏倒多了一些木板，一字排開，整齊地靠牆擺著。這些木板，有的已不怎麼新鮮，看得見木紋間的水漬，和經年風蝕的痕跡。文笙走進去，先看見的，是克俞瘦削的肩背。肩胛骨在汗衫底下隆起著，他正在努力地動作。夕陽的光線下，整個人的形狀格外的清晰。聽見喚他，這才回過頭。看見是文笙，便笑了，同時從一旁抓起毛巾，在臉上胡亂地擦一把。文笙有些意外的是，這笑容與此前不同，是有些昂揚和明亮的。

再等我一下，馬上就好。説罷，便又弓下長大的身體，在一塊木板上一前一後地使起勁來。一些刨花翻捲著，堆疊在眼前。空氣中瀰漫著略有些朽腐的木頭的清香。

他終於停下來，將木板側過來，瞇著眼睛看一看，又笑了，説，好了，我們上樓去。然後將汗衫脱下來，擰一擰，又穿上。

幾天未來，樓上的景象竟充塞了許多。地上堆了木板與畫紙，散落著木屑，不復往日的整飭。克俞刨開桌面上一角，給文笙沏了杯茶，一邊説，對不住，太亂了。一面將剛才那塊木板小心地倚牆擱好，説，認得了吧。忠叔給我找來的門板，總算派上了用場。只是老木頭舊了，潮氣太重，洇紙。這不，晾上一晾，刨了又刨，勉強可以用。

文笙見一塊木板上刻好的圖案，已刷上了一層墨藍色，便知道克俞正在做版畫。克俞循他的目光望過去，似乎發現了什麼，從桌上揀起一把很小的刻刀，在木板上細細地頓挫了幾刀。又瞇起眼睛，左右看一看。

桌子擺著幾本畫冊，被翻得捲了頁，其中一本上課講過，是比亞詞侶。牆上的多了數張，竟是楊柳青年畫。都是喜聞樂見的題目，劉海戲金蟾，三英戰呂布，年年有魚之類。克俞便説，講好東西在民間，真是著實不錯。就這幾塊木板，分版尚嫌奢侈，想要做套色幾乎不可能。還好看了這年畫，有個「半印半畫」的辦法。做兩版單色，勾勒線條，然後直管用水粉的法子畫上去。既有木味，又有水氣，實在是好得很。

那塊上過色的版，紋理凸起間並不繁複。眉目清楚，是一個人形。周邊的枝葉花卉，輪廓也是極其茂盛的。

再到上課的時候，克俞夾了一卷紙，微笑地走進來。他説，同學們，眼下忌諱多，西洋畫講不得，中國畫也講不得，那麼我就講講我自己的畫。昨兒剛畫好，沒容細琢磨，見笑了。

學生們看他展開畫幅，原本眼睛都有些怠惰，這時卻發亮了。原

來克俞畫的，正是「耀先」的校園風光。且地分四季，一時一景。西澄春曉，夏至煙波，弘毅秋色。筆意時而柔曼，時而剛勁，輕描喻於重寫。最後一張是他自己的住處。顏色頓時蕭索了很多，題為「萬象入冬」。學生們傳看間，一面讚嘆，一面竟有些唏噓。一個男生說，老師畫得好，如今入了冬的，豈止是咱們的校園。大家聽了，就都安靜下去。

這時克俞向外看了看，笑一笑說，諸位同學，還有一張。大家看了後，定心有戚戚。

他將這幅版畫慢慢展開來，空氣頓然凝滯。文笙見旁邊的男生，已經露出睖目的模樣。不同於之前幾張的簡勁，這張畫筆意的明豔華麗，顯然可見畫者的心力投入。畫面上是一男一女，神情親密。女的是著旗袍的中國少女，修身玉立，手中捧著一株盛放的蓮花。文笙見她，面目清麗幽婉，不期然想到了「思閱」這個名字。然而她身邊的男子，卻是個著和服的青年，眉宇英武，手中執一株櫻花，正將一朵摘下，別在女孩的髮髻上。女孩垂首，看得見喜悅的顏色。他們的周邊，天地間繪著百鳥朝鳳，松鶴延年，這正是中國年畫的氣派了。

克俞似乎並沒有注意到學生們的迷惑，甚至於不明就裏的忿然。他的目光望著教室的門口。這時響起了掌聲，穿著黑西裝的男人走了進來。學生們看著傳說中的督導先生，用激賞的眼神望著克俞。他用十分流利的中文說，畫得好！中日親善，正如這畫上男女的琴瑟龢同。言未盡，意已達。變通則久。若時下中國的青年藝術家，皆是如毛老師這般識時務的俊傑，支那有望，大東亞共榮指日可待。

克俞點點頭，說道：先生，這畫並沒有你說得這樣好，不過是些心裏的想法而已。

督導擺擺手，說，過謙了，過謙了。一邊走出門去，臨走站定，向克俞鞠了個躬。

待他走遠了，克俞淡淡一笑，將畫幅慢慢翻轉過來。

學生們的竊竊私語，忽然間如被凝固了一般。文笙定睛一看，也不禁屏住了呼吸。這幅親善主題的版畫，乾坤顛倒後，是另一幅圖

景。一個面目猙獰的日本兵，正舉著刺刀，站在中國的地圖上。他的腳下，是無數憤怒的拳頭。而那躍飛而起的鳳凰，是一句用花體寫成的英文：Get out of China! 滾出中國。

教室裏，響起了嘹亮而由衷的掌聲。文笙想，督導先生或許聽不見了。


凌佐一個星期沒有來上課。

文笙想起，他說過自己住在折耳胡同。放了學後，便一路打聽。這胡同在城西，偏僻得很。七彎八繞，總算是找到了。巷口有些窄，地上鋪著青石板。踩上去，噗哧一聲，陳年的污水冒了出來。

有個老人貓在牆根兒，袖著手打盹兒。這時候天已經半黑，文笙就問他，附近有沒有一家姓凌的。老人耳朵不大好使，努力地望一望他。他便放大聲量，又問，家裏有個孩子，跟我般大的。老人擺擺手，將眼睛闔上了。走過來一個賣糖葫蘆的胖子，聽了便說，你是說金太監家吧？就在前頭。

文笙謝過他。胖子又追了句，他們家出事了，唱大鼓的女人死了。

文笙停住步子。胖子嘆一口氣，病了這幾年，拖得久。活夠了，一根綾子結了自己個兒。只苦了這孩子，將來怎麼成。

說完又嘆一口氣。文笙心裏抖了一下，終究沒有說話，腳底下急了些。到了巷子中段，看見一個人家，屋簷底下掛著個白燈籠。燈籠上寫著「奠」字。門緊緊閉著。文笙猶豫了一下，敲一敲門。

門開了。開門的是個女人，一襲白衣，面相很老。她打量了一下文笙，問找誰。文笙說，找凌佐。說自己是凌佐的同學。女人趕忙將門打開了。

文笙走進去。這是個兩進的院子，不小，空落落的。正中間擺了個靈堂，擱著些紙糊的牛羊。文笙便對著靈堂鞠了一躬。女人燃了三支香，遞過來。文笙拜一拜，插到了香爐裏。他聽到抽噎的聲音，回過身，看女人正抬起袖口擦眼淚，一時間也亂了心神。女人說，我這個妹子。小先生，你可知道，除了些老鄰居，親戚朋友裏頭，你倒是

第一個上門的。都怕沾了晦氣。

想想，又説，按規矩，謝儀卻不能少。我就叫他去。

女人便掀開布簾，輕輕地喚，妥兒，妥兒。

文笙便看見，穿著孝衣的凌佐，靠著一口薄棺，已經睡著了。孝衣過於大，包裹了他瘦小的身體，像是一只口袋。他煞白著臉，眉毛緊蹙著。

文笙便止住她，説，別叫了，讓他多睡會兒吧。

女人便抱歉地説，這孩子，給他娘守舖，守了五天五夜。中間也沒個替換，怕是一個囫圇覺都沒有過。

她就搬過一只小馬扎，讓文笙坐下。文笙看見東邊牆上有一個缺口，是一棵楊樹，艱難地從磚縫裏生長出來，硬是將圍牆撐開了一條裂縫。枝葉寥落。他問，您是凌佐的姨？

女人愣一愣，説，我算是什麼姨呢，不過是一樣苦命的人。我是他娘一塊兒學唱大鼓的姐妹，跟同一個師傅。當年他娘要嫁給凌先生，我們都羨慕紅了眼。沒成想，人説沒便沒了，只留下了這麼個種。可説起來，這一病四年，全指望著孩子前前後後地伺候，還得顧著那右廂房裏的半個人。本來這家還有個樣子，自打這位爺抽上了大菸，哪還有他們娘兒倆的日子過。一嫁是福，二嫁如虎。大凡家裏能有個主事的人，怎麼就能讓自個兒的閨女行出了這一步去。

説到這裏，她便又哭了，拿出一方手帕揩眼睛。手帕已經洗污了，上面繡著陳舊的花鳥。這時候布簾子動一動，凌佐走了出來。女人站起來，説，妥兒，你同學看你來了。

凌佐也看見了文笙。面色青了一下，點點頭。文笙覺得他臉上，並未有許多悲戚的顏色，眼睛裏只看得到漠然。

他依著規矩，在蒲團上跪下，給文笙磕了一個頭。頭抬起來，卻已淚流滿面。

文笙慌了，將他扶起來。兩個人就坐在臺階上，誰也沒有説話。文笙看著他，目光遠遠的，不知落在了什麼地方。他臉上的線條這時候也硬了一些，不大像個孩子了。遙遙地有鴿哨的聲音傳過來。一群

鴿子擦著黑，在天空中掠過，一忽兒便消失了。

這時候，西廂房響起了劇烈的咳嗽聲，伴著急促而無力的呼吸。一頓一挫，幾乎讓人心悸。文笙說，你去看看吧。

凌佐面無表情，搖搖頭，說，我只想他死。不是他，我娘不會死。

又過了一週，凌佐回來上學了。人比以往又沉默了許多。到了放學的時候，他與文笙兩個走了一程，才說，我娘沒了，我想要搬出去。

文笙站定，看著他。凌佐說，這房子是他的，我住得不踏實。

文笙說，你們家原先的屋子呢。

凌佐苦苦地笑一下，說，我娘跟他時，只一條心思，沒放在別處。他也沒什麼積蓄，娘就將我們的房子典了出去。換了錢，給我交學費，全貼補了生活。後來我娘病了，這些錢花完了，才花他的。開頭兩年還好，可大菸癮是沒個頭兒。就這麼點家底，哪禁得起折騰。他往年私藏些從宮裏帶出的東西，讓我拿到黑市上去賣。說好了，這錢只能給他買菸土。我背著他，偷偷給我娘買了貴些的藥。發現了，他就往死裏打，還當著我娘的面，罵我是賊子。我娘是給他憋死的。那房子，我是不要再回去了。

文笙說，可你不回家，能去哪兒呢。

凌佐說，我想好了，旭街上有一家漆器店。過了年，我就去店裏做學徒去，管吃管住。這個學期我還是上完它，善始善終。

文笙想一想，說，我跟我舅舅說說，你到我們家去住一陣兒。

凌佐說，不了，高門大戶我住不慣。我再想想辦法。

兩個人慢慢地往前走，文笙突然停住，說，我倒是想起一個人，興許幫得上你。

文笙再見到克俞，在圖書館後面的銀杏林子。地上積了厚厚的一層落葉，金燦燦的。克俞坐在石頭橙子上，正在讀一封信。他抬眼看見文笙，眼睛裏有些光芒，說，你來得正好。我有事要與你說。

他將信遞到文笙手裏，說，你看看，原來思閱並未去了法國。她

現在人在昆明。

見文笙迷惑，他便説，這信裏説，陸師弟一個人先去了巴黎報到。她取道香港，那班船卻取消了。正好遇到兩個西南聯大的學生，便隨他們過海防，由滇越路到了昆明。你看這一句，「及至入滇，身處聯大，方知此處氣象，遠非北地碌碌之日可及。赴法之心，亦漸淡薄。」

文笙問，她是説，她要留在中國了？

克俞説，我看，是要在昆明待些日子。她説那邊很需要文科的師資。她已取得一個助教的職位。自平津失守，三校合併遷湘。這些年我屢屢聽人提及聯大的好處。但竟然讓思閱留了下來，還是意想不到。

他愣一愣又説，對了，上次那幅版畫，我寄給往年藝術院同門的學長。他推薦給上海一家雜誌，給登了出來。我今天收到了稿費，我們出去小酌幾杯。

文笙便説，我來，也是央你一件事。我有個同學，家裏的老人去世了，眼下沒有住處，可否借你這裏住些日子。

克俞笑一笑，説，那好得很。這裏夜闌寂靜人伴鬼，我是惟恐鬧出些聊齋的故事來，多個人也壯壯陽氣。自忠叔忠嬸搬走後，樓下的房子一直空著，搬進來就能住。

兩個人就沿著林中的小徑往外走，踩得滿地的樹葉簌簌的響。克俞突然回轉了身説，其實，思閱沒有走得成，於她的前途，我也不知是不是好事。可是，我竟然莫名的高興。

當晚回去，文笙看到家裏來了一位客。

客人是個中年男人，頭髮花白，微胖。站起身來，才看得見身材的高大。穿著合體的西裝，很見風度。

看見文笙，男人致意説，這就是小姑家的表弟吧。數年未見，長成俊小夥子了。

文笙見他這樣説，一時不很自在。

崔氏便道，笙哥兒小孩子家，也不出趟的。誰叫這是長在了輩兒

上呢。快來見過你們孟家的大表哥，咱天津衞數一數二的儒商。

文笙便知道，這就是前幾日說到的孟養輝了。便對他鞠了一個躬。

幾個人坐定。孟養輝說，叔，方才說到的這件事，還是勞您三思。日本人現在的胃口是越來越大了。天津商界，怕是半壁江山都要落在了他們的手裏。此次我發起連署，便是要他們知道，咱中國人的骨氣。士紳這一層，若得您意，他人定馬首是瞻。

盛潯擺擺手，我一個窩在家裏的老頭子，能有什麼用。這下了野，便什麼都不是，誰能聽我的。你們生意人的事，我也不懂。

孟養輝便道，我斗膽提一句，聽說您在本地的幾個企業裏都有股份。這生意場是牽一髮而動全身，何況日本人是「軍事管理」、「委任」、「合辦」、「租賃」幾管齊下。當年周學熙何等威風。可現如今，啟新和開灤礦務被「軍管」；華新紡織下屬天津、唐山兩個紗廠和耀華玻璃公司盡數「合辦」。「華北纖維統制協會」剛建起來，華新就被拍賣給了東洋拓殖會社。這些可都是前車之鑒。

盛潯一個眼色，讓底下人給他加了茶，說，我看你的「謙祥益」，並未受到什麼波及，生意還好得很。他們要賣洋布，就讓他們賣些去。九牛一毛罷了。

孟養輝皺一下眉頭，還是溫聲慢語地說，說起紡織業，有個唇亡齒寒的道理。三井、三菱兩家洋行的傾軋，敦義、天義豐、同聚和三十多家染整廠關了門。日本人的心思，可沒有人能說得準。

盛潯坐定了，轉起手裏的核桃，說，窮則獨善其身，盡讓他們折騰去吧。總能給我留下個棺材本兒。

孟養輝的聲音，終於利了一些，叔，這本不是一個人的事。除你我之外，普天下還有千萬的中國人。上次祭孔大典，這受的屈還不夠嗎？

盛潯眼皮抖動了一下，闔上眼睛，輕輕說，送客。

房間裏頭的氣氛，瞬間便僵了。

不知何時，可澄進來。可澄說，爸爸，你可記得「萬新印染」的陳叔叔。他們家小意總上咱們家玩兒的。他爸前些天給日本人捉去憲

兵隊，到現在人還沒放出來。這日本人，咱讓著他，他可是得寸進尺。

一個女孩子家，懂得什麼。盛潯沉下臉，口氣卻軟和了些，大人說話，哪裏有你插嘴的道理。就是你娘平日太嬌縱你。

崔氏端出一盆哈密瓜，說，好了好了，是我的不是。都是自家人，往後再商量，從長計議。


轉眼又快到了年關，文笙要回襄城過年。臨走前，來向克俞辭行。

走進了萬象樓的小院，見院落裏之前的破敗樣子，竟然有了許多的變化。籬笆上陳年的絲瓜老藤，收拾得乾乾淨淨。籬笆亦用鐵絲一一緊過，站得穩了，便精神了許多。沿著窗子底下，支起了一張石桌。文笙認出來，桌面是這院子裏不知哪朝哪代留下的碑材。許是當年為了給藏書樓立碑，終究沒了結果。後來給忠叔拾掇出來壘了雞圈，以為物盡其用。這一回的用處，到底是合適了些。文笙摸一摸這塊青石，觸手的涼，似乎還餘存了經年青苔的滑膩。

遠遠飄來一陣清香氣，內裏有膏腴的味道。文笙看廳堂裏頭，一個瘦瘦的背影。凌佐正在爐邊忙碌著，聽到聲音，回過頭來，說，你來得正好。我昨天在後山掘出一顆冬筍，正好和忠叔送來的臘肉燴了一鍋。這燉了一個時辰，該有的味都有了，算你有口福。

這時候克俞走下樓，手裏還握著一卷書，嗅一嗅鼻子，說，文笙，是該謝謝你。我留下一個人，卻得了個好廚子。凌佐窩在我這裏，真真是屈才了。該到「登瀛樓」做紅案才是正經。

凌佐給文笙盛了一碗燴菜，說，你們這些做少爺的，自然不知道窮人的孩子早當家，是什麼都要會的。到了毛先生這兒，真是滿眼都是活兒。你看我沿著西牆腳，還開了一方田。土都鬆好了，到明年開春，點些瓜豆種子，便一年都不要再到集上去。

文笙喝了一口湯，品一品說，味道真不錯。看不出，凌佐是個多才多藝之人。克俞說，可不是嘛，我在杭州最愛吃一道「醃篤鮮」，也不過如此。

凌佐擺擺手說，什麼多才多藝，生活所迫罷了。然後站起身來，

説，你們慢慢吃，我再炒個菜來下酒。

文笙説，不了，我也該走了。我是要回襄城去，跟你們説聲，也帶了些年貨來。

凌佐愣一愣，半晌才説，多好。有個家能回去總是好的。

這剛下了火車，遠遠看見秦世雄和雲嫂。還未站穩，雲嫂已經將文笙抱在懷裏，心肝寶貝兒地叫。

回到家，昭如已在前廳裏候著。文笙見了，先跪下來，磕了一個頭，説，這些時日，孩兒未在母親身邊行孝，還望母親大人恕罪。

昭如扶他起來，撫摸著他的額頭、臉龐、肩膀，竟説不出話來。

雲嫂説，您瞧瞧，前些天三不五時地念叨。好了，我來替太太説，我們家笙哥兒，去了趟天津衛。這才大半年，人長高了，俊了，也洋氣了。你寫來的那些信，太太是整日翻來覆去地看，恨不得裱起來。

昭如這才拉著文笙坐下，先問起舅舅家裏可好。文笙説，都很好。舅舅説，多時未走動了，過些日子，怕是也要到襄城來看看。昭如説，那敢情好，我心裏也念得慌。

又問起學校的功課。文笙也一五一十地講了。昭如認真地聽了，然後笑笑説，罷了，洋學堂裏的這些，我這個做娘的，竟已經聽不懂了。

説起學生意的事，免不了提起「麗昌」和郁掌櫃。昭如嘆一口氣，説，這事原是咱們對不住人家。郁掌櫃告老，就在襄城西邊的修縣，不遠。年前還專程過來看咱們。沒有了主傭的這層關係，反倒更親密了些。他也説，平津一帶的生意，現在是難做了許多。「大豐」聽説也是在撐持。

文笙便説，咱們要不也試試別的生意。

昭如説，「生行莫入，熟行莫出」，是祖宗立下的規矩，守業是要花些氣力的。你且在「大豐」學著。要出來獨當一面，少不了要多穿幾年「木頭裙子」。

文笙應了一聲，並未告訴昭如，如今的「大豐」掌櫃易主，作風

也變了許多。將櫃上的事多交給了幾個熟事的「門屋徒」。情面上的事，自然也就淡了。天津的老字號向有不用「三爺」之說。所謂的「少爺」、「姑爺」、「舅爺」，總被視為任人惟親的禍根兒。哪怕他這個外來學生意的少爺，除了些日常的事務，也是讓他能不插手，便無須插手。這學到的東西，便很有限了。

在家千日好。臨近了開學，還是要回天津去。正月十五，文笙便拎了一只禮盒子，去看龍師傅。龍師傅見到他，分外高興，說自己一個半截身子入土的人，難得有笙哥兒還掛記著。聽說少爺是去了天津讀書，這在大地方待久了，再回來相貌和精氣神兒，都不同以往了。

文笙見店裏有兩個長得一模一樣的男孩兒，眉目頗像當年的龍寶，年紀自然是小了很多。龍師傅嘆一口氣，說，就是這對兒雙生，他們娘當年才難產死了。都是個命。吃風喝雨，居然也都長大了，如今能幫忙打個漿糊啥。

問起龍寶，龍師傅倒欣慰地笑了，出門兒送貨去了。小子長得比我都高了，一把子力氣。往後我防老送終，可就指望他了。

文笙這才掏出那本圖譜的描樣。龍師傅戴上花鏡，細細地看，看過後讚嘆，說，這是好東西呀，打哪兒弄來的。

文笙就將來歷跟他說了。龍師傅點點頭，說，恐怕得是個世家的藏物。你看這個大帽翅，是乾嘉宮廷裏的制樣，用湘妃竹返青的幼節做骨，豈是尋常人家能見得著的。

這麼著，龍師傅想起來，走進裏屋，執了一只風箏出來，說，照例兒，我去年秋天，給你做了只虎頭。只是，竟遇見了異人。

文笙聽了，也好奇，等他講下去。

龍師傅說，我做好這只虎頭，上了彩，掛在牆上陰乾。這時候，店裏來了個道士，說要跟我買兩只大鷂子。揚臉看見了牆上掛的，眼睛就離不開了，定定地要買了走。我說不成，這是老主顧訂下的。年年一只，規矩雷打不動，不可再與他人。道士便又看了看，說，真是個好東西。也罷，我來個錦上添花。不等我看清楚，他從袖裏掏出一枝朱筆，在虎頭上龍飛鳳舞，畫了一道符。我就急了，說，你這是幹

啥，畫的這是什麼來路？

道士倒是平心靜氣，口中念念，在那符上一點説，保平安。

龍師傅説，我琢磨著，倒是不像個心地不正的人。少爺若嫌棄，我便重給你做一只。

文笙見那道血紅的符，正畫在老虎的印堂上，密密地纏繞住「王」字。他用手摸一摸，沿著那筆路描畫了一番，説，不用，就它吧。


文笙回到天津，正值春寒。

晚上到了舅舅家，他便覺出氣氛的不對。晚飯時，一家子人，各懷心事的模樣。姨舅母崔氏，本是個心寬的人，見他回來，真的歡喜，笑得卻勉強。

大表姐溫儀也在，抱著新生的兒子，坐在一旁，愣愣地不作聲。

文笙跟她問好，又帶了一句，姐夫沒有來？

盛潯呼啦一下站了起來，一拍桌子，一聲斷喝：他若來了，我就打斷他的腿。

桌上的茶蓋碗，被震得「咣噹」一聲。在座的，個個都如驚醒一般。

阿彌陀佛。崔氏上前撫著他的胸口，你這是發的哪門子脾氣，這個女婿，可是你自己千挑萬選出來的。我當初就説，洋派的人，總是不可靠。

這時候，溫儀懷裏的孩子，「嗚啦」一聲哭了出來，哭得震天響。溫儀一邊哄著，默默地站起來，往屋裏走去了。

崔氏看著溫儀，緊緊地跟了幾步，卻又回過身，不放心地看了盛潯一眼。終於還是趕上前去，抱過溫儀的孩子，也進去了。

盛潯跌坐在椅子上，喃喃道，他以為他是誰，欺負到我孟家人頭上來了。沒有王法了。

可澄拉一拉文笙的袖子，讓他跟她回屋去。文笙見舅舅定定地坐著，頹然。兩眼渾濁，老意叢生。

　　可瀅關上門，說，幸好你不在，這兩天家裏天翻地覆了。查理要和大姐離婚。

　　文笙心下一驚，問，為什麼？

　　可瀅猶豫了一下，說，自然是有了別的人。

　　文笙想一想，終於說，或者他是一時間糊塗，總還有挽回的餘地。念到孩子才半歲，做大人的也不能不顧。

　　可瀅嘆口氣說，若只是兒女私情，倒好辦了。他要娶的是鐘淵會社社長的女兒。事情恐怕沒有這麼簡單。

　　文笙也有些瞠目，你是說，他要娶日本人？

　　可瀅恨恨地說，我只是揪心，這麼長時間，大姐居然一無所知。查理和日本人走得近，不怕瓜田李下也就罷了。聽說這回是和三間洋行在中國的代理權有關係。

　　文笙終於忍不住，說，那他就是要為虎作倀了！

　　可瀅說，爹火的是，自己看錯了人。當年吃了日本銀行的虧，只說要大姐嫁一個能替咱們長眼的人。如今可好，這眼睛卻是替日本人長的。一巴掌打在了自己的臉上。這個男人是可以不要，只是往後，可讓大姐怎麼辦。

　　兩個人都不知道說什麼。房間裏頭一片靜寂，只聽得見自鳴鐘的鐘擺擺動的聲音。突然「噹」的一聲響，驚心動魄。


　　第二日早飯。溫儀餵過了孩子，擱下碗，說，爹，上次沈伯伯說他那裏缺個會計，讓咱們薦個人去。我想去試試。

　　她說得輕描淡寫，一家人卻都停止了動作。盛潯苦笑一下，說，兒啊，你這是何苦。你在外面受再大委屈，回來就是爹的掌上珠。怎麼著，我們孟家會缺了你一口飯吃？

　　溫儀搖搖頭，慢慢說，我想通了。我和查理的事情，是覆水難收。我勸不轉這個男人，是我沒本事，眼界窄。當年我高中畢業，您就說要把我養在家裏，不要出去，孟家總要有個稱得上閨秀的女子。嫁給查理，我就安心當個賢妻，只盼將來還能做個良母。可事與願

違，查理想要的，恰不是這樣的女人。他要去過他的新生活，這事情我原本想不通。可現在他離開我，是為投靠日本人。縱然你們想留他，我卻心意已決，今天就上律師樓去。我世面見得少，這點骨氣還是有的。

可瀅走過去，緊緊握住溫儀的手，說，爹，我們擔心了幾天，這個扣兒，到底還是姐自己解開了。我是從未這樣佩服過姐姐。

盛潯呆呆地看著溫儀懷裏的孩子，半晌說，孩子這麼小，只怕將來，是很難的了。

溫儀眼睛裏的光，突然強壯了。她說，孩子是小，與其有這麼個爹，不如我一個人讓他乾乾淨淨地長大。

崔氏終於哽咽了，她將溫儀的頭攬過來，緊緊摟在自己懷裏，說，兒啊，疼人的兒啊。

又對文笙說，笙哥兒，你可知道你舅舅，見了你，總抱怨我跟你大舅母，未曾給他生一個小子。可你們看看，我們養出的孩子，心性哪裏比小子差上一分半釐。

盛潯擺一擺手，道，都別說了。笙兒，你在襄城的時候，你娘給我來了信。說今年清明，一同去山東，看看你大姨和你姨丈去。數年前事，猶在眼前。若不是日本人，你們全家又何須跑反，顛沛流離，又怎麼會落在土匪手裏，你大姨……這一椿椿一件件，你以為做舅舅的，心裏都沒有嗎？

# 思閱

　　文笙在旭街找到了凌佐。

　　這條街道文笙有些許印象，是因為靠近南市有一家「下天仙戲院」。當年與母親同大姨，在這裏看過一齣《追魚》。如今看起來，是比以往凋敝了許多。商舖竟有一半關了門，整個街道灰撲撲的。

　　找到凌佐時，他正往櫃面上搬貨。一個稻草捆子，壓得他瘦小的身形有些佝僂。如今的漆器店，自然生意也不好做。買精細玩意兒的人少了，便也兼賣陶器。不大的門臉兒，醃菜罈竟擺了小半個門面。凌佐擦一把汗，説，如今錢不值錢，能有錢醃得起鹹菜算是不錯了。這條街面上的情形，別説是你，就連天津人自己都認不得了。對面的幾個綢緞莊，去年，「老九章」停了業，改成了滿洲中央銀行，「大綸」也關了門，現在改成了天津會館，裏頭整天是臉抹得煞白的女人沒黑沒夜地跳舞給男人看。

　　要説生意好的，只有「中華」和「同慶」兩處窰子。你看那些扎堆的日本浪人，都是往那兒去的。文笙見遠遠的，果然有一些穿和服的男人，走著醉醺醺的步子，嘴裏頭唱著不成調的曲兒。路人都有些躲閃，他們便更來了勁兒似的。

　　凌佐見文笙悶悶不樂的樣子，問起來，文笙便説了舅舅家裏的事。大表姐將離婚協議簽了。一路上沒和查理説一句話，臨分別時握了手，對男人説了句，好自為之。

　　凌佐説，這讓我對你家裏的人，刮目相看了。我最近就琢磨著，現在國家是這個樣子，我們青年人，究竟能做些什麼。胡虜未滅，何以家為。現在怎麼都是苟活，窩囊得很。

　　他壓低了聲音，説，我最近又讀了河子玉的幾篇文章。與其讀死書，死讀書，倒不如真的出去幹一番實事。

　　兩個人相約去找克俞喝酒。

　　春日裏的萬象樓，的確有了萬象更新的意思。院裏的枝葉藤蔓，都返了青。凌佐點下的瓜蔬，竟也從地裏冒出了嫩芽，鵝黃的一片，十分喜人。

　　他們走到樓上，聽到有人說話。門關著。平日克俞很少會關著門。文笙敲一敲，裏面的談話便停止了。安靜了一下，門打開。

　　他們走進去，看克俞的臉色不太好看。書桌前端坐著一個人，是個年輕的女子。笑盈盈地看著他們。這女子衣著樸素，穿著竹布的旗袍，剪著齊耳的短髮。眉目十分清秀，眼睛如同一彎新月。臉上卻呈現出健康的麥色，是見過一些風雨的。

　　女子打量文笙，說，沒猜錯的話，這位就是克俞在信裏提到的文笙了。

　　文笙與她問了好。她站起身，大大方方，伸出手，說，吳思閱。

　　儘管剛剛已經估到了幾分，但這麼人站到了眼前，文笙還是有些驚奇。他躊躇一下，淺淺地握了那手，輕聲說，吳小姐。

　　吳思閱說，快別這麼客氣。我虛長幾歲，叫聲大姐倒是正經。

　　文笙又對她說，這是我的朋友凌佐。

　　吳思閱便笑說，我怎會不知？凌佐是這裏的半個主人，是該要招呼我這個客的。克俞說你是「文武雙全」。

　　幾個人全笑起來，只有克俞沉默不語。文笙心裏只是奇怪著。

　　凌佐見桌上有幅未乾的筆墨，說，先生，您又新作了畫。

　　思閱便將那畫執起，說，我方才看了，也覺得是幅上佳之作。丹青有情，是為心照。

　　克俞終於悶著聲音說，你倒是說說看，是怎麼個好法。

　　思閱便清一清嗓子，說，雖是小品，好在一氣呵成，筆意氤氳。水邊有岸，岸上有石，石上有樹，樹下有橋，橋上有車，車上有人。人分男女，女分老少。形不同，神不同，韻不同。

　　只是這款識……她說，文笙你也過來看看。

　　文笙看那畫左題款：「懶聽穀雨催啼鳥，愛坐春光趁小車。」下

寫著「辛巳春三月首日克俞」。

你不覺得，這款識的格局小了些。畫到最後，還是個「無論魏晉」的桃花源。

克俞終於忍不住，說，你放著大世界不去。先是自作主張不去法國，如今又跑到了天津來。這又如何？

思閱不說話，克俞的語氣便溫和了些，說道，既已嫁作人婦，我便是你的兄長。你不可太任性。

這時外面有一對新燕，在窗臺上落下，柔軟地叫著，一面側過腦袋好奇地看他們。叫了一會兒，便展翅飛走了。在空中仍不忘了盤旋，嬉戲。

思閱說，我如何是任性。如今外面的情勢，箭在弦上，你還在這裏做隱士。若不是年初的皖南事變，讓我看清了這政府的面目，想我如今已在巴黎；若非聯大的師友，我也下不了這個決心。

克俞說，你留下來，只怕受苦的又會多一個。

思閱說，沒有共苦，何來同甘。你錯過了一回，難不成還想有第二次。

克俞心下一驚，看著思閱。思閱並不看他，只是重又坐下來，伸出手去，將旗袍上的褶皺捋平整。她說，我這次由昆明，先去了四川，在江津見了一個人，他很掛念你。

文笙看見克俞的眼睛顫抖了一下，手捏成了拳頭，緊緊地抵在了書架上。他問，你見了誰？

思閱說，你叔叔。

克俞眼睛裏的光慢慢冷了下去，他，還好嗎？

思閱看著他的眼睛，說，不很好。我是在重慶他住過的醫院打聽到他的下落。見了面，依然是一把硬骨頭。

克俞笑一笑，說，他是硬了一輩子。嶢嶢者易折的道理，他一輩子都沒有參透。當年他從安慶出走，我爺爺就說，你這一走，是要帶走毛家的氣運的。他這一走就是二十年，姓汪的來找過麻煩，蔣介石也找麻煩。爺爺去世的時候，他在坐牢，未見最後一面。他出了獄，

輪到王敬明來找我們的麻煩。好好一個家，就因為他的一把硬骨頭，家不成家了。

思閱說，我只是不懂得，他為什麼要拒絕胡先生。二十年了，如今聯大的年輕老師，倒有一半是他當年的學生。

克俞想一想，說，果真是你自己要找他的嗎？

思閱沉吟了一下，說，他只是掛著你。他說孩子輩裏，只有你是最像他的，比他的兒子還要像。你們一老一少，都要做時代的隱士。他是不得已，你又是為什麼？

克俞昂起頭，目光再落到了思閱臉龐上，有灼灼的光。他說，我是為什麼，你不明白麼？

思閱眼睛躲過他，說，臨走時，他寫了一幅字，讓我帶給你。她從隨身的包裹拿出一個紙卷，遞給克俞，又拿出幾本書來。書是手抄，封面上書名娟秀的字跡，是克俞熟悉的。可是，他看到書名，用惶惶的眼神看了思閱一眼，用宣紙將書蓋住了。

思閱說，對，是我抄的。你總該知道，我每抄了一個字，一個字便到了我的心裏。這些入心的字，文笙，凌佐，也總有一天應該看得到。

克俞壓低了聲音說，他們還都是些孩子。

思閱笑一笑，梁啟超的「少年強則國強」，在杭州時我對你說過。如今你許是老了，可這句話不老。

思閱再無多言，起身便走了。克俞三個人，從窗口望著她。身影嬌小卻挺拔，慢慢消失在西澄湖畔的道路上。

克俞展開那幅紙卷。紙是不甚好的毛邊紙，粗糙厚實，字寫得洇了開來。克俞的目光在那字上，拿著紙的手，竟有些發顫。

他對文笙說，許是我真的老了。這詩讀來，竟如自己寫的一般。他便輕輕地吟誦，「何處鄉關感亂離，蜀江如几好棲遲。相逢鬚髮垂垂老，且喜疏狂性未移。」

念完了，在嘴裏重複道：性未移，好一個「性未移」。

此後，思閱便成了萬象樓的常客。克俞卻總是淡淡的。好在有文笙與凌佐，在一起，說話間便也有了許多生氣。

四個人坐在屋簷底下喝茶。凌佐種下的菜蔬，密密地綠成了一片，在陽光底下，滲出半透明的顏色。雨水好，它們生長得很快，似乎每天都有新的氣象，看著令人安慰。春日遲遲，是有些懶動的。無人談論時事，也不再有激昂的話題。克俞並不太想開口，斷續間，與思閱談起的無非金石碑拓。文笙聽不很懂，只覺得兩個人都有些心不在焉。將近日暮，思閱便說，我寫了幾首舊詩，便從身上掏出一個本子，翻開來，娓娓地讀給他們聽。聽下來，首首都是關於南京的風物。其中一句是「金陵煙水無人知」。念罷，文笙在她眼睛裏，看到濃重的暗影。他便想，這是他未去過的城市。中國的首都，是思閱的家鄉。

這時，克俞凝神望著她，小心翼翼地，如同對著經年未遇的古瓷。望了一會兒，眼神便走開了，恢復了肅然的形容。

再過些日子，思閱邀文笙與凌佐帶她去街面上走動，要少年人做她的嚮導。去了勸業場，又去了旭街。逢著店舖與作坊，她總要進去看一看，和掌櫃與夥計說上幾句話。思閱人聰明，將國語說出了天津味兒，聽著十分親切。這姑娘大方，人也樸素有禮。店裏的人，便也很樂意和她聊。這時的思閱，是很活潑的，言語爽利，和一幫「衛嘴子」一來二去，相映成趣。凌佐便對文笙耳語，說瞧這能文能武的氣派，簡直是換了一個人。

有時，見她依然微笑著，聲音卻低下去。說話間，將一張小紙條塞進一個夥計手裏。

快入夏時，許久未見到思閱。文笙問起，克俞躊躇一下，只道她回雲南去了。

有一日下學，剛走出校門，文笙卻聽到凌佐喚他，說已經候了多時，要帶他去一個地方。

文笙說，滿臉的古怪，要去什麼地方。就要考試了，還得趕著回

家溫功課去。

凌佐嘻嘻一笑，説，自然是帶你去見個人。

不等文笙再問，他已經大步流星地向前走去了。文笙唯有跟上他。

他們只是一路向東走，漸漸聽到汽笛的聲音，海河近了。經過了一處公園，看見一座漂亮精緻的束正教堂。教堂似乎許久無人打理，頂上落了厚厚一層陳年的枯葉，有了些破敗的模樣。教堂後是倉庫的輪廓，豎著旗杆，太陽旗在黃昏裏頭飄動了一下，又草草落下。文笙知道，他們走進了以往的俄租界。

説是以往，只因十月革命之後，蘇聯政府宣布放棄俄羅斯帝國在華的特權，天津與漢口的租界自然也交還給了中國。只是，當時的北洋政府有大事要做，無暇顧及海河兩岸的彈丸之地。如此，一時間，這裏竟成了天津土地上著名的「三不管」。誰都不要好得很，沙俄的舊貴族們，惶惶然間定下一顆心來。有了落腳之處，建立起他們自己的小公國，頗過了數年歌舞昇平的日子。俄式的麵包房、大菜館，小到早上佐餐的酸黃瓜，應有盡有。認起真來，除了沒有涅瓦河，比起聖彼德堡並無太大分別。

在文笙的童年記憶裏，還有那位風趣雄大的庫達謝夫子爵，以及他的兒子拉蓋。他並不知道，彼此結識的時候，已經是俄羅斯的遺老遺少們，在中國黃粱一夢的尾聲。因失去了收入來源，他們終於要走出世外桃源，尋些生計。子爵是個有尊嚴的人，但他的頻頻造訪，也漸招致昭德的輕慢。因為在溫柔的客套與家庭外交之後，仍然不過是尋求一些接濟罷了。文笙想起，一天晚飯後，舅舅剔著牙，偶然談到這位不知所終的老朋友。搖搖頭，慨嘆道，聽人説起，沙俄前公使在中國最後的日子，落魄到了要用家裏的毛毯換麵包。還有他們的洋胰子。姨舅母説，每次來都捎上幾塊兒給我們。大老俄的胰子，到現在都用不完。

如今這裏，已經看不到這些白俄的身影，但他們的建築留了下來。斯拉夫式的厚重，因為街面上的空闊與蕭條，已顯得大而無當。

此時，響起了「突突突」的聲音。凌佐警惕地望一眼，一把將文笙拉到了路邊塌了一半的紅磚牆後面。接著，就看一輛軍用摩托車地開過來，車上坐著幾個沒有表情的日本人。

這兒現在是鬼子的軍管碼頭。文笙一驚，看著他。凌佐笑一笑，說，別怕，吃不了咱們。便拉著他跑進一條小巷。從巷子裏出來，只覺眼前豁然，原來已是海河邊上了。文笙極少如此近地面對海河。日暮時分，少了忙碌的人。停靠著巨大的船舶，在夕陽裏投下更大的影。原來海河是如此安靜的。

凌佐似乎看出他在想什麼，說，看不出來吧。兩年前，沖垮了津浦鐵路，淹了整個天津衛的也是它。

凌佐撿起一塊瓦片，「嗖」地一下飛了出去。瓦片在河面上跳動了幾下，消失在了他們的視線裏。


當他們走到了屋宇寥落的地方，道路開始泥濘。文笙知道，已經走到了城市的邊緣。凌佐停下了腳步。文笙望著眼前有一個很大的斜坡。斜坡的一端，是灘塗。即使是些微的聲響，還是驚起了幾隻水鳥，翩然地飛走了。略高的地方，有一排鐵皮房子，像鵝卵一樣放著灰白色的光。天色已徹底地暗下去了。

他們兩個，小心地從斜坡往下走。走近來，文笙方看清，房子後面有一個村落。這時候，有一個年輕人走近來，望他們一眼，是警覺的目光。待看見是凌佐，呵呵一笑說，是你小子。又看見了文笙。凌佐低聲說，我同學。年輕人對他們點一點頭。

當他們走進了鐵皮房子中的一間，文笙感到一股熱浪衝面而來，並且，混合著濃烈的來自於汗液的不新鮮的氣息。他站定了，卻吃了一驚。這房間裏竟是教室的格局。

擺著一些簡陋的桌椅。坐著，更多的一些站著的，是比文笙年紀稍長的青年人。粗礪的著裝，看得出，他們並不是學生。因為沒有窗戶，在這入暑的季節，房間密不透風。近旁的一個，額上正滲出了細密的汗珠。汗水流下來，在沾染了塵土的臉上走出一道黑灰色的印

痕。他只是安靜地輕輕擦了一下。

「浦生。」凌佐輕輕喚他一聲。青年頓一頓，回頭看看，微笑了，露出兩顆小虎牙。他側身一讓，讓他們過去，站在他的身邊。

文笙循著他們的目光望過去，同時聽見了熟悉的聲音。在他的眼前，一張用木製的貨箱搭成的講臺。講臺前站著一個嬌小的身形，是思閱。

思閱並沒有看到他。思閱剪了比以往更短的頭髮，穿一件寬綽的襯衫，撏著眉頭，看上去像個憂心忡忡的男孩子。

她的背後是一個小小的黑板。黑板上寫著工整的粉筆字。文笙認出是李白的詩句：何日平胡虜，良人罷遠征。

然而她說的話，卻是文笙所不很明白的。她的聲音一如以往溫婉，內裏卻有一種被強調的力量。這一切，令他感到似曾相識。他終於想起來，若干年前，在那個地下室裏，空氣同樣有著灼人的氣息，那個叫做葉伊莎的女人，輕輕誦讀著威廉·布萊克的詩。

然而，眼前的思閱，瞳仁裏卻有一種光芒，是他所陌生的。不同葉伊莎，這光芒並非來自於信仰。它如此的直接與獨立，如同新生的嬰兒，初見世界的目光。在她的口中，反覆出現的詞彙是「階級」。每每提到這個詞，語速會慢下來。這個詞，因為她的慢，而變得鏗鏘與鄭重了。

文笙將她的話，漸漸地聽了進去。如同他身旁的許多人，他望著思閱，望著她的年輕與篤定。她目光裏的熱與她語氣裏的冷，兩相交織，衝撞，構成了莫名的吸引。

許多年以後，在他回憶起「工人夜校」的這一幕，常常有與人分享的衝動。然而那個夜晚，思閱自始至終，都不知道他的到來。他也會想起凌佐，心裏黯淡了一下。才感受到時間的徒然。

他回到家的時候，看見盛潯坐在堂屋裏。那個叫做孟養輝的遠親坐在他的身側，面色凝重。

他想要走進去，跟舅父請安，卻有一個人拉住了他。他背轉過身，看見是可澄。可澄無聲地對他示意，跟我走。

他們回到屋裏。可澄説，沒想到，你也會跑去這麼遠的地方。

文笙愣一愣，輕輕説，我能去哪裏。

可澄笑了：自己是聞不見，你身上一股子腥鹹氣。不是去了海河邊，難道逛了魚市場。

文笙沉默了。她卻沒有追究的意思。此時的可澄，眼光游離，以一種未可名狀的神情，望向窗外。她説，細想想，在這家裏，我竟沒有一個可説話的人了。除了你。

文笙這才抬起眼睛看她。她説，並非是你特別親近。而是，你似乎有種本事，讓人願意跟你説話。

文笙笑一笑，這樣説，我倒成了聽人告解的神父。

可澄搖搖頭，我並沒有做什麼虧心的事。我只是想問你，我這個年紀，是可以戀愛了嗎？

文笙心裏抖動了一下，但他仍然禁不住看可澄。這女孩青白的臉上，浮現出了稀薄的釉一般的顏色。可澄只接著説，不知為什麼，我最近慌得很。我看著我的同學，都天真得讓人心痛。我在想，我如果現在不戀愛，可能就來不及了。

文笙感到一陣輕鬆。老氣橫秋地想，這個表妹，到了「為賦新詩強説愁」的歲數。

可澄嘆一口氣，我説這些，與你並沒有關係。你的舅父舅母，是很希望我們好起來的。姐姐的事，讓他們怕了。可他們並不知道，所謂青梅竹馬，才是戲文裏編出來的故事。哄不了我們這些小孩子，倒誑了他們自己。

郎無心，妾無意，教人如何是好啊。這一句，她用了京戲的念白，幽幽地道出來。文笙突然之間，覺出一些説不清的東西，在自己與表妹之間激盪了一下。這讓他猝不及防。

此時，可澄卻嬉笑起來，説，看你，就是不識逗。我倒是不介意，和你分享我愛過的人。她拉開自己的抽屜，從夾層裏抽出一本照

相簿子，遞給文笙。文笙打開來，貼的是形形色色的男子照片。其中有幾張，他並不陌生，看起來，多半是來自《良友》之類的雜誌。底下多半以自來水筆做了註釋，像是「博士」、「少帥」等等。

可澄遠遠地看，說，我只怕將來，也是個博愛的人。文韜武略，無所不愛。

文笙翻到其中一頁，有一張剪報。字跡模糊。可澄卻跳過來，將這張紙抽起來。無措間，文笙看她。她卻慢慢地，將那頁報紙又放回了照相簿子。輕輕說，只這一個，愛了，卻連樣子都不曉得。文笙見那報紙上，是一篇文章，還未看清標題。卻看見作者落款，寫著「河子玉」三個字。他執著薄薄的紙張，指尖有灼燒之感。

這時候，可澄走近他，說，笙哥兒，我們說好了，今後每遇大事，要告訴彼此。


因為去工人夜校，文笙與碼頭的工友們，漸漸熟識。一開始，他並不很習慣。但是，漸漸地，混跡於他們之間，竟給他帶來了許多的快樂。他們也不再把他當作學生，如同對凌佐的態度一般。他們開始放肆地分享他們的閱歷，多半是被誇張後的當年勇，或者說著關於女人的胡話。甚至兩下不合，動起手腳，也不再避他。他們的粗魯與生猛，構成了文笙經驗之外的生活，並且潛移默化。有一次，文笙與克俞交談，興致間，用了本地一個很粗鄙的詞。不等克俞表示吃驚，他已經臉紅了一下，搪塞過去。

但是，這些人在上課時，卻面目靜好。文笙與凌佐，總是在課堂開始時，才進去，默默地站在最後面的位置。那個叫做浦生的大塊頭，會有意無意地遮在他們眼前，幾乎成為了某種默契。而思閱似乎也發生了變化。教學相長間，她似乎學會了對待工友們，如何以深入淺出的方式因材施教。甚至於，她會在課上開一些玩笑。有的玩笑，因為過於文雅，顯得笨拙。工友們仍然爆發出笑聲，表示對她的欣賞。然而，她的目光，從未落到自己身上。文笙想。

他在她的課堂上，在經歷某種變化，或者說，是成長。這一點，

令他自己始料未及。他總覺得，他並非一個有理想的人，也談不上信念。但是，在這兩個月之後，有一種朦朧的東西，漸形成了輪廓。

在那個仲夏的夜晚，教室裏厚積的暑熱包裹著他。

周遭的沉寂，令這份熱更為確鑿與煎熬。有兩個工友，被日本人帶走了，再也沒有回來。是課堂上最為活躍的兩個年輕人，他們的熱情，經常使得這課堂沸騰起來。此時，思閱走到了人群中間，以一種克制的眼神，望著大家。

一個年長的工友，終於站起來，說，我不贊成罷工。沒了我們，他們可以再找人。兵荒馬亂，都在爭這一口飯吃。到時候，家裏的老婆孩子誰來養活。再說了，就靠我們幾個，日本人果真就能放了人？

半晌，終於有一個大鬍子，以低沉的聲音說，誰不是拖家帶口？現時是我們幾個。我們出了聲，難保也不被捉進去。可真是動靜大了，也難保沒有更多的人跟上來。老師上課教我們，野火燒不盡，春風吹又生。娘的，誰又是誰好欺負的。

思閱走到講臺前，回轉過身，說，為什麼，為什麼認定自己只是被踩、被人燒的草？為什麼我們不能去做燎原的火。

人們沉默了。這時候，突然響起了一個明亮清澈的聲音，好，就讓我來放這頭一把火！這份請願書，我帶頭簽一個。

叫做浦生的青年，擠過了人群，走到思閱面前。他拿起筆，在一張紙上，一筆一畫地寫。寫好了，恭敬地遞給思閱，說，老師，我的名字，是你教我寫的。如今總算有了用處。

更多的人，舉起了手。那張紙在一片臂膀的叢林中傳遞。到了老工友面前，他愣了愣神，說，奶奶的，豁出去了。也在請願書上簽了字。

遞到了凌佐手裏，他似乎並未猶豫，龍飛鳳舞地寫下自己的名字，又遞給文笙。文笙在激情的挾裹下，也簽了。

請願書回到思閱手中，她看著密密麻麻的簽名，神色凝重。忽然間，她無聲地舉起了拳頭，唇間輕輕翕動。文笙看到，更多的人舉起了拳頭，口中念念。他知道，這是暗語，也是口號。本應響徹雲霄，

但此時卻在這教室裏造就了無聲的聲浪，膨脹、充盈，引而不發。

在這如同靜默的儀式中，這一天的課堂結束了。工友們三三兩兩地向外走，誰也沒有説話。文笙和凌佐也轉身離開，這時候，他們卻聽到了思閱肅穆而清晰的聲音，盧文笙，凌佐，你們留下來。

他們倆面對著思閱。在這已然空曠的房間裏，思閱的聲音忽而也放大了，渺渺地傳過來。

你們知道，在請願書上簽字，意味著什麼。這是很嚴肅的事情，不是兒戲。你們是學生，不能參加。

凌佐輕輕地説，我已經不是學生了。

思閱説，你們來上課，我想毛克俞並不知道。而且，你們的父母呢？你們的行為，要對父母和家裏負責。

凌佐抬起眼睛，定定地看著思閱，説，我無父無母。

思閱的臉色黯然，她輕輕問，盧文笙，你呢？

文笙低下頭。突然不知哪裏來的勇氣，他抑克著湧動的情緒，慢慢説道：入寇未滅，何以家為。

這時他的耳邊突然響起掌聲。他回過頭，看見一個花白頭髮的中年人，立在自己眼前。這男人穿著長衫，眉宇清俊。臉龐卻是勞力人才有的黑紅色。他對文笙伸出了手，嗓音中氣十足，小兄弟，説得好。

文笙便也握住了那隻手。這手握得十分用力，感覺得到掌心粗礪，生著厚厚的老繭。

思閱看見是他。態度也很恭敬，喚道，韓先生。

又説，他還是個孩子，是我朋友的學生。

男人朗聲大笑，説，學生，學生怎麼了。五年前，你也不過是個學生。這國家的天翻地覆，靠得正是學生。沒有學生，何來「五四」。

男人頓一頓，又説，現如今，隊伍需要的，正是像你，像兩個小兄弟一樣有文化的人。

思閱沉默了一會，終於説，我經過幾年的歷練，也才知道自己

在做什麼。他們始終未離開過校園，於眼前你我的事業，至多是紙上談兵。

男人的面色沉鬱下來，吳思閱同志。你讀的書多，紙上談兵也分境界。《三國》裏頭有趙括，有馬謖，但也有大敗關羽的的陸遜。書生藏龍臥虎，小看不得。

思閱勉強對他笑一下，說，先生對他們兩個，真是抬愛了。

中年人也笑了，作了個揖，說，吳老師，先走一步。


文笙與凌佐，終於向思閱告辭。天已經黑透了。兩個人走在海河邊上，都沒有說話，氣氛未免沉悶。近在身側的巨大貨輪，猛然響起了汽笛，轟隆地充塞了耳鼓。在長而低沉的聲音之後，則是更大片的沉默。不知為何，文笙心裏一陣發空。

這時，卻聽見有人喚他們，小兄弟。

是男人渾厚的聲音。

他們張望了一下，在黑暗中看見一點星火。仔細看，是一支點燃的菸。菸頭被人彈到了地上，劃出一道長長的弧，流螢一般。瞬間又被碾滅了。

凌佐走過去，似乎有些驚喜。他猶豫了一下，學著思閱叫這人，韓先生。

又問，你怎麼在這裏。

男人笑一笑，說，我在等你們。

凌佐有些意外，他看一看文笙。文笙盯著菸頭的明滅，問他，先生，你是什麼人。

男人又笑，笑聲在這夜的空氣裏波動起來。他反問，你們看我是個什麼人。

凌佐想一想，認真地說，我看你是個做大事的人。

男人依然笑，笑罷問道：那麼，你們可想跟著我幹一番大事。

這時候，他們聽到擦火柴的聲響。火光裏頭，他們看見男人又點燃了另一支菸。這人臉上的輪廓，在夏夜裏頭，是紅亮的熔岩顏色。

文笙終於問，先生，你從哪裏來？

男人依然笑，笑容卻在無知覺中清淡，他面對兩個年輕人，神情漸漸蕭然，答：延安。

與韓喆的這次見面，修改了文笙的人生軌跡。然而，過程卻並不驚心動魄。以至於一切塵埃落定之後，他回想起韓先生在暗夜中的面容，竟感到有些似是而非。只是，這一切默然間的發生，卻讓一個人深引為咎。即使時值暮年，毛克俞面對膝下叫做毛果的男孩，仍然自責道：那時我太粗心，這世上，差點就沒有了你外公這個人。

那個雨夜，思閱的到來，令他百感交集。

朦朧間，他拉開燈。看見這年輕女人的額髮，在雨水的沖洗下，密集地覆在額上。她渾身濕透，正瑟瑟地發抖。一聲驚雷之後，她的身體僵硬了一下，趴在了他的懷裏。

她開始無聲地啜泣。那場醞釀許久的罷工，因為接獲告密，終致流產。幾個工人領袖，相繼被捕。兩名同志，在轉移時遭暗殺。女人光潔的額角上，有道清晰的傷口。血液已經凝固成了瘀紫的一線。克俞心裏一陣疼，緊緊地抱住了她，用自己去溫暖她的冰冷。然而，這身體抖動得愈發厲害。他忍不住，他低下頭吻她的額頭、那瘀色的疤痕。柔軟的、雨點一樣的吻，仍然觸痛了她。思閱輕輕呻吟了一下，卻同時間停止了顫抖。

她抬起頭，眼睛裏是未淡去的恐懼。然而在這恐懼深處，有火熱的東西，在克俞的心底，灼燒了一下。她捉住了眼前的男人的唇，猛烈地吻，幾乎構成了擊打。克俞如同面對一頭小獸，被噬咬。他閉上眼睛，默默地承受，同時感受到了懷裏的身體在一點一點地甦醒。他深深地嘆了一口氣。

當他醒來的時候，思閱已經走了。雨住初歇，晨霧中一片靜寂。他望一望周遭，了無痕跡。恍惚間，以為是夢境。他起身，一絲幼細

的頭髮，輕輕飄落在了地板上，如曲折的弧線。

　　此時的他，尚未知這是與思閱的永訣。但坐定下來，心裏空洞得發冷。所謂死生契闊，流雲霧散，是這時代的常性。他向不以為意。但此時，離聚之痛，如一道符咒，令他著了魔般地失去了分寸。動靜之間，他想起了自己的叔父。

　　記憶中的輪廓，是多年前的長衫青年。一只包袱，一頂傘，走出了家門。他在身後追著，叫叔叔。青年對他微笑，輕輕撫摸他的頭，說，「待這時代變了，你也長大了。這家裏就有懂我的人了。」

　　他取出那幀紙箋，展開。魏碑的老底子，還是若干年前的，內裏卻沒有了力氣。「何處鄉關感亂離，蜀江如几好棲遲。」他撫摸那字跡，指尖有細微的磨礪。他想起，自己離開四川，已有兩年多了。

　　克俞收拾出一只皮箱。在院落裏生起了火盆，將自己這幾年的寫下的文稿，盡數投入。手中的幾頁紙，自來水筆一揮而就的段落。落款亦潦草得很，是「河子玉」三個字。他的眼神木了一下，也投進去。

　　紙燒盡了，火也萎了。有風吹過來，青灰色的紙碎飛起來，蝴蝶似的，落在地上。翅膀上還有一星未熄的紅。

　　風又大了一些。他覺得身上有些冷，這才想起，快立秋了。


　　待文笙下定了決心去找克俞，走到了萬象樓前，已是人去樓空。他愣一愣，就著石桌坐下來。

　　殘陽如血。餘暉裏頭，莫名響起了蟋蟀的叫聲。忽近忽遠，聲聲淒厲。


　　晚上，他把事情說與了可澄聽，原原本本地。

　　可澄似乎並不很意外。聽完了，她站起身，從自己抽屜裏取出一封鷹洋，放在他手裏。她定定地看他，說，若沒有這件事，你這一生，總是被人安排好了的。一世人，總要為自己做一回決定。

　　文笙說，我這一走，舅舅和娘那裏，就要靠你去說了。

　　可澄說，你總還是要回來的，對罷？

文笙沉默了半晌，說，自然是要回來的，但要心裏敞亮地回來。

文笙與浦生兩個，在海河邊上等了很久，還不見凌佐。月亮被一抹黑靄遮住，漸漸又走了出來。他們的周遭就忽明忽暗。

兩個人，未免有些心焦。這時候，才看見凌佐氣喘吁吁地跑來了，手裏拎著一只包袱。浦生看著他，當胸就是一拳，說，讓我們好等。

凌佐趔趄了一下。包袱掉落在了地上，鬆散開，露出了一只木匣子。在月光裏頭，也看得出是老物，雕鏤得十分精緻。

浦生一見，倒更氣了，說，我們是去革命，你倒帶上了這些家當。

說罷，竟在那盒子上踢了一腳。凌佐起身就要和他打起來。文笙連忙將自己擋在他們之間。凌佐起伏的胸脯慢慢平伏了，這才慢慢蹲下來，一言不發，只是默然地收拾那匣子。

文笙也禁不住道，路上禁不起顛簸，能少帶幾樣東西也好。

凌佐甕聲甕氣地說，這是寶貝兒。

浦生冷笑說，自然是寶貝，不然你還會帶著？

凌佐終於吼起來，說，不是寶貝，是寶貝兒，太監的子孫根兒。

他這一吼，兩個人都愣住了。

凌佐囁嚅了一下，將包袱重新紮緊，說，老太監死了。我這許久沒有回去，竟然不知道。跟人打聽，屍首運回昌平老家去了。我娘在世時，我答應她要給老太監送終的。這寶貝兒是他進宮前留下的，一直掛在房梁子上。我剛才給取了來，如今來不及了。我得帶著，等我回來了，就去昌平，把寶貝兒跟他合葬了。也算讓他有個男人的囫圇身子。

他說完這些，眼睛有些潮熱。文笙接過他的包袱。浦生轉過身，用極低沉的聲音說，上船吧。

一葉小舟，靜靜地往對岸駛去。文笙跪在船頭，向東磕了一個頭，那是意租界的方向，舅舅的家。又面向南面，磕一個，頭深深地埋下去，口中道，娘，恕孩兒不孝。

（第六章）

# 慧容

慧容將自己的病，瞞了許久。

直到這年秋深，肋下疼得不行，人咳得直不起身，才知道不好了。

請了醫生來看，將明煥叫到門外，搖一搖頭，説，時日無多，盡自將息吧。

不疼的時候，慧容的精神很好，眼睛也亮。她坐起身子，看著窗外的一棵銀杏。看一會兒，便説，以前，蠻蠻最喜歡站在樹底下打白果。

家裏人都小心翼翼地看她，怕她觸景傷情。她卻不在意似的，説，打下來就著火烤，自己吃，也給楨兒吃，多仁義。楨兒吃了還叫苦。

黃昏的時候，又咳。明煥坐在床邊，緊緊執著她的手，一邊撫弄她的背。慧容喘息著，半晌，總算舒了口氣。丫頭伺候著喝了水，躺下。她看一看明煥，虛弱地笑，説，你們兩個，各有各的事。一個要上學，一個要票戲，倒守著我做什麼。

明煥的眼睛直了，目光蕩了一下，悠悠地落在她手上。手背上滿布了青黃的斑。他悶聲説，如今你還要説這些。

慧容緩緩説，兩口子的事，就是個將就。蠻蠻這一走，我更是想通了。這病，若是老天放過了我，你就娶她過來。也不分什麼大小，我善待她。若是我不在了……也是一樣，只要她對楨兒好。

仁楨先前只是靜靜坐著，瓷白的臉上，並無一絲紅潤。慧容説這話時，看著她，暗自想，這孩子，生得愈發像蠻蠻，卻沒有那份果敢，是個要人拿主意的樣子。這樣想著，心頭無端緊一下。話説出來，卻看見小女兒眼裏閃爍，呼啦一下就站起來。不看她，也不看爹，就這麼走出了門去。

　　仁楨站在瑟瑟的秋風裏頭，黃葉捲地。這時候，身前響起了咿咿呀呀的聲音。一個小小的孩兒，蹣跚走過來，抱住她的腿。這幼兒抬起頭，晶亮的眼睛，看著她沒有表情的臉，唇間翕動。仁楨心底一軟，蹲下來，抱一抱他。幼兒將臉貼過來，鼻尖拱在她臉上，一陣溫熱。

　　有人疾步走過來。她耳邊響起女人的聲音，寶兒，快過來，莫擾了楨小姐。

　　幼兒聽了，便放開了仁楨。仁楨抬起頭，看一個年輕的女子，正展開雙臂。女子是僕從的簡樸裝束，臉色蒼黑，卻生了一雙含水的杏眼，正笑盈盈地望過來。

　　仁楨對她點一點頭，說，菁姐。

　　這女子便有些慌，朝四下看看，說，小姐快別這麼叫，叫三太太聽見可怎麼好。還是叫我阿鳳，兩下都自在。

　　仁楨看著她懷中的幼兒，喃喃地說，小順的孩子都這麼大了。

　　女子便說，是啊，一陣風吹，長得飛快。如今管都管不住，跟沒腦子的雞雛似的，到處亂跑。您看又跑到上房來了，說了幾回都不聽。

　　說完，便將唇貼在孩子絨團團的臉蛋上，眼角裏頭都是笑。

　　見仁楨看著她，忙不迭收斂了笑容，悄悄問道，太太的病可好些了。

　　仁楨輕輕地說，嗯。爹陪著呢。

　　女人說，我是真想去瞧瞧太太。可順兒不讓，說我人憨，說話沒個輕重。

　　仁楨說，趕明兒娘好些了，你帶了寶兒來。娘最喜歡小孩子。

　　女人聽了，又有些喜悅，脆生生地「哎」一聲。

　　仁楨的心裏頭，因為這對母子，有些暖了。她不禁在阿鳳的眉眼裏頭，尋找七叔明煜的痕跡，終究徒然。這個七叔，是她記憶裏的一處空白。明煜在她一歲的時候早逝。家裏有些關於他的傳說，也是支

離破碎。只說他生得極俏儻，並不風流，卻戀上了一個妓女。那妓女懷了他的骨血，為他從了良，兩人半明半暗地在外頭過起了日子。因為是明煥這輩的幼子，位高而年少，眾人不鹹不淡地裝作看不見，由得他不娶。十一年前，他人得了傷寒死了，七房這支便絕了戶。那女人便一個人養閨女，不濟了，又做起暗門子的生意。倒沒有一分叨擾過馮家。相熟的老家僕看不過去，三不五時來接濟些。前幾年這女人又死了，十幾歲的孩子便成了孤女。又是老家僕，偷偷給接回到家裏來，只說當個丫頭用。三大爺心裏明鏡似的，知道她是老七的骨血，便睜隻眼閉隻眼。這孩子與仁楨一般，是「仁」字輩，有個名字叫仁菁。可三大娘說，這名字叫起來，如同宣揚家醜，索性改了個丫頭名字，「阿鳳」。

這阿鳳來了，做起事來，倒比家裏的其他丫頭還要勤快，人十分憨實。馮家的人，便也放了心。三大娘見四房的小順兒長大了，便與慧容合計，將阿鳳許給順兒。一個河下人的閨女，也算嫁得其所。如此，也是要斷了她做小姐的念頭。

仁楨看著阿鳳，心裏莫名有些觸動。這女人看上去，竟與自己無一絲血緣的牽連。她的樣子，對自己的生活，是滿足得很。這甚至讓仁楨，有隱隱的羨慕。

阿鳳忽然身體一挺，說，楨小姐，不行了，我這一急奶，是比屙尿還等不得。我也是慣著他，都滿地跑了，還未斷奶。我這就回房餵飽他去。

說罷一蹲身，轉臉就走。又不忘回頭說，順兒這幾天在鄉下收帳，過兩天讓他來跟老爺太太請安。我也幾天沒見著他了。整日跟我抱怨，說如今的活累死了人，總是沒有當年伺候楨小姐輕省。

立冬的時候，眼見著慧容的精神頭一天天地垮下去。屋裏的火盆生得很旺了，還是叫冷。仁楨的奶媽徐嬸，從泰安回來。見了慧容，只是與她有說有笑，說託太太的福，鬼子可勁兒禍害，好歹沒耽誤今年的好收成。這帶來了一籃子玉蜀黍，給哥兒小姐幾個爆米花吃。慧

容就説，你瞧瞧，都多大的孩子了，就你還慣著他們。徐嬸就説，我哪裏是慣著他們，我是要討太太的好。我們家栓子，明年頭裏結婚。到時候，我可要上來跟太太討個大喜包。

　　慧容嘴裏説著「好好」，一邊笑，笑著笑著止不住地咳嗽。丫頭伺候著，一口濃痰吐出來，裏頭是鮮豔的紅色。徐嬸還是笑著幫她順氣，沒忘了熱熱鬧鬧地説話。回轉過身，出了屋，才偷偷地抹眼淚，對明煥説，老爺，快些遣人去請大小姐回來吧。我尋思著，遲了怕就見不著了。


　　馮仁涓回來那天，下著微雨。在老家人的引領下向裏走，心下一陣發冷。不過兩年沒有回家，馮家大宅顯見已經破落。「錫昶園」的月門竟被封死了，用青磚碼了起來，封得十分潦草。園門口的幾叢修竹，齊根兒砍了乾淨，紮成了籬笆笆子，倚著院牆歪斜地排成一排。仁涓從這籬笆的縫隙望出去，灰濛濛的一片，竟不見一絲水的痕跡，才知道引來的襄河水也被截流填平了。這時候，她看見一列士兵走過來，精赤著上身，背著刺刀。其中一個看見了她，突然一笑，嘴唇在牙齒上舔了一下，眼神説不出的浪蕩。她慌了神，立刻收斂了目光，正色往前面走。

　　老家人嘆口氣，説，大小姐，如今見怪不怪了。這園子，一早被日本人徵去，做了軍營。東拐裏的一排老屋，給要了去做軍官的家屬宿舍。到了晚上，就聽見他們的女人彈著弦子鬼哭鬼叫。如今這宅子……

　　老家人搖一搖頭，終於沒有説下去。


　　慧容睜開眼睛，矇矓間看見自己的大女兒站在床頭。身側坐著一個年老的婦人，是自己的姐姐左慧月。

　　她一陣心悸，掙扎著便要起來。慧月起身按住她。慧容不知哪裏來的氣力，偏要直起肩膀，拉住了慧月的胳膊，一邊喃喃地説，姐姐，我對你不住啊。説著，眼底一股熱流湧動，沿著臉頰淌下來。

慧月沒有說話，只是安撫她，緊緊握住了她的手。那手瑟瑟地顫抖，漸漸才平復下來。姐妹兩個定定地看著彼此。半晌，慧月才開了口，聲音雖是往日的篤定，但乾澀得很；因為蠻蠻，我真不想上這個門。可是，你是我的妹子，我又能怎樣。

慧容愣神望她，只覺得幾年未見，姐姐也老了許多。眼裏頭的疲憊，是前所未見。不知怎麼的，她只靜靜伸出手去，放在姐姐的臉上。那臉冰冷，粗糙，皮膚是晦暗的薄。慧月坐在床邊，忽然抱住了自己的妹妹。懷裏的身體，已經沒有了重量，輕得像一片沒有溫度的紙。她們這麼抱著，不知是誰，先啜泣起來。慧月將臉頰貼在慧容嶙峋的肩膀上，終於哭出了聲，哭得揪心，不可克制。

待哭夠了，擦乾淨了淚水。慧容重又躺下來，長舒了一口氣，說，這一哭，竟然覺得心裏安定了。

慧月說，從小，你就是個悶葫蘆的脾氣。爺爺那時候就說，這娃兒不說話，是因為不怕吃虧，心裏頭見識大。我為這句話，不服氣了許多年。

慧容淡淡地笑，說，我哪裏有什麼見識，只是心裏怕，不知怎樣開口。

慧月便不說話。窗戶外頭的雨住了，天際竟有雲霞，在灰色的雲霾上勾勒出淺淺的一線光。慧容說，如今，對姐姐，我卻不得不開口。我這一走，剩下一個老頭子，一個小閨女，都不是馮家人的做派，讓我放心不下。

不等她說完，慧月便肅然道，你那個老頭子，我是管不了，也不想管。我這回來之前，已經打定了主意。楨兒將來，就是我的親閨女。

慧容悽然望一眼姐姐，又望望仁涓，眼裏頭有一絲暖。手放在慧月的手裏，緊了一緊。


正月二十一的時候，慧容過了世。底下人都說，四太太真是仁義，過了年關才去，是不想掃大家過年的興。

在慧月的主持之下，喪事辦得排場，卻並不鋪張。來弔唁的人，

絡繹不絕，竟比先前拜年的人，還更多些。慧月才知道，幾十年，妹妹不聲不響，竟攢下這樣的好人緣。

靈堂上，緊挨著靈牌，擺著慧容生前用過的木魚和佛珠。檀木的念珠，隱隱散發著青黑的光。還擺了她一張照相，是仁涓的主張。這張照相淺淺的笑，目光祥和安靜。原是一張全家福，要用在明煥五十歲的壽辰。那是仁玨要出閣的一年，終於沒用上。

仁涓與仁楨，站在大哥與三哥身後，一身孝服，給過往的賓客行謝禮。這時，靈堂外傳來了響亮的軍靴頓地的聲音。就看見一襲戎裝的日本軍官走進來，是和田潤一。賓客相覷，紛紛側目。有一兩個，當即起身告辭。

和田站得筆直，對著靈位，深深鞠了三個躬。

轉身對明煥說，四老爺節哀，夫人生前懿德積善，必早登極樂。

此時明煥木木地站著，對他點一點頭，算是謝過。他又走到慧容面前，低聲說，今日方知，葉夫人與馮夫人是同胞姊妹，果然一門兩巾幗。

慧月並未抬一下眼睛，語氣清淡，中佐有心。只是我妹妹命苦，看不到馮家重振家聲。我只盼自己這把年紀，還趕得上為中佐與同袍送行。

和田的喉頭動了動，目光與慧月的眼睛撞擊，在這年老婦人堅硬的視線中收回。他併攏雙腳，對慧月行了一個軍禮，轉身離開。

到了黃昏，仁楨在蒲團上跪了許久，已有些倦。禮數上，卻仍然謹然恭敬。她對著一個賓客行禮，卻被仁涓扯了一下衣角。抬起頭來，看到一個穿著黑色絲絨旗袍的女人，向母親遺像鞠躬。仁楨心裏一顫，禁不住看父親。明煥仍是木然。言秋凰梳了一個緊實的髮髻，原來竟有這樣寬闊的額頭。仁楨愣愣地看她走向自己，說，葉太太，楨小姐，多珍重。仁楨正要謝她。卻聽到仁涓低沉的聲音，似乎正由齒間鏗鏘而出：先母未過頭七，你未免太心急。

言秋凰褐色的眼眸閃爍了一下，並未說什麼，只對她們淺淺地鞠了一躬。

　　弔唁的賓客裏面，有許多是仁楨未見過的。其中記得一個中年婦人，她只覺得十分面善。臨走時，執起她的手，雖未多説話，眉目間是溫柔的痛楚。婦人離開靈堂，卻又回身望她。仁楨的目光也不禁跟隨她的背影，流連了許久。這些，被慧月看在了眼裏頭，與執事問起這婦人的來歷。回説，是城東老號「德生長」的盧夫人。

　　慧容「五七」時，慧月便要回葉家去。她對明煥説，待喪期過了，她預備將仁楨接回修縣。

　　明煥只是愣愣地不説話。

　　仁涓問，爹，往後的日子，您究竟是如何想的。

　　明煥終於説，楨兒將將讀了中學，從長計議吧。

　　慧月嘆一口氣，口氣綿軟了些，我不接她便罷了。離出閣尚有幾年，到時我這個大姨，該做的主還是要做的。只是這陣子，由不得你盡與那個戲子胡鬧。我在一天，她言秋凰就沒這麼容易進馮家的門。

　　明煥只站起來，走到了房間的另一頭，執起了一把胡琴，是他常用的。胡琴的顏色通透。他一年便上一次桐油，養得很好。他輕輕撫摸一下，又摸一下。突然舉起來，狠狠地擲到了地上。黃檀的弦軸立時崩裂。琴弦斷時發出清亮的一聲響，將這房間裏的安靜劃過，洞穿耳鼓。

# 重逢

　　這天黃昏，仁楨坐在祠堂後的涼亭裏，身旁坐著一隻黑色的貓崽兒。過年前後，這一帶的野貓多了起來，多是為了祠堂裏的擺供，趕都趕不走。出了正月，冷清了，也就漸漸散了。只這一隻，卻不走，定下心在屋後廢棄的土地龕做了個窩。仁楨第一次看見牠，牠正艱難地在地上拖著一具已僵硬的鼠屍。老鼠碩大，是被遺棄的獵物。頭部已經腐爛，凝固著烏紫的血。因為看到人接近，牠警惕起來，迸出小獸的本能。趴低了身體，喉嚨裏發出隱忍聲響。仁楨看一眼牠瘦弱的脊背，支楞起的凌亂毛髮，心想，這麼小就要出來覓食，怕是無父無母。後來，她便三不五時拿些吃的給牠。大雪那幾天，她拆了一件舊棉襖，填在土地龕裏，給牠禦寒。誰知再來看，貓崽卻將棉襖刨了出來，棉花扒拉得到處都是。仁楨便曉得，牠對自己親近得有限。卻不知怎的，更為心疼起來。不再擾牠，只是間中來看看。人和貓偎著，不說話。

　　她正愣著神，卻聽見身後有聲響。黑貓崽兒輕輕叫一聲，跳出涼亭，箭一般跑遠了。來人是阿鳳，在她身邊也坐下，口氣有些躁，說，我的小姐，你待自己也太不仔細。野貓性子烈，抓了你如何好？仁楨抬起眼睛，看貓崽兒從土地龕裏探出了頭，朝這邊遙遙地望，滿眼戒備。

　　她說，如今這家裏，還有人管我嗎？

　　阿鳳拍一下腿，說，這成什麼話，我不是來管你了嗎？你可知道你們學校裏，甄別試已經放榜兩天了。

　　仁楨點點頭，說，分到哪個班去，與我有什麼相干。

　　阿鳳便有些惱，說，話可不能這麼說。三老爺家的雙胞胎，跟你一個年級不是？都分到甲班去了。你看三房那叫一個喜慶，殺豬宰羊

的心都有。不知的，還以為中了狀元呢。依我説，這個榜要去看，不為了小姐你自個兒，是為了咱四房，你懂不？

仁楨抬起臉，正撞上她晶亮的眼睛。她心裏一動，都説阿鳳憨，怕是錯看了她。

兩個人趕去了學校。天已經黑透了。原本還在放寒假，周遭也並未有什麼人。校外的路燈，竟然也沒有開。阿鳳擰亮了手電筒，衝著牆上照一照，説，乖乖，這榜長的，跟舊衙門的狀紙一樣，要看瞎了人的眼睛。

此時仁楨不免也有些忐忑，説，從後頭開始看吧。兩個人找到甲班的榜，從後一個個看過來，很快看到了雙胞胎的名字。阿鳳説，三房這麼歡天喜地的，也不過是吃了個牛尾巴。看了一圈下來，沒看到仁楨的名字。疑心漏了，就又看了一遍，還是沒有。仁楨心裏不禁咯噔一下。兩人心照不宣，去看乙班的榜，竟然還是沒有。他們沒有再往下看。這回輪到阿鳳無措了。她瞥見仁楨的臉，在手電筒幽暗的燈光裏，現出了青白色。仁楨呆呆地看看她，突然苦苦笑道，娘都沒有了，還讀什麼書，我們回去吧。

説罷就要走。阿鳳一咬牙，説，小姐，讓我再看一看，我就不信這個邪。

仁楨便木木地站在一邊，由她去看。突然，聽到阿鳳一聲喊，小姐小姐，咱的名字在這兒呢。

仁楨一扭頭，看見阿鳳手中執著一張紙，臉上是又氣又喜的表情，口中罵道：哪個天殺的熊孩子，自己考不中，將最前面的榜給撕下來了。就著電筒的光線，仁楨看見，這張大紅的紙被人踐踏過，有些污穢，上面只有三個名字，是考試的頭三名。每個名字都是斗大的。「馮仁楨」三個字正排在第二位。

阿鳳一把抱住她，説，咱要是攔在前朝，就是個榜眼啊。都説二小姐會讀書，如今做妹妹的，怕是要超過她了。

仁楨也有些高興，可聽到這裏，心下猛然一灰，説，有了就好，

我們回去吧。

阿鳳仍然絮絮地説話，仁楨只是默默往前走。這時候，聽見身後有人喚她，馮仁楨。

這聲音分外熟悉，她回頭，同時心下如過電，不禁一驚。她們已走到了有路燈的地方，就著微弱的光線，她看見一個女子從暗影中走出來，站在了眼前。

待看清楚了這張臉，仁楨幾乎站不住。但是她竭力地鎮定下來，她對身旁的阿鳳説，你先回家去。

阿鳳並沒有動。

范逸美取下了頭巾，離仁楨更近了一些，她説，不要緊，阿鳳是自己人。

仁楨驚異地側過身，緩緩移開目光，停在了眼前這張曾十分熟悉的臉上。這張方才沒有表情的臉，此時眼睛裏有了一線柔軟的東西。

在長久的沉默後，仁楨突然笑了，自己人……你説，自己人。我姐姐也是你們的自己人，可你們害死了她。

范逸美低下頭，慢而清晰地説，因為你姐姐的堅強，組織才沒有暴露。我們已經追認了她。她不會白白犧牲，她為了組織……

夠了。仁楨後退了一步，她指著范逸美，聲音顫抖著，幾乎歇斯底里：我姐姐死，不是為了什麼組織。她是為了你。你可知道，姐姐為了你，連命都可以不要。你當時在哪裏，在哪裏？

仁楨哭著，覺得身體中迸發出一股力量，在內裏擊打、撕裂，一點一點地正摧垮著自己。她踉蹌了一下，身後的阿鳳扶住她。她狠狠推開阿鳳的手，仍然哭著。

范逸美待她哭夠了，這才將自己的大衣打開。她屈身，將自己的褲腳一點一點地捲上來。仁楨看著她，聽見她用清冷的聲音説，這兩年，我心裏無時無刻，不裝著你姐姐。

仁楨看見，范逸美腿上，裏著那條紅色的毛褲。針腳扭曲，粗針大線，已經被穿得褪了色。

　　仁楨看見，姐姐仁玨對自己淺淺地笑。姐姐在燈底下，織了又拆，拆了又織。夜以繼日。

　　逸美說，這是你姐姐留給我的，唯一一樣東西。讓我記得，我現在做這些，是為了什麼。仁楨，我們不是敵人。我們的敵人，是讓你沒有了姐姐的人。我們要做的，並非只為給你姐姐報仇，而是為了千萬的中國人。待你想通了，就來找我。

　　范逸美重新裹緊了大衣，轉過身，便走了。仁楨看著她的影子，被路燈的光芒，拉成了長長的一線。越來越長，直至消失。


　　夜裏，仁楨輾轉難眠。待快要睡著，忽然覺得身體一縱，沉重下墜，墜入了一個沒有底的深淵，便又驚醒了。她坐起來，將下巴支在膝蓋上。窗外是一輪很圓的月亮，光暈溫潤。她想，好久未見到這樣大而圓的月亮了。


　　第二天晚上，她走進了小順與阿鳳居住的小屋。阿鳳就著燈光，在給寶兒縫一雙虎頭鞋，看上去就要完工了。小老虎大睜著眼睛，濃紅重綠。阿鳳看著她，臉上有喜色。一邊叫她坐，手裏卻沒停。拿一把小木梳，將老虎的鬍鬚一絲絲地梳理齊整。

　　仁楨禁不住打量這間小屋。處處收拾得停停當當，是寒素的，卻可見到一個主婦的用心。這用心日積月累，是要將日子過好的信念。仁楨看著窗戶紙上，貼著阿鳳過年時候剪的一枚窗花。一個胖娃娃，抱著一條大鯉魚，坐在荷葉上。

　　仁楨癡癡地看，沒留神阿鳳端來一只碗，正熱騰騰地冒著氣。碗擱在她面前，聞得見厚重的香味。阿鳳笑說，前兒徐嬸帶來的玉蜀黍，我給磨成了粉。這不，後晌午才給寶兒打的玉米糊糊，小姐嘗嘗滋味可好？

　　仁楨並未動那只碗。她只是不說話，定定地看著阿鳳，像在看一個陌生人。

　　阿鳳在這眼光裏垂下頭，重又拾起針線，口氣仍然熱絡，說，難

得楨小姐來找我說話。

我不是找你說話。仁楨打斷了她，我是來聽你說。

阿鳳臉上的神情輕顫了一下。這顫動稍縱即逝，便恢復了圓滿平穩的笑容。

你不是馮仁菁。仁楨盯著眼前婦人紅活圓實的雙手，心中泛起一陣寒意。她說，兩年前，你處心積慮進入馮家，只有你自己知道是為了什麼。對你來說，和小順結婚，是任務中的意外，對嗎？但他們不許你放棄。你說，是不是？

阿鳳的手指，被扎了一針。她將食指，放在唇間細細地吮。她的眼裏，並沒有仁楨預想中的黯然。她抬起臉，目光落在正在地上玩耍的寶兒身上。寶兒在笪籮裏頭撿起一顆玉米粒，放進嘴裏咀嚼，然後又吐出來。

阿鳳輕輕地說，順兒是個好男人。我跟了他，不悔。

仁楨沉默了。她看著婦人平靜的臉，突然感到了言語的無力。但是，她仍然讓自己說下去，你為了他們，嫁個本不想嫁的人。人就一輩子，值當的嗎？

阿鳳笑一笑。這笑在她豐滿的臉頰上堆疊，在仁楨看來，竟有了寬容的意味。她慢慢地說，楨兒，你長大就懂了。人活著，不只是為了自己。記得嗎，那三姐妹，最後為什麼沒有去得成莫斯科？因為，她們沒有真正的信仰。

你，說什麼？仁楨覺得自己的意識，開始模糊。

阿鳳靠近了她，我是說，你看過的那齣話劇。

話劇？你也在？仁楨搖搖頭，似乎要將某些回憶驅趕出去。她說，那也是你們的人？

阿鳳站起來，突然佝僂起身體，她的聲音突然變得老邁而蒼涼，我八十二歲了，八十二歲了，你讓我到哪裏去啊。

仁楨的心停跳了一下，同時間，一個念頭風馳電掣。她呼啦一下也站立起來，退到灶臺邊上，她說，我爹，你們把我爹怎麼了？

阿鳳說，組織上和四老爺並沒有關係。我們只是叫人送了一封信

給他，説為了悼念你二姐，排了一齣話劇。希望他能帶你來看。馮先生來了，説明他是個有氣性的人。或許，將來我們會需要他的協助。

不！仁楨的口氣，幾乎是惡狠狠的。不，你們休想把他扯進來。我爹除了唱戲，什麼都不懂。你們不要害了他。

我們的確需要一個懂戲的人。阿鳳輕皺一下眉頭，説，這事，將來再説吧。

這時候，院子響起了男人説話的聲音。她們聽見，有人清了清喉嚨，吐出了一口痰。

哎呦，楨小姐。仁楨聽見阿鳳大聲地説，玉米糊糊都涼了，我這就給你熱熱去。

不要。仁楨按住了她的手。仁楨將碗捧起來，咕咚咕咚喝下去。黏稠溫涼的液體帶著些腥甜的氣息，順著她的喉嚨流淌下去。還有一絲鹹，那是淚水的味道。


半年後，仁楨如願見到了言秋凰。

她從未一個人走進過「容聲」大舞臺，一時間覺得分外的大，竟有了壓迫感。這幾年，整個襄城變了這麼多。這裏非但沒有變，倒似乎更堂皇了些。她想起父親的話，任誰當了皇帝佬倌，哪朝哪代，都得有人聽戲不是。

她坐定下來，隨著一聲叫好，看到了臺上的言秋凰。《貴妃醉酒》本是花衫戲，梅博士改了戲，做科收斂了許多。考功夫的身段是一樣沒少。演的是個「醉」字，倒比清醒的戲碼還要面面俱到些。仁楨看言秋凰一個「臥魚」，眼神中的流轉是絲毫不含糊，心裏也想，這女人，戲真是演成了精。雖有心事，漸漸也看了進去。待看她「銜杯下腰」，身態柔軟真如少女一般，將個任性的楊玉環演得理直氣壯。風流浪蕩處，盡顯雍容。她便嘆一口氣，想這份媚，真是到骨頭裏去了。

當她站在後臺，言秋凰正在卸妝。旁邊有個徒弟端著茶壺，伺候著，是個八九歲的小女孩。言秋凰並未説話，只是愣愣地看著鏡中的

自己。脫了戲服，一身素衣。頭面還留著，是珠翠下的一張臉。原是
黯淡的地方，一束光正打在她的額上，鼻梁處是道青藍色的暗影。在
仁楨眼中，這戲子的美，倒比在臺上更盛了一些，是叫人憐愛的。

這時候，她叫醒了自己，走向言秋凰。言秋凰在鏡子裏，看見了
她。急忙回過了身，眼波流動一下，喚道，楨小姐。

仁楨自然知道她是意外的，也看出了她的尋找，心裏冷冷笑一
下，說，我爹有事沒來，我一個人來看你的戲。

言秋凰側過臉，嘴角抿一抿，對她徒弟說，小菊，挺屍嗎？還不
快給楨小姐看座。

仁楨想，都說梨園行帶徒弟要狠。這女人本不是狠的人，學了旁
人的，卻只落了個色厲內荏。女孩顯見不怎麼怕她，嘟嘟囔囔地走過
去，搬了個櫈子，給仁楨坐下。

言秋凰看著仁楨，語氣溫軟，楨小姐來捧場，我竟不知怎樣才
好了。

這目光仁楨分外熟悉，她想，即使未曾卸妝，這女人眼睛裏頭對
自己的討好，還是不減當年。

她帶了三分笑說，聽言小姐的意思，倒好像我是來叨擾的。

言秋凰忙說，我是高興還來不及。說起來是稀客，合該我做東。
我記得您最喜歡吃「永祿記」的點心。

仁楨心裏動一下，輕聲說，難為你還記得。

言秋凰便笑了。笑在櫻紅的唇間綻放，臉色也鬆弛了許多。她
說，記得，當年楨小姐送我一塊糖耳糕，如今便要投桃報李。您可
知道，「永祿記」門面上，開了個茶樓。她停一停，說，楨小姐可願
意賞面？

仁楨愣一下，心裏有隱隱的失望。在她的印象裏，言秋凰的話，
是不該這樣多的。她眼裏頭閃現出了一襲松綠色的旗袍，簌簌響了一
陣，隨著身體的扭動泛起了波瀾。

她終於覺察到言秋凰的等待，這才回過神，學著長輩們的口氣
說，恭敬不如從命。

　　仁楨與言秋凰對面坐著，放眼出去，才知這茶樓的好。窗下竟就是潺潺的禹河。水很清，可以看見水草滌蕩搖曳。一只窄窄的小船逆流而行，水並不急。船夫只是閒閒地搖櫓，一邊吆喝幾聲，向岸上的人兜售捕獲的魚蝦。岸邊便是熱鬧的市井。因為河水的阻隔，並不覺得喧囂，只看得見熙攘的人群。

　　言秋凰與堂倌輕聲交代，點了幾道「永祿記」出名的點心，又開了一壺「四寶茶」。說我這嗓子，全靠這茶養著。他們這裏，是藏了開春青晏山上化的雪水來沏，茶味綿軟了許多。

　　仁楨輕輕抿一口，只覺得舌尖發甜。言秋凰也喝一口，皺皺眉頭，說，桂圓肉放得多了些。

　　仁楨並未接她的話，目光觸到了牆上掛的一幅字，落款是郁龍士。郁先生也曾是家裏的座上賓，近年卻少來了。錄的是陸游的〈釵頭鳳〉：紅酥手，黃縢酒。滿城春色宮牆柳。東風惡，歡情薄。一懷愁緒，幾年離索。

　　越到後來，筆意頓挫，力道用得有些驚心。

　　「錯！錯！錯！」言秋凰口中輕吟，說，他與唐琬若是圓滿了，我們便讀不到這麼好的句。「家國不幸詩家幸。」我看是，「詩家不幸今人幸。」十年前，荀慧生荀先生將這闋詞改了一齣劇，天津公演時，邀我同臺。那時只覺事事是老玩意兒好，看不上新劇。以後再想唱，怕是也唱不動了。

　　仁楨見言小姐搛起一塊龍鬚酥，輕放進口唇之間，吃相十分優雅。不施粉黛，臉色現出透明的白。但卻也看得見她嘴角錯綜的紋路，隨她唇齒間的翕動，愈發清晰。

　　仁楨便問，你唱戲的時候，是將自己當作自己呢，還是當作戲中的人？

　　言秋凰從懷裏掏出手帕，在唇上按一按，沉默了一下，才說，當成自己自然不行，入不了戲。可也不能全當成了戲中的人。唱一齣，便是戲裏一世人的苦。唱上十齣，便要瘋魔了。

　　言秋凰說完這些，看著她，似乎十分入神，說，楨小姐真的是長

大了。初見你時，還是個小孩子。如今長成大姑娘，眉眼倒像了另一個人。

仁楨心裏輕顫，喃喃道，你說的是誰？

言秋凰猶豫了一下，說，那年見你，是二小姐陪著。雖未說上話，卻已看出她的不凡。

她壓低聲音道，要說你們家，我心裏頭最敬的，是你這個姐姐。

仁楨的眼睛閃爍，旋即熄滅了。她聽到自己，用清冷的口氣說，我二姐並不喜歡你。

言秋凰只微微一笑道，一個唱戲的人，還能指望人人喜歡麼？


晚上，仁楨走進父親的房間。明煥正坐在書桌前，就著燈光，一手執著本《長生殿》工尺譜，另一隻手放在桌上。食指與中指，輪番敲擊桌面，打著節拍。

仁楨輕輕喚一聲，爹。

明煥抬一抬眼睛，看看她，說，今天下學晚啊。

說完又低下頭去。因為老花，他便將手上的書拿得格外遠了些。仁楨覺得爹真的老了。她想想，今日言秋凰與自己見面，竟無一句提到他。心裏莫名地有些黯然。眼前這個男人，穿了一件魚白色的短綢褂子，肩頭卻有一塊觸目的黃。是去年在箱子裏放舊了，生了霉。洗都沒有洗，就上了身。慧容去世後，他的生活便少人打理。因為避忌，他甚至不讓四房的女僕近身。形容上，竟比以往更落拓了些。

爹。仁楨喃喃地說，我想娘了。

聽到這裏，明煥放下了書，很認真地看著自己的小女兒。半晌，才說，楨兒，爹近來可是疏忽了你？

仁楨搖搖頭，說，不，爹疏忽的是自己。

明煥嘆一口氣，說，爹一把年紀了，什麼疏不疏忽的。你好好讀書。你好了，爹就好了。

許久，仁楨終於鼓足了勇氣，說，爹，往後楨兒要是嫁人了。您怎麼辦，可會再尋個人一起過？

明煥站起來，在書桌前踱了幾步，嚴肅的眉目突然舒展，笑了，說，那得看楨兒可嫁得掉，若沒有人要，還不得跟著爹過下去。

仁楨便也笑了。笑笑，心裏突然一陣發緊。

大暑這天，天竟分外地熱。仁楨提了一個小籃子，裏頭裝了兩片西瓜，去了祠堂後的「思故亭」。

仁楨輕輕喚一聲，黑貓閃電一樣就跑了出來。先是弓起身體伸了個懶腰，繞著她的膝蓋輕輕地叫。雖說是畜生，到底有靈。半年過去了，也懂得與仁楨偎枝偎葉。已經長成了半大的貓，養得好，通體黑得發亮，如同一匹錦緞，竟比許多家貓還氣派些。仁楨便給牠取了個名，叫「墨兒」。

仁楨將一瓣西瓜擺在地上。墨兒便過來，先舔一舔，然後不聲不響地吃起來。吃完了瓜肉，竟又啃起了瓜皮，啃出了密密的牙印子。仁楨就說，看看你，真是叫齋壞了。就又拋了另一瓣過去。墨兒用爪摁住，專心致志地啃。仁楨在一旁看牠吃，看得入神，輕嘆一口氣，用手摸一下牠的皮毛。手指插進去，暖烘烘的。

哈哈哈。突然響起一陣笑聲，洪鐘一般。人和貓都嚇了一跳。墨兒警惕地向後一退，尾巴也豎了起來。

仁楨回過頭，看見一個壯大的男人站在身後，正笑嘻嘻地望過來，嘴裏說，我走南闖北，還是第一回見到貓吃西瓜。小妹妹，你可讓我開了眼界。

來人的口音並非襄城本地人。一張四方臉，紫黑的臉膛，寬額頭。眼裏頭是天生的含笑，卻又長了一對肉嘟嘟的耳垂。仁楨想起〈核舟記〉裏說佛印「絕類彌勒」，大約正是這副形容。然而大熱的天，他卻穿了一身白西裝，拎著手杖。背頭梳得是一絲不苟，看起來是十分洋派的人物。

他將禮帽拿在手裏，十分紳士對仁楨鞠了個躬，說，我來拜會馮明耀馮先生，勞駕小妹妹幫忙指個路？

仁楨便站起來，告訴他怎麼走。又說，我三大這會兒睡午覺，也

該醒了。

來人一愣，繼而笑吟吟地說，哦，原來是密斯馮，失敬失敬。

仁楨也對他回了禮，並沒有多話。墨兒大約覺得無甚不妥，平心靜氣地又開始吃牠的西瓜，喉頭發出呼哧呼哧的聲響。

來人便說，看起來，這貓是有佛緣的，叫什麼名字。

仁楨沒有抬頭，只回他，墨兒。

木耳。來人沉吟，說，這名字好，枯藤老樹，木上生耳，好意境。

仁楨知他聽錯了，心裏也覺得好笑，只說，一個俗名罷了，是先生抬舉牠。

來人便又淺淺鞠了一躬，說，時候不早，告辭了。在下姚永安，後會有期。說罷便遠遠地走了。

仁楨看他的背影，昂首闊步，走得十分挺拔。她低下頭，輕輕喚一聲，木耳。

墨兒懶懶地「喵」一聲，竟應了她。


再見到姚永安，已經入了秋。

仁楨只聽眾人說，最近的來賓裏頭，有一個「頂時髦的人」。說起底細，也是外來襄城的生意人，賃了馮家在朱雀里的門面房開布店。原籍是河南溫縣，在英國讀過一年的商科，喝了洋墨水，氣魄便大不一樣。一時間成了家裏的常客，與三大爺明耀很談得來。出手又闊綽，與底下人也熱絡得很。

這一天，仁楨走過後院兒，看見有人站在花架子底下說話，興致勃勃地，口音十分熟識。一看，正是前些天見過的闊方臉的男人。男人也看見她，便側過臉，親切地喊道：密斯馮。仁楨便站住。他身旁圍著幾個女眷和僕人。一個女人，不知是哪一房新娶的姨太太，舉止十分輕佻，對於他的間斷感到不悅，追問說，那，然後呢？他便眨眨眼說，這裏有年輕小姐，我可不好再放肆了。還是問你的親男人去吧。

那女人便作勢要打他。他輕輕躲過，說，我們不如玩個風雅些的。我出個聯對，你們且對上一對。

說罷清清嗓子：回回請回回，回回回回不來。

眾人聽得一團霧水。女人便說，什麼亂七八糟的，仔細閃了舌頭。

那人便說，在俺們溫縣，住了老些回民，都叫回回。吃不了俺們漢族的酒肉，自然是屢請屢不來。

眾人恍然大悟，卻沒有一個對得上的。那人面有得色，說，解鈴還須繫鈴人，都聽好了。下聯是：悄悄打悄悄，悄悄悄悄而去。

人們想了又想，不明白，便又問他。他便支起兩根手指頭，做個飛蟲的手勢說，說，悄悄在俺那兒，說的是個蚊子。

這對子算工整，仁楨心裏也叫絕，卻聽見三娘的聲音，說，老五，你又跑出來舌粲蓮花。你三哥在書房等得心焦呢。

這時又看見仁楨後頭，忽而神色嚴厲，說，你這個丫頭，叫你多伺候小姐，湊的什麼熱鬧。仔細我罰你。

仁楨這才看到身後的阿鳳。阿鳳說又不見了寶兒，出來尋。主僕二人走著，仁楨問，這個老五，是什麼來歷。

阿鳳似乎有些驚訝她的寡聞，說，就是傳來傳去的姚永安。家裏行五，自來熟，老爺太太們都叫他老五。

說完又接上一句，一個紈絝子弟，倒是很有手腕，才不過幾日就與三老爺稱兄道弟起來。

遠遠看見一個小孩子蹣跚的影兒，阿鳳嘆道，唉，我倒是要尋根繩子，拴上他才成。又回過頭，壓低聲音說，楨小姐，范老師有些惦記你，說想見一見。


仁楨坐在禹河邊上一處逼窄的木屋裏，她並不知道，襄城還有這樣破落的所在。她從不規則的窗口望出去，河水上淺浮的油污蕩漾，泛著異彩。遠遠看見一個肥胖的婦人，正在河邊哧啦哧啦地刷著馬桶，腰間的肉，也隨著動作的劇烈而微微顫動。聽到有男人咳嗽，清一下喉嚨，「撲」地向河裏吐了一口痰。

陽光從屋頂的縫隙篩落下來，光斑落在她的手指上，跳一跳。她盯著這光柱裏細細的塵，耳邊響起了逸美的聲音，仁楨，你上次見言

秋凰是什麼時候？

仁楨驚醒一般，回憶說，有一個星期了。

逸美問，她和你談了些什麼？

仁楨想一想，無非還是那些，談她演的戲，問我的功課。

逸美皺了皺眉頭，說，她始終沒有談起你爹？

仁楨搖一搖頭，她看見陽光跳了一下，從她指間離開了。她盡力地用平緩的口氣說，范老師，我說過，你們不要把我爹扯進來。

可是除了四老爺，整個馮家，恐怕沒有人能說得動言秋凰。阿鳳脫口而出。

仁楨一愣，說，說動言秋凰？你們要做什麼。你們讓我瞞著爹，一次又一次地找她，究竟要做什麼？

逸美背轉過身，立在窗前，她的剪影籠著慘白的光暈，毛茸茸的。仁楨看她打開抽屜，掏出一根紙菸。想要點上，點菸的手有些發抖。

她說，仁楨，你還小，有些事情最好不要知道。知道得越多，你就越危險。

這時阿鳳站起來，用清冷的口氣說，這件事情牽扯到的不是一個人，是整個組織的安危。

逸美說，她還是個孩子。

阿鳳頓一頓，嘴角是不明所以的笑容，孩子？自古英雄出少年，我在這個年紀，已經跟我爹在太行山上打游擊了。

逸美將菸擲在地上，聲音有些發澀，她姐姐已經為我們犧牲了。

阿鳳走到她跟前，看著她的眼睛，說道：范主任，在接受這次任務前，組織已提醒過你，不要將個人感情帶入工作。如果不是因為你瞻前顧後，我們在馮四夫人的喪禮上，已經動手了，不是嗎？你該清楚夜長夢多的道理。

這時的阿鳳，在仁楨眼裏倏然變得陌生。夕陽的光線落在她的臉龐上，勾勒出的輪廓，如岩石崢嶸。

逸美痛苦地閉了一下眼睛，半晌才睜開。她看著仁楨，說，不，

你什麼都不要知道。槙兒，你若還想幫我們，就將言秋凰請來罷。

阿鳳嘆一口氣，什麼都沒有説。


對於言秋凰的如約而至，仁槙是意外的。她僅僅按逸美教的話，説有一個熱愛京戲的朋友，從北平遠道而來，希望會一會她。

這是不高明的藉口。然而，言秋凰平靜地聽她説完，眼睛裏似乎沒有一絲疑慮，用溫和的聲音説，好。

她看著言秋凰拉開門簾，走進了「永祿記」樓上茶社的包間。短暫的寒暄後，阿鳳帶仁槙走出了包間。逸美輕輕地將包間的推拉門闔上。她回過頭，恰看見言秋凰坐定，將一縷額髮捋上去，無聲無息。

仁槙坐在窗口，面前擺著一盤糖耳糕。眺望臨河人群的川流，卻禁不住心中焦灼。她不時地向包間的方向望一眼，卻什麼也看不見。


許多年後，當年老的仁槙坐在同一個地方，望著這包間的方向。只看見一個俗豔的花牌，上面寫著「張楊喜宴，秦晉之好」。她心中有了一絲悔意。她想，或許那一天，她闖進包間，會改變一些人的命運。但她並沒有這樣做。

她只是忍受著時間的煎熬。

仁槙有著種種的揣測，但仍然無法預料，包間中的兩個素不相識的人，在談論一個攸關生死的計劃。言秋凰安靜地聽。逸美從這女人的臉上看不到任何的表情，這正是令她擔心的地方。在臺上七情形諸於色的名伶，臺下的面目寡淡，分外叫人疑懼。有一刻，逸美幾乎絕望地想，這個計劃，簡直是孤注一擲。或許待這談話完結，便應將這女人除去，以絕後患。但是，當她向言秋凰展示一樣東西，一瞬間，女人抬起頭，瞳仁裏死灰復燃般閃爍了一下。

那是一只玉麒麟。

逸美在內心中猛然鬆了一口氣。

和田潤一對京戲的迷戀，在襄城已不是祕密。此時的和田中佐，並不知即將發生的事情。他亦不知逸美所屬的組織，早在一年

前已截獲日方的一封密電，內容觸目驚心。一次偶然的掃蕩中，和田從叛徒處得到一份名單，清晰地列明了共產國際設在中國華北境內的十二個聯絡站的三十一位負責人。然而，由於與「櫻會」出身的統制派之間的間隙，和田拒絕交出這份名單。他甚至利用了自己的風雅，以中古音律作密碼重新為名單加密，並隨身攜帶。這份名單成為他之於統制派斡旋自保的籌碼。而密電的內容正是日方的部署：得到這份名單並破譯後，再將這軍階並不高尚的異心者法辦。逸美與她的組織，要做的事情，便是搶在日軍採取行動之前，讓和田與這份名單，永遠地消失。

幾年前，「容聲」大舞臺上演的一齣故事，令和田中佐耿耿於懷，幾成心中塊壘。而故事的主角，正是言秋凰。

言秋凰從包間裏出來，臉上浮著淺笑，依然水靜風停。然而，仁楨還是注意到她的面色有些蒼白。

她們在禹河邊上分了手。岸上車水馬龍，唯有她們靜靜地站著。言秋凰望著仁楨。眼睛裏，映出一道河水的漣漪，在瞳仁間彌散、平復。仁楨在她的目光中努力地尋找，終於徒勞。

言秋凰躬一躬身，說道：楨小姐，下個月三老爺壽辰，我要來賀上一賀。若是唱得不好，還望海涵。

仁楨心裏一觸，終於沒有說話。言秋凰打開手袋，取出一方錦緞的手絹，遞給仁楨，說，小姐嘴角有塊棗泥印子。這手帕是乾淨的，莫嫌棄。

仁楨猶豫了一下，還是接了過來。這時，她看見言秋凰的微笑，有些期艾。但內裏，仍是那麼一點對她的討好。

馮家三老爺六十壽誕操辦的排場，四房上下的人，多少不以為是。畢竟四房白事，居喪未滿一年。然而明耀是一家之主，一言既出，旁人便不好再說什麼。及至要請戲班子，偏又點了「榮和祥」。這正是言秋凰所在戲班。家裏就傳說，這是三太太的主意。是要讓眾人

看一看，一個下九流要進馮家的門，除了唱堂會，是斷無其他路的。

後來便有消息傳過來，說「榮和祥」的角兒，盡數來為馮老爺祝壽，戲碼是太太小姐們任點。只是，言秋凰怕是來不了了。

明耀夫婦覺得十分掃興，說如此，不如換個戲班子。「榮和祥」的沈班主心焦如焚，與言秋凰好說歹說，忽然一句，我的言老闆，這確是三老爺下的帖，可也是礙著四老爺的情面。看在四爺的的份兒上，您就格外開恩罷。

這句情急而出，錯上加錯。正上妝的言秋凰聽到這裏，將一朵珠花擲在地上，淡淡說，既是四老爺的面子，就讓四老爺來請罷。

耽誤了半個月，班主如坐針氈的時候，言秋凰卻來找了他，說願意去唱這個堂會。班主雖心裏疑惑，亦如蒙大赦，說這堂會唱完後，言老闆的包銀再加兩成。

馮家裏外，便又有了一些議論，說一拒一應，這齣戲，倒好像是演給四老爺看的，且有了熱鬧好瞧。聽了這些，仁楨想起了那日言秋凰的話。箇中的緣故，不十分明白，已隱隱地有些擔心。

壽誕那日，馮府之內一片煥然，是少有的富麗。來人感嘆，都說馮家傷了元氣，如今看來，是瘦死的駱駝比馬大，豈是那些暴發戶可比的。只是，戲臺子卻搭得偏僻了。「景尚苑」是先前老太爺的園子，多時不用了。依著明耀的氣概，格局小了些。有客就問，昔日的「錫昶園」是何等的風致，放著好好的一處地方不用，倒將戲臺子搭到這角落裏來，胳膊腿兒都施展不開。這三老爺不知唱的哪一齣。旁人就應說，你怕是許久沒進馮家的門，還是有心戳痛腳？「錫昶園」如今封了大半，毗著日本人的軍營。等陣兒敲鑼打鼓，倒是想要招惹鬼子來嗎。

待賓客落定，人們才看見，最前排的一個貴賓座，虛位以待。底下就議論說，這是哪家的爺，好大的架子。

　　略等了一會兒，三老爺對管家使了個眼色。鬧臺鑼鼓響得敞亮，先來上一齣「跳加官」。身著大紅袍的生腳兒，舉著上書「加官進爵」的條幅，賣力地扭動。這時，卻見一個清瘦的男人緩緩走進來。這男人穿著黛青的長袍，玄色的羊皮夾襖。與一眾賓客相較，衣著是寒素了些。男人逕自走到明耀面前，作了個長揖，道：三老爺，恕和田來遲。

　　明耀趕忙起身，臉上的神情變得有些不自然。仁楨也認出來，正是和田潤一。她倏然憶起與和田初見時的情形。這身裝束，一口清晰的國語夾著淺淺的襄城口音，恍若地道的中國男人。除去那目光中的一點硬冷。

　　明耀的笑容勉強而恭謹，說道：哪裏哪裏，馮某有失遠迎。

　　和田一笑，對旁邊的侍衛揮一下手，呈上一個錦盒，說，區區薄禮，不成敬意。俗務壓身，馮老爺的壽誕卻不能不賀。況且聽說有難得的角兒，我一個戲癡豈能錯過。

　　臺下鴉雀無聲。

　　和田撩起長袍，施施然在那空位上坐下，對明耀略點了一下頭。明耀與管家耳語。鼓點又重新響起來了。

　　仁楨實實地盯著和田。臺上唱的是《定軍山》，老黃忠一個亮相。其他人此時尚有忌憚，和田卻嘹亮地叫上一聲「好」。仁楨心裏突然出現燒灼的感覺，燒得她一陣鈍痛。她看著這男人，緊緊捏住了拳頭。這時一隻手掌包裹住了她的手。綿軟厚實的手掌，用了一下力。她轉過臉，看見是阿鳳。阿鳳安靜地看她，以旁人不知覺的動作，將她腮邊的一顆淚拭去了。

　　言秋凰的戲壓軸。她出場，已是掌燈時分。夜幕深藍，看不見底，將戲臺襯得璀璨。遠遠有幾顆星，格外的亮。

　　眾人一片悸動。戲單上寫的是《望江亭》，出來的卻是手持鴛鴦劍的虞姬。然而，她的美，只一瞬間，將這悸動平復。依稀的燈光裏，這女人走著臺步，一步一顰，牽動著觀者的呼吸。待轉過身來，

如意冠、魚鱗甲，只見鳳斗篷波瀾微現，隨了身段搖曳。仁楨想，「扮上誰便是誰」，這是何其颯爽的一個言秋凰。

「勸君王飲酒聽虞歌，解君憂悶舞婆娑。贏秦無道把江山破，英雄四路起干戈。」這個言秋凰，淨冷的聲音，裂帛一般，將這夜色裁開了。

此時，卻聽見琴聲戛然而止。人們看見頭髮花白的琴師，以一個十分痛苦的姿勢，慢慢倒在了地上，開始抽搐。班主慌了，急急地走到臺前。看一眼，整個人都六神無主起來。他招呼了一聲，幾個跑龍套的小子，將琴師扶起來，架出去。班主走到明耀跟前，幾乎半跪下來，說，老爺，他這毛病，幾年未犯了。今天寒涼，也怪我該死。

明耀強自鎮定，橫掃他一眼。管家低聲說道，快，換一個上。

班主臉發了白，囁嚅道，今兒本帶了兩個琴師來，可錦月樓那邊，硬給湘繡姐點名截了一個去。

明耀面色猛然一變，悶聲說，好你個沈德榮，我過壽，你倒是由得個老鴇兒胡作非為。

眾人聽不清爽這番對話，只見沈老闆並不矮小的身形，正一點一點地塌陷下去。明耀身旁的和田，本閉目養神。這時候睜開眼睛，淡淡一笑，說道：三爺，在下倒有個救場的愚見，不知當講不當講。

明耀目光一頓，只說，中佐儘管直言。

和田放大聲量道：我早有耳聞，府上四老爺的琴藝，在這裏城裏是一絕。若四爺肯賞個面，與言小姐聯袂，琴音龢同。我等在座的閒人，也算是共襄盛舉。

這話說得輕描淡寫，眾人聽來卻是一驚，紛紛將目光投向明煥。

明煥正襟危坐，臉上無一絲表情。便有人偷眼望了言秋凰。言秋凰站在暗處，正執起一塊絲絨，細細擦那鴛鴦劍，亦冷漠如置身事外。

半晌，明耀終於沉不住氣，喚一聲，老四。

明煥這才起身，對眾人作了個揖，道：內人身故，我意已決，立誓不涉絲竹，斷弦為證。

眾人見平日沉默寡言的馮四爺，此刻句句擲地有聲。和田輕輕一

笑，説，也罷，大好的日子，倒好像是我難為四爺。如此，明耀兄的耳順之年，怕是不怎麼痛快了。

明耀面色晦暗，有些難看。定定坐著，如一尊經年石像。

這時卻響起一個聲音，説道，既為賀壽，圖個喜慶，便無須拘禮。三哥，這京胡我也略通一二，不如讓我來獻個醜罷。

這聲音十分洪亮，聽來卻有些油滑歡快，引得眾人紛紛側目。卻見一個西裝青年已經走到臺前。仔細一看，雖然打扮得時髦，眉目間卻有了一些年紀。形容濃郁，本是莊重的底子，卻因為神情的浮誇，舉止顯得輕率了。

仁楨回過神，看見姚永安，已將一塊麂皮墊在了自己的腿上，似模似樣地坐了下來。三大爺沒有説話。三娘明知道這是個臺階，訕笑道，老五，這可是你三哥的壽誕，若你又是來要寶的。可仔細我這做嫂嫂的揭了你的皮。

姚永安擠一擠眼睛，説，您就擎好兒吧。

也就在這時，仁楨看到了他與自己眼神的交接。這交接的瞬間十分冷靜，讓仁楨心中一凜。

鼓點響了幾聲，姚永安起了一個音，明耀已心知不妙。一段「二六」，開頭勉強算拉成了調，漸漸地，卻荒腔走板起來。來賓議論紛紛，臺上的姚永安，卻仿彿渾然不覺，只一臉如癡如醉的樣子。言秋凰站在臺上，唱也不是，不唱也不是。

明耀終於站起身，厲聲道，老五，別胡鬧了。

姚永安停下手，站起身，先衝了眾位鞠一躬，説道：三哥，我這是生疏了。在歐洲看的歌劇太多，把京胡拉出了小提琴的調。

眾人一陣鬨笑，看他怯怯的眼神，像是怕被責罰的頑皮小子，笑得更為厲害了。

明耀終於憋不住，也笑，嘴裏不停道，你這個老五，讓我説你什麼好。

沒笑的只一個和田，他皺一下眉頭，説，三老爺，府上可真是藏

龍臥虎。

這聲音陰颯颯的，聽的人脊背上一陣涼。

這時，仁楨看見父親站了起來，默然走到了姚永安跟前，接過了京胡。

他坐下來，用習慣的手勢緊了緊弦子。驀地，一段琴音靜靜流瀉出來。方才還在戲笑的眾人，驚醒一般，看著馮四爺閉著眼睛，神態清淨端穆。手中動作，行雲流水，似與他無關。

言秋凰竟也忘了開口，只佇在方才的暗影子裏。明煥停了停，重新起了音。是段南梆子。言秋凰走了幾步，方唱道：看大王在帳中和衣睡穩，我這裏出帳外且散愁情，輕移步走向前荒郊站定，猛抬頭見碧落月色清明。

繼而長嘆，念白：雲斂清空，冰輪乍湧，好一派清秋光景。

仁楨見，戲臺上空，正掛了一輪上弦月，分外的亮與冷，應了戲中的景。此時的言秋凰眼波流轉，是道不盡的冷寂哀傷。幾道樹影疏落，恰落在她頰上，便是一層霾。

此時的言秋凰，便是虞姬。華衣蒼聲。靜靜地站在月光之下，心懷社稷之事，未忘兒女情長。縱然四面楚歌又如何。仁楨想，這無名女人的一生被傳唱了千年，也是完滿了。

「月色雖好，只是四野皆是悲愁之聲，令人可慘。只因秦王無道，以致兵戈四起，群雄逐鹿，塗炭生靈，使那些無罪黎民，遠別爹娘，拋妻棄子，怎地叫人不恨。正是千古英雄爭何事，贏得沙場戰俘寒。」

她卻未望向明煥一眼。這琴聲牽引她。一顰一蹙，一開一闔。眾人聽得出，無一時，不默契熨帖；無一刻，不珠聯璧合。然而，她卻始終未望一眼琴聲的來處。

明煥也是，低著頭，閉著眼，像是任何一個疲憊而嫻熟的琴師。琴腔裏的一點怨，也是戲裏的。中規中矩，悠長清明。

然而，和田卻清晰地看到，臺上的女人，在唱作念白間，不止一次向自己飄來眼風。雖未流連，卻足以蕩漾心事。和田想，這支那女

人真美。縱使身後國破，她當得起是個落難仙子。

　　三日後，穿著長袍的和田，出現在「容聲」的後臺。言秋凰在鏡中看到這男人的側影，心中竟有淺淺的悲壯。

　　她舒了口氣，轉過身，給他一個矜持得宜的笑。

　　此時的言秋凰，素面朝天，沒了瓊瑤鼻，沒了如鬢長眉。臉色是微薄的象牙黃，眼睛裏打起了點精神，裏頭有一絲不耐煩。

　　和田洞若觀火，同時放了心。他想，唱得再動人，臺上再貞烈，梨園裏摸爬滾打，這女人還是練就了逢場作戲的本能。這國家總有些知時務的人，男女皆是。

　　他倏然伸出手掌，粗暴地捉住言秋凰的手。無骨，綿軟。女人不看他，手靜靜待在他的掌心，輕微搏動，如一條在岸上喘息的魚。她伸出另一隻手，將嘴角殘留的一點櫻桃紅使勁擦去，唇上無血色的白。

# 和田

名伶言秋凰做了鬼子軍官的姘頭，這在襄城仍是一椿大新聞。人們驚異，然後唾棄，恨恨地說，前幾年誓死不為鬼子唱戲，想學梅博士，終究是守不住。眾人議論，先前是有馮家四老爺給她撐腰。如今四爺是泥菩薩，她便也斷了念。只是，跟上個日本人，實在自暴自棄。一個戲子，唱夠了中國上下五千年，沒看清貳臣的下場。戲子終究是戲子，一個下九流，你能指望她怎麼著。

先前只道是民族大義，說到底事關風月。人們隱晦地笑。笑過了之後，男人便都有些激憤。這滿城的富貴，一擲千金，可曾近了這女人的身。如今徐娘之年，卻叫個倭人嘗了鮮。男人們憤憤地罵一句「漢奸」，很不解氣，只覺其中鏗鏗鏘鏘，全是快意恩仇。

言秋凰坐在人力車上，目的地是和田的公館。夕陽的光線溫熱，她覺得有些瞌睡。這時候，突然有個東西飛過來，狠狠撞在她身上。她看著，大衣衣襟上落著一隻帶血的老鼠，不禁心裏泛起一陣惡心。老鼠瞪著眼睛，死狀恐怖。然而，她不動聲色地，脫下大衣，將那老鼠包起來，從車上扔了下去。

已經入冬，和田看她裹著單薄的旗袍，瑟瑟地走進來。便拿自己的軍褸給她蓋上，問清楚了緣由，也不禁說，跟了我，讓你無端受了許多委屈。

言秋凰愣一愣，冷笑道，這倒省了你脫去我的衣服檢查，不好麼？

說罷，鼻翼翕動一下，沒擋住兩行滾熱的淚。

和田心也動了，想她究竟是有些小性子。這一來一去了許多日，倒有些像自己的女人了。

　　和田的戒備與多疑，言秋凰有心理準備。然而，並未想到，這警惕已經到了神經質的地步。他的身邊，總是或遠或近有三個以上的士兵。吃飯與如廁也不例外。而這些士兵，總是定期要輪換一次。以使得他生活的細節，無法被他人完全熟悉與掌握。賓客入門，要脫去外衣接受檢查，甚至於對他的上司，也未有通融。這自然影響到他在軍中的人際。他建設起一只隱形的牢籠，提防了周遭，也囚禁了自己。

　　言秋凰與和田的第一次性事。他要求她在側房沐浴，卻在其間讓士兵收去了她的衣服，只在木桶上擺了一件浴袍。這件寬大的浴袍是男人的，上面繡著白鶴朝日，散發著清淡的松木氣味。她擦乾淨身體，穿上，才發現沒有束帶。她將自己裹緊，打開門。冷不防兩個士兵，將她扛了起來。驚恐間她掙扎了一下。睡袍散開，摩擦著她的胸乳，滑落下來。一陣凜冽的冷風，吹得她一抖。

　　她被放在一張寧式大床上，士兵同時間剝去了浴袍，並未多看她一眼，像面對一件物品。完成這一切便走出去。和田斜斜地靠在床上，瞇著眼睛看她抱著肩。赤裸的肩頭上還有幾顆水珠。和田下了床，將炭火撥得旺一些，說，你們中國的皇帝，點了嬪妃，便要她們來去無牽掛。怕的是同床異夢，也是雅趣。

　　他靠近她，嗅她的頭髮。她的身體如少女般白膩，頸項上的肌肉卻已有些鬆弛。他撫摸她頸間若隱若現的褶，忽然難言的興奮。幾乎沒有過渡，他以粗魯的方式侵入她，同時長嘆一聲。他說，唱！

　　她在迷離中痛楚了一下，愣住。他在她的臉上，扇了一巴掌，喘息著說，唱，唱《宇宙鋒》。她心裏一驚，身體卻隨他的動作震顫。她想起了多年前的那個夜晚，在無知覺中清醒。然而，她身上的男人將她抱起來，擠壓著她，說，唱。

　　「老爹爹恩德寬把本修上，明早朝上金殿啟奏我王……主爺有道君皇恩浩蕩，准此本免去了滿門禍殃。」一段西皮慢板，被她帶著哭音唱出來。時斷時續，如泣如訴。他滿意地看她一眼，放慢了動作。他用這節奏去和她的板眼。這男人青白的身體，挾裹著她。肋骨硌得她有些痛。他的眼神漸漸發酥，看著她，帶了三分醉意。

突然，她感到他抽搐了一下，緊緊閉上了雙眼。再睜開，剛才的溫存蕩然無存。他的眼睛裏，是由潮頭跌落下來的恐懼和無望。並不很凶悍，但如此生冷，是小獸的眼神。

他將浴袍扔在她身上，無力地對她說，出去。同時間叫來警衛。

她臉上浮現應有的屈辱，穿上衣服，心中漠然勾勒出了一個輪廓。

這樣的生活周而復始，和田並未放鬆一絲警惕。時日漸遠，逸美也暗自心焦。組織上佈置的同志，已跟蹤了一個月，始終未有機會下手。而襄城民間的鋤奸隊，卻盯上了言秋凰。為了防止計劃暴露，逸美感到左右為難。

這一日，言秋凰卻找到了她。說時機到了。逸美聽了她的計劃，一皺眉頭，說，這是險著。如何讓其他同志協助你。言秋凰道，我有個要求。你們的人，一個都不要來。

這夜裏，言秋凰與和田纏綿後，邊穿衣服，邊淡淡說，我得預備一下，後日裏，與你一個人唱一齣堂會。

和田便輕笑道，是什麼日子，我倒有如此的榮幸。

言秋凰嘆一口氣，說道，後日初六，正逢我拜師三十週年。當年我負了師父，心中卻無一刻不念著他。他教給我的玩意兒，我這些年且練出了自己的一份兒，我便都要唱與他聽。若他泉下有知，也不枉師徒一場。

和田見她說完，眼裏已隱隱有淚光。便也說，平津「劉言」一事，我倒也聽過幾分，難為你還記掛。也罷，這堂會倒是我沾了老人家的光。

言秋凰便說，你若不願，我便獨自祭他。一個大男人，如此小心眼兒，倒與逝者爭起了短長。

和田說，這是哪兒的話，我是求之不得。

這一日，和田便裝，如約到了言秋凰的住處。獨門獨戶的小院，

並無所謂名伶的奢華氣派。清水磚瓦，門口疏疏落落立著幾叢修竹，倒有些「結廬在人境」的雅靜。

言秋凰來開門，和田見她一身素衣，不施粉黛。平日裏的幾分豔，都收藏起來，像了一個家常的少婦。待進了前廳，看迎門的案几上，供著「和雲社」劉頌英老闆的靈位。「和雲社」多年前已經解散。他便也嘆，你是你師父收的唯一的女弟子，若論聲名，卻遠在他門下一眾鬚眉之上，也是造化。

言秋凰未接他的話。和田見香案上除了瓜果供品，還擺了一只香爐。這香氣味清幽，燃著裊裊的煙。只是莫名有幾分陰森。

和田旁顧左右，屋裏並無其他人，便問，這平日，沒個人伺候你？

言秋凰說，自然是打發走了。我將鬼子請到家裏來，你當傳出去好聽麼？

和田卻並不惱，說道，偌大的中國，沒人懂你。懂你的人，又不要你。我這個鬼子，倒成了你的知己。

言秋凰咬一咬嘴唇，說，今日便不扮上了。既為祭禮，便請你手下的弟兄出去。我是不唱與外人聽的。

和田猶豫了一下，對幾個士兵使個眼色，說，出去吧，在外頭等我。

言秋凰闔上門，室內光線收斂。她走到屋角，打開一臺電唱機。和田笑道，想不到，你還有這樣一件時髦玩意兒。言秋凰背對著他，將手中的唱片安放好，輕輕說，你想不到的事兒，還多著呢。

唱針在密紋唱片上滑動，發出細微的摩擦聲，嗤嗤咿咿。待聲音響起，和田也會心，原來是《鎖麟囊》中〈春秋亭〉一折的伴奏。他便說，我倒來聽聽，你與程公孰美。

言秋凰只管唱自己的：「春秋亭外風雨暴，何處悲聲破寂寥。隔簾只見一花轎，想必是新婚渡鵲橋。吉日良辰當歡笑，為什麼鮫珠化淚拋？……轎內的人兒彈別調，必有隱情在心潮。」

和田不禁拍掌，喝彩道，好一個「必有隱情在心潮」。雖未上妝，一嗔一喜，心思異動，溢於眉目。你這個薛湘靈，較程硯秋之清峻幽

咽，倒比他俏了許多。他是霜天白菊，你是綺地紅芍。薛氏原本涉世未深，樂得看她驕矜。不是偏幫，我自然是愛你多些。

和田走過來，就要執她的手，電唱機裏，又響起一個過門兒。言秋凰一個眼色要他坐定。腕間一揚，是個甩水袖的動作。

《二進宮》、《祭塔》、《梅玉佩》、《虹霓關》、《岳家莊》、《桑園寄子》，馬不停蹄。這一番唱下來，竟是沒有停歇。和田自然聽得如癡如醉。待言秋凰額頭上起了薄薄的汗，身子也有些發虛。和田便喚她停下。言秋凰輕嘆道，當年唱足本的《紅鬃烈馬》，可曾歇過。如今真是老了。和田一把拉過她，坐在自己的膝頭上，說，老什麼，香自苦寒，多了許多的嚼頭。說罷就作勢要嗅她。言秋凰「呼啦」一下站起來，正色道，今日對著師父，可造次不得。

她走到案前，又點上一炷香，在蒲團上跪下，恭恭敬敬地躬身磕頭。半晌起了身，雙手合十，口中念念。又從案上拿起一只酒壺，斟上一杯，舉過頭頂。這才靜靜地將酒水灑到地上。

和田看她執著酒壺，朝自己走過來。她說，既祭過了師父，你陪我小酌一杯罷。說完，低下腕子，利落落地倒了兩杯酒。和田看她動作，再見這酒壺雖是舊物，卻精緻非常。形制若美人，細腰豐胯。鏤金壺身斑駁，壺蓋上鑲嵌了一綠一紅兩顆寶石，顏色富麗可觀，看上去並非家常之物。

他便問道，這酒壺瞧起來，可是一件老東西。

言秋凰摩挲一下，只說，有年頭了。還是當年在淳親王府上，老福晉賞的。老福晉對我有恩，這麼多年留著，是個念想。

和田瞇起眼睛看那壺，半晌，幽幽道，我倒見過伺候過老佛爺的人，說宮裏有一種壺，內藏兩種酒。一為清酒，一為毒酒，倒出來的是哪一種，全憑那壺上的機關。這酒壺，專為教訓不聽話的妃嬪大臣。你倒是見沒見過？

言秋凰冷笑，頭一仰，將面前的酒一飲而盡，說道，你且自作聰明罷。我醉了，便沒有人送你出門去。

和田本拈起酒杯，又放下來，說，也罷。這杯中物亂性，若瘋起

來，也辱沒了你師父，我且看你醉罷。

言秋凰不動聲色，連喝了數杯，臉上泛起微紅，更顯嬌美。她突然躬身，銜起酒杯，一個下腰。又慢慢屈膝，做了個「臥魚」的動作。那旗袍的開衩間，便露出一截白晃晃的腿肚子。和田看得性起，脫口便想要讚「好一個醉酒貴妃」。一時間，卻覺得舌頭發木，竟說不出話來。他這才發現，豈止是口舌，連身體也已經癱軟，動彈不得。他掙扎了一下，紋絲不動，卻不甘放棄。漸漸，眼裏現出了驚恐的光。

此刻，言秋凰站在他面前，神色清醒，毫無醉態。她只是用冰冷的目光看他，同時說，和田中佐，別擔心。龍息香的毒，不會致命。她指一指供案，青煙裊裊，在房間微弱的光線中，凝結若人形。言秋凰說，這也是宮裏頭的好東西，用來教訓不聽話的人。聞者周身麻痺，口不能言，卻耳聰目明。只可惜，一個時辰方能起效。我便成全你，讓你過足戲癮。

她將桌上的酒喝了半杯，餘下的，緩緩地倒在和田身上，說道，這壺裏的酒，是解藥。方才你若真放下戒心，與我同醉，我倒不知該如何是好了。

和田的腿顫抖了一下，酒在他的襠部暈開了，濕漉漉地流淌下來，在褲腳下漸漸汪成了一潭，混著尿液。言秋凰輕蔑地看他一眼，將他的領口撕開。和田青白的頸項上，此刻因用力暴突出青藍色的血管。它們扭曲著，對言秋凰造成了某種誘惑。

言秋凰從頭髮上取下髮簪。髮簪尖利，是微型的匕首。濃黑的頭髮倏然披散下來，將她臉部的輪廓，勾勒得妖冶而陰沉。這一刹那，和田絕望地閉上了眼睛。他終於沒有看到，閃著寒光的髮簪插入了自己的頸項。

言秋凰在和田貼身的內衣中尋到了那張名單，她以足夠的耐心將它嚼碎，吞嚥下去。同時間，將和田的屍首刺得千瘡百孔。

電唱機，仍在咿咿呀呀地唱。她換上了一張自己的唱片。那是她

錄製的唯一的唱片，在平津評選「八大名伶」之前。她何曾如此清晰地聽過自己多年前的聲音，原來分外悅耳。

大門緊閉。那些士兵，還佇守在門口。

她背對著和田的屍體，靜靜坐下，為自己上妝。一邊看窗外夕陽西斜。她想讓自己快一些，手不禁有些顫抖。

鏡中的人，美得黯淡模糊。她用了過多的油彩，想將額角的一滴血跡蓋住。她終於站起來，有些暈眩。她將斗篷披上，執起鴛鴦劍，舞弄了幾下，輕唱道：漢兵已掠地，四面楚歌聲，君王意氣盡，妾妃何聊生。

她終於放下劍，笑了，嘴角有乾枯的冷意。她是虞姬，只可惜命中無霸王。

做完這一切，言秋凰從領口深處取出一只玉麒麟。輕輕撫摸一下，又放進去，貼緊了自己的心口。

她將匕首插入胸膛，似乎聽見了自己血液噴濺的聲響，簌簌的，如同落葉委地。

她對著不知名的方向，喃喃地說，蠻蠻，娘來了。

# 蠻蠻

餘暉殘照。

羅熙山，大小兩個身影，面對著兩座墳塚。一新一舊。他們佇立了許久，明煥蹲下身，為那舊塚除去周邊的荒草。荒草根深而茂密，頗費了他的氣力。仁楨取下圍巾，輕輕在兩座墓碑上擦拭。她愣一愣，新的那座碑上，並未刻字。

和田潤一的死，因為權力制衡，成了日本軍方內部的祕密。襄城人只是注意到，名伶言秋凰平白地消失了。於是有了許多傳說。有的說，她跟日本人遠走東瀛；有的說，她是被鬼子拋棄，自奔前程去了；還有的，說在上海一個知名的歌廳裏見過她，做了舞女的大班。看她一個人貓在角落裏抽菸，人胖得已經走了形，模樣倒還是以前那般俊。時間久了，傳言便也如雲流霧散。畢竟，這時代風雲起伏，大人物不消說，升斗小民也自有一腦子的柴米油鹽事。誰又能記掛著誰呢。

距離言秋凰上一回消弭於梨園，已逾二十年。那一年，言秋凰十九歲，最後一次出現在報紙的頭版。她自願退出了「八大名伶」選舉，再未登臺。為新歿的師傅守了一個月的喪，立下誓言，從此離開京津伶界。

梨園行有個約定俗成的說法，就是「北京學藝，天津唱紅，上海掙錢」。言秋凰聽了師兄的建議，隻身赴滬。無親無故，縱然是京城當紅的青衣，依然抵不過一個「萬事開頭難」。加之她年輕，性情硬朗坦白，對這海上的險惡是慮不到，也想不通。十里洋場，明裏暗裏許多規矩。又存著同行間的傾軋，小半年過去，卻未有打開局面。她依然唱她的，棲身在一個叫「昌泰」的班子裏，拿的包銀只有原先的

三成，她也不計較。到底是唱得好，過去了些日子，漸也有人捧她。經歷了許多人事，她望著一人高的花牌，心裏清明的很。送的人，是個戲霸，聽的是她的戲，想的是她的人。有一日，班主過來向她道賀，說言老闆，時來運轉了。遞來一塊紅絲絨，打開，裏面是只半個手掌大的金蟾蜍。她心裏一笑，笑得苦而冷，蹲一蹲身，說，不為難班主，秋凰就此別過。

「梨聲」這樣的小戲班，勢力單薄，自然上不了大檯面。和「天蟾」、「文明」這樣的大舞臺是無緣的。班主便對言秋凰說，您是個大菩薩，我這小廟恐怕盛不下。言秋凰也不說話，只一開口，幽幽唱的是《探寒窯》中一段「西皮二六」，「若人多想為官宦，誰做耕田種地人？」聽到這裏，班主搖搖頭，嘆上一口氣，說，您不嫌棄，算是我高攀了。

即使有了言秋凰，「瑞仙茶園」依然賓客寥落。本是滬上老字號的京劇茶園，打光緒年便在廣東路一帶開了業，趕上過「盛世元音」的好時候。說起來，孫菊仙、董三雄、鄭長泰等名角兒都在這唱過。舊年老生汪雅芳主持那會兒，和「丹桂茶園」的當家青衣周鳳林搭戲，在滬上風頭一時無兩，有「雄天仙，雌丹桂」之說。只是一甲子過去，幾易其主，如今已凋落得不像樣子。也琢磨著弄些新鮮玩意兒，無奈老舊，處處跟不上趟，終於被「四大舞臺」遠遠甩在了身後。

言秋凰輕輕撫摸那被年月蝕了心的桌檯，有些許黯然。自己還年輕，佇在這裏，仿佛已是個舊人了。暗暗地，卻也定下了一顆心。她直管唱她的，人多時如此，人少也一樣。沒什麼叫好的人。舉眼望，客多的是「瑞仙」的老主顧，雞皮鶴髮，怕是也叫不動了。日子久了，卻發現老人兒中間，有一張年輕的臉孔。坐在後面，定定地看戲。不說話，看完便走了。第二日，又來。

這日大雨，茶園裏頭，只來了兩位客。一個是來躲雨的外地人，縮在暗影裏打著瞌睡。另一個便是這青年。還是坐在同樣的地方。坐得筆直，看她唱念做科。目光跟緊了她。偶爾，碰觸到她的眼睛，便微微垂首，再緩緩地抬起來。

聽她唱完最後一折《祭江》，他便站起身來。頎長的背影停在門口，猶猶豫豫。他放在門口的傘，不知被誰順手牽羊。這時，雨小了一些。他撩起長衫的大襟，就要走出去。

先生。言秋凰叫住他。他愣一愣，轉過身。言秋凰走過去，遞給他一把傘。他遲疑一下，接過，道謝。班主也走過來，說，難為先生，這麼大的雨，還來捧場。青年便說，不礙事，只是委屈了言老闆。如此偏僻的茶園子，叫人好找。班主並未有不悅之色，也應道，誰說不是呢。

言秋凰見他生得清俊，以為是江南人。又聽他滬語說得甚為吃力，便道：先生不是本地人？青年便作一個揖，應道，在下襄城人氏。這回他說的是國語，有持重溫厚的中原口音。

襄城。言秋凰口中念念，先生原來是遠客。青年點點頭，道，原是家中有些生意上的往來。滬上得見言老闆，面聆清音，也是大幸。

言秋凰淡淡一笑，先生言重。我如今，只是個落魄的戲子罷了。

青年聽了，急急上前一步，道，這是哪裏話，若聽不到言老闆的戲，倒不如死了。

言秋凰心裏一驚，見青年惶惶間後退，臉上很不自在，連連說，造次了。

言秋凰卻笑了。妝畫得濃重，將這笑密密地包裹。她輕輕問，先生貴姓？

青年說，小姓馮，馮明煥。

言秋凰便說，馮先生，您明兒來，我專為你唱一折《武家坡》。

以後，言秋凰與馮明煥，便在這「瑞仙茶園」高山流水。她在臺上唱，他在臺下聽。興起了，他也上臺來拉上一段京胡，琴藝竟也並非凡俗之類。因這年輕人出手分外闊綽，人又謙和有禮，班主也由他們去，落個成人之美的聲名。

終於，明煥在虹口賃下一處房子，與言秋凰住在了一起。既不是柴米夫妻，便沒有許多牽掛，樂得做游龍戲鳳。他不問她的前事，她

也不計較他們的後果。二人度的，竟好似洞中日月。

待到馮家人找上門來，言秋凰才知道眼前的一切，不過是黃粱一夢。她似乎並不很吃驚，只是看著自己略臃腫的腹部，皺了皺眉頭。令人失望的是，馮明煥未如她想像的鎮靜。他將頭緊緊偎在她身上，許久。又執起她的手，告訴她，他與結髮妻子不過是媒妁之姻，未有一絲感情。如今是民國了，這是他自己的戀愛。他已和家裏談判，要將她帶回去。待她生下孩子，若是個男孩，她又何愁在馮家的地位。

她打了個呵欠，只問他，若嫁給了他，她還能唱戲嗎？

馮明煥沉默。言秋凰將他放在她腹部的手輕輕拿掉，說，一個戲子，哪有不唱戲的道理。

這天晚上，言秋凰找了靜安寺外的郎中，服下一帖打胎藥。孩子未足月，卻已經很大了，藏紅花便落得分外猛些。夜裏疼得死去活來，流血不止。去醫院的路上，她看他眼裏一片悽惶，內裏卻痛得發硬。她使勁扯斷頸上的紅絲線，將貼身的玉麒麟擱在他手裏，說，我害死了這孩子，就不怕他取我的命。我不想他跟著我受苦。你便找個僧人，用這塊玉度了他。半晌，又忽然睜開眼睛，說，我方才夢見，是個女孩兒，坐在蓮花上。她得有個名字，不然，便找不到黃泉路。她掙扎著，將他的手掌翻過來，一筆一畫地寫。然後又將他手掌攢起來，氣一泄，終於昏死過去。

言秋凰醒來時，看見馮明煥用冰冷的眼神看她，說，你如願了。孩子死了。

馮明煥回到襄城。除卻閉門一個時辰，接受兄長明耀的教訓，馮家似乎並沒有為難他，連同他帶回的初生女嬰。這嬰兒早產，哭得卻分外嘹亮，令人無法忽略她的存在。看八字，孩子命中缺土，又因哭聲鏗鏘瑯瑯，大名便作「仁珏」。日子久了，妻子慧容開口說，也取個小名兒罷，日後好喚些。明煥正臨帖，見乳母懷中的仁珏，正睜著晶亮的眼睛看他動作。他倏忽想起言秋凰在他手心裏寫的兩個字。

「東山攜粉黛，絳帳列鳳鸞。」「大鸞」應的是她自己，便不覺間落到紙上。女嬰又哭起來，慧容看了，說，這丫頭魯直得很，命硬。得有個名字襯得才好。她便提筆，蘸了墨，將那「鸞」下面圈了，改成一個「蠻」字。

　　叫「蠻蠻」的女孩長大了。眉目的輪廓漸漸清晰，知道底裏的人，便有了一些聯想。明煥也看出，與大女兒的豐美不同，這孩子俏得凜冽清冷。性情也是，不偎人。說話做事自有一股拗勁兒。慧容便時不時在人前說，唉，這閨女的刁蠻，倒像足我們左家的人。她將話說在明面兒上。明煥便知道，內裏是對蠻蠻格外的一分保護。箇中用心，「視若己出」也難盡其意。他心裏生起感動，更覺愧歉。到了開蒙的年紀，蠻蠻的聰穎，非同輩可比。須臾十行，過目成誦。兩夫妻端坐著，聽她朗朗地背〈陳情表〉。都沒有說話，相視一眼，彼此都覺得有些安慰。

　　明煥並不知道，此時言秋凰已經來到襄城。滬上一番蹉跎，開罪了黑道上的人。走也是走，不走也是走。沒容自己多想，舟車兼行，便來到這座陌生的城市，寄身於叫做「榮和祥」的戲班。三個月後，因口耳相傳，明煥慕名而來。當藝名「賽慧真」的女伶在臺上一個亮相，他不禁心下一顫。

　　明煥等在戲院門口。言秋凰款款走出來，看見他，她並不意外似的。明煥劈頭一句，你來做什麼？言秋凰的笑還凝結在臉上，這時一點點地泛出苦意。她說，我原未準備做什麼，如今你來尋我。我不做些什麼，倒仿彿對你不住了。明煥冷冷道，你心中只一個「戲」字，在哪裏不是唱？言秋凰默然良久，問他，我寫了這許多信給你，你可曾覆過一封。當年醫生說，那孩子被你抱走時，還未嚥氣，可是真的？

　　明煥二話不說，便驅車帶她到羅熙山下。言秋凰面對一丘小小的墳塋。林寒澗肅，嵐氣逼人。她抖動了一下，竟再未流下淚來。明煥道，你既來了，我將你作故人，會好生待你，你且好自為之罷。

　　四老爺明煥，公然捧起了戲子言秋凰。馮府上下，卻裝聾作啞。

多年過去，捧與被捧的，都漸漸老了，果真形如故人。

白駒過隙，馮家二小姐仁玨，已近大學畢業。在家中依然特立獨行，蠻蠻如昔。青萍無託，情何以堪。明煥看在眼裏，只覺萬事皆掛礙，唯有聽之任之。他並不知，言秋凰寫給他的書信，無意被女兒發現。蠻蠻一時間心如死灰，想與前生了斷。好友逸美臨行，她將隨身玉麒麟相贈，有託付之意。

言秋凰再次看到這只玉麒麟，已過廿載。此時蠻蠻身故，哀慟無言，水落石出間百感交集。眼前的范小姐，恍若靈媒。字字鑿鑿，是亡女要她雪恨。

塵埃落定，已然生無可戀。她想自己唱了一輩子的戲，從未演得這樣好過。只憾沒有觀眾，對手欠奉。滿眼黃泉碧落，隱約有笙簫之音，遠遠的，直等得她的謝幕。

〔第七章〕

# 楊樓

文笙躺在潮濕的水溝裏，周圍一片靜寂，間或傳來極其細微的蟲鳴。紡織娘或別的，在這入秋時分，仍有一些氣息，是生命的尾聲。一陣微風吹過來，也是瑟索的。衣服早已被汗浸透了，他不禁打了一個寒戰。

九團一營的弟兄們，已經在這裏困守了三個時辰。黃昏四起的硝煙，這時沉澱下來，空氣彌散著淡淡的火藥味兒。有人悄悄地挨近文笙，低聲問，鬼子怎麼沒動靜了？浦生對他們作了個噤聲的手勢，也抬起頭望一望。不遠處的篝火，旺了一下，如同警戒的狼煙。

因為太過困倦，文笙闔了一下眼，頭腦裏立即響起「咯噔咯噔」的馬蹄聲。他心裏一緊，眼睛張開，恰看見韓主任的臉。在微弱的光線裏，看得到他的目光指向不知名的遼遠地方。

過了一會兒，韓主任望了他們一眼，笑一笑，臉上的緊張似乎鬆弛了一些。他躬身走過來，腳踩在土坷垃上，發出細碎的聲響。凌佐蒼白著臉色。他身旁的一個男孩，抱著腿，已經睡熟了。這是宣傳隊最小的戰士，只有十五歲。浦生要叫醒他，被韓主任擋住。這中年男人脫下自己身上的棉大衣，輕輕蓋在了凌佐與這男孩的身上，說，天就快亮了。我們的隊伍就要來了。

這裏地處巨野縣東南，屬大義鎮，離開縣城足有二十五公里。腹地險要，向為兵家必爭之地。魯西軍區三旅九團，為擴大根據地，部隊以營為單位分散活動。團政治部主任韓喆率一營，團宣傳隊二分隊、一個偵察班共三百四十人至巨野東南的德集一帶開展工作，掩護群眾秋收。九團二次到達巨南，未及半年，已在巨南地區建立起抗日根據地。一時間，成為日軍肉中之刺。

　　文笙與戰友們，在這個深秋的黃昏，與鬼子狹路相逢。一營在楊樓村頭的曬麥場上操練。村民們圍著宣傳隊看熱鬧。文笙借了《四郎探母》的調兒，編了一齣劇。他們剛剛從太肥山區調到魯西不久，故事是在長清縣聽來的。説的是個從軍的戰士，上戰場前，與母親和新婚的妻惜別。凌佐因為生得矮小，被文笙派作年輕女人的角色。他想演戰士，很不服氣，但終於妥協。扮上了，竟很像一回事。一亮相，便有老鄉叫好説，好個俊俏的小媳婦兒。沒成想，他一開嗓，一句「夫哇……」竟石破天驚一般。一段西皮流水，唱得文笙心中暗暗讚嘆，知道是他養父當年票戲，耳濡目染的老底子。

　　就在這個時候，接到了緊急集合命令。偵查員報告，發現日軍數輛軍車，直奔楊樓而來。附近幾個縣的日軍，調動頻繁，有合圍跡象。宜從速向西轉移。韓主任與營長羅維中商議，大敵壓境，退無可退，唯有部署正面迎擊。同時報告團部，請求增援。

　　營指揮所設在村西南角的一個大院裏，三個連隊各自駐守村落一角。宣傳隊深入農家各戶，動員戰勤。

　　文笙換上軍裝，站在村口碉樓上，遠遠地看見鬼子的幾十輛卡車、三架坦克，接踵而至。汽車停在村東的窪地，轉眼間，將整個村落包圍。騎兵圍著村子一圈圈地飛馳，如同示威。

　　這樣僵持了半個時辰，終於聽到砲聲轟鳴。砲彈從村東北角接連飛了進來。爆破聲此起彼伏，彈片四處飛濺，削得樹枝紛落，房倒屋折。漫天的瓦礫、碎石。村民們已被安全轉移到防禦工事，斂聲屏息。這時候，一隻山羊從頹圮的山牆中跳躍出來，穿梭，從麥場向村外的方向奔跑。「這是俺家的羊。」一個老太太很利落地爬出工事，來不及阻擋，她已經顛著小腳追趕出去。日本人的重機槍突然響起，一梭子彈擊中了羊，也擊中了她的腳踝。文笙看著她趔趄一下，緩緩倒了下去。韓主任一咬嘴唇，揮手低聲喝道，給我打。

　　手榴彈在敵群中炸響。一顆擲到了卡車上，瞬間便是熊熊燃燒的火球。已經擦黑的天，豁然一亮。副營長派了步槍，宣傳隊一人一把。他拍拍他們的肩膀，説，沉住氣，瞄準，一槍一個。太肥山區

的實戰經驗，這回派上了用場。浦生貓在戰壕後頭，對準衝上來的鬼子。接連三槍，彈無虛發，槍槍斃命，喜得嚷道，娘的，過癮。將文笙凌佐的鬥志也激起來，一時間熱血沸騰。

暮色濃重，火光盈天。幾次突擊，日軍未能越過寨壕一步，終於發動另一輪砲擊，將兩尺厚的圍牆炸開了一個缺口，衝進了二十多個鬼子。副營長組織機槍火力封鎖突破口，一面大喊，拚刺刀，一個也不放他們出去。東寨牆的打麥場上，弟兄們圍住鬼子，走馬燈一般轉圈拚殺。文笙和幾個宣傳隊員趕過去。副營長瞥見他們，大吼一聲，年紀小的後邊站。凌佐嘟囔道，戰場無長幼。這時，一個鬼子衝了出來，後退幾步，要向一個戰士開槍。凌佐來不及多想，一個箭步，抱住了鬼子的腰。鬼子一驚，反身一刀，恰扎在凌佐的大腿上。再也刺第二刀，凌佐就地一滾躲了過去，地上一道血痕。副營長駁殼槍一抬，正中這鬼子眉心，當場斃命。

文笙攙起凌佐，向臨時救護所的方向跑。跑到村西頭，聽見一聲巨響。還掛著紅十字旗的整幢房子，立時在眼前坍塌。看著一輛坦克混著濃煙，撞開了北寨門，發了瘋似的衝進來。戰友們爬到坦克車上，用手榴彈砸車蓋，砸不開。凌佐在他肩頭喘息，喊道，炸，炸履帶。卻聽見東邊一陣急促的槍聲，繼而大地隨著轟鳴顫抖了一下。

文笙的耳鼓震動，周圍猛然沉寂下來。浦生跑向他們，在轟鳴聲中，文笙看見他焦灼的神色，努力地辨認他的口型。一切都是徒勞。他唯有背起凌佐，跟著浦生使勁地奔跑。

暗夜中，他們沉默地躺在防禦工事裏。不遠處臥著弟兄們的屍首。血腥與硝煙的氣味混合在一起，分外刺鼻。這一番戰鬥，一營損失慘烈，戰友傷亡過半。副營長在短兵相接中犧牲。日軍從巨野、金鄉、成武三個縣集結兵力，已逾千人。三旅的增援隊伍遲遲未到。再打下去，無異以卵擊石，唯有以靜制動。好在夜色低沉，日軍不明就裏，幾番進攻未果，不再輕舉妄動。

三個時辰過去了，飢餓與疲倦，如鑽入骨髓的蝗蟻。他們傳遞

著一只軍用水壺，救護員將僅剩下的一點葡萄糖融進了水裏。每個人張開嘴，渴望而節制地喝上一口，又傳給了下一個人去。文笙支起凌佐的身子，要給他喝一口，可是水剛灌進去，卻順著嘴角流出來。凌佐的腿經過了簡單的包紮，仍然在不停往外滲血。如同對待所有的傷員，救護員要求他的意識保持清醒，防止陷入致命的昏迷。文笙不斷地與他說話。凌佐開始還應他，漸漸有些應不動，便微笑一下，眼睛有些發暗。浦生挨過來，說，凌佐，你不能死。我說個道理，你就捨不得死了。

凌佐笑一下，輕輕說，我無父無母，有啥捨不得。

浦生說，你聽著，你還沒有嘗過女人的滋味呢，怎麼能死？

凌佐說，是啊。我和文笙都是童男子。這樣死了，要被別的鬼笑話。

文笙說，照你說，你是嘗過？

浦生說，我當然嘗過，女人好著呢。

文笙說，你倒是說說，怎麼個好法。

浦生舔一舔嘴唇，說，怎麼個好法，用你們讀書人的話說，只可意會，不可言傳。有的女人，你有了她，還想要其他的女人。有的女人，有了她，就不想要旁的女人了，就像我沒過門兒的媳婦兒。

凌佐笑一笑，笑得開了些，露出了虎牙。他說，那你又怎麼捨得離開媳婦兒。

浦生定定地看他，又看文笙。浦生將三個人的手按在一處，鄭重地說，咱兄弟仨，說好了，誰都不能死，等仗打完了，一塊兒回家娶媳婦兒。

文笙眼底一熱，點點頭。不期然地，他頭腦間閃過一張女孩兒蒼白的臉，一身素裹。那張臉，既熟悉，又陌生。

浦生對他說，文笙，咱哥兒倆輪流看著凌佐。你睡會兒，天快亮了，待會兒突圍，還得卯著一包勁兒呢。

文笙說不礙事，可是眼皮卻沉得已經抬不起來了。朦朧間，看見

自己一個人，徒步走在山梁上。路這麼長，總也走不完。四周圍一片荒涼，連棵樹影也沒有。他走著，終於看到了一處村莊。有些老鄉，宰雞倒酒迎接他。酒香得很，他連喝了三大碗。老太太大姑娘，在他面前扭起了大秧歌。這景這人都分外眼熟，他想起來了，是去年他們隊伍到過的長清和章丘一帶，不知是哪個村落。

突然，起了大風沙，他什麼都看不見了。他用力地揮手，還是看不見，風沙越來越大，他幾乎要站不住了。

風忽然停了，飛沙走石，一瞬間消失得無影無蹤。村子也不見了，他又重新立在了山梁上。這時候，遠遠走來一群人，嘴裏發出「哈哈」的聲響，震耳欲聾。是「紅槍會」。他們舉著紅纓槍，槍纓子尺把長。他們頭上勒帶子，邁著八字步，口中念念有詞：「吃符上法，刀槍不入。」他們臉上現出野獸一般猙獰的表情，一步一步向他逼近。

一個激靈，文笙醒了過來。心有餘悸。他看著天際間有一線墨藍。他覺出腿上有冰冷的黏膩感，摸一把，一驚，滿手是稠濁的紫紅色。這時看見浦生帶著醫療隊的軍醫小鄭走過來。小鄭累得已有些虛脫，眼神散著。因為剛才的轟炸，救護所的同事都犧牲了。只有她和一個護士在運送傷員的路上，躲過了一劫。她很輕地將凌佐已經滲透血的繃帶一層層地剝下來。剝到最後一層，凌佐灰白的唇疼得翕動了一下。繃帶已經黏連在了傷口上。小鄭皺一皺眉頭，小聲說，出血太多了，這樣下去會感染。止血劑不夠用，盤尼西林也沒有了。如果天亮回不去營部……她看了凌佐一眼，沒有再說下去。

文笙讓凌佐依靠在自己懷裏。他覺得在濕寒的軍服下，凌佐的身體有些發燙。一陣風吹過來，他將這身體摟得更緊一些。

文笙。是氣息微弱的聲音。凌佐張開的嘴角，細微地抖動。文笙將耳朵貼過去，那聲音弱得像游絲一樣，他聽不見。他還是極力將耳朵貼過去，終於聽見了。文笙，凌佐說，我想吃炸糕……耳朵眼兒炸糕。

文笙看他黯然的眼睛，有小小的火苗。文笙的腦海裏，是兩個穿著青藍校服的少年，捧著剛出爐的炸糕，熱騰騰的。他們咬上一

口，稀甜濃香的紅豆餡兒流出來。他們燙得伸出舌頭，忍不住又咬下一口去。

文笙，我不想著娶媳婦兒了……我死之前，想吃上一口炸糕。文笙聽著，心裏驟然湧上一些難以名狀的東西。浦生捉住凌佐的手，急急地說，媳婦兒要娶，炸糕也要吃。等我們出去了。多少炸糕，任吃。就怕你的肚子裝不下。

凌佐虛弱地笑一下。他說，文笙，我想央你件事情。然後定定看著。文笙也握緊他的手，鄭重地點點頭。凌佐掙扎著要坐起來，終於一陣喘息，放棄了。他說，你幫我把脖子上的鑰匙取下來。

文笙輕輕拉起他脖子上的紅絲線，似乎被什麼勾住了，竟拉不出來。他在凌佐胸前摸索了一陣，摸到了溫熱的金屬。他將它拉出來。

凌佐凝神望這枚很小的鑰匙，在夜色中發著清冷的光。文笙。他的聲音更乾澀了一些。這是匣子的鑰匙，我跟身帶的木匣子……回了營部，我床底下，你把匣子取出來。要是我死了，將來回天津，你替我將他的寶貝兒一起葬了。

浦生扭過臉，恨恨道：什麼時候了，你還掛著那個老太監。

凌佐舒一口氣，仿佛完成一樁心事。他重新躺在文笙的肩頭上。他說，人而無信，不知其可。我答應過我娘的，我不能不孝。

文笙攥住那把鑰匙，天盡頭有淺淺的紅。他覺得眼底被這紅色刺痛了一下。有滾熱的一股湧出來，卻隨即被冰凍，凝在臉頰上。


九團增援的部隊，在曙光的掩護下，悄然行進。村外的日軍，蠢蠢欲動。然而，營裏唯一一臺通訊設備，卻在這時出現了故障。搶修未果。韓主任下到壕溝裏，說，弟兄們，天亮了，恐怕一場硬仗，還要靠我們自己了。

他走到文笙面前，蹲下身，給他整理了一下衣領。終於也有些動情，語帶哽咽，都要活著突圍出去，娘老子在家等著呢。

浦生問，主任，團裏的部隊，趕不過來了？

主任說，應該已經在兩公里外。但是，這裏山勢太險。如果無

法確定我們的具體方位，貿然入山，四面都是鬼子，極可能會中了埋伏，進入包圍圈。

他嘆一口氣，壯士斷臂，是兵家之道。如今與其連累團部，倒不如自救。只是就算先殺了出去，老百姓也是要遭殃。

文笙站起身，問道，如果能夠讓外面的同志確定我們的方位，裏外有了接應，突圍就有底氣了。

主任點點頭，他回身一指，嘆道，這東西不爭氣，信怕是送不出去。

文笙沉吟，說，主任，你要是信得過，我倒有個辦法，不妨試一試。

他伸出手指，行的是強勁的東南風。幾個小夥子，找來村裏的竹筐，劈成篾子。按照文笙要求的形狀，在火上細細地烤。又找來糊窗戶的棉紙。文笙打好了糨糊，醒著。心中默念著龍師傅教給的口訣，用棉線一道一道地將竹篾捆紮起來。粗糙的篾子帶著芒刺，扎了他的指頭。一陣鑽心，血珠滲了出來。他的手並沒有停，只兩袋菸的工夫，三只鍋底風箏的骨架便紮好了。

浦生在旁邊嘆道，想不到你還有這一手。文笙沒有說話，只是將棉紙覆蓋到骨架上，刷著糨糊，細細地、一點一點地黏好。又向著火，借著熱力轉動著風箏的邊緣。時而放在嘴唇邊上觸一觸，終於說，成了。

上好了線，他將風箏停在自己的手背上，略略舉高。風箏如一隻巨大的白蝶，微微翕動翅膀。文笙只默然立著，似乎在等待什麼。忽然一抖腕，撒出手去。那風箏先是遲疑似的，平平飛了一程，忽然如得了命令，昂然躍起。「好風憑借力」，扶搖直上，浮動在還算淨朗的天空中。

文笙舒了一口氣，原本挺立的身體，也有些鬆弛。他牽過風箏線，讓浦生拉住。自己又舉起另一只風箏。這一只，似乎放得輕鬆了許多。他望一望天上，兩只風箏飛舞間，彼此追趕，有了許多的活

氣。韓主任走過來，從他手中接過風箏線，說，還有一只，看你的了。

這時，忽然起了大的風。風箏剛飛上天去，便是一個翻身，而後俯仰不止。線被吹成了一個兜兒，風箏便不停地打著旋。文笙將右手攏住隨風颾彎的線，向後一繃勁兒，轉身又做了個帶手。眼看要掉下來的風箏，竟又是一個翻身，直衝雲霄。待它停穩了，文笙才騰出手，擦去額頭上的薄汗。

主任在旁邊嘆口氣，說，北地多烈風，我自小也放風箏，可你剛才真讓我開了眼界。

文笙便說，主任，我下頭的動作，勞您和浦生跟我做。我們的時間不多了，鬼子發現就來不及了。

他便急急地將線扯三下，又緩緩地扯三下，又急急地三下。韓主任與浦生照著做。三只風箏整整齊齊，在天空裏一字排開，時疾時徐地頓挫，與其說像舞蹈，不如說是在列兵。

莫爾斯電碼。韓主任恍然道。

什麼？浦生還未醒過來。韓主任說，三短，三長，又三短。這是莫爾斯電碼的求救信號。文笙，你是哪裏學來的。

文笙道，以前在教會醫院裏，一個師娘教給我的。沒想到，居然在這裏用上了，希望有人看得見又看得懂。

他們一遍遍重複著手中的動作。突然，聽見密集的機槍聲響起，浦生手中的風箏被擊中，瞬間掉落下來。它倉促地燃燒著，在空中劃了一道紅亮的弧。

文笙咬緊牙關，和韓主任兩個人，沒有停下來。


這時候，曙光之中，遠遠而迅速地升起一顆星。光色熾烈，晃了他們的眼睛。然後，又是一顆。

信號彈。有戰友喊起來。韓主任說，增援部隊看到我們的風箏了。文笙，他們看到我們了。

韓主任對弟兄們揮一下手，兄弟們，挺住，準備突圍。

日軍的進攻又開始了。攻勢比前一天的黃昏，更為猛烈。砲彈

在近旁炸裂開來，鹽鹼地上轟然出現一個大坑。村落中，有一座小小的教堂，在大地的震顫中，如不堪打擊的巨人，搖晃了一下，頹然倒下。文笙看見尖頂上的十字架，被炸飛，以極慢的速度，在空中轉動，跌落在他的眼前。

在這一瞬，他的手鬆開了。他拚命想要捉住那條線，但沒能抓住。他抬起頭，看見那只風箏在瀰漫了硝煙與陰霾的天空穿梭，只片刻，便消失不見。

增援隊伍到達時，又有十幾個弟兄犧牲了。韓主任的胳膊肘中了彈。他用另一隻手臂舉著槍，衝向村口，準備背水一戰。然而，他聽見，更為密集的槍聲，卻是匯聚到了另一個方向。他知道，是九團的同志們來了。

他轉身，對戰友們喊道，跟緊我。突圍。

天色此時大亮，文笙遠望，確定了方向。這才彎下腰，想要背起凌佐。然而，腿卻絲毫使不上力氣。浦生背著另一個受傷的戰友，幫他將凌佐扶上肩膀。文笙覺得，小腿痙攣了一下。但是，他咬緊牙關，站了起來。浦生有些擔心地看他一眼。這時更劇烈的砲聲響起，他對文笙揮了一下手，快速跟著隊伍跑去。

文笙跑動了幾步，才感到了艱難。但是，他使勁將凌佐的身體往上托一托，用左腳拖著抽筋的右腿往前走。這時，他聽到凌佐微弱的聲音。凌佐說，放下我，文笙，你快走。

戰友們的身影似乎從文笙的視線裏消失了。文笙長長地吸了口氣，似乎希望從中汲取力量。然而，他耳邊突然轟然一聲，強大的氣浪將他擊倒。他覺得眼前出現了慘白的光，在短暫的失明後。他努力睜開眼睛，看見凌佐躺在近旁，手裏握著他別在腰間的盒子槍。

兄弟。凌佐說出的每一個字似乎都耗盡了氣力。他灰白的臉上在這一刻泛起了笑容。走吧，兄弟。他說，你要活下去，代我好好地活。

同時間，他將槍指向自己的太陽穴，扣響手中的扳機。

這年的冬天，魯地清寒的空氣遍布。

文笙遠遠眺望，麥場上似有虛浮的昇平景象。堆砌的麥秸垛，鋪張著濃紅重綠的布幅，顏色有些陳舊了。土坡上有明豔的花轎頂蓋，或許也是前一天夜裏遺落的。一年一度的豐收祈福，是農民的節日。他們在狂歡中，有許多的願景，以潦草而原始的方式表達出來。即使在這戰爭的年代，這已經延續了許久的戰爭，也並未動搖過他們過上好日子的決心與恆心。

文笙扯一扯灰色軍裝的下襬，向團部走去。這是一身新的軍裝，於他的身材，有些寬大了。他在一個月前被任命，成為全團最年輕的連指導員。黧黑的臉色，隱隱地稀釋了還帶著娃娃相的清秀眉目。青淺鬍茬，一道眉梢上並不明顯的疤痕，斜飛入鬢，讓他更英武了些。

楊樓一役，傷亡慘重，卻成就了文笙的聲名。他被稱為「風箏秀才」。他的急智，更因為他請命於危難的勇氣，改變了戰友對這個「洋學生」的看法。

此後的幾次大小戰鬥，令他感受到，所謂「生死攸關」，只不過是局外人對戰爭一廂情願的說辭。太多的戰友，前一天還與自己談笑風生，轉眼間變成一抔黃土。生與死，原來是戰場上最小的事。誰也不在意，也無法在意。一瞬間微小的悲慟，頃刻便被刺鼻的硝煙氣味包裹與覆蓋。再敏感的心，在這日復一日的磨蝕中，也漸漸麻木而粗礪。或者說，強壯起來。

他仍保持著一種讀書人的本色。儘管他隨身所帶的書籍，早已在征戰中丟失。在一些過於安靜的夜晚，他會不自禁地在心中誦讀。終於，他挑出了一些自認為有趣的段落，在戰鬥的間隙，講給他的戰友們聽。《春秋》、《左傳》、《史記》，他盡量以深入淺出的方式說出來。戰友們最愛聽的，仍然是《三國演義》和《水滸》。這樣的故事，總讓人心嚮往之。關於男人間的忠義，帶著野性的友誼的表達。智慧與身體，都在交戰的歲月中成熟。他想起在旭街附近那處破敗的書場，有一個半盲的中年說書先生。下學後，他和凌佐便趕過去，聽他說《武十回》，聽了許多遍。每處該留的扣子與抖出的包袱，都了然於

心。沒成想，在這裏派上了用場。韓主任有時也會過來聽，遠遠地在後面，瞇著眼睛，內裏是來自長輩的欣賞的目光。聽了片刻，也便走了。隔上一陣兒，再來聽。

有時來了陌生的領導，韓喆會叫上文笙，對他們説，這孩子，長得文氣，可是我們團裏的陸伯言，有的是點子。説完便又跟眾人説起「風箏報信」的事。有人自恃書讀得多，便與他叫板，説，這法子不稀奇，侯景之亂時，南梁的蕭綱便用過。韓主任一愣，冷冷道，梁太子用這法子，亡了國。我們可是突圍成功了。

文笙在一個小雪之夜，寫好了那封家書。他説服自己，只是為了報平安。他克制了許多表達思念的話，只是説，自己一切都很好，「必有凱旋之日」。他沒有寫上寄信地址。

即使多年以後，他並未後悔寄出了那封信。

待聽到緊急通知，要他過去一趟，他沒有多想。

他走到團部的大門口，站定，撣一撣袖子上的霜露，行了一個軍禮，道：一營三連盧文笙報到。

團長親自開了門。他走進去，先看見韓主任。韓主任默默地抽著菸，並不見笑容。背對著他的，是個佝僂著身體的老人。老人聽到他的聲音，轉過身體。文笙心裏一驚。

是郁掌櫃。

郁掌櫃看見他，二話沒説，對著他，「撲通」一聲跪下來。

少爺，總算尋到了你。

文笙愣在原地，這時才趕忙走過去，要扶起他來。

郁掌櫃拗著一股勁兒，並不肯起來。旁邊的人，也過來勸，説，老爺子，您這是做什麼。

文笙好説歹説，突然間也急了，索性也跪在了冰涼的地上。郁掌櫃緊緊執著他的手，説，少爺，你應承我一句，跟我回去吧。

韓喆將菸卷擲到地上，用腳狠狠碾滅了。他沙著聲音説，盧文

笙，你參軍的事，家裏不知道？

文笙沉默了，低下頭。他將郁掌櫃攙扶起來，很小聲地說，娘還好麼？

老人一拳捶到他的胸上，說，糊塗孩子，快兩年了。親兒不見了，生死未知，哪個當娘的能好。舅老爺要把天津衛翻了底朝天，若不是澄小姐怕了，說出你的下落來。太太怕是撐不到這個冬天了。

又不知道你在哪支部隊。好在收到你的信，照著郵戳一路打聽，總算是尋到了少爺。說到這裏，郁掌櫃的面頰動一下，流下了兩行老淚。他抬起袖子，擦一擦。

團長聽得也有些動容，嘆一口氣道，老人家，這麼冷的天，也是難為了您。

郁掌櫃道，我沒什麼，就是一個老而不。可他娘，心焦得跑到修縣來，央我來尋。我們這笙哥兒的脾氣，可是旁人能說得動的。少爺，跟我回去吧。

文笙捏緊了拳頭，沒有應聲。郁掌櫃對著跟身的小夥子使個眼色，遞過來一個包袱。打開，從裏面取出幾封銀元，擱在桌面上。

他很艱難地，對團長堆起笑容，囁嚅道：長官，我們商賈人家，安分守己。再不入流，也沒給政府添過麻煩。只要是愛國的部隊，我們能捐的都捐。我們太太說，只要讓我們少爺回去，哪怕大半的家業都捐給你們，也沒有一句話說。

韓喆皺一皺眉頭，還是用和緩的語氣說，老人家，道理不是這樣講，參加革命不是做生意。隊伍上有紀律，哪能說走就走。我們這裏的弟兄，誰家的兒不是兒，任誰家的娘老子不心疼。可都走了，誰來替老百姓打鬼子。

郁掌櫃愣一愣，一咬牙道，長官，誰又敢不支持革命。可盧家就這一棵獨苗，將來的香火就指著他。這孩子有個三長兩短，家裏從此就絕了後。

他一把拉過身邊的小夥子，說，隊伍上若不嫌棄，我這憨兒子，壯得像小牛犢子，就央隊伍上收下，替了笙哥兒革命去。

文笙終於打斷了郁掌櫃。他説，老掌櫃，我不回去。

説完，奪門而出。

郁掌櫃定定看著他的背影，沒有説話，也走了出去。

襄城「德生長」的老掌櫃郁崇生，大寒那天夜裏，站在了團部的操練場上。

沒有月光，他站在黑影子裏，一動不動地，直到半夜裏換崗的士兵發現了他。

夜裏分外寒冷，又在山上，風是刺骨地吹。鼻涕流出來，片刻就結成了冰疙瘩。火力壯的小夥子，出來解個手，尚要掂量。士兵看到他時，他穿著一件單衣，袖著手站著。眼睛半闔，花白的眉毛上已經落了霜。原本佝僂的身體，卻挺得筆直。可誰都看得出這老人，正在竭力克制著自己瑟瑟的顫抖。

任是誰勸他，他只是一言不發，倔強地站著。

當文笙趕過來時，已圍觀了一圈子人。做兒子的，將一件棉袍子披在他身上。他肩膀一聳，只將那袍子抖落在地上，面無表情。文笙走過去，也不説話，把自己上身的衣服，一件一件脱掉。很快脱得精光，赤著膊，站到他身邊去。一老一少，站得如同兩尊雕塑，無聲無息。過了一會兒，郁掌櫃嘆一口氣，俯下身，從地上撿起棉袍，披在文笙身上。哽咽了一聲，少爺……卻沒有説下去，轉過頭，仍是立著。

盧文笙，你胡鬧什麼。韓喆青白著臉，一聲斷喝，給我回宿舍去。

文笙不動，被幾個戰友硬是拉走了。

韓喆站在郁掌櫃身旁，長嘆一聲説，老人家，您這唱的是一齣「苦肉計」啊。

郁掌櫃挺一挺身體，不睬他，將自己站得更直了些。一陣寒風吹過，吹得韓喆猛一個激靈。再看郁掌櫃，似乎不為所動，重又闔上了眼睛。

將近黎明的時候，韓喆衝進了宿舍。文笙和衣坐在床上，聽韓主任用凍得顫抖的聲音説，盧文笙，再這麼著，老爺子的命可就沒了。

縣城東南的小酒館裏，郁掌櫃和文笙相對坐著。不遠處即是城門，車馬穿行，揚起淺淺的塵土。老掌櫃瞇起眼睛，看了許久，看著看著，嘆一口氣。

老掌櫃說，少爺，韓長官著你送我。他怕也看出，依這把年紀，便沒有下一回了。

文笙眼睛裏動一動，仍未說話。老掌櫃說，人都會老。人老了，便不濟事了。我會老，你娘也會……他哽咽一下，不說了。自古忠孝難兩全。盧家有幸，倒出了個血性漢子。

跟身的小夥子便遞上一壺酒。老掌櫃說，來，你娘說齊魯寒凍，讓我帶上了這壺「霜滿天」。本琢磨著與少爺路上小酌。罷了，如今咱爺倆兒喝下這杯家鄉酒，就此別過。

他倒上滿滿一杯，一飲而盡，衝文笙亮了杯底。給文笙也倒上。文笙也未猶豫，就灌下了喉嚨。一時間烈火燒燎般，只覺入腸入腑。倏忽，他心裏一陣發堵，自己滿上酒杯，也對掌櫃的讓一讓，又仰頸喝下去。漸漸，他覺得眼皮有些沉重，努力抬起頭，看見郁掌櫃的面目，竟迷離起來，模糊不清了。

郁掌櫃神色平靜，看文笙些微掙扎了一下，趴倒在了桌案上。他叫小夥子將文笙架起來，攙扶到暗處。這才舒一口氣，遠望薄暮中的城門，輕聲道，少爺，對不住了。我郁某不能辱了使命。

# 歸來

文笙回來的時候，昭如正執著一炷香，念念有詞。

香忽然斷了。滾熱的香灰落到她手指上，燙得她心裏一麻。
她將眼睛闔得更緊，不停地默念「阿彌陀佛」。

太太。她聽見了雲嫂在背後喚她，猶猶豫豫地。

她愣一愣，緩緩回過身，看見雲嫂邊兒上站著一個黑臉膛的青
年，一身短打。

她盯著這青年，看了半晌。當她終於辨認出是文笙，手裏的香落
到了地上。

文笙上前一步，跪在她面前，輕輕說，娘，兒子不孝。

昭如慢慢地蹲下來。她觸一下文笙的臉，手指間用了力。這臉上
的輪廓略有些粗糙。她不信似的，又用一下力。然後是這青年寬闊得
多的肩膀、胳膊。她摸摸索索，同時間，嘴唇微微顫抖。

雲嫂在旁邊笑著說，笙哥兒長結實了，當娘的都不認得了。

這話音剛落，昭如猛然揚起手，重重打在文笙身上。文笙被打
得一個趔趄。他直起身體，重又端正地跪好。昭如的手沒有停，一
下，又一下，打得愈發的狠。她哽咽一下，終於哭了出來，漸哭得
撕心裂肺。

雲嫂擦了一下眼角，說，笙哥兒，你讓娘打。你可知道，你再不
回來，你娘就要死過去了。

文笙低著頭，沒一句言語，默默地承受。

終於還是郁掌櫃，走過去，將已哭得上氣不接下氣的昭如扶了起
來。他說，太太，別再打了，再打就把孩子打壞了。

他又對文笙道，笙哥兒，你且跪著，讓你娘消一消氣。

文笙跪在前廳，沒有人敢扶。這滿屋裏的陳設，絲毫未動過。在他看來，卻不知為何如此陌生。

屋裏生了炭火，然而，惶惶然間，他只覺得周身發冷。

他抬起頭，面對著迎門畫像上的老祖宗。他從未仔細地端詳這男人的面目，並不嚴厲，甚至可以說，是有些和藹的。恭謹的樣子，兩道長長的壽眉垂下來。雙頰鬆弛而飽滿，一臉的福澤壽祿。

很久之後，手指上有些細微的癢。文笙看到，一隻很小的螞蟻，極謹慎地，沿著他的食指向上爬。文笙抬起頭，就著夕陽的光線看牠。牠似乎陷入了迷惑，擺動著觸鬚，在手指上繞起了圈。一時間又猶豫了，停在文笙的指甲上，進退維谷。

文笙聞到了空氣中漸趨清晰的味道，那是經年的家具隱隱散發出的。黃花梨的太師椅，雞翅木的條案。還有西廂房的一口老樟木箱，年年都要搬出來「曬霉」，這些氣味兒都是熟識的。

他想，這是我的家，我回到家了。

雲嫂推門進來，在他身前攔下一個蒲團，說，哥兒，太太不要你起來，你且跪在這上面吧。地下冰涼的，久了要傷膝蓋的。

文笙並未應她，直一直身體，仍舊跪在石板地上。

雲嫂嘆一口氣，出去了。

只三兩天，猛然一鬆心，昭如病下了。

醫生瞧著，說沒什麼大礙，還是前些日子肝氣鬱結。凡情志變動，虛邪自來有時。便開了些溫澤的藥，囑咐靜心調養便是。

覺得好些了。老六家逸來望她，說，嫂子，文笙回來了，櫃上的事倒不急。我只擔心，聽說這革命過的人，多半是鐵了心的。只怕他又跑了去，還是得留著點神。

他媳婦兒榮芝在旁便道，依我看，少不了在家裏多鎖些日子。這身在曹營心在漢，可是一時半會兒能降住的。

家逸一皺眉頭，甕聲道，又說的什麼混帳話，這可是他自己個兒的家，什麼「曹營」。少說一句沒人當你啞巴賣了。

榮芝一愣，也回他道，你只會凶我一個。若是又跑了，再將日本人招了來。你且瞧著，這家可還禁得起來往一折騰。但凡出了革命黨，像馮家家大業大又如何。況且，這孩子的來歷，誰「曹」誰「漢」，還說不定呢！

昭如本闔著眼，聽到這裏倏然睜開，定定看著榮芝。榮芝這才覺出不對，趕忙嘿了聲。

雲嫂將手裏的一碗藥擱下，說，六太太，我們太太還病著。您這話既說出來了，也只能關在門裏說，不然對大家夥兒都不好。

家逸狠狠瞪了榮芝一眼，有些不自在地對昭如躬一躬身，說，嫂子，你養著。我們先走了。


老六兩口子一走，雲嫂將門掩了，坐在床邊上。

她看著昭如，終於開口說，太太，我一個下人，原本不該拿家裏的事情說道。有句話，真不知當講不當講。

昭如虛虛一嘆，說，雲嫂，你在盧家這麼多年，我早就將你作了老姐姐，可有什麼不能說的。

雲嫂便說，六爺自然是不想讓笙哥兒到櫃上去。話說得不善，但我聽著，也有幾分道理。是得想個法兒，不能再叫哥兒出什麼岔子。

昭如說，這麼多年，我只當這孩子是個悶葫蘆。他這一回，自個兒拿了這麼大的主意，可真嚇死我了。可如今，腿長在他身上，我能怎麼樣。

說到這裏，眼圈又是一紅。雲嫂忙撫她的胸口，說，大夫可說了，「大喜墜陽，大憂內崩。」您可不能再這麼著了。

昭如只又喃喃說，我就這一個兒，我能怎麼辦。

雲嫂寬慰她說，太太，我是尋思著，要說在這家裏，若能有啥留住了笙哥兒，怕是趕他走也趕不動。

昭如搖搖頭，要能留得住，我們這兩年，還用翻江倒海地尋他嗎？

雲嫂笑一笑，那可說不定。咱哥兒如今大了，您瞅他這年紀，咱該幫他操心啥了。

昭如一臉茫然。

雲嫂呵呵地樂了，咱該給他說門親了。六爺家的小茹都嫁出去幾年了，您就不著急？您想啊，咱笙哥兒內底多仁義，要是有個可心的媳婦兒，將來再有了一男半女，他還怎麼捨得離開這個家啊。

昭如一聽，眼睛也亮了，恍然道，我也真是個糊塗娘，一向把他當孩子。可不是？屬虎，如今也真不小了。咱姐倆兒得尋個好人家的姑娘，配得上我兒的。

這麼說著，昭如精神來了，竟從床上坐起來，說，這藥我不要吃了，苦到了心裏去。幾天沒好好吃飯，我還真是餓了。

文笙回家未足半月，昭如收到了盛潯的信。

信寫得自然是厲言厲色。字裏行間，全然看不出平素的溫潤。然而，全信讀下來，倒有一半在罵他自己。說什麼老舅如父，管教外甥不力。養出的女兒不肖，竟然夥同文笙上下欺瞞。說自己一介老夫，辜負了親妹，真是汗愧無顏。

昭如將信說與雲嫂聽。雲嫂說，我聽下來，舅老爺這信寫得怎麼跟個讀書娃娃似的。

昭如便道，你是沒聽明白，這是封求情的信。我這哥哥，怕我責罰文笙，拉拉雜雜，口不擇言，什麼罪過都往自己的身上拾。

雲嫂便說，舅老爺疼咱笙哥兒，還真是一番苦心。要不是天津太遠，說媳婦兒的事，倒該請他拿大主意才好。

這時的文笙，自是不知道母親與雲嫂的合計。他只曉得家裏對他是一百萬個不放心。

盛潯將他在天津的書寄了許多來。裏頭夾了短箋，叫他趁這段時日「孜孜於書卷」。他翻檢了一番，竟大半都看不進。表妹可澄那本莫奈的畫冊也寄來了。打開，看見濃郁幽深的一池水，水上綴著幾朵

雪白的睡蓮。他用指尖輕輕撫摸花瓣，紙頁上是觸手的涼。

還有幾本，都是克俞當年走時留給他的。一本是借他看過的風箏圖譜。還有幾本線裝的筆記小說。其中一冊是鄭仲夔的《耳新》，他並未讀過。讀了一篇覺得有味，於是就坐定了看，裏面寫的都是詼奇詭怪之人。比之《世說新語》，怪誕有餘。其中「番僧利瑪竇有千里鏡」一則，克俞講給他和凌佐聽過的。原來出處是這裏。他還記得克俞說，所謂「賽先生」，原不是新鮮玩意兒，中國的哪朝哪代未見過？不過因西方舶來，國人便以為奇技淫巧，無足觀罷了。

這日午後，他讀得正酣。卻聽有人推門進來，一看，竟是母親昭如。文笙忙讓她坐下，同時間，心裏有些侷促。回來這些日子，雖每日都與母親問安，昭如卻並不與他說話。母子兩個，長長對視一番，總有一個先低下頭去。關於他的寒暖，竟大半是通過雲嫂居中轉達。此刻，望著母親，他不禁小心翼翼。雖只兩年未見，母親其實是見老了。老在了神態上，似乎總有淺淺的疲憊顏色。

但今日，她收拾得分外齊整。文笙輕輕問，娘的身體又好些了？昭如並不答他，卻站起身，揭開手上一張蠟紙。裏頭有數張相片，一一排在他的書桌上。她問道，你舅舅寄了你這兩年拍的照片來，你且看看哪張好些。文笙看這些照片，一陣恍惚。相片上的青年，是他，又不是他。每張都微笑著，眼神裏頭有些游離。最近一張，是在勸業場附近的照相館拍的。他穿著新做的西裝，背景是海河。佈景有些失真，沒有立體感。一艘輪船，恰停在他的肩頭。

他想給母親看一張相片，是他入伍三個月拍的，放在他軍裝的上衣口袋裏。他們每個人都有一張這樣的相片，如果運氣好，戰場上得了全屍，這張就是遺像。那張照片，他笑得很開，眼神也篤定了許多。

然而，他看看母親蠟白的臉，此時是生動的，有些期待。就指著那張西裝的相片，說這張好。昭如笑了，說，我也覺得這張好。人又斯文，又洋氣。

母親拿著照片便走了，並沒有多說些什麼。

隔了些日子，昭如又來，手上又是一沓相片。身後跟著奶娘雲嫂。雲嫂說，哥兒，這一陣子，可讓太太操了許多的心。

昭如不說話，笑盈盈地，將相片排開，擺在他書桌上。

文笙看，全都是年輕女子的相，他一個都不認得。

雲嫂問，哥兒，這些姑娘，八字都與你很合。家世也好，你看看，可有合意的。這一個，鐘慶錶行的二小姐，也是讀過洋書的，會說洋話，模樣也俊。還有這個，「鼎尚豐」趙家的斯儀，你不記得了吧？小時候還來過我們家裏玩兒。如今也長成大姑娘了。要說樣子，人骨架子大，生得喜慶些。可賢惠得很，要論女紅，這襄城的閨秀裏頭，是一等一了。

文笙沒說話，把目光投向昭如。

昭如的臉色是舒展的。她待雲嫂說完了這許多，才開口道，兒，你也大了。成家的事，就算我這當娘的不操心，你也該上心了。娘知道，如今你們青年人是興新式戀愛的，不作興媒妁之言那一套。娘也算是個開明人，你且看這裏頭，可有好的。若有，你們兩個就自己慢慢處。若沒有，就再想辦法。

文笙沉默了很久，忽然說，娘，你莫不是怕我會離開家吧。

昭如神色黯然一下，覷一眼雲嫂，這才說，大丈夫修齊治平……

雲嫂卻打斷她，搶過話頭，說，哥兒，不管拿的什麼主意，你且記著，當娘存的都是為你好的心。你只想想，你娘這大半輩子的不易，盼的是個啥。

文笙低下頭，看著滿桌子相片的鶯鶯燕燕，模糊成了一片琳琅。窗外的香椿樹，光禿禿的枝條上，結著厚重的冰凌。有風吹過來，幾串冰凌子微微抖一下，竟斷落。倏忽間，枝條昂然彈上去，像是個周身輕鬆的人。

文笙輕輕說，娘，我知道了。

　　盧文笙與趙斯儀，在大年初十見了面。兩家人，趁著過年的喜慶，在「聚鴻德」吃了飯。

　　盧家又在「容聲」大舞臺訂了個包廂，晚上去看葉蕙荃的《獨木關》。

　　文笙走進去，只覺得與記憶中的又有些不同了，看似又堂皇了些。原本半人高的燈籠都改裝了熠熠生輝的水晶吊燈。迎臉兒的花崗岩影壁，本是鑲了各色臉譜的，這會兒卻也卸了下來，貼了幾個名角兒的時裝照。乍一看，處處是新的。可細看看，這新卻是硬從舊裏頭生出來的。文笙沿著轉角樓梯，拾級而上。樓梯扶手上，漆色已經斑駁，是多少年的煙火給磨的。

　　兩家的大人，留了心，讓他挨著斯儀坐。這姑娘粉嘟嘟的臉，還有許多的孩子氣。額髮燙成了整齊細碎的捲。身上的氣味，是豐實的香。昭如向文笙使了個眼色，文笙很紳士地幫她脫下大衣。顏色新淨的藕色旗袍，緊緊繃在她身上。她坐下來，不禁喘息了一下。立即覺得不妥，羞紅了臉，低下頭去。同時將身體，朝遠處挪一挪。

　　戲碼都是舊的，大家卻看得津津有味。長輩們自然是醉翁之意不在酒，只瞧著兩個小的。文笙便有些不自在。趙家太太在他身邊跟昭如耳語，聲音卻很大，遙遙指著對面偏僻些的包廂說，您瞧，回回來，都看見馮家佔著最大的包廂。今年倒是收斂了。家逸嚼著一枚八仙果，哈哈一笑，您又知道，是收斂不是家道不濟了？

　　文笙就是這時看見那個女孩兒的。他心裏倏然一動。在馮家的排場裏頭，她的衣著還是清淡的，仍然梳著粗黑的髮辮，臉色籠在暗影中，是象牙色的白。但是，比起上次的相遇，她分明是長大了。五官都更秀美清晰了些。面頰的輪廓是一種圓潤的利落，這美於是有了力度。

　　他定定地看她。直到一瞬間，她似乎抬起頭，目光與他的碰撞了一下。她轉過臉，和一個女僕模樣的人說了句話。他想，他應該是看到，她眼睛裏頭有處亮光，閃爍了一下。

看完戲是黃昏時分，文笙按照昭如的吩咐，陪斯儀去逛百貨公司。走到了公司門口，斯儀說，盧文笙，你走吧。

文笙以為自己聽錯了，只望向她。斯儀說，你是個孝順的人。你不喜歡我，不需要委屈自己。我讀的新書不多，但現如今，不是以往的時代了。

她說了這番話，臉脹得紅紅的，似乎用去很大的勇氣。此刻，她走近一步，對文笙說，你要勇敢些。

說完這些，她轉身便走了。身影竟分外輕盈，消失在百貨公司熙攘的人群中。

他走出來，並不知道要到哪裏去，然而又並不想回家。便一路茫然地走，竟走到了藝波巷。及至看到了「四聲坊」的牌坊，他才醒過神來。這牌坊似乎又破敗了一些，翅角下結了一只舊年的燕子窩，灰撲撲的。空巢無主。

走過了牌坊，有莫名的肅殺之感，裏頭的店舖大多都關了門。文笙心裏頭，不禁也忐忑，不知為了什麼。待看見「余生記」三個字，隱隱地飄出些竹清氣，他一顆心才放下來。

櫃上是個年輕人，戴著圍裙，正就著炭火烤竹篾。因穿得單薄，可以見著胳膊上的筋肉，隨手上的旋轉，輕微地律動。見他來了，忙停下招呼，是和氣生財的口氣。這青年長得壯大，眉目濃重俊朗，已是漢子的模樣。

「龍寶。」文笙試探地叫一聲。青年人愣一愣，遲疑地看他的臉。半晌，終於脫口而出，笙哥兒。

他將手在圍裙上使勁擦了又擦，一把執住文笙的手，臉上是大喜過望的表情。文笙也將手在他手背上用力按一按，龍寶不禁「哎呦」一聲。文笙忙放開手，才看見這隻手凍得發紅，上面是裂了口的凍瘡。文笙說，大年下，怎麼穿得這麼少？龍寶說，幹活方便，不礙事。

龍寶又端詳他，說，笙哥兒，你長結實了。都說你去了天津讀書，我看著，臉上倒去掉了許多的書生氣。每年入秋，爹就念叨你。

一晃幾年過去了。

文笙忙問，龍師傅呢？

龍寶嘆一口氣，説，爹去年開春害了場病，身子大不如前了。這舖子裏的活，如今都是我在做，好在已經上了手。不過，每年你的虎頭，他一定要親手做，也是倔得很。只是這幾年眼力不行了，一只風箏，要做上整一日。

文笙順著龍寶的手勢，看牆上掛的幾只虎頭。最中間的一只，格外的雄壯，眼睛銅鈴一般。鬍鬚是馬鬃製的，根根都硬朗朗地在嘴邊支著。龍寶説，爹説了，這一只做得最大，你今年虛二十了。

這時，便聽見裏面一陣咳嗽，有蒼老的聲音，喚龍寶。龍寶説，爹叫呢。我扶他出來，不定見了你多歡喜。

看龍師傅，被龍寶攙著走出來，文笙心裏一驚。兩年多的工夫，龍師傅老了許多。佝僂著身體，拄著一根竹棍。抬起頭，看見文笙，原本晦暗的臉，浮起了笑容。然而，這一笑，竟讓他立即喘息了起來。龍寶忙使勁撫著他的背，一邊端過一個板凳，讓他挨著炭火坐下。待這喘息平息了，龍師傅對龍寶頓一下竹棍，説，怎麼還愣著，老規矩。快去後街「祥記」給笙哥兒買果子去。

龍寶忙摘了圍裙，穿上件棉襖就要出去。

文笙説，龍師傅，都不是小孩兒了。快別讓龍寶去，大冷的天。

龍師傅説，讓他去。人大了，規矩不能改。

説完了，讓文笙也坐下來，端詳他，輕輕説，笙哥兒，長結實了。天津的水土養人。

又問説，書讀完了？

文笙一愣，含混地點點頭。

龍師傅袖一袖手，笑笑，説，讀書好。

文笙看他這時眼睛瞇了一下，竟慢慢闔上，埋下頭。過了好一會兒，才又睜開了眼，説，也不知是個啥病，就是老覺得累得慌。

文笙便説，大年下的，也該多歇歇。

龍師傅便説，這不是要趕批活兒，趁正月十五的廟會去。你瞧這

「四聲坊」，如今是一點活氣都沒有了。年前好幾家舖子又關了門，說是回老家，怕是也回不來了。聽說，有的舖是賣給了日本人。

文笙說，如今做生意，在哪裏都難。

龍師傅抬起頭，原本虛弱的聲線，忽然響亮，說，那我也不能賣舖，除非我死了。他停一停，眼神有些黯然，說，只是苦了龍寶這孩子。店裏店外，都是他一個。

文笙想起那對雙生子，便問，兩個弟弟呢，可也能搭把手？

龍師傅說，倆小子在讀書，讀中學。我是說讓他們回來不讀了。可龍寶說，回來哪一個，是手心手背的事。讓他們全回來，家裏沒個識文斷字的人，將來苦的便是三個。不如他這當哥哥的一咬牙，把他們供下去。

龍師傅縮一縮身體，聲音有些發顫，今年可真冷，恐怕得一直冷到立春。文笙只覺得這很旺的炭火，讓周身起了薄薄的汗，便將自己的羊皮坎肩脫下來，給他披上。

龍師傅直直地望著火，眼睛驀然有些紅，說，我原就想著，給龍寶攢下個娶媳婦兒的錢。這媳婦兒娶了，人卻倒了。如今還要他養著。哥兒，你說，我這當爹的，有什麼用。

半晌，龍師傅說，哥兒，家裏可給你娶媳婦兒了？

文笙搖搖頭。龍師傅笑笑說，得是什麼樣的姑娘，才配得上我們笙哥兒呢。媳婦兒過了門兒，可帶來給龍師傅看看，讓我也高興高興。

文笙說，要真有了媳婦兒，過門兒前就帶來給您看。

龍師傅又笑了，臉上縱橫的溝壑舒展了。笑著笑著，頭又慢慢低下去，打起了盹兒。文笙就坐在他身邊，將坎肩兒在他身上裹裹緊，看著。

這時候，龍寶回來了，要叫醒他。文笙卻制止了他，說，讓他睡吧，我也該走了。

龍寶便說，我把虎頭摘下來，給你帶上。龍寶將風箏取下來，用根兒棕繩綁緊。一邊說，這兩年，入了秋，總有個道人來，跟我爹打聽你，問你在哪裏。還說是在這虎頭上，看出有「兵戎之災」。

文笙一聽，心裏咯噔一下。問，他還說什麼。

龍寶撓一撓頭，說，都是些古怪的話，我也聽不大懂。我爹說，早兩年，他就在虎頭上畫過符。爹不再讓他畫了。爹說，人家是富貴人家的哥兒，去天津讀書，做生意，活得好著呢。

文笙走時，將口袋裏的銀元都掏出來，放在龍寶手裏。龍寶堅辭不收，說這風箏錢不能要，規矩不能壞了。

文笙牢牢地將他手掌闔上，說，什麼風箏錢，你娶媳婦兒這麼大的事，我都沒賀上一賀。

看文笙拎著幾只風箏回來，昭如皺一皺眉頭，說，這都是些什麼，你可有陪著斯儀？

文笙胡亂點了頭。說，我去了四聲坊，龍師傅做的虎頭，一年一只。

昭如輕輕「哦」一聲，目光有些發空。許久，才說，也難為龍師傅，你爹當年一句話，他倒守了許多年。這麼厚道的人，他近來可好麼？

文笙說，身體不大好，生意也難做了。

昭如說，過了年，你倒帶著我，咱娘兒倆去當面謝一謝他。能幫的也要幫一幫。

文笙說，人家龍師傅說了，想看我的新媳婦兒。

昭如聽了，頓時笑開了許多，道，這個龍師傅，倒和娘想到一塊兒去了。

這以後，昭如自命是開明的母親，便經常要文笙「上街」去。

文笙著了魔似的，往「容聲」跑。他心裏頭，自然有期待。但也知道這期待是虛無得很。戲還是看，味道卻與以往很不同了。在一片鏗鏘咿呀裏，幾千年的秦風漢月、家國愛恨，都有了別樣的意思。末了，雖總是沒有什麼，但他心裏卻因日復一日的期待，充盈莫名。

他知道，她是個戲癡。照例是一個人，偶爾帶著個女僕，坐在並

不起眼的位置上。有時尋找她，變成了一種趣味。並未因為重複而淡化，反而日益濃烈。這於他淡和的性格本不很合。但是，他看著她，覺得一切是情有可原，水到渠成。

這一日，他跟著散場的人群往外走，心裏有些悵然。外面天陰沉沉的，下著微雨，凜凜地打在臉上，人倒舒服些。他沒有叫人力車。走到路口，人流似乎被阻塞住。他引了頸子看看，說是又封鎖了。身邊有嘈嘈切切的人聲，罵的是日本人。一個胖大女人懷裏的奶孩子，哭了起來。女人哄一哄，倒哭得更烈了。他終於有些厭煩，將眼睛闔上。

這時，他覺得有隻手，扯一下他的袖子。他回過頭，一看，心停跳了一下。

是那女孩兒。她臉上並沒有許多表情，只是說，跟我走。

他跟著她，走了幾步，在一家鞋店門口一轉，拐進一條窄巷；走了一會兒，又是一轉，是另一條更為曲折的巷弄。七彎八繞，簡直是走迷宮一般。待出來了，竟豁然開朗。他一看，正是靜和街上，與方才的路口不過咫尺之遙，卻避開了封鎖。

他不禁一嘆，說，還真是柳暗花明又一村。

女孩兒微笑，沒說話。

文笙道，幸得你帶路，不然不知要等到什麼時候。

女孩兒說，舉手之勞。跟我爹看了這麼多年的戲，這兒倒比家裏還熟識些。

文笙見她將辮梢綰一下，忽悠便扔到腦後。眼睛望著他，有三分笑意。

文笙的目光不禁躲閃一下，說，小姓盧，盧文笙。敢問小姐……

女孩兒終於笑出聲來，只問他，你不知我姓馮？

這語中帶骨，文笙並不知道如何應她，彷彿自己做錯了事，不安起來。

女孩兒看出他的窘，大大方方地說，馮仁楨。

三個字如同一級臺階，文笙神色落了地。他輕輕地說，今日在這

遇見馮小姐，是盧某之幸。

女孩兒重又抬起頭，看著他的眼睛，說，我在等你。

這時的雨，忽然大了起來。兩個人疾步走到一戶人家的屋檐下，揮著身上的雨滴。

屋檐狹小，彼此便更接近了些。緊挨著籬牆，牆上盤著薜蘿。舊年的藤，正綻著新芽。鵝黃的，密得如同繁星。對面幾株冬青，顏色有些發烏，因為蒙塵。這時，塵土被雨洗刷，也漸漸泛起青綠。雨打在葉片上，淅淅瀝瀝，如春蠶食桑。文笙闔上眼睛，讓心中的忐忑，和著雨點的節奏，平緩下來。

這裏變了許多了。他聽見女孩兒的聲音。仁楨，他想，她叫仁楨。

仁楨望著遼遠的方向，說，只幾年，就是另一個樣子。她說，你看那間居酒屋，就是門口寫著「內丸」的，你還記得，以前是什麼地方嗎？

文笙想一想，搖搖頭。仁楨說，是家果脯店。最好吃的是糖冬瓜條，用蜜醃好風乾，擺在一個玻璃罐子裏。老闆是個蘇州人。每次我姐帶我經過，他就走出來，手裏拎著一支趕蒼蠅的馬尾巴，招呼我們，小囡，進來看看。然後唱，「好蜜餞，飄果香，桃李紅杏白糖霜，此味只應天上有，饞煞囡囡大姑娘。」

他聽她輕輕吟唱。本來清脆的聲音，因為模仿吳語的軟糯，變得柔潤了。他的心也舒展了許多。她唱到「囡囡」的時候，嘴巴微微嘟起來，有了少女的稚拙樣子。很好聽。文笙不禁讚道，攬客的曲子，倒給你唱出了戲味兒。

仁楨說，如今的戲，倒沒有以往好聽了。太多的新戲，老玩意兒少了人唱。

文笙想一想，便說，是啊，我離開不過三四年。再回來，只覺得角兒少了不少。我還記得，有個叫「言秋凰」的青衣，聽說是北平下來的。我娘最喜歡聽她的戲，說她的《貴妃醉酒》，不讓梅博士。也不知道去了哪兒。

　　仁楨咬一咬嘴唇，沉默了一下，說，那年你在「容聲」，坐得像一尊菩薩，不像是看戲，倒像在坐禪。

　　文笙也笑了，說，你都還記得。

　　他說完這句話，心下穆然，喃喃道，快有十年了吧。


　　起了風，仁楨將頸上的圍巾裹得緊一些。文笙問她，冷嗎？

　　仁楨搖搖頭。她轉過臉，問文笙，你還放風箏嗎？

　　文笙輕輕應道，嗯。

　　這時候，雨停了。他們從屋檐下走出來。仁楨說，我回去了。

　　她又說，等你得空兒，教我放風箏吧。

　　文笙望著她，點點頭。看她微微笑了。仁楨走了幾步，聽見文笙問，什麼時候呢？

　　她轉過頭來，眼睛中仍是盈盈的笑，說，後天我下學後，老城牆。

　　說完，她便繼續往前走。文笙目光晃了一下。西天竟起了一些雲霞，淺淺的光照在她身上，像裹了一層金。為了將她看清些，他將帽子取了下來。

　　這時候，仁楨卻又回了頭。她愣一愣，轉過身，向文笙又走過來了。這讓文笙意外，只站在原地不動。仁楨在他面前站定，將他手裏的帽子，端正地給他戴好，以輕而清楚的聲音說，戴好，這兒日本人多，你額頭上的軍帽印子還沒褪。

　　文笙吃了一驚，看著她。仁楨卻終於快步離去。旗袍碎動，遠遠消失在文笙的視線裏。


　　晚上，文笙將線軸從櫃子裏找出來。又尋出一個胡桃木的搖車，在燈地下細細地上油。這搖車，還是當年家睦去天津時帶去的。許久不用了，在他心裏是個念想。他看著搖車上的木紋，如雲卷雲舒。執著十分的結實稱手，比起如今市面上時髦的賽璐珞製成的搖車，不知好了多少倍。

　　雲嫂給他端了一碗銀耳粥來，見他自一回家，便一個人在房裏比

畫。看看説，呦，哥兒，怎麼將這古董也鼓搗出來了。

文笙便應説，我明兒，要教人放風箏去。

雲嫂頓一下，促狹地笑道，這可稀罕了。我們哥兒何嘗如此掏心掏肺地教過人。我的主，怕是收的是個女弟子吧。

文笙不再睬她。她便興高采烈地出去了。


黃昏的時候，文笙一個人拎著風箏，坐在城牆上。雖是初春，天還寒涼，城牆上並沒有什麼人，是一派蕭瑟的氣象。他望著城底下的人，都灰撲撲的，如同螻蟻，絮絮地説話、走動。遠處的青晏山，是個霧濛濛的輪廓，成為這城市蕪雜細節的背景。他覺得，這城市並不是他記憶中的。

盧文笙。他聽到有人喚他。回過身，是仁楨，亭亭地立在他身後。他慌忙站起來。仁楨穿著學生裝，是統一的款式。衣久藍，大袖寬綽，素黑的呢裙，外罩了一件絨線衫。在文笙眼中，卻是一種新鮮的美。仁楨將書包從肩上取下來，抬起胳膊的一瞬間，恰讓文笙看到了少女起伏的輪廓。文笙聽到心裏響動一下，臉也有些發熱。

他嚅嚅地問，你什麼時候來的？

仁楨笑一笑，説，來了一會兒了。看到你正發思古之幽情，不忍驚擾。

她看到文笙手上的虎頭，嘆道，今天倒帶了這麼威武的一只來。

文笙便説，這是我的屬相。

仁楨認真地看這風箏，又端詳他，説，我倒覺得，你缺了些「虎」氣。

文笙想一想，自嘲道，生肖作準，屬龍的豈不是都做了皇帝。

仁楨沒接他的話，四面看一看，又深深吸了一口氣，説，襄城沒變的除了青晏山，怕就是這段城牆了。如今，連禹河都改了道。

她指著稍遠的方向，有一處頹垣。她説，那年秋天，你就站在那兒，放一只大鷂子。

我認得你。文笙説。

仁楨問，什麼？

文笙説，那會兒，你説的頭句話是，我認得你。

仁楨愣了愣，然後是恍然的神情。她定定看著文笙，説，我也認得你。

他們在對視中，回憶著彼此説過的這句話。風吹面不寒，這些年過去，已有些物是人非。他們都長大了，文笙心中有淡淡的悽楚。手一鬆，風箏掉落在了地上。

仁楨撿起來，看著虎頭銅鈴似的眼，説，當年你肯收我作徒弟，我現在已經是個高人了。

文笙輕輕説，現在也不遲。

他將搖車放在她手裏，舉起那只風箏，迎著光遠遠地拋擲出去。風箏打了幾個旋。他執著線，腕子抖一抖，輕輕拖一下，虎頭漸穩穩地升起來。他便囑她放線，一點點地將線送出去。風箏越飛越高，背著夕陽，光線映照下是通透的明黃。虎鬚在風中凜凜地抖動，整個虎頭便活了起來。

仁楨瞇起眼睛，看風箏慢慢地靠近雲端，騰挪起伏。大約因為距離，那虎頭的形態便格外真一些。雖見首而不見尾，已有王者氣象。仁楨便説，若是人也如這風箏，飛得起來，便可望得遠些，看得也多些。她嘆一口氣，説，我還沒出去過襄城。

文笙便説，風箏飛得再高再遠，終是有條線牽著。有了這條線，便知道怎樣回來。

這時候，風卻突然大了。兩個人看著虎頭，在空中擺動了一下，慌了神似的，上下打起了圈，轉了一會兒，像是要掉落下來。文笙站起來，將手中的線高高揚起，趁著風勢。然而，風太烈，線緊緊絞住了他的手指。

風向亂了，收線。他説。

他只顧著看那風箏，並未留神搖車還被仁楨抓著，竟一把捉住了仁楨的手。兩個人都木了一下。文笙急忙鬆開了。風箏線終於沒了節制，軟軟地蕩成一個弧形。虎頭懶懶晃一晃，像被抽掉了筋骨。這一

刻，文笙看見，仁楨忽然抬起腳奔跑起來。一手執搖車，一手將風箏線舉著，在城牆上奔跑。圍巾落到了地上，她也不管不顧。一忽悠，已跑到城牆的另一端去。風箏線繃緊了，而那虎頭，竟然在這速度中，慢慢地又升起來，漸漸穩實地停在了空中。

仁楨氣喘吁吁，看文笙走過來，是個欲言又止的神情。她揉一下胸口，氣喘勻了，這才朗聲大笑，說，嚇著你了吧，沒見過姑娘像我這樣野跑的。

文笙將圍巾遞過來，仍呆呆地看她，說，眼看要掉下來，竟被你救了。

仁楨說，危難之間，文的不行，便要來武的。我常顧不得那許多的規矩，是個吳下阿蒙的脾氣。

文笙便笑了，說，你倒給我上了一課。

風漸漸勻了。文笙用一塊石頭，將搖車壓住，讓風箏自己飄浮。兩個人，便坐在城牆上。仁楨說，讓你笑話，我真是無半點閨秀氣。

文笙脫口而出，我並不喜歡閨秀。

待說出來，覺得不妥，竟也收不回去。眼睛直直地望著前方。兩個人都沉默了。

半晌，他聽見仁楨的聲音，我是許久沒有這樣快樂了。

仁楨喃喃道，你方才說，有了線，風箏就知道回來的路。可如果這線斷了，不是有更大的世界等著，又何嘗不好？

文笙想一想，說，人，總要有些牽掛。

仁楨轉過頭，看著他，顏色肅穆了些。她說，你既出去了，為什麼又回來。你的牽掛又是什麼。

她忽然伸出手，將文笙的右手捉過來。文笙觸電一樣，想抽回，卻被她牢牢地攬住。他不再掙脫，由著她翻過自己的手掌，輕輕撫摸虎口上粗糙的繭。她的手指，順著他的掌心描過。一條生命線，深刻綿長。

仁楨說，那天在「容聲」，你遙遙望過來。看眼睛，我知道你是經歷過生死的人。

文笙說，活著，便無謂再想旁的事了。

這時候，天色漸漸暗淡下來，一點一點的。他們便坐著，也不說話。餘暉將兩個人包裹住，金燦燦地，和那城牆的輪廓，熔在一塊兒了。

# 流年

入秋，暑熱未退。

仁楨坐在亭子裏，遠遠望著「錫昶園」的動靜。她站起身，「墨兒」從她膝頭落地，悄無聲息。

她看見「錫昶園」常年被封死的月門，打開了。

娘姨與下人們，都湊過去看熱鬧。管家過去驅趕了一下，但他們很快又聚攏了來，往裏面瞅著。

一個日本軍官，走出來，人們才退後了一下。他簡單而倉促地對周圍的人鞠了一躬，然後在下屬的協助下，將樹在月門邊上的太陽旗，一點點地降下來。這旗幟終於被看得慣了。本是突兀的一塊紅，如今旗杆上光禿禿的，人們就又引了頸子向上望。

士兵們陸續集合，並沒有響亮的軍令聲。他們的身形似乎有些疲沓，在軍官的指揮下坐在地上，彼此偎靠。在這大熱天裏，像在取暖。

日本人投降了。聲音冷不丁地從身後傳過來，仁楨轉過頭，看見阿鳳圓圓的面龐。臉色平靜。

她牽著仁楨的手，說，走，出去看看去。

她們走到街上，有歡呼聲。看著街邊上坐著許多人，有士兵，也有日本的僑民。整條文亭街，仿佛喧囂與混亂的火車站。他們坐得有些瑟縮。有一家人，是仁楨認識的鄰居，此時沉默著靠在行李上，目光漠然而茫然。家裏最年幼的孩子發現了仁楨，蹦了起來，用日語大聲地與她打招呼。旁邊的母親，立即低聲地訓斥他。同時抬起頭，臉上浮現出難以名狀的笑容。仁楨從這微笑中讀出討好來，心裏有些發緊。這時，一個路人清一下嗓子，將口水吐在這母親身上。婦人愣一愣，掏出手帕，想擦掉，卻又停住。目光失神，看著口水從素潔陳舊

的和服袖子上滴下來。

路上聚集了更多的人，熱烈如節日。仁楨感到自己幾乎被擁促著往前走。幾個青年，用白灰在福愛堂的圍牆上粉刷。赤紅色的「大東亞共榮」的字樣，漸漸被遮沒了。

這時候，她感到了人們的閃躲。人群後退中，她看見一個半裸的女人，在街上快速地奔跑。同時間搖晃著手臂，用仁楨所聽不懂的語言，唱著歌。歌謠的旋律本來是柔緩的，卻被她唱得熾烈而昂揚。她的神情舒展得過份了，在胳膊抬起的一剎那，仁楨看見她被洗得稀薄的短褂裏，暴露出半個白色的乳房。愣神間，她已經又跑遠了。一縷披散的頭髮，隨她的跑動飄揚，優美異常。

旁邊的人嘆了口氣，說，這女人，今天早上從城南跑過來，由永樂街一直跑到文亭街，又繞著圈跑回去。聽說是金谷里慰安所裏跑出來的朝鮮軍妓。眼看著瘋了，造孽。

仁楨在暑熱和濃重的汗味中，一陣虛弱。她對阿鳳說，我們回去吧。

走到家門口，她看見大門上被甩了幾個泥巴團子。

主僕二人，走進去，誰也沒有說話。走到中庭，仁楨看著缸裏養的秋荷，有些殘了，卻依然有淺淺的香氣洋溢出來。她便停住腳，深吸了一口氣，回過身，對阿鳳說，日本人投降了，你也該走了吧？

阿鳳似乎並不吃驚她這麼一問，只淡淡地笑，說，我走到哪裏去？我走了，小順兒爺倆怎麼辦，誰給他們洗衣做飯？

仁楨愣一下，忽地執起阿鳳的手。阿鳳依然笑，將她的手輕輕一握，也沒更多言語。

半個月後，文笙與仁楨坐在城頭上，看著襄城，總算恢復了一些往日氣象。

文笙說，仗打完了。我們家裏，雲嫂是最歡喜的，一時哭，一時又笑。今早就坐了火車回老家，去祭她家裏人。

停停便又説，若不是日本人來，跑反，我大姨興許還在。

仁楨聽他的話，想起了仁玨，心裏一陣陰陰的痛，説，如今囫圇有家的，有幾個。

文笙挺一挺胸膛，揚起臉，嘆息一聲，若我還穿著一身軍裝，感受必不同些。

仁楨並未應他，眼睛裏頭空空的。半晌，回過神來，見文笙定定地望她。她説，昨天家裏來了幾個人，為三哥的事，他在維持會裏做過。

文笙低低頭，説，他也是被逼無奈，城裏的人都知道。

仁楨輕聲道，其實，家裏人總覺得有些對不起他。眼下，誰要對不住誰，卻又不知道了。


八月十五前，昭如帶著雲嫂，親自登門造訪趙家。

滿臉堆笑地進了門。趙家太太出來招呼，沏茶看座，禮數齊全。昭如卻聽出她言語間的不冷不熱。人也有些魂不守舍，裏外都看出了敷衍。

趙家太太是個精明得體的人，這未免一反常態。昭如心裏奇怪，臉上還賠著笑問，斯儀呢？

趙家太太聽到這，將茶杯擱下，説，窩在房裏呢，不想見人。

聽她的聲音有些發硬。昭如又耐下心問，身子不爽利？

趙太太終於冷冷道，那要問你們文笙了。

昭如以為心裏有了數，笑道，莫不是受了笙兒的氣？我這做娘的代他賠個不是。文笙回來半句不説。這兩個孩子，神神祕祕的。新式戀愛，我們做老的真是半點不懂了。

趙太太目光抖動一下，她上下打量昭如，説，盧太太，你真的不知他們近來的事？

昭如愣一愣，搖搖頭。

趙太太眼睛倏然紅了，撐著桌子起來，又慢慢坐下，説，好一對兒糊塗娘。

昭如心裏也打起了鼓，她讓自己穩下來，問趙太太，你慢慢說，是什麼事？

趙太太的眼神一點點地黯然下去，輕輕說，斯儀懷孕了。

昭如一驚，兩個人都沉默了。

房裏頭一片死寂。

這過了半晌，她才安定了心緒，用盡量冷靜的聲音說，老姐姐，我們做娘的先是糊塗，可這事耽誤不得。我做一回主張，趁著中秋，將兩個孩子的事情辦了。這拖下去，便是錯上加錯。

趙太太聽了，茫然看她，苦笑道，你倒是樂意幫人家養兒子。我們家卻丟不起這個人。這一來，倒成了我訛上了你們盧家。

見昭如整個人木木的，她終於說，現如今，我也顧不得醜了。你可知道，這倆孩子，那次看戲後就再未見過面。瞞天過海，斯儀每次出去，都是去寶華街會那給她製旗袍的紅幫小裁縫，才做下敗壞家門的事。你倒要問問你那寶貝兒子，這些日子究竟都去了哪裏。

晚上，文笙跪著，將仁楨的事，一五一十地說給昭如聽。

昭如強按著心頭的火，只覺得眉心灼痛。可聽著，她漸漸憶起了這個姑娘，是在盧家四房太太慧容的喪禮上。那個小小的女孩，臉色淨白，眼裏悽楚卻不軟弱的光，是很疼人的。她還想起，臨走時，她忍不住抱了一下這孩子。瘦弱無骨的身體，在她胸前顫抖了一下。

她感到她的心，也在這抖動中軟了下來。她說，這也是個大家的姑娘，你和她的相識交往，卻不像是好人家的子弟所為。其實是辜負了人家。

文笙直起身子，說，新式的戀愛，是這樣的，不拘一格。

昭如便又動了氣，說，那你和斯儀的事，瞞住不說，也是新式？

文笙囁嚅了一下，這才說，與趙家小姐，不從便違父母之命，是為不孝。

昭如心頭一熱，知道了孩子的顧及，說，無論新舊，老祖宗的規矩變不得。人而不信，不知其可。這是做人的根本。

她叫文笙起來，說，罷了，天也晚了，你先去睡吧。娘也乏了。

雲嫂伺候昭如梳洗。

雲嫂問，這姑娘是馮家的小姐？

昭如輕輕「嗯」了一聲，說，屬龍的，歲數倒合適，不知八字怎麼樣。

雲嫂說，那咱們家算是高攀了。

昭如望她一眼，沒說話。

雲嫂又說，太太，有句話我琢磨著，還是得說。

昭如說，孩子的大事，自然要說。

雲嫂便開了口，聽說這馮家，近來又出了些事。他們家四房的老三，因為給日本人做過事，給政府帶走問話了。要是給定成了漢奸，就麻煩了。這馮老三就是楨小姐的親哥哥。

昭如望著鏡子裏的自己，一動不動地。

雲嫂又說，這馮家的門楣雖好，可是這些年沒消停過。光是幾個女子弟，楨小姐的大姐，嫁去修縣的那個，聽說已經將葉家敗去了一半。二姐當年通共的事，這裏城裏的人，誰不知道。就是因為這件事，老三才給日本人拿槍指著脖子。咱家是盧老太爺辛苦攢下來的家業，可禁不起一點兒折騰。我不識字，可看的戲文不少。這種人，可有好下場？你看那個洪承疇。

昭如手中的梳子掉落在了地上。


仁楨一個人，在老城牆上坐著。坐久了，站起來走了一會兒，又坐下。

文笙不是個會爽約的人。相反，他是個對時間觀念過份認真的人，雷打不動的。有時候，仁楨多少惱他有些無趣，不知變通。

可是這一日，卻左等右等總不來。天色漸漸黯然下去。

仁楨不禁有些焦急。遙遙地，有秋蟬的聲音。空氣還是燥熱的。蒸騰間，漾起一種莫名的氣味。仁楨閉上眼睛，去辨認。被蒸烤了一

天的襄城，混合著人味兒，塵土，馬糞，汽車的殼牌汽油味。還有城頭上的野草，在凋落中的味道。經歷了一夏茂密的生長，盛極而衰，枯榮有時。

這些味道，是如此真實，觸手可得。而文笙不是。

一剎那間，她發現，關於他，自己竟然沒有一個可問的人。這讓她心裏隱隱地怕了。這段時間，兩個人如此的近。然而，又是如此的遠。除了他的講述，她對他的生活，一無所知。他對她，也一樣。

當最後一絲夕陽的光線，消失在了青晏山的峰巒後。她站起來，拍一拍裙子上的細塵，以緩慢的步子，一級級走下城牆，回家去了。


姚永安也沒有想到，會在這裏見到仁楨。

他在「永祿記」與人談生意，從包廂裏走出來，恰看見一個年輕女孩依窗坐著。當他認出是馮家的楨小姐，心裏有淡淡的驚奇。

事實上，他已經有段日子沒有出現在馮家了。這多半因為他一時不智，與三房的一個丫頭有了不名譽的事情，造成與明耀之間的不快。當然，馮家近來多事之秋，門前冷落。他是個商人，很懂得進退有度，也是順乎大勢。

這時，他看見仁楨，坐在角落裏。桌上擺著一盤糖耳糕，似乎沒有動過。女孩的目光，不知落在什麼方向，空洞洞的。

於是他走過去，坐下來，微笑地問，密斯馮，在等人？

女孩一驚似的，看是他，也回道，姚先生。

姚永安這時候，看她揚起手，似乎避了一下。但是，他仍然看見了她頰上淺淺的淚痕，在燈光裏頭閃一閃。

姚永安的話，在她心頭又擊打了一下。暮色低迴，「永祿記」店招上的霓虹倏然亮起，溫熱的顏色恰映在她臉上，茸茸的一層。她並不記得，自己是怎樣走來這裏。只記得，從城牆上下來。一個星期了，周而復始，文笙沒有出現。

她走來這裏。她想起多年前，那時還沒有霓虹燈。她也曾坐在這舖子前，懷裏緊緊抱著一只點心匣子，一遍又一遍地等。等的人來

了，匣子被取走了。那一刻的焦灼煙消雲散，是怎樣的歡樂。也是在這店舖裏，她等著。言秋凰終於從包廂裏走了出來，水靜風停。言秋凰牽起她的手，掌心微涼，一瞬間，她如釋重負。

不等了，等也等不來的。想到這裏，她站起來，對永安行了個禮，就要告辭。

楨小姐，我書讀得不多，想請教，可有一則「尾生抱柱」的故事？

仁楨聽見永安的聲音，不疾不徐。她愣一下，應道，一個迂腐書生，盜蹠說他「離名輕死，不念本養壽命」。

永安輕輕一笑，《史記》裏有「信如尾生」之說，又怎麼講。

仁楨慢慢坐下來，咬一咬嘴唇道，他的「信」，是害了自己。

這時候，永安將禮帽脫下來，突然沒拿穩當。禮帽一滑，眼看要落到了地上。千鈞一髮，永安只用手一抄，竟接住了。

仁楨張一張口，也終於說，姚先生好身手。

這時候，她卻看見禮帽裏面徐徐地一動，竟升起了一朵白色的花，開得層層疊疊。永安將花從帽中取出，站起來，將花捧在掌心，遞到仁楨面前。他很紳士地行了一個屈身禮，道，贈人玫瑰，手有餘香。

仁楨不禁接過來，定睛一看，原來是一方男人的手帕疊成的。

她便笑了。笑容裏是孩童的稚拙樣子。永安看在了眼裏，心裏漾了一點暖。他想，這個楨小姐，其實長大了。

他想，自己對這姑娘，是有些親近的。他這樣的人，對於女人的親近，總有些風流氣。而這女孩卻是不同的，只第一面，叫他產生一種兄長似的疼惜。究竟是為什麼，他自己也不曉得。她捧著這朵花，靜靜地笑，禁不住似的，臉上卻還有淚痕。這笑讓他心裏，也驀然清澈起來。

他便說，我想聽聽，叫楨小姐等的人，值不值得信如尾生？

聽到這句話，仁楨收斂了笑容。手中無知覺，稍一用力，那花便散了。

她望一眼面前的那人，方額闊臉，厚厚的耳垂，便想起初見時關

於「彌勒」的話來。若是尊佛，倒讓人很有許願的衝動。只是，幾時見過穿著西裝的彌勒呢。

這臉上含笑的眼裏頭，有久違的暖意。她便也有些融化，生出了一種信任。

聽仁楨娓娓說完，永安心裏有了數，他笑一笑，說，別的忙，我或許幫不上。這盧家的少爺，我還真興許能一盡綿薄。

仁楨有些慌，說，不不，先生誤會了。我並不是要勞煩先生做什麼。先生能聽我說說，已感激不盡。如今在家裏，還能跟誰說呢。

永安說，密斯馮言重了。我倒要謝謝你，給我個由頭到盧家去走一走。

原來這姚永安，與盧家頗有一段淵源。他是河南溫縣人氏，因童年失怙，自幼便被遠嫁莒縣的姑姑撫養。而他在私塾裏的開蒙老師，正是彼時還未承父業，耕讀自樂的盧家睦。據說當年，論悟性，在一眾少年裏，姚永安是頂出挑的一個。數年的師業授受，師生感情漸篤，頗有些忘年之交的意思。然而，也是這個姚永安，卻是最早輟學，投身商賈的一個。這讓惜才如金的家睦很是失望。多年後到了襄城，他頭一個便是來拜見盧家睦。家睦心裏有過往的疙瘩，便不肯領受這份師生之誼。永安有自己的傲氣，心想這做老師的「唯有讀書高」，如今還不是與自己殊途同歸，這架子端得莫名。便也再不登門。後來從英國回來，也略聞一些襄城的人事之變，方知老師已經西遊多年，是打心眼兒裏想要去看看，卻一時也抹不開面子。

昭如聽說來的人是姚永安，也很有些意外。
既來了，也在臉上笑，說，永安兄弟，多年未見了。
姚永安深深鞠一躬，說，倒是我的不是，早該來跟師娘請安。
昭如道，這個師娘我卻當不起。

　　開場是硬生生的。永安卻不怕。他是什麼人，多少難做的生意，劍拔弩張。只他一個人舌粲蓮花，干戈自化為玉帛。

　　幾番交談下來，彼此都柔和了些。永安知道師娘的底裏，如今更明白了老師為何對她敬愛。這婦人與師父一樣，本份，有些被中國的大小聖賢造就的純真。這與年紀無關。這樣的人，在出世與入世之間，並不游刃有餘，有些拙。這拙，恰就是可愛之處。

　　話題輾轉一番，終於引到了合適的關節。永安便開口說，師娘，聽說笙弟去了天津學生意。這回來正是大展宏圖的時候，想必師娘也為他作了許多打算。

　　昭如愣一愣，嘆一口氣說，我倒是為他作了打算，先成家，後立業。都說年輕人興自由戀愛，我以為自己開明，便由他去。結果遇到的人不對，強不回頭。如今看來，小孩子任性不得，還得老的做主。我這一回，親自為他訂下一門親，你恐怕也認識，鐘慶錶行家的二姑娘。至於戀愛，便省去了，也省去了許多枝節。

　　永安心知不好，便裝了不經意問，我倒想聽聽這不對的人，是怎個不對法。

　　昭如說，人原本沒什麼不對，可生錯了家庭。文亭街的馮家，素與你有交。他們家頂小的閨女，想必你也聽說過。

　　永安便作恍然大悟狀，說，說起來，那楨小姐我還真見過，論人品，倒與笙弟是郎才女貌。可惜得很，難怪兩下裏都喜歡。

　　昭如又嘆，說，唉，誰說不是？可她有那樣一個哥哥，這家往後的道兒，怕是難走了。你笙弟的脾性這樣。師父建起的家業，禁不起這麼個牽連。

　　昭如說得喪氣，忽然頓悟似的，語帶警惕說，永安，莫不是馮家來找你作說客？

　　永安嘻皮笑臉說，我是許久不登馮家的門兒了。他們家的女人們都喜歡我，男人就不喜歡了。

　　昭如便放了心似的，說，我說馮家，未必看得上我們。你也老大不小，不想著娶親。

永安說，我是顧不上。生意都做不過來。這日本人走了，百廢待興，正是用得著青年人的時候。兒女情長，總是消磨意志。我若是笙弟，便要去商場上一展拳腳，才不會辜負了師父。最近聽說，上海有大好的機會，正琢磨了要去。師父在世的時候，不是在滬上也有生意麼？

昭如說，談不上什麼生意，只是盤下來一個櫃面，也是勉強維持了。

永安說，師父可真是有先見之明。如今在上海，櫃面是搶都搶不來。如此，正是重振家聲的好時候。

昭如的口氣到底軟了下來，我放他出去一回，便有一回故事。

她剛想要張口，到底覺得不能將天津的事情和盤托出，就說，我如今是怕了。成親的事，也為拴住他，讓他有個人看著。

永安說，師娘，您可信得過我？

昭如笑笑說，你這個人，我信不太過。可我信得過你師父，他的在天之靈，能鎮得住你。

永安說，那便是還信得過我。我看著笙弟，若有差錯，您老唯我是問。男人不趁年輕在外面多走走看看，長些見識，便一輩子要做井底之蛙了。恐怕也非您所願。

昭如猶豫了一下，說，那成親的事，怎麼辦。

永安說，盧家的家業日隆，還怕沒有好姑娘叫您一聲婆婆？

永安走後，昭如一個人坐在廳堂裏。良久，她才起身來，覺得有些暈眩。她驀然覺出，自己老了。這一點感覺，非如潮汐經年積累漫延，卻是倏忽而至。

她覺得自己有些陌生，有些不自然。她想一想自己方才的表演。那一點擺在臉上的堅硬，突然間，都垮了下來。

三天後，她讓雲嫂打開門，走進了兒子的房間。

文笙坐在桌前，臉迎著窗，沒有一絲表情。聽到聲音，他站起

來，恭敬地鞠了一躬，道一聲：娘。

此後，便沒有聲音。

昭如坐下來，看著兒子蒼白而平靜的臉。母子二人，已經多時沒有說過話。昭如很希望他開口，哪怕是以最激烈的方式。然而，沒有。文笙以默然回應對他的幽禁。這，讓她感到孤獨，孤獨之後便是恐懼。這恐懼日益濃重，仿佛漫天的黑暗包裹，不見盡頭。夜深的時候，她想，這是我教養出的孩子，他在想什麼。當她發現自己一無所知，便更加的怕，甚至胸口因此隱隱地痛。

她終於問，笙兒，你恨娘麼？

文笙依舊沉默。外面的梧桐樹，有一片葉子飄搖地落下來。母子二人，便看它在空中舞蹈。殘敗枯黃的影，優美而短暫地在他們的視線裏飄浮了一下，又一下。落到了窗臺上，被陽光穿透，看得見鏽蝕的邊緣與清晰的脈絡。昭如看得有些入迷。然而一霎，便有微風吹過，將這葉子拂了一下，不見了。

昭如驀然驚醒。她說，笙兒，你還記得，你小時候學說話，第一句話說的是什麼嗎？

文笙依然沒有說話。眼神卻因此而聚攏了，落在那片樹葉消失的地方。

昭如張張口，也闔上了。她覺得心裏有些安慰。她想，他們是娘兒倆，都記得。

她說，人一輩子的事，也是一時的事。牽一髮而動全身。娘是一個老人，如今什麼也不懂了。我能做的，只是看著這一個家。家道敗下去，不怕，但要敗得好看。人活著，怎樣活，都要活得好看。

這時，文笙說，娘，走前，讓我和仁楨見一面。

他看見昭如點一點頭，同時間闔上眼睛，說，帶她去看看龍師傅。

這天下午，文笙與仁楨兩個，立在「四聲坊」的牌坊前。

文笙伸出手，握住了她的手，只覺得她的手心很涼。

日本人走了，「四聲坊」裏似乎有了新的人事。新的店舖，新的聲音。孩子也多了起來。依然是舊，然而有了一些顏色，便顯得沒有這麼舊了。

因為並沒有什麼心情，他們未有左右顧盼。

一個年老的婦人招呼他們，小先生，給小姐買朵絨線花吧。

她的腳步立住了，擰著勁兒。文笙便在這攤子前停下來，說，槙兒，挑一朵吧。待會兒見龍師傅，也好看。

她便執起一朵。婦人說，芍藥。小姐的眼光好，貴氣。

她將這朵花，放在文笙手裏。文笙愣一愣，便很小心地，給她戴在耳邊。

這紅是喜慶的。他見她的臉色，在這大紅的映襯下，好起來了。

她被他看得不好意思，但眼睛裏卻有些酸和熱。她便扭過頭去。

他們兩個，往前走，這喜慶的紅，讓他們互相心裏都有了一些底。


在「余生記」的門前，他們停住。

門檻上，掛著一只白色的紙燈籠。上面是個斗大的「奠」字，孤零零的。

文笙慢慢鬆開仁槙的手，上前幾步。看見了龍寶，穿著一身孝服，和兩個弟弟，跪在蒲團上。

一幅遺像，攔在靈臺，簇在密密麻麻的風箏和箋架中。龍師傅笑得安靜祥和，並看不出有一絲依戀。

仁槙將頭上紅色的絨線花，取了下來。她跟著文笙，向遺像鞠了一躬。抬起頭，她從未見過如此多的風箏，堆疊在一起。近旁處，是一只虎頭，有巨大的眼睛的輪廓。還未上色，是一只慘白的虎頭。

文笙努力讓自己站得直一些。他問龍寶，是什麼時候的事。

龍寶說，前兒晚上。多虧了盧夫人差人送錢來。這才操辦了喪事。

文笙木著臉，覺不出有兩道滾熱，劃過面龐。龍寶悽然跟他說著話，他也聽不太清了。仁槙默默將自己的手遞給他。她的指尖在他掌

心碰觸了下，用了力。指甲嵌入他的掌心，有些疼。

他們離開的時候，仁楨聞到一股濃重的清苦氣，是竹子在火中炙烤的氣味。她便回過頭，看見店門口，有兩道已經褪了色的楹聯，依稀還能辨得出文字。上面寫著：

「以天為紙，書畫琳琅於青箋；將雲擬水，魚蟹游行在碧波。」

文笙走的那天，天氣晴好。昭如送他上了火車。母子並沒有說太多的話。但是火車快要開動的時候，文笙從車窗裏伸出了胳膊。昭如趕了幾步，火車卻加了速。文笙胳膊便停在空中，許久，才遙遙地向她招一招手。

昭如看火車遠了，漸望不見了，這才回過身，心下一片黯淡。這時候，她看見一個女孩站在車站的廊檐下，也向這裏望著。

看見了她，女孩卻不禁低下了頭去。然而，剎那間，又抬起來，迎著她的目光。眼睛裏有一點閃爍。

兩天後，馮家收到了一封信。

裏面是兩枚庚帖，一幀背面畫著一叢筱竹。字跡娟秀，上面寫著文笙的名字與生辰，以及父母的名字。

一幀正面還空著，背面寥寥數筆，繪著一株秀木。看著柔弱，但姿態虯然。

信封的落款寫著，盧孟氏，昭如。

〔第八章〕

# 盛世

　　文笙漸漸已有些習慣永安帶著他出來「談生意」。這間西菜社離他們住的地方並不遠。送了人上車，可以慢慢地走回去。

　　這時，永安操著流利而鄉音濃重的上海話，間或一兩句英文，和所謂「朋友」正談得熱鬧。朋友是本地人，形容很平樸。多數時候，他聽著永安說話，笑而不言。開了口，隻字片語。說完，永安愣一愣，卻沒有接上話去。

　　面前的牛排已經冷了。文笙放下刀叉，心思有些游離。目光盪到窗外去，黃昏時候，街上人多起來，都是匆忙的樣子。因為已待了些日子，文笙就覺得，這城市裏的人，走路和襄城人是不一樣的，總微微前傾著身子。馬路對面過來一男一女，大約是夫婦，個頭都很敦實，卻氣定神閒，像靜止在人群裏。倒是他們牽的一隻狗，健碩精實，很有些活潑氣。跑上一兩步，便回過頭來，搖一搖尾巴。

　　遠遠地，能看見「大新公司」西南面牆上，巨幅的「蔣主席像」。主席一身戎裝，雙手拄杖，微笑看著滬上眾生。

　　「小兄弟。」文笙一個激靈，轉過頭，才明白是對面的「朋友」喚他。他恭敬地看那人。「朋友」用國語說，你這位永安大哥，是個人物啊。

　　文笙便笑一笑，表示贊同。那人起身，戴上禮帽，說，先告辭了。

　　永安起身相送。餐廳裏是永安熱烈的聲音。鄰座的客人，眯著眼睛看他，輕微地皺眉。他也並未察覺。

　　待他們結了帳，走下樓來，看見門口熙攘地聚集了人。這家叫「萬德」的西菜社，樓下門面是一間「牛肉莊」，以肉類新鮮著稱，每天傍晚進貨。這時，便看見許多或洋或華的僕歐翹首以待。突然，

有一個女人豪放嘹亮的嗓門響起。是個身形粗壯的廚娘，在譴責插隊的人。她揚起胳膊，亞麻色的頭髮散下來，打在脹得通紅的飽滿面頰上，不依不饒。透過玻璃，人們看見店裏的夥計，將新到的肉懸掛在櫥窗的上方，便都無暇再理睬她。她便也噤了聲，將視線投向血淋淋的大塊牛肉上去。

兩個人沉默地走著。永安唇上叼著一支雪茄，並沒有點燃。走到街口，突然間停下來，恨恨地罵了一句「赤佬」。經過這段時日的相處，文笙也已習慣，他這樣罵，並非有什麼所指，只不過是一時情緒的表達罷了。

「赤佬」，永安潦草地揮了一下手，指著華燈初上的三馬路，說，總有一天……

他並沒有說下去。文笙看著次第亮起璨然的霓虹，在永安的臉上映出不可名狀的繽紛光影。

他們分開，文笙照例一個人往望平街的方向走。永安要去「白相」，是不許他跟去的。

走進這條街，看得見燈火，人卻寥落了不少。凌晨的時候，四更向盡，人流擁動，是另一番景象。沿著三馬路外國墳山到四川路香港路一帶，水泄不通，到了將近正午，才慢慢散去。這裏是滬上有名的報館街。半里路不到的小馬路，有三四十家報館。日本人走了後，復刊的多，漸漸容納不下。不少便遷去了臨近的愛多亞路。

文笙住在「新聞報館」隔壁的一間商棧，對面望得見《申報》的樓房。因為選址巧，也算是鬧中取靜。這間客棧叫「晉茂恆」，開了許多個年頭，模樣是有些敗落了。可內裏卻經營得很好，雖然時移世易，也有過幾次危機，但始終沒讓臨近的報館商舖給吃掉。聽說老東家很勤勉，人不在了。現在的少東人也精明，卻是無為而治，很少出現。便有人在這裏做起了二房東，將房子賃給到上海做生意的鄉里。商棧是山西人開的，在這裏住的，卻多是河南、河北人。河南的多是

孟縣、溫縣一帶的人，做布匹生意，是永安的同行。

永安和文笙住在頂樓，位置算是格外清幽。賃這一層，一年便要多兩根條子，卻也值得。打開窗子，看到的並不是熙攘的街道，而是尋常人家的院落。擠擠挨挨的石庫門房子，裏頭是日復一日的巷陌民生。文笙便很愛往外頭看，看著看著，便想起了家的好處來。

他推開大門，沿著樓梯走上去。年月久了，扶梯發出吱呀的聲響。走到了二樓，聞到了撲鼻的中藥味。隨即看見樓梯口，立著一個方正的紅木櫃子。櫃子上整齊嵌著精緻的抽屜，墜著銅質的拉手。雖然燈光昏暗，仍然可看見，抽屜上貼著白色的紙籤，工整地用小楷寫著「生地」、「淮山」、「牛膝」。

這時候，從櫃子後頭閃出一個人來，將那櫃子移動了一下，嘴裏抱歉道，對弗起，擋了你的路。

是個身形瘦小的人，卻讓文笙愣了一下。這張臉，是熟悉的，他倏然想起了自己的同學的凌佐。然而，這青年分明講的是摻了蘇白的國語，他回過了神，說，不要緊。

青年便扯下肩頭的毛巾擦一把汗，說，先生聽口音，是北方人？

文笙便道，我是襄城人。

青年笑說，我是吳江人。如今情形好了些，各地的人都到上海來了。可這來了，才知道生意也沒這麼好做。用項又大，光是吃和住，都比我們那裏貴了許多。如今我叔叔回了鄉下，就靠我一個人。我剛搬過來，以後便要勞煩多照顧了。

文笙說，理應的。

青年問，先生貴姓？

文笙便告訴他，小姓盧，盧文笙。

青年說，好名字，雅氣得很。我就土了，鍾阿根。往後叫我阿根吧。

文笙笑一笑，說，阿根，你們家做的是藥材生意？

阿根說，是啊。都是老家的藥材，貨真價實。沒有店面，做的是

批發。我原駐在虹口的一家商棧，是個寧波佬開的，上個月倒給我攆了出來。說是有客跟他抱怨，給中藥味熏得睏不好覺。有人介紹，搬到這兒來。還是北方人厚道，沒有這些窮講究。我賃了兩間，一間做庫房，不礙事吧？

文笙說，不礙事。好藥材，是安神的。倒是我們沾了便宜。

阿根笑笑說，那就好，文笙，你做盛行？

文笙說，我們家做五金生意。

阿根眼亮一亮，說，這行如今倒熱手得很。

文笙輕搖一搖頭，說，也是來了，方知道不好做。

他想起這半年來，的確是不容易的。按說「德生長」與「麗昌」，在襄城和天津都算是老號，這些年穩紮穩打。日本人在的這八年，都挺了過來，叫人信得過。貨是從東北和太原進的，有口碑，也是熟門熟路。到了上海，先前還好，如今卻不太賣得動。特別是型鋼與生鐵兩項，漸乏人問津。究其底裏，還是個時勢。政府開放了外匯，本地「避風頭」的大戶次第復出，做起了進口。「源祥號」一次進了盤圓五十噸，售價比市場價格低了兩成有餘。自然搶手，只用利潤又跟德國人訂了二百五十噸。這可是「德生長」他們這些外來的商號比得了的手筆？

唉。阿根這時候長嘆一聲，說道，我們這賺的，到底是個辛苦錢。在上海這錢生錢的地方，始終是慢的。我一個親戚，在交易所一個上午，賺的比我半個月的毛利還多。他總說，錢是一刻都不能閒著。可我沒出息，一分一釐，總還是放在錢莊裏踏實。你呢？

文笙說，我們五金行，都是存在「鐵業銀行」裏。

這時候，又聽著樓梯響，就看見門房走上來，揚手對文笙說，盧先生，有你的信。文笙接過來，向他道謝。

阿根說，也耽誤你許久了。我也先忙，有空找你去。你住樓上？

文笙說，左手頂頭那間。

阿根笑笑，露出一排白牙。

文笙回到房間，覺得悶氣，將窗子推開，一陣涼風。遠遠的，是點點的燈火，像墜在地面上的繁星。這城市的上下，就都成了夜空。他深吸了一口氣，靠著書桌坐下，看手上的信。

一封是滬寧商會的。這商會的信，多半是來募捐。有次錄了周姓耆紳的公開信，竟是用駢體文寫的，意思無外乎為國民志軍「襄貲添餉」之類。另一封是「麗昌」櫃上來的，上半年的帳目盤點。還有一封，文笙看那信封的字，自來水筆寫的，娟秀得很，逢到一捺卻格外有力，硬生生的。他的心停跳了一下。

他認出是仁楨的筆跡，急急地拆開來讀。

文笙看完，緩緩地將信放下，心裏有些黯然。他知道自己是說服不了她的，不過是心存倖念。但知道了結果，還是失望了。

仁楨接受了杭州大學的錄取通知書。

他知道，這段日子，她在滬新大學與杭大之間舉棋不定，是為了他。仁楨來上海上大學，是他與昭如共同的願望。在旁人眼中，馮家大半年來的坎坷，一言難盡。幸虧仁楨的大姨，修縣葉家的掌事太太慧月與一位接收大員熟識，多番斡旋，才幫馮家勉強渡過了多事之秋。昭如心裏還是忐忑得很，她有些後悔去年的心頭一軟。她想著，兒子的悶頭犟，是早晚懸著頭頂的一把劍。待知道仁楨要考大學的消息，就催著文笙寫信，叫仁楨考到上海來。她有自己的一盤帳，兩個人在一起，又都在外面。該有的有了，該躲的機靈點，也能躲得過去。這麼一來，是等著水到渠成的從長計議。

然而，仁楨到底還是要去杭州讀書了。信裏說得明白，她要去的，是她二姐仁玨的大學讀書。

旁的不論，只這一條，就夠了。


文笙將信摺好，放進信封裏，一個人，呆呆地坐了許久。直到外頭響起沉悶的敲門聲，伴著人嘟嘟囔囔地說話。

他打開門，看見門房攙著永安，站在門口。永安碩大的頭，耷拉在胸前，身體一個前傾，文笙趕忙撐住他。門房搖搖頭道，又醉了，

躺在馬路牙子上，叫他以後少喝點。

　　文笙將永安扶到房裏，給他脫了鞋，又將西裝除下來。雪白的西裝上，有兩個清晰的腳印子，大概來自一個不善意的路人。文笙嘆一口氣，出去打了盆熱水，給他擦臉。擦著擦著，永安臉頰上的肉抖了抖，嘴唇一翕動，竟然唱了起來。雖然不清不楚，但仍然辨別得出，是白光的歌。這張唱片被永安擱在電唱機裏，來來回回地放，假惺惺，假惺惺，做人何必假惺惺……

　　雖然大著舌頭，永安竟然將整支歌唱完了，才舔了舔唇，嘴角流出了口水。

　　文笙關上燈，聽見永安在黑暗中翻了個身，哼了一哼，仍然不清不楚地，像是在說一個人的名字。


　　天濛濛亮，文笙起夜，看永安房裏沒什麼動靜。進去瞧了，還睡著。可是臉色不大對，一摸額頭，燙手。他心裏一驚，忙披了衣裳，就要出去找大夫。

　　走到樓下，卻看到一個人坐在前廳，舉著報紙看。那人抬起頭，是阿根。文笙心裏有事，著急間匆匆與他招呼，這樣早。

　　莫道君行早，更有早來人。阿根笑說，我是換了個地方睡不著，下來鬆快鬆快。你這是去哪兒？

　　文笙就和他說了。

　　阿根皺眉道，現在醫館怕是還未開門。

　　他想想說，你若信得過，我上去幫你看看。整日和藥材打交道，多少懂一些。

　　文笙便帶他回房，阿根坐下，給永安號了脈，又細細看了看他的舌苔，這才說，不妨事，受了風寒，邪氣入裏。我擬個方子，藥都是現成的，兩三劑就得。你跟我下去，我拿給你。

　　文笙便隨阿根到了庫房。阿根很熟練地從藥櫃裏取出川桂枝、白芍、甘草、茯苓、藿佩，按劑量配好，包成一包，說，都是營衛調和的藥，發出汗來就好了。想一想，又說，還是我給你煎好送上去。

文笙便要給他藥錢。阿根手一擋，説，我這個大夫可沒開過張，莫寒磣我。

永安服了阿根的藥，真的發了一身汗來，燒也退了，嚷著肚子餓。文笙給他買了粥，他一邊吃邊説，我是迷迷糊糊，連大夫長什麼樣也未見個囫圇。

文笙就和他説了阿根給他瞧病的事。永安愣一愣，一翹大拇指説，我就説這「老醯兒」開的商棧，是藏龍臥虎，趕明兒我登門謝謝人家去。

隔天黃昏，文笙在櫃上，看永安西裝革履地走進來，精神頭竟好過以往。見文笙説，快收拾東西，跟我上戲院。

文笙説，這正忙著。

永安説，忙？我來了半晌，可見你做成一樁生意？韓瑞卿好不容易來了上海，唱《賀后罵殿》，你可別後悔。

文笙心裏一動，韓近年聲名日隆，可礙著梅博士的面子，總和滬上梨園不即不離。這回來倒真是百年未遇。

永安説，我是答應師母看著你，看著你做生意，也得看著你耍。君子之道，有張有弛。

文笙先沒應他，只説，「天蟾」的頭場，還早著呢。

永安便説，我幾時説要去四馬路了？現時外地的角兒，哪個不去「大世界」的「乾坤」先熱個場？瞧你也來了半年，「哈哈鏡」什麼樣都沒見過。快走，韓老闆稀罕，我求爺爺拜奶奶弄了幾張票。叫上那個小赤腳大夫，算還他個人情。

文笙説，人叫阿根。

永安有些不耐煩，快走，管他阿根阿葉。

站在連幢的高大建築底下，阿根仰望那幾層奶黃色的尖塔，説，乖乖。平日經過了，也不覺得高。

文笙說，你也沒來過？

阿根回他，我是勞碌命，覺都不夠睡，哪來過這種高級地方。

待進去了，才知道大世界的「大」，絕非虛名。中西合璧，光怪陸離。想得到的玩意兒，這裏有。書場，雜耍，影戲院，各色戲臺；想不到的也有，只那露天的空中環遊飛船，倒將天津勸業場的「八大天」實在比了下去。

阿根一個大小夥子，這會兒露出了孩子相，和文笙兩個未免應接不暇。文笙一回頭，卻看見永安遠遠地站在廊柱底下，正和一個女人說著話。因為遠，那女人辨不清面目，只看見穿得極時髦絢爛的旗袍，身體微微動作，在燈光裏便是一閃。女人執著香菸，悠悠地抽上一口，吐出來。永安便伸出手去，順那煙的方向，迅速地做了個捉住的動作，然後放在自己唇邊一吻。女人便在他肩頭輕輕打了一下。永安趁勢摟住了她的腰，簇擁著往裏走。

阿根說，你大哥要到哪兒去。

文笙想想，說，不管他，玩我們的。

他們站在哈哈鏡跟前，看著無數個高矮胖瘦的自己。阿根做了個鬼臉，說，誰說人都能認得自己了。你瞧，這一圈子鍾阿根，可有一個一樣的嗎？

這時候，看見永安急急地跑過來，拉著文笙就走。

文笙問，幹嘛去？

永安說，談生意。

文笙說，你不是和個姑娘在一起，這會兒又要談生意。

永安說，什麼姑娘，一個「龍頭」，我也就趁個「拖車」而已。

文笙說，龍頭？

永安說，就是舞女。我打發她走了。這回可是個洋人，大生意，機不可失。

文笙說，和洋人談生意，我能做什麼？你那套生意經我看了許多回，也學不來。

永安説，這回不一樣，非你不可。他的翻譯來不了了，怎麼談？

文笙停住腳，看他一眼，説，永安哥，你可是留過洋的。

永安愣一愣，終於有些沮喪地説，好好。我那口洋文，糊弄鄉巴子還成。這真説出來，倒有一半我自己個兒聽不懂。

文笙目光茫然。

永安一推他，恨恨地説，祖宗，走吧。


「大世界」鬧哄哄的，卻不料還有這樣清雅的地方。臨近大劇院的一處咖啡廳，似一個桃花源。

文笙坐下來，對面是個灰頭髮的大鬍子，對他一眨綠眼睛，説，小夥子，在你們中國話裏，你就是及時雨，宋江。

他用中文説「宋江」時嘟起嘴唇，好生俏皮。

永安聽明白了，説，對對，我這兄弟，文韜武略，就是宋公明。

三個人聊起來，可聊了好一會兒，並未入港。無非是近來滬上的新聞，大鬍子在交易所的斬獲，歐洲的天氣。繞來盪去，不著痛癢。漸漸地，永安聽出不對味兒，時不時問文笙，他就説這些？怎麼哪句都不在調上。

文笙也覺得疲憊，就對他説，先生，你有什麼要跟我大哥説嗎？

大鬍子安然將身體向椅背上靠過去，轉了轉左手大拇指上的翠玉扳指，氣定神閒地説，不急。

説完舉起手中的杯子，説，中國人是酒滿三分親，我們以咖啡代酒。

永安又聽懂了，他輕蔑地看大鬍子一眼，那還不得餓死。

這時候，就看見一個高大的青年洋人走進來，對大鬍子熱絡地打招呼。雖然穿戴尚算整潔，但亞麻色的捲髮卻亂蓬蓬的。

他也伸出手，與永安握了一握。文笙眼神一閃，高鼻深目的輪廓間，不知為何，有些熟悉的東西。

他見文笙穿了中裝，臨時改變了手勢，作了個揖，説，你好，我是 Evans 先生的翻譯，Jacob Yeats。

葉雅各。文笙不假思索地説出了他的中文名字。

這青年一愣，定定地看他。

文笙輕輕地説，雅各，我是盧文笙。

這青年愣了一愣，半晌，眼睛猛然亮了。成熟硬朗的臉上，便出現了當年的稚拙氣。這讓文笙更為確定。

他伸出胳膊，一把將文笙抱住，然後粗魯地摸一摸文笙的頭，用襄城話響亮地説，兄弟，你長大了。

旁邊的兩個人不禁有些瞠目。永安説，好嘛，文笙，他鄉遇故知，還遇上洋人了。該一起喝兩盅。

雅各眨一下眼睛，笑説，我們倆，可是打小一塊兒放風箏的朋友。

大鬍子一直沉默著，這時，用冷淡的口氣説，既然我的翻譯來了，就無須勞煩盧先生了。

永安有些猶豫，看著文笙，終於開聲，「乾坤」的戲也該開鑼了，好不容易弄來的票子。快去罷，小大夫怕也等得急。

文笙起身離開，走了幾步，雅各在後頭追過來，在他手裏塞了張紙條，説，我的地址，回頭找我去。

在一個後晌午，文笙來到虹口靠近周家嘴的小街道。天氣晴好，陽光灑落時不時被密集的房屋遮擋，在街面落下暖白的隔斷。他漸覺出濃厚的陌生感，來自周遭自成一統的格局。街道上鮮有中國人，他很快意會，這裏是異族的聚居之地。然而並非如通常租界堂皇倨傲，而是帶著一種謙卑與收斂，默然地建設起具體而微的異域。路過的餐廳、麵包房、咖啡館，都是樸素而逼仄的。由黯淡的老房子改造而成，但是看得出其中力求精緻的用心。街道拐角處有一座醫院，粉刷得雪白，是這街區裏為數不多的基調明亮的建築。臨近的圍牆內，響起了手搖鈴的聲響。很快，一些孩子從大門魚貫而出，繼而散開，熱

烈地説著話。他們多半長著黑色曲捲的頭髮，蒼白的皮膚。雖然年幼，卻隱約有成人的面相。

文笙想，這是一所學校。雅各給的地址，註明在一所小學的近旁，應該就是這裏。他走進隔壁的弄堂，看見弄堂的內裏，仍然是中國的。有一個鐵皮的牌子，殘破而潦草地搭在屋頂上，上面寫著「吉慶里」。一戶人家的門口，有個分外高大壯碩的婦人，極勉強地蹲下身子，湊著一個鐵桶改成的爐子在生火。她舉起蒲扇，努力向爐門裏搧著。濃煙冒出，燻了她的眼睛。她胡亂在臉上抹了一把，繼續工作。

文笙走上前，小心向她打聽 Mr. Yeats 住在哪裏。她擺擺手，説不知道，但隨即又説，等等，你找 Jake？文笙想想，點一下頭。

婦人隨即直起腰，向弄堂裏嘹亮地喊。很快，有人應。文笙看到雅各衝自己走過來，頭髮蓬亂。他穿著一件灰撲撲的汗衫，短褲，依然是那個不修邊幅的雅各。

雅各謝了婦人。那婦人低下頭，雅各很識趣地在她豐腴的臉龐上親了一下。婦人便發出一串好聽的笑聲，銀鈴一般。

文笙跟雅各走進弄堂深處的小屋，門上還貼著一副對聯，被煙火燻得有些發污了。走進房間，令他意外，並不亂。事實上，這裏更像個辦公室。牆上貼著上海的地圖，似乎也有年頭了，用顏色筆畫著各種記號。依牆擺著書架，擱著幾本書，整齊排著牛皮紙的信封，或許是文件。雅各在一把藤椅上坐下來，椅背斷了幾根藤條，發出「吱呀」一聲響。他揮一下胳膊，示意文笙背後的沙發。沙發很柔軟，但隱隱有些陳腐的氣息滲透出來。雅各打開菸盒，點上一支，深深抽一口，慢慢地吐出來。他在裊裊的煙裏閉上眼睛，昂了一下頭。文笙看見他下巴上淺淺的鬍茬。

當他睜開眼，看著文笙，突然間笑了。他問，你怎麼在上海？

文笙説，跟著人出來做生意。你呢，怎麼捨得離開襄城。

雅各又抽了一口菸，吐出了一個煙圈。他説，因為葉師娘死了。

文笙心裏一凜，問，什麼時候的事？

　　雅各翹起腳，將菸頭在鞋底上碾滅，淡淡説，三年前。她死在美國，沒來及看見日本人滾蛋。葉伊莎留在了醫院裏。米歇爾神父也走了，他想帶我去北非。我不會離開中國，離開了，我就什麼都不是了。

　　這時，文笙只覺得室內的光線突然暗沉下去。雅各有些惱地説，露西這個娘們兒，老是把床單曬在我的窗戶口。奶奶的，還有褲衩奶罩。

　　文笙看著窗外有些臃腫的人影。他想，雅各的襄城話，還是很地道。

　　雅各説，或許我不該離開。可是我在襄城，什麼也沒有。況且，現在和這些猶太佬一起，也慣了。

　　文笙看著他的臉，意識到，自己身處的，正是先前聽永安提過多次的虹口「隔都」。永安説到這裏，就會抬起腕子，説在那些猶太人手裏，可以買到貨真價實的二手瑞士錶，便宜得不像話。這裏的居民，大多從歐洲避難而來，德國、奧地利、十月革命後的蘇俄。迫害使他們斂聲屏氣、小心度日，但並未埋沒他們做生意的天分。

　　米歇爾神父臨走，將雅各託付給一個熟人。雅各因此來到上海，短暫地受僱於「美猶聯合救濟委員會」。時值珍珠港事件之後，因美國的曖昧態度，這個委員會漸形同虛設。隨著同事們陸續離開，雅各加入了本地另一個援猶組織。這個組織出自於民間，資金並不寬裕，有些時候，幾乎可稱得上捉襟見肘。辦事處也搬了幾次，最終搬到了這個弄堂裏，算是安頓下來。然而，也在歷次的搬遷中，「隔都」裏的猶太人熟悉了他。他的名字雅各，為他贏得了大部分居民最初的好感。他們帶著對待孩子的心情，暱稱他為「Jake」。

　　這是上海潦倒而落拓的一隅，卻有一些與雅各氣息相近的東西，令他停留下來。他以一個保護與施助者的角色，看著這些避難者在絕望中尋找生計。他幫他們處理瑣事，感覺到他們總是有著無窮的「辦法」。狡黠，堅韌，游刃於各種規則的間隙。這一系列的品質，構成了某種近似樂觀的假象，足以成為教育的源頭。並且，他們也很樂意

以寓教於樂的方式投桃報李。在他們的指引下，雅各用委員會的錢，成功地做成了幾筆「生意」。收益大部分入了公帳，也為他自己留下了一些零花。最近一筆，收購了一批私藏的瓷器。賣主是個日本僑民，即將被遣送回國。中間人則是來自奧地利的猶太古董商。他最不濟的時候，雅各無私地幫他尋找過色情畫報。在他離開隔都、遠赴智利的前夜，二人把盞惜別。他對雅各說，祝你好運，我的兒子。

由去年秋天開始，這裏的居民日漸寥落。各種證件的倒賣變得搶手，雅各很自然地分上一杯羹。然而，在幾次例行的送別後，他發現，這些精明的上帝子民，已達成共識，刻意地讓他多賺一些，作為離別前夕的禮物。

文笙問他，怎麼想起做翻譯？
那不過是我的副業。雅各輕描淡寫地說。

這時，外面隱約響起斷續的鋼琴聲。漸漸清晰，連貫，鏗鏘而起。雅各將手指在桌上敲擊，和著琴聲的節拍。
雅各站起來，對文笙說，出去走走吧。

他推出一輛腳踏車，讓文笙坐在後座上。腳踏車在黃昏的街道上行駛，空氣中鼓蕩起溫暖的風。街道上的居民看到雅各，熱烈地與他打招呼。雅各騰出右手，向一個挎著菜藍的少女，打了一個響亮的呼哨。少女看他，羞紅著臉低下了頭。

出了這個社區，街景豁然開闊。這是他們所熟悉的上海。雖不及市中心熱鬧，但仍然是一派繁榮的景致。一些新的人事，在舊的背景中次第出現，將後者遮沒、修補，帶著一種欣欣然的基調。儘管步伐匆促了些，但這城市，已具盛世的雛形。

他們一直向南，眼前的開闊，令人心曠神怡。終於到了黃浦江邊上，腳踏車的速度慢下來。雅各哼起了一支旋律，舒緩而寧靜。雅各

也長大了，他的聲音變得厚重，略微沙啞。聲線如同在喉頭磨礪，共鳴，流瀉而出，是好聽的男聲。然而文笙還是辨認出了這支旋律。在他少年時代，一個同樣寧靜的夜晚，葉師娘唱過這首歌。這首來自她的家鄉英格蘭的童謠，曾在孩子們的心中形成微小的震顫。在這歌聲中，他們看著夕陽沉降，一點點地，消失於天際。

# 流火

　　這是昭如第二次走進馮家的門。上次還是在馮四太太的喪禮上。
她想，這麼好的一個人，本來該是要做兒女親家的。

　　頭頂的法國梧桐，蔥蘢的枝葉伸出圍牆，篩下星星點點的光。

　　雲嫂長舒了一口氣，説，瘦死的駱駝比馬大，果真不假，樹都生
得比外頭的排場些。

　　想到這裏，昭如不禁心裏有些唏噓。一路上，看馮家的氣派還是
往年的，卻又不同以往。往好裏説，是收斂了許多。原本，總有股子
敢為天下先的勁兒，現在卻向大象無形上靠。只説「錫昶園」，月門
打開了，裏頭借的是一年四時之景。水是沒有了，如今只看得見一段
乾涸的河床。河岸上平整的操練場，是日本人留下的。大還是大的，
大得荒疏，看不見一點心氣兒在裏頭了。

　　此一刻，對面正坐著仁楨的父親馮四爺明煥。四爺的樣子與昭如
印象中的並無很多差別，甚至這幾年又更頹唐了。已沒有了襄城名票
的神采，高大的身個兒因為佝僂，人似乎乾瘦了些。雖然未忘客套，
眼睛裏卻無甚內容，有些鈍和濁。

　　倒是他旁邊的一位太太，上了年紀，卻目光如炬，炯炯地看著昭
如。她呷了一口茶，慢慢道，今年的奇丹產得少，遲了整一個月。盧
太太，你來得卻是將將好。

　　昭如琢磨了一下，應説，我們男家，早該來拜望的。是我禮數不
周到，還望恕罪。

　　那太太便現出親切的形容，話頭並未很柔軟，説，哪裏的話。只
可惜我妹子去世得早，我這個當大姨的越俎代庖，為外甥女作上一回

主。要說倒是我踰矩，盧太太不見怪才好。

昭如這才想起，難怪這太太看上去面善。原來是修縣葉家的掌事太太慧月，確是聞名不如見面。看她周身穿戴樸素，卻無一處不熨帖。華麗褪藏，得體有度。這其中的分寸，並非常人可有。眉宇間的不怒而威，令昭如想起了已故的長姐，昭德。她心裏一顫。

這兩下裏談了一回。因為昭如性子單純，話都說得十分清楚明白。慧月也漸漸覺出，這是個有兒女心的人，不禁有些感動。往年與馮家結親的人，誰不是衝著這一份門第。藏著掖著，誰又能逃過她左慧月的火眼金睛。如今馮家凋落幾分，她便格外仔細警醒些，要弄清對方的來歷和意圖。唯獨這個太太，說來說去，都是這對小兒女，兩情相悅，甚而說起《浮生六記》裏的沈復與陳芸。

慧月的心便也鬆了，玩笑道，那陳芸可是遇上了一個惡婆婆。

昭如頓一頓，臉有些發熱，便說，葉太太，你若放心不下，將來我便叫文笙自立門戶。我就這一個兒，只想讓他過得好。這一爿家業，左右不過是他們的。

慧月一聽，知道她是認真了，覺出其中的分外實在。又見這商人婦談吐不俗，說起現下的形勢，只道是山雨欲來。聽昭如一句「君子可欺以其方」，一語中的，也暗自擊節。細細論起淵源，方知是亞聖後人。如此，心又近了一層。葉家的教育，詩書騎射，造就了慧月身上的丈夫氣。出嫁後，自無緣修齊治平，幾十年忙於上下閨中瑣事。心裏的大，卻是分毫未減。如今竟有另一個女子，可與自己坐而論道。雖是泛泛之說，紙上談兵，見識上又有那麼一份兒迂。但在她看來，於自己已近乎伯牙子期了。

後來說到仁楨上大學的事，才發覺彼此的談話已經離了題，不禁又有些正襟危坐。慧月便道，其實對於所謂新式教育，我總有些不以為然。我不反對女子多讀些書，懂些道理。男人知道的，我們也知道一些。對他們的事情，便非不能也，是不為也。可如今讀新書的女

子，我多少聽過些……書讀得越多，連規矩人倫都不懂了。

昭如並不知道慧月心中的塊壘。兒子葉若鶴，在她看來便是被這樣的女子毀了前程。

昭如便道，其實仁楨多讀幾年，也是好的。我是滿腦子的陳舊，倒樂得聽聽年輕人怎麼說。只是我樂意她在上海讀，和文笙也近些，多少有些照應。

慧月沉吟一下，說，親家，您沒打算今年為孩子們辦事？

昭如愣愣，方道，我是求之不得，可眼下府上的事是多些……文笙也不在身邊，得看看孩子們的意思。

慧月心底冷了，她看出了這老實人心裏也有一盤帳，口氣於是變了，盧太太，馮家近來是叫人放不下心來。可一朝天子一朝臣，換了天子，宰相的閨女也沒個人敢娶了？我就不信。馮家若真的倒了，還有我們葉家，再不濟，還有我娘家左家。我話放這兒，我左慧月在，就沒人能給仁楨吃上一點虧！

昭如咬咬唇，沒有話了。

慧月說，既如此，便由孩子們去吧。她去杭州，心裏是惦著讀新書的姐姐。我做大姨的，便無謂做壞人了。


開學前一個月，仁楨收到文笙的信。字裏行間，無一點怨。只說他已經請朋友在杭州為她賃了房子。若住不慣宿舍，便搬出來住，不要委屈自己。他有時間便來看她。

仁楨想一想，拿著信去找阿鳳。阿鳳說，這盧家少爺，沒什麼性情，卻是很靠得住的人。女人圖男人什麼，不就是個靠得住？

仁楨眨眨眼，說，小順可靠得住？

阿鳳在糊鞋靠子，頭也不抬，說，靠得住。他若靠不住，我就賞他一頓老鞋底。

仁楨便依窗端詳她。這幾年，阿鳳胖了，也有些見老。平日身形舉止間便帶有一點喜氣。在這家裏久了，人倒比以往更利落些，不見了顧頂。

小順忠厚，又有能為，加上人當壯年，在家僕裏頭，算是頗為得力的一個。旁人也都十分服氣。三大爺有心將他帶在身邊，他卻回了話，說當年進了馮家是四太太慧容的恩，就憑這份念想，也要留在四房。有他一番話，明煥鰥獨，馮家上下也都敬了幾分。這小夫婦兩個，漸成了說得上話、使得上力氣的人。四房這幾年不太平，先是仁玨，後來又是仁楨三哥的事。雖然有慧月在外一力維護，撐持得畢竟有限，還是沒少受些唾沫星子。底下人的眼力見兒是最活的，眼看著四房凋零，心生慢怠。小順與阿鳳，便要自己格外出眾些，裏外該為四房出頭，竟一點兒都不含糊。慧月看在眼裏，也說，世道變了，如今竟要看僕敬主了。

在這家裏，仁楨唯獨與阿鳳親近，現下又多了一層依賴，大小事都與她商量。

對於幾年前的事情，兩個人達成某種默契，彼此都不再提及。表面上水靜風停，竟似未有發生過。她們的相處，也因此跳過了一些段落。仁楨清楚，自己的人生，因這些段落的缺失，實際銜接得有些勉強。然而成長中，她也漸明白，這些粗針大線的修補，再禁不起一些撕扯與磨蝕。不提及，不是忽略和忘卻，是小心翼翼的維護。

阿鳳正笑著，忽然放下了手上的活兒，人都靜止了，接著喜形於色，說，寶兒回來了。

仁楨往窗戶後望一望，茫然道，沒有人呢。

阿鳳說，兒行千里母擔憂。他是離開我一步，我心都跟著。他回來了，做娘的哪有聽不見的道理。

沒一會兒，果真見寶兒蹦跳著進了院子。

開門見仁楨在，先規規矩矩地鞠一躬，喚，楨小姐。

這小子如今長得十分敦實，眉眼兒開闊，方額頭，像極了當年的小順。去年秋天已經上了小學。仁楨也感慨，想起當年他牙牙學語的樣子，似在昨日。寶兒見了娘，便叫餓。阿鳳用力納了一針，將針尖在頭髮上輕輕搔了搔，說，鍋裏有麵魚兒，自己盛去。

寶兒就自己去鍋灶上盛了滿滿一碗，挨著阿鳳喝，吃得香，發出唏哩呼嚕的聲響。阿鳳拿頂針在他腦袋上敲一記，跟你說什麼來著，慢點吃，當心燙著。這家裏何時缺過你的飯，像是餓死鬼投的胎。

阿鳳問他，娘不見你溫書，學堂裏都學的啥？楨小姐教你的千字文，可有背給先生聽？

寶兒沒抬頭，只說，娘，學堂裏都不學這些了，背了也沒有人聽。

阿鳳聽了，便又鑿他顆毛栗子，說，祖宗留下來的好東西，怎麼會沒有人聽。

寶兒不理他，只坐得遠些，又去灶上撿了個餑餑，顧著自己啃。

阿鳳嘆口氣，說，裁縫丟了剪子，只剩個吃（尺）。吃了這麼多，不長腦子，光長身個子。

說完舉起手中的鞋靠子，用手指比畫一下。您瞧瞧，半年前才上腳的鞋，眼看著穿不下了，又得做新的。

仁楨也笑，說，小小子能吃能睡，是爹娘的福氣。我打小吃不下飯，把我娘愁的。那時候只愛吃一樣，就是「永祿記」的點心。吃多了更是旁的都吃不下，拿點心當飯吃。

阿鳳停下了手，定定看著她，說，楨小姐，以前有太太慣著。將來去了外頭，凡事要自己拿好主意。

聽到這話，仁楨沉默了。

阿鳳說，我打自己的嘴。我們楨小姐哪能缺了人疼，往後有笙少爺呢。

仁楨臉紅一下，說，他去了這麼遠，這些家裏頭的東西，怕是也想得慌。

阿鳳便說，這不礙事，過兩天順兒跟老王去寧波，要在上海停兩日。我們買些點心果子，讓他們捎給笙少爺。

仁楨想一想說，也好。咱們把寶兒也帶著，聽說「永祿記」新出了個「龍鳳火燒」，可解他的饞。


自打從馮家回來，昭如心裏總堵著。雲嫂就寬慰她說，太太，

您望好處想，楨小姐去杭州讀書，總好過去北平。我聽秦世雄說，現在北方好多地方，已然又打了起來。我就不懂了。日本人是趕跑了，咱自己個兒又不消停。這襄城，怕也是禁不起折騰了。到底是南邊安穩些。

昭如嘆口氣道，我哪能不知道呢。上回咱家「麗昌」進的貨，在大同給扣了，到現在都沒個準信兒。老這麼著，只怕又要傷筋動骨。

雲嫂便道，有句話不該我說的。可常言道，樹挪死，人挪活。下次該跟六爺說說，咱家的生意，也得挪個窩，興許就活了。上次笙哥兒信上不是也說，人家上海的大公司，都做的是進口的生意。要不，咱們也試試？

昭如愣一愣，正色說，這種活法，恐怕不是老爺昔日所願。咱家的鐵貨生意，何時依靠過洋人。洋人要在中國買賣東西，讓他們自己賣去。咱們在裏頭插一槓子，算是什麼。上海這地方，學學生意可以，可不能學來一身洋人的腥羶。買空賣空，投機倒把，可是正經商賈該做的事情？我明兒要寫封信給笙兒，叫他時刻警醒些。櫃上的事，便由老六他去，也不失咱做婦道人家的本份。

雲嫂不再言語。昭如一時間有些失神，說道，但願，襄城裏不要再打起來。

雲嫂道，誰說不是呢。我聽教會的姊妹說，這陣子，襄城裏莫名其妙地死了幾個人。「榮佑堂」熊家的二掌櫃，前兒在興華門的橋洞底下發現了，給人捅了刀子，血都流乾了。

昭如眼睛抖一下，二掌櫃，姓杜的。臘月裏不還好好的，過來給咱們拜年。

雲嫂說，老好人一個，哪像熊家人的烈脾性。偏偏是他，說是人不見那天，一點兒兆頭都沒有，如常去櫃上。半夜裏都不見回去，才知道出事了。

昭如說，唉，報官怎麼說，左不過是圖財。

雲嫂說，不像，說是身上一文錢未少。我的主，死得那叫不明不白，咱往後也少往街上去了。

「永祿記」的龍鳳火燒，後晌午上白案，傍晚時候才出爐。本來想遣個丫頭去排隊，仁楨卻說要自己去買。阿鳳便領著寶兒陪她去，說她也快開學了，該順便給自己置辦些東西。

兩個人便先去了新開的百貨公司，人倒多得很。仁楨試了幾件洋裝，說穿不慣。阿鳳說，去杭州做洋學生，穿不慣洋裝怎麼行。我看著倒不錯。仁楨便道，文笙說中國人，還是穿中國的衣服好看些，本份。

阿鳳聽了，嘆一口氣，便引著她去了寶華街。臨一處窄巷，左拐右拐，到了一間新開的裁縫舖。仁楨猶豫著不進去，說，以往我們家，裁縫都是上門的。女眷不興自己去裁縫舖。

阿鳳又嘆一氣，說，說這話的，可是我認識的楨小姐？人大了，見識倒掉了幾成下去。太太去世後，你四季都是一身學生裝，可有件自己的好衣裳？在這家裏，咱比其他姑娘有學問，穿什麼不打緊。如今要去杭州了，都是女先生女博士，倒該在旁的事情上用些心了。為自己，也為笙少爺面子好看。

裁縫師傅是個寧波人，聽說仁楨要去杭州讀書，不禁分外慇懃。一邊量身，一邊說，小姐看上去，身形清秀，倒很像我們吳地人。我到了襄城，旗袍樣子都重新改過，為了遷就本地人的骨格。給小姐做不用改了，將將好。

仁楨聽他說，心裏也輕鬆了些。阿鳳幫她挑了兩塊料子，一塊藕荷色的織錦緞，一塊粉色的雙宮綢。仁楨想想，將那粉的換成了松綠色。師傅說，小姐臉色好，襯得起粉，松綠倒老氣了些。仁楨說，我是去上學。日常穿的，這顏色合適。

師傅點頭，一路與小夥計交代，說的是寧波話。仁楨便生出一些興致，說，杭州話可是同這差不多的？師傅不妨先教我幾句。師傅搖搖頭，說，杭州話是官話，不大相同。我是能說幾句，說得不大好，教不得，怕誤了小姐。

人過了十條巷，還未走到「永祿記」，寶兒就奔過去。仁楨和阿

鳳，這才聞到一股子驢肉火燒的味道。仁楨説，小小子，鼻子還真是精靈。

阿鳳也笑，沒辦法，一口不缺他吃的，還是窮肚餓嗉。

待拿到手裏，果真異香撲鼻。寶兒狼吞虎嚥，這邊給文笙的糕點盒子還沒紮好，他倒囫圇吞下去兩個。掌櫃的説，這吃得，人參果都沒嘗出味兒。

仁楨就問，這火燒看上去平平無奇，怎麼就當得起「龍鳳」兩個字？還排上了隊。

掌櫃便説，小姐，沒聽過「天上龍肉，地上驢肉」嗎？討個好口彩。

阿鳳大笑道，您這真是……旁人聽了以為是貢品，誆死了多少和尚道人。


一路上，阿鳳便説起他們家鄉裏，關於吃食的笑話。不知不覺，走到了平四街。黃昏的城牆，籠在夕陽的光裏頭，毛茸茸的，分外好看。

這時候，有只紙鳶，悠悠地從城頭飛起來。白色的鴿子。

七月流火，不是放風箏的季節。便獨有這麼一只，孤單單的，飛得卻篤定。越過了樹、城頭，向著鐘鼓樓的方向飛過去。

仁楨便説，我想上去看看。

三個人便上了城牆。城牆上是個老者，穿著利落的短打，瞇著眼睛，正在放線。聞見人聲，並未回頭。

老者的手勢同樣利落，不一會兒，風箏已經飛上雲層。

這天響晴，起了火燒雲。顏色好看得很，血一樣。仁楨想起她和文笙的初遇，也是在這個城頭，黃昏，只是那天分外的冷。

幾個人看得都入了神，連寶兒都安安靜靜地，目不轉睛。直到天邊見了暮色。他們這才下了城頭。仁楨回頭一看，覺得城牆上老者的身影有些眼熟，又想不起，搖搖頭，便算了。

　　天晚了，他們便取了近道，從一處橫街穿過去。走了幾步，阿鳳突然轉過身，向後望一望。她抱起寶兒，低聲對仁楨說，小姐，你快些走，在前面攔人力車。我帶寶兒去撒泡尿。

　　仁楨還未回過神，阿鳳已經一閃身，拐進了一條小巷。仁楨向前走了幾步，看到一架人力車，她想攔住，突然覺得有些不對。她站定，在她愣神的一剎那，聽見近旁一聲沉悶的槍聲。

　　她疾步走向那條小巷，在巷口，看見一個人影迅速地跑向巷弄的另一端。阿鳳艱難地撐著牆，回過頭。仁楨看見她背上，是一塊殷紅的血跡，正在月白色的衫子上洇開來。仁楨跑過去。阿鳳的身體一點點地滑落，但堅持地在地上爬了幾下，終於將自己的身體，覆蓋在了寶兒的身上。寶兒趴在地上，瑟瑟發著抖。阿鳳緊緊地抱住他，不再動作。仁楨趕到的時候，阿鳳的手，正慢慢地鬆開。阿鳳張開眼睛，對她虛弱地笑一下。阿鳳闔上了眼。

　　這個微笑，是阿鳳定格在仁楨記憶中最後的表情。幾十年後，仍揮之不去。這是她第一次如此真切而突兀地直面死亡。真切得，以至於她無法向他人描述。

　　她只記得，那一刻，她抱住了寶兒，體會著這個孩童的顫抖。漸漸地，竟然與他一起發起抖來。她無法克制，面無表情地顫抖，直至他們被別人發現。

　　馮家以息事寧人的態度，潦草地處理了阿鳳的喪事。一個月後，當仁楨即將踏上了去杭州的火車，小順遞給她一本筆記本。筆記本是布面的，陳舊而精緻，上面是燙金的雲紋。小順看著她，眼神哀傷，但並沒有意外。在火車開動的時候，她打開了這本筆記本。扉頁夾著一幀發黃的照片，是一個少女，穿著白色的學生裝。臉相蕭穆，卻生了一雙含水的杏眼。

# 蘇舍

永安近來出去談生意，很少叫上文笙。人也常常夜不歸宿。雖說住在一個屋檐下，兩個人似乎照面的機會少了許多。

這一日門房只說有人找，文笙下去，看見是「聚生豫」的老劉。老劉原是永安在襄城老店的掌櫃，如今跟到了上海來。老劉請了安。文笙問他有什麼事。老劉便道，笙少爺，我們當家的，有好幾天沒到櫃上來了。

文笙便說，他興許在外頭忙，談生意。

老劉猶豫了一下，說，少爺，您若得閒，費心勸一勸我們當家的吧。

文笙一愣，只問，勸什麼？

老劉便拿出一張報紙來，抖開了，給他看。文笙借著光，看見刊頭上，偌大的一張照片，上頭寫著「『蘇北難民救濟協會上海市籌募委員會』成立」。

文笙說，近來這類募委會可多得很。有些掛羊頭賣狗肉的，但願這是個辦實事兒的。

老劉也不言語，只輕輕地指一指照片上一處。文笙才看見，後排，有張笑盈盈的大臉盤，可不就是永安。他便也笑了，說，我這個永安哥，看來做生意有餘力了，想要揚一揚名也是不錯的。

老劉便嘆一口氣，說，你當他真想做什麼「募委」？笙少爺，您可知道這個委員會，因為籌不到錢，搞了個「滬風小姐」的評選。我們當家的做委員，只為了讓他那個尹小姐能進三甲。

文笙說，這尹小姐，又是誰？

老劉說，敢情您真是不知道。別的不說，我們當家的答應了你們老太太，不帶少爺您出去白相，也算是一份情意了。這尹小姐，是在

「仙樂斯」認識的舞女，相好了快大半年了。

文笙想一想，一時不知如何應，便道，劉掌櫃，你這是想我……

老劉便道，笙少爺，不為別的，近來當家的從櫃上調了不少現錢，我就是想知道個去處。他不說，我又不敢細問。為一個女人，真不值當的。

文笙說，那好，你先回去吧。得機會我和他說說。

沒過了幾天，文笙在店裏接到永安的電話，說是晚上要帶他去見個人。文笙便道，如今你生意大了，我就別去跟著摻和了。

永安哈哈一笑說，誰說帶你去談生意，是會個朋友。

文笙沒應聲。

永安說，這朋友可是咱襄城的老鄉。咱要是不見見，可別怪人家說咱到了上海忘了本。

文笙想起了老劉的話，就對他說，好。

地方是約在「萬德西菜社」。文笙來到的時候，永安和朋友已經坐下了。

永安便介紹道，文笙，這位是何先生。都說老鄉見老鄉，兩眼淚汪汪。那是老話兒，如今老鄉見了面，都是要談大事的。

何先生便也起身，跟文笙行了個禮，說，聽永安兄說起文笙老弟，看來果然是自古英雄出少年。「德生長」在襄城是一爿老號，我看著，將來要靠老弟打開一片新天地。

說完他咧開嘴一笑，一嘴牙齒被菸燻得黑黃，卻有顆碩大的金牙，在燈光裏猛然地閃爍一下。

文笙看這人，不過三十多歲的年紀，面相有些老，像是經過些風雨的。頭髮茬泛青，新剃的。他說話間，便伸手搔一搔。高興了，往印堂上一拍，倒豪氣得很。穿得是西裝，顯見沒穿慣，時不時將頸子轉一轉，終於不耐煩了，將領口解開來，舒了一口氣。

牛排上來了。何先生躊躇了一下，舉起刀，先是右手，又換到左

手。一刀下去，看牛排的血水「滋」出來，眼睛裏頭竟有一絲恐懼。終究還是硬著頭皮一刀切了下去，又起放進嘴裏。

永安氣定神閒，手裏晃一晃紅酒杯，側過臉對文笙笑一笑。他喝上一口，又對何先生舉一舉杯。何先生將酒端起來，一飲而盡。

文笙心裏不解，永安是個洋派的人，最篤信人以群分。來了上海更是如魚得水，吃飯交朋友，哪怕談生意，講究的是棋逢對手。可這何先生，若不是他的故舊，便沒道理如此親熱了。

這一個晚上，果然沒談什麼生意。多半是永安講在洋場上的見聞。何先生聽著也有些心嚮往之。臨走時，永安便拍拍他的肩膀，說，大哥既來了，就多玩幾天，老弟我也一盡地主之誼。別的不說，這上海女人的味兒，倒是老家嘗不到的。

何先生一拱手說，這次事忙，先回去了。永安兒的話先記著，下回來，少不了要承你款待。

永安便從懷裏掏了一只錦盒出來，塞到他手裏，什麼話也沒有。打開來是一支金錶。何先生剛要開口，永安道，既說是下回，這錶大哥收著，幫你我計個時日，莫讓小弟我等得心焦。

路上，文笙就將老劉的話與永安說了。說，你這一陣的錢花得太爽氣。我不知道這老鄉什麼來頭，你的手筆卻堪比孟嘗了。

永安哈哈一笑，說，先說這尹小姐的事，老劉是多慮了。我姚永安不做賠本買賣。女子如衣服。這衣服既已買到了手，便自然另有了計算。我可不是荒唐的公子哥，女人是慣不得的，點到即止。這個你也要記著。

文笙便問，那你這一向，錢都用去了哪裏？

永安低聲問他，你看這個姓何的，是個什麼人？

文笙一愣，道，照你說，是個老鄉。

永安便又笑起來，說，沒錯。這個何國鴻，穿這一身，就是個老鄉。可脫了這一身，換上軍裝，他就是二十二軍軍需處的何司務長。

文笙聽了，也是一驚，便說，你幾時和軍界的人有了關係。

永安道，以前是沒什麼關係，如今是大有關係。司務長管什麼，軍餉。軍餉是什麼，錢。現今的中國，錢最不值錢，也最值錢。全看你怎麼盤，怎麼用。

文笙沉吟道，無論怎麼用，我倒覺得，你還是和老劉商量下為好。

永安向前走幾步，回頭說，他那個老古董，說了又如何。現在的世界，是我們的了。

及至文笙與仁楨相見，已經十月份。

杭州秋高氣爽。文笙見了仁楨，也是十分清爽的樣子。仁楨見他只是笑，也不說話。旁邊的女同學看了，倒先開了腔，說，這滿桌的東西，夠吃到明年了。馮仁楨，我們是不知道，你要嫁給個開糕點舖的少爺。

仁楨仍是不說話，卻拉著文笙出去。

兩個人走到校園裏頭，她才說，買了這麼多，你是要將這「永祿記」搬來開個分號嗎？

文笙說，你中秋沒回家裏去。我想你念著掛著的，除了你爹，就是糖耳糕、豆沙餅、千層脆、銀絲卷、核桃酥、蜜汁蒟蒻。可巧又都在「永祿記」，就照著買了一遍。

仁楨也笑，說，幾日不見，變得口甜舌滑了。

她走前了幾步，蹲下身，撿起一片黃葉子，放在文笙手心裏頭，道，我聽大姨說，當年你說話晚，叫你娘擔心得很。待說出來，卻嚇了她老人家一跳。

一葉知秋。文笙撫摸那葉子冰涼的經脈。

空氣中，是淡淡的木樨香。因是淡淡的，並不醉人，倒讓精神更清醒了些。兩人牽了手，走到了一處紅磚的建築前。一色西洋風的拱券門窗，掩在茂密的香樟樹枝葉間，梭柱前卻立著一對中國的獅子。門上鑴著「SEVERANCE HALL」的字樣。文笙問，你在這裏面上課？

仁楨說，是，這是我們的總講堂。文科在這裏上課。對面那座是

新蓋的，叫「同懷堂」，多是給商科用的。現時咱們立的這處廣場，當年孫文先生發表過演講。

文笙回身望，分明是一座鐘樓，也是紅磚清水的外牆。那鐘恰就在此時響起來，噹噹有韻。兩個人就站定了，安靜地聽。待那鐘聲邈邈散去了，文笙才說，以前我上學的地方，附近也有這麼一幢鐘樓，比這個還高，鐘聲也更響些，半個天津城都聽得到。現在想來，都是許久前的事了。

兩個人從鐘樓的過廳穿過去，拾級而下。看見六和白塔，被綠樹環繞，分外清楚。紅房錯落於山間。山腳底下，是「之」字形的錢塘江。一脈源流，迴轉不已。

文笙感嘆道，這個大學，真是好所在，不去上海也便罷了。

他想想卻又說，只是，再好，中秋也該回去趟。我娘，是一心怕我的媳婦兒跑了。

仁楨笑說，你當我不想回去？只是頭年來，錢塘潮豈能錯過。為了這個，我們宿舍的同學，中秋全都留在了杭州呢。當年聽二姐說起，只道是壯觀。自己看了，方知是自然偉績。真是應了「弄潮兒向潮頭立」一句，算是沒白來一遭。

文笙說，你是做了弄潮兒，倒盡著我娘數落我。

這時候，兩個人已經走到了女生宿舍「韋齋」，就聽見身後一連串的笑聲。回身一看，正是剛才遇見過的仁楨同學。那姑娘一面笑，一面說，盧少爺，你別聽仁楨嘴上說要做「弄潮兒」。她同我們觀潮，心裏想的卻是「願郎也似江潮水，暮去朝來不斷流」。

仁楨要追過去打她。那姑娘卻三兩步便跑遠了。

兩個人對著，文笙說，無論怎的，我是要給你補過個中秋。明晚「樓外樓」，你說可好？

仁楨便說，那是外地人湊熱鬧的地方，如今我也是個地主了，明兒地方我定。


「蘇舍」在西泠印社近旁的小巷子裏。落過雨，走經青石板路，

生著厚厚的苔蘚，時不時腳下鬆動了，便是一聲響。巷內看來都是尋常人家。一兩戶飄出炊煙，「滋啦」一聲，是菜入了熱油的動靜。越往裏走，文笙就說，你說的這館子，還真是酒香不怕巷子深。

走到深處，是一處小院。院門口植著幾叢修竹，上面有個木牌，用重墨寫著「蘇舍」二字。字體用的是小篆，很見功力。文笙剛想說話，卻見仁楨推開了院門。文笙走進去，一隻大白鵝拍著翅膀迎過來。仁楨喝牠一聲，才退後了。

兩個人掀開布簾，走進屋子。屋內的陳設很樸素，只有幾套木製桌櫈。客還沒有上來。他們揀了一張靠窗的桌子坐下來。窗外的景色豁然，遠望去，是一湖浩淼的水。只是天有些晚了，影影綽綽地，能望見暮色中的斷橋。

文笙見桌上擺了一卷竹簡，打開了，裏頭是托裱的熟宣。原來是菜單，開首寫著，「未成小隱聊中隱，可得長閒勝暫閒。」蘇子瞻的句，文笙心裏笑說，這便是菜館「蘇舍」的由來了。看這工整挺秀的楷書，一時間又愣住。仁楨手在他眼前一揮，說，發的是什麼呆。

文笙醒過神來，說，這字跡，讓我想起個故人。

這時候走過來一位婦人。臉相淨朗平樸，一身布衣，是典型的江南女子的居家打扮。她在桌前停下，問道，姑娘今天吃點什麼？

仁楨笑盈盈地看她，說，嫂子，還是上回那幾道，都是您最拿手的。

婦人頷首笑，看一眼文笙，道，不問問小先生的意思？

仁楨說，他呀，今天是要客隨主便了。

婦人便說，好，等等便來。我再給你們加一個乾隆魚頭。

婦人離去了。文笙便問，聽口音，這嫂子倒不像本地人。

仁楨說，的確不是本地人。可手藝好得，將一眾本地的館子都比了下去。

後廚靠得近，不多時竟滿室飄香。並不是膏腴的香，而是有些清

冽的香氣。

菜一一上來了。先是一碗湯，湯水清澈，飄著絲絲青綠。文笙笑道，「花滿蘇堤柳滿煙，采蓴時值豔陽天」，這「西湖蓴菜湯」不可不試。仁楨說，你只答對了一半。這道叫「中和蓴菜羹」，杭州人卻未必吃得到，你且嘗嘗。說完給他淋了些浙醋。文笙嘗了一口，發現與以往吃過的不同，裏面除有蓴菜、火腿與香菇丁，還有蝦米。葷素雙鮮，相得益彰。一碗入肚，先醒了胃。

再來的，並非常見的東坡肉、醋魚等杭幫菜。一盤糯米糖藕，四圍擺了一圈切得極薄的五花肉。文笙學仁楨，將那藕片用五花肉包起來，放進嘴裏，慢慢嚼。竟不覺甜膩，異的是，有一股荼香氤氳於齒頰，久而不去。仁楨說，這「雲霧藕」可講究，將帶皮肉放在鐵箅子上，得用明前的龍井燻上兩個小時。

接下來的，每道都有名堂。雪冬燉鴨煲、青梅蝦仁、腐乳鞭筍，說起來，每道都是浙菜，可做法上，卻總有些似是而非。味道，卻一律格外的好。文笙本非饕餮之人，卻也有些停不下筷子。

乾隆魚頭上來了。文笙說，都說這是杭菜裏的「皇飯兒」，好吃不在魚頭，而在豆腐上。仁楨說，那你就先吃豆腐。文笙就揀了那燜得金黃的豆腐來吃。一口之後，不禁又多了幾嚼，說，這可奇了。倒像是我在歙縣吃過的毛豆腐，只是魚香入裏，味道又特別了些。這廚娘莫不是安徽人？

仁楨終於笑了，說，你總算吃出了點明白來。原本這裏的菜，都是所謂徽浙合璧。所以我說，不尋了來，地道的杭州人也無口福。

這時，門開了，走進了幾個大學生模樣的青年人。看樣子倒對這店裏很熟悉，坐在了文笙與仁楨右首的桌子。婦人走出來招呼，他們便先恭敬地站起來，叫一聲「師娘」。

文笙也有些好奇，說，他們叫師娘，可見這店裏，必然還有一個師父。

仁楨便問，若有個師父，你想不想見？

文笙擺擺手說，萍水相逢，師出無名。

仁楨正色道，若是他想見你呢？

文笙愣著神，仁楨已起身，走到婦人跟前。兩人耳語幾句，看向他這邊，都是笑盈盈的。婦人便走到了裏屋去。

不一會兒，便見一個瘦高的男子，隨婦人走了出來。

文笙看到他，愣住了，一時間人定定的，忘記了站起來。

仁楨笑道，盧文笙，見到你毛老師，還不趕快行禮。

毛克俞走過來，攏起長袍，坐在了他對面，看著他：文笙，別來無恙？

文笙張著口，似有許多話要說，但又都堵在嘴邊，說不出來，許久才喚道，毛老師。

克俞道，老規矩，校外無須叫老師，叫聲「大哥」才像話。

聽到這句，文笙終於有了笑意，人也鬆下來，說，近來的確是造化，每每他鄉遇故知。

婦人說，這話可不公允，不是仁楨，你們哥兒倆可沒那麼容易遇見。

這時候，就聽那幾個青年喊道，師娘，我們餓了。

婦人便道，你們聊著，我先招呼學生們去。

文笙想一想，問，大哥，你在哪裏教書？

克俞道，國立藝術院，母校。來了有兩年了。

文笙便說，那很好。兩年前在哪裏呢？

克俞想想說，在家鄉……文笙，你變了不少，長成大人了。

文笙抬眼看克俞，倒並沒有許多變化。臉還是很清瘦，額上與嘴角多了幾條細紋，現出了一些老相。

克俞說，那天，一個姑娘到學校找到我，拿著你的一張照相，我竟沒敢認。

仁楨在旁說，文笙三天兩頭將您的名字掛在嘴邊上。我就想，這個毛先生，得是個什麼樣的人物，我是非要見見不可。到了杭州，就

去藝術院打聽，原本只想看看有沒有下落。沒成想，竟就碰上了。

她看看文笙，又說，後來才知道，毛老師的名氣，還不止在教書上。這間「蘇舍」，談笑有鴻儒。在杭州城裏，能吃上一口毛師母做的「雲霧藕」，是要去靈隱寺還願的。

克俞舒展了眉頭，說，也是見笑了。內人吃杭幫菜，有了心得，便想著將家鄉徽菜的好處融進去。我們就商量著，創了幾個菜式，味道可好？

文笙點點頭，說，好吃。我記得當年凌佐，也製過自己的一道「醃篤鮮」。

克俞沉默了一下，說道，原本這自創的菜，只為三五知己。這間小館，也不預備做大了。

文笙望出窗外，看院落裏秋意依稀，喃喃道，我方才進來，覺得似曾相識。你是照著「萬象樓」佈置這院子，難怪那隻鵝我瞧著熟悉。


這時候，一個小男孩，蹣蹣跚跚地走過來，對克俞張開了胳膊，口中叫，爸爸。

克俞將他抱起來，說，這是我兒子。念寧。

文笙見他眼中，很有些慈愛的神情，一時間臉色都生動起來。仁楨喜歡這孩子，想要接過來抱。克俞便道，念寧，要學會規矩，叫姐姐。

孩子的母親走過來，手裏端著幾碗桂花圓子，說，現時叫姐姐，往後得記得叫嬸嬸。

仁楨的臉便紅了。婦人邊哄孩子，邊說，看你們兄弟兩個，且有的談呢。今晚就都別走了，後院裏還有屋睡。我正醃著一小罈醉螺，明天給你們帶回去。


夜裏，克俞與文笙在蘇堤上靜靜地走。看遠處燈火明滅。風吹過來，湖水上的漣漪忽地便散亂了。

文笙問克俞，大哥，你可知道思閱姐的下落。

克俞停住腳，眼睛望著湖水。

文笙說，「念寧」這個名字。思閱是金陵人，你還掛著她。

克俞回過身，看著文笙，眼裏是點點的光。他說，文笙，我知道，我不辭而別，你心裏是怪我的。思閱走後，我的心亂得很。

文笙輕輕說，我以為你去找她。

克俞搖頭，說，她要走，如何又找得到。後來一路輾轉，去了四川，在江津見到了我叔叔。那時候，他已經病了很久，我陪了他半年，直至送終。半年裏，我們很少說話，我卻覺得終於懂得他。葬他在鶴山坪，我為他寫碑，是一筆一慟。

不知何時，有隱約的琵琶聲傳來。一曲〈夕陽簫鼓〉，嘈嘈切切，空洞無著。文笙循聲望去，看到一艘畫舫慢慢游來，只見船工，不知琵琶聲的來處。船上有繚繞的燈火，一兩個閒客，遠遠地也望向他們。燈火間，看得出船是老舊的。龍頭斷了一隻角，眼睛仍然大而喜慶。船頂掛著顏色新淨的橫幅，寫著「民族、民權、民生」。

克俞繼續說，我回到了安慶，家裏零落。父親給我安排了婚事，女家桐城方氏，是遠房表妹。成了親，娶了你嫂子，惟想了此一生。安靜過去兩年，收到了潘師的信，說藝術院已奉令由重慶遷回杭州，亟需師資。聘我回母校教書，我便來了。

文笙聽了，說，幸而你來了。要不，我們也不會見到。

克俞低下頭，許久後方抬起來，輕輕說，聽仁楨說起你的過往，我也悔得很。那一年，如果我在，我不會讓你去九死一生。

文笙淡淡地笑，說，我卻並不悔。要說悔，是有些悔我回來了。忠孝兩難全，顧此失彼，也認了罷。

克俞說，你還年輕，遠沒到認命的時候。思閱走了。我倒覺得這輩子塵埃落定，未嘗不好。如今，你有了仁楨，好生待她，莫步我後塵。

說到這裏，克俞將手放在文笙的肩頭，使勁按了一按，說，何時辦喜事，我定要來討杯喜酒喝。

文笙說，怕是要等仁楨畢業了。

克俞正色道，如此，我們兄弟就先說好了。將來，你們有了孩子，如果是男孩，就叫他與念寧結為金蘭。若是女孩更好，我們就做個親家吧。

文笙回到上海，是一週以後。

因掛著櫃上的事，先回去「晉茂恆」換衣服。上了二樓，碰上阿根，對他說，文笙，姚大哥搬走了。

文笙一驚，說，搬去了哪裏？

阿根說，走得急，我也不清楚。好像是華山路上的一處公寓，並不很遠。倒是留了一封信給你，叫我轉交。

文笙將信打開，看上面只有一個地址，是永安的字跡，底下草草寫了句話，叫文笙回上海後過去找他。

這時候門房上來，對他說，姚先生交代了，樓上的房您安心住著。房錢已經交到明年年後。他走那天，只帶去了兩只箱子。同來的，還有個女人，交關漂亮，看著眼生。

阿根想想說，文笙，那女人我們仿彿見過的。我看姚大哥的樣子，比以往又體面了許多，開著汽車來的，興許是更發達了。

文笙循著地址找到了那處公寓。華山路毗鄰靜安寺，環境卻很清幽。公寓名為「漱石」，因少年時熟讀《世說新語》，文笙意會，典出孫子荊的「漱石枕流」。他便想，在上海時髦的公寓裏頭，多見「克萊門」、「諾曼底」，如今叫這個名字，倒算是風雅了。然而，他又想，「漱石枕流」有退隱之意，與永安勁健的作風有些不搭調，便在心裏笑一笑。他並不知曉，面目堂皇的西班牙式建築，產權屬於前清的望族李氏。據說這座公寓，是李鴻章的第三子李經邁斥資興建的。李經邁是庶出，頗具經濟頭腦，當年身為遺少，很算得上是與時俱進了。

電梯上到五層，開門的果然是永安。永安穿了件天鵝絨的睡衣，嘴裏叼著一支菸斗，將文笙迎進來。見了他便道，唉，在這兒，我是不用聞雞起舞了。

　　文笙卻看見房間裏已坐了一個人，是雅各。彼此都有些意外。雅各好眼色，趕忙站起來，説，姚先生，我也打擾了許久。不礙你們兄弟兩個説話了，我先告辭。

　　他過來拍拍文笙的肩膀，笑説，文笙，改日請你吃飯，我尋見一家餐廳，倒很合我們襄城人的口味。

　　説罷就要走。這時候，聽見有個女聲説，Mr. Yeats。

　　就見一個女人從內室走出來。女人身量高姚，留著愛司頭。妝很濃，眉眼間，文笙覺得面善。女人手執一支菸，抽一口，悠悠地吐出去。她下顎微抬的動作，讓文笙倏然想起了「大世界」裏的一幕。她看了文笙一眼，對永安説，你還真是賓客盈門。永安笑道，要説這可是貴客，我常對你提起，是自家的文笙兄弟。她便對文笙一領首，笑一笑，並未有更多的話。這時，一個女僕過來，為她披上一件風衣。風衣裁剪洋派，利落挺括。永安瞇起眼睛，嘆道，這一身，倒活脱是電影裏走出的嘉寶。女人躬下身，將菸熄滅在了菸灰缸裏。永安趁機撩起風衣一角，將手伸到了她的旗袍底下。女人閃身一避，露出一截雪白的腿肚子。

　　她將風衣領子緊一下，説道，Mr. Yeats，我正準備上街買點東西。你住得遠，我叫司機送你一程？

　　雅各還愣著，聽著便説，實在不用，那也太勞煩了。

　　女人便笑，看著永安。

　　永安説，對尹小姐，你永遠只須説，恭敬不如從命。

　　女人對永安伸出一隻手。永安執起來，放在唇邊深情一吻，説，Darling，早點回來。


　　二人走後，文笙坐定下來，見這客廳裏，盡是西式的佈置。頭頂一盞巨大的水晶吊燈，看著有些顫巍巍的。迎眼一幅油畫，佔了整一面牆，幾個裸體的外國女人或坐或臥，神情泰然。文笙有些臉熱，偏過頭去。

　　永安問他，怎麼樣？

文笙想想，答道，這房子不錯。

永安起身，在櫥櫃裏拿出一支紅酒，給自己倒一杯，說，我不是說這個。

文笙說，雅各怎麼在你這兒。

永安又倒上一杯，放在他面前，說，這個也等會兒再說，我是問你女人。

文笙恍然，頓一頓道，很漂亮。

永安得意地仰了一下身體，搔搔後腦勺，說，是漂亮，可是還不夠。到底是有些小家子氣，上不去大場面。這回我也算仁至義盡，讓她進了前十名。還要鬧些小脾氣，和那王韻梅能比麼，人家是范紹增的二房。冠軍又如何？小報上都挖苦說，「滬風小姐」選成了「上海太太」。

文笙問，永安哥，你是打算和她一起過了？

永安抿上一口酒，說，過什麼過，她要同居，我就陪她作一回戲。我原想在四明新村租一處石庫門洋房，不肯，要趕時髦住在這兒。說是鄭漪住進了這個公寓，她也要住。做了鄰居，與有榮焉？

鄭漪是滬上近來很紅的歌星，留聲機裏總能聽到她的歌，去年又拍了一齣電影。這些文笙自然是知道的，只是不知竟也住在這裏。

文笙一時有些不自在，終於又問，哥，你最近生意可好？

永安笑道，自然是不錯。我今天叫你來，就是要和你談這件事情。聽說你們家兌了不少黃魚？

文笙說，嗯，是我六叔的主意。如今錢不值錢，上海的金價還算是最低的。我們兌的，是存在鐵業銀庫裏的現。老家銀號裏的倒分文未動。

永安點點頭說，六叔精明，未免還是保守了些。眼下買雙襪子都要八千多塊，法幣變成廢紙，是遲早的事。時勢造英雄。你可還記得那個何司務長，和咱們吃過飯的。人是土些，算盤打得卻好。我最近的生意，全仰賴他了。

文笙說，他在軍中，倒還有錢做生意？

永安哈哈一笑，他有錢，大把大把的現鈔。

看文笙一臉茫然，永安壓低聲音道，他有的，是軍餉。

文笙心裏一驚。

永安從盒裏取出一支雪茄，切好，點燃。抽一口，閉上眼，緩緩地吐出來，說，沒錯，軍餉。現在中央的軍費開支漲得猛。每個月出了餉，他就給我運過來。我給他換黃魚，再放出去，放十五，給他五分的利，剩下的，就是我和葉雅各的了。

文笙在心裏猶豫了一下，終於問，這事雅各有份？

永安笑得有點不明所以，說，你這個發小可不簡單，中國人的精，西崽的狠，佔全了。我疑心他是跟猶太佬混得久了。上次那個埃文斯，生生給他甩掉，和我玩兒什麼暗渡陳倉。也好，如今更乾淨。只是我有些不信，他真是個基督徒？

文笙覺得頭有些發暈，或許是因為喝不慣紅酒。他覺得永安的聲音有些飄忽，他問，這些錢放給了誰？

永安說，自然是放給「隔都」裏出來的猶太佬。趁著亂，都琢磨著在中國東山再起。

永安挨近了文笙，說道，如今，我們兄弟倒應該大幹一場。說實話，旁人我不是很信得過。你手上那些黃魚，是派用場的時候了。

文笙將自己慢慢靠在沙發上，半晌才說，永安哥，錢是盧家的，我做不了主。我們家買貨賣貨慣了，錢生錢的生意沒做過。你盡自小心。

永安愣一愣，頭一昂，將杯裏的酒一飲而盡，說，也罷。我是想著有福同享。說實在的，我也怕有個差池，師母那兒難交代。做哥的，不幫帶你又過意不去。你且安心做你的，還像以前，有什麼事儘管言語。對了，我妹子幾時到上海來？你捎個話，說永安哥念叨她了。

這一年的聖誕假期，仁楨來了上海。確是應永安邀請。文笙也有些時日未見永安，據說又搬了一次。還是在原先的法租界。一個白俄的皮貨商人，移民去了南美，留下一處洋房。算撿了個漏，永安說。

永安手筆大，包了夏令配克影戲園，放一場《黃金時代》。放完後，他又抱怨，說沒有挑好片子，好好的一個平安夜，看得悽風慘雨。仁楨便道，我倒覺得不錯。美國人對自己的事，是願意看得清楚些的。

永安載兩個人去參加他的派對。一路上，仁楨卻沒有許多話。永安便道，妹子，上海別的沒有，有的就是兩個字：「熱鬧」。文笙是個啞巴葫蘆，你可別跟他一路。合該做不了上海人。

派對在日昇大飯店的頂樓。他們到時，已是人頭湧湧。見永安進來，先是小號起了一個音，舞池裏的樂隊便奏起了〈教我如何不想她〉。就見尹小姐一派雍容，款款地走出來。一開口，歌聲低沉婉轉，倒很有幾分神似當年的白光。永安兩眼迷離，上前攔腰摟住她，繼而哈哈大笑，說道，不好，不熱鬧。我看該唱個〈假正經〉才應景。我的派對，都得放下身段，吃好、喝好、玩好。說完端起一杯酒，高高舉起來。便有如林的臂膀舉起來，呼應他。

文笙在人群中看見了葉雅各。他走到尹小姐跟前，與她邀一支舞。手背在後面，躬身行禮，十分紳士。雅各梳著油亮的背頭，一身黑色的禮服。漿得硬挺的襯衫領，將他的身形又拔高了幾分。在燈光下，他蒼白著臉色，神情肅然，像是流落上海的年輕王公。文笙不禁有些恍惚，眼前浮現出昔日的少年玩伴，坐在牆頭，用似笑非笑的神情看著他。

滿場翩翩的人，仁楨便也教文笙跳舞，說跟同學學的，還未實踐過。跳了一會兒，教的人與學的人，都很笨拙，於是便放棄了。兩個人互執了手，看外頭璀璨的夜色。

這時，卻見永安悄悄走過來，說道，文笙，在這上海，我也不知自己，該算是婆家還是娘家。只是，按照西方規矩，你們訂了婚，你還欠我妹子一樣東西。

兩個人愣著神，只見他拿出絲絨面的小盒子，塞到文笙手裏，說，等會兒，給仁楨親手戴上，算我一賀。

說罷，永安吆三喝四地又走遠了。

　　文笙送仁楨回旅館。到了，兩個人對面站著，影子被路燈光拉得老長。文笙拿出那只盒子，打開來，是一枚赤金戒指。戒面是顆熠熠的紅寶石。文笙說，永安哥凡事是要喜慶的。

　　他執起仁楨的手，要給她戴上。戴上了，卻有些鬆。文笙說，我回頭教銀樓的師傅改一改，這也是大哥一片心意。

　　這時候，仁楨看著他，眼睛裏閃閃的，欲言又止。終於說，按理永安哥是我們的大媒，我不該說什麼。只是他現在的樣子，他若能聽得進，你便勸勸他……

　　說到這裏，她便停住，抬起手，理一下文笙的襯衫領子，說，其實，我是不太放心你。

# 江河

五月裏，文笙接到克俞的電話，説仁楨不見了。

文笙的腦子木了一下。就聽見克俞説，這幾天杭州在鬧學潮。上海的情形也差不多，想必你也看見了。同宿舍的人説，那天她和同學一起參加遊行，有三天沒有回來了。

後面的話，文笙並未聽得很清晰。他極力地讓自己鎮靜下來，對克俞説，我馬上就到杭州來。

文笙下了火車，並未如他想像，到處是熙攘的人群。杭州依然是平靜的。但似乎有一種殘留的鬱躁，隱隱地，從這城市的空氣中散發著。他額頭上滲出了薄薄的汗。

他與克俞坐在人力車上，往杭大的方向去。西湖邊上綠柳成蔭，有些微的風，吹拂到他臉上。一個老人坐在自家門前的石檻上，拉二胡。拉得不很好，琴聲平樸粗礪，並不幽怨。聽起來，令人想到的，不過是這城市的尋常民生，日復一日，波瀾不驚。他們遠了，這琴聲仍然追過來，星星點點，讓文笙好受了些。

待下了車，他還是一臉沒著落的樣子。茫茫然間一仰頭，恰望著白塔在蔥蘢間矗著，覺得就在面前。可有些游雲，籠過來，一時間塔又遠了。克俞看著他愣神，正想要叫他。這時候，見一個男學生跑過來，向他們手裏塞了一張傳單，又疾步走開了。文笙看那粉色傳單上寫了「反飢餓，要和平」的字樣，旁邊是幾隻揮舞的拳頭，筋絡畢現。他心裏一陣緊。

他們走進「韋齋」，找到與仁楨同宿舍的同學。這姑娘還認得文笙，遠遠地望見他，便大聲説，仁楨回來了。

文笙只覺得胸前的石頭落地，張一張口，才問出來，她在哪裏？

那同學便説，給教務處叫去問話。別擔心，她好得很。

大約半個時辰，終於見仁楨沿著階梯走下來。一些陽光穿過樹蔭，落在她臉上。文笙看她抬起手，在眼前遮擋著，看不見眉目。她走得有些慢，腳步也不及以往勁健。

文笙緩緩地站起來。仁楨看見他，也一愣。她瘦了，便顯得顴骨高了，臉龐竟也顯出一層蒼黑來。

克俞説，仁楨，你讓文笙好心焦。

文笙不説話，他只是沉默著，眼光有些發直，似乎在辨認一個似曾相識的人。他向仁楨抬起手，停一停，終於垂下來。他問，你去了哪裏？

仁楨挨著他坐下來，説，南京。

文笙説，南京？

仁楨感到了他聲音裏的冷。她低下頭，慢慢地説，二十號國民參政會開幕。中央大學和金女大的學生組織了請願遊行。我們幾個，和上海蘇州的學生代表，趕過去聲援他們。

文笙轉過臉去，看著仁楨。他説，和你同去的一個同學，被打成了重傷，現在還在醫院裏昏迷，對嗎？

仁楨聽了，抬起手，下意識地想遮住頸項上一處青紫的傷痕。此時，她的目光，卻撞上了文笙的眼睛。沒防備地，她看見一顆淚，從文笙的眼角滲出，沿著青白色的面龐滑落。

這淚在她心頭擊打了一下。她聽到文笙的聲音，仿彿從遙遠的地方傳過來。文笙説，仁楨，你不要變成二姐。

這句話，讓仁楨倏然堅硬。她説，我和我姐，原本並沒有不同。

他們在對視間，靜止了。文笙終於站起來，背過了身，他向前走了幾步，輕輕説，是不同的，你還有我。

他沒有再回頭。一逕走出了大門，拾級而下。克俞嘆一口氣，跟出去。仁楨也緊了幾步，終於停在了門口。她看著文笙年輕的身形，

竟有些佝僂。夕陽的光線，斜斜地照過來，將他的影子，投射在了有些崎嶇的青石板階梯上。長長的一道，曲曲折折。

　　民國三十六年的夏天，上海格外的熱。市面上，各種傳聞甚囂塵上。盧家在天津的「麗昌」分號結業。

　　這一天，文笙從櫃上回來，看見「晉茂恆」的大門跟前，有個人，懶懶地靠在路燈杆子站著。人辨不真切。這路燈壞了快有半個月，也不見有人來修。報館街不比往年，如今辦報看報的人都少了，寥落了很多。文笙不免警醒了些，小心走過去，避開那個人。卻聽見有人喚他，文笙。

　　他一個激靈，回過頭，看路燈底下站著的，是永安。一身短打，戴著頂看不出顏色的鴨舌帽，鬆鬆垮垮地，站在他面前。

　　大哥……永安截住他的話頭，低聲道，我們上去說。

　　走到屋裏頭，永安才將帽子取下來。一頭散亂的頭髮，黏膩地糾纏。文笙絞了個毛巾把，遞給他。永安接過來，狠狠地擦了一把臉，說，天王老子要熱死個人。我等了你快一個時辰。

　　文笙說，怎麼不上來等。

　　永安愣一愣，說，底下好，不想叫人問東問西。

　　因為多時不見，兄弟兩個都有些生分。各自心裏有話，客氣著。過了許久，永安才問，最近生意可好？

　　文笙搖搖頭。

　　永安說，上海是難混些，一時一時的。

　　文笙說，娘想讓我回襄城去。哦，樓下的阿根走了，得了肺病老不好，要回鄉下養。

　　永安說，一個賣藥的，自個兒倒落下了病。這大上海是不養人。

　　兩人談得有些不鹹不淡，過了一會兒，文笙終於說，大哥找我有事？

　　永安囁嚅了一下，說，文笙，你手上還有條子麼？

文笙望著永安，看出來，他眼睛裏的急切是按捺不住的。文笙說，大哥，眼下的情勢你知道。

永安有些失神，他突然站起來，說，我知道，宋子文都捲包袱走人了，我怎麼會不知道。監察院的幾個老傢伙，弄他一個，株連九族。如今，姓何的這種蝦兵蟹將都一併栽了。文笙，大哥這回是真遇著難了。

文笙想一想，問，大哥，你差多少？

永安說了個數，文笙心裏一凜。他說，我們家在「鐵業銀行」開戶，有上海的兩家老字號作保。調這麼多現金，恐怕不容易。

永安走近他，說，兄弟，你人規矩，可是有辦法。只一個月，你永安哥的本事，你是知道的。

文笙猶豫了一下，點點頭。

永安眼裏閃爍，說，大恩不言謝。

他走到門口，又回過頭來，欲言又止，終於說，我把房子賣了。文笙，你若不嫌棄，哥就搬回來和你擠擠。

永安搬回來那天，身後跟著尹小姐。文笙看著這女人微凸著腹部，手裏拎著一只很大的皮箱。文笙愣了一愣，還是走上前，將箱子接過來。女人看他一眼，沒有說什麼。倒是將手搭在永安肩上，說，慢慢的，莫閃了腰。

永安溫存地對她笑，同時一使勁，徒手抱起一個帶圓鏡子的梳妝臺，向樓上走去。

他們賃的這處房，原帶了一個亭子間。地方倒不小，永安原先在裏面囤了些貨物，無非是過季賣不掉的布匹。過了梅雨季，積了塵，發了霉。永安將貨清出來，搬到了樓下，就和尹小姐搬到了亭子間裏。

文笙便說，大哥，你們是兩個人，還是我上去住。

永安便擺擺手，笑說，如今你是主人。寄人籬下不能成了鳩佔鵲巢。我們在上頭，兩下進出也方便。

這樣住了幾日，安安靜靜的。文笙在櫃上多待些時間，永安早出晚歸，彼此並無覺得生活有多大改變。

及有一日，文笙前夜裏和幾個同鄉小酌，又受了風。第二天竟睡到了將近中午才醒。他穿好衣服起身，走出屋，看見尹小姐正坐在廳裏吃飯。

她先未看見他。桌上擺著一碟海瓜子，此時她用筷子揀起一只，輕輕用唇一嘬，然後就著吃一口飯。吃相十分優雅。

文笙想想，和她打了個招呼。尹小姐聽見，似乎吃了一驚，然後對他笑一笑。他才看清，她將頭髮剪短了，髮梢像女學生的，貼在耳根。穿一身魚白色竹布旗袍，寬綽綽的。一時間，整個人看著都有些眼生。

文笙穿戴好，就要出門。她卻站起來，問他，可吃過飯了？

文笙說，還沒有，這就去樓下吃。

尹小姐便說，在家吃吧。飯是現成的，我去炒一個菜給你。

文笙說，不了，太麻煩。

尹小姐說，不麻煩，現成的。你回房讀書吧，馬上就好。

文笙在原地，呆呆地站一站，就回了房間。他聽見尹小姐收拾碗筷的聲音。又聽見她的腳步聲，向廚房的方向去了。

過了一陣兒，聽見外面有人輕輕地敲門。文笙打開門，看見桌上已擺了一個菜，一個湯。尹小姐站起身，在鍋裏盛了一碗飯，擱在他面前。沒有再說話，自己坐在桌子的另一邊，拿起一個小筐織毛線。織幾下，就用手比一比。這個手勢，讓她的樣子，變得家常起來。

湯是很清淡的，上面漂了茼蒿葉，碧綠的一層，顏色爽淨。菜也是簡單的，香椿炒雞蛋。文笙嘗了一口，味兒不錯。他就想起來，家裏後院的香椿樹，每年開春，發了新芽，嫩綠嫩綠，晨間綴了露珠。雲嫂踩了梯子，挎個竹籃，一芽一芽地採摘下來，將小母雞的頭生蛋炒給他吃，又香又下飯。

尹小姐放下手裏的活兒，問他，好吃嗎？

文笙回過神來，點點頭，說，好吃。

尹小姐就說，好吃就多吃些。

文笙不禁問，這已經過了季了，市上還有香椿賣？

尹小姐就說，你們大戶人家，吃的是時令菜。我們南方人小家子氣，捨不得好東西。我們老家興將新鮮的香椿醃起來，能吃上大半年。我出來這麼久，什麼都忘了，就沒忘了每年春天醃一罈。

說完這些，她別過臉，向窗戶口遠遠望出去，也不說話，不知在望什麼。

文笙默默地將飯吃了。尹小姐看他吃完，起身收拾碗筷。文笙在一邊插不上手，只輕輕說，尹小姐，謝謝你。

女人停住手，看著他，眼睛裏有一絲閃爍。她對文笙說，你該叫我一聲「嫂子」。

說完這句話，她在櫈子上慢慢坐下來，低了頭，目光落在自己微隆的腹部上。她說，我肯給他生孩子，當不起叫一聲「嫂子」麼？

文笙木然地坐著，終究沒有出聲。

女人淡淡一笑，說，罷了，他原本沒有娶我。叫我秀芬姐吧，總不算難為。

文笙張張嘴，道，你叫秀芬？

尹小姐說，嗯，這名字土氣，可是我的真名。我爹爹起的，不捨得改。

文笙便道，你爹娘都在老家裏？

尹秀芬搖搖頭，說，爹死後，娘就改嫁到湖州了。我連她的樣子都記不清楚，只記得她的一雙手好看，手指又細又白，蔥段似的。剝蠶繭，比誰都快。

在我們海寧，哪一家不養蠶呢？蠶你見過嗎？在北方稀罕，到了江浙，懂事的小孩都識得養。可是誰家都沒有我們家養得好。每年到了「蠶開門」，我們家來的人是最多的。

文笙問，什麼是「蠶開門」？

尹秀芬笑一笑，蠶事開始，各家是不興走動的，閉門等採繭。就是繅絲收成的時候，才開門慶賀。都是鄉下的老規矩。

我們家收成好，是我爹娘吃得苦。我爹說，娘過門時「看花蠶」。他便知道這女人是一把好手，娶對了。他說好不好，看穀雨「催青」。人家用鹽滷水「浴種」，我娘用白蒿煮汁，浸了又浸；清明，人家用糠火「暖種」，我娘掖在貼身的大襖裏。待到三齡蠶，中午餵一個時辰，中午採桑葉一個時辰，晚上餵一遍，又是一個時辰。爹說，娘是心疼蠶的人。

文笙聽得似懂非懂，尹秀芬像對他說，又不像對他說，只是自己一逕說下去。到了蠶上山，人家家用稻、麥草，我們家是爹娘自己用竹梢上裹的細麻，一頭一頭，將蠶捉去上簇。蠶動不了，卻知道舒服。結的繭子，又大又實。

你知道我小時候，最喜的，是在蠶房裏聽蠶吃桑葉的聲音。閉上眼睛，沙沙沙的一片，熨帖得很。蠶食桑，我娘說，不能白聽，得唱歌給牠們聽，唱〈撒蠶花〉。「蠶花生來像繡球，兩邊分開紅悠悠，花開花結籽，萬物有人收，嫂嫂接了蠶花去，一瓣蠶花萬瓣收。」

尹秀芬悠悠地開了嗓，歌聲竟是十分清麗的，其實並不似白光的那般厚濁。文笙想，這是她原本的聲音罷。

尹秀芬眼睛落在窗外的鳳凰樹上。回南天，落不盡的雨，這會兒卻停下來。樹葉是青黑的厚綠，巴掌似的，滴滴答答地落著水。尹秀芬說，那年我十二歲，我知道我娘要走。爹死的夏天，我娘養出了一匾殭蠶。她跟我奶說，娘，我在這家裏，留不住了。

尹秀芬靜定地坐著，不再說話。天還陰著，室內的光線有些暗淡。文笙站起來，走到了門口，回過頭，恰看見她胸腹間起伏的圓潤輪廓。他停一停，又折返，對她說，嫂子，我去櫃上了。

文笙望著街面，感受這城市空氣中逼人的溽熱。一種不尋常的

靜，令人隱隱不安。這不安在溽熱中悄然發酵、膨大、蓄勢，以不可察覺的速度。

文笙擦了擦額上薄薄的汗，將襯衣釦子又解開了一個。他把母親昭如的信疊好，重又放進了信封裏。這信中轉達了六叔家逸的意思，要他暫時停止出貨，靜觀其變。他明白六叔以委婉的方式，提醒他，此刻囤積並非為居奇，而是在每況愈下的市道間，識時務地以逸待勞。據說中央銀行年底要有新的舉措，用六叔的話來說，是「龐然動靜」。他嘆一口氣，想起坊間傳聞，已經有造紙廠用小面額的法幣作為造紙的原料，從中牟利。而他要做的，是要杜絕手中的盤圓變為廢紙的可能。

他想，一個多月過去了，他應該與永安提一提那筆被借調的款項，在被六叔質詢之前。他想，或許走一趟「聚生豫」，比在家裏談及更為體面。

然而，當他走進北四川路，發覺一些熟悉的店舖已經關了張，或者改換了門庭。「聚生豫」大門緊閉，門面還在，可是招牌卻沒了。門口的一對石獅子，也不見了一頭。門上貼著「東主有喜」。文笙心裏愣一下，木木地竟笑了，不知喜從何來。

待回去了，看見永安在，坐在廳裏敲敲打打。抬頭見是文笙，咧開嘴一笑，道，兄弟回來得早？

文笙點點頭，說，這市景，怕是以後更要早了。

永安沒接他的話，只顧舉著刀削一顆榫頭，說，秀芬身子笨了。亭子間裏的床板太高，我給她做個踏腳。

屋裏悶熱，永安光著膀子，黧黑的脊梁上水淋淋的。到了發福的年紀，虛胖，稍一動作，就有些氣喘。文笙看慣了西裝革履的永安，面前這個人，倒是十足的新鮮。他覺得文笙看他，便道，沒見過你永安哥還有這本事吧。年輕在老家的時候，做起木工來，也是一把好手。自己能打半堂家具。

文笙便說，大哥，別打了。還是我和你們換換，底下的屋也寬綽

些。讓嫂子爬樓梯，總不是個事兒。

永安停下手，定定看著他，忽而笑了，眼梢嘴角的紋路在汗水間格外清晰。他說，是，大哥我領受。你也該有個「嫂子」了。

文笙便要回房去，說，那我收拾收拾。

永安道，聽秀芬說，你還歡喜她做的菜。不嫌棄，以後就一塊兒吃。要說一家子，就得有一家人的樣子。

以後，文笙就和兩口子一起吃晚飯。統共幾個菜，秀芬變著花樣做，便不覺得重樣。永安說，早知道你有這好手藝，先前住租界的時候，該把那個壞脾氣的廚子辭了。做一道醃篤鮮，那個鹹，像打死了個賣鹽的。現在倒沒什麼好東西給你做。

秀芬說，你們哥兒倆，往年都是好東西吃慣了。我如今覺得對你們不起，叫什麼，巧婦難為無米之炊。

永安嘆道，說起米，昨兒下午，我看見多倫路上有群搶米的。裏頭有我一個熟人，原先東亞銀行的職員。去年還神氣著，混成這樣，也真是不中了。

吃了飯，永安上了樓，東翻西找，半晌，執了把胡琴下來。胡琴舊得很，滿是灰土。秀芬就拿著抹布給他擦，說，我當搬家時候扔了，你倒帶了來。

永安說，哪裏捨得扔，瞧這琴筒，真真兒的金星紫檀。跟我走南闖北，一路到過大不列顛國。

秀芬笑說，得，吹牛吹過海去。

永安急了，說，你別不信。我這兩下子是不怎麼的，卻還在文笙媳婦兒她三大的壽宴上救過場。文笙，你可聽仁楨說起過？

文笙聽到，一愣。一張臉忽而跳出來，熟悉的臉，此刻卻有些模糊。永安不理，逕自起了一個音兒，說，今兒給你們來齣家鄉戲，《三上轎》。

到開了腔，唱出的卻是女人的聲。永安捏著嗓子，如泣如訴。豫劇的唱詞，文笙是聽不懂的。但是，卻聽出了這有些淒厲的唱腔裏，

些許的不甘心。永安胖大的面龐上，眼眉擰著，如癡如醉的哀怨相。這原本是可樂的，秀芬便指著他笑，對文笙說，這洋相出的，倒可以去「大世界」掙鈔票了。

可兩人笑著笑著，卻看永安的神情漸漸蕭穆起來，眼角間有一些晶瑩的東西，閃動一下。聽的人，看的人，也收斂了聲色。他於是閉上眼睛，任由自己拉下去，唱下去了。

一大清早，文笙聽到廳裏水響的聲音。走出去，看見靠窗的人影。

是秀芬，低著頭，正用力在一只大木盆裏踩著。每次踩下去，便用手微微護著腹部。她小心翼翼提起腳，水便是「嘩啦」一聲。晨光初現，魚白的天色，襯得她身形輪廓分明。這時候，她挺起身體，用手在腰間輕輕捶打。抬起頭，看見文笙，微笑道，起來了？沒吵著你吧。

文笙說，沒有。

秀芬說，我想趁著天好，將床單洗了。過會兒晾上，一陣風，後晌午就乾了。

文笙說，嫂子，我幫你吧。你要小心著。

秀芬道，不礙事，我也該多動動。你瞧，我一個人動，倒是兩個人使力。

說到這，她眼睛低垂，目光落在肚腹上。內裏是如水溫柔。

傍晚，文笙回來。秀芬坐在椻上疊衣服。看見他，將身旁的一摞衣服捧過來，說，收好了。

文笙看，正是這兩日散在屋裏的，裏頭有自己的內衣褲。他臉熱一下，說，嫂子，這怎麼好。

秀芬沒抬頭，手裏忙著，說，怎的不好，幾件都是洗，順手的事。

見文笙仍木著，她這才意會，笑說，自家人，沒那麼多講究。再說，嫂子我什麼沒見過。

她說這話時，不自覺間，飄過一個眼風。走到眉梢，卻煞住了。

她於是又低下頭，悶聲說，文笙，你得有個人照顧。

文笙說，嫂子，這陣子多勞動你了。

秀芬搖搖頭道，我不是說這些。我是說，你該正經有個女人了。那位馮小姐，要早些娶過來。

文笙默然片刻，說，你倒記得她。

秀芬一笑，說，怎會不記得，那次派對上，你們兩個跳起舞，連旁人的手腳都不自在了。可是，我卻看出，她是個知冷熱的人。

不知為什麼，文笙的眼底有些發酸。他看外頭，一物一景，漸被蒼蒼的暮色籠住。

秀芬舉起一件襯衫，抖一抖，就著燈光看看，摘去了一個線頭，說道，馮小姐的好，要人看。這姑娘是有些脾氣的，可我看得出，將來能過日子。

文笙嘆道，這哪裏能看得出。

秀芬擱下手上的活兒，說，一樣是一個人，得分會不會看。你見我第一面，可看出我是個過日子的人？當年，我在「仙樂斯」上身的第一件行頭，是我自己裁的。自然是沒有錢，在「莊興」做一身像樣的旗袍，得沒日夜地陪大半個月的舞，不值得。如今說大丈夫能屈能伸，倒像是受了多大的委屈。你們男人，看女人總是不準的。到頭來，看得準的，還是女人自己。

不過，她頓一頓，又說，若自己看不清爽，旁人看得準不準，又有什麼相干。

這年入秋，文笙又見到鍾阿根。

阿根壯壯實實的，看不到一點病容。臉色竟是黑紅的，說起話來也中氣十足。

文笙心裏頭歡喜，問他說，不咳了？

阿根說，不咳了。要謝謝你帶我去看洋大夫。我一個賣藥的，病起來，倒是泥菩薩過江，說來也慚愧。

文笙說，人食五穀，誰能沒個大小毛病？回來了就好，樓下那間

房，房東還空著呢。

　　阿根説，文笙，我這回來就是看看你，買點東西，就回去了。想想我沒個金貴命。在上海病成那樣，回了鄉下，個把月竟然就好利索了。我們鄉野人，天生天養，回到自己的地界，才皮實起來。上海是好，可如今哪怕遍地是黃金，我也不來了。

　　阿根坐了一會兒，起身就要走，説不耽誤文笙做生意。文笙留他，一起吃飯，再説這一向哪還有什麼生意。

　　阿根推託著，一邊就將帶來的東西擱在櫃上。一袋新摘的鮮菱角，一罐子熏豆茶，一包同里閔餅。又拿出一只手工精緻的竹籠，小心翼翼地，放在文笙手裏。文笙輕輕打開，不禁眼前一亮，裏面是幾頭白胖胖的蠶，棲在碧綠的桑葉上。

　　阿根説，這是中秋蠶，嬌貴著呢，這一路跟著我可遭罪了。你信上説，永安哥的新嫂子，是桑蠶家出來的。我們也養，就帶了幾頭來，也算念念鄉情。你拿回去，好生養著。


　　文笙提著那籠蠶，走在街上，只覺得身上輕盈。他聞見籠裏清凜的桑葉味兒，似有似無地漫溢出來。

　　眼前的景致，仍是灰撲撲的。這是夏秋之交的上海，收斂了繁花似錦，有些怠惰。放眼望去，一番昇平。仿佛無邊際的海，包裹、席捲，偶有小亂，必為大治所湮沒。如文笙，這街上有許多的人在行走，腳步匆促，眼神漠然。一個嬰孩，在保姆的懷中突然哭喊起來。他們也只回了一下頭，便恢復了先前的模樣。在街口，文笙站定，周遭的人，慢慢的都不見了。身側佇立的大廈，此時煙霞繚繞，如同餘暉中的群山，蒼茫的遠。他站在群山之間，燥熱一點點地沉澱下來，落到了街面上。有霓虹遙遙地亮起，閃爍。暮色初至，這城市還未睡去，便又抖擻地醒來了。


　　他走到了三樓，並未聽見做飯的聲響。秀芬做飯的聲音很輕，切菜都是均勻而細密的，不疾不徐，如蠶食桑。這些天他已熟悉這種聲

音，包括氣味。秀芬喜甜，燒肉菜先熬糖，便有一股焦香，也是淡淡的。然而今天，都沒有。

他將蠶籠放在身後，推開了門。秀芬坐在堂屋的桌前，另一側，坐著「聚生豫」的掌櫃老劉。老劉見是文笙，站起身，躬一下腰，說，笙少爺。

文笙回了禮，看見秀芬的目光落在對面的牆上。淨白的牆，出了梅雨天，落下了一些青黃的霉跡，還未褪盡。曲曲折折的一道，從天花上走下來，淺淺消失在牆根兒裏。

老劉說，不早了，我先走了。尹小姐，您好生歇著。

秀芬這才回過神，也站起來，說，掌櫃的，我送送你。

老劉說，您身子不方便，留步吧。笙少爺，可否借一步，與劉某說幾句話。

文笙看了看秀芬，擱下了蠶籠，便隨老劉下去了。

兩個人站在「晉茂恆」的門口。老劉看著他，卻沒開口。文笙終於問，掌櫃的這回來，是為櫃上的事？

老劉愣一愣，這才說，笙少爺，我是來辭行的。

文笙心裏一驚，道，好好的，為什麼要走？

老劉便笑了，笑得發苦。聲音也便有些發顫，說，是我老了，不中用，看不清這世道，當家的不要我了。

文笙說，掌櫃的，你是姚家的老人兒，哪能說走就走。我跟永安哥說去。

老劉擺擺手，說，罷了，自打老太爺那會兒，我在姚家做了二十多年。當家的要另立門戶做生意，沒人應聲，又是我跟出來。鞍前馬後，我自問不是老朽之人。可如今我知道，再跟不上了。

文笙想一想，問道，可是出了什麼事？

老劉低下頭，嘆一口氣，說，怕是您也知道，我們在上海的櫃面，已經關了張。櫃上的存貨，都給當家的拿去放利。如今錢不值錢，也是沒法子。先前做黃金蝕了太多，放布出去，雖也不是正途，算穩妥些。可不知是聽了誰的，這些天他到處軋頭寸，進了許多東洋

布來。來路不明，我總是不放心，這抵上的是全副的身家。可當家的，是連我一句話都聽不進了。

文笙也沉默了，許久後才說，或許，永安哥是有分數的。我再問問他。

罷了。老劉低下頭，嘴唇動一動，又說，笙少爺，你可是也有筆錢借給了我們當家的？

文笙點點頭。

老劉說，您要是不著急，便寬限我們當家的兩天。您要是急，這個壞人我出面做，和他說。我只怕拖得久了，會傷了你們兄弟和氣。

文笙說，老掌櫃，我與永安哥是管鮑之交。我信他，他便不會負我。

劉掌櫃聽了，定定地看文笙，突然一屈膝，跪了下來，說，笙少爺，有您這句話，請受劉某一拜。

文笙一慌，也連忙蹲下來，嘴裏道，老掌櫃，你這是做什麼。

老劉在他攙扶下，慢慢站起來，聲音哽咽了，笙少爺，您且應承我，盧家業大，日後若有個不周到，萬望別為難我們當家的。

在路燈底下，文笙執著劉掌櫃的手，竟是冰涼的。半晌，老劉忽然一仰天，轉過身便走了。文笙看著他的背影，蹣跚地消失在暗沉的夜色裏頭。


文笙回身上樓，打開門，秀芬正對著那籠蠶，怔怔地。她看見文笙，便將蠶籠闔上，喃喃說，這蠶老了，快要上山了。


秋分第二天，永安夜半方歸，喝得酩酊大醉。

這回醉得厲害，人卻分外安靜，不唱也不鬧，只是緊緊抱著秀芬。抱一抱，手鬆了，秀芬便想起身，去倒碗淅醋給他醒酒。可他一警醒，手卻抱得愈發緊了。抱著抱著，身子便慢慢兒移過來。碩大的頭，擱在秀芬腹上。秀芬被壓得有些氣喘，卻紋絲不動地。一邊將手放在永安頭上，撫摸了一下，將他額前的頭髮撩上去，又撫摸了一下。

永安似乎睡著了，沒有了聲響，有一些口涎從嘴裏流出來，秀芬也不擦，任由得流在自己身上。

折騰到半夜，兩人才扶著永安去睡了。到了天有些發白，文笙起夜，卻看見秀芬坐在堂屋裏。

天光黯然，仍辨出，秀芬穿著一件華麗的旗袍，上面手繡著大朵的牡丹。牡丹赤紅，開在銀色的流雲之間，炫色奪人。只是，秀芬身子笨重了，這衣服已穿不進，大襟便敞著。牡丹的枝葉便也似低垂下來。秀芬手裏夾著一支菸，燃去了一半。在菸的明滅間，她轉過頭。

文笙見她臉上，化了很濃重的妝。妝卻已經殘了，眼睛沉沉的影，也散了，流了一道痕跡在慘白的頰上，有些觸目。


清晨，文笙下了樓來，看桌上擺著一碟煎饅頭，一碗綠豆粥。秀芬說，趁熱吃吧。

文笙問，永安哥呢？

秀芬說，一早就出去了，不知去了哪裏。

秀芬緩緩地走回房間，出來時，手上捧著一疊衣服，還有一只小皮箱。她放在桌上，皮箱打開來，是琳琅的首飾。在有些幽暗的堂屋裏，凜凜地閃著光。她順手取出一串珍珠項鍊，在胸前比畫一下，捏一捏，又放回箱子裏。

她將箱子闔上，推到文笙眼前。又端詳那疊衣服，手伸進去，摩挲。文笙看見擺在最上頭的，正是她昨夜裏穿的那件。她說，這件織錦緞的，我穿著選過「滬風小姐」，就穿過這麼一回。

秀芬猶豫了一下，終於說，笙，嫂子央你件事情。

文笙停住了筷子，看著她。

秀芬說，這些，都用不著了，你替我當了。

見文笙未應聲，她嘆了口氣，說，我知道，你一個少爺，這事不體面。可我身子不方便，就算我求你。

文笙想一想，輕輕地說，嫂子，若是錢的事情，我們一起想辦法。用不著動這些壓箱底的東西。

秀芬撐持桌子，一邊扶著腰站起來，看著文笙，眼裏是灼灼的光。她的聲音有些硬冷，説，嫂子求不動你了麼？

文笙避開她的眼睛，默默地將箱子接過來。


文笙將秀芬的東西帶到了「大興」典當行，估了價。然後回到自己櫃上，按數支了錢。多添了些，特意有零有整，中午交給了秀芬。

秀芬數都沒有數，便放回他手裏，説，這錢你留著。

見文笙一臉的詫異，秀芬説，笙，親兄弟明算帳，你永安哥欠你的，我來一點一點還上。眼下家裏的事，要人商量著才能辦。你厚道，不在意，我心裏卻有個疙瘩。你若不收下，叫我如何開得了口。

這時，文笙見秀芬慢慢地坐下來，眉頭擰著，臉色忽然間變得煞白。她手捂在肚腹上，額頭滲出細密的汗珠。文笙有些慌，與她說話，卻看她擺擺手，説，不礙事。良久，她才抬起頭來，虛弱地説，當年我娘生我，順順當當地。如今這個小冤孽，卻把當娘的盡著折騰。要來了，怕是就這幾天的事了。

文笙倒了杯水給她，她喝一口，舒了一口氣，説，笙，我想央你去找個人。


聽到雅各的名字，文笙並不很意外。

不同的人講起，此時的雅各小有聲名，是滬上的外籍人裏頗「有辦法」的一個。然而，文笙並未想到與他見面，仍是在上海初見的地方。

隨著猶太人的離散遷徙，「隔都」的樣貌已發生了很大的變化。多數的房屋清拆，街道開闊起來，陽光澄明，看上去也不再那麼破落。街道上少了許多機警而謙卑的面孔，連同這裏風物的造就者。

「吉慶里」還在，原先的居民搬走了。一戶人家傳出蘇州評彈的聲響，嘈嘈切切。忽然「滋滋啦啦」一陣，琵琶聲住了，變成一支英文歌，是收音機換了頻道。文笙倏然想起那個高大壯碩的猶太廚娘，和她用鐵桶改成的爐子。他掃了一眼，那個爐子果然還在，被

遺棄在牆角。桶裏生出了半尺高的野草，一些已經發枯，另一些仍茂密地綠著。

「儂尋啥人？」文笙聽到有人在和他說話。他努力尋找聲音的來源，才發現近旁的窗子打開了，一個小囡正用晶亮的眼睛看著他。並沒有等他說明來意，小囡用清脆的聲音喊，葉雅各，有客來……

文笙第一次聽到葉雅各的名字被用上海話叫出來，有種滑稽而婉轉的美感。片刻，雅各應聲而出，仍然一頭亂髮，灰撲撲的襯衫。文笙舒了口氣，是他熟悉的雅各。

雅各微笑著，將菸蒂彈到近旁的溝渠裏，大聲清了嗓子，吐了一口痰。小囡尖叫一聲，說了一句詛咒的話。雅各嘻皮笑臉回敬過去，用上海話，竟然十分地道。

雅各擁抱了文笙一下，將他迎進屋。屋子裏的陳設並未變，依然陳舊而將就。雅各將隔壁的一間打通了，安置了一張寧式大床，奢華莫名，以及一個精緻的博古架。博古架上擺著形態各異的花瓶與其他文物。雅各說，全都是真貨，做愛的時候順便鑒寶，交關好。

文笙不禁問，你怎麼還住在這裏？

那麼，我應該住在哪裏？在黯淡的光線中，文笙看見葉雅各慢慢收斂了笑容。他臉上現出了一種神情，疲憊而世故。那是一個中國人的神情。

關於他，有種種的傳聞。文笙靜靜望著兒時的同伴，想，雅各看上去，並不似傳聞中的志得意滿。

是的，與許多的「中國通」不同，雅各對於中國的理解是不需要翻譯的。他的西人臉孔與本地經驗，使他短期內已游刃於華洋兩界。他是一個白皮膚的中國人，這是令人嫉恨的事實，卻亦令人無奈何。猶太人，教會他如何觸類旁通，在夾縫中求生存。這令他在生意場上如虎添翼，特別在上海這樣的地方，是必須學會的生存要義。

是她讓你來的？雅各問，同時間打開隨身的金屬酒樽，呷了一口酒。

嗯？文笙一個愣神。

雅各抹了一下嘴，瞇起眼睛看他，目光饒有興味。他說，那個女人。

文笙說，你明知道，那批布被海水泡過，為什麼還要賣給姚永安。

雅各笑了，兄弟，你要弄清楚。貨是那個美國佬賣的。作為中間人，我不過選擇在適當的時候被蒙在鼓裏。

文笙說，那麼，現在你知道了。亡羊補牢。請你再做一回中間人，把那批貨退回去。

雅各說，中國的成語不總是那麼樂觀，我記得還有一個叫做「覆水難收」。他站起身，走到酒櫃跟前，取出一支紅酒。打開，倒了一杯給文笙，自己一杯。他晃著手中的杯子。文笙看著血紅的液體在杯中蕩漾。雅各說，再者，如何證明，那批布不是在交貨之後出了事，之前可是驗了貨的。

文笙胸前有些發悶，他說，雅各，你很清楚這是個局。而且，你也清楚，這筆款是姚永安全部的家當。

雅各舔一下嘴唇，說，你這個姚大哥若是聰明人，大可以再找一個漂亮的下家。要退回去，並不是不可以。這批貨在你們手中才是廢品，出去依然搶手。猶太人的生意經裏有一條：「完美的東西不一定寶貴，但稀缺的一定值錢。」不過，鑒於已造成的損失，貨款大概只能退回三成。

文笙沉默，然後從懷裏掏出一張支票，Mr. Yeats，如果你本人可以拿到這麼多呢？

雅各掃了一眼支票上的數字，略微遲疑，然後說，讓我來試試看。不過，聽說姚永安在外頭債臺高築。在辦妥之前，希望不要出什麼亂子。

他將支票接過來，放進抽屜裏，並無任何表情。他對文笙舉起酒杯，說，兄弟，你長大了。

文笙感到自己的嘴角牽動了一下，他說，雅各，是誰教會了你這些，那些猶太人？

雅各走過來，將臉湊近了他。這一瞬間他們的眼神端詳彼此，似

乎在尋找。然而，雅各終於轉過身去，他說，不，是你。

文笙慢慢抬起頭，說，我？

雅各坐下，在黑暗中笑了。此時的雅各，笑容燦爛，不明所以。這笑容，在斷續間凝固在臉上。他說，記得那年，我們在青晏山上放風箏。你告訴我，放風箏的要訣，是順勢而為。

他走到窗前，望出去。目光停在這城市的天際線。他對文笙說，你看看外頭，就是大勢。勢無對錯，跟著走，成敗都不是自己的事。快不得，也慢不得。裏面有分寸，摔一兩次跟頭，就全懂了。

文笙站起身，說，雅各，我走了。

臨出門的時候，他回過頭，說，順勢的「勢」，還有自己的一份。風箏也有主心骨。

文笙沒有看見，身後，雅各站在低沉的暮色中，憑窗看著他，臉龐迅速地抽搐了一下。眼裏的光，一點點地黯淡，終於熄滅。

文笙走到弄堂口，穿堂風吹過，竟有些冷了。一隻蝙蝠從屋檐下斜飛出來，快速扇動著翅膀，在他頭頂飛了一圈，倉皇得很。只片刻，又落在了無名的暗黑中，不見了蹤影。

這天晚上，永安沒有回來。這並不是第一次。然而，秀芬的腹痛，卻更為厲害和頻繁，文笙決定將她送進醫院去。

待他安頓了秀芬，回到「晉茂恆」，已是午夜。他想要睡一會兒，卻如何也睡不著。便起身，喝了一杯水。亭子間有一扇小窗，斜斜地開在屋頂上，他打開了，看見的，是滿天的星斗。

秋高氣爽。這星便格外清晰，像是綴在墨色的天幕上，燦然成河。文笙便想起小時候，無月秋夜，院落裏是薄薄的涼，母親與他躺在短榻上，望著天，教他念〈步天歌〉。星官星數，言下見象。「清天如水，長誦一句，凝目一星，不三數夜，一天星斗，盡在胸中矣。」

文笙便靜靜地躺下，只對著那繁星，一句句地念，竟然都還記得。「中元北極紫微宮，北極五星在其中，大帝之座第二珠，第三之

星庶子居，第一號曰為太子，四為後宮五天樞，左右四星是四輔，天乙太乙當門路。左樞右樞夾南門，兩面營衛一十五，東藩左樞連上宰，少宰上輔次少輔，上衛少衛次上丞，後門東邊大贊府……」念著念著，竟也沉沉地睡過去了。

清早，他被敲門聲驚醒。應了門，門房是焦灼的面色，身後跟著兩個警察。

你看看，是不是他。

在光線暗沉的停屍間裏，一個穿著白色制服的人，揭開了床單。

黎明，永安被兩個早起的漁民發現。他被打撈上來的時候，全身赤裸，衣褲被潮汐的黃浦江水沖個乾淨。而他將一套白色的西裝疊得很整齊，連同一雙皮鞋，端正地放在了江岸上。他用這種方式保留了體面。西裝裏，夾著一封遺書。信封上寫著「秀芬親展」。

與他有關的遺物，還有一把菜刀。他闖進了一家美國人的商號，在未找到想找的人之後，他將這把刀，擲在了櫃檯上，奪門而去。

文笙望著永安，被浸泡得浮腫的臉。面色青白，嘴角卻有一絲笑意。燈光下，那笑意因為腫脹而扭曲，有些難看。

他想，這是永安哥。

他將手伸到了床單下面，摸到了永安的胳膊。是冰涼的。涼順著指尖，蔓延上來，讓他猛然一個激靈。

他想，這是永安哥。

他聽不見身旁的人在說什麼。四周一片靜寂，他只是盯著這張臉，一動不動地。待他想挪動一下，卻發覺自己的身體，一點一點地僵硬了。

文笙走在秋涼的街上。遮天的法國梧桐，歷經繁盛的季節，已然凋落。黃葉鋪地，踩上去簌簌的響。走著走著，他覺得腳下有些麻木，踉蹌地走到一旁去，扶住牆。喘息了一下，這才接著往前走。

醫院的走道裏，他坐著，茫然地望著病房。待護士打開門的一剎，他才猛然站起來，向裏看一眼。

秀芬正沉沉地睡。

他將那封信，捏一捏，在懷裏揣得更緊了一些，走出去。


第二天的傍晚，仁楨到達上海。

文笙走到了樓梯口，看見仁楨站在他面前。她說，進門說吧。

她的身邊沒有任何行李，接到了文笙的電話，便奔向了火車站。

文笙為永安處理了善後，發了一個電報給昭如。母親將出面聯絡溫縣會館。永安的老家講究，他途客死，葉落歸根。

兩個人進了屋，對面坐著，許久沒有說話。過了一會兒，房間裏漸漸地黑了。文笙才抬起頭，對仁楨說，餓了吧？

這一霎，他的眼睛，與仁楨的目光撞上。才知道她一直看著自己。

在對視間，文笙覺得對面的人，有些陌生。

半晌，仁楨開口說，你瘦了。

這句話，在文笙心裏擊打了一下。他抬頭看著這女孩，向他走近，走到了他的面前。她將他的頭，輕輕攬過來，靠在自己身上。

那淡淡的氣息，是他所熟悉的，將他包裹。猛然間，他覺得先前的緊張與堅硬，被打開了一個缺口，猝不及防。他覺得自己微微顫抖了一下，眼睛被火熱的水充盈，決堤一般。他哭了，突然哭出了聲音。如同一個孩子，放任地哭了，哭得如此傷心、痛徹。仁楨靜靜地摟著他，摟得愈發的緊，不再言語，由著他哭，直到讓自己與他一同顫抖。

待這一切停息，仁楨說，永安哥的孩子，要平安地生下來。


這天夜裏，文笙發起了高燒。仁楨沒有回旅館，留下了。

文笙在夜半醒來，看見仁楨正側身躺在他身邊，不知什麼時候睡著了。她用胳膊肘支著頭，是凝望他的姿勢。

月光底下，女孩的臉安然舒朗，呼吸勻靜。文笙端詳，也覺得心

定了許多。他動了動，仁楨驚醒，倏然睜開眼，揉一揉，輕輕為他掖了掖被子，問，醒了？

他沒有答，仍與她對面望著。女孩的眼睛，在黑暗裏頭，如同幽幽的兩盞火。他看著看著，不禁伸出了手，碰觸了一下她的臉。有些涼，如同滑膩的新瓷。他的手指，便沿著她的額、鼻梁、雙頰，一路走下來。待走到了嘴唇，柔軟的溫度，讓他遲疑了一下。女孩卻將他的手，按在了自己的唇上，同時間閉上了眼睛。

他慢慢地探身過去，吻了一下女孩的額頭，然後是鼻梁、臉頰，最後捉住了她的唇。在這一刻，他們都輕顫了一下，然後更深地吻下去。因為笨拙，她的牙齒咬到了他，有些痛。然後他感到，她滾燙的淚水，緩緩淌在了他的臉上。這一瞬，不知為什麼，一種淡淡的喜悅，在他們之間瀰漫開來，如溪流交匯。這喜悅稍縱即逝。但他不忍放棄。他抱緊了她，聽見了她的心跳，漸漸與自己的匯融一處。同聲共閿，不辨彼此。


仁楨早早地起身，將文笙前一天買的雞收拾了，燉上。

晨光裏，文笙看她愣愣地坐在窗旁，守著爐子。外頭有樹影，陽光穿過樹，落在她身上，星星點點地閃。看見他，仁楨站起身，從鍋裏舀出一碗，淋上浙醋，放在文笙面前，說，你昨兒受涼，沒正經吃東西。喝碗疙瘩湯吧，暖胃。

文笙喝一口，一陣酸辣，神也醒了，便說，這味兒，是老輩人的手勢。

仁楨答，跟我奶娘學的。

文笙說，沒想到，你還會這些。

仁楨停一停，說，我娘死後，會不會的，慢慢也都會了。

文笙吃著吃著，想起了昨夜裏的事，就說，楨兒。

仁楨抬起頭，望著他。

文笙也便望她，很認真地看著她的眼，說，楨兒。以後咱們，好好地過。

仁楨應他一聲，嗯。

兩個人便默默地做各自的事。爐上的雞湯，煨出了味兒，咕嘟咕嘟地響。


秀芬見到了仁楨，很歡喜。

秀芬精神好了，只是臉色有點蒼白，喝了些湯，問起仁楨學堂裏的事。仁楨就跟她說了這學期修了哪幾門課，校園裏的景物，搬了新宿舍，同宿舍有哪些人。大學老師裏，教英文的，竟是個留著辮子的先生。

秀芬便也樂了，說，我雖未讀過書，可是真喜歡聽讀書人講話，說來說去都是道理。

文笙在一旁訥訥地聽，不言語。秀芬便說，笙，你一個木呆呆的人，命卻好，攤上個巧媳婦兒。

她便將仁楨的手拿過來，翻開手掌，軟軟地劃一道，說，你瞧，這條掌紋又粗又長，不打彎，我們鄉下的命相裏，是要幫夫的。

說著，她拉過文笙的手，放在仁楨的手心裏，使勁按一按。

三個人的手，就疊在一起。秀芬說，我肚裏頭這個，以後要認你們做乾爹娘。文曲星保佑，也能有個大學上。

仁楨便問，昨夜裏又疼了嗎？

秀芬說，不怎麼疼了。今天醫生說，就這兩天的事，也快要熬到頭了。

護士進來了，文笙就說，嫂子，你先歇著。我請的那個大嬸，夜裏讓她多照料著些。

秀芬就說，好了，你別盡顧著我。多陪陪仁楨。

她目光飄到窗戶外頭，又說，楨兒，今年可去看了錢塘潮？

仁楨點點頭。

她便笑笑，說，要說好看，都比不過我們海寧的潮水。待到明年，咱姐倆結伴去看。

回來路上，仁楨默默地，突然停住腳，對文笙說，秀芬嫂子……

文笙見她欲言又止，便問，怎麼了？

仁楨便回問他，你怎麼和她說起永安哥的？

文笙說，我只說他這兩天在外面談生意，有個機會難得，說話就走了，沒來得及知會。

仁楨沉吟，搖搖頭，說，她今天話說了許久，沒怎麼說起大哥的事。孩子就要生了，自己男人不在身邊，竟會這樣篤定？

這一晚，兩個人的心雖不及前日焦灼，但卻更為疲憊。吃了幾口飯，仁楨停下筷子，突然間哭了。竟哭著喘不上氣來。文笙便也不吃了，憂心忡忡地看著她。

待哭夠了，仁楨眼裏一片恓惶，說，文笙，今天看著嫂子，我心裏頭其實疼得很，憋得很。都說人生如戲，可沒想到當真演起來，卻這樣苦。

文笙心下也愴然，想一想，說，大約我們還是年輕罷。小時候我聽書，《楊門女將》。說穆桂英正佈置壽堂，上下喜氣，忽然就知道楊宗保死在了戰場上。沒來得及哭痛快，便要在佘太君面前強顏歡笑，聽到她替宗保飲壽酒，我便想，這得是什麼樣的人物，有這樣鐵打的身心呢？

仁楨嘆一口氣，戚戚地說，是啊，這樣的悲喜，哪是我們平凡人受得了的。

文笙便走到了她跟前，蹲下身，替她擦去臉上的淚痕，清楚楚地說，楨兒，你在我眼裏頭，不是個平凡人。

夜裏，兩個人躺著，耳邊突然響起了「嗡嗡」的聲音。是一隻不怕冷的秋蚊子，圍著他們打轉。

仁楨就輕輕說，文笙，我又想起永安哥了。

文笙說，嗯，我也想起他了。

仁楨便說，我想起永安哥教我的一個對子。

文笙説，我也想起來了。

仁楨説，回回請回回，回回回回不來。

文笙應，悄悄打悄悄，悄悄悄悄而去。

説完這些，兩人的手悄悄地握在了一起，握得緊緊的，沒有再説話。趁著彼此手心的暖意，漸漸都沉睡過去了。


興許是太累，文笙這一覺格外的長，醒來時天已經大亮。他走下樓，看見仁楨坐得筆直的，正靠著桌子寫字，寫得專心致志。右首上，擺著一張紙。她寫一寫，便向那紙看一眼，然後停一停，手中比畫一下，再接著寫。

文笙走過去，一看，心下一驚。那張紙竟是永安留給秀芬的信。仁楨寫好了才看見他，愣一愣，然後説，起來了？

文笙説，楨兒，你這是？

仁楨説，我昨天想了又想，嫂子那裏，我們要從長計議。讓她知道，大哥這次是去遠的地方做生意了，且有日子不能回來。你也慮一慮，去哪裏好。我聽説，上海人最近去南洋的，比以往多了很多。

文笙問，你在替永安哥寫信給嫂子？

仁楨點點頭，説，只是他的字太潦草，我寫了又寫，還是不大像。

文笙見她手邊已寫了一摞紙，再看新寫的那張，心頭湧起一陣熱。這紙上，分明就是永安哥的筆跡，恣肆，無拘束。

仁楨説，我的功夫不夠。我二姐臨的歐陽詢和趙孟頫，行家都看不出分別來。


傍晚，文笙與仁楨趕到了醫院，秀芬已經被送進了產房。

他們在門外等了許久。

醫生走了出來，説，母子平安。


男嬰生得胖大，眉眼開闊，隨永安。皮膚白，像秀芬。

秀芬還有些虛弱，抱他在懷裏，説，醫生好手藝。橫生倒養，差

點生不出來了。

孩子不哭不鬧，眼睛未睜開，卻已是笑模樣。一時，卻哭得分外響亮。秀芬說，這動靜，將來學唱梆子，倒是一把好嗓兒。

仁楨聽了，與文笙對視一下，說，歡喜得忘了，嫂子，永安哥來信了。

秀芬眼神動一動，卻不意外似的。仁楨便掏出那張紙，念給她聽，一邊念，一邊望她。秀芬聽完，將那封信接過來看，看了看，說，做生意拋家棄口，一去一年，只怕回來兒子都不認得他了。

說話間，文笙停一停，便從懷裏掏出一只戒指。赤金紅寶，仁楨心頭一顫，認出來，正是永安哥給他們訂婚的那只。她戴著大了，文笙拿去銀樓改。

嫂子。文笙說，永安哥臨走給你訂了個戒子，叫你戴著。

秀芬愣愣，這才接過了戒指，就著燈光看，看了半晌，說，楨兒，你幫我抱一抱孩子。

她將孩子交給仁楨，才仔細戴上那戒指，問道，可好看？

蔥段似的手指上，戒面璀璨，在這病房裏光色斂去了幾分，質樸端重了。仁楨咬一下唇，說，將將好。永安哥是為用這戒子拴住你，等他回來拜堂。

秀芬嘆口氣，說，他一個粗人，哪來這麼多花樣經。

她看一眼仁楨，又凝神端詳，柔聲道，楨兒，你抱著孩子，倒已經有了做娘的樣子。

仁楨說，嫂子取笑我。

秀芬便正色道，我是心裏話。永安與我是亂世鴛鴦。做爹娘，還得你和文笙這樣的。你們未成親，可你若不嫌棄，便認下這個乾兒。

仁楨臉一紅，說，談什麼嫌棄，嫂子是哪裏話。

秀芬便有些喜色，說，笙，做乾爹的不能閒著，給娃取個名字吧。

文笙想一想，便說，大哥不在，我是越俎代庖。就先起個小名。

他踱了幾步，說，永安哥的「聚生豫」，往後要有個傳人，我看就叫豫兒吧。《易經》裏頭，「豫卦」也主祥。

「豫兒，豫兒⋯⋯」秀芬對嬰兒念念，眼裏有憧憬，說，好，掛著他爹的來處，不會忘本。

這時候，兩個人都看出秀芬有些乏了，臉色泛起虛白，說話也有一句沒一句的。就走出了病房，讓她歇著。

兩人站在走道裏，憑窗而立。不知何時，天下起了雨來。並不大，如煙似霧，漸漸籠成了一片，外頭的景物也有些依稀。

文笙將外套脫下來，披在仁楨身上，說，一層秋雨一層涼。

仁楨深深地吸一口氣，是股子清凜的味道。濡濕的塵，微微腐敗的樹葉，還有一絲新鮮的土腥氣，交織一起，撲面而來。

文笙輕輕說，剛才不怪我吧？

仁楨問，什麼？

文笙說，你的訂婚戒指。

仁楨搖搖頭，說，若大哥真給她留下那麼個念想，該多好。

凌晨時分，秀芬又被送進了手術室，產後大出血。

文笙與仁楨，沒來得及和她說上最後的話。

他們看秀芬躺著，平靜舒展，臉上並無苦意。

兩個人，在病房裏整理秀芬的遺物，發現枕頭底下壓著一張報紙。

報紙上看得出水跡，有些發皺。再看日期，是永安出事那天。上有一則並不起眼的新聞，標題簡潔冰冷，「中年男留遺書溺亡」。配了張照片，不甚清晰，是疊得整齊的白西裝上，擱著一副袖釦。白銅鍍金，永安極珍惜。他告訴過文笙，是秀芬送他的新年禮物。

# 尾聲

深秋的外灘，人不多。

沒有人注意到這對抱著嬰兒的青年男女，依偎著，在岸邊躑躅而行。

去天后宮拜過了媽祖，他們身上還有殘留的香火味兒。氣味雖不濃重，久久未去。

走到了外白渡橋邊上，他們停住，蘇州河在這裏緩緩匯入了黃浦江。站在江邊，他們看著船舶過往，傾聽遠處傳來有些鬆懈的汽笛聲。略渾濁的江水，忽而激盪，將一葉漂浮的舢板拋起，又落下。這時，太陽已經悄然下沉。天際有一重火熱的餘暉，幾乎燒灼了他們的眼睛。然而，終於還是黯淡下去，被雲靄一點點地吞噬，斂入暮色。

暮色中，他們望見了一只風箏，飄在對岸某幢建築的上空，孤零零的。飛得並不穩，在肅殺的秋風裏頭，忽上忽下，有一個瞬間，幾乎要跌落。他們屏息看著，看了許久，直到這只風箏遠遠飄起，越來越高，漸消弭於他們的視線。

（完稿於甲午冬，修訂於乙未春，香港）

責任編輯　　朱卓詠

書籍設計　　陳朗思

| | |
|---|---|
| 書　　名 | 北鳶 |
| 著　　者 | 葛亮 |
| 出　　版 | 三聯書店（香港）有限公司 |
| | 香港北角英皇道四九九號北角工業大廈二十樓 |
| 香港發行 | 香港聯合書刊物流有限公司 |
| | 香港新界荃灣德士古道二二〇至二四八號十六樓 |
| 印　　刷 | 美雅印刷製本有限公司 |
| | 香港九龍觀塘榮業街六號四樓 A 室 |
| 版　　次 | 二〇二三年八月香港第一版第一次印刷 |
| 規　　格 | 特十六開（148 mm × 210 mm）四八八面 |
| 國際書號 | ISBN 978-962-04-5343-4（平裝） |
| | ISBN 978-962-04-5382-3（精裝） |